Diogenes Taschenbuch 21359

de
te
be

Leo Tolstoi

Der Schneesturm

und andere Erzählungen

Deutsch von Eva Luther

Diogenes

Die vorliegende Ausgabe folgt Band x der
Gesamtausgabe des dichterischen Werkes in
Einzelausgaben, herausgegeben von Erich Boehme
im Malik Verlag, Berlin 1928
Umschlag: Vassili Perov
›La dernière Taverne du Faubourg‹ 1868
(Ausschnitt)

Veröffentlicht als Diogenes Taschenbuch, 1985

60/85/8/1
ISBN 3 257 21359 X

INHALT

DER SCHNEESTURM

I

Gegen sieben Uhr abends, nachdem ich Tee getrunken hatte, verließ ich die Station, auf deren Namen ich mich nicht mehr besinnen kann, und die, soviel ich mich erinnere, irgendwo im Gebiet der Donschen Kosaken bei Nowotscherkassk gelegen war. Es war bereits dunkel, als ich es mir, fest in meinen Pelz und die Schlittendecke gewickelt, neben Alioschka im Schlitten bequem machte. Hinter dem Stationsgebäude schien mir die Luft still und warm. Obgleich am Himmel keine Schneewolken zu bemerken waren, flimmerte doch über uns nicht ein einziges Sternlein, und der Himmel hing merkwürdig tief und schwarz über der weißleuchtenden, schneebedeckten Ebene, die vor uns ausgebreitet lag.

Doch kaum hatten wir die dunklen Umrisse einiger Windmühlen hinter uns gelassen, von denen die eine schwerfällig ihre riesigen Flügel drehte, und waren aus der Ansiedlung heraus, als ich bemerkte, daß der Weg schlechter und verschneiter wurde, der Wind anfing mich heftiger von links anzublasen, die Schweife und Mähnen der Pferde nach der einen Seite zu wehen, und den von Schlittenkufen und Pferdehufen gelockerten Schnee eigensinnig aufzuwirbeln und hochzutreiben. Das Geläut des Schlittenglöckchens erstarb fast darin, ein kalter Hauch drang mir durch irgendeine Ritze des Ärmels bis auf den Rücken hinauf, und mir fiel der Rat des Posthalters wieder ein, doch heute abend lieber nicht weiterzufahren, um nicht vielleicht die ganze Nacht umherzuirren oder unterwegs gar zu erfrieren.

„Hoffentlich verirren wir uns nicht“, sagte ich zu meinem Kutscher. Und als ich keine Antwort erhielt, stellte ich die Frage noch einmal dringender: „Was meinst du, Kutscher, werden wir die nächste Station noch erreichen können? Oder werden wir uns verirren?“

„Gott weiß es,“ antwortete er, ohne sich umzusehen, „sieh mal an, was für ein Wirbelwind sich erhebt: vom Wege ist fast nichts zu sehen. Herr Gott und Vater!“

„Sag’ es doch lieber klipp und klar, ob du hoffst, uns nach der Station zu bringen oder nicht?“ fuhr ich mit Fragen fort. „Kommen wir hin?“

„Wir müssen halt ankommen“, sagte der Kutscher und fügte noch allerlei hinzu, was ich aber bei dem Wind nicht mehr verstehen konnte.

Umkehren wollte ich nicht. Aber auch die Aussicht, die ganze Nacht in Frost und Schneegestöber in der ganz öden Steppe, die diesen Teil des Donkosakengebietes bedeckt, umherzuirren, schien mir nicht verlockend. Außerdem wollte mir mein Kutscher, obgleich ich ihn in der Dunkelheit nicht genau sehen konnte, nicht recht gefallen: er machte mir keinen vertrauenerweckenden Eindruck. Er saß ganz in der Mitte des Bockes mit gerade vor sich gestreckten Beinen, nicht seitwärts, war von riesengroßem Wuchs, hatte eine träge Stimme, auch keine richtige Kutschermütze, sondern eine viel zu weite, die von einer Seite auf die andere schwankte, trieb auch die Pferde nicht so an, wie es Brauch war, sondern hielt die Zügel in der Hand wie ein Lakai, der sich statt des Kutschers auf den Bock gesetzt hat, hauptsächlich aber flößte mir Mißtrauen ein, daß er seine Ohren mit einem Tuch verbunden hatte. Kurz, er gefiel mir nicht, und dieser dunkle, gekrümmte Rücken vor mir versprach mir nichts Gutes.

„Ich denke, wir kehren doch lieber um,“ meinte Alioschka zu mir, „was hat man davon, sich zu verirren!“

„Mein Gott und Vater! Was das für ein Schneegestöber ist!

Kein Weg zu sehen, die Augen sind mir ganz verklebt — o du mein Gott und Vater!" knurrte der Kutscher.

So waren wir kaum eine Viertelstunde gefahren, als mein Kutscher plötzlich haltmachte, dem Alioschka die Zügel gab und, nachdem er sich schwerfällig von seinem Sitz heruntergearbeitet hatte, mit seinen plumpen, im Schnee knirschenden Stiefeln hinauswanderte, den Weg zu suchen.

„Na, wo willst du hin? Sind wir vom Wege abgekommen, was?" rief ich; jedoch mein Kutscher gab keine Antwort und entfernte sich vom Schlitten, wobei er das Gesicht vom Wind abwandte, der ihm in die Augen biß.

„Na, ist er da?" fragte ich wieder, als er zurückkam.

„Nichts ist da", antwortete er plötzlich so ungeduldig und verärgert, als wäre ich daran schuld, daß wir vom Wege abgekommen waren, und nachdem er zögernd seine langen Beine im Vorderteil des Schlittens verstaut hatte, ergriff er mit den steifgefrorenen Fausthandschuhen die Zügel.

„Was sollen wir da machen?" fragte ich, als wir wieder losfuhren.

„Was soll man machen? Wir fahren, wohin es Gott beliebt."

Und wir fuhren im selben leichten Trab weiter, allem Anschein nach querfeldein, einmal durch tiefe, lockere Schneemassen, dann wieder über hartgefrorene kahle Stellen.

Obgleich es recht kalt war, schmolz der Schnee auf dem Mantelkragen doch schnell; das Wirbeln des Schnees von unten wurde immer stärker, und von oben begann ebenfalls feiner, trockener Schnee herniederzufallen.

Zweifellos fuhren wir Gott weiß wohin, denn als wir noch eine Viertelstunde unterwegs waren, ließ sich nicht ein einziger Werstpfahl mehr sehen.

„Was meinst du," fragte ich den Kutscher wieder, „werden wir die Station erreichen?"

„Welche? Zurück werden wir kommen, wenn wir die Pferde frei laufen lassen: die bringen uns dann schon hin; aber zur nächsten Station kommen wir schwerlich . . . da richten wir uns höchstens zugrunde."

„Na, dann also zurück," sagte ich, „denn wirklich . . ."

„Also umkehren?" wiederholte der Kutscher.

„Ja, ja, kehr' nur wieder um."

Der Kutscher ließ die Zügel locker. Die Pferde liefen schneller, und obgleich ich nicht feststellen konnte, ob wir umgedreht hatten, kam der Wind doch plötzlich von einer anderen Seite, und bald zeigten sich durch den fallenden Schnee die Windmühlen. Der Kutscher faßte Mut und fing eine Unterhaltung an.

„Da sind wir also wieder zu unserer ersten Station zurückgekommen," sagte er, „vielleicht hätten wir auch draußen einen Heuschober zum Übernachten gefunden und wären erst am Morgen angelangt. Gut, wenn wir uns bis zu einem Heuschober durchgeschlagen hätten, wir hätten aber auch alle einfach erfrieren können bei der Kälte! — Es hat sich neulich schon mal einer die Füße abgefroren, — nach drei Wochen ist er daran gestorben."

„Mir scheint es aber, als wäre es jetzt nicht mehr so kalt und auch wieder stiller geworden, — könnte man nicht doch noch versuchen zu fahren?" fragte ich.

„Wärmer ist es schon, aber es weht so. Mit dem Wind erscheint es uns nicht so stark, aber es bläst doch tüchtig. Man könnte es ja schließlich noch versuchen, wenn wir einen Kurier oder sonst jemand zu fahren hätten, aber so auf eigene Faust, das ist kein Spaß, wenn die Reisenden erfrieren. Wie soll ich für Eure Gnaden da die Verantwortung tragen?"

2

In diesem Augenblick ertönte hinter uns das Schellengeläut mehrerer Troikas, die uns schnell einholten.

„Das ist die Kurierglocke," sagte mein Kutscher, „so einen Klang hat nur eine einzige auf der ganzen Strecke."

In der Tat hatte das Glöckchen der vordersten Troika, dessen Läuten der Wind jetzt deutlich zu uns herübertrug, einen außerordentlich schönen Ton: es klang rein und voll, tief und ein wenig zitternd. Ich erfuhr später, daß dies eine Spezialität des Posthalters war, die Glocken so abzustimmen: es waren drei Glocken, davon eine große in der Mitte mit dem sogenannten „tiefroten" Ton, und zwei kleinere in eine Terz abgestimmt. Der Klang dieser Terz mit der bebenden Quinte wirkte in der weiten, öden Steppe, auf dem Wind heran schwebend, seltsam schön.

„Da kommt die Post angesaust", sagte mein Kutscher, als die vorderste Troika uns erreicht hatte.

„He, wie ist der Weg? Kann man durchkommen?" rief er dem letzten Kutscher zu; der schrie aber nur auf seine Pferde los und gab keine Antwort.

Und kaum waren die Posttroikas an uns vorüber, als auch der Ton der Glocken schnell im Wehen des Windes erstarb.

Mein Kutscher schien sich zu schämen.

„Wir wollen doch versuchen zu fahren, gnädiger Herr!" meinte er, zu mir gewandt. „Diese Leute sind auch durchgekommen — ihre Schlittenspur wird noch sichtbar sein."

Ich stimmte ihm bei, und wieder drehten wir gegen den Wind um und arbeiteten uns durch den hohen Schnee vorwärts. Ich blickte nach der Seite auf den Weg, um die letzte Spur der Postschlitten nicht aus den Augen zu verlieren. Etwa zwei Werst war die Spur auch deutlich zu sehen, dann konnte ich nur noch kleine Unebenheiten im Schnee unter den Kufen des Schlittens wahrnehmen, und schließlich konnte ich überhaupt nicht mehr unterscheiden, ob ich eine Schlittenspur oder bloß höher aufgewehten Schnee vor mir sah. Meine Augen ermüdeten vom Hinstarren auf den ununterbrochen fortgleitenden Schnee unter den Kufen, und ich schaute wieder gerade vor mich hin. Den dritten Werstpfahl hatten wir noch am Wege stehen sehen, doch der vierte war nicht mehr zu finden; wie schon vorhin fuhren wir bald gegen den Wind, bald mit dem Winde, bald nach rechts, bald nach links, und schließlich kam es so weit, daß der Kutscher behauptete, wir wären zu weit nach rechts vom Wege abgekommen, während ich meinte, wir wären zu weit nach links geraten, und Alioschka zu guter Letzt bewies, daß wir überhaupt wieder zurückführen. Wieder machten wir einige Male halt, unser Kutscher streckte seine langen Beine aus dem Schlitten und machte sich auf die Suche nach dem Wege; aber alles vergeblich. Schließlich stieg ich sogar selbst aus, um mich zu überzeugen, ob das vielleicht der Weg wäre, was ich zu sehen glaubte; aber nach kaum sechs Schritten, die ich mühselig gegen den Wind zurückgelegt hatte, erkannte ich, daß mich ringsum nur die gleichen einförmig weißen Schneemassen umgaben, und daß ich den Weg nur in meiner Phantasie zu sehen geglaubt hatte; — und da plötzlich war auch mein Schlitten verschwunden. Ich rief: „Kutscher! Alioschka!“, aber ich fühlte, wie der Wind mir den Ton meiner Stimme buchstäblich vom Munde riß und im selben Augenblick weit forttrug. Ich ging in der Richtung, wo der Schlitten gestanden hatte, — er war verschwunden; ich drehte nach rechts um — wieder umsonst. Nur mit Beschämung denke ich daran zurück, mit welch überlauter, durchdringender, ja verzweifelter Stimme ich immer wieder „Kutscher“ rief, als ich nur noch etwa zwei Schritt von ihm entfernt stand. Seine dunkle Gestalt mit der Peitsche und der riesigen hin und her schwankenden Mütze stand plötzlich wie aus dem Boden gewachsen vor mir. Er führte mich zum Schlitten zurück.

„Nur gut, daß es so warm ist,“ meinte er, „schlimm wäre es, wenn es noch zu frieren anfinge! Ach du lieber Gott!“

„Laß die Pferde wieder laufen, vielleicht bringen sie uns wieder zurück“, befahl ich, als ich mich im Schlitten zurechtgesetzt hatte. „Werden sie uns zurückbringen? Was meinst du, Kutscher?“

„Das müssen sie."

Und er schlug das Gabelpferd dreimal leicht mit der Peitsche auf den Rücken, lockerte die Zügel, und wir fuhren wieder aufs Geratewohl Gott weiß wohin. So mochten wir etwa eine halbe Stunde gefahren sein. Da erklang plötzlich vor uns das wohlbekannte Schellengeklingel des Postschlittens, nebst zwei anderen Glöckchen; sie kamen uns jetzt aber gerade entgegen. Es waren die drei Troikas von vorhin, die ihre Post auf der Station abgeliefert hatten und die nun, die Ersatzpferde hinten an die Schlitten gebunden, nach ihrer Station zurückkehrten. Die mit kräftigen Pferden bespannte Kuriertroika mit dem abgestimmten Geläute raste den anderen weit voran. Der auf dem Bock sitzende Kutscher schrie lustig auf die Pferde los. Inmitten der hinterherkommenden beiden leeren Schlitten saßen je zwei Kutscher, die laut und lustig durcheinanderschwatzten. Einer rauchte eine Pfeife, und ein vom Winde fortgetragener Funke beleuchtete blitzartig einen Teil seines Gesichtes.

Bei ihrem Anblick schämte ich mich meines Kleinmuts, und auch mein Kutscher schien von einem ähnlichen Gefühl ergriffen zu werden, denn wir riefen wie aus einem Munde: „Ihnen nach!"

3

Und ehe noch die letzte der drei Troikas ganz vorbei war, wendete mein Kutscher unseren Schlitten um, jedoch so ungeschickt, daß er mit der Deichselstange zwischen die hinten abgebundenen Ersatzpferde hineinfuhr. Das eine Dreigespann scheute, riß sich los und jagte seitwärts davon.

„O du schielender Teufel, kannst du nicht sehen, wohin du umwenden mußt, was fährst du auf andere Leute los! Hol's der Teufel!" begann mit heiserer, zittriger Stimme der eine von den Kutschern zu schimpfen, ein kleiner, alter Mann, wie ich aus Stimme und Wuchs schließen konnte, der in der letzten Troika gesessen hatte; nun war er schnell abgesprungen und hinter den Pferden hergelaufen, wobei er unaufhörlich auf meinen Kutscher weiterschimpfte und fluchte.

Aber die Pferde waren nicht einzufangen. Der Kutscher lief ihnen immer weiter nach, und nach wenigen Minuten waren Pferde und Mann im weißen Nebel des Schneegestöbers verschwunden.

„Wasilij! Bring' den Falben her: sonst bekomme ich sie nicht wieder", hörte man ihn rufen.

Einer der Kutscher, ein riesengroßer Mensch, stieg aus seinem Schlitten, band sein Dreigespann schweigend los, schwang sich mit Hilfe des Gespanns auf den Rücken des einen Pferdes und galoppierte über den knirschenden Schnee in der Richtung der Verschwundenen.

Wir aber folgten mit den beiden Troikas dem Kurier nach, der uns unter Schellengeklingel in vollem Trab anscheinend ohne Weg und Steg immer vorausjagte.

„Denkt sich, er kann sie wieder einfangen!" meinte mein Kutscher von dem Knecht, der den Pferden nachgelaufen war. „Ist das Pferd nicht selbst zu den anderen gelaufen, dann ist es ein tolles Vieh und trägt ihn dahin, von wo er nicht wiederkommt."

Seit mein Kutscher hinter den anderen herfuhr, war er etwas lustiger und gesprächiger geworden, und da ich noch nicht schlafen wollte, unterließ ich nicht, mir diese gute Laune zunutze zu machen. Ich fragte ihn aus, woher er stamme und wer er sei, und erfuhr bald, daß er aus dem Gouvernement Tula, also mein Landsmann sei, ein leibeigener Bauer aus dem Dorfe Kirpitschnoje, daß das Land dort knapp geworden sei und die Ernten schlecht seit der letzten Choleraepidemie, daß er zu Hause einen Bruder habe, und noch einen bei den Soldaten. Daß das Getreide nur bis Weihnachten reiche und sie daher Nebenarbeit suchen müßten. Sein jüngerer Bruder sei verheiratet und daher der Herr des Hauses; er selbst aber sei Witwer; aus seinem Dorfe gehe jedes Jahr eine ganze Genossenschaft Fuhrleute hierher; und obgleich er bisher nie Kutscher gewesen sei, habe er doch jetzt die Stelle an der Poststation angenommen, um seinen Bruder zu unterstützen; er erhalte hier, Gott sei Dank, seine 120 Rubel im Jahr, davon schicke er hundert nach Hause, und sonst ließe es sich hier ja auch ganz gut leben, „wenn nur die Kuriere nicht solche Biester wären und die Leute hier nicht so grimmig fluchen wollten".

„Warum mußte jetzt dieser Kutscher mich so schimpfen? Du lieber Gott! habe ich ihm vielleicht die Pferde absichtlich verjagt? wollte ich ihm denn absichtlich etwas Böses antun? Warum rennt er nun hinterher? Sie hätten sich schon von selbst zurückgefunden, jetzt hetzt er nur das Pferd ab und kann selbst dabei ums Leben kommen!" redete der gottesfürchtige Bauer.

„Was mag denn nur dort das Schwarze sein?" fragte ich, denn ich hatte eben vor uns einige dunkle Gegenstände bemerkt.

„Das ist ein Zug Lastwagen! Die haben's gut!" fuhr er fort, als wir die riesenhaften, mit Bastmatten bedeckten Fuhren eingeholt hatten, welche eine hinter der anderen auf Rädern langsam dahinzogen. „Sieh mal an, kein Mensch ist zu sehen, — sie schlafen alle! Die klugen Gäule kennen ihren Weg allein; die kommen nicht ab . . . Wir sind auch mal früher mit solchen Lastwagen gefahren, — daher weiß ich es", fügte er hinzu.

Wirklich war es ein seltsamer Anblick, wie diese riesenhaften, von oben bis unten an die Räder dicht mit Schnee bedeckten Fuhren sich ganz allein vorwärts bewegten. Und nur als unsere Schlittenglocken dicht neben der Wagenreihe ertönten, hob sich an einer Ecke die verschneite Bastmatte ein wenig und eine Mütze wurde für einen Augenblick sichtbar. Ein großer

Schecke schritt mit vorgerecktem Hals und gespanntem Rücken gleichmütig auf der schneeverwehten Straße einher, wobei er taktmäßig mit seinem zottigen Kopf auf und ab schaukelte und eines seiner schneebedeckten Ohren unter dem weißgewordenen Krummholz spitzte, als wir an ihm vorbeikamen.

Wir mochten noch etwa eine halbe Stunde gefahren sein, als mein Kutscher sich wieder an mich wandte.

„Was meinen Sie, Herr, fahren wir richtig?"

„Wie soll ich das wissen!" antwortete ich.

„Anfangs hatten wir den Wind ganz stark entgegen, und jetzt fahren wir mit dem Wind. Nein, wir fahren nicht richtig, wir haben uns wieder verirrt", schloß er ganz gleichmütig.

Man sah es ihm an, daß er bei aller Feigheit sich gar keine Sorge mehr machte, seit wir mit so vielen anderen fuhren und er nicht mehr die Führung und Verantwortung hatte; gemeinsames Unglück ist leichter zu ertragen, sagt ein Sprichwort. Er stellte kaltblütig die Fehler fest, die der führende Kutscher gemacht hatte, als ginge ihn die ganze Sache nicht im mindesten was an. In der Tat bemerkte auch ich jetzt, daß die vorderste Troika mir bald die linke, bald die rechte Seite zukehrte; es schien mir sogar, als drehten wir uns immer auf demselben Fleck im Kreise herum. Doch konnte das auch eine Sinnestäuschung sein, wie zum Beispiel auch, daß die vorderste Troika bald bergauf und bald wieder bergab zu fahren schien, obgleich doch die Steppe überall vollkommen eben war.

Wir waren noch ein Weilchen gefahren, da sah ich, anscheinend in sehr großer Ferne, ganz am Horizont, eine dunkle, bewegliche Linie; aber schon im nächsten Augenblick begriff ich, daß dies derselbe Zug von Lastwagen war, den wir vorhin überholt hatten. Da waren wieder die knarrenden, schneebedeckten Räder, von denen sich einige kaum noch drehen konnten; immer noch schliefen die Leute unter ihren Bastmatten, und wieder spitzte der große Schecke an der Spitze des

Zuges die Ohren und beschnüffelte mit geblähten Nüstern den Weg.

„Sieh mal an, nun sind wir die ganze Zeit immer im Kreise gefahren und wieder bei denselben Lastfuhren angelangt!“ sagte mein Kutscher mit unzufriedenem Tone. „Die Postpferde sind gut und können schon was aushalten; darum kann er sie auch so abjagen, unsere Pferde würden bald ganz stehenbleiben, wollten wir sie so die ganze Nacht herumhetzen.“

Er räusperte sich.

„Kehren wir doch lieber um, gnädiger Herr, damit wir nicht ins Unglück geraten.“

„Warum denn? irgendwohin werden wir doch schließlich kommen!“

„Irgendwo hinkommen? In der Steppe werden wir übernachten müssen! Wie das stürmt . . . Herr du mein Gott!“

Es setzte mich zwar in Erstaunen, daß der Kutscher der ersten Troika, obwohl er Weg und Richtung verloren hatte, nicht nach dem Wege suchte, sondern, seine Pferde lustig antreibend, in vollem Trab weiterfuhr, doch wollte ich jetzt schon nicht mehr zurückbleiben.

„Ihnen nach“, rief ich.

Mein Kutscher nahm die Fahrt wieder auf, aber er schien die Pferde nur ungern anzutreiben und sprach kein Wort mehr mit mir.

4

Der Sturm wurde von Minute zu Minute stärker, vom Himmel fiel feiner, trockener Schnee; es schien leicht zu frieren; Nase und Wangen schmerzten von der Kälte, immer öfter drang ein kalter Luftzug in meinen Pelz, so daß ich mich dichter in ihn hüllen mußte. Ab und zu klapperten die Schlittenkufen über eine nackte, hartgefrorene Stelle, von der der Wind den Schnee fortgeweht hatte. Obgleich mich der Ausgang dieser Irrfahrt außerordentlich in Spannung hielt, fielen mir doch schließlich die Augen zu, denn ich war schon sechshundert Werst gereist, ohne eine Nacht zu schlafen, und so schlummerte ich schließlich etwas ein. Als ich einmal erwachte und die Augen öffnete, war ich ganz erstaunt: im ersten Moment schien es mir, als sei die weiße Ebene von hellem Licht überflutet; der Horizont hatte sich merklich erweitert, der tiefe, schwarze Himmel war plötzlich verschwunden, auf allen Seiten sah man die weißen, schrägen Linien des herabfallenden Schnees, die Umrisse der vor uns herfahrenden Troikas waren deutlicher zu unterscheiden, und als ich aufwärts blickte, schien es mir einen Augenblick, als hätten sich alle Wolken verteilt und der Himmel sei nur leicht von dem fallenden Schnee verhüllt. Während ich geschlummert hatte, war der Mond aufgegangen und warf durch die dünnen Wolken und den fallenden Schnee sein kaltes und grelles Licht. Deutlich sah ich unsern Schlitten, die Pferde, den Kutscher und die drei Troikas, die vor uns herfuhren, voran der Kurierschlitten, auf dessen Bock noch immer der eine Mann saß und seine Pferde zu vollem Trab antrieb, dahinter der zweite Schlitten mit zwei Leuten darin, die die Zügel hängen ließen und sich aus ihren Mänteln einen Windschutz gemacht hatten, unter dem sie saßen und unentwegt ihr Pfeifchen rauchten, was an den Funken, die von dort herüberflogen, zu erkennen war, und schließlich der dritte Schlitten, in dem niemand zu sehen war und in dem der Kutscher wahrscheinlich lag und schlief. Doch hielt jetzt, seit ich erwacht war, der Kutscher des vordersten Schlittens des öfteren seine Pferde an und machte sich auf die Suche nach dem Wege. Und jedesmal, wenn wir hielten, tönte das Geheul des Windes stärker und man sah deutlicher, welche ungeheuren Schneemassen in der Luft umherwirbelten. Ich sah bei dem vom Schneegestöber gedämpften Mondschein die kleine Gestalt des Führers, der mit dem Peitschenstiel den Boden abtastete, sich wie im Nebel hin und her bewegen, wieder zum Schlitten zurückgehen und sich seitwärts auf den Bock schwingen, — und gleich darauf ertönte wieder durch das einförmige Sausen des Sturmes das kräftige, klangvolle Bimmeln und Läuten der Schlittenglocken. Jedesmal, wenn der Führer ausstieg, um sich nach dem Wege oder nach Heuschobern umzusehen, erklang aus dem zweiten Schlitten die frische, selbstbewußte Stimme eines anderen Kutschers, der dem ersten zurief:

„Hör' mal, Ignaschka! Wir sind ja viel zu weit nach links abgewichen: nach rechts, mit dem Winde müssen wir uns halten." Oder: „Was drehst du dich um dich selbst herum? Geh in der Richtung, wie der Schnee liegt, — dann kommst du schon auf den Weg!" Oder: „Nach rechts, mehr nach rechts, Bruderherz! Da ist doch was Schwarzes zu sehen — das ist wohl ein Werstpfahl!" Oder: „Was irrst du so sinnlos umher! Spann' doch den Schecken ab und laß ihn vornweglaufen, der führt uns sicher wieder auf den Weg. Dann wird die Sache schon in Gang kommen!"

Aber selbst dachte der Ratgeber nicht daran, etwa das Nebenpferd eigenhändig abzuspannen oder auch im Schnee nach dem Wege zu suchen; er steckte kaum seine Nase aus seinem Mantelkragen, und als der Kutscher Ignaschka auf seine Ratschläge zurückschrie, er solle doch mal versuchen vorauszufahren, wenn er alles besser wisse, antwortete der Ratgeber nur, wenn er der Kurier wäre, täte er das auch. Dann würde er den rechten Weg schon finden. „Aber meine Pferde werden bei diesem Schneesturm nicht vorauslaufen wollen," rief er, „das sind nicht solche Pferde!"

„Dann misch' dich auch nicht herein!" antwortete Ignaschka und pfiff munter seinen Pferden zu.

Der andere Mann, der mit dem Ratgeber im selben Schlitten saß, sprach mit Ignaschka kein Wort und mischte sich überhaupt nicht in den Streit, obgleich er noch nicht schlief, wie ich an seinem glimmenden Pfeifchen sah, und wenn unsere

Schlitten haltmachten, hörte ich auch jedesmal seine eintönige Stimme. Er erzählte ein Märchen. Nur einmal — Ignaschka hielt wohl schon zum sechsten oder siebenten Male, — schien er ärgerlich darüber zu werden, daß ihm das Vergnügen an dieser Fahrt immer gestört werde, und rief ihm zu:

„Na, warum hältst du schon wieder? Der denkt, er könnte den Weg finden! Bei solch einem Schneesturm! Hier würde der Feldmesser selbst ihn nicht mehr finden. Fahr zu, solange die Pferde laufen können! Mit Gottes Hilfe werden wir schon nicht ganz erfrieren. Vorwärts also!"

„Warum nicht gar! Ist doch erst im vorigen Jahr ein Postillion so erfroren!" ließ sich mein Kutscher vernehmen. Der Mann in der letzten Troika erwachte während der ganzen Zeit nicht ein einziges Mal. Nur als wir wieder haltmachten, schrie ihm der Ratgeber zu:

„Filipp, he, Filipp!" Und als er keine Antwort bekam, meinte er: „Ob er am Ende erfroren ist? Sieh doch mal nach ihm, Ignaschka!"

Ignaschka, zu allem bereit, ging an den Schlitten heran und begann den Schläfer zu schütteln.

„Sieh mal an, wie er von dem einen Viertel Schnaps hin ist! He, wenn du erfroren bist, so sag's!" rief er, ihn immer heftiger schüttelnd.

Der Schläfer brummte nur ein paar Schimpfworte.

„Er ist noch lebendig, Freunde!" sagte Ignaschka und lief wieder nach vorn zu seinem Schlitten; wir fuhren weiter, und zwar so schnell, daß das kleine, braune Seitenpferd meiner Troika, ununterbrochen von der Peitsche angetrieben, zuweilen in ungeschicktem Galopp dahinsprang.

5

Es war gegen Mitternacht, als der alte Kutscher und Wasilij, die den entflohenen Pferden nachgejagt waren, zu uns zurückkehrten. Sie hatten sie eingefangen und uns gefunden und eingeholt. Wie sie das bei einer solchen Dunkelheit im blinden Schneesturm, mitten in der öden Steppe fertiggebracht hatten, wird mir ewig unbegreiflich bleiben. Der Alte kam, mit Armen und Beinen schlenkernd, im Trab auf dem Mittelpferd herangeritten (die beiden anderen Gäule waren am Zaumzeug festgebunden, man hätte sie sonst im Schneesturm wieder verloren). Als er bei uns angelangt war, fing er sofort wieder an, auf meinen Kutscher loszuschimpfen.

„So ein schieläugiger Teufel! wirklich . . ."

„He, Onkelchen Mitritsch, bist du noch am Leben?" rief ihm der Märchenerzähler aus dem zweiten Schlitten zu. „Komm, klettre zu uns herein."

Der Alte aber hörte nicht auf ihn, sondern fuhr fort zu schimpfen. Erst als er sich genuggetan hatte, ritt er an den zweiten Schlitten heran.

„Habt ihr alle eingefangen?" wurde er gefragt.

„Etwa nicht!"

Und der kleine Kerl legte sich im vollen Jagen mit der Brust auf den Rücken des Pferdes, sprang dann, ohne zu halten, in den Schnee, lief hinter den Schlitten und sprang hinein, so daß seine Beine über den Schlittenrand emporflogen. Der große Wasilij setzte sich, wie immer, schweigend in den vordersten Schlitten zu Ignaschka und bemühte sich, mit ihm den Weg zu finden.

„Was der schimpfen kann . . . Du lieber Gott!" murmelte mein Kutscher vor sich hin.

Dann fuhren wir noch lange, ohne anzuhalten, durch die weiße Einöde, in der kalten, durchsichtigen, zitternden Helle des Schneesturmes. Wenn ich die Augen öffnete, sah ich vor mir stets dieselbe unförmige Mütze und den mit Schnee bedeckten Rücken hin und her schwanken, dasselbe niedrige Krummholz, unter dem zwischen straff gespannten Zügeln der Kopf des Gabelpferdes mit seiner schwarzen, vom Wind nach der Seite gewehten Mähne immer im gleichen Abstand auf und nieder wippte. Hinter dem schneebedeckten Rücken kam ab und zu rechts dasselbe kleine, braune Seitenpferdchen zum Vorschein, mit seinem kurz aufgebundenen Schwanz und dem Strangholz, das zuweilen an die Vorderwand des Schlittens klopfte. Blickte ich zu Boden, so stäubte, von den Kufen aufgewühlt, immer der gleiche Schnee empor und wurde vom Winde eigensinnig immer nach derselben Seite getragen. Vor mir eilten immer im gleichen Abstand die drei Troikas dahin; rechts und links schimmerte alles lichtweiß. Vergeblich sucht das Auge nach irgendeinem Gegenstand: kein Pfahl, kein Heuschober, kein Baum ist rings zu sehen. Alles ringsum ist weiß, ganz weiß und in Bewegung: bald scheint der Horizont in unermeßlicher Ferne zu liegen, bald beengt er uns von allen Seiten, als wäre er nur zwei Schritt weit; dann wieder wächst es wie eine weiße, hohe Mauer zu meiner rechten Hand empor, läuft mit dem Schlitten, um plötzlich zu verschwinden und vor mir wieder aufzutauchen und dann weiter und weiter zu laufen und zuletzt ganz zu verschwinden. Ich blicke empor, und es scheint mir im ersten Augenblick so hell zu sein, daß ich die Sterne durch die Nebel zu sehen glaube. Aber die Sterne fliehen vor meinem Blick stets höher und höher hinauf, und schließlich sehe ich nur Schnee, der mir über die Augen auf Gesicht und Pelzkragen fällt; auch der Himmel ist überall gleichmäßig hell, gleichmäßig weiß und farblos, einförmig und in ewiger Bewegung. Der Wind scheint sich zu wenden, bald bläst er uns entgegen und verklebt uns die Augen mit Schnee, bald wirft er mir tückisch den Kragen meines Pelzes über den Kopf und schlägt mir damit ins Gesicht, bald brummt er mir im Rücken, durch irgendeine Spalte. Ich höre das schwache, stete Knirschen der Pferdehufe und Schlittenkufen im Schnee, und das Schellengeklingel, das verhallt, wenn wir im tiefen Schnee fahren. Nur ganz selten, wenn wir gegen den Wind und über kahle hartgefrorene Stellen fahren, dringt das energische Pfeifen Ignats oder das lustige Bimmeln des Glöckchens mit der bebenden Quinte an mein Ohr, und diese Töne unterbrechen beglückend die unheimliche Stimmung der Einöde, bis sie von neuem einförmig werden und mit unerträglicher Genauigkeit dasselbe Motiv zu wiederholen scheinen, das ich in ihnen zu erkennen glaube. Mir begann der eine Fuß zu erstarren, und als ich mich umdrehte, mich besser einzuhüllen, geriet etwas von dem Mantel und Mütze bedeckenden Schnee hinter den Kragen und ließ mich erschauern; doch war es im ganzen noch recht mollig in meinem durchwärmten Pelz, und der Schlaf überfiel mich wieder.

6

Erinnerungen und Vorstellungen wechselten rasch und ununterbrochen in meinem Geiste.

„Was mag der Ratgeber aus dem zweiten Schlitten wohl für ein Kerl sein? Vielleicht ist er rothaarig, breitschultrig und kurzbeinig," denke ich, „wie Feodor Filippytsch, unser früherer Küchenchef. Und da sehe ich schon die Treppe unseres großen Hauses vor mir, und fünf leibeigene Diener, die schwerfällig hinaufsteigend, auf Handtüchern ein Klavier aus dem Seitenflügel herübertransportieren; ich sehe Feodor Filippytsch, wie er, die Ärmel seines Nankingrockes aufgestreift, selbst nur das Pedal trägt, wie er vorausrennt, die Riegel öffnet, bald an einem der Tücher zupft, bald etwas wegschiebt, zwischen den Beinen der Leute durchkriecht, allen im Wege ist und unaufhörlich mit besorgtem Tone ruft:

„Ihr da vorne, höher heben, hört ihr! So, jawohl, mit dem Schwanz nach oben, noch mehr nach oben, so, und nun durch die Tür! So ist's gut!"

„Erlauben Sie mal, Feodor Filippytsch! wir machen's schon allein", meint schüchtern der Gärtner, der, ans Treppengeländer gepreßt, ganz feuerrot vor Anstrengung, mit Aufbietung seiner letzten Kräfte eine Ecke des Klaviers festhält.

Aber Feodor Filippytsch läßt nicht locker. „Was will er eigentlich?“ denke ich bei mir. „Glaubt er wirklich der Sache damit zu nützen, hier unbedingt nötig zu sein, oder ist er bloß froh, daß er vom Himmel mit einer solchen selbstbewußten, überzeugenden Beredsamkeit begabt ist, die er nun mit Wonne verschwendet? So wird es wohl sein!“

Und ich sehe urplötzlich unseren Teich, einige ermüdete Diener, die bis an die Knie im Wasser stehen und an einem Fischnetz ziehen, und unter ihnen wieder Feodor Filippytsch mit einer Gießkanne in der Hand, der alle anschreit, am Ufer umherrennt und nur ab und zu zum Teich tritt, um das Wasser zu wechseln, wobei er beim Abschütten des trüben Wassers die goldglänzenden Karauschen mit der Hand festhält. Und dann ist es plötzlich ein Mittag im Juli. Ich schreite unter den senkrecht brennenden Sonnenstrahlen über das frisch gemähte Gras irgendwohin; ich fühle, daß ich noch sehr jung bin, daß mir irgend etwas fehlt, ich irgend etwas sehnsüchtig wünsche! So komme ich zu meinem Lieblingsplätzchen am Teich zwischen dem Heckenrosenbeet und der Birkenallee und lege mich zum Schlafen nieder. Ich erinnere mich deutlich an das Gefühl, mit dem ich, auf dem Rücken liegend, durch die braunroten, stacheligen Stämme der Heckenrosen auf den schwarzen, trockenen, körnigen Erdboden und den hindurchschimmernden grellblauen Spiegel des Teiches blicke. Es ist das Gefühl einer gewissen naiven Selbstzufriedenheit, mit Wehmut gemischt. Alles ringsum scheint mir so schön, und ich bin von dieser Schönheit so ergriffen, daß ich mir selbst fast schön vorkomme, und es ärgert micht ein wenig, daß niemand mich bewundert. Es ist so schwül. Ich versuche einzuschlafen, um mich zu trösten, aber die Fliegen, diese abscheulichen Fliegen, lassen mich nicht in Ruhe, umschwärmen mich immer dichter und hüpfen eigensinnig und hart, wie Kirschkerne, von der Stirn auf die Hände hin und her. Ganz dicht bei mir summt eine Biene in der Sonnenglut. Schmetterlinge mit gelben Flügeln flattern müde von Halm zu Halm. Ich blicke empor, bis mir die Augen von der Sonne weh tun, die blendend durch das lichte, krause Grün und die leise schaukelnden Zweige der Birken hoch oben blickt, und es kommt mir noch heißer vor. Ich bedecke mein Gesicht mit dem Taschentuch: da wird es noch schwüler, und die Fliegen kleben mir an den schweißbedeckten Händen. Im Dickicht der Heckenrosenbüsche toben die Spatzen. Einer davon hüpft kaum einen Schritt weit von mir herunter, tut so, als picke er eifrig ein paarmal in der Erde, fliegt dann wieder vom Blumenbeet auf, wobei er lustig zwitschert und in den Zweigen raschelt; ein anderer ist auch auf den Boden gesprungen, sieht sich im Kreise um, bewegt das Schwänzchen und — husch — ist er zwitschernd hinter dem ersten hergeflattert. Vom Teich her dringen die Schläge des Waschholzes, das auf die nasse Wäsche klatscht, bis zu mir herüber, und die Töne verklingen tief unten über dem Wasserspiegel. Dann höre ich Gelächter, Geschwätz und Plätschern von Badenden. Ein Windstoß rauscht in den Kronen der Birken, erst ganz weit von mir, dann immer näher, ich höre, wie er das Gras bewegt, sehe, wie die Blätter der Heckenrosenbüsche auf dem Blumenbeet sich auf ihren Zweigen hin und her wiegen; und nun ist er auch bis zu mir gekommen, hebt den Zipfel meines Taschentuches und streichelt mir das schweißbedeckte Gesicht. Eine Fliege gerät unter das gelüftete Tuch und irrt erschrocken um meinen feuchten Mund herum. Ein trockener Zweig unter meinem Rücken drückt mich. Nein, es ist unmöglich, länger so liegenzubleiben, ich will baden gehen. Da höre ich dicht hinter dem Blumenbeet eilige Schritte und eine angstvolle Frauenstimme sagt:

„Ach du lieber Gott! Was sollen wir anfangen? Und nirgends ein Mannsbild zu sehen!“

„Was ist los?“ frage ich die Magd, die jammernd an mir vorüberläuft, und springe zu ihr in den Sonnenschein. Sie sieht sich nur um, fuchtelt mit den Armen und eilt weiter. Aber da kommt auch noch die siebzigjährige Matriona herangehumpelt; mit der Hand hält sie ihr Kopftuch fest, das ihr immer herunterrutschen will, und einen Fuß im dicken Wollstrumpf schleppt sie mühsam nach; sie läuft auch nach dem Teich. Zwei Mädchen, die sich bei der Hand halten, laufen auch hin, und ein zehnjähriger Junge, in Vaters Rock, hält sich am hanfleinenen Rock der einen fest und bemüht sich, ihnen nachzukommen.

„Was ist geschehen?“ frage ich sie.

„Ein Bauer ist ertrunken!“

„Wo?“

„Im Teich.“

„Wer denn? einer von unseren Leuten?“

„Nein, ein Fremder.“

Jetzt laufen auch der Kutscher Iwan, der mit seinen schweren Stiefeln auf dem frisch gemähten Grase fortwährend ausrutscht, und der dicke Verwalter Jakow, dem die Puste ausgeht, eilig nach dem Teiche. Da laufe auch ich mit.

Ich erinnere mich noch genau an das Gefühl, das mir sagte: „Jetzt mußt du dich ins Wasser stürzen, den Mann herausziehen, ihn retten, dann werden dich alle bewundern“, — das eben, was ich mir so wünschte.

„Wo denn? Wo?“ frage ich die Dienstboten, die sich in Menge am Ufer drängen.

„Dort drüben am anderen Ufer, ganz bei der Badehütte, an der allertiefsten Stelle“, antwortet eine der Wäscherinnen, die ihre nasse Wäsche auf das Tragholz packt. „Ich sah ihn noch untertauchen; er kam hervor, verschwand wieder, und als er dann wieder auftauchte, schrie er plötzlich: ‚Mein Gott, ich ertrinke!‘ und verschwand — nur noch Blasen waren auf dem Wasser zu sehen. Da begriff ich erst, daß der Mensch ersaufen will. Und fange an zu brüllen: ‚Zu Hilfe, ein Mensch ertrinkt hier!'"

Und die Wäscherin packt ihr Tragholz auf die Schulter und geht, sich in den Hüften wiegend, auf dem Fußpfad vom Teiche fort.

„So ein Unglück!" meint Jakow Iwanow, unser Verwalter, ganz verzweifelt. „Was für Unannehmlichkeiten das nun wieder mit dem Gericht geben wird — man wird nicht wissen, wo man hin soll."

Jetzt kommt ein Bauer mit seiner Sense gegangen, drängt sich zwischen den Weibern, Kindern und Greisen hindurch, die sich auf dem gegenüberliegenden Ufer versammelt haben, und zieht, nachdem er die Sense an einen Weidenast gehängt hat, langsam seine Stiefel ab.

„Wo denn, wo ist er denn untergegangen?" frage ich immer wieder; ich möchte mich ins Wasser stürzen, retten, etwas Außergewöhnliches tun.

Doch man weist bloß auf die glatte Oberfläche des Teiches, die sich nur selten von einem leisen Windhauch kräuselt, und mir ist es unbegreiflich, daß hier ein Mensch ertrunken sein soll. Denn das Wasser sieht über ihm noch genau so glatt, lieblich und gleichgültig aus, schimmert golden in der Mittagssonne, und es wird mir mit einem Male klar, daß ich gar nichts tun kann, niemanden in Erstaunen setzen werde, vor allen Dingen, weil ich auch nur schlecht schwimme. Der Bauer hat unterdessen schon sein Hemd über den Kopf gezogen und ist im Begriff, in den Teich zu springen. Alles ringsum starrt voller Hoffnung mit angehaltenem Atem auf ihn; aber als der Mann so weit ins tiefe Wasser gelangt ist, daß es ihm über die Schultern geht, kehrt er langsam um und zieht sein Hemd wieder an: er kann nämlich gar nicht schwimmen.

Es läuft immer mehr Volk zusammen, die Menge wird immer größer, die Weiber drängen sich aneinander, aber niemand weiß, wie er helfen soll. Die, welche eben dazugekommen sind, erteilen Ratschläge, seufzen, und auf allen Gesichtern sieht man Schreck und Verzweiflung; einige, die schon lange dagestanden haben, setzen sich, weil sie müde geworden sind, ins Gras, andere gehen nach Hause. Die alte Matriona fragt ihre Tochter, ob sie auch daheim die Ofentür ordentlich zugemacht habe; der kleine Junge, der im Rock seines Vaters steckt, wirft eifrig Steinchen ins Wasser.

Da aber kommt mit Gebell und sich verständnislos umblickend vom Hause her Feodor Filippytschs Hund Tresor; und dann kommt auch sein Herr, laut schreiend, hinter dem Rosenbeet hervor den Berg heruntergelaufen. „Was steht ihr da?“ ruft er, schon im Laufen den Rock ausziehend. „Da ist ein Mensch ertrunken, und sie stehen da und sperren das Maul auf. Gebt einen Strick her!“

Alle schauen voll Hoffnung und Furcht auf Feodor Filippytsch, der, auf die Schulter eines dienstfertigen Knechtes gestützt, mit der Spitze des linken Fußes den Hacken des rechten Stiefels herunterzieht.

„Dort ist er, wo die Leute alle stehen, gleich dort etwas rechts von der Weide, gerade dort“, sagt einer.

„Weiß schon“, antwortet er und runzelt die Brauen, wohl aus Opposition gegen die Anzeichen von Schamhaftigkeit, die in der Gruppe der Weiber bemerkbar werden, zieht sein Hemd aus, legt das Kreuz vom Hals ab und gibt beides dem Gärtnerjungen zu halten, der ehrerbietig vor ihm steht; dann geht er mit energischen Schritten über das frisch gemähte Gras zum Teich.

Tresor, der nicht versteht, was für eine Ursache die lebhaften Bewegungen seines Herrn haben, hat vor der Menge haltgemacht, schmatzend am Ufer einige Grashalme gefressen; nun stürzt er mit einem fragenden Blick auf seinen Herrn winselnd hinter ihm her ins Wasser. Im ersten Augenblick sieht man nichts als Schaum und Wasserstrahlen, die bis zu uns herüberspritzen; aber da sieht man auch schon Feodor

Filippytsch, graziös mit den Armen ausholend und den Rücken in gleichmäßigen Abständen aus dem Wasser hebend und wieder untertauchend, in starken Stößen zum anderen Ufer hinüberschwimmen. Tresor, der Wasser geschluckt hat, macht eiligst kehrt, schüttelt sich in der Menge ab und wälzt sich auf dem Rücken am Ufer. Im selben Augenblick, wo Feodor Filippytsch das jenseitige Ufer erreicht, sind zwei von unseren Kutschern zur Weide geeilt und bringen ein auf einem Stock zusammengerolltes Fischnetz. Feodor Filippytsch hebt, Gott weiß warum, plötzlich beide Arme empor, taucht dann einmal unter, dann noch ein zweites, noch ein drittes Mal, wobei er jedesmal einen Wasserstrahl aus dem Munde bläst, die Haare anmutig aus der Stirn zurückwirft und auf die fragenden Zurufe, mit denen er von allen Seiten überschüttet wird, keine Antwort gibt. Schließlich steigt er wieder ans Ufer und ordnet augenscheinlich das Auswerfen des Netzes an. Als das Netz wieder herausgezogen wird, befindet sich in seinen Maschen nichts als Schlamm und ein paar zappelnde kleine Karauschen. Während das Netz zum zweiten Male ausgeworfen wird, gehe ich auf das andere Ufer hinüber.

Ringsum hört man nur die befehlende Stimme Feodor Filippytschs, das Klatschen des nassen Strickes auf dem Wasser und Seufzer des Entsetzens. Der nasse Strick, der an der rechten Seite des Netzes befestigt ist, wird — dicht und dichter mit Tang bedeckt — immer mehr über der Oberfläche des Wassers sichtbar.

„So, jetzt zieht beide zugleich, fester, beide zusammen!" schreit Feodor Filippytsch.

„Es ist was drin, es ist schwer, Bruder!" hört man jemand sagen.

Nun kommen auch die Flügel des Netzes hervor, in denen zwei, drei kleine Karauschen zappeln, und zerdrücken und bespritzen das Gras ringsum. Und dann wird unter dem dünnen, zitternden, leichtgetrübten Wasserspiegel im straff gespannten Netz etwas Weißes sichtbar. Ein schwacher, in der allgemeinen Totenstille aber unheimlich deutlich hörbarer Seufzer des Entsetzens ertönt in der Menge.

„Zieht, alle zugleich, heraus aufs Trockene!" höre ich Feodor Filippytschs energische Stimme rufen, und der Ertrunkene wird über die frisch gemähten Stiele der Kletten und Disteln langsam bis an die Weide heraufgezogen.

Da sehe ich auch meine gute alte Tante in ihrem Seidenkleid, mit dem befransten lila Sonnenschirm, der so gar nicht in dieses in seiner Einfachheit doch so schreckliche Bild des Todes paßt, und ihr Gesicht, das jeden Augenblick zum Weinen bereit ist. Ich sehe den Ausdruck der Enttäuschung darauf, weil nun auch hier das Fläschchen Arnika nichts mehr nützen kann, und ich erinnere mich des schmerzlichen, bitteren Gefühles in meinem Herzen, als sie mit dem naiven Egoismus der Liebe zu mir sagt: „Komm, mein Junge. Ach, ist das entsetzlich! Und du badest und schwimmst auch immer ganz allein."

Ich erinnere mich, wie grell und heiß die Sonne auf das trockene, lockere Erdreich zu meinen Füßen brennt, sehe, wie sie auf dem Spiegel des Teiches spielt, wie feiste Karpfen gegen die Ufer stoßen und in der Mitte Schwärme kleiner Fische die Wasserfläche kräuseln, wie hoch oben am Himmel ein Habicht kreist, über den jungen Enten schwebt, die schnatternd und plätschernd durch das Schilf nach der Mitte des Teiches herausschwimmen; wie flockige, weiße Gewitterwolken sich am Horizont sammeln, wie der Schlamm, den das Netz ans Ufer getragen hat, sich allmählich auflöst, und von neuem höre ich, beim Überschreiten des Dammes, das Klatschen des Waschholzes, das über den Teich herüberklingt.

Aber das klatscht ja jetzt so, als ob zwei Waschhölzer in einer Terz zusammenklingen, und dieser Klang quält mich, peinigt mich, um so mehr, als ich weiß, daß diese Waschhölzer eigentlich eine Glocke sind, die selbst Feodor Filippytsch nicht zum

Schweigen bringen könnte. Und das Waschholz wird zu einem Folterinstrument, das mir den Fuß zusammenklemmt, der eiskalt wird, — und ich schlafe ein.

Ich erwachte, wie mir schien, weil wir plötzlich sehr schnell dahinsausten und zwei Stimmen sich dicht neben mir miteinander unterhielten.

„Hör' mal, Ignat, he, Ignat!" sagt die Stimme meines Kutschers. „Nimm meinen Fahrgast, du mußt ja doch weiterfahren, da ist es alles eins; ich will mich nicht umsonst abhetzen! Nimm du ihn!"

Die Stimme Ignats antwortet dicht neben mir: „Was habe ich davon, die Verantwortung für deinen Fahrgast zu tragen? Spendierst du eine halbe Flasche Schnaps dafür?"

„Na, gleich eine halbe! ein Viertel ist auch genug!"

„Ein Viertel, sieh mal an!" ruft die andere Stimme wieder. „Ich soll meine Pferde um ein Viertel Schnaps abjagen!"

Ich öffne die Augen. Und sehe noch immer denselben unausstehlichen, wirbelnden Schnee um mich her flimmern, dieselben Kutscher und Pferde, aber neben mir noch einen Schlitten. Mein Kutscher hat Ignat eingeholt und wir fahren ziemlich lange nebeneinander her. Obgleich ihm Stimmen aus dem anderen Schlitten den Rat geben, es nicht um weniger als für eine Halbe zu tun, hält Ignat doch plötzlich seine Troika an.

„Meinetwegen, lade ihn nur zu mir herüber. Du hast Glück. Und morgen, wenn wir angekommen sind, stiftest du das Viertel. Ist viel Gepäck dabei?"

Mein Kutscher ist mit einer fabelhaften Behendigkeit herunter in den Schnee gesprungen und bittet mich nun unter tiefen Verbeugungen, zu Ignat hinüberzusteigen. Ich bin ganz damit einverstanden; aber der fromme Bauer ist so glücklich darüber, daß er seine Dankbarkeit und Freude über jemand ausschütten muß: er verneigt sich immer wieder, bedankt sich bei mir, bei Alioschka, Ignaschka.

„Gott sei Lob und Dank! Was wäre sonst wohl mit uns geworden, du mein Gott und Vater! Die halbe Nacht sind wir schon unterwegs und keiner weiß, wohin wir kommen. Der wird dich schon richtig hinbringen, Väterchen, mein guter Herr, meine Pferde können ja gar nicht mehr weiter."

Er ladet mein Gepäck mit großem Eifer ab.

Während die Leute umladen, gehe ich, mit dem Rücken gegen den Wind gestemmt, der mich fast hochhebt, zum zweiten Schlitten hinüber. Dieser war bis zu einem Viertel verschneit, besonders von der einen Seite, auf der die Fuhrleute sich die Mäntel zum Schutz über ihre Köpfe ausgespannt hatten. Unter diesem Schutzdach war es windstill und warm. Der Alte lag noch immer mit heraushängenden Beinen da, der Märchenerzähler fuhr in seiner Geschichte fort: „Wie dann also der General, im Namen des Königs also, zur Maria ins Gefängnis kommt, spricht die Maria also zu ihm: Herr General, ich will dich nicht und kann dich nicht lieben, denn also — du bist mein Geliebter nicht; mein Geliebter aber ist eben jener Prinz . . ."

„Und dann . . ." wollte er fortfahren, aber als er mich erblickte, verstummte er und tat, als fachte er sein Pfeifchen an.

„Nun, gnädiger Herr, wollen Sie sich auch das Märchen mit anhören?" fragte mich der andere Mann, den ich den Ratgeber genannt habe.

„Bei euch ist es aber fein, richtig gemütlich!" sagte ich.

„Was soll man machen aus Langeweile? So kommt man wenigstens nicht auf unnütze Gedanken!"

„Wißt ihr vielleicht, wo wir uns jetzt befinden?"

Diese Frage schien den Leuten nicht recht zu gefallen.

„Wer soll das wissen, wo wir sind? Vielleicht sind wir gar zu den Kalmücken geraten", antwortete der sogenannte Ratgeber.

„Und was wollt ihr dann anfangen?" fragte ich wieder.

„Was soll man da anfangen! Fahren, immer weiterfahren, vielleicht kommen wir doch einmal an", antwortete er in unwilligem Ton.

„Wenn wir nun aber nirgends ankommen, die Pferde nicht weiter können und wir im Schnee steckenbleiben, was dann?“

„Was dann sein soll?! Nichts!“

„Aber wir würden doch erfrieren!“

„Freilich können wir erfrieren, denn es sind ja weit und breit keine Heuschober zu sehen: wir haben uns also wahrscheinlich bis ganz zu den Kalmücken verfahren. Vor allen Dingen müssen wir uns nach dem Schnee richten.“

„Fürchtest du dich zu erfrieren, Herr?“ fragte der alte Kutscher mit zittriger Stimme.

Er schien bis auf die Knochen durchfroren, obgleich er sich über mich lustig machte.

„Ja, es ist ordentlich kalt geworden“, sagte ich.

„Ach, Herr! Du solltest es machen wie ich und manchmal aussteigen und ein Stückchen laufen — da wirst du wieder warm.“

„Am besten, man läuft hinter den Schlitten her“, sagte der Ratgeber.

„Bitte schön, alles ist fertig!“ rief da Alioschka vom ersten Schlitten herüber.

Der Schneesturm war jetzt so stark, daß ich nur mit Mühe, ganz vornübergebeugt und die Schöße meines Mantels mit beiden Händen zusammenhaltend, die wenigen Schritte bis zu meinem Schlitten über den rutschenden Schnee zurücklegen konnte, der ständig vom Wind unter den Füßen fortgeweht wurde. Mein früherer Kutscher hockte schon auf den Knien in seinem leeren Schlitten, nahm, als er meiner ansichtig wurde, seine riesige Mütze vom Kopfe, wobei der Wind ihm wütend an den Haaren zauste, und bat um ein Trinkgeld. Er schien es schon erwartet zu haben, daß ich ihm keins geben würde, denn meine abschlägige Antwort schien ihn nicht weiter zu betrüben. Er dankte mir auch dafür, setzte die Mütze wieder auf und sagte: „Gott behüte Sie, Herr ..." darauf zog er die Zügel an, schnalzte mit der Zunge und fuhr davon. Gleich darauf gab sich auch Ignaschka einen Ruck und schrie seine Pferde an. Und aufs neue übertönte das Knirschen der Pferdehufe auf dem Schnee, die Rufe der Kutscher und das Schellengeklingel das Heulen des Sturmes, der am lautesten brauste, wenn wir stillstanden.

Wohl eine Viertelstunde lang nach dem Umsteigen konnte ich nicht wieder einschlafen und unterhielt mich damit, daß ich mir meinen neuen Kutscher und seine Pferde genau betrachtete. Ignaschka saß sehr forsch da, federte unablässig auf seinem Sitz auf und nieder, fuchtelte mit der herabhängenden Peitsche in der Hand über den Pferden, schrie ihnen zu, schlug mit einem Fuß gegen den anderen, neigte sich ganz weit vornüber, um beim Gabelpferde das Riemenzeug zurechtzurücken, das nach rechts gerutscht war. Er war nicht groß von Wuchs, aber dem Anschein nach gut gebaut. Über der kurzen Pelzjacke trug er einen Mantel ohne Gurt, dessen Kragen weit zurückgeschlagen war; der Hals war fast ganz frei; statt der Filzstiefel trug er solche von Leder, dazu eine kleine Mütze, die er fortwährend abnahm und zurechtrückte. Die Ohren waren nur durch die Haare geschützt. Aus allen seinen Bewegungen sprach nicht nur Energie, sondern mehr noch das Bestreben, die Energie in sich wachzurufen. Je weiter wir fuhren, desto öfter hüpfte er auf dem Bock empor, rückte sich zurecht, schlug die Hacken zusammen, und desto eifriger schwatzte er mit mir und Alioschka: mir schien es, daß er fürchtete, den Mut zu verlieren. Es war auch aller Grund dazu vorhanden; denn wenn auch die Pferde sehr gut waren, so wurde doch der Weg mit jedem Schritt beschwerlicher und es war den Pferden anzumerken, wie ungern sie noch vorwärts liefen; immer öfter war die Peitsche nötig, und das gute, große langhaarige Gabelpferd glitt zwei- oder dreimal aus, raffte sich aber gleich wieder erschrocken auf, und zog mit kräftigem Ruck aufs neue an, wobei es den gewaltigen Kopf bis fast an die Glocken zurückwarf. Das rechte Seitenpferd, das ich unwillkürlich am meisten beobachtete, ließ mit der langen Quaste des Schwanzriemens, die an der einen Seite baumelte und bei jedem Schritt auf und ab tanzte, merklich die Stränge schlaffer hängen und bedurfte immer öfter der Peitsche; da es aber ein gutes, sogar feuriges Tier war, schien es sich über seine Schwäche zu ärgern, und hob und senkte zornig den Kopf, damit der Kutscher die Zügel straffer anziehe. Es war wirklich entsetzlich, wie der Schneesturm und die Kälte stetig zunahmen, wie die Pferde immer schwächer wurden und der Weg immer schlechter; dabei wußten wir ganz und gar nicht mehr, wo wir uns befanden und wohin wir eigentlich fahren sollten, ob wir die Poststation, oder auch nur irgendeinen schützenden Unterschlupf erreichen würden. Dabei klangen die Schellen so unbesorgt und lustig, und Ignaschka rief die Pferde so trotzig und hell an, als wenn wir an einem klaren, sonnigen Januarmittag über eine Dorfstraße dahinführen, und das war komisch und unheimlich zugleich. Das sonderbarste aber war die Vorstellung, daß wir uns überhaupt vom Fleck bewegten, ja sogar sehr schnell uns von der Stelle entfernten, auf der wir uns eben befunden hatten. Ignatka fing dabei an mit abscheulicher Fistelstimme ein Lied zu singen, so laut und mit so vielen Pausen, die er alle mit Pfeifen ausfüllte, daß man beim Anhören sich seiner Furcht zu schämen begann.

„He, he! Was brüllst du dir die Kehle heiser, Ignat?“ ertönte die Stimme des Ratgebers. „Halt mal ein wenig!“

„Wa—as?“

„An—ha—alten!“

Ignat hielt den Schlitten an. Wieder verstummten alle anderen Laute, der Wind begann wieder lauter zu heulen und zu winseln, und der Schnee legte sich dichter und dichter wirbelnd in den Schlitten.

Der Ratgeber trat zu uns.

„Na, was ist los?“

„Was ist? Wohin fahren wir?“

„Wer soll das wissen!“

„He, dir sind wohl die Beine erfroren, daß du so herumspringst?“

„Ich fühle sie schon gar nicht mehr!“

„Geh doch etwas vor: da — sieh mal, ganz drüben, da ist was, vielleicht ein Kalmückenlager. Schau mal nach, da werden dir auch die Füße wieder warm.“

„Meinetwegen, halt du die Pferde ... da.“

Und Ignat lief in der angegebenen Richtung fort.

„Man muß eben die Augen offen haben und ab und zu aussteigen und nachsehen, dann findet sich schon was; sonst kannst du fahren, bis du dumm wirst!“ sagte mein Ratgeber. „Sieh mal einer an, wie die Pferde schwitzen.“

Während der ganzen Zeit, die Ignat auf der Suche war — und sie erschien mir so endlos lange, daß ich schon fürchtete, er könnte sich verirrt haben, — redete mir der Ratgeber mit ruhigem, selbstbewußtem Ton vor, wie man sich im Schneesturm benehmen müsse, daß es das beste wäre, ein Pferd auszuspannen und laufen zu lassen, denn das brächte einen, bei Gott, gewiß wieder heim; man könnte sich auch nach den Sternen richten, und wir wären längst bei der Station angekommen, wenn er den Führer gemacht hätte.

„Na, was war da?“ fragte er den zurückkommenden Ignat, der mühsam bis an die Knie im Schnee stapfte.

„Es ist schon was da, wahrscheinlich ein Kalmückenlager,“ antwortete Ignat, ganz außer Atem, „aber ich weiß nicht, was für eines. Wir sind wahrscheinlich in die Nähe des Prolgowschen Gutes geraten, Freundchen. Wir müssen uns viel mehr nach links halten.“

„Was redest du für einen Unsinn! Das ist doch überhaupt

das Kalmückenlager, das gleich hinter unserer Station liegt!" entgegnete der Ratgeber.

„Nein, sage ich dir, das ist es nicht!"

„Ich habe es nur von ferne gesehen, aber ich weiß es doch; es ist es; und wenn es nicht dieses Lager ist, so das von Tamyschew. Immerzu nach rechts müssen wir fahren, dann kommen wir gerade bei der großen Brücke heraus — gleich bei der achten Werst."

„Und ich sage dir, nein! Ich habe es gesehen!" entgegnete Ignat wütend.

„Ach, Bruderherz! und du willst Fuhrmann sein!"

„Jawohl, Fuhrmann! Geh doch selbst hin."

„Weshalb soll ich hingehn! Ich weiß es auch so."

Jetzt wurde Ignat wirklich böse; er gab keine Antwort mehr, sprang auf den Bock und fuhr weiter.

„Sieh mal einer an, wie mir die Füße erstarrt sind," wandte er sich zu Alioschka, „ich kann sie gar nicht wieder warm kriegen." Und er schlug immer häufiger die Hacken zusammen und schüttelte den Schnee aus den Stiefelschäften. Mich überkam eine große Müdigkeit.

8

„Vielleicht bin ich schon am Erfrieren," dachte ich im Halbschlaf, „es soll immer damit beginnen, daß man einschläft. Ich glaube, daß es schöner ist zu ertrinken, als zu erfrieren; man könnte mich dann auch mit dem Fischnetz herausziehen; übrigens ist mir alles gleich — ertrinken oder erfrieren, wollte mich nur dieser Stock oder was es sonst ist, nicht so in den Rücken stoßen, damit ich ganz einschlafen könnte."

Und ich schlummerte wirklich eine Sekunde lang ein.

„Aber womit soll das alles enden?" frage ich mich plötzlich, öffnete die Augen und schaute in die weiße Unendlichkeit vor mir. „Womit wird das enden? Wenn wir keinen Heuschober finden und die Pferde nicht mehr weiter können, was wahrscheinlich sehr bald der Fall sein wird, dann müssen wir allesamt erfrieren." Ich gestehe, daß ich mich zwar ein wenig zu fürchten begann, aber der Wunsch, etwas Ungewöhnliches, ja gar Tragisches zu erleben, in mir stärker war als diese schwache Anwandlung von Furcht. Ich stellte mir vor, daß es doch nicht übel wäre, wenn uns die Pferde schließlich gegen Morgen halberfroren in irgendein entferntes, fremdes Dorf bringen würden, und einige von uns dabei vielleicht schon ganz zu Tode erfroren wären. Solche Gedanken durchkreuzten mit ungeheurer Schnelligkeit und Klarheit mein Hirn. Die Pferde halten, der Schnee verweht uns mehr und mehr, so daß von den Pferden nichts als die Krummhölzer und die Ohren zu sehen sind; doch da kommt plötzlich von oben her Ignaschka mit seiner Troika und fährt an uns vorüber. Wir flehen ihn an, rufen, er solle uns mitnehmen, aber der Wind verweht den Ton unserer Stimmen, — sie werden nicht gehört. Ignaschka lacht, schreit seinen Pferden zu, pfeift und verschwindet vor unseren Blicken in irgendeinem tiefen, mit Schnee gefüllten Graben. Der Alte schwingt sich auf ein Pferd, fuchtelt mit den Armen und will davonsprengen, kommt aber nicht vom Fleck; mein erster Kutscher mit der großen Mütze stürzt sich auf ihn, zerrt ihn zu Boden und trampelt ihn in den Schnee. „Du bist ein Zauberer," ruft er, „du mit deinem Gefluche! Du sollst mit uns zusammen in der Irre umherlaufen." Der Alte jedoch hat mit dem Kopf den Schneehaufen durchstoßen; und nun ist er nicht mehr der Alte, sondern ein Hase, der eilig von uns fortrennt. Viele Hunde jagen hinter ihm her. Der Ratgeber, der jetzt Feodor Filippytsch geworden ist, meint, wir sollten uns alle im Kreise niedersetzen, es mache nichts aus, wenn uns der Schnee zudecke; das würde uns wärmen. Und wirklich scheint es mir plötzlich warm und wohlig, nur Durst habe ich. Ich hole meine Reisetasche hervor, bewirte alle mit Rum und Zucker und trinke mit großem Vergnügen selbst mit. Der Märchenerzähler beginnt eine Geschichte vom Regenbogen, — und wirklich, da ist über uns schon eine Decke von Schnee mit einem Regenbogen. „Nun macht sich jeder aus Schnee ein Kämmerlein und legt sich schlafen!" sage ich. Der Schnee fühlt sich weich und warm an, wie Pelzwerk. Ich baue mir eine Kammer und will gerade hineingehn. Da ruft Feodor Filippytsch, der in meiner Reisetasche mein Geld erspäht hat: „Halt! her mit dem Gelde. Du mußt doch sterben", und dabei packt er mich am Bein. Ich gebe ihm das Geld, und bitte ihn nur, mich loszulassen; allein man will mir nicht glauben, daß dies mein ganzes Geld sei, und will mich totschlagen. Da ergreife ich die Hand des Alten und beginne sie in wilder Verzückung zu küssen: die Hand fühlt sich weich und süß an. Er will sie mir erst entreißen, dann aber überläßt er sie mir und streichelt mich sogar mit der anderen Hand. Da aber nähert sich Feodor Filippytsch und bedroht mich wieder. Ich entfliehe in meine Kammer; doch nun ist es schon keine Kammer mehr, sondern ein langer, weißer Korridor, und jemand hält mich an den Beinen fest. Ich reiße mich los. Meine Kleider und ein Stück Haut bleiben in der Hand des Verfolgers zurück; aber ich empfinde nur Kälte und Scham — besonders Scham, denn da kommt meine Tante mit ihrem Sonnenschirm und ihrer homöopathischen Apotheke, Arm in Arm mit dem ertrunkenen Bauern, mir entgegen. Sie lachen und verstehen die Zeichen nicht, die ich ihnen mache. Ich stürze zum Schlitten, die Füße gleiten im Schnee aus, der Alte rennt, mit dem Ellenbogen schlenkernd, immer hinter mir her. Schon ist er ganz dicht hinter mir, da höre ich vor mir den Klang zweier Glocken, und ich weiß plötzlich, daß ich gerettet bin, wenn ich sie erreichen kann. Die Glocken tönen immer lauter und lauter; doch da hat der Alte mich eingeholt und ist mit dem Leib gerade auf mein Gesicht gefallen, so daß ich das Geläute kaum noch höre. Und wieder fasse ich seine

Hand und bedeckt sie mit Küssen — aber da ist es schon wieder nicht mehr der Alte, sondern der Ertrunkene ... Der ruft: „Ignaschka, halt! Da ist ja Achmelkas Heuschober! Geh mal hin und sieh nach!" Das ist gar zu entsetzlich! Nein, ich erwache lieber ...

Ich öffne die Augen. Der Wind hat mir einen Zipfel von Alioschkas Mantel über das Gesicht geblasen, ein Knie ist nicht zugedeckt, wir fahren über eine nackte Eiskruste, und die Terz der Schellen klingt deutlich mit der bebenden Quinte durch die Luft herüber.

Ich blicke um mich, um den Heuschober zu entdecken; doch statt dessen sehe ich ein Haus mit einem Balkon und die zackigen Mauern einer Festung. Aber das Haus und die Festung interessieren mich herzlich wenig; ich möchte lieber wieder den weißen Korridor sehen, durch den ich vorhin gelaufen bin, den Ton der Kirchenglocken hören und die Hand des Greises küssen. Und wieder schließe ich die Augen und schlafe ein.

9

Ich schlief ganz fest; doch hörte ich die ganze Zeit über die Terz der Glocken. Sie erschien mir bald als Hund, der sich bellend auf mich stürzt, bald als Töne einer Orgel, an der ich eine der Pfeifen war, bald als französischer Vers, den ich verfaßte. Dann schien es mir wieder, daß diese Terz eines jener Marterwerkzeuge sei, das mir unablässig den rechten Hacken zusammenpreßte. Dies Gefühl wurde endlich so stark, daß ich erwachte, die Augen öffnete und mir den Fuß rieb. Er war im Begriff zu erfrieren. Es war noch immer ringsum helle, trübe, weiße Nacht. Immer noch dieselbe rüttelnde Bewegung des Schlittens und meines Körpers; derselbe Ignaschka saß da noch seitwärts auf dem Bock und schlug die Füße gegeneinander; dasselbe Seitenpferd lief im Trab mit vorgerecktem Hals, nur matt die Füße hebend, durch den tiefen Schnee, die Quaste hüpfte am Schwanzriemen und peitschte den Bauch des Pferdes. Der Kopf des Gabelpferdes mit der flatternden Mähne bewegte sich gleichmäßig auf und ab, wobei es die an dem Krummholz befestigten Zügel bald straff anzog, bald lockerte. Aber alles dies war noch viel, viel mehr von Schnee zugedeckt, viel dichter zugeweht als vorhin. Vor uns wirbelte der Schnee, legte sich von der Seite in die Schlittenkufen, auf die Hufe der Gäule bis fast ans Knie hinauf, und fiel von oben her auf Mantelkragen und Mützen. Bald kam der Wind von rechts, bald von links her, spielte mit meinem Pelzkragen, dem Zipfel von Ignaschkas Mantel, der Mähne des Seitenpferdes, sauste heulend im Krummholz und den Deichselstangen.

Es war furchtbar kalt geworden, und wenn ich es wagte, auch nur ein wenig aus meinem Pelzkragen hervorzugucken, so hängte der eisige, trockene Schnee sich mir wirbelnd an Wimpern, Nase und Mund und glitt mir in den Nacken, hinter den Kragen; ringsum war alles weiß, licht und verschneit, nirgends irgend etwas anderes zu sehen als trübes Licht und Schnee. Mir wurde ernstlich bange. Alioschka schlief zu meinen Füßen tief unten im Schlitten; sein Rücken war ganz von einer dichten Schneeschicht bedeckt. Ignaschka aber wurde nicht müde; unentwegt zerrte er an den Zügeln, stieß Schreie aus und schlug mit den Hacken aneinander. Die Glöckchen klangen noch ebenso lieblich. Die Pferde schnauften und liefen langsamer, öfter und öfter stolpernd. Ignaschka sprang wieder in die Höhe, schwang seinen Handschuh und stimmte mit seiner hohen, heiseren Stimme ein neues Liedchen an. Doch hielt er plötzlich, ohne es zu Ende zu singen, die Troika an, warf die Zügel auf das Vorderteil des Schlittens und stieg aus. Der Wind heulte wütend auf; der Schnee streute sich wie aus Säcken auf die Mäntel. Ich sah mich um. Die dritte Troika kam nicht mehr hinter uns her, sie mußte zurückgeblieben sein. Neben dem zweiten Schlitten sah ich wie durch einen Nebel von Schnee den Alten von einem Fuß auf den anderen hüpfen. Ignaschka ging etwa drei Schritt weit, setzte sich in den Schnee, band seinen Gürtel ab und machte sich daran, seinen Stiefel auszuziehen.

„Was tust du denn da?“ fragte ich ihn.

„Ich will die Fußlappen anders wickeln, die Füße sind mir fast erfroren“, antwortete er und fuhr in seiner Tätigkeit fort.

Es fror mich, wenn ich den Hals aus dem Kragen streckte, um ihm zuzusehen. So blickte ich geradeaus, auf das Seitenpferd, das mit eingeknicktem Hinterbein, todmüde mit seinem aufgebundenen, schneebefrorenen Schweif schlug. Ein Stoß, den der Schlitten bekam, als Ignat wieder auf den Bock sprang, rüttelte mich aus meinem Grübeln auf.

„Wo mögen wir jetzt sein?“ fragte ich, „werden wir noch bis zur Morgendämmerung ankommen?“

„Seien Sie ganz ohne Sorge: wir werden Sie schon hinbringen“, entgegnete er. „Jetzt haben sich aber die Füße wieder fein eingewärmt, wo ich sie anders umwickelt habe.“

Und er nahm die Zügel wieder auf, die Glöckchen klangen, der Schlitten begann wieder im alten Takt zu rütteln, und der Wind pfiff durch die Schlittenkufen. Und wieder segelten wir in das unendliche Schneemeer hinaus.

10

Ich schlief ganz fest ein. Als Alioschka mich durch einen Puff ans Knie aufweckte und ich die Augen öffnete, war es bereits Morgen. Es kam mir noch kälter vor als in der Nacht. Vom Himmel fiel kein Schnee mehr, doch trieb der starke, schneidende Wind den trockenen Schneestaub vom Felde empor, besonders unter den Füßen der Pferde und den Schlittenkufen. Rechts im Osten war der Himmel von schwerer bleigrauer Farbe; auf ihm zeigten sich aber schon immer deutlicher grelle, rötliche und orangefarbige schräge Streifen. Zwischen den über unseren Köpfen dahineilenden, leichtgefärbten Wolken sah man hie und da zartblaue Flecke. Zur Linken waren die Wolken hell, luftig und beweglich. Weit und breit lag, so weit der Blick reichte, auf dem Felde der weiße, in hartbegrenzten Schichten aufgewehte tiefe Schnee. Hier und da ragte ein grauer Erdhügel empor, um den eigensinnig der feine, trockene Schneestaub kreiste. Nirgends eine Spur — weder die eines Schlittens, eines Menschen noch eines Tieres. Die Umrisse und Farben der Rücken unserer Kutscher und Pferde zeichneten sich hart auf dem weißen Grunde ab . . . Der Rand an Ignaschkas dunkelblauer Mütze, sein Kragen, seine Haare und sogar seine Stiefel waren weiß. Der Schlitten war vollkommen von Schnee zugedeckt. Am grauen Gabelpferd war die ganze rechte Kopfseite und der Schopf von Schnee verklebt; an meinem Seitenpferdchen waren die Beine bis zu den Knien hinauf weiß, und eine krause Eiskruste bedeckte rechts das schweißige Hinterteil. Die kleine Quaste sprang noch im gleichen Takt irgendeiner Melodie, die ich mir nach Belieben denken konnte, und auch das Seitenpferd selbst schien danach zu laufen; aber an seinen eingefallenen, bebenden schlaffen Flanken und herabhängenden Ohren sah man deutlich, wie abgehetzt es war. Ein einziger neuer Gegenstand lenkte die Aufmerksamkeit jetzt auf sich: das war ein Werstpfahl, von dem der Schnee hier und da herabfiel, um den der Wind von rechts her einen ganzen Schneehügel aufgetürmt hatte, und um den er immer noch unermüdlich den stäubenden Schnee von einer Seite auf die andere fegte. Es war mir unbegreiflich, wie wir so die ganze Nacht, zwölf Stunden lang gefahren waren, immer mit denselben Pferden, ohne haltzumachen, und nun auf irgendeine unbegreifliche Weise doch angekommen waren. Unser Glöckchen schien jetzt noch fröhlicher zu klingen. Ignat knöpfte seinen Mantel vorne fester zusammen und stieß einen Schrei aus. Hinter uns her schnaubten die Pferde, klangen die Glocken der anderen Troika, in der der Alte und der Ratgeber saßen; nur der Fuhrmann, der immer geschlafen hatte, schien uns in der Steppe ganz verlorengegangen. Nachdem wir wieder eine halbe Werst weitergefahren waren, zeigte sich die frische, noch kaum verwehte Spur einer Troika, und ab und zu rosa Blutspuren im Schnee, ein Zeichen, daß ein Pferd am Hufeisen verletzt war.

„Das muß Filipp gewesen sein! Sieh mal an, der ist eher da als wir!“ rief Ignaschka.

Da steht auch schon ein Häuschen mit einem Wirtshausschilde am Wege, mitten im hohen Schnee, der es bis fast ans Dach und die Fenster umhüllt. Vor der Schenke steht eine Troika mit grauen Pferden, struppig vor Schweiß, mit geknickten Beinen und traurig gesenkten Köpfen. Vor der Tür ist der Schnee weggekehrt und steht eine Schaufel; aber vom Dache weht und wirbelt der Wind schon wieder neuen Schnee herab.

Auf das Geklingel unserer Troika kommt ein großer, rotbäckiger, rothaariger Fuhrmann mit einem Glase Schnaps heraus und schreit uns etwas zu. Ignaschka wendet sich zu mir und bittet um Erlaubnis haltzumachen. Und nun sehe ich zum erstenmal sein Gesicht.

II

Sein Gesicht war gar nicht so dunkelfarbig, dürr und langnäsig, wie ich es mir nach seinem Haar und seiner Figur vorgestellt hatte. Es war eine runde, lustige, stupsnasige Fratze mit breitem Maul und hellen wasserblauen Augen. Seine Backen und der Hals waren so rot, wie wenn sie mit einem groben Tuchlappen abgerieben wären; die Augenbrauen, die langen Wimpern und der leichte Flaum, der den ganzen unteren Teil seines Gesichtes ganz bedeckte, waren befroren und vollkommen weiß. Bis zur Station war es nur eine halbe Werst; wir machten halt.

„Aber mach' schnell", sagte ich.

„Einen einzigen Augenblick", antwortete Ignaschka, sprang vom Bock und trat zu Filipp.

„Gib her, Bruder", sagte er, zog den Handschuh von der Rechten und warf ihn mitsamt der Peitsche in den Schnee; dann warf er den Kopf zurück und leerte mit einem Schwung das ihm gereichte Glas Schnaps.

Der Schankwirt, wohl ein ausgedienter Kosak, trat mit einer halben Maß Schnaps aus der Tür.

„Wer wünscht noch was?" fragte er.

Der große Wasilij, ein hagerer, blonder Bauer mit einem Ziegenbart, und der Ratgeber, ein dicker, semmelblonder Kerl mit weißem, dichtem Vollbart um das rote Gesicht, traten nun auch heran und tranken ein Gläschen. Der Alte trat auch zu den Trinkenden; ihm wurde aber kein Schnaps gereicht; da ging er wieder zu seinen, hinten abgebundenen Pferden und streichelte dem einen von ihnen den Rücken und das Hinterteil.

Der Alte sah gerade so aus, wie ich ihn mir vorgestellt hatte: klein, mager, mit zerfurchtem, blaugefrorenem Gesicht, einem dünnen Bärtchen, spitzem Näschen und abgenutzten gelben Zähnen. Er hatte eine ganz neue Kutschermütze auf dem Kopf, aber sein kurzer, abgetragener, mit Teer befleckter und auf der Schulter und an den Schößen zerfetzter Pelz deckte weder seine Knie noch die hanfleinene Hose, die in riesigen Filzstiefeln steckte. Er hielt sich ganz krumm, wie zusammengeschrumpft, und machte sich mit wackelndem Kopf und zitternden Knien an seinem Schlitten zu schaffen, offenbar um warm zu werden.

„Na, Mitritsch, willst du ein Viertel spendieren? Da wirst du gleich warm!" sagte der Ratgeber zu ihm.

Mitritsch zuckte zusammen. Er schob das Riemenzeug an seinem Pferde zurecht, richtete das Krummholz und ging auf mich zu.

„Was meinen Sie, gnädiger Herr," sagte er, die Mütze von seinem grauen Kopf abnehmend und sich tief verneigend, „die ganze Nacht sind wir mit Ihnen umhergeirrt, haben den Weg gesucht; da könnten Sie uns wohl ein Viertelchen spendieren. Wirklich, Väterchen, Erlaucht! Wir werden sonst gar nicht warm!" fügte er mit demütigem Lächeln hinzu.

Ich gab ihm fünfundzwanzig Kopeken. Der Wirt brachte ein Viertel und reichte es dem Alten. Er nahm den Handschuh ab, legte die Peitsche weg und streckte die kleine, schwarze, schwielige und etwas blau gefrorene Hand nach dem Glase aus. Aber der Daumen wollte ihm nicht gehorchen, als gehörte er gar nicht ihm; er konnte das Glas nicht festhalten, ließ es in den Schnee fallen und verschüttete den Branntwein.

Alle Kutscher fingen laut zu lachen an.

„Der ist tüchtig erfroren, der Mitritsch, kann nicht mal den Schnaps halten!"

Mitritsch aber war sehr betrübt, daß er den Branntwein verschüttet hatte.

Doch ihm wurde ein anderes Glas eingeschenkt und der Schnaps ihm gleich in den Mund gegossen. Er wurde nun sehr vergnügt, lief in die Schenke, steckte seine Pfeife in Brand, fletschte die gelben, abgenutzten Zähne und fügte jedem Wort, das er sagte, einen kräftigen Fluch bei. Als sie das letzte Glas geleert hatten, begaben sich die Kutscher zu ihren Schlitten, und wir fuhren weiter.

Der Schnee wurde immer weißer und greller, so daß einem die Augen weh taten, wenn man hinsah. Die orangegelben und rötlichen Streifen stiegen immer höher und leuchtender am Himmel empor; schon zeigte sich die rote Sonnenscheibe am Horizont hinter graublauen Wolken; der Himmelsgrund wurde glänzender und dunkler. Auf der Straße in der Nähe der Station sah man die gelben Schlittenspuren klar und deutlich, hie und da waren Löcher im ausgefahrenen Boden. Die herbe Frostluft gab mir das Gefühl einer angenehmen Leichtigkeit und Frische.

Meine Troika lief sehr schnell. Der Kopf des Mittelpferdes und der Hals mit der um das Krummholz wehenden Mähne schaukelten immer auf derselben Stelle hin und her; — unter dem abgestimmten Glöckchen, dessen Klöppel jetzt nicht mehr an die Wandung anschlug, sondern sie nur noch kratzte. Die wackern Seitenpferde zogen die hartgefrorenen schiefen Stränge kräftig an und liefen energisch vorwärts, die Troddel schlug gegen den Bauch und den Schwanzriemen. Manchmal glitt das Seitenpferd von der ausgefahrenen Straße in einen Schneehaufen herab und arbeitete sich flott wieder heraus, wobei der Schnee uns in die Augen stäubte. Ignaschka schrie die Pferde mit lustiger Tenorstimme an; der trockene Frost knirschte unter den Kufen; hinter uns klangen die zwei Glöcklein feierlich hell und ertönte das trunkene Geschrei der Kutscher. Ich sah mich um: die grauen, kraushaarigen Seitenpferde sprangen mit ausgereckten Hälsen, den Atem gleichmäßig anhaltend, mit verhängten Zügeln durch den Schnee. Filipp schwenkte die Peitsche und schob seine Mütze zurecht; der Alte lag wie vorher mit ausgestreckten Beinen in der Mitte des Schlittens.

Zwei Minuten später knirschte der Schlitten über die Bretter der reingefegten Anfahrt vor dem Stationsgebäude, und Ignaschka wandte sein schneeverwehtes, frostatmendes, fröhliches Gesicht zu mir hin.

„Da haben wir Sie doch ans Ziel gebracht, gnädiger Herr!“ sagte er.

1856

ZWEI HUSAREN

... Jomini und Jomini,
Doch vom Schnaps kein Sterbenswörtchen.
D. Dawydow

In der Zeit um 1820, als es noch keine Eisenbahnen und Chausseen gab, kein Gaslicht und keine Stearinkerzen, keine niedrigen Sofas mit Sprungfedern, keine unlackierten Möbel, keine weltschmerzlichen Jünglinge mit Augengläsern, keine liberalen Philosophen weiblichen Geschlechts, keine holden Kameliendamen, die sich heute so außerordentlich vermehrt haben, — in jener naiven Zeit, da man für die Reise von Moskau nach Petersburg im offenen Wagen oder in der Kutsche die ganze heimische Küche mitnahm, sich acht Tage und Nächte lang über die weiche, staubige oder schmutzige Landstraße schleppen ließ und an Koteletts à la Posharskij, Glöckchen und Kringel von Waldaj glaubte, — da an langen Winterabenden die Talgkerzen qualmten und einem Familienkreis von zwanzig, dreißig Personen Licht spendeten, da auf Bällen Wachs- und Spermacetikerzen in die Kandelaber gesteckt wurden, da man die Möbel noch symmetrisch im Zimmer verteilte, da unsere Väter noch jung waren, nicht bloß durch das Fehlen von Runzeln im Gesicht und grauen Haaren auf dem Scheitel, sondern auch ein Pistolenduell um einer Frau willen nicht scheuten und aus dem entgegengesetzten Winkel des Zimmers herbeistürzten, um ein versehentlich oder auch nicht versehentlich fallengelassenes Tuch aufzuheben, da unsere Mütter kurze Taillen und ungeheure Ärmel trugen und Familienangelegenheiten durch das Ziehen eines Loses entschieden, da die reizenden Kameliendamen sich vor dem Tageslicht verbargen, in der naiven Zeit der Freimaurerlogen, Martinisten, des Tugendbundes, der Zeit eines Miloradowitsch, Dawydow, Puschkin fand in der Gouvernementsstadt K. eine Tagung des grundbesitzenden Adels statt und gingen die Wahlen der Adelsvertretung gerade zu Ende.

I

„Es ist ja ganz gleich, wir können auch in den Saal gehen", sagte ein junger Offizier in Pelzmantel und Husarenmütze, der eben aus dem Reiseschlitten gestiegen war und in das vornehmste Gasthaus der Stadt K. eintrat.

„Es ist ein ungeheurer Menschenandrang, Erlaucht", sagte der Zimmerkellner, der schon von dem Burschen erfahren hatte, daß der Husar Graf Turbin hieß, und ihn deshalb mit „Erlaucht" anredete. „Die Frau Gutsbesitzerin aus Afremowo mit ihren Töchtern gedenkt heute abend abzureisen; da können Sie Nummer elf bekommen, sobald das Zimmer frei wird", sagte er, mit weichen Tritten dem Grafen vorausgehend und sich beständig nach ihm umsehend.

Im großen Speisesaal saßen an einem kleinen Tisch unter einem stark nachgedunkelten lebensgroßen Bildnis des Kaisers Alexander ein paar Herren beim Champagner, anscheinend Edelleute aus dem Gouvernement; etwas abseits saßen ein paar durchreisende Kaufleute in blauen Pelzen.

Der Graf trat in den Saal, begleitet von seinem „Blücher", einem mächtigen grauen Bullenbeißer, der die Reise mit ihm gemacht hatte, und warf den Pelz ab, der am Kragen noch ganz bereift war und unter dem er eine kurze Jacke aus blauem Atlas trug. Er nahm am Tisch Platz und knüpfte alsbald eine Unterhaltung mit den hier sitzenden Herren an, die sofort durch seine schöne, vertrauenerweckende Erscheinung günstig gestimmt wurden und ihm ein Glas Champagner anboten.

Der Graf nahm erst ein Gläschen Branntwein zu sich und bestellte dann ebenfalls eine Flasche, um seine neuen Bekannten zu bewirten. Dann erschien der Postillion und bat um ein Trinkgeld.

„Saschka," rief der Graf, „gib's ihm!"

Der Postillion ging mit Saschka hinaus und kam wieder, das Geld in der Hand haltend.

„Aber Erlaucht, Väterchen, ich habe mich für Eure Gnaden so bemüht! Einen halben Rubel haben Sie mir versprochen, und er gibt mir nur fünfundzwanzig Kopeken."

„Saschka! Gib ihm einen Rubel!"

Saschka schlug die Augen nieder und starrte auf die Füße des Postillions.

„Er hat genug," sagte er in tiefem Baß, „ich habe auch kein Geld mehr."

Der Graf entnahm seiner Brieftasche die beiden letzten Fünfrubelscheine, die er noch hatte, und gab einen davon dem Postillion, der ihm die Hand küßte und dann ging.

„Das hab' ich gut abgepaßt!" sagte der Graf. „Meine letzten fünf Rubel."

„Wie ein echter Husar, Herr Graf", sagte einer von den Edelleuten lächelnd. An dem Schnurrbart, der Stimme und einer gewissen energischen Ungezwungenheit, mit der er seine Beine bewegte, erkannte man den ehemaligen Kavalleristen. „Gedenken Sie lange hier zu bleiben, Herr Graf?"

„Ich muß mir Geld beschaffen; sonst bliebe ich nicht hier. Es ist aber auch kein Zimmer frei in dieser verdammten Spelunke, der Teufel mag sie holen!"

„Gestatten Sie, Herr Graf!" sagte der Kavallerist. „Wollen Sie nicht zu mir kommen? Ich wohne hier auf Nummer sieben. Wenn Sie es nicht verschmähen, bei mir zu übernachten . . . Und dann bleiben Sie drei Tage bei uns. Heute ist Ball beim Adelsmarschall. Er würde hocherfreut sein!"

„Wirklich, Herr Graf, bleiben Sie noch!" fiel ein anderer

Gast ein, ein sehr hübscher junger Mensch. „Sie haben doch wahrhaftig keine Eile. Und so etwas gibt es ja nur alle drei Jahre einmal — die Wahlen nämlich. Sie sehen sich dann unsere jungen Damen an, Herr Graf!"

„Saschka! Leg' mir die Wäsche zurecht, ich will ins Dampfbad", sagte der Graf sich erhebend. „Und von da — wir wollen mal sehen — von da geh' ich vielleicht wirklich noch zum Adelsmarschall."

Er rief den Kellner, um mit ihm etwas zu besprechen, wozu der Kellner lächelnd sagte: „Das läßt sich alles durch Menschenhände machen." Dann ging er hinaus.

„Also ich lasse meinen Koffer in Ihr Zimmer tragen, mein Lieber!" rief der Graf, die Tür noch einmal öffnend.

„Haben Sie die Güte, machen Sie mich glücklich", antwortete der Kavallerist und lief an die Tür. „Nummer sieben, bitte nicht zu vergessen."

Als die Schritte des Grafen verklungen waren, kehrte der Kavallerist auf seinen Platz zurück, rückte näher zu dem Beamten heran und sah ihm mit geradezu lächelnden Augen ins Gesicht. Dazu sagte er:

„Es ist wirklich derselbe."

„So?"

„Ich sage dir, es ist der bekannte Raufbold, der Husar Turbin. Er hat mich erkannt, ich wette, daß er mich erkannt hat. Haben wir ja doch in Lebedian drei Wochen ohne Unterbrechung gezecht, als ich Remontepferde dort zu holen hatte. Da haben wir zusammen einen Streich gemacht ... Er ist doch ein forscher Kerl, wie?"

„Freilich, freilich. Und was er für ein feines Benehmen hat! Man merkt ihm nichts an", sagte der hübsche junge Mann. „Wie schnell wir Freunde geworden sind! .. Er ist doch wohl kaum älter als fünfundzwanzig Jahre?"

„Nein, er sieht nur so aus; in Wirklichkeit ist er älter. Man muß aber wissen, was er für ein Kerl ist. Wer hat die Migunowa entführt? Er! Er hat den Sablin erschossen, er hat den Matnew an den Beinen gepackt und zum Fenster hinausgeworfen, dem Fürsten Nesterow hat er im Spiel dreitausend Rubel abgewonnen. Das ist ein Tollkopf, sage ich Ihnen! Ein Spieler, ein Raufbold, ein Verführer, aber eine richtige Husarenseele, eine Seele von Mensch. Uns rühmt man, aber was ein richtiger Husar ist, davon hat kaum jemand eine Ahnung. Ach, war das eine Zeit!"

Und der Kavallerist entwarf vor seinen Tischgenossen ein Bild von der Zecherei mit dem Grafen in Lebedian, wie sie nie stattgefunden hatte und auch nie hätte stattfinden können. Denn erstens hatte er den Grafen nie vorher gesehen und hatte den Dienst zwei Jahre vor dem Eintritt des Grafen ins Regiment quittiert; zweitens aber war er nie Kavallerist gewesen, sondern hatte vier Jahre als ganz bescheidener Fähnrich im Beliowschen Infanterieregiment gedient und war gleich nach seiner Beförderung zum Unterleutnant aus dem Dienst ausgeschieden. Aber vor zehn Jahren war er, nachdem er eine Erbschaft gemacht hatte, tatsächlich nach Lebedian gereist, hatte dort mit den Remonteoffizieren siebenhundert Rubel vertrunken und sich bereits eine Ulanenuniform mit orangegelben Aufschlägen machen lassen, um in ein Ulanenregiment einzutreten. Der Wunsch, Kavallerist zu werden, und die drei Wochen, die er mit den Remonteoffizieren verbracht hatte, waren die schönste, lichteste Erinnerung seines ganzen Lebens geblieben, so daß er den Wunsch schließlich als Wirklichkeit hinstellte und selbst fest an seine kavalleristische Vergangenheit glaubte, was ihn aber nicht hinderte, ein ungemein gutherziger und ehrenhafter — und dank diesen Eigenschaften durchaus achtungswürdiger Mann zu sein.

„Ja, wer nicht bei der Kavallerie gedient hat, der wird unsereinen nie verstehen." Er setzte sich rittlings auf einen Stuhl, schob den Unterkiefer vor und begann im tiefsten Baß: „Da reitet man etwa an der Spitze der Schwadron; unter sich hat man kein Pferd, sondern einen richtigen Teufel; unausgesetzt macht das Vieh Lançaden; und da sitzt man nun stolz und würdevoll drauf. Der Schwadronskommandeur kommt zur Revue. ‚Herr Leutnant,' sagt er, ‚bitte schön! Ohne Sie geht es einfach nicht; führen Sie die Schwadron im Parademarsch vorbei!' Schön! Und nun geht's auch gleich los! Man sieht sich um, man schreit seine Schnauzbärte wohl auch tüchtig an ... Ja, zum Teufel, das war eine Zeit ..."

Der Graf kam ganz rot und mit nassen Haaren aus der Badeanstalt zurück und begab sich sofort nach Zimmer sieben, wo der Kavallerist schon im Schlafrock, die Pfeife im Munde, dasaß und mit Wonne und einer gewissen Angst über das Glück nachsann, das ihm beschieden war: in einem Zimmer mit dem bekannten Turbin zu wohnen. „Wie," ging es ihm durch den Kopf, „wenn er mich plötzlich nackt auszieht, mich vor die Stadt hinausschleppt und in den Schnee setzt, oder ... wenn er mich mit Teer bestreicht, oder einfach ... Nein, als guter Kamerad tut er das nicht!" tröstete er sich.

„Gib dem Blücher zu fressen, Saschka!" rief der Graf.

Saschka, der nach der Reise ein Gläschen Schnaps zu sich genommen hatte und recht berauscht war, trat ein.

„Du hast es also nicht abwarten können und dich schon besoffen, Kanaille! .. Blücher soll was zu fressen bekommen!"

„Er wird auch so nicht verrecken: sehen Sie, wie glatt er ist!" sagte Saschka, den Hund streichelnd.

„Du willst hier noch Reden halten? Marsch hinaus und gib ihm sein Futter."

„Sie denken nur daran, daß der Hund satt wird; wenn aber ein Mensch ein Gläschen trinkt, schelten Sie gleich."

„Sieh dich vor, ich verprügle dich!" schrie der Graf mit einer Stimme, daß die Fensterscheiben zitterten und dem Kavalleristen sogar etwas bange wurde.

„Sie hätten doch fragen sollen, ob Saschka heute was gegessen hat. Schlagen Sie mich nur, wenn der Hund Ihnen mehr wert ist als ein Mensch", sagte Saschka. Hier aber bekam er einen so kräftigen Faustschlag ins Gesicht, daß er hinfiel, mit dem Kopf gegen die Bretterwand schlug und, seine Nase festhaltend, aus dem Zimmer rannte, um im Korridor auf eine dort stehende Truhe zu fallen.

„Er hat mir die Zähne ausgeschlagen", brummte Saschka, mit einer Hand die blutende Nase wischend und mit der anderen dem sich leckenden Blücher den Rücken streichelnd. „Er hat mir die Zähne ausgeschlagen, Bliuschka, aber er ist doch mein Herr Graf und ich gehe für ihn ins Feuer — so ist's! Denn er ist mein Herr Graf, verstehst du, Bliuschka? Bist du hungrig?"

Nachdem er eine Zeitlang gelegen hatte, fütterte er den Hund und kam dann fast nüchtern ins Zimmer zurück, um den Grafen zu bedienen und ihm Tee anzubieten.

„Sie würden mich einfach kränken", sagte der Kavallerist schüchtern, vor dem Grafen stehend, der auf seinem Bette lag und die Beine über die Zwischenwand gestreckt hatte. „Ich bin doch auch ein alter Militär und sozusagen ein Kamerad. Statt daß Sie noch jemand anders angehen, können Sie von mir zweihundert Rubel erhalten. Ich gebe es Ihnen mit Freuden. Zwar habe ich augenblicklich nur hundert Rubel zur Hand, aber den Rest verschaffe ich Ihnen noch heute abend. Sie würden mich einfach kränken, Herr Graf!"

„Danke, mein Lieber", sagte der Graf, der sofort begriffen hatte, welcher Art das Verhältnis sein mußte, das sich zwischen ihnen zu entwickeln schien, und klopfte dem Kavalleristen auf die Schulter. „Danke! Dann können wir auch auf den Ball gehen, wenn die Dinge so liegen. Aber was unternehmen wir jetzt? Erzähle mir, wie sieht es in euerer Stadt aus? Wer sind die hübschesten Mädchen? Wer zecht hier gerne? Wer macht ein Spielchen?"

Der Kavallerist berichtete, daß sehr viele hübsche Damen auf dem Ball sein würden, daß der tollste Zecher der neugewählte Kreishauptmann Kolkow sei; er habe aber kein richtiges Husarentemperament, sondern sei nur ein flotter Kerl; seit Beginn der Wahlen singe hier der Zigeunerchor des Iliuschka, Vorsängerin sei Stioschka, und heute wollten alle vom Adelsmarschall sich zu ihnen begeben.

„Auch ein anständiges Spiel kann man machen“, fuhr er fort. „Luchnow, ein Auswärtiger, spielt sehr hoch, und Iljin, der auf Nummer acht wohnt, ein Ulanenkornett, hat schon viel verloren. Bei ihm fing es an. Sie spielen jeden Abend, und dieser Iljin ist ein ganz famoser Bursche, Herr Graf. Der ist auch nicht ein bißchen geizig, sein letztes Hemd gibt er weg!“

„So! Dann gehen wir zu ihnen! Wollen sehen, was das für Leutchen sind“, sagte der Graf.

„Kommen Sie nur! Sie werden sich sehr freuen!“

2

Der Kornett bei den Ulanen Iljin war erst vor kurzem aufgewacht. Tags vorher hatte er sich um acht Uhr abends an den Spieltisch gesetzt und achtzehn Stunden ununterbrochen gespielt, bis elf Uhr vormittags. Er hatte eine beträchtliche Summe verloren; wieviel, wußte er nicht, denn er hatte gegen dreitausend Rubel eigenes Geld bei sich gehabt und fünfzehntausend Rubel Staatsgelder, die er längst mit seinem Gelde zusammengelegt hatte und nachzuzählen fürchtete, da seine Ahnung, daß auch an dem Staatsgelde schon etwas fehle, sich dann wohl bestätigt hätte. Er war erst gegen Mittag in jenen schweren, traumlosen Schlaf verfallen, wie ihn nur sehr junge Leute nach sehr großen Spielverlusten kennen. Als er um sechs Uhr abends erwachte, um dieselbe Zeit, da Graf Turbin im Gasthaus eintraf, und rundherum auf dem Fußboden Karten und Kreidestückchen erblickte, dazu die beschmutzten Tische in der Mitte des Zimmers, — da erinnerte er sich mit Entsetzen an das gestrige Spiel und die letzte Karte einen Buben, auf den er fünfhundert Rubel gesetzt und verloren hatte. Aber er wollte noch nicht recht an die Tatsächlichkeit dieser Erlebnisse glauben, zog daher das Geld unter seinem Kopfkissen hervor und fing an zu zählen. Er erkannte dabei einige Scheine wieder, die bei Einsätzen und Abrechnungen aus einer Hand in die andere gegangen waren, und erinnerte sich an den ganzen Verlauf des Spiels. Von seinen eigenen dreitausend Rubeln war nichts mehr übrig, und von den Staatsgeldern fehlten auch schon zweitausendfünfhundert.

Der Ulan hatte schon vier Nächte hintereinander gespielt.

Er kam von Moskau, wo er die Staatsgelder in Empfang genommen hatte. In K. hielt ihn der Posthalter zurück – unter dem Vorwand, daß er keine Pferde zur Verfügung habe, in Wahrheit aber auf Grund einer längst schon getroffenen Vereinbarung mit dem Gastwirt, jeden Reisenden einen Tag aufzuhalten. Der Ulan, ein junger, munterer Bursche, der eben erst in Moskau von seinen Eltern dreitausend Rubel zur Equipierung erhalten hatte, war sehr erfreut, gerade zur Zeit der Wahlen ein paar Tage in K. bleiben zu können, und hoffte sich hier nach Herzenslust zu amüsieren. Er kannte einen Gutsbesitzer, der eine zahlreiche Familie besaß, und gedachte ihn aufzusuchen und seinen Töchtern den Hof zu machen, doch da besuchte ihn der Kavallerist, der den Ulanen gerne kennenlernen wollte, und stellte ihn ohne jede böse Absicht seinem Bekannten Luchnow und einigen anderen Spielern vor, die im großen Saal zusammenkamen. Noch an demselben Abend blieb der Ulan am Spieltisch kleben und verzichtete nicht nur auf den Besuch bei dem Gutsbesitzer, sondern fragte auch nicht mehr nach den Postpferden und kam vier Tage lang überhaupt nicht aus dem Hause.

Nachdem er sich angekleidet und Tee getrunken hatte, trat er ans Fenster. Er wollte einen Spaziergang machen, um die aufdringlichen Erinnerungen an den Spieltisch zu verscheuchen. Er zog seinen Mantel an und ging auf die Straße hinaus.

Die Sonne war schon hinter den weißen Häusern mit den roten Dächern verschwunden; es dämmerte. Es war warm. Auf die schmutzigen Straßen fiel leise in schweren Flocken feuchter Schnee. Ihn ergriff plötzlich eine unsagbare Traurigkeit bei dem Gedanken, daß er diesen ganzen Tag, der nun schon zu Ende ging, verschlafen hatte.

„Den Tag, der vergangen ist, rufst du nie mehr zurück", dachte er.

„Ich habe meine Jugend zugrunde gerichtet", sagte er plötzlich zu sich selbst, nicht weil er wirklich glaubte, seine Jugend zugrunde gerichtet zu haben — er hatte nicht einmal daran gedacht — sondern weil ihm diese Phrase plötzlich durch den Kopf geschossen war.

„Was werde ich jetzt machen?" grübelte er weiter. „Bei jemand Geld leihen und abreisen." Eine Dame ging an ihm vorüber. „Ist das eine dumme Person", dachte er plötzlich Gott weiß warum. „Aber ich habe ja niemanden, bei dem ich borgen könnte. Ich habe meine Jugend zugrunde gerichtet." Er näherte sich der Handelsgalerie. Ein Kaufmann in einem Fuchspelz stand vor der Tür seines Ladens und forderte die Vorübergehenden auf, einzutreten. „Hätte ich die Acht nicht abgenommen, so hätte ich alles wieder zurückgewonnen." Ein altes Bettelweib humpelte ihm jammernd nach. „Ich habe niemanden, der mir etwas borgen könnte." Ein Herr in einem Bärenpelz fuhr im Schlitten vorüber; da stand eine Schildwache. „Könnte ich nicht etwas Unerhörtes machen? Soll ich auf die Leute schießen? Nein, das ist langweilig. Ich habe meine Jugend zugrunde gerichtet. Ach, was da für schöne Kumte mit Metallbeschlag hängen. Jetzt in einer Troika davonsausen! Hei, meine Vöglein! Ich will nach Hause gehen. Luchnow muß bald kommen, dann spielen wir wieder." Er ging in das Gasthaus zurück, zählte sein Geld noch einmal nach. Nein, er hatte sich nicht geirrt bei der ersten Zählung: es fehlten auch jetzt zweitausendfünfhundert Rubel von den Staatsgeldern. „Ich setze auf die erste Karte fünfundzwanzig, auf die zweite ein Viertel . . . sieben Einsätze, dann fünfzehn, dann dreißig, dann sechzig . . . bis dreitausend! Dann kaufe ich das Kumt und reise ab. Doch er wird es nicht dazu kommen lassen, der Bösewicht! Ich habe meine Jugend zugrunde gerichtet." Solche Gedanken gingen im Kopfe des Ulanen um, als Luchnow in der Tat bei ihm eintrat.

„Schon lange auf, Michajlo Wasiljewitsch?" fragte Luchnow, nahm die goldene Brille langsam von der trockenen Nase ab und wischte sie sorgsam mit einem roten seidenen Tuche.

„Nein, eben erst. Ich habe vorzüglich geschlafen."

„Ein Husar soll angekommen sein und in Sawalschewskijs Zimmer wohnen. Haben Sie davon gehört?"

„Nein, ich habe nichts gehört. Ist noch niemand da?"

„Sie wollten noch bei Priachin vorsprechen. Sie kommen gleich."

In der Tat erschienen bald mehrere Herren: der Garnisonsoffizier, der Luchnow überall begleitete; ein Kaufmann griechischer Abstammung mit einer ungeheuren braunen Habichtsnase und tiefliegenden schwarzen Augen; ein dicker, rundlicher Gutsbesitzer und Branntweinbrenner, der ganze Nächte hindurch immer nur Simple mit einem Einsatz von fünfzig Kopeken spielte. Alle wollten schnell mit dem Spiel beginnen; die Hauptspieler sprachen aber nicht davon, — vor allem Luchnow, der mit der größten Seelenruhe von allerlei Moskauer Gaunern erzählte.

„Sie müssen sich das vorstellen," sagte er, „Moskau ist unsere Zarenstadt, die zweite Residenz, — und da gehen sie nachts mit großen Haken herum, als Teufel verkleidet, machen dem einfachen Volke Angst, überfallen die Fremden — und damit basta. Woran denkt eigentlich die Polizei? Das kann ich nicht begreifen."

Der Ulan hörte die Geschichte von den Straßenräubern aufmerksam an, stand aber gegen Schluß leise auf und ließ Karten bringen. Der dicke Gutsbesitzer kam zuerst auf das Thema.

„Was sollen wir unsere kostbare Zeit verlieren, meine Herren? Ans Werk, ans Werk!“

„Ja, Sie haben gestern Fünfzigkopekenstücke einkassiert, da sind Sie in Geschmack gekommen!“ sagte der Grieche.

„Wirklich, es wird Zeit“, sagte der Garnisonsoffizier.

Iljin sah Luchnow an. Luchnow fuhr, ihn scharf ansehend, ruhig in seiner Geschichte von den als Teufel mit Krallen verkleideten Räubern fort.

„Wollen Sie die Bank halten?“ fragte der Ulan.

„Ist es nicht noch zu früh?“

„Below!“ rief der Ulan und errötete, Gott weiß warum. „Bring' mir mein Mittagessen! Ich habe noch gar nichts gegessen, meine Herren! .. Bring' auch Champagner und Karten!“

In diesem Augenblick traten der Graf und Sawalschewskij ins Zimmer. Es erwies sich, daß Turbin und der Ulan zur gleichen Division gehörten. Sie wurden sofort Freunde, stießen miteinander an, leerten ihre Gläser und duzten sich schon nach fünf Minuten. Iljin schien dem Grafen sehr gut zu gefallen. Der Graf lächelte immer, wenn er ihn ansah, und spottete über seine große Jugend.

„So ein prächtiger Ulan!“ sagte er. „Der Schnurrbart! Der Riesenschnurrbart!“

Der Flaum auf Iljins Lippen war noch ganz weiß.

„Ihr wollt wohl ein Spielchen machen?“ sagte der Graf. „Nun, ich wünsche dir Glück, Iljin! Du bist wohl ein Meister im Spiel, sollte man meinen!“ fügte er lächelnd hinzu.

„Ja, die Herren wollen es wagen“, sagte Luchnow und riß das Paket mit dem Dutzend Spiele auf. „Wollen Sie mitmachen, Herr Graf?“

„Nein, heute nicht. Sonst würde ich Sie allesamt hineinlegen. Wenn ich erst die Einsätze verdopple, fliegt bei mir jede Bank in die Luft! Aber ich habe heute leere Taschen. In Wolotschok auf der Poststation habe ich alles verloren. Da kam mir so ein Infanterist mit Ringen an den Fingern in die Quere, wohl ein Falschspieler, der hat mich ganz ausgebeutelt."

„Hast du denn lange dort auf der Station sitzen müssen?" fragte Iljin.

„Zweiundzwanzig Stunden habe ich da gesessen. Diese verdammte Station werde ich nie vergessen! Na, der Posthalter vergißt mich auch nicht."

„Wieso?"

„Ich komme also an, weißt du: da springt der Posthalter heraus, eine richtige Gaunerfratze. ‚Ich habe keine Pferde', sagt er. Bei mir ist es aber Gesetz, muß ich dir sagen: wenn es keine Pferde gibt, behalte ich meinen Pelz an und gehe in das Zimmer des Posthalters, weißt du, nicht in sein Amtszimmer, sondern in seine Privatwohnung, und lasse alle Türen und Fenster aufreißen, denn der Ofen raucht, sage ich. Nun, hier machte ich es auch so. Und du erinnerst dich wohl, was für Fröste wir im vorigen Monat hatten, gute zwanzig Grad. Der Posthalter wollte mir entgegenreden, da gab ich ihm eins auf die Schnauze. Da war noch ein altes Weib, ein paar Mädel und Frauenzimmer, die erhoben ein Mordsgeschrei, nahmen ihre Töpfe zusammen und wollten ins Dorf laufen ... Ich aber stellte mich vor die Tür. ‚Pferde her,' sage ich, ‚dann reise ich ab. Sonst aber lasse ich keinen hinaus, ihr könnt hier alle erfrieren."

„Das ist eine famose Methode!" sagte der dicke Gutsbesitzer und wollte sich ausschütten vor Lachen. „So friert man das Ungeziefer aus."

„Aber ich hatte nicht ordentlich aufgepaßt und war für einen Augenblick hinausgegangen — da riß mir der Posthalter aus mit seinen Weibern! Nur eine ganz Alte blieb als Geisel auf dem Ofen liegen. Sie nieste immerzu und betete. Dann traten wir in Verhandlungen ein: der Posthalter erschien und redete mir aus der Ferne immer zu, ich sollte die Alte doch freigeben; ich aber hetzte meinen Blücher auf ihn, — der Blücher ist auf Posthalter abgerichtet! So hat er mir auch bis zum nächsten Morgen keine Pferde gegeben, der Schuft! Und da kam dieser Infanteriste angefahren. Ich ging ins andere Zimmer und wir machten ein Spielchen. Haben Sie meinen Blücher gesehen? He! Blücher! Hierher!"

Blücher kam hereingelaufen. Die Spieler betrachteten ihn mit freundlicher Herablassung, obgleich man ihnen deutlich ansah, daß sie sich mit ganz anderen Dingen zu beschäftigen wünschten.

„Warum spielen Sie aber nicht, meine Herren? Bitte, ich will Sie gar nicht stören! Ich bin ein furchtbarer Schwätzer," sagte Turbin, „meine Tante — deine Tante ist eine gute Sache."

3

Luchnow schob sich zwei Kerzen heran, zog eine riesengroße, mit Geld gespickte braune Brieftasche hervor, öffnete sie langsam auf dem Tische, als gelte es eine Kulthandlung zu verrichten, entnahm ihr zwei Hundertrubelscheine und schob sie unter die Karten.

„Ebenso wie gestern, die Bank zweihundert", sagte er, die Brille zurechtrückend und das Paket mit den Karten öffnend.

„Gut", sagte Iljin, ohne ihn anzusehen, und sprach mit Turbin weiter.

Das Spiel kam in Gang. Luchnow hielt die Bank mit der Präzision einer Maschine; ab und zu machte er eine Pause, schrieb ohne Hast ein paar Ziffern auf oder blickte streng über die Brille hinweg und sagte mit schwacher Stimme: „Sie können es mir schicken." Der dicke Gutsbesitzer sprach am lautesten, redete mit sich selbst über die möglichen Kombinationen des Spiels und benetzte seine dicken Finger, um die

Karten abzuheben. Der Garnisonsoffizier schrieb schweigend mit gefälligen Zügen Zahlen unter die Karte und bog unter dem Tisch kleine Ecken ein. Der Grieche saß neben dem Bankhalter und verfolgte das Spiel aufmerksam mit seinen eingefallenen schwarzen Augen, als wenn er etwas erwarte. Sawalschewskij stand vor dem Tisch, geriet ab und zu in heftige Bewegung, zog aus der Hosentasche einen roten oder blauen Geldschein, legte eine Karte darüber, schlug mit der flachen Hand drauf, sagte dazu: „Nun hilf mir, gute Sieben!“ kaute an seinem Schnurrbart, trat von einem Fuß auf den anderen, errötete und beruhigte sich erst wieder, wenn seine Karte gezogen war. Iljin aß seinen Kalbsbraten mit Salzgurken, den man ihm auf das Roßhaarsofa gestellt hatte, wischte seine Hände hastig an seinem Rock ab und setzte auf eine Karte nach der anderen. Turbin, der zuerst auf dem Sofa gesessen hatte, erkannte sofort, wie die Dinge standen. Luchnow sah den Ulanen gar nicht an und sprach nicht mit ihm; nur ab und zu richtete sich ein kurzer Blick durch die Brillengläser auf die Hände des Ulanen, doch der größte Teil seiner Karten wurde geschlagen.

„Wenn ich doch die Karte da schlagen könnte“, sagte Luchnow von der Karte des dicken Gutsbesitzers, der immer fünfzig Kopeken setzte.

„Schlagen Sie Iljins Karten, mir tun Sie nicht weh“, bemerkte der Gutsbesitzer.

Und in der Tat, Iljin wurde häufiger geschlagen als die anderen. Nervös zerriß er unter dem Tisch die Unglückskarte und griff mit zitternden Händen nach einer anderen. Turbin stand vom Sofa auf und bat den Griechen, ihm den Platz neben dem Bankhalter zu überlassen. Der Grieche setzte sich um, der Graf nahm seinen Platz ein und blickte unverwandt auf Luchnows Hände.

„Iljin,“ sagte er plötzlich mit seiner gewöhnlichen Stimme, die, ohne daß er es beabsichtigte, alle anderen übertönte,

„warum hältst du dich immer an Route? Du verstehst nicht zu spielen."

„Es ist ja ganz gleich!"

„So verlierst du unbedingt. Laß mich für dich setzen."

„Nein, nimm mir's nicht übel, aber ich mache mein Spiel immer selbst. Setz' doch auf eigene Rechnung, wenn du Lust hast."

„Für mich selbst will ich nicht spielen, das habe ich schon einmal gesagt; für dich aber will ich spielen. Es ärgert mich, daß du immer verlierst."

„Das ist nun wohl mein Schicksal."

Der Graf schwieg und sah, die Ellbogen aufgestützt, nach wie vor scharf auf die Hände des Bankhalters.

„Faul!" sagte er plötzlich laut und gedehnt.

Luchnow sah sich nach ihm um.

„Faul, faul!" sagte er noch einmal lauter und blickte Luchnow gerade in die Augen. Das Spiel ging weiter.

„Ganz faul!" sagte Turbin wieder, als Luchnow eine Karte Iljins geschlagen hatte, auf die jener sehr hoch gesetzt hatte.

„Was mißfällt Ihnen denn, Herr Graf?" fragte der Bankhalter höflich und gleichgültig.

„Daß Sie Iljin bei einfachem Einsatz gewinnen lassen, aber ihn jedesmal schlagen, wenn er den Einsatz verdoppelt. Das ist faul."

Luchnow machte mit den Schultern und den Brauen eine leichte Bewegung, als wollte er sagen, daß keiner gegen das Schicksal ankomme, und setzte das Spiel fort.

„Blücher! Hussa!" rief der Graf aufstehend. „Hab' auf ihn acht!" fügte er schnell hinzu.

Blücher kam unter dem Sofa hervorgestürzt, stieß dabei mit dem Rücken gegen den Sitz und warf den Garnisonsoffizier fast um. Er lief auf seinen Herrn zu und musterte knurrend und schweifwedelnd alle Versammelten, als wenn er sagen wollte: „Wer ist hier frech? He?"

Luchnow legte die Karten auf den Tisch und rückte mit seinem Stuhle ab.

„So kann man nicht spielen," sagte er, „ich kann Hunde nicht ausstehen. Wie soll man ruhig spielen, wenn eine ganze Meute auf einen gehetzt wird."

„Besonders diese Hunde. Sie heißen, glaube ich, Blutegel", stimmte der Garnisonsoffizier bei.

„Spielen wir also weiter, Michail Wasiljewitsch, oder nicht?" sagte Luchnow zu Iljin.

„Bitte, störe uns nicht, Turbin!" wandte sich Iljin an den Grafen.

„Kannst du einen Augenblick mit mir kommen?" sagte Turbin, faßte Iljin unter den Arm und ging mit ihm hinter die Zwischenwand.

Gleich danach hörte man ihn dort mit seiner gewöhnlichen Stimme reden. Seine Stimme aber hatte einen Klang, den man noch durch drei Zimmer vernahm.

„Bist du denn ganz verrückt geworden? Siehst du nicht, daß dieser Herr mit der Brille ein Falschspieler schlimmster Art ist?"

„Ach, laß doch! Was redest du bloß?"

„Nein, ich lasse es nicht. Gib das Spiel auf, sage ich dir. Mir kann es ja gleich sein. Ein andermal würde ich selbst dir alles abgewinnen; aber heute tut es mir leid, daß du verlierst. Am Ende hast du noch Staatsgelder mit?"

„Nein. Und wie kommst du darauf?"

„Ich bin selbst die Straße gelaufen, mein Lieber, daher kenne ich alle Kunstgriffe der Herrschaften. Ich sage dir, der Kerl in der Brille ist ein Falschspieler. Gib es auf. Ich bitte dich als guten Kameraden."

„Nur noch eine Runde, dann mache ich Schluß."

„Die eine Runde kennen wir. Nun gut, wir wollen sehen."

Sie gingen zurück zu den Spielern. In der einen Runde

setzte Iljin auf so viele Karten und wurde so oft geschlagen, daß er schließlich sehr viel verloren hatte.

Turbin legte beide Hände auf den Tisch.

„Basta! So, jetzt gehen wir!"

„Nein, ich kann jetzt nicht mehr, laß mich!" sagte Iljin ärgerlich und mischte die verbogenen Karten, ohne Turbin anzusehen.

„So hol' dich der Teufel! Ruiniere dich, wenn es dir Spaß macht. Für mich aber wird es Zeit. Sawalschewskij, wir fahren zum Adelsmarschall."

Sie gingen hinaus. Alle schwiegen; Luchnow griff erst wieder zu den Karten, als der Klang ihrer Schritte und der Klauen Blüchers im Korridor nicht mehr zu hören war.

„So ein Dickkopf!" sagte der Gutsbesitzer lachend.

„Nun wird er uns nicht mehr stören", fügte der Garnisonsoffizier hastig und immer noch im Flüsterton hinzu.

Und das Spiel wurde fortgesetzt.

4

Die Musikanten, Leute vom Hausgesinde des Adelsmarschalls, die in dem des Balles wegen ausgeräumten Anrichtezimmer untergebracht waren, hatten schon mit zurückgeschlagenen Rockärmeln auf ein gegebenes Zeichen die alte Polonäse „Alexander, Elisabeth" zu spielen begonnen, und in dem hellen und doch milden Schein der Wachskerzen hatten sich die Paare langsam in Bewegung gesetzt: der noch von Katharina II. eingesetzte Generalgouverneur mit dem Ordensstern an der Brust Arm in Arm mit der mageren Gattin des Adelsmarschalls, der Adelsmarschall mit der Gattin des Gouverneurs, die hohen Gouvernementsbeamten und ihre Damen in verschiedenartigsten Verbindungen und Gruppierungen, — da trat Sawalschewskij im blauen Frack mit dem riesigen Kragen und Puffen auf den Schultern, in seidenen

Strümpfen und Eskarpins, einen starken Jasminduft ausströmend, denn er hatte sich Schnurrbart, Frackaufschläge und Taschentuch reichlich parfümiert, in den Saal, begleitet von dem stattlichen Husaren in der engen blauen Reithose und dem roten goldgestickten Dolman, an dem das Kreuz des Wladimirordens und die Medaille für den Feldzug von 1812 hingen. Der Graf war nicht groß von Wuchs, aber sehr gut gebaut. Seine hellblauen, auffällig glänzenden Augen und das üppige, stark gelockte dunkelblonde Haar verliehen ihm eine ganz eigenartige Schönheit. Sein Erscheinen auf dem Balle kam nicht unerwartet: der hübsche junge Mann, der ihn im Gasthaus gesehen hatte, hatte den Adelsmarschall schon in Kenntnis gesetzt. Der Eindruck dieser Nachricht war nicht bei allen Gästen der gleiche gewesen; angenehm berührt waren nur die wenigsten. „Dieser freche Junge macht sich noch über uns lustig", meinten die alten Damen und die Herren. „Wie, wenn er mich entführt?" dachten fast alle jungen Frauen und Mädchen.

Die Polonäse war zu Ende, die Paare verbeugten sich voreinander, und die Damen gesellten sich wieder zu den Damen, die Herren zu den Herren. In diesem Augenblick führte Sawalschewskij, strahlend vor Glück und Stolz, den Grafen der Dame des Hauses zu. Die Frau Adelsmarschall empfand ein leises Bangen, dieser Husar könnte sie in aller Gegenwart durch irgendeinen Skandal kompromittieren, daher sagte sie stolz und verächtlich mit halb abgewandtem Gesicht nichts weiter als: „Sehr erfreut; ich hoffe, Sie werden tanzen", — und sah ihn dann mißtrauisch an, mit einem Ausdruck, der zu besagen schien: „Wenn du einer Frau etwas zuleide tust, dann bist du ein ausgemachter Schuft!" Der Graf besiegte aber dieses Vorurteil bald durch seine Liebenswürdigkeit, Aufmerksamkeit und seine glänzende, heitere Erscheinung, so daß nach fünf Minuten bereits das Gesicht der Frau Adelsmarschall zu allen Gästen sagte: „Ich weiß, wie man mit solchen Herren umgeht. Er hat gleich begriffen, mit wem er es zu tun hat. Und nun wird er mir den ganzen Abend den Hof machen.“ Allein in diesem Augenblick kam der Gouverneur, der schon den Vater des Husaren gekannt hatte, auf den Grafen zu, zog ihn mit Gönnermiene beiseite und unterhielt sich eine Zeitlang mit ihm, was die Gesellschaft noch mehr beruhigte und ihr eine noch höhere Meinung von dem Grafen einflößte. Dann stellte Sawalschewskij ihn seiner Schwester vor, einer jungen, rundlichen Witwe, die gleich beim ersten Erscheinen des Grafen ihre großen schwarzen Augen auf ihn gerichtet hatte. Der Graf engagierte die junge Witwe zum Walzer, den die Musikanten in diesem Augenblick anstimmten, und schlug durch seine außerordentliche Tanzkunst alle Vorurteile endgültig nieder.

„Er ist ein unvergleichlicher Tänzer!“ sagte eine dicke Gutsbesitzersfrau und verfolgte mit den Blicken die durch den Saal sausenden Beine in blauen Reithosen. Dabei zählte sie in Gedanken: eins, zwei, drei; eins, zwei, drei . . . „Unvergleichlich!“

„Das geht ja wie ein richtiges Uhrwerk“, sagte eine andere, zugereiste Dame, die in der vornehmen Gesellschaft als nicht sehr fein galt. „Wie er bloß mit den Sporen nicht hängenbleibt! Er ist außerordentlich geschickt!“

Der Graf überstrahlte mit seiner Kunst die drei besten Tänzer im Gouvernement: den hochgewachsenen semmelblonden Adjutanten des Gouverneurs, der berühmt war, weil er so geschwind tanzte und seine Dame sehr nahe hielt, den Kavalleristen, der beim Walzer sehr graziös hin und her schaukelte und mit dem Absatz wiederholt leicht aufstampfte, und noch einen Zivilisten, von dem alle behaupteten, er sei zwar nicht sehr gescheit, aber ein vorzüglicher Tänzer und die Seele aller Bälle. In der Tat engagierte dieser Zivilist vom Beginn des Balles bis zu dessen Ende alle Damen der Reihe nach, wie sie gerade saßen, und hörte keinen Augenblick zu tanzen auf, blieb nur ab und zu stehen, um mit seinem schon ganz nassen Batisttüchlein sein erhitztes, aber fröhliches Gesicht abzuwischen. Der Graf verdunkelte sie alle und tanzte mit den drei vornehmsten Damen: einer großen, die reich, hübsch und dumm war, einer mittelgroßen, die mager und nicht sehr hübsch, aber höchst elegant gekleidet war, und einer kleinen, häßlichen, aber sehr klugen Dame. Er tanzte auch mit anderen Damen, mit allen hübschen, und solcher gab es viele. Doch die Schwester von Sawalschewskij, die junge Witwe, gefiel dem Grafen am besten: mit ihr tanzte er die Quadrille, die Ekossaise und die Masurka. Als sie sich zur Quadrille gesetzt hatten, sagte er ihr eine Menge Komplimente, verglich sie mit der Venus und der Diana, mit einer Rose und noch irgendeiner Blume. All diese Liebenswürdigkeiten erwiderte die junge Witwe nur durch ein Neigen ihres weißen Halses und ein Niederschlagen der Augen; dabei sah sie auf ihr weißes Musselinkleid herab oder legte den Fächer aus einer Hand in die andere. Wenn sie aber sagte: „Lassen Sie doch, Herr Graf, Sie scherzen ja nur", und so weiter, so klang aus ihrer etwas gutturalen Stimme eine so naive Treuherzigkeit und komische Einfalt, daß einem bei ihrem Anblick wirklich der Gedanke kommen konnte, das sei keine Frau, sondern eine Blume, und zwar keine Rose, sondern eine wilde, weißrosa üppige Blume ohne Duft, die allein aus einer jungfräulichen Schneewehe in irgendeinem ganz fernen Lande emporgewachsen war.

Auch auf den Grafen wirkte diese Verbindung von Naivität und dem Mangel alles Konventionellen mit jugendfrischer Schönheit so eigentümlich, daß er mehrere Male in den Gesprächspausen, wenn er ihr schweigend in die Augen oder auf die schönen Linien ihrer Arme und des Halses sah, von dem heftigen Wunsch ergriffen wurde, sie plötzlich in seine Arme zu schließen und zu küssen, und dieses Verlangen wurde so stark, daß er sich ernstlich Zwang antun mußte. Die junge Witwe bemerkte mit Vergnügen, was für einen Eindruck sie auf ihn machte, aber es war etwas im Benehmen des Grafen, was sie mit Unruhe und Furcht erfüllte, obgleich der junge Husar bei aller einschmeichelnden Liebenswürdigkeit sie mit einer Ehrerbietung behandelte, die man heute geziert nennen würde. Er holte ihr Limonade, hob ihr Tüchlein auf, riß einem skrofulösen jungen Gutsbesitzer, der ihr ebenfalls einen Dienst erweisen wollte, einen Stuhl aus der Hand und brachte ihn der Dame, und so weiter.

Als er bemerkte, daß diese Kavaliermanieren, wie sie damals üblich waren, auf seine Dame keinen besonderen Eindruck machten, versuchte er sie zum Lachen zu bringen, indem er ihr lustige Geschichten erzählte: er versicherte, wenn sie es befehle, wolle er sich sofort auf den Kopf stellen, wie ein Hahn krähen, aus dem Fenster springen oder sich in ein Eisloch stürzen. Das brachte ihm einen vollen Erfolg ein: die Witwe wurde ganz lustig und lachte in seltsamen Trillern, wobei sie ihre prächtigen weißen Zähne zeigte; sie war sehr zufrieden mit ihrem Kavalier. Dem Grafen aber gefiel sie mit jedem Augenblick mehr, so daß er zum Schluß der Quadrille schon ehrlich verliebt in sie war.

Nach der Quadrille ging der skrofulöse junge Mann, dem Turbin den Stuhl entrissen hatte, ein achtzehnjähriger reicher Gutsbesitzerssohn, der die Witwe seit langem schon anbetete, auf die Dame zu, die ihn aber höchst kühl empfing und dabei auch nicht ein Zehntel der Verlegenheit zeigte, die sie dem Grafen gegenüber empfand.

„Sie sind mir ein feiner Herr," sagte sie zu ihm, während sie zugleich Turbins Rücken betrachtete und ganz unbewußt nachrechnete, wieviel Arschin goldene Schnüre für die ganze Jacke erforderlich gewesen waren, „Sie sind mir ein feiner Herr! Sie hatten mir doch versprochen, mich zur Spazierfahrt abzuholen und mir Konfekt mitzubringen."

„Ich war ja bei Ihnen, Anna Feodorowna, Sie waren aber schon fort, und ich habe das schönste Konfekt dagelassen", sagte der junge Mann, der bei seiner langen Gestalt eine sehr dünne Stimme hatte.

„Sie haben immer Ausreden! Ich brauche Ihr Konfekt nicht. Bilden Sie sich nicht ein ...“

„Ich sehe schon, Anna Feodorowna, daß Sie anders zu mir geworden sind, und ich weiß auch, warum. Aber das ist nicht recht“, fügte er hinzu, sprach aber nicht zu Ende infolge einer starken inneren Bewegung, die seine Lippen schnell und seltsam zittern machte.

Anna Feodorowna hörte gar nicht auf ihn; ihre Blicke verfolgten Turbin.

Der Herr des Hauses, der Adelsmarschall, ein würdevoller, dicker, zahnloser Greis, trat auf den Grafen zu, faßte ihn unter den Arm und bat ihn ins Herrenzimmer, wo er rauchen und einen kleinen Imbiß nehmen könnte, wenn es ihm recht wäre. Kaum war Turbin gegangen, so hatte Anna Feodorowna das Gefühl, daß sie im Saal nichts mehr zu suchen habe; sie faßte ein altes, dürres Fräulein, eine von ihren Freundinnen, unter den Arm und ging mit ihr in die Garderobe.

„Nun? Ist er nett?“ fragte das Fräulein.

„Er ist nur furchtbar aufdringlich“, sagte Anna Feodorowna, trat vor den Spiegel und betrachtete sich darin.

Ihr Gesicht strahlte, ihre Augen lachten, sie wurde sogar ganz rot; dann drehte sie sich ganz plötzlich, nach dem Vorbild der Balletteusen, die sie bei diesen Wahlen gesehen hatte, auf einem Beine um, lachte ihr gutturales, aber sehr liebliches Lachen und sprang sogar mit geknickten Knien in die Luft.

„So ein Schwerenöter! Er hat mich um ein Andenken gebeten,“ sagte sie zu ihrer Freundin, „aber er bekommt ni-i-ichts“, sang sie das letzte Wort und hob den Finger in dem langen, bis an den Ellbogen reichenden Glacéhandschuh ...

Im Herrenzimmer, wohin der Adelsmarschall den Grafen geführt hatte, standen verschiedene Liköre, Schnäpse, Vorspeisen und Champagner. Von Tabak umqualmt, saßen und gingen die Edelleute umher und unterhielten sich über die Wahlen.

„Als der ganze Adel unseres Kreises ihn durch seine Wahl geehrt hatte," sagte der neugewählte Kreishauptmann, der schon stark berauscht war, „da hätte er die ganze Gesellschaft nicht vor den Kopf stoßen dürfen, er hätte . . ."

Durch das Erscheinen des Grafen wurde das Gespräch unterbrochen. Alle stellten sich ihm vor und besonders der Kreishauptmann drückte ihm lange die Hand mit seinen beiden Händen und bat ihn mehrere Male, er möchte es doch nicht ablehnen, nach dem Ball mit den Herren in das neue Gasthaus zu fahren, wo er, der Kreishauptmann, die Edelleute bewirten wolle und wo die Zigeuner singen würden. Der Graf versprach, bestimmt mitzukommen, und leerte mit ihm mehrere Gläser Champagner.

„Warum tanzen Sie denn nicht, meine Herren?" fragte er, ehe er das Zimmer verließ.

„Wir sind keine Tänzer," antwortete der Kreishauptmann lachend, „wir halten uns mehr an den Wein, Herr Graf . . . Übrigens ist das alles unter meinen Augen aufgewachsen, dieser ganze Mädchenflor, Herr Graf! Ich tanze manchmal auch noch eine Ekossaise, Herr Graf . . . Ich kann es noch, Herr Graf . . ."

„Machen wir jetzt noch einmal eine Tour," sagte Turbin, „daß wir uns die Beine vertreten, ehe wir zu den Zigeunern fahren."

„Warum nicht? Kommen Sie, meine Herren! Machen wir dem Hausherrn den Spaß!"

Und drei von den adeligen Herren, die von Anbeginn im Zimmer des Hausherrn beim Wein gesessen hatten und schon ganz rote Köpfe hatten, zogen ihre Hausschuhe an — die einen schwarze, die anderen strickseidene — und wollten gerade mit dem Grafen in den Saal gehen, als der skrofulöse junge Mann ihnen den Weg vertrat; ganz bleich und kaum die Tränen zurückhaltend, ging er auf Turbin los.

„Sie bilden sich ein, weil Sie Graf sind, dürfen Sie die Leute stoßen, wie auf dem Markt," sagte er schwer atmend, „weil das unhöflich ist . . ."

Wieder fingen seine Lippen gegen seinen Willen zu beben an, so daß sein Redefluß stockte.

„Was?" schrie Turbin und sein Gesicht verfinsterte sich plötzlich. „Was? Grüner Junge!" schrie er, packte den andern bei der Hand und preßte sie so zusammen, daß das Blut dem jungen Menschen in den Kopf fuhr, weniger vor Zorn als vor Angst. „Wollen Sie sich mit mir schießen? Ich stehe ihnen jederzeit zur Verfügung!"

Kaum hatte Turbin die Hand losgelassen, die er so fest umklammert hatte, so hatten auch schon zwei Herren den jungen Mann unter die Arme gefaßt und ihn zur Nebentür hinausgezerrt.

„Sind Sie verrückt geworden? Sie haben wohl zu viel getrunken? Das muß man Ihrem Herrn Papa sagen! Was ist mit Ihnen?" sagten sie zu ihm.

„Nein, ich bin nicht betrunken, aber er stößt mich und bittet nicht um Entschuldigung. Er ist ein Schwein! Das sage ich!" kreischte der junge Mann, der nun seinen Tränen freien Lauf ließ.

Man hörte aber nicht auf ihn, sondern schaffte ihn nach Hause.

„Aber bedenken Sie doch, Herr Graf," redeten ihrerseits der Kreishauptmann und Sawalschewskij dem Grafen zu, „er ist ja noch ein Kind, sein Vater prügelt ihn ja noch, er ist kaum sechzehn Jahre alt! Es ist ganz unbegreiflich, was plötzlich in ihn gefahren ist. Als wenn ihn eine giftige Fliege gestochen hätte! Und sein Vater ist ein so ehrenwerter Mann, Kandidat unserer Partei!"

„Nun, mag ihn der Teufel holen, wenn er nicht will . . ."

Und der Graf ging in den Saal zurück und tanzte wie vorher die Ekossaise mit der hübschen jungen Witwe und lachte von ganzem Herzen beim Anblick der Pas, die sich die aus dem Zimmer des Hausherrn gekommenen Kavaliere leisteten, und als der Kreishauptmann ausglitt und in seiner ganzen Länge mitten unter den Tanzenden auf den Boden fiel, da lachte der Graf so laut und unbändig, daß es im ganzen Saale wiederhallte.

5

Als der Graf sich ins Herrenzimmer begeben hatte, ging Anna Fedorowna auf ihren Bruder zu, und in der Meinung, es sei geraten, möglichst wenig Interesse für die Person des Grafen an den Tag zu legen, fragte sie: „Wer war denn dieser Husar, der mit mir tanzte? Können Sie mir etwas über ihn sagen?“ Der Kavallerist suchte, so gut er konnte, seiner Schwester klarzumachen, was für ein großer Mann dieser Husar war, und erzählte dabei, daß der Graf nur deshalb hiergeblieben sei, weil er unterwegs bestohlen worden sei, und daß er selbst ihm hundert Rubel geliehen habe; das sei aber zu wenig; könnte ihm sein Schwesterlein nicht vielleicht noch zweihundert Rubel borgen? Sawalschewskij bat aber dabei, niemandem etwas davon zu sagen, vor allem dem Grafen selbst nicht. Anna Feodorowna versprach, das Geld noch heute zu schicken und die Sache geheimzuhalten, allein, bei der Ekossaise bekam sie furchtbare Lust, dem Grafen selbst Geld anzubieten, soviel er nur haben wollte. Sie konnte lange nicht mit der Sprache heraus, errötete heftig, brachte es aber endlich doch über sich und leitete das Gespräch folgendermaßen ein:

„Mein Bruder hat mir erzählt, daß Sie auf der Reise Unglück gehabt haben, Herr Graf, und es Ihnen zurzeit an Geld mangelt. Wenn Sie welches brauchen, wollen Sie es nicht von mir haben? Es würde mich sehr freuen.“

Aber kaum hatte sie das gesagt, so erschrak Anna Feodorowna plötzlich und errötete. Alle Heiterkeit verschwand im Nu vom Gesicht des Grafen.

„Ihr Bruder ist ein Dummkopf!" sagte er schroff. „Sie wissen, wenn ein Mann einen Mann beleidigt, dann schießen sie sich; wenn aber eine Frau einen Mann beleidigt, — was tun sie dann? Wissen Sie das?"

Die arme Anna Feodorowna bekam einen ganz roten Hals und rote Ohren vor Verlegenheit. Sie schlug die Augen nieder und antwortete nicht.

„Die Frau muß sich dann vor allen Augen küssen lassen", sagte der Graf, sich zu ihrem Ohr niederbeugend. „Mir gestatten Sie vielleicht nur, Ihr Händchen zu küssen", fügte er nach langem Schweigen leise hinzu, denn die Verlegenheit seiner Dame dauerte ihn.

„Ach, nur nicht gleich", sagte Anna Feodorowna mit einem schweren Seufzer.

„Wann denn? Ich reise morgen früh ab . . . Sie sind es mir aber schuldig."

„Nun, dann geht es eben nicht", sagte Anna Feodorowna lächelnd.

„Lassen Sie mich nur eine Gelegenheit finden, Sie heute zu sehen, damit ich Ihre Hand küssen kann. Ich finde sie schon!"

„Wie wollen Sie denn eine Gelegenheit finden?"

„Das geht Sie nichts an. Wenn es gilt, Sie zu sehen, mache ich alles möglich . . . Also abgemacht?"

„Abgemacht."

Die Ekossaise war zu Ende. Man tanzte noch eine Masurka, wobei der Graf Wunderdinge vollbrachte: er fing Tücher im Fluge auf, stellte sich auf ein Knie, ließ die Sporen in ganz eigentümlicher Weise — nach Warschauer Art — klirren, so daß die alten Herren von den Bostontischen aufstanden und in den Saal kamen, um zuzuschauen. Der Kavallerist, der sonst als der beste Tänzer galt, mußte sich für überwunden erklären. Man aß zu Abend, tanzte noch einen „Großvater“ und machte sich auf den Heimweg. Der Graf hatte die ganze Zeit die junge Witwe mit seinen Blicken verfolgt. Er spielte keine Komödie, wenn er sagte, er sei bereit, für sie in ein Eisloch zu springen. Ob das nun Laune war oder Liebe oder Eigensinn, – genug, an diesem Abend konzentrierten sich alle seine seelischen Kräfte auf den einen Punkt: sie zu sehen und zu lieben. Kaum hatte er bemerkt, daß Anna Feodorowna sich von der Frau des Hauses verabschiedete, so lief er ins Vorzimmer und von da ohne Pelz in den Hof hinaus, wo die Wagen standen.

„Die Kutsche von Anna Feodorowna Sajzowa!“ rief er. Eine hohe viersitzige Kutsche mit Laterne rückte von ihrem Platze. „Halt!“ rief er dem Kutscher zu und lief, bis an die Knie im Schnee versinkend, zur Kutsche hin.

„Was wollen Sie?“ fragte der Kutscher.

„Ich muß einsteigen“, sagte der Graf, öffnete, während die Kutsche weiter fuhr, den Schlag und versuchte hineinzuklettern. „Halt, du Teufelskerl! Dummkopf!“

„Halt, Waska!“ rief der Kutscher dem Vorreiter zu und zog die Zügel an. „Was steigen Sie den in einen fremden Wagen? Die Kutsche gehört meiner gnädigen Frau Anna Feodorowna, und nicht Euer Gnaden!“

„Schweig still, du Rüpel! Da hast du einen Rubel, steig vom Bock und mach den Wagenschlag zu“, sagte der Graf. Da der Kutscher sich aber nicht rührte, zog er selbst die Treppe hoch, öffnete das Fenster und schlug die Tür zu, so gut es eben ging. In der Kutsche roch es wie in allen alten Kutschen, besonders in solchen, die mit gelben Tressen beschlagen sind, nach Fäulnis und gebrannten Borsten. Die Beine des Grafen waren bis zum Knie vom schmelzenden Schnee durchnäßt, sie froren ihm tüchtig in den dünnen

Stiefeln und Reithosen, und auch der ganze Körper wurde von der Winterkälte geschüttelt. Der Kutscher auf seinem Bock brummte und schien absteigen zu wollen. Doch der Graf hörte und fühlte nichts. Sein Gesicht brannte, sein Herz pochte heftig. Er preßte erregt den gelben Griffriemen, beugte sich zum Seitenfenster hinaus, und sein ganzes Dasein war nur noch gespannte Erwartung. Er brauchte nicht lange zu warten. Von der Freitreppe wurde gerufen: „Den Wagen für Frau Sajzowa!“ Der Kutscher zog die Leine an, der Kutschkasten begann auf den hohen Federn zu schwanken, und die erleuchteten Fenster des Hauses liefen eines nach dem anderen am Wagenfenster vorüber.

„Wenn du Schuft dem Lakaien ein Wort davon sagst, daß ich hier drin sitze,“ sagte der Graf, sich aus dem vorderen Fenster hinausbeugend, zum Kutscher, „so verprügele ich dich. Sagst du aber nichts, so kriegst du noch zehn Rubel.“

Kaum hatte er das Fenster geschlossen, so begann der Kasten schon heftiger zu schwanken, und dann hielt der Wagen. Der Graf drückte sich ganz in die Ecke, hielt den Atem an, kniff sogar die Augen zu: so bange war ihm, daß seine leidenschaftliche Erwartung betrogen werden könnte. Die Wagentür ging auf, die Stufen fielen eine nach der anderen lärmend herab, ein Frauenkleid rauschte, in die muffige Kutsche drang Jasminduft herein, hurtige Füßchen liefen die Stufen hinauf, und Anna Pawlowna sank schweigend, aber schwer atmend auf den Sitz neben den Grafen, sein Bein mit dem Rande des offenen Mantels streifend.

Ob sie ihn gesehen hatte oder nicht, vermöchte wohl keiner zu entscheiden, auch Anna Feodorowna selbst nicht; doch als er ihre Hand faßte und sprach: „Nun küsse ich also doch noch Ihr Händchen“, zeigte sie sich sehr wenig erschrocken, antwortete nichts, überließ ihm aber ihre Hand, die er ziemlich hoch über dem Handschuh mit Küssen bedeckte. Der Wagen setzte sich in Bewegung.

„Sprich doch ein Wort! Bist du nicht böse?“ sagte er zu ihr.

Sie drückte sich schweigend in ihre Ecke, fing aber plötzlich zu weinen an und fiel selbst mit dem Kopf an seine Brust.

6

Der neu gewählte Kreishauptmann mit seinen Genossen, der Kavallerist und die anderen Edelleute hörten schon längst den Zigeunern zu und zechten im neuen Wirtshaus, als der Graf in dem mit blauem Tuch bezogenen Bärenpelz, der dem verstorbenen Gatten Anna Feodorownas gehört hatte, sich ihnen anschloß.

„Väterchen! Euer Erlaucht! Wir haben Sie gar nicht erwarten können!“ sagte zähnefletschend ein schieläugiger schwarzhaariger Zigeuner, der ihm noch im Flur entgegengekommen war und ihm aus dem Pelz half. „Seit Lebedian haben wir uns nicht mehr gesehen. Stioscha vergeht ganz vor Sehnsucht nach Ihnen ...“

Stioscha, eine schlanke junge Zigeunerin mit ziegelroten Backen im dunkelbraunen Gesicht, glänzenden, tiefliegenden, von langen Wimpern beschatteten Augen, kam ihm ebenfalls entgegengelaufen.

„Ah! Mein Gräflein! Mein Täubchen! Mein Goldchen! Ist das eine Freude!“ sagte sie durch die Zähne mit frohem Lächeln.

Iliuschka selbst kam ihm entgegengelaufen und spielte ebenfalls den Hocherfreuten. Alte Weiber, Frauen, Mädchen sprangen von ihren Plätzen auf und umringten den Gast. Einer stellte sich als Gevatter, ein anderer als Patenkind vor.

Die jungen Zigeunerinnen küßte Turbin alle auf den Mund, die alten Frauen und die Männer küßten seine Schulter oder seine Hand. Die Edelleute waren auch sehr erfreut über den neuen Gast, denn das Fest hatte den Höhepunkt bereits überschritten, und die Stimmung begann flau zu werden. Man war übersättigt; der Wein hatte die nervenaufreizende Wirkung verloren und beschwerte nur noch den Magen. Alle Vorräte an Tollheit und Witz waren verbraucht, man hatte sich gegenseitig gründlich satt; alle Lieder waren gesungen; in den Köpfen war von ihenn nur der Eindruck eines wüsten, lärmenden Durcheinanders geblieben. Wenn jetzt noch etwas Tolles oder Seltsames vorgebracht wurde, fanden es die Zuhörer und Zuschauer weder nett noch lustig. Der Kreishauptmann lag in völlig aufgelöstem Zustande auf dem Boden zu Füßen eines alten Zigeunerweibes, zappelte mit den Beinen und schrie:

„Champagner her! Der Graf ist gekommen! Champagner! ... Er ist da! ... Champagner her! ... Ich will die Badewanne mit Champagner füllen und drin herumplätschern! ... Meine Herren Edelleute! Ich liebe die vornehme adelige Gesellschaft! Stioschka, sing den ‚Weg'!"

Der Kavallerist war ebenfalls angeheitert, aber auf andere Art. Er saß in der Ecke auf dem Sofa, ganz dicht neben der schönen Zigeunerin Liubascha. Der Rausch trübte seinen Blick, er zwinkerte mit den Augen, wackelte mit dem Kopf und flüsterte, immer die gleichen Worte wiederholend, der Zigeunerin zu, sie solle mit ihm entfliehen. Liubascha hörte ihm lächelnd mit einer Miene zu, als wenn alles, was er sagte, sehr lustig, zugleich aber auch ein bißchen traurig wäre; dabei warf sie hin und wieder einen Blick auf ihren Gatten, den schieläugigen Saschka, der ihr gegenüber hinter einem Stuhle stand, und beantwortete die Liebeserklärungen des Kavalleristen dadurch, daß sie sich ganz dicht zu seinem Ohr niederbeugte und ihn bat, ihr heimlich, von den anderen unbemerkt, Parfüm und Bänder zu kaufen.

„Hurra!" schrie der Kavallerist, als der Graf eintrat.

Der hübsche junge Mann ging mit besorgter Miene vorsichtig, mit festen Schritten im Zimmer auf und ab und sang Motive aus der „Entführung aus dem Serail“ vor sich hin.

Ein alter Familienvater, der nur auf die dringenden Bitten der Herren Edelleute zu den Zigeunern mitgekommen war — die Herren hatten behauptet, ohne ihn sei die ganze Sache nichts wert, dann brauche man überhaupt nicht zu fahren — lag auf dem Sofa, auf das er sich gleich nach der Ankunft geworfen hatte, und niemand kümmerte sich um ihn. Ein Beamter, der auch mitgekommen war, hatte den Frack abgenommen, hockte mit den Beinen auf dem Tisch, fuhr sich mit der Hand durch die Haare und suchte so zu beweisen, daß er sehr flott sei. Kaum war der Graf eingetreten, so knöpfte er noch seinen Hemdkragen auf und rückte noch weiter in die Mitte des Tisches. Überhaupt belebte sich mit dem Erscheinen des Grafen die Stimmung wieder.

Die Zigeunerinnen, die sich im Zimmer verteilt hatten, setzten sich jetzt wieder im Kreise zusammen. Der Graf nahm Stioscha, die Vorsängerin, auf den Schoß und ließ noch Champagner bringen.

Iliuschka setzte sich mit der Gitarre vor der Vorsängerin hin, und nun begann der „Tanz“, das heißt der Vortrag der Zigeunerlieder: „Durch die Straßen geh’ ich“, „Hei, Husaren“, „Hörst du, weißt du“, und so weiter, in der bekannten Reihenfolge. Stioschka sang prachtvoll. Ihre biegsame, klangvolle, tief aus der Brust emporquellende Altstimme, ihr Lächeln beim Gesang, ihre lachenden, leidenschaftlichen Augen und der kleine Fuß, der sich unwillkürlich im Takt des Liedes bewegte, der wilde Aufschrei beim Einsetzen des Chors — alles das griff an eine klingende, aber selten berührte Saite des Herzens. Es war ihr anzusehen, daß sie ganz in dem von ihr gesungenen Liede lebte. Iliuschka, der sie auf der Guitarre begleitete, brachte durch Lächeln, Bewegungen des Rückens und der Beine, durch sein ganzes Wesen seine Anteilnahme am Liede zum Ausdruck; er starrte sie an, als wenn er das

Lied zum erstenmal hörte, und senkte und hob aufmerksam und besorgt den Kopf im Takt des Liedes. Dann richtete er sich bei der letzten klingenden Note plötzlich auf und, als fühlte er sich der ganzen Welt überlegen, schleuderte er stolz und energisch die Gitarre mit dem Bein in die Höhe, drehte sie um, stampfte, warf das Haar zurück und musterte den Chor mit finsterm Blick. Sein ganzer Körper vom Hals bis zu den Fersen tanzte mit jeder Ader ... Und zwanzig energische kräftige Stimmen erfüllten die Luft, wobei jede von ihnen ihre ganze Kraft daransetzte, die anderen in möglichst eigentümlicher und seltsamer Weise zu unterstützen. Die alten Frauen hüpften auf ihren Stühlen, schwenkten die Tücher und zeigten die Zähne, schrien im Takt auf und zwar immer eine lauter als die andere. Die Bässe hielten die Köpfe zur Seite geneigt und brummten, hinter den Stühlen stehend, mit stark angeschwollenen Halsadern.

Wenn Stioscha einen hohen Ton hervorbrachte, hielt Iliuschka ihr die Guitarre näher hin, als wollte er ihr zu Hilfe kommen, der hübsche junge Mann aber rief begeistert, nun kämen die halben Noten.

Als ein Tanzlied angestimmt wurde und Dunjascha, Schultern und Brust in zitternder Bewegung, einherzuschreiten begann, sich vor dem Grafen ein paarmal herumdrehte und dann weiterglitt, da sprang Turbin von seinem Sitz auf, warf die Uniform ab und machte im roten Hemde eine flotte Runde mit der Tänzerin genau im Takt des Liedes, wobei er seine Beine so kühn zu werfen wußte, daß die Zigeuner untereinander beifällig lächelnde Blicke wechselten.

Der Kreishauptmann setzte sich mit untergeschlagenen Beinen wie ein Türke hin, schlug sich mit der Faust vor die Brust und schrie: „Vivat!“ Dann packte er den Grafen am Bein und fing an zu erzählen, daß er zweitausend Rubel gehabt und jetzt nur noch fünfhundert zurückbehalten habe, daß er alles machen könne, was er wolle, wenn der Herr Graf es nur gestatte. Der alte Familienvater erwachte und wollte nach Hause fahren; man ließ ihn aber nicht fort. Der hübsche junge Mann flehte eine Zigeunerin an, mit ihm einen Walzer zu tanzen. Der Kavallerist wollte prahlerisch seine Freundschaft mit dem Grafen zeigen, kam aus seinem Winkel hervor und umarmte Turbin.

„Ach, du mein lieber Junge!" sagte er, „warum hast du uns bloß verlassen? Wie?" Der Graf schwieg, offenbar mit anderen Gedanken beschäftigt. „Wo warst du hingefahren? Ach, du Schelm von einem Grafen, ich weiß, wo du gewesen bist!"

Diese Familiarität mißfiel Turbin. Er sah dem Kavalleristen, ohne zu lächeln, gerade ins Gesicht und warf ihm dann plötzlich ganz unvermittelt ein so furchtbares und grobes Schimpfwort entgegen, daß der Kavallerist tief betrübt war und lange nicht wußte, wie er diese Kränkung aufnehmen sollte: als Scherz oder als Ernst. Endlich beschloß er, sie als Scherz zu nehmen, lächelte und ging wieder zu seiner Zigeunerin, um ihr vorzureden, daß er sie nach Ostern ganz bestimmt heiraten werde. Ein zweites Lied wurde gesungen, ein drittes, dann noch einmal getanzt, die Gäste gefeiert, und alle glaubten immer noch, daß sie sich sehr gut amüsierten. Der Champagner ging nicht aus. Der Graf trank ungeheuer viel. Über seinen Augen lag ein feuchter Schimmer, aber er hielt sich fest auf den Füßen, tanzte noch besser, sprach klar und deutlich, sang sogar noch im Chor mit und übernahm die zweite Stimme, als Stioscha das Lied „Der Freundschaft zärtliche Erregung" sang. Mitten im Tanz erschien der Gastwirt und bat die Herren, sich nach Hause zu begeben, denn es sei schon hell, drei Uhr morgens.

Der Graf packte den Wirt am Kragen und verlangte, daß er den Kasatschok tanze. Der Wirt weigerte sich. Der Graf nahm eine Champagnerflasche, drehte den Wirt um, daß er auf den Kopf zu stehen kam, befahl den andern, ihn so festzuhalten, und goß unter allgemeinem Gelächter die ganze Flasche Champagner langsam über ihn aus.

Der Morgen dämmerte schon. Alle waren bleich und müde, den Grafen ausgenommen.

„Ich muß jetzt aber nach Moskau", sagte er plötzlich aufstehend. „Kommt alle zu mir, Kinder. Ihr gebt mir das Geleite. Vorher trinken wir noch Tee."

Alle erklärten sich bereit, mit Ausnahme des Familienvaters, der wieder eingeschlafen war und auch so liegen blieb. Mit Mühe und Not wurde die ganze Gesellschaft in den drei vor dem Hause wartenden Schlitten untergebracht, und dann ging es nach dem Hotel.

7

„Anspannen!" rief der Graf, mit allen Gästen und den Zigeunern in den großen Saal des Gasthauses tretend. „Saschka! Nicht der Zigeuner Saschka, sondern mein Diener soll dem Posthalter sagen, daß ich ihn windelweich schlage, wenn die Pferde schlecht sind! Sawalschewskij, sorge du für Tee, ich gehe indes zu Iljin und sehe, was er macht", fügte Turbin hinzu, ging in den Korridor hinaus und dann weiter nach dem Zimmer des Ulanen.

Iljin hatte eben sein Spiel beendet; er hatte sein ganzes Geld bis auf die letzte Kopeke verloren und lag nun mit nach unten gekehrtem Gesichte auf dem Sofa mit dem zerrissenen Überzug, zupfte ein Haar nach dem andern aus dem Polster heraus, steckte es in den Mund, zerbiß es und spukte es wieder aus. Zwei Talgkerzen, von denen eine schon bis zur Papiermanschette heruntergebrannt war, standen auf dem mit Karten bedeckten Spieltisch und kämpften nur noch schwach gegen das durch die Fenster eindringende Tageslicht an. Gedanken hatte der Ulan gar keine mehr im Kopf: wie ein dichter Nebel umwölkte die Spielleidenschaft alle seine geistigen Fähigkeiten; nicht einmal Reue empfand er. Er versuchte wohl einmal, darüber nachzudenken, was er jetzt unternehmen solle, wie er seine Reise ohne eine Kopeke in der Tasche fortsetzen könne, wie er die verlorenen fünfzehntausend Rubel aus der Staatskasse ersetzen solle, was sein Regimentskommandeur sagen werde, was seine Mutter, die Kameraden — und ihn packte ein solches Entsetzen und ein solcher Widerwillen vor sich selbst, daß er, um sich irgendwie zu vergessen, aufstand und im Zimmer auf und ab ging, bemüht, nur auf die Ritzen der Dielenbretter zu treten. Dabei rief er sich aber wieder alle Einzelheiten des Spiels ins Gedächtnis: er sah lebhaft vor sich, daß er schon sein Geld zurückzugewinnen hoffte, die Neun abhob, den Pikkönig auf zweitausend Rubel legte; rechts fiel die Dame, links das As, rechts der Karokönig — und nun war alles verloren! Wäre die Sechs rechts und der Karokönig links gefallen, dann hätte er alles wiedergewonnen, hätte immer weiter gesetzt und fünfzehntausend Rubel reinen Gewinn gehabt. Dann hätte er sich den Zelter beim Regimentskommandeur gekauft und noch zwei Pferde und einen Wagen dazu. Nun, und was weiter? Ja, es wäre dann sehr, sehr schön gewesen.

Er legte sich wieder auf das Sofa und kaute die Roßhaare.

„Warum singen sie auf Nummer sieben?“ dachte er. „Da gibt wohl Turbin ein Fest. Ob ich nicht dahin gehe und mich gründlich betrinke?“

In diesem Augenblick trat der Graf ein.

„Nun, alles dahin, mein Lieber, wie?“ rief er.

„Ich will mich schlafend stellen“, dachte Iljin. „Sonst muß ich mit ihm sprechen; ich bin aber wirklich schon schläfrig.“

Allein, Turbin trat zu ihm heran und strich ihm mit der Hand über das Haar.

„Nun, lieber Freund, alles dahin? Verloren? So rede doch!“

Iljin antwortete nicht.

Der Graf zerrte ihn am Arm.

„Ja, verloren. Was geht es dich an?“ brummte Iljin mit schläfriger, gleichgültig unzufriedener Stimme, ohne seine Stellung zu ändern.

„Alles?“

„Nun, ja. Was ist denn dabei? Alles! Was kümmert es dich?“

„Hör' mal, — sage mir als gutem Kameraden die Wahrheit“, sagte der Graf, der unter der Wirkung des genossenen Weines zärtlich gestimmt war, und streichelte ihm wieder das Haar. „Wirklich, ich habe dich liebgewonnen. Sage die Wahrheit! Wenn du Staatsgelder verspielt hast, will ich dir aushelfen. Sonst wird es zu spät. Waren es Staatsgelder?“

Iljin sprang vom Sofa auf.

„Wenn du willst, daß ich dir etwas sage, dann sollst du nicht zu mir reden, denn ... Bitte, sprich nicht mit mir! ... Eine Kugel vor den Kopf — weiter bleibt mir nichts übrig!“ sagte er mit aufrichtiger Verzweiflung, ließ den Kopf auf die Arme sinken und brach in Tränen aus, obgleich er noch eine Minute vorher ganz ruhig an den Zelter gedacht hatte.

„Ach, du zartes Mägdelein! Wem ist das nicht schon einmal passiert? Das ist doch kein Unglück; wir renken es schon ein. Erwarte mich hier!“

Der Graf verließ das Zimmer.

„Wo wohnt der Gutsbesitzer Luchnow?“ fragte er den Kellner im Korridor.

Der Kellner erbot sich, ihn hinzuführen. Trotz der Erklärung des Dieners, daß der gnädige Herr eben ins Zimmer gekommen sei und sich auszukleiden geruhe, trat der Graf ins Zimmer. Luchnow saß im Schlafrock am Tisch und zählte mehrere Haufen von Banknoten, die vor ihm lagen. Auf dem Tisch stand eine Flasche Rheinwein, den er sehr gern trank. Da er gewonnen hatte, glaubte er sich dieses Vergnügen gönnen zu dürfen. Luchnow sah den Grafen kalt und streng durch die Brille an, als erkenne er ihn nicht.

„Sie erkennen mich wohl nicht?“ sagte der Graf, mit energischen Schritten auf den Tisch zugehend.

Luchnow erkannte den Grafen und fragte:

„Was steht zu Diensten?“

„Ich möchte mit Ihnen spielen“, sagte Turbin und setzte sich auf das Sofa.

„Jetzt?“

„Ja.“

„Ein andermal mit Vergnügen, Herr Graf. Jetzt bin ich müde und möchte schlafen. Wollen Sie einen Schluck Wein? Es ist eine gute Marke.“

„Ich möchte aber gerade jetzt ein wenig spielen.“

„Ich habe keine Lust mehr zu spielen. Vielleicht tut es einer von den anderen Herren, ich aber verzichte, Herr Graf. Sie müssen mich schon entschuldigen.“

„Sie werden also nicht spielen?“

Luchnow machte eine Bewegung mit den Schultern, die sein Bedauern ausdrücken sollte, daß er den Wunsch des Grafen nicht erfüllen könne.

„In keinem Fall?“

Dieselbe Bewegung.

„Ich bitte Sie aber sehr . . . Werden Sie also spielen?“

Schweigen.

„Werden Sie spielen?“ fragte der Graf zum zweitenmal. „Sehen Sie sich vor!“

Das gleiche Schweigen und ein schneller Blick über die Brille hinweg auf das sich verfinsternde Gesicht des Grafen.

„Werden Sie spielen?“ schrie der Graf mit lauter Stimme und schlug mit der Hand so heftig auf den Tisch, daß die Rheinweinflasche umfiel und ihr Inhalt sich über den Tisch ergoß. „Sie haben sich Ihren Gewinn erschwindelt! Werden Sie spielen? Ich frage Sie zum drittenmal!“

„Ich habe Ihnen doch gesagt: nein! Das ist wirklich sonderbar, Herr Graf! Es ist einfach unanständig, einem so das

Messer an die Kehle zu setzen", sagte Luchnow, ohne aufzusehen.

Es trat ein kurzes Schweigen ein, währenddessen das Gesicht des Grafen immer bleicher wurde. Plötzlich wurde Luchnow durch einen furchtbaren Schlag auf den Kopf getroffen. Er fiel auf das Sofa zurück, noch bemüht, sein Geld festzuhalten, und stieß einen so schrillen, verzweifelten Schrei aus, wie man ihn bei seiner immer ruhigen, würdevollen Haltung nie erwartet hätte. Turbin nahm das auf dem Tisch liegende Geld zusammen, stieß den Diener zurück, der seinem Herrn zu Hilfe eilen wollte, und ging mit schnellen Schritten aus dem Zimmer.

„Wenn Sie Genugtuung wünschen, so stehe ich zu Ihrer Verfügung. Ich werde mich noch eine halbe Stunde in meinem Zimmer aufhalten", sagte der Graf, noch einmal bis zur Tür zurückkehrend.

„Schuft! Räuber!" ertönte es von innen. „Ich bringe dich vor den Richter!"

Iljin lag noch immer wie vorher auf dem Sofa und kämpfte mit seinen Tränen. Er hatte dem Versprechen des Grafen, ihm aus der Not zu helfen, nicht die geringste Beachtung geschenkt. Das Bewußtsein seiner wirklichen Lage verließ ihn nicht. Aus dem seltsamen Durcheinander der ihn bewegenden Empfindungen, Gedanken und Erinnerungen war es durch die freundlichen Worte des Grafen, durch seine Teilnahme heraufbeschworen worden. Eine hoffnungsvolle Jugend, Ehre, Ansehen, Liebesträume, Freundschaft — alles war für immer dahin. Der Quell der Tränen begann zu versiegen, ein nur zu ruhiges Gefühl der Hoffnungslosigkeit bemächtigte sich seiner immer mehr, und der Gedanke an Selbstmord rief in ihm nicht mehr Abscheu und Entsetzen hervor, sondern fesselte ihn immer stärker. In diesem Augenblick vernahm er die kräftigen Schritte des Grafen.

Auf Turbins Gesicht waren noch die Spuren des Zornausbruches zu sehen, seine Hände zitterten leicht, doch aus den Augen leuchteten gutherzige Heiterkeit und Selbstzufriedenheit.

„Da! Ich habe Revanche genommen!" sagte er und warf mehrere Päckchen mit Banknoten auf den Tisch. „Zähle nach, ob es alles ist. Und komm bald in den großen Saal, ich muß gleich fort", fügte er hinzu und tat dabei, als bemerke er die ungeheure freudige und dankbare Erregung nicht, die aus dem Gesicht des Ulanen sprach. Ein Zigeunerlied vor sich hinpfeifend, verließ er das Zimmer.

8

Saschka, der sich einen Gürtel umgeschnallt hatte, meldete, die Pferde ständen bereit, verlangte aber, man solle erst den Mantel des Herrn Grafen suchen, der mit dem Kragen dreihundert Rubel wert sei; den scheußlichen blauen Pelz solle man dem Schuft geben, der ihn beim Adelsmarschall mit dem Mantel vertauscht habe. Turbin sagte jedoch, es habe keinen Zweck, den Mantel zu suchen und ging in sein Zimmer, um sich umzukleiden.

Der Kavallerist hatte fortwährend den Schluckauf, während er schweigend neben seiner Zigeunerin saß. Der Kreishauptmann verlangte noch Branntwein, forderte alle Herren auf, sofort zu ihm zum Frühstück zu kommen, und stellte ihnen in Aussicht, daß seine Frau selbst ganz gewiß mit den Zigeunerinnen tanzen werde. Der hübsche junge Mann erklärte Iliuscha mit tiefsinniger Miene, daß das Klavier mehr Seele habe als die Gitarre, und daß man auf dieser keine halben Töne nehmen könne. Der Beamte trank traurig in einer Ecke seinen Tee und schien sich jetzt bei Tageslicht seiner Liederlichkeit zu schämen. Die Zigeuner zankten sich untereinander in ihrer Muttersprache und bestanden darauf, die Herrschaften noch einmal in einem Lied zu begrüßen, wogegen

Stioscha Widerspruch erhob und behauptete, der Barorai (in der Zigeunersprache soviel wie Graf oder Fürst oder, noch genauer, großer Herr) werde böse werden. Die letzten Fünkchen der tollen Stimmung schienen bei allen zu verglimmen.

„Nun, zum Abschied noch ein Lied und dann marsch nach Hause", sagte der Graf, der im Reiseanzug wieder in den Saal trat. Er sah so frisch, heiter und schön aus wie nie vorher.

Die Zigeuner bildeten wieder einen Kreis und wollten eben anfangen zu singen, als Iljin mit einem Päckchen Banknoten in der Hand eintrat und den Grafen beiseite zog.

„Ich hatte nur fünfzehntausend Rubel Staatsgelder, du hast mir aber sechzehntausenddreihundert gegeben," sagte er, „der Überschuß gehört also dir."

„Sehr schön! Gib her!"

Iljin gab ihm das Geld, sah ihn dabei schüchtern an, öffnete den Mund, um etwas zu sagen, wurde aber nur so rot, daß ihm die Tränen in die Augen traten. Dann ergriff er die Hand des Grafen und drückte sie heftig.

„Scher dich weg! Iliuschka! . . . Hör' zu: da hast du Geld! Aber nun sollt ihr mich mit Gesang zum Schlagbaum begleiten!" Und er warf die tausenddreihundert Rubel, die Iljin ihm gebracht hatte, auf die Gitarre des Zigeuners. Dem Kavalleristen aber hatte der Graf die gestern geborgten hundert Rubel wiederzugeben vergessen.

Es war schon zehn Uhr morgens. Die Sonne stand hoch über den Dächern, auf den Straßen gingen Leute hin und her, die Kaufleute hatten längst ihre Läden geöffnet, Edelleute und Beamte fuhren vorbei, Damen wanderten durch den Kaufhof, als die Zigeunerbande, der Kreishauptmann, der Kavallerist, der hübsche junge Mann, Iljin und der Graf im blauen Bärenpelz aus dem Gasthaus kamen. Drei Postschlitten, mit je drei Pferden bespannt, fuhren vor. Die Pferde, mit hochaufgebundenen Schwänzen, stampften klatschend den nassen Schlamm, und die ganze lustige Gesellschaft stieg ein. Der Graf, Iljin, Stioscha, Iliuschka und der Bursche Saschka setzten sich in den ersten Schlitten. Blücher war ganz außer sich, wedelte mit dem Schwanze und bellte das Mittelpferd an. In die beiden anderen Schlitten stiegen die übrigen Herren, ebenfalls mit Zigeunerinnen und Zigeunern. Vom Gasthof an fuhren die drei Schlitten nebeneinander und die Zigeuner sangen im Chor.

Mit Gesang und Schellengeklingel ging es durch die ganze Stadt bis zum Schlagbaum. Alle entgegenkommenden Fahrzeuge mußten ausweichen — und wenn sie dabei auf den Fußsteig gerieten!

Höchst erstaunt waren die Kaufleute und fremden Passanten — die bekannten erst recht — als sie die Herren vom hohen Adel am hellichten Tage mit Zigeunerinnen und betrunkenen Zigeunern unter Gesang die Straßen entlang fahren sahen.

Als man den Schlagbaum erreicht hatte, machten die Schlitten halt, und alle verabschiedeten sich vom Grafen.

Iljin, der zuletzt sehr viel getrunken und den ganzen Weg über selbst kutschiert hatte, wurde plötzlich ganz traurig, redete dem Grafen zu, doch noch einen Tag zu bleiben, und als er sich überzeugt hatte, daß dies unmöglich sei, fiel er plötzlich schluchzend seinem neuen Freunde um den Hals und stellte ihm in Aussicht, daß er, wenn er am Ziel seiner Reise angelangt sei, sich bemühen wolle, in dasselbe Husarenregiment versetzt zu werden, dem Turbin angehörte. Der Graf war ganz besonders vergnügt; den Kavalleristen, der ihm jetzt am Morgen nur noch „du" sagte, stieß er in einen Schneehaufen hinein, auf den Kreishauptmann hetzte er seinen Blücher, Stioschka nahm er auf den Arm und wollte sie nach Moskau entführen; endlich sprang er in den Schlitten und setzte den Blücher neben sich, der immer in der Mitte stehen wollte. Saschka bat den Kavalleristen noch einmal, ihnen doch den Mantel des Grafen wieder abzunehmen und ihm zu schicken, und sprang dann auf den Kutschbock. Der Graf schrie: „Vorwärts!", nahm die Mütze ab, schwenkte sie über seinem Kopfe und stieß einen gellen Pfiff nach Kutscherart aus, um die Pferde anzutreiben. Die Schlitten trennten sich.

Weit draußen lag die eintönige Schneefläche, von dem gelblich schmutzigen Strich der Straße durchschnitten. Die grelle Sonne glitzerte auf dem schmelzenden, mit einer dünnen, durchsichtigen Eiskruste bedeckten Schnee und wärmte Gesicht und Rücken höchst angenehm. Die stark beschwitzten Pferde dampften, das Glöckchen klang. Ein Bauer, der einen Zug schwerbeladener, wackelnder Schlitten begleitete und in seinen ganz durchnäßten Bastschuhen durch das Gemisch von Schnee und Schlamm auf der Landstraße stapfte, wich hastig aus, an der aus einem Strick bestehenden Leine zerrend; eine dicke, rote Bäuerin saß auf dem zweiten Schlitten, hielt ihr Kind unter ihrem Schafpelz geborgen und trieb mit dem Ende der Leine ihre weiße, grindschwänzige Mähre an. Der Graf mußte plötzlich an Anna Feodorowna denken.

„Umkehren!" schrie er.

Der Kutscher verstand ihn nicht gleich.

„Umkehren! Zurück in die Stadt! Rasch!"

Das Dreigespann passierte wieder den Schlagbaum und fuhr flott vor der hölzernen Freitreppe des Hauses der Frau Sajzowa vor. Der Graf lief schnell die Treppe hinauf, ging durch das Vorzimmer, den Salon, fand die Witwe noch schlafend, legte seine Arme um sie, hob sie vom Bette auf, küßte ihre verschlafenen Augen und lief geschwind wieder hinaus. Anna Feodorowna, im Halbschlaf, leckte nur die Lippen und fragte: „Was ist geschehen?" Der Graf sprang in den Schlitten, rief dem Kutscher etwas zu und verließ für immer die Stadt K., ohne noch einmal haltzumachen, ja auch ohne überhaupt nur an Luchnow, an die Witwe, an Stioschka zu denken. Er dachte jetzt nur noch an das, was ihm in Moskau bevorstand.

9

Es waren etwa zwanzig Jahre vergangen. Vieles hatte sich in der Zwischenzeit ereignet, viele Menschen waren gestorben, viele geboren, viele waren herangewachsen und alt geworden; noch mehr Ideen waren geboren und gestorben, viel Schönes und viel Schlechtes vom Alten war zugrunde gegangen, viel Schönes war neu emporgewachsen und noch mehr Unreifes, Verkrüppeltes war auf Gottes Welt erschienen.

Graf Feodor Turbin war schon längst im Duell mit irgendeinem Ausländer gefallen, den er auf der Straße mit der Hetzpeitsche gezüchtigt hatte; sein Sohn, der ihm so ähnlich sah wie ein Ei dem andern, war schon ein prächtiger Jüngling von dreiundzwanzig Jahren und diente bei der Chevaliergarde. Der junge Graf Turbin hatte einen ganz anderen Charakter als sein Vater. Es war in ihm keine Spur von den wilden, leidenschaftlichen und — sagen wir die Wahrheit! — lasterhaften Neigungen des vergangenen Jahrhunderts. Neben Verstand, Bildung und ererbten allgemeinen Talenten bildeten eine gewisse Vorliebe für feine Sitte und die Bequemlichkeiten des Lebens, ein praktisch nüchternes Verhältnis zu Menschen und Dingen, Bedächtigkeit und Vorsicht die wesentlichen Züge seiner Natur. Im Dienst kam der junge Graf ausgezeichnet vorwärts: mit dreiundzwanzig Jahren war er schon Leutnant. Als der Krieg ausbrach, entschied er, es sei für das Avancement vorteilhafter, in die aktive Armee einzutreten, und ließ sich als Rittmeister in ein Husarenregiment versetzen, wo er bald eine Schwadron erhielt.

Im Mai 1848 kam das Husarenregiment S. auf dem Marsch durch das Gouvernement K., und die Schwadron, die der junge Graf Turbin kommandierte, sollte in Morosowka, dem Gut von Anna Feodorowna, übernachten. Anna Feodorowna war noch am Leben, aber schon so bejahrt, daß sie sich selbst nicht mehr für jung hielt, was bei einer Frau viel zu sagen hat. Sie war sehr dick geworden; das soll einer Frau ja ein jugendlicheres Aussehen verleihen; allein auch auf dem runden weißen Gesicht waren überall tiefe weiche Furchen zu sehen. Sie fuhr nie mehr in die Stadt, es machte ihr sogar Mühe, in den Wagen zu steigen, aber sie war noch ebenso gutmütig und ebenso einfältig, — jetzt dürfen wir ja wohl die Wahrheit sagen, da ihre Schönheit uns nicht mehr besticht. Bei ihr lebte ihre Tochter Lisa, eine dreiundzwanzigjährige russische Landschöne, und der Bruder, unser alter Bekannter, der Kavallerist. Er hatte in seiner Gutherzigkeit sein ganzes Vermögen durchgebracht und hatte auf seine alten Tage Unterkunft bei Anna Feodorowna gefunden. Das Haar auf seinem Kopf war ganz grau geworden, die Oberlippe sank herab, aber der Schnurrbart über ihr war sorgfältig geschwärzt. Runzeln bedeckten nicht nur Stirn und Wangen, sondern sogar Nase und Hals; der Rücken war gekrümmt, aber dennoch zeigten selbst die schwachen krummen Beine noch etwas von der Haltung eines alten Reiters.

In dem kleinen Salon des alten Häuschens mit der geöffneten Balkontür und den Fenstern nach dem alten, sternförmig angelegten Lindenpark saß die ganze Familie Anna Feodorownas nebst den Hausgenossen. Anna Feodorowna, grauköpfig in einer lila Jacke, saß auf dem Sofa vor dem runden Mahagonitisch und legte Patience. Ihr alter Bruder, in sauberen weißen Hosen und blauem Röckchen, hatte am Fenster Platz genommen und flocht auf einem Gabelholz eine Schnur aus weißen Baumwollfäden — eine Beschäftigung, die seine Nichte ihn gelehrt und die er sehr liebgewonnen hatte, denn er konnte sonst nichts mehr machen, und zum Zeitunglesen, das sonst seine Lieblingsbeschäftigung gewesen war, waren seine Augen schon zu schwach geworden. Pimotschka, die Pflegetochter von Anna Feodorowna, saß neben ihm und lernte unter Lisas Aufsicht ihre Lektion, während Lisa selbst mit Holznadeln einen Strumpf aus Ziegenwolle für ihren Onkel strickte. Die letzten Strahlen der untergehenden Sonne warfen, wie immer um diese Zeit, durch die Lindenallee schräge Lichtstreifen auf das Eckfenster und die daneben stehende Etagere. Im Garten und im Zimmer war es so still, daß man hören konnte, wenn am Fenster eine Schwalbe vorbeistrich oder Anna Feodorowna leise seufzte oder der Alte ächzend ein Bein über das andere legte.

„Wie legt man doch die Karten? Zeige es mir, Lisanka. Ich vergesse es immer", sagte Anna Feodorowna, in ihrer Patience stockend.

Lisa ging auf ihre Mutter zu, ohne ihre Arbeit hinzulegen, und warf einen Blick auf die Karten.

„Sie haben ja alles durcheinander gemengt, Mama!" sagte sie, die Karten neu ordnend. „So hätten Sie es machen sollen. Es wird aber doch in Erfüllung gehen, was Sie sich gedacht haben", fügte sie hinzu und verschob unbemerkt eine Karte.

„Du betrügst mich immer! Jetzt behauptest du, die Patience sei aufgegangen!"

„Nein wirklich, es geht in Erfüllung! Die Patience ist doch aufgegangen!"

„Schon gut, schon gut, du Schelm! Ist es nicht Zeit, Tee zu trinken?"

„Ich habe den Samowar schon heiß machen lassen. Ich will den Tee gleich holen. Sie wollen ihn doch hier serviert haben? . . . Na, mach' deine Lektion fertig, Pimotschka, und dann laufen wir ein bißchen."

Und Lisa ging zur Tür hinaus.

„Lisotschka! Lisanka!" rief der Onkel, seine Gabel starr anblickend. „Ich habe, scheint's, wieder eine Masche fallen gelassen. Hebe sie mir auf, Kindchen!"

„Gleich, gleich! Ich will nur den Zucker schlagen lassen!"

Und in der Tat kam sie nach drei Minuten wieder zurück, ging auf den Onkel zu und faßte ihn am Ohr.

„Das zur Strafe, damit Sie keine Maschen mehr fallen lassen", sagte sie lachend. „Sie haben Ihr Pensum wieder nicht erledigt."

„Schon gut, schon gut; bring' es nur in Ordnung, es muß sich da etwas verknotet haben."

Lisa nahm die Gabel und zog eine Nadel aus ihrem Halstüchlein, das dabei von dem aus dem Fenster wehenden Luftzug etwas emporgehoben wurde, zog die Masche mit der Nadel wieder ein und gab dann die Gabel dem Onkel zurück.

„Nun, zum Lohne müssen Sie mich jetzt küssen", sagte sie, ihm ihre rosige Backe hinhaltend und das Tüchlein zusteckend. „Sie bekommen heute Rum zum Tee. Es ist ja heute Freitag."

Und sie ging wieder ins Anrichtezimmer.

„Kommen Sie schnell her, Onkel! Es ziehen Husaren ein!" ertönte von dort ihr helles Stimmchen.

Anna Feodorowna kam mit ihrem Bruder ins Anrichtezimmer, dessen Fenster nach dem Dorf hinausgingen. Sie wollten die Husaren sehen, konnten aber durch das Fenster nicht mehr erblicken, als eine große Menge Menschen, die sich in einer dichten Staubwolke vorwärtsbewegte.

„Es ist doch schade, Schwesterchen," sagte der Onkel zu Anna Feodorowna, „sehr schade, daß es hier so eng ist und das Seitengebäude noch nicht ausgebaut ist; sonst könnten wir die Herren Offiziere zu uns einladen. Husarenoffiziere sind immer so prächtige, lustige junge Leute; die würde ich gar zu gerne sehen."

„Nun, mich würde es auch sehr freuen; aber Sie wissen ja selbst, lieber Bruder, daß wir keinen Platz haben: mein Schlafzimmer, Lisas Zimmerchen, die Wohnstube und hier Ihr Zimmer, — das ist alles, was wir haben. Wo soll man sie denn hier unterbringen, bedenken Sie doch! Michajlo Matwejew hat für die Herren das Haus des Starosten ausgeräumt; er sagt, es sei auch sehr sauber."

„Wir fänden da einen Bräutigam für dich, Lisotschka, einen feinen Husaren!" sagte der Onkel.

„Nein, ich will keinen Husaren haben, ich will einen Ulanen. Sie waren doch auch Ulan, Onkelchen?... Von diesen will ich nichts wissen. Sie sind alle so tolle Kerle, sagt man."

Und Lisa errötete ein wenig, lachte dann aber gleich wieder ihr helles Lachen.

„Da kommt auch Ustiuschka gelaufen; wir müssen sie fragen, was sie gesehen hat", sagte sie.

Anna Feodorowna ließ Ustiuschka rufen.

„Bei der Arbeit zu sitzen fällt ihr nicht ein! Was hat sie den Soldaten nachzulaufen?" sagte Anna Feodorowna. „Nun, wo sind die Offiziere untergebracht?"

„Bei den Jeriomkins, gnädige Frau. Zweie sind es, schöne junge Herren. Einer soll ein Graf sein."

„Und sein Name?"

„Kasarow oder Turbinow — ich hab's nicht behalten können, verzeihen Sie."

„So ein dummes Mädchen, nichts kann sie ordentlich erzählen. Den Namen hättest du dir doch wenigstens merken können."

„Ich will noch einmal hinlaufen."

„Ja, das würde dir so passen! Nein, der Danilo kann hingehen. Sagen Sie ihm, lieber Bruder, daß er ins Dorf geht und fragt, ob die Herren Offiziere nicht irgendwelche Wünsche haben; man muß sich doch höflich zeigen. Er soll sagen, die gnädige Frau habe ihm befohlen, sich zu erkundigen."

Die Alten setzten sich wieder an den Teetisch, und Lisa ging ins Mädchenzimmer, den geschlagenen Zucker in die Dose zu legen. Drinnen erzählte Ustiuschka von den Husaren.

„Ach, liebes Fräulein, ist dieser Graf ein schöner Mann!" sagte sie. „Ein richtiger Cherub mit schwarzen Augenbrauen. So einen Bräutigam müßten Sie bekommen, das wäre ein prächtiges Pärchen!"

Die anderen Mädchen lächelten beifällig; die alte Wärterin, die mit einem Strumpf am Fenster saß, seufzte und murmelte, wobei sie sogar den Atem einzog, ein Gebet.

„Also die Husaren haben dir so gut gefallen", sagte Lisa. „Na, du verstehst dich ja aufs Erzählen. Bring' mir bitte den Moosbeerensaft, Utiuscha, wir müssen den Husaren etwas Saures zu trinken geben."

Und Lisa ging lachend mit der Zuckerdose aus dem Zimmer.

„Ich würde aber wirklich auch gern wissen, wie der Husar aussieht," dachte sie, „ob er wohl blond oder braun ist? Ich glaube, er würde uns auch gern kennenlernen. Sonst zieht er so vorbei und erfährt nicht einmal, daß ich hier gewesen bin und an ihn gedacht habe. Wie viele seinesgleichen sind hier schon vorbeigekommen! Niemand sieht mich außer dem Onkel und Utiuscha! Ich kann mich frisieren, wie ich will, kann mir die schönsten Ärmel ans Kleid setzen, keiner freut sich an dem Anblick", dachte sie und betrachtete seufzend ihren weißen, vollen Arm. „Er ist gewiß groß von Wuchs, hat große Augen, einen kleinen schwarzen Schnurrbart. Nun sind schon zweiundzwanzig Jahre hingegangen, und es hat sich noch nie einer in mich verliebt, den pockennarbigen Iwan Ipatytsch ausgenommen. Und vor vier Jahren war ich doch noch viel hübscher. So ist meine ganze Mädchenjugend dahingegangen, keinem zur Freude. Ach, ich armes, unglückseliges Landfräulein!"

Die Stimme ihrer Mutter, die sie rief, daß sie den Tee einschenke, schreckte das Landfräulein aus ihrem kurzen Sinnen auf. Sie schüttelte den Kopf und trat ins Teezimmer.

Das Beste kommt immer von ungefähr; und je mehr man

sich Mühe gibt, desto schlechter geht es. Auf dem Lande kümmert man sich nicht viel um die Erziehung, und gerade dadurch bilden sich oft entzückende Wesen. So war es auch mit Lisa. Anna Feodorowna war viel zu beschränkt und auch viel zu leichtsinnig, um ihrer Tochter irgendeine Bildung zu geben: sie hatte sie weder Französisch, diese ungemein nützliche Sprache, noch das Klavierspielen lernen lassen; sie hatte unversehens ihrem seligen Manne ein gesundes, hübsches Töchterlein geboren, hatte es der Amme und der Wärterin überantwortet, hatte ihm zu essen gegeben, es in Kattunkleidern und Schuhen aus Ziegenleder umherlaufen lassen, hatte es spazierengehen und Pilze und Beeren suchen, hatte es auch mit Hilfe eines zu dem Zweck angenommenen Seminaristen lesen, schreiben und rechnen lernen lassen — und nach sechzehn Jahren hatte sie plötzlich ganz unvermutet in Lisa eine liebe Freundin, eine immer heitere, gütige Seele und ein fleißiges, eifriges Hausmütterchen entdeckt. Anna Feodorowna hatte bei ihrer Gutmütigkeit immer Pflegetöchter im Hause, Kinder von Leibeigenen oder Findlinge. Lisa gab sich schon als Zehnjährige mit ihnen ab: unterrichtete sie, zog sie an, ging mit ihnen zur Kirche, bändigte sie, wenn sie allzu unartig waren. Und dann kam der gutherzige, gebrechliche alte Onkel, den man pflegen mußte wie ein kleines Kind. Weiter war da das Hofgesinde und die Bauern, die mit allerlei Bitten und Gebrechen zum gnädigen Fräulein kamen, und die das Fräulein mit Fliedertee, Pfefferminz und Kampferspiritus kurierte. Dann kam die ganze Hauswirtschaft, deren Führung ganz unmerklich in ihre Hände geraten war. Dann das unbefriedigte Verlangen nach Liebe, das nur in der Religion und in der Natur Ausdruck fand. Und so war aus Lisa unvermutet ein tatkräftiges, gutherzig-fröhliches, selbständiges, seelenreines und tiefreligiöses Mädchen geworden. Wohl litt ihre Eitelkeit mitunter ein wenig beim Anblick der modernen Hüte, die sich die Nachbarinnen aus K.

mitbrachten, und in denen sie neben ihr in der Kirche standen; manchmal mußte sie sich auch bis zu Tränen über die alte mürrische Mutter und ihre Launen ärgern; auch von Liebesträumen in den unsinnigsten und oft recht derben Formen wurde sie mitunter heimgesucht, doch die nützliche und ihr zum Bedürfnis gewordene Tätigkeit verscheuchte sie wieder, und die lichte, ruhige Seele des zu voller körperlicher und moralischer Schönheit emporgeblühten zweiundzwanzigjährigen Mädchens kannte keine Flecken, keine Gewissensbisse. Lisa war mittelgroß, eher voll als mager, hatte kleine braune Augen mit einer leichten dunkeln Schattierung unter dem linken Lid, lange blonde Flechten. Ihr Gang war breit und wiegend — nach Entenart, wie man zu sagen pflegt. Der Ausdruck ihres Gesichts, wenn sie beschäftigt war oder nichts sie besonders erregte, schien jedem, der sie ansah, zu sagen: „Der lebt gut und fröhlich auf Erden, der jemanden hat, den er lieben kann und dessen Gewissen rein ist.“ Selbst in Augenblicken des Ärgers, der Verlegenheit, der Erregung oder des Schmerzes schimmerte durch die Tränen, durch die gefurchte linke Braue, durch die zusammengepreßten Lippen, ihrem Willen Trotz bietend, in den Mundwinkeln und den leuchtenden Augen, die so gewohnt waren zu lachen und sich des Lebens zu freuen, — ihr durch den Verstand nicht verdorbenes, gutes, ehrliches Herz!

10

Es war, obgleich die Sonne schon im Untergehen war, immer noch heiß, als die Schwadron in Morosowka einritt. Voran lief im Trab über die staubige Dorfstraße, sich umsehend und hin und wieder mit Gebrüll stehen bleibend, eine von der Herde getrennte bunte Kuh, die es gar nicht begreifen konnte, daß sie bloß seitwärts einzubiegen brauchte, um unbehelligt zu sein. Alte Bauern, Weiber, Kinder und

Hofgesinde drängten sich auf beiden Seiten der Straße und starrten die Husaren neugierig an. Diese sprengten in einer dichten Staubwolke auf schwarzen, hochgezäumten, hin und wieder schnaubenden Pferden daher. Rechts von der Eskadron nachlässig auf ihren schönen Rappen sitzend, ritten zwei Offiziere. Der eine war der Kommandeur, Graf Turbin, der andere ein sehr junger Mann, der erst kürzlich zum Offizier befördert worden war, Polosow.

Aus dem besten Hause des Dorfes trat ein Husar in einer weißen Sommerjacke, nahm die Mütze ab und näherte sich den Offizieren.

„Wo ist das Quartier für uns?“ fragte ihn der Graf.

„Für Euer Erlaucht?“ erwiderte der Quartiermacher, mit dem ganzen Leibe zusammenzuckend. „Hier, beim Starosten, habe ich das Haus ausräumen lassen. Ich wollte auf dem Herrenhof Quartier machen, aber da wäre kein Platz, hieß es. Die Gutsherrin ist eine sehr boshafte Person.“

„Schon gut“, sagte der Graf absteigend und sich die Beine vor dem Hause des Starosten vertretend. „Ist mein Wagen gekommen?“

„Zu Befehl, Erlaucht!“ erwiderte der Quartiermacher und wies mit seiner Mütze auf den lederbeschlagenen Wagenkasten, der im Torweg zu sehen war. Dann eilte er voraus in den Flur des Hauses, in dem sich die ganze Familie des Bauern drängte, die den Offizier gerne sehen wollte. Eine alte Frau riß er dabei fast um, als er mit flotter Geste die Tür zu der gesäuberten Wohnstube aufriß und dem Grafen Platz machte.

Die Stube war recht geräumig, doch nicht allzu sauber. Der deutsche Kammerdiener, der ebenso gekleidet war wie sein Herr, stand mitten im Zimmer. Er hatte eben das eiserne Bett aufgeschlagen und bezogen und holte nun Wäsche aus dem Koffer heraus.

„Pfui, was für ein gemeines Quartier!“ sagte der Graf

ärgerlich. „Diadenko! Wäre denn irgendwo beim Gutsbesitzer nicht etwas Besseres zu finden gewesen?“

„Wenn Erlaucht befehlen, will ich nach dem Herrenhof gehen“, erwiderte Diadenko. „Das Haus ist aber auch nicht sehr ansehnlich, es macht sich nicht viel besser als das Bauernhaus hier.“

„Jetzt lohnt sich's nicht mehr. Du kannst gehen.“

Der Graf warf sich aufs Bett und legte die Arme unter den Kopf.

„Johann!“ rief er seinem Kammerdiener zu. „Wieder ist ein Hügel in der Mitte! Daß du nicht mal ein Bett ordentlich machen kannst!“

Johann wollte den Fehler gutmachen.

„Jetzt lohnt sich's nicht mehr... Und wo ist denn der Schlafrock?“ fuhr er mit unzufriedener Stimme fort.

Der Diener reichte ihm den Schlafrock.

Der Graf betrachtete die Schöße des Schlafrocks, ehe er ihn anzog.

„Dachte ich's doch: die Flecken sind natürlich nicht herausgemacht. Kann es einen schlechteren Diener geben als dich!“ fügte er hinzu, ihm den Schlafrock aus der Hand reißend und ihn anziehend. „Du machst das wohl absichtlich?... Ist der Tee fertig?“

„Ich habe keine Zeit gehabt“, antwortete Johann.

„Dummkopf!“

Darauf nahm der Graf den schon bereitliegenden französischen Roman zur Hand und las lange Zeit schweigend; Johann ging indessen in den Flur hinaus, um den Samowar anzufachen. Man sah es dem Grafen an, daß er schlechter Laune war; daran waren wohl die Müdigkeit, sein staubbedecktes Gesicht, die zu engen Kleider und der hungrige Magen schuld.

„Johann!“ rief er wieder. „Du sollst mir Rechenschaft über die zehn Rubel ablegen. Was hast du in der Stadt gekauft?“

Der Graf überflog die ihm vorgelegte Rechnung und machte ein paar ärgerliche Bemerkungen über die zu hohen Preise.

„Zum Tee sollst du mir Rum geben."

„Ich habe keinen Rum gekauft", sagte Johann.

„Reizend! Wievielmal habe ich dir gesagt, daß Rum immer da sein muß?"

„Das Geld langte nicht."

„Warum hat denn Polosow keinen gekauft? Du hättest dir doch von seinem Burschen etwas geben lassen können."

„Der Kornett Polosow? Ich weiß nicht. Er hat Tee und Zucker gekauft."

„Rindvieh! ... Marsch hinaus! ... Du bringst mich immer aus der Fassung ... Du weißt doch, daß ich auf dem Marsch immer Tee mit Rum trinke."

„Hier sind zwei Briefe vom Stab", sagte der Kammerdiener.

Der Graf öffnete die Briefe liegend und fing an zu lesen. Der Kornett trat mit fröhlichem Gesicht ein. Er hatte die Schwadron in die Quartiere gebracht.

„Nun, wie steht's, Turbin? Hier scheint es ja ganz nett zu sein. Ich bin aber recht müde, das muß ich sagen. Es war heiß draußen."

„Sehr nett! Ein gemeines, stinkiges Loch, und nicht einmal Rum gibt es! Und daran bist du schuld: weil dein Rüpel keinen gekauft hat, hat es meiner auch nicht getan. Du hättest mir auch ein Wort sagen können."

Und er las weiter. Als er den einen Brief gelesen hatte, knüllte er ihn zusammen und warf ihn auf den Fußboden.

„Warum hast du denn keinen Rum gekauft?" fragte indessen der Kornett im Vorhause flüsternd seinen Burschen. „Du hast doch Geld gehabt?"

„Warum sollen wir ihn denn immer kaufen? Ich habe auch so schon alles zu besorgen. Der Deutsche da schmaucht nur seine Pfeife und weiter nichts."

Der zweite Brief enthielt anscheinend keine unangenehmen Nachrichten, denn der Graf lächelte, als er ihn las.

„Von wem ist der Brief?“ fragte Polosow, ins Zimmer zurückkehrend und sich ein Lager auf den Brettern neben dem Ofen rüstend.

„Von Mina“, sagte der Graf heiter und reichte ihm den Brief. „Willst du ihn lesen? Ist das ein prächtiges Frauenzimmer! Wahrhaftig, viel netter als alle unsere Fräuleins. Sieh doch nur, wieviel Gefühl und Verstand aus diesem Brief spricht! . . . Eines nur gefällt mir nicht: sie will Geld haben.“

„Ja, das ist nicht schön“, sagte der Kornett.

„Ich habe es ihr freilich versprochen; aber da kam der Feldzug dazwischen und . . . Übrigens, wenn ich noch drei Monate die Schwadron kommandiere, will ich ihr etwas schicken. Es ist doch nicht schade drum, wahrhaftig! Sie ist so reizend! Nicht wahr?“ sagte er lächelnd und verfolgte mit den Blicken Polosows Mienenspiel, der den Brief las.

„Furchtbar unorthographisch, aber sehr nett, und sie scheint dich wirklich zu lieben“, antwortete der Kornett.

„Hm! Wie sollte es aber auch anders sein? Nur diese Weiber wissen wirklich zu lieben, wenn sie einmal jemand liebgewinnen.“

„Und von wem war der andere Brief?“ fragte der Kornett, den gelesenen Brief zurückgebend.

„Der . . . Da ist so ein Kavalier, ein Lumpenkerl, dem ich noch eine Spielschuld zu bezahlen habe, und der mahnt mich nun schon zum drittenmal . . . Ich kann es ihm jetzt nicht bezahlen . . . So ein dummer Brief!“ erwiderte der Graf, durch diese Erinnerung offensichtlich unangenehm berührt.

Nach diesem Gespräch schwiegen die beiden Offiziere längere Zeit. Der Kornett, der offenbar unter dem Einfluß des Grafen stand, trank schweigend seinen Tee und blickte ab und zu auf das hübsche, verfinsterte Gesicht Turbins, der aus dem Fenster starrte. Er wagte es nicht, das Gespräch wieder aufzunehmen.

„Es kann sich doch aber ganz gut so machen," fing der Graf plötzlich, zu Polosow gewandt, an und warf mit heiterer Miene den Kopf zurück, „wenn es in diesem Jahre bei der Linie Beförderungen gibt, und wir noch gar ins Gefecht kommen, dann kann ich meine Rittmeister von der Garde noch überflügeln."

Das Gespräch drehte sich auch noch beim zweiten Glase Tee um diesen Gegenstand, als der alte Danilo eintrat und sich des ihm von Anna Feodorowna gegebenen Auftrags entledigte.

„Die gnädige Frau lassen auch noch fragen, ob Sie nicht vielleicht ein Sohn des Grafen Feodor Iwanowitsch Turbin seien?" fügte Danilo von sich aus hinzu, da er im Dorf den Namen des Offiziers erfahren hatte und sich des Aufenthalts des verstorbenen Grafen in der Stadt K. noch erinnerte. „Unsere gnädige Frau, Anna Feodorowna, haben ihn sehr gut gekannt."

„Ja, das war mein Vater. Und sage der gnädigen Frau, ich lasse bestens danken, wir brauchten nichts; nur lassen wir bitten, wenn es möglich wäre, uns ein saubereres Zimmer anzuweisen, vielleicht im Gutshause oder sonstwo . . ."

„Wozu haben Sie denn das noch gesagt?" meinte Polosow, als Danilo gegangen war. „Ist es denn nicht ganz gleich? Auf die eine Nacht kommt es uns doch nicht an, und wir genieren die Leute bloß."

„Ach was! Ich meine, wir haben genug in Bauernhütten gehockt! . . . Man sieht gleich, daß du ein unpraktischer Mensch bist . . . Warum die Gelegenheit nicht benutzen, wenigstens eine Nacht wie ein Mensch untergebracht zu sein? Und den Herrschaften machen wir damit ein großes Vergnügen. — Eines nur ist unangenehm: wenn diese Dame wirklich meinen Vater gekannt hat“, fuhr der Graf fort und lächelte, so daß seine blanken weißen Zähne sichtbar wurden. „Ich muß mich immer für den seligen Papa schämen; immer kommt eine Skandalgeschichte oder eine unbezahlte Schuld zum Vorschein. Daher kann ich es nicht leiden, diese alten Bekannten meines Vaters zu treffen. Übrigens, es war damals so eine tolle Zeit“, sagte er, schon wieder mit ernster Miene.

„Ich habe es dir noch gar nicht erzählt,“ sagte Polosow, „neulich kam ich mal mit dem Brigadekommandeur von den Ulanen, Iljin, zusammen. Er wollte dich sehr gerne kennenlernen. Er liebt deinen Vater wahnsinnig.“

„Er ist, glaube ich, ein furchtbarer Lump, dieser Iljin. Vor allem aber: alle diese Herrschaften, die meinen Vater gekannt haben wollen — denn dadurch glauben sie sich bei mir einzuschmeicheln — erzählen von meinem Vater Dinge, die sehr nett sein sollen, die man aber gar nicht anhören kann, ohne schamrot zu werden. Es ist wohl wahr, — ich bin kein Mensch, der sich leicht hinreißen läßt, und ich sehe die Dinge objektiv an; aber er war denn doch ein zu impulsiver Mensch und erlaubte sich manchmal recht häßliche Scherze. Übrigens kommt es schließlich auf die Zeit an, in der man lebt. Heutzutage wäre er vielleicht ein sehr tüchtiger Mann geworden, denn er besaß außerordentliche Fähigkeiten, das muß man ihm lassen.“

Nach einer Viertelstunde kam der Diener zurück und bat im Namen der Gutsherrin, die Herren Offiziere möchten in ihrem Hause übernachten.

II

Als sie erfuhr, daß der Husarenoffizier ein Sohn des Grafen Feodor Turbin sei, geriet Anna Feodorowna in große Aufregung.

„Ach, du großer Gott! Mein lieber Junge! . . . Danilo!

Lauf schnell hin, sag', die gnädige Frau ließe den Herrn zu sich bitten", rief sie aufspringend und begab sich mit schnellen Schritten ins Mädchenzimmer. „Lisanka! Ustiuschka! Wir müssen dein Zimmer zurechtmachen, Lisa. Du kannst in Onkels Zimmer ziehen, und Sie, lieber Bruder ... Sie müssen im Salon schlafen. Es handelt sich ja nur um die eine Nacht."

„Das tut nichts, Schwesterchen! Ich kampiere auf dem Fußboden."

„Er muß ein hübscher Junge sein, mein' ich, wenn er dem Vater ähnlich ist. Wenigstens einmal sehen möchte ich ihn, den lieben Kerl ... Da wirst du staunen, Lisa! Der Vater war ein schöner Mann ... Wo trägst du denn den Tisch hin? Laß ihn hier", rief Anna Feodorowna besorgt, „und schaff' zwei Betten her — eins holst du vom Inspektor — und auf die Etagere muß der Kristalleuchter kommen, den mein Bruder mir zum Namenstag geschenkt hat, und eine Wachskerze muß hinein."

Endlich war alles fertig. Lisa hatte trotz der Zwischenreden der Mutter ihr Zimmer für die beiden Offiziere so eingerichtet, wie sie es für richtig fand. Sie hatte reine, nach Reseda duftende Wäsche herbeigeschafft und die Betten gemacht; die Wasserkaraffe und die Kerzen hatte sie auf das Tischchen neben den Betten stellen lassen; dann hatte sie Räucherpapier im Mädchenzimmer verbrannt und war selbst mit ihrem Bettchen in das Zimmer des Onkels übergesiedelt. Anna Feodorowna hatte sich ein wenig beruhigt, sich wieder auf ihren Platz gesetzt, sogar die Karten zur Hand genommen. Sie legte sie aber nicht aus, sondern stützte den Kopf auf den vollen Ellbogen und versank in Gedanken. „Wie die Zeit doch vergeht!" murmelte sie vor sich hin. „Wie lang ist's denn her? Ich sehe ihn vor mir, als wenn's heute wäre! Ach, war das ein toller Gesell!" Und die Tränen traten ihr in die Augen. „Und jetzt ist Lisanka ... Aber sie ist doch ganz anders, als ich in ihrem Alter war ... Ein liebes Mädchen, aber doch nicht so ..."

„Lisanka, du solltest doch das Mousseline-de-laine-Kleid zum Abend anziehen."

„Wollen Sie die Herren wirklich einladen, Mama? Lieber doch nicht!" antwortete Lisa, die bei dem Gedanken an die Offiziere von einer außerordentlichen Erregung ergriffen wurde. „Lieber nicht, Mama."

In der Tat, ihr Wunsch, die Herren zu sehen, war nicht so groß wie die Furcht vor einem aufregenden Glück, das ihrer zu harren schien.

„Vielleicht wollen sie selbst unsere Bekanntschaft machen, Lisotschka!" sagte Anna Feodorowna, strich ihr über das Haar und dachte dabei: „Nein, das ist kein solches Haar, wie ich es in dem Alter hatte ... Nein, Lisotschka, so sehr ich dir auch wünschte ..." Sie wünschte in der Tat etwas für ihre Tochter, aber an eine Heirat mit dem Grafen konnte sie nicht denken, ein Verhältnis, wie es zwischen ihr und seinem Vater bestanden hatte, nicht wünschen — und doch wünschte sie etwas aufs innigste für ihre Tochter. Sie wollte vielleicht noch einmal aus der Seele der Tochter heraus erleben, was sie mit dem Verstorbenen erlebt hatte.

Der alte Kavallerist war durch die Ankunft des Grafen auch ein wenig aus der Fassung gebracht. Er begab sich in sein Zimmer und schloß sich dort ein. Nach einer Viertelstunde kam er zurück im Schnürenrock und blauen Hosen und ging mit verlegen-zufriedenem Gesicht, wie man es bei Mädchen sieht, die zum erstenmal in Balltoilette erscheinen, in das für die Gäste bestimmte Zimmer.

„Nun will ich mir die heutigen Husaren ansehen, Schwesterchen! Der selige Graf — das war ein echter Husar. Na, wollen sehen!"

Die Offiziere waren bereits durch die Hintertür in ihr Zimmer gelangt.

„Nun, siehst du," sagte der Graf und legte sich, wie er war, in seinen staubigen Stiefeln auf das frisch gemachte Bett, „ist es hier nicht besser als im Bauernhause mit den Küchenschaben?"

„Besser gewiß, aber sich den Leuten gegenüber verpflichten ..."

„Unsinn! Man muß immer praktisch sein. Sie sind ganz gewiß höchst zufrieden ... Johann!" rief er. „Laß dir etwas geben, womit wir das Fenster verhängen können, sonst wird es nachts ziehen."

In diesem Augenblick trat der Alte ein, um sich den Offizieren vorzustellen. Wenn auch leicht errötend, konnte er doch nicht umhin, zu erzählen, daß er ein Kamerad des verstorbenen Grafen gewesen sei und dessen Gunst genossen habe; er sagte sogar, der Verstorbene habe ihm zahlreiche Wohltaten erwiesen. Ob er nun diese Wohltaten darin sah, daß der Graf ihm die geborgten hundert Rubel nicht zurückgegeben oder daß er ihn in den Schnee gestoßen oder daß er ihn geschimpft hatte — das erläuterte der Alte nicht weiter. Der Graf war sehr höflich gegen den alten Kavalleristen und dankte ihm für die Überlassung des Quartiers.

„Nehmen Sie es nicht übel, daß es nicht sehr prunkvoll ausgestattet ist, Herr Graf," (er hätte fast gesagt: Erlaucht — so sehr war er des Verkehrs mit vornehmen Leuten entwöhnt) „das Haus meiner Schwester ist eben klein. Das Fenster da wollen wir gleich verhängen, dann werden Sie es hier sehr gut haben", sagte der Alte und verließ mit vielen Kratzfüßen das Zimmer, angeblich, um für den Vorhang zu sorgen, in Wahrheit, um den andern möglichst schnell von den Offizieren zu berichten.

Die hübsche Ustiuscha kam mit dem Schaltuch der gnädigen Frau das Fenster verhängen. Außerdem ließ die gnädige Frau fragen, ob die Herren vielleicht Tee wünschten.

Das bequeme Quartier schien auf die Stimmung des Grafen wohltuend gewirkt zu haben; er scherzte heiter lächelnd mit Ustiuscha, so daß das Mädchen ihn sogar einen Schelm nannte.

Er fragte, ob ihr gnädiges Fräulein hübsch sei, und auf ihre Frage, ob die Herren Tee wünschten, erwiderte er, Tee könnte man ihnen schon bringen; vor allem aber, da das Abendessen noch nicht fertig sei, hätten sie gerne Branntwein, einen kleinen Imbiß und Sherry, wenn es solchen im Hause gäbe.

Der Onkel war entzückt über die Liebenswürdigkeit des jungen Grafen und pries die junge Offiziersgeneration aufs höchste; er fand die Herren von heute viel netter als die von früher.

Anna Feodorowna stimmte ihm nicht bei — mit dem Grafen Feodor Iwanowitsch konnte sich eben niemand vergleichen; endlich wurde sie sogar ernsthaft böse und bemerkte nur noch trocken: „Für Sie, Herr Bruder, ist immer derjenige der beste, der zuletzt freundlich gegen Sie gewesen ist. Gewiß sind die Leute jetzt gescheiter geworden, Graf Feodor Iwanowitsch hat aber die Ekossaise so getanzt und war so liebenswürdig, daß damals alle — wenn man sich so ausdrücken darf — ganz verrückt nach ihm waren; er kümmerte sich aber um niemand als nur um mich. Also hat es auch in der alten Zeit tüchtige Leute gegeben."

In diesem Augenblick kam die Bitte um Schnaps, einen Imbiß und Sherry.

„Da sehen Sie wieder einmal, Bruder, Sie machen es immer verkehrt! Sie hätten gleich das Abendessen bestellen sollen", sagte Anna Feodorowna. „Lisa, besorge alles, mein Kind!"

Lisa lief in die Vorratskammer nach marinierten Pilzen und frischer Butter und befahl dem Koch, Koteletts zu machen.

„Wie steht es aber mit dem Sherry? Haben Sie noch etwas, lieber Bruder?"

„Nein, Schwesterchen, ich habe nie welchen gehabt."

„Wie denn das? Was trinken Sie denn zum Tee?"

„Das ist Rum, Anna Feodorowna!"

„Ist das nicht einerlei? Geben Sie ihnen davon. Rum ist auch gut. Aber sollen wir sie nicht lieber hierher bitten,

Bruder? Sie wissen doch alles. Die Herren werden es doch nicht übelnehmen?"

Der Kavallerist erklärte, er verbürge sich dafür, daß der Graf in seiner Güte nicht nein sagen werde und daß er die Herren schon herbringen werde. Anna Feodorowna begab sich in ihr Zimmer, um ihr Taftkleid anzuziehen und eine neue Haube aufzusetzen, Lisa war aber so beschäftigt, daß sie keine Zeit mehr fand, ihr rosa Leinenkleid mit den weiten Ärmeln abzulegen. Zudem war sie furchtbar aufgeregt; sie glaubte, daß ihr etwas Außerordentliches bevorstehe; es war, als hinge eine schwarze Wolke tief über ihrer Seele. Dieser Graf, dieser schöne Husar schien ihr ein ganz neues, ihr unfaßbares, aber schönes Wesen. Sein Charakter, seine Gewohnheiten, seine Reden — alles mußte ganz ungewöhnlich sein, wie es ihr bisher nie vorgekommen war. Alles, was er dachte und sprach, mußte geistreich und treffend sein; alles, was er tat, mußte ehrenhaft sein; seine ganze äußere Erscheinung mußte schön sein. Sie zweifelte nicht daran. Wenn er nicht nur einen Imbiß und Sherry verlangt hätte, sondern ein Bad aus Salbeiwasser mit Parfüm dabei, so wäre sie auch nicht erstaunt gewesen, hätte ihm keine Vorwürfe gemacht und wäre fest überzeugt gewesen, daß es so sein müsse.

Der Graf stimmte sofort zu, als der Kavallerist ihm den Wunsch seiner Schwester mitteilte; er kämmte sein Haar, zog seinen Mantel an und nahm seine Zigarettendose.

„Wollen wir gehen?" sagte er zu Polosow.

„Wirklich, es ist besser, wir gehen nicht," erwiderte der Kornett, „ils feront des frais pour nous recevoir."

„Unsinn! Das macht sie nur glücklich! Ich habe auch Erkundigungen eingezogen: die Tochter vom Hause soll sehr nett sein . . . Also wir gehen", sagte der Graf französisch.

„Je vous en prie, messieurs!" sagte der Kavallerist, nur um sie merken zu lassen, daß er auch Französisch konnte und verstanden hatte, was sie zueinander sagten.

12

Lisa errötete, schlug die Augen nieder und tat, als sei sie mit dem Tee-Einschenken beschäftigt. Sie wagte nicht die Offiziere anzusehen, als sie nun ins Zimmer traten. Anna Feodorowna dagegen sprang hastig auf, grüßte und begann, ohne den Blick vom Grafen zu wenden, auf ihn loszureden, wobei sie bald seine außerordentliche Ähnlichkeit mit dem Vater feststellte, bald ihre Tochter lobte, bald Tee, Marmelade und Pasten anbot. Den Kornett beachtete niemand, weil er gar so bescheiden aussah; er war aber darüber sehr erfreut, denn so konnte er, nach Möglichkeit in den Grenzen des Anstands bleibend, Lisas Schönheit, die ihn offenbar ganz verblüfft hatte, genau betrachten und in allen Einzelheiten würdigen. Der Onkel hörte der Unterhaltung seiner Schwester mit dem Grafen zu, hatte seine Rede schon in Bereitschaft und wartete nur auf eine Gelegenheit, seine kavalleristischen Erinnerungen an den Mann zu bringen. Der Graf hatte sich zum Tee eine starke Zigarre angesteckt — Lisa konnte nur mit Mühe den Hustenreiz unterdrücken — war sehr gesprächig und liebenswürdig; zuerst hatte er nur die Pausen in dem Redestrom Anna Feodorownas dazu benutzt, eigene Geschichten vorzubringen, zum Schluß aber beherrschte er das Gespräch ganz allein. Nur eines berührte seine Zuhörer etwas sonderbar: In seinen Erzählungen gebrauchte er oft Ausdrücke, die in seinen Kreisen keinen Anstoß erregten, hier aber für sehr kühn galten, so daß Anna Feodorowna ein wenig ängstlich wurde und Lisa bis über die Ohren errötete; doch der Graf merkte das nicht und war die ganze Zeit ebenso ruhig und leutselig. Lisa füllte schweigend die Gläser, gab sie den Gästen nicht unmittelbar in die Hand, sondern schob sie ihnen nur recht nah hin, und hörte, immer noch nicht ganz ihrer Aufregung Herr geworden, dem Grafen mit großer Spannung zu. Seine harmlosen Geschichten, seine mitunter stockende Rede beruhigten sie nach und nach. Sie hörte aus seinem Munde nichts besonders Geistreiches, wie sie erwartet hatte, sah nichts von jener ausgesuchten Eleganz, die sie bei ihm zu finden geglaubt hatte. Bei dem dritten Glase Tee, als ihre schüchternen Blicke sich einmal mit den seinen begegneten und er die Augen nicht niederschlug, sondern mit übertriebener Ruhe, kaum merklich lächelnd, sie immer weiter ansah, empfand sie sogar eine gewisse Feindseligkeit ihm gegenüber und kam bald zur Erkenntnis, daß an ihm nicht nur nichts Besonderes sei, sondern daß er sich auch durch nichts von all den andern Männern unterscheide, die sie gesehen habe. Sie hatte gar keine Ursache, sich vor ihm zu fürchten; bloß seine Nägel waren sehr lang und gut gepflegt, aber nicht einmal besonders hübsch konnte man ihn nennen. Und nachdem Lisa so, nicht ohne eine gewisse innere Wehmut, ihren Traum begraben hatte, beruhigte sie sich, und nur der schweigsame Kornett, dessen starren Blick sie auf sich gerichtet fühlte, irritierte sie. „Vielleicht ist es gar nicht dieser, sondern jener!“ dachte sie.

13

Nach dem Tee bat die Alte die Herren ins Nebenzimmer und setzte sich wieder auf ihren alten Platz.

„Wollen Sie nicht ausruhen, Herr Graf?“ fragte sie. „Womit sollen wir nun unsere lieben Gäste unterhalten?“ fuhr sie fort, nachdem sie eine verneinende Antwort erhalten hatte. „Spielen Sie Karten, Herr Graf? Sie sollten sich der Herren doch annehmen, Bruder, eine Partie arrangieren . . .“

„Sie spielen doch selbst Preference“, antwortete ihr der Kavallerist. „Machen wir doch alle zusammen ein Spielchen. Haben Sie Lust, Herr Graf? Und Sie auch?“

Die Offiziere erklärten sich bereit, alles mitzumachen, was die freundlichen Wirte vorschlagen würden.

Lisa brachte aus ihrem Zimmer die alten Karten, die sie zu befragen pflegte, ob das Zahnweh Anna Feodorownas bald vorüber sein, ob der Onkel heute aus der Stadt zurückkommen werde, wenn er einmal verreist war, ob die Nachbarin sie heute besuchen werde, und so weiter. Diese Karten waren zwar auch schon zwei Monate im Gebrauch, sahen aber doch noch sauberer aus als jene, deren sich Anna Feodorowna als Orakel bediente.

„Sie werden aber mit einem kleinen Einsatz vielleicht nicht spielen wollen?" fragte der Onkel. „Mit Anna Feodorowna spielen wir immer nur um eine halbe Kopeke ... Und doch gewinnt sie uns all unser Geld ab."

„Mir ist jeder Einsatz recht", antwortete der Graf.

„Also um eine Kopeke in Assignaten! Für die lieben Gäste tu' ich's gerne; mögen sie mir alten Frau das Geld abgewinnen", sagte Anna Feodorowna, setzte sich bequem in ihren Sessel hin und breitete ihre Mantille aus.

„Vielleicht gewinne ich auch noch einen Rubel", dachte Anna Feodorowna, die auf ihre alten Tage eine Leidenschaft für das Kartenspiel bekommen hatte.

„Soll ich Sie lehren, wie man mit der Tabelle spielt", sagte der Graf, „und mit Misere? Das ist sehr lustig."

Allen gefiel die neue Petersburger Art des Spieles. Der Onkel behauptete sogar, er habe sie schon früher gekannt, es sei wie Boston, er habe es nur ein wenig vergessen. Anna Feodorowna dagegen verstand nichts, und da es ihr immer nicht eingehen wollte, sah sie sich schließlich gezwungen, mit einem Lächeln und beifälligen Kopfnicken zu erklären, nun werde sie alles begreifen und die Sache sei ihr ganz klar. Natürlich gab es ein lautes Gelächter mitten im Spiel, als Anna Feodorowna mit As und König in der Hand Misere ansagte und sechs Stiche nahm. Sie kam aus der Fassung, lächelte verlegen und versicherte hastig, sie sei an die neue Art des Spiels noch nicht recht gewöhnt. Allein ihr Verlust wurde notiert und wuchs immer mehr, besonders auch, weil der Graf bei seiner Gewohnheit, hoch zu spielen, sehr vorsichtig zu Werke ging, seine Partner geschickt hineinlegte und gar nicht begriff, was der Kornett von ihm wollte, wenn er ihn unter dem Tisch mit dem Fuß anstieß und beim Mitgehen die größten Fehler machte.

Lisa brachte noch Fruchtpasten, drei Sorten Marmelade und Oportoäpfel, die in einer ganz besondern Art eingemacht waren. Sie stellte sich hinter den Stuhl ihrer Mutter, verfolgte das Spiel und warf ab und zu einen Blick auf die Offiziere, besonders auf die weißen Hände des Grafen mit den feinen, rosigen, wohlgepflegten Nägeln, wie sie so geschickt, selbstsicher und elegant die Karten auf den Tisch warfen und die Stiche einstrichen.

Wieder hatte Anna Feodorowna, eifrig bemüht, die andern nicht zum Spiel kommen zu lassen, sieben angesagt, hatte das Spiel mit drei Unter verloren und malte nun auf Befehl ihres Bruders mit ungeschickter Hand eine Ziffer auf das grüne Tuch. Sie war ganz verlegen und aufgeregt.

„Tut nichts, Mama, Sie werden schon wieder hochkommen!“ sagte Lisa lächelnd, um der Mutter aus der lächerlichen Situation herauszuhelfen. „Machen Sie den Onkel einmal bête, dann wird es gehen.“

„Wenn du mir doch helfen wolltest, Lisotschka!“ sagte Anna Feodorowna, ihre Tochter erschrocken ansehend. „Ich weiß nicht, wie das ...“

„Ich verstehe auf diese Art auch nicht zu spielen“, sagte Lisa und zählte im stillen die Verluste der Mutter nach. „So können Sie aber viel verlieren, Mama! Da bleibt für Pimotschkas Kleid nicht viel übrig“, fügte sie scherzend hinzu.

„Ja, so kann man leicht zehn Silberrubel verlieren“, sagte der Kornett und sah Lisa an, mit der er gern ein Gespräch angeknüpft hätte.

„Spielen wir denn nicht um Assignaten?“ fragte Anna Feodorowna, sich im Kreise umschauend.

„Ich weiß nicht, wie Sie es halten wollen; ich für meine Person verstehe mit Assignaten nicht zu rechnen", sagte der Graf. „Wie macht man das? Das heißt — was nennt man Assignaten?"

„Jetzt rechnet auch niemand mehr nach Assignaten", fiel der Onkel ein, der nur auf seinen Vorteil bedacht war und gewonnen hatte.

Die Alte ließ Schaumwein bringen, trank selbst zwei Gläser, wurde rot im Gesicht und schien sich in alles gefunden zu haben. Unter ihrer Haube kam eine graue Haarsträhne hervor, die sich losgelöst hatte, sie strich sie aber nicht zurück. Sie glaubte wohl, daß sie Millionen verspielt hatte und nun endgültig verloren sei. Der Kornett stieß den Grafen immer öfter an. Der Graf notierte die Verluste der Alten. Endlich war die Partie zu Ende. So sehr Anna Feodorowna sich auch heuchlerisch bemühte, ihre Posten zu addieren und sich den Anschein zu geben, daß sie sich verzählt habe und die Summe nicht zusammenrechnen könne — zum Schluß stellte sich doch heraus, daß sie neunhundertundzwanzig Points verloren hatte. „Das macht neun Rubel in Assignaten?" fragte Anna Feodorowna mehrere Male und begriff die Größe ihres Verlustes erst, als ihr Bruder ihr zu ihrem Entsetzen erklärte, sie habe zweiunddreißig Rubel und fünfzig Kopeken in Assignaten verloren und müsse sie unbedingt bezahlen. Der Graf hatte seinen Gewinn gar nicht nachgerechnet, sondern war gleich nach dem Spiel aufgestanden und ans Fenster getreten, vor dem Lisa die Vorspeisen ordnete und marinierte Pilzchen aus einem Glase auf einen Teller legte. Und dann tat er ganz einfach das, was der Kornett den ganzen Abend so gewünscht und nicht zu erreichen vermocht hatte: er knüpfte mit ihr ein Gespräch über das Wetter an.

Der Kornett aber befand sich zu dieser Zeit in einer sehr unangenehmen Lage. Anna Feodorowna war nach dem Weggang des Grafen und besonders Lisas, die sie bei guter Stimmung erhalten hatte, ehrlich böse geworden.

„Es ist wirklich sehr ärgerlich, daß wir Ihnen soviel Geld abgewonnen haben," sagte Polosow, um doch etwas zu sagen, „es ist einfach gewissenlos."

„Ja, und da denken Sie noch allerlei Tabellen und Miseres aus! Ich finde mich da nicht zurecht. Was macht das nun alles zusammen in Assignaten?" fragte sie.

„Zweiunddreißig Rubel, zweiunddreißig Rubel und fünfzig Kopeken", wiederholte der Kavallerist, der dank seinem Gewinn sich in einer sehr heiteren Stimmung befand. „Geben Sie mal das Geld her, Schwesterlein, geben Sie es nur her!"

„Ich will Ihnen schon alles geben, aber ein zweites Mal falle ich nicht herein, nein! Den Verlust kann ich ja nie mehr ersetzen!"

Und Anna Feodorowna ging mit wackelnden Schritten schnell in ihr Zimmer, kam zurück und brachte neun Rubel in Assignaten mit. Nur auf die dringende Forderung ihres Bruders bezahlte sie schließlich den ganzen Betrag.

Polosow empfand eine gewisse Furcht, Anna Feodorowna könnte ihn ausschelten, wenn er sie jetzt anredete. Er trat schweigend, mit leisen Schritten von ihr weg und schloß sich dem Grafen und Lisa an, die am offenen Fenster standen und sich unterhielten.

Im Zimmer standen auf dem zum Abendessen gedeckten Tisch zwei Talgkerzen. Sie flackerten ab und zu, wenn ein frischer, warmer Hauch der Mainacht ins Zimmer wehte. Vor dem nach dem Garten geöffneten Fenster war es auch hell, aber es war ein ganz anderes Licht als im Zimmer. Der fast volle Mond, der schon seinen goldigen Schimmer verlor, stieg über den Wipfeln der hohen Linden empor und beleuchtete immer mehr die weißen, leichten Wölkchen, die ihn ab und zu verhüllen wollten. Am Teich, dessen Wasserspiegel, vom Mond versilbert, durch die Allee schimmerte, konzertierten die Frösche. In dem duftenden Fliederstrauch dicht vor dem Fenster, dessen feuchte Blütendolden hin und wieder langsam schwankten, hüpften und raschelten leise irgendwelche Vöglein.

„Was für ein herrliches Wetter!“ sagte der Graf, indem er auf Lisa zutrat, und setzte sich auf das niedrige Fenster. „Sie gehen sicher viel spazieren?“

„Ja,“ erwiderte Lisa, die merkwürdigerweise dem Grafen gegenüber jetzt gar keine Verlegenheit mehr empfand, „ich habe morgens, so gegen sieben, allerlei Gänge in der Wirtschaft zu machen, dann gehe ich auch mit Pimotschka, Mamas Pflegetochter, ein bißchen spazieren.“

„Es muß schön sein, auf dem Lande zu leben!“ sagte der Graf, sein Glas ins Auge klemmend und den Blick bald auf Lisa, bald auf den Garten richtend. „Und gehen Sie auch manchmal nachts im Mondenschein spazieren?“

„Nein. Vor zwei Jahren sind Onkel und ich jede Nacht spazierengegangen, wenn der Mond schien. Es kam so eine seltsame Krankheit — Schlaflosigkeit — über ihn. Bei Vollmond konnte er nicht einschlafen. Sein Zimmer hat die Aussicht gerade auf den Garten, und das Fenster ist ganz niedrig. Da fiel das Mondlicht gerade hinein.“

„Merkwürdig“, sagte der Graf. „Das ist, denke ich doch, Ihr Zimmer?“

„Nein, ich schlafe nur diese Nacht drin. Mein Zimmer haben Sie bekommen.“

„Wirklich? Ach, du lieber Gott! Mein Lebtag werde ich mir diese Störung nicht verzeihen,“ rief der Graf und ließ zum Beweis für die Echtheit dieses Gefühls sein Glas aus dem Auge fallen, „wenn ich gewußt hätte, daß ich Sie beunruhigen muß . . .“

„Ach was, beunruhigen! Im Gegenteil, ich bin sehr froh! Onkels Zimmer ist reizend. Es hat ein so schönes, niedriges Fenster, davor will ich sitzen, bis ich einschlafe, oder ich steige hinaus in den Garten und gehe noch etwas spazieren, ehe ich mich zu Bett lege.“

„So ein Prachtmädel!" dachte der Graf und klemmte das Glas wieder ein. Dabei sah er sie an und rückte sich auf der Fensterbank zurecht, aber nur, um mit seinem Fuß an den ihren zu stoßen. „Und wie schlau sie mir zu verstehen gegeben hat, daß ich sie im Garten am Fenster sehen kann, wenn ich will." Lisa verlor in seinen Augen sogar einen Teil ihrer Reize, so leicht schien ihm der Sieg über sie.

„Was für ein Genuß muß es doch sein," sagte er, nachdenklich in die dunkeln Alleen hinausblickend, „eine solche Nacht im Garten mit dem Wesen zu verbringen, das man liebhat."

Lisa wurde bei diesen Worten etwas verlegen, um so mehr, als der Graf wieder wie von ungefähr ihren Fuß berührte. Ohne recht zu überlegen, sagte sie etwas, um ihn ihre Verlegenheit nicht merken zu lassen. Sie sagte: „Ja, es ist schön, in einer Mondnacht spazierenzugehen." Ein peinliches Gefühl überkam sie. Sie band das Schutzpapier über das Einmachglas, in das sie die Pilze wieder hineingetan hatte, und wollte vom Fenster fortgehen, als der Kornett zu ihr trat, und nun wollte sie gern erfahren, was für ein Mensch er sei.

„Welch herrliche Nacht!" sagte er.

„Die reden aber nur vom Wetter", dachte Lisa.

„Welch wunderbare Aussicht!" fuhr der Kornett fort. „Sie sind ihrer aber wohl schon überdrüssig?" fügte er hinzu. Er hatte die seltsame Neigung, Leuten, die ihm sehr gefielen, immer etwas nicht ganz Angenehmes zu sagen.

„Warum glauben Sie das? Immer das gleiche Essen, das gleiche Kleid — das kann einem langweilig werden, aber ein schöner Garten wird einem nie langweilig, wenn man gerne spazierengeht, besonders, wenn der Mond erst höher gestiegen ist. Aus Onkels Fenster kann man den ganzen Teich sehen. Ich will heute hinausschauen."

„Nachtigallen gibt es bei Ihnen anscheinend keine?" fragte der Graf, sehr unzufrieden, daß Polosow dazwischengekommen war und es ihm unmöglich machte, die Bedingungen, unter denen das Stelldichein zustande kommen sollte, genauer zu erfahren.

„Nein, es hat immer welche gegeben, erst im vorigen Jahre haben die Jäger eine eingefangen, und in diesem Jahr hat erst in der vorigen Woche eine hier sehr schön zu singen angefangen, aber da kam der Stanowoj gefahren, und das Glöckchen an seinem Wagen hat die Nachtigall verscheucht. Vor zwei Jahren saßen Onkel und ich oft im Laubengang und hörten wohl zwei Stunden lang der Nachtigall zu."

„Was erzählt die Plappertasche denn?" sagte der Onkel, zu den jungen Leuten herantretend. „Wollen Sie jetzt nicht gütigst zu Tisch kommen?"

Nach dem Abendessen, bei dem der Graf durch sein den Speisen gespendetes Lob und seinen Appetit die schlechte Stimmung der Hausfrau einigermaßen verscheucht hatte, verabschiedeten sich die Offiziere und gingen in ihr Zimmer. Der Graf drückte dem Onkel die Hand, ebenso auch Anna Feodorowna, ohne die Hand zu küssen, worüber die alte Dame sehr erstaunt war; er drückte sogar Lisa die Hand, sah ihr dabei gerade in die Augen und lächelte leise in seiner liebenswürdigen Art. Dieser Blick machte Lisa wieder verlegen.

„Er ist ein hübscher Mensch," dachte sie, „er ist nur zu sehr von sich eingenommen."

14

„Schämst du dich denn gar nicht?" sagte Polosow, als die Offiziere in ihr Zimmer zurückgekehrt waren. „Ich suchte absichtlich zu verlieren und stieß dich unter dem Tische an. Schämst du dich nicht? Die Alte war ganz betrübt!"

Der Graf brach in ein schallendes Gelächter aus.

„Das ist ja ein köstliches Frauenzimmer! Wie sie die Gekränkte spielte!"

Und er lachte wieder so fröhlich, daß sogar Johann, der vor ihm stand, die Augen niederschlug und schief lächelte.

„So ist also der Sohn des Hausfreundes! Hahaha!“ lachte der Graf immer wieder.

„Nein, wirklich, das ist nicht nett. Sie tat mir geradezu leid“, sagte der Kornett.

„Dummes Zeug! Du bist noch sehr jung, mein Lieber! Sollte ich etwa verlieren? Wie käme ich dazu? Ich habe auch verloren, als ich noch nicht zu spielen verstand. Zehn Rubel kann man immer brauchen, mein Bester. Man muß das Leben praktisch nehmen, sonst ist man immer der Genarrte!“

Polosow verstummte. Er wollte auch still für sich an Lisa denken, die ihm ein ungewöhnlich reines, holdes Wesen schien. Er entkleidete sich und legte sich in das weiche und saubere Bett.

„Was für ein Unsinn sind doch diese kriegerischen Ehren und Auszeichnungen!“ dachte er und blickte auf das mit einem Schaltuch verhängte Fenster, durch das sich bleiche Mondstrahlen stahlen. „Das ist Glück: in einem stillen Winkel mit einer lieben, klugen, schlichten Frau leben! Das ist dauerhaftes, wahres Glück!“

Aber er teilte diese Träume seinem Freunde nicht mit und erwähnte die Tochter des Hauses überhaupt nicht, obgleich er überzeugt war, daß auch der Graf an sie dachte.

„Warum ziehst du dich denn nicht aus?“ fragte er den Grafen, der im Zimmer auf und ab ging.

„Ich bin gar nicht schläfrig. Lösche nur das Licht aus, wenn du willst, ich kann auch im Dunkeln schlafen gehen.“

Und er ging wieder auf und ab.

„Er ist noch nicht schläfrig“, wiederholte Polosow, der sich am heutigen Abend mehr denn je über den Einfluß des Grafen auf ihn ärgerte und die Neigung verspürte, sich gegen ihn zu empören. „Ich kann mir vorstellen,“ wandte er sich in Gedanken an Turbin, „was für Wünsche jetzt in deinem glattgekämmten Kopf umgehen! Ich habe ja gesehen, wie sie dir gefallen hat. Du bist aber nicht fähig, dieses schlichte, ehrliche Geschöpf zu verstehen. Du brauchst eine Mina, du strebst nach den Epaulettes eines Obersten. Wirklich, ich will ihn fragen, wie sie ihm gefallen hat."

Und Polosow wollte den Grafen anreden, gab den Gedanken aber sofort wieder auf: er fühlte, daß er nicht nur außerstande sein würde, mit ihm zu streiten, wenn der Graf wirklich so über Lisa dachte, wie er, Polosow, es voraussetzte — ja, daß er sogar gezwungen sein würde, ihm beizustimmen: so sehr war er gewohnt, sich einem Einfluß zu unterwerfen, dessen Schwere und Ungerechtigkeit er selbst von Tag zu Tag stärker empfand.

„Wohin?" fragte er, als der Graf seine Mütze aufsetzte und nach der Tür ging.

„Ich will in den Pferdestall, nachsehen, ob alles in Ordnung ist."

„Merkwürdig!" dachte der Kornett, löschte aber das Licht aus und drehte sich auf die andre Seite, bemüht, die unsinnigen Eifersuchts- und Haßgedanken gegen seinen bisherigen Freund zu verscheuchen, die sich ihm unausgesetzt aufdrängten.

Anna Feodorowna hatte inzwischen nach ihrer Gewohnheit ihren Bruder, ihre Tochter und Pflegetochter zärtlich geküßt und mit dem Kreuzeszeichen gesegnet und sich dann ebenfalls in ihr Zimmer zurückgezogen. Lange schon hatte die alte Frau an einem einzigen Tage nicht soviel starke Eindrücke gehabt; sie konnte nicht einmal ruhig beten: immer wieder kamen ihr wehmütig-lebhafte Erinnerungen an den verstorbenen Grafen und den jungen Gecken, der ihr so gottlos ihr Geld abgewonnen hatte. Aber endlich legte sie sich doch zu Bett, nachdem sie sich ausgekleidet und wie gewöhnlich ein halbes Glas Kwas getrunken hatte, das neben ihrem Bett auf dem Tischchen bereitstand. Ihre Lieblingskatze kam leise ins Zimmer geschlichen. Anna Feodorowna rief sie zu sich heran, streichelte sie, horchte auf ihr Schnurren und konnte nicht einschlafen.

„Die Katze stört mich", dachte sie und jagte das Tier fort. Die Katze fiel weich auf den Fußboden, bewegte langsam den buschigen Schwanz, sprang auf die Ofenbank, aber da kam das Dienstmädchen, das in dem Zimmer auf dem Fußboden schlief, um ihre Filzdecke auszubreiten, das Licht auszulöschen und das Lämpchen vor dem Heiligenbilde anzuzünden. Endlich schnarchte auch das Mädchen, doch Anna Feodorowna konnte immer noch nicht einschlafen, und ihre erregte Phantasie fand keine Ruhe. Sie sah das Gesicht des Husaren vor sich, wenn sie die Augen schloß; er erschien ihr in verschiedenen seltsamen Gestalten im Zimmer, wenn sie mit offenen Augen beim schwachen Licht des Lämpchens auf die Kommode, das Tischchen, das an der Wand hängende weiße Kleid blickte. Bald glaubte sie, das Federbett gebe zuviel Wärme, bald tickte die Uhr auf dem Tischchen unerträglich, oder das Dienstmädchen schnarchte entsetzlich. Sie weckte das Mädchen und befahl ihr, nicht zu schnarchen. Dann vermengten sich Gedanken an ihre Tochter, an den alten und den jungen Grafen, an die Preferencepartie seltsam in ihrem Kopfe. Sie sah sich mit dem alten Grafen Walzer tanzen, sah ihre vollen, weißen Schultern, fühlte irgend jemandes Küsse auf ihnen und gleich darauf sah sie ihre Tochter in den Armen des jungen Grafen. Und wieder fing Ustiuschka zu schnarchen an . . .

„Nein, die Zeiten haben sich geändert, die Menschen sind heute nicht so wie früher. Jener wäre ins Feuer gegangen für mich. Und er hatte auch Grund dazu. Dieser aber schläft wie ein Narr, freut sich, daß er im Spiel gewonnen hat, und denkt nicht daran, den Kavalier zu spielen. Jener fiel auf die Knie und sprach: ‚Was willst du, daß ich tun soll? Wenn du es verlangst, erschieße ich mich sofort!' Und er hätte es getan, wenn ich es gewünscht hätte!"

Da vernahm sie plötzlich barfüßige Schritte auf dem Korridor; Lisa, nur in ein Tuch gehüllt, kam bleich und zitternd ins Zimmer gelaufen und fiel fast auf das Bett der Mutter hin ...

Nachdem Lisa ihrer Mutter Gute Nacht gesagt hatte, war sie allein in das für sie hergerichtete Zimmer des Onkels gegangen. Sie zog ihre weiße Nachtjacke an, verbarg ihren langen, dicken Zopf unter dem Umschlagtuch, löschte das Licht, öffnete das Fenster, setzte sich mit den Füßen auf einen Stuhl und blickte gedankenvoll auf den Teich hinaus, der jetzt schon ganz in silbernem Schimmer dalag.

Alle ihre gewohnten Beschäftigungen und Interessen sah sie jetzt in einem ganz anderen Licht: die launische alte Mutter, an der sie mit einer kritiklosen Liebe hing, die einfach einen Teil ihres Wesens ausmachte, der gebrechliche, aber liebenswerte Onkel, das Hofgesinde und die Bauern, die das gnädige Fräulein anbeteten, die Milchkühe und Kälber, diese ganze Natur, die so viele Male schon gestorben und wieder zum Leben erwacht war, in der sie aufgewachsen war, liebend und geliebt, alles, was sonst ihrer Seele eine so leichte, angenehme Zerstreuung geboten hatte, — alles das schien ihr nun mit einem Male nicht das Richtige, alles schien ihr langweilig und überflüssig. Es war, als sagte jemand zu ihr: „O du Närrchen! Zwanzig Jahre hast du dummes Zeug getrieben, hast jemand zu dienen geglaubt und hast keine Ahnung gehabt, was Leben und Glück ist!" Das dachte sie jetzt, als sie in die Tiefe des hellen, regungslosen Gartens hinausblickte, und diese Gedanken bewegten sie stärker, viel stärker als je zuvor, wenn ihr einmal etwas Ähnliches in den Sinn gekommen war. Und was hatte sie auf diese Gedanken gebracht? Keineswegs eine plötzlich erwachte Liebe zum Grafen, wie man das hätte annehmen können. Im Gegenteil, er gefiel ihr gar nicht. Der Kornett hätte sie eher interessiert, doch er war häßlich, der Arme, und so schweigsam. Sie vergaß ihn ganz unwillkürlich und rief mit Ärger und Zorn das Bild des Grafen in ihrer Phantasie hervor.

„Nein, das ist nicht das richtige!“ sagte sie zu sich selbst. Und ihr Ideal war so entzückend gewesen! Sie hatte eine Idealgestalt gesehen, die sie in dieser Nacht, inmitten dieser Natur, ohne ihre Schönheit zu entstellen, hätte lieben können — ein Ideal, daß nicht ein einziges Mal geschmälert worden war, um es der rauhen Wirklichkeit anzugleichen.

Anfangs hatten die Einsamkeit und das Fehlen von Menschen, die ihre Aufmerksamkeit auf sich gelenkt hätten, bewirkt, daß die ganze Kraft, zu lieben, die die Vorsehung einem jeden von uns in gleichem Maße zugeteilt hat, noch heil und unberührt in ihrem Herzen geblieben war. Doch jetzt hatte sie schon zu lange von dem wehmütigen Glück gelebt, dieses Etwas in sich zu fühlen, das geheimnisvolle Gefäß des Herzens hin und wieder zu öffnen und sich an dem Anblick der Schätze zu weiden — als daß sie alles unüberlegt über irgend jemand hätte ausschütten können. Sie bat Gott, daß er sie bis zum Tode sich dieses kargen Glückes freuen lasse. Wer konnte wissen, ob es nicht besser und stärker war als alles andere? Ob nicht dieses Glück das einzig wahre und mögliche war?

„Herr mein Gott!“ dachte sie. „Habe ich denn wirklich Glück und Jugend umsonst verloren, und wird es nie . . . wird es nie kommen? Ist das wirklich wahr?“ Und sie schaute zum hohen, hellen Himmel empor, der um den Mond herum mit weißen, flockigen Wölkchen bedeckt war, die die Sterne verhüllten und dem Mond immer näher rückten. „Wenn dieses weiße Wölkchen da oben den Mond streift, dann ist es wahr“, dachte sie. Ein rauchgrauer Nebelstreif lief an der unteren Hälfte der leuchtenden Scheibe entlang und nach und nach wurde das Licht auf dem Grase, den Wipfeln der Linden, dem Teiche blasser, die schwarzen Schatten der Bäume fielen weniger auf. Und gleichsam als Begleiter des finsteren Schattens, der sich über die Natur gelegt hatte, lief ein leichter Wind durch die Blätter und trug den tauigen Duft der Blätter, der feuchten Erde und des blühenden Flieders bis zum Fenster.

„Nein, es ist nicht wahr," tröstete sie sich, „wenn aber die Nachtigall heute nacht singt, dann ist alles Unsinn, was ich denke, und ich brauche nicht zu verzweifeln", dachte sie. Und noch lange saß sie schweigend da und wartete auf irgend jemand, obgleich alles hell geworden war und sich wieder belebt hatte, und dann wieder mehrere Male Wölkchen am Monde vorbeiliefen und alles in Dämmerung versank. Sie war schon im Einschlafen, als die Nachtigall sie durch einen anhaltenden Triller weckte, der vom Teich herauf hell erklang. Das Landfräulein öffnete die Augen. Und von neuem genoß ihre Seele diese geheimnisvolle Einheit mit der Natur, die so friedlich und hell vor ihr ausgebreitet lag. Sie stützte beide Ellbogen auf. Ein süßes, verzehrendes Gefühl der Wehmut preßte ihr die Brust zusammen und Tränen einer reinen, allumfassenden Liebe, die sich nach Erwiderung sehnte, gute, tröstende Tränen füllten ihre Augen. Sie faltete die Hände auf dem Fensterbrett und ließ den Kopf auf sie niedersinken. Ihr liebstes Gebet kam ihr ganz von selbst in den Sinn, und so schlummerte sie auch mit nassen Augen ein.

Die Berührung einer Hand schreckte sie auf. Sie erwachte. Doch diese Berührung war leicht und angenehm. Die Hand drückte die ihre fester. Plötzlich wurde sie sich der Wirklichkeit bewußt, schrie auf, sprang empor und lief aus dem Zimmer hinaus, wobei sie sich selbst einzureden suchte, daß sie den Grafen, der im grellen Mondlicht unter dem Fenster stand, nicht erkannt hätte.

15

Es war in der Tat der Graf. Als er den Aufschrei des Mädchens und als Antwort darauf das Schnaufen des Wächters hinter dem Zaune vernahm, rannte er in größter Hast mit einem Gefühl, wie es ein ertappter Dieb haben muß, über das feuchte, tauige Gras tiefer in den Garten hinein. „Ach, ich dummer Kerl!“ sagte er unbewußt vor sich hin. „Ich habe sie erschreckt. Ich hätte sie leiser, durch Worte wecken müssen. Ach, ich plumpes Vieh!“ Er blieb stehen und horchte. Der Wächter war durch das Pförtchen in den Garten gegangen und schleppte seinen Stock auf dem sandigen Wege hinter sich her. Der Graf mußte sich verstecken. Er ging zum Teich hinunter. Frösche klatschten hastig vor seinen Füßen ins Wasser, so daß er erschreckt zusammenzuckte. Hier kauerte er sich nieder, ohne sich viel um seine nassen Füße zu kümmern, und ließ alles, was er getan hatte, an seiner Erinnerung vorübergehen: wie er über den Zaun geklettert war, ihr Fenster gesucht und endlich einen weißen Schatten erblickt hatte; wie er einige Male, auf das leiseste Rascheln lauschend, sich dem Fenster genähert und wieder von ihm entfernt hatte; wie es ihm bald vorgekommen war, daß sie ihn erwarte und sich über seine Langsamkeit ärgere, bald wieder, daß es unmöglich sei, daß sie sich so leicht zu einem Stelldichein entschlossen habe; wie er endlich in der Annahme, daß sie sich nur infolge der einem Provinzmädchen eigenen Schüchternheit verstelle, energisch herangetreten war und ihre Situation deutlich erkannt hatte, und wie er dann plötzlich davongelaufen war und erst, als er sich selbst seine Feigheit energisch vorgeworfen hatte, noch einmal kühn auf sie zugegangen war und ihre Hand gefaßt hatte. Der Wächter hustete wieder und ging aus dem Garten, die knarrende Tür hinter sich schließend. Auch das Fenster im Zimmer des Fräuleins wurde zugeschlagen und von innen ein Laden vorgeschoben. Das ärgerte den Grafen ungemein. Er hätte viel gegeben, wenn er die Geschichte noch einmal von Anfang an wiederholen könnte; jetzt würde er sich nicht so dumm benehmen ... „Ein entzückendes Mädchen! So jugendfrisch! Einfach reizend! Und ich hab's mir entgehen lassen ... Oh, ich dummes Vieh!“ Er wollte nun gar nicht mehr schlafen und ging mit dem energischen Schritt eines geärgerten Menschen aufs Geratewohl die Lindenallee entlang.

Und nun brachte auch ihm diese Nacht ihr versöhnendes Geschenk einer seltsamen, beruhigenden Wehmut und Liebessehnsucht. Der lehmige Weg, auf dem hie und da Gras emporsproßte oder ein dürrer Zweig lag, wurde von den senkrechten bleichen Mondstrahlen erhellt, die durch das dichte Lindenlaub runde Scheibchen auf den Boden warfen. Ein krummer Ast, der nur von einer Seite beleuchtet war, sah aus, als wäre er mit weißem Moos bewachsen. Die silberglänzenden Blätter rauschten hin und wieder. Im Hause waren alle Lichter gelöscht, alle Geräusche verstummt; nur die Nachtigall schien mit ihrem Gesang den ganzen grenzenlosen, schweigenden, hellen Raum zu erfüllen. „Mein Gott, was für eine Nacht! Was für eine wunderbare Nacht!" dachte der Graf, die würzige Frische des Gartens atmend. „Um irgend etwas ist es mir leid. Es ist, als wäre ich unzufrieden mit mir selbst, mit den andern, mit dem ganzen Leben... Ein prächtiges, liebes Mädchen. Vielleicht hat es sie wirklich gekränkt ..." Hier gingen seine Phantasien plötzlich bunt durcheinander; er sah sich in diesem Garten mit dem Provinzfräulein in den verschiedensten, seltsamsten Situationen. Dann trat an die Stelle des Fräuleins seine geliebte Mina. „So ein Dummkopf! Ich hätte sie einfach um die Taille fassen und küssen sollen!" Und in dieser reuevollen Stimmung kehrte der Graf in sein Zimmer zurück.

Der Kornett schlief nicht. Er drehte sich sofort im Bett um, so daß sein Gesicht dem Grafen zugekehrt war.

„Du schläfst nicht?" fragte der Graf.

„Nein."

„Soll ich dir erzählen, was geschehen ist?"

„Nun?"

„Nein, lieber erzähl' ich's nicht ... oder doch! Zieh mal die Beine etwas ein!"

Und der Graf, der in Gedanken schon unter das verpaßte Liebesabenteuer einen Strich gemacht hatte, setzte sich mit lebhaftem Lächeln zu dem Kameraden aufs Bett.

„Kannst du dir das vorstellen? Das Fräulein hatte mich zu einem Rendezvous bestellt!"

„Was du sagst!" rief Polosow und sprang vom Bett auf.

„Hör' nur zu!"

„Ja, wie denn? Wann denn? Das ist unmöglich!"

„Jawohl, während ihr eure Stiche zähltet, sagte sie zu mir, sie werde nachts am Fenster sitzen, und in das Fenster könne man leicht hineinsteigen! Das nennt man praktisch! Während du mit der Alten beim Zählen warst, hab' ich die Sache erledigt. Aber du hast ja auch gehört, wie sie sagte, sie werde am Fenster sitzen und auf den Teich schauen."

„Ja, das hat sie gesagt."

„Das ist es ja! Ich weiß nicht, ob sie das mit oder ohne Absicht gesagt hatte! Vielleicht wollte sie wirklich nicht gleich aufs Ganze gehen, aber es sah doch so aus. Und so wurde es ein sehr übler Spaß. Ich habe mich wie ein richtiger Narr benommen!" sagte er, über sich selbst verächtlich lächelnd.

„Was denn? Wo bist du denn gewesen?"

Der Graf erzählte alles, wie es gewesen war; er verschwieg nur seine mehrfachen unentschlossenen Annäherungen.

„Ich habe selbst alles verdorben. Ich hätte kühner sein müssen. Sie schrie auf und lief vom Fenster weg."

„Also sie schrie auf und lief weg", sagte der Kornett, mit einem verlegenen Lächeln das Lächeln des Grafen erwidernd, das einen so langen, starken Einfluß auf ihn gehabt hatte.

„Ja. Und nun ist es Schlafenszeit."

Der Kornett drehte sich wieder mit dem Rücken zur Tür und lag etwa zehn Minuten schweigend da. Gott weiß, was in seiner Seele vorging; aber als er sich wieder umdrehte, drückte sein Gesicht Schmerz und Entschlossenheit aus.

„Graf Turbin!" sagte er mit stockender Stimme.

„Du phantasierst wohl im Schlaf?" gab der Graf ruhig zurück. „Was gibt's denn, Kornett Polosow?"

„Graf Turbin! Sie sind ein Schuft!" schrie Polosow und sprang vom Bett auf.

16

Tags darauf rückte die Schwadron aus. Die Offiziere sahen ihre Gastgeber nicht mehr und konnten sich von ihnen nicht verabschieden. Miteinander sprachen sie auch nicht. Auf der ersten Station sollte der Zweikampf stattfinden. Doch der Rittmeister Schulz, ein guter Kamerad und vortrefflicher Reiter, der im ganzen Regiment ungemein beliebt war und den der Graf zu seinem Sekundanten gewählt hatte, wußte die Sache so zu wenden, daß nicht nur kein Duell stattfand, sondern daß auch niemand im Regiment von diesem Zwischenfall erfuhr und sogar Turbin und Polosow zwar nicht die alten Freunde blieben, aber sich doch auch weiterhin noch duzten und bei Diners und am Spieltisch noch öfter zusammenkamen.

1856

DER MORGEN EINES GUTSBESITZERS

BRUCHSTÜCK AUS DEM UNVOLLENDETEN ROMAN „EIN RUSSISCHER GUTSBESITZER“

I

Fürst Nechliudow war neunzehn Jahre alt, als er nach Schluß des sechsten Semesters an der Universität für die Ferien auf sein Gut kam und dort den ganzen Sommer zubrachte. Im Herbst schrieb er seiner Tante, der Gräfin Belorezkaja, die nach seinen Vorstellungen die genialste Frau von der Welt und seine beste Freundin war, mit unfertiger Kinderhandschrift folgenden Brief, den wir hier aus dem Französischen übertragen:

„Liebe Tante!

Ich habe einen Entschluß gefaßt, von dem meine ganze Zukunft abhängt. Ich verlasse die Universität, um mich ganz dem Landleben zu widmen, denn ich fühle, daß ich dafür geboren bin. Um Gotteswillen, lachen Sie mich nicht aus, liebes Tantchen. Sie werden sagen, ich sei noch sehr jung; vielleicht bin ich wirklich noch ein Kind, doch das hindert mich nicht, meine Berufung zu fühlen, das Gute zu wollen und zu lieben.

Wie ich Ihnen schon schrieb, fand ich die Angelegenheiten hier in unbeschreiblicher Unordnung vor. In dem Wunsch, sie wieder zu ordnen und tiefer in sie einzudringen, entdeckte ich, daß das Hauptübel in der kläglichen, armseligen Lage der Bauern selbst besteht, und daß man dieses Übel nur mit Arbeit und Geduld heilen kann. Wenn Sie nur zwei meiner Bauern sehen würden, Dawyd und Iwan, und das Leben, das sie mit ihren Familien führen, — ich bin sicher, daß der bloße Anblick dieser zwei Unglücklichen Sie stärker überzeugen würde, als alles, was ich Ihnen sagen kann, um meinen Entschluß zu rechtfertigen. Ist es nicht meine direkte, heilige Pflicht, für das Glück dieser siebenhundert Menschen zu sorgen, für die ich vor Gott verantwortlich bin? Wäre es nicht Sünde, sie der Willkür der groben Dorfältesten und Verwalter zu überlassen, nur um den eigenen Wünschen des Genusses und Ehrgeizes nachzugehen? Und warum soll ich anderswo suchen, nützlich zu sein und Gutes zu tun, wenn sich mir eine so naheliegende, ehrenvolle und leuchtende Pflicht auftut? Ich fühle mich wie geschaffen zu einem guten Landwirt; um das aber zu sein, so wie ich es auffasse, dazu bedarf es nicht erst jener Würden und Diplome, die Sie so für mich wünschen. Liebes Tantchen, machen Sie keine ehrgeizigen Pläne für mich, gewöhnen Sie sich an den Gedanken, daß ich einen ganz besonderen Weg gehe, doch einen guten, der, ich fühle es, mich zu meinem Glück führen wird. Ich habe viel über meine zukünftigen Pflichten nachgedacht, habe mir Arbeitsregeln aufgeschrieben, und wenn Gott mir Kraft und Leben gibt, werde ich meine Pläne durchführen.

Zeigen Sie meinem Bruder Wasja diesen Brief nicht. Ich fürchte seinen Spott; er ist gewöhnt, sich mir überlegen zu fühlen, und ich bin gewöhnt, mich ihm unterzuordnen. Wanja dagegen wird, wenn er meinen Entschluß auch nicht gutheißt, ihn doch verstehen."

Die Gräfin antwortete ihm mit folgendem Brief, den wir ebenfalls aus dem Französischen übersetzen:

„Dein Brief, lieber Dmitrij, zeigt mir nur, daß Du ein sehr gutes Herz hast, woran ich nie gezweifelt habe. Doch, mein lieber Freund, unsere guten Eigenschaften schaden uns im Leben mehr, als die schlechten. Ich sage Dir nicht, daß Du eine Dummheit machst, daß Deine Handlungen mich betrüben, sondern ich will versuchen, durch die bloße Überzeugung auf

Dich einzuwirken. Wir wollen die Sache überlegen, mein Freund. Du sagst, daß Du Deine Berufung zum Landleben fühlst, das Glück Deiner Bauern schaffen willst, und hoffst, ein guter Landwirt zu werden. Erstens muß ich dir sagen, daß wir unsere Berufung immer erst dann fühlen, wenn wir uns einmal geirrt haben; zweitens: es ist leichter sein eigenes Glück zu schaffen als das anderer, und drittens: um ein guter Landwirt zu werden, muß man ein kalter und strenger Mensch sein, und das wirst Du schwerlich jemals werden, wenn Du Dir auch Mühe gibst, als ein solcher zu erscheinen.

Du hältst Deine Gedanken für unwiderleglich und ziehst aus ihnen sogar Lebensregeln für dich ab; doch in meinen Jahren, mein Freund, glaubt man nicht mehr an Grundsätze und Lebensregeln, sondern nur an die Erfahrung; diese aber sagt mir, daß Deine Pläne nichts sind als Kindereien. Ich bin schon fünfzig Jahre alt, und habe viele ehrenwerte Menschen gekannt, aber ich habe noch nie gehört, daß ein junger Mann von Familie und mit guten Anlagen sich unter dem Vorwande, Gutes zu tun, auf dem Lande versteckt hätte. Du hast immer gesucht, ein Original zu scheinen, aber Deine Originalität ist nichts als übermäßige Eigenliebe. Und dann, mein Freund, — wähle lieber einen ausgetretenen Weg: er führt leichter zum Erfolg, und der Erfolg, wenn Du ihn auch um Deinetwillen nicht wünschst, ist unbedingt nötig, wenn Du später die Möglichkeit haben willst, das Gute zu tun, das Du so liebst.

Die Armut einiger Bauern, — das ist ein unabänderliches Übel oder doch eins, dem man abhelfen kann, ohne alle seine Verpflichtungen gegenüber der Gesellschaft, seinen Verwandten und auch sich selbst ganz zu vergessen. Bei Deinem Geist, Deinem Herzen und Deiner Liebe zum Guten gibt es keine Karriere, in der Du nicht Erfolg haben könntest; doch wähle Dir eine, die Deiner zum mindesten würdig ist und Dir Ehre macht.

Ich glaube an Deine Aufrichtigkeit, wenn Du sagst, daß Du

keinen Ehrgeiz hast; aber Du betrügst Dich selbst. Bei Deinen Jahren, Deinen Fähigkeiten ist Ehrgeiz etwas Gutes; er wird aber zum Fehler, zur Banalität, wenn der Mensch nicht mehr in der Lage ist, diese Leidenschaft zu befriedigen. Und das wirst Du erfahren, wenn Du Deine Absicht nicht änderst. Leb' wohl, lieber Mitja! Es scheint mir, als liebte ich Dich nur noch mehr um Deines hirnverbrannten, aber ehrenhaften und großmütigen Planes willen. Handle, wie Du willst, doch ich gestehe, daß ich Dir nicht beistimmen kann."

Als der junge Mann diesen Brief erhielt, dachte er lange über ihn nach und kam endlich zu dem Ergebnis, daß auch eine geniale Frau sich irren könne Daraufhin reichte er sein Gesuch um Entlassung aus der Universität ein und blieb für immer auf dem Lande.

2

Der junge Gutsherr hatte, wie er seiner Tante schrieb, Arbeitsregeln für die gesamte Wirtschaft aufgestellt und seine Tätigkeit war auf Stunden, Tage und Monate hinaus geregelt. Der Sonntag diente dem Empfang von Bittstellern, Hofknechten und Bauern, und dem Besuch der verarmten Gehöfte, die der Hilfe bedurften; am Sonntag abend versammelte sich regelmäßig die Bauerngemeinde, und diese hatte zu entscheiden, wem Hilfe gewährt werden und welcher Art sie sein sollte. Über dieser Arbeit verging mehr als ein Jahr, und der junge Mann war schon kein Neuling mehr, weder in der praktischen noch in der theoretischen Kenntnis der Landwirtschaft.

Es war ein klarer Sonntagmorgen im Juni, als Nechliudow, nach dem Frühkaffee, bei dem er ein Kapitel aus der „Maison rustique" durchflogen hatte, das Notizbuch und ein Päckchen Banknoten in der Tasche seines leichten Überziehers, aus dem großen Gutshaus mit den vielen Säulen und Terrassen trat, in dem er ein ganz kleines Zimmer im Erdgeschoß bewohnte; auf den ungepflegten, grasüberwachsenen Wegen des alten, im englischen Stil gehaltenen Gartens begab er sich in der Richtung zum Dorf, das sich zu beiden Seiten der großen Landstraße ausbreitete. Nechliudow war ein großer, stattlicher junger Mann mit langem, dichtem, welligem, dunkelblondem Haar, hellem Glanz in den schwarzen Augen, frischen Wangen und roten Lippen, auf denen sich der erste Flaum der Jugend zeigte. Aus allen seinen Bewegungen und seinem Gang sprachen Kraft, Energie und die gutmütige Selbstzufriedenheit der Jugend. Das Landvolk strömte in bunter Menge aus der Kirche. Greise, Mädchen und Kinder, Frauen mit Säuglingen an der Brust, alle in feiertäglicher Tracht, eilten nach ihren Hütten, und verneigten sich im Vorübergehen tief vor dem Gutsherrn. Als er die Dorfstraße erreicht hatte, blieb Nechliudow stehen, zog sein Notizbuch aus der Tasche und las die Namen einiger Bauern, die auf der letzten Seite mit unausgeschriebener Kinderhand notiert waren. „Iwan Tschurisionok — bittet um Holz zum Stützen seiner Hütte“, las er und ging die Straße entlang bis zu der Pforte des zweiten Hauses auf der rechten Seite.

Tschurisionoks Wohnung bestand aus einem halb zusammengesunkenen, an den Ecken angefaulten Blockhaus, das sich so stark zur Seite geneigt hatte und in die Erde hineingewachsen war, daß man über den Düngerhaufen weg nur ein zerschlagenes Schiebefenster mit einem halb heruntergerissenen Laden und ein zweites, mit Hanf verstopftes, sah. Ein aus Balken gezimmerter Vorraum mit verfaulter Schwelle und niedriger Tür, ein zweiter kleiner Blockbau, noch älter und noch niedriger als das Vorhaus, das Tor und eine Scheuer aus Flechtwerk schmiegten sich eng an das Hauptgebäude. Alles das war einst unter einem einzigen Dach von ungleicher Höhe vereinigt gewesen; jetzt hing nur noch über dem vordern Dachvorsprung dichtes, schwarzes, faulendes Stroh; oben aber sah man stellenweise das Dachgerüst und einzelne Sparren. Vor dem Hause befand sich ein Brunnen mit einem zerfallenen Brunnenhäuschen, den Überresten eines Pfeilers und eines Rades, und einer schmutzigen, vom Vieh zerstampften Wasserlache, in der Enten plätscherten. Neben dem Brunnen standen zwei alte, gesprungene und geknickte Weiden mit spärlichen mattgrünen Zweigen. Unter einer von diesen Weiden, die dafür Zeugnis ablegten, daß einst jemand um die Verschönerung dieses Platzes bemüht gewesen war, saß ein achtjähriges blondes Mädchen und ließ ein anderes, zweijähriges um sich herumkrabbeln. Ein junges Hündchen, das vor ihnen schwanzwedelnd hüpfte, stürzte vor das Tor und begann von dort erschrocken und heiser zu bellen.

„Ist Iwan zu Hause?“ fragte Nechliudow.

Das älteste Mädchen versteinerte bei dieser Frage förmlich, und seine Augen wurden weiter und weiter, aber es antwortete nicht; das kleinere sperrte den Mund auf und machte Anstalten zu weinen. Ein mittelgroßes altes Frauchen in einem zerfetzten karierten Hemdrock, der tief in der Taille von einem alten, rötlichen Gurt zusammengehalten wurde, sah aus der Türe und antwortete ebenfalls nicht. Nechliudow trat in den Flur und wiederholte seine Frage.

„Er ist zu Hause, guter Herr“, sagte die Alte nun mit bebender Stimme, sich tief zur Erde verneigend und in angstvoller Erregung.

Als Nechliudow sie begrüßt hatte und durch den Flur auf den engen Hof hinaustrat, ging die Frau, das Kinn auf die Hand gestützt, bis zur Türe mit und stand mit dem Kopfe wackelnd da, ohne den Blick von dem Gutsherrn abzuwenden. Der Hof war ärmlich; hier und da lag alter, nicht ausgefahrener, schwärzlicher Dünger; darauf lagen unordentlich ein verfaulter Futterkasten, zwei Eggen und Heugabeln. Die Schutzdächer rings um den Hof, unter denen auf der einen Seite ein Hakenpflug und ein Wagen ohne Räder standen und ein Haufen übereinander getürmter, leerer, unnützer Bienenkörbe herumlag, waren fast unbedeckt und an einer Seite ganz zerstört, so daß vorne die Dachstangen nicht auf den Stützen, sondern auf dem Dünger lagen. Tschurisionok entfernte eben mit Schneide und Rücken der Axt den Flechtzaun, den das Dach herabdrückte. Iwan Tschuris war ein ungewöhnlich kleiner Mann von etwa fünfzig Jahren. Die Züge seines sonnverbrannten, länglichen Gesichts, das von einem dunkelblonden, leicht angegrauten Bart und ebensolchem, dichtem Haupthaar umgeben war, waren schön und ausdrucksvoll. Seine dunkelblauen halbgeschlossenen Augen blickten klug und gutmütig sorglos drein. Der kleine regelmäßige Mund, der sich deutlich unter dem blonden, dünnen Schnurrbart abzeichnete, drückte, wenn er lächelte, ruhiges Selbstvertrauen und eine leicht spöttische Gleichgültigkeit gegenüber seiner ganzen Umgebung aus. An der groben Haut, den tiefen Runzeln und den stark vortretenden Adern am Halse, am Gesicht und an den Händen, an der unnatürlich gebeugten Körperhaltung und den krummen, o-förmigen Beinen war zu erkennen, daß sein ganzes Leben in viel zu schwerer, seine Kräfte weit übersteigender Arbeit vergangen war. Seine Kleidung bestand aus weißen Hosen aus Hanfleinen mit blauen Flicken auf den Knien und einem ebensolchen schmutzigen, an den Armen und am Rücken zerfetzten Hemd. Das Hemd war tief in der Taille von einem Bande zusammengehalten, an dem ein eisernes Schlüsselchen hing.

„Grüß' Gott!“ sagte der Gutsherr, als er den Hof betrat.

Tschurisionok sah sich um und machte sich dann gleich wieder an seine Arbeit. Er machte eine Kraftanstrengung und riß den Zaun unter dem Schutzdach hervor; dann erst trat er, nachdem er die Axt in den Hackblock geschlagen und seinen Gürtel zurechtgeschoben hatte, in die Mitte des Hofes.

„Frohes Fest, Euer Erlaucht“, sagte er, sich tief verneigend und sein Haar schüttelnd.

„Danke, mein Lieber. Ich bin gekommen, um in deiner Wirtschaft nach dem Rechten zu sehen“, sagte Nechliudow mit kindlicher Freundlichkeit und Schüchternheit, die Kleidung des Bauern musternd. „Zeig' mir mal, wozu du die Stützen brauchst, um die du in der Gemeindeversammlung gebeten hast."

„Die Stützen? Sehr einfach, Väterchen, Erlaucht. Es müßte wenigstens ein klein wenig gestützt werden, belieben Sie selbst zu sehen: da stürzte neulich die Ecke ein, Gott sei Dank, daß noch kein Vieh drunter war. Alles hängt nur eben noch", sagte Tschuris, und musterte verächtlich seine offenen, schiefen und halb verfallenen Scheuern. „Jetzt braucht man die Dachsparren, die Seitenwände und die Dachstangen nur anzurühren, dann sieht man schon, daß kein ordentliches Holz mehr übrig ist. Und woher soll man dieses Jahr Holz nehmen? Das wissen Sie ja selbst."

„Was willst du denn dann mit fünf Stützen, wenn eine Scheune schon eingestürzt ist und die andern auch demnächst zusammenstürzen werden? Du brauchst doch dann keine Stützen, sondern Dachsparren, Seitenwände und Pfosten, kurz alles neu", sagte der Gutsherr, sichtlich stolz auf seine Fachkenntnisse.

Tschurisionok schwieg.

„Du brauchst also einfach Bauholz und nicht Stützen; das hättest du sagen müssen."

„Selbstverständlich brauche ich es; aber woher soll ich es nehmen? Man kann doch nicht immer gleich zum Gutsherrn laufen! Wenn unsereiner sich angewöhnt, wegen jeden Dinges, das er braucht, zu Eurer Erlaucht auf den Herrenhof zu laufen, was sind wir dann noch für Bauern? Wenn aber Euer Gnaden nichts dagegen hätten: da sind ein paar Eichenkronen, die auf der herrschaftlichen Tenne ganz unnütz umherliegen," sagte er, sich tief verneigend und von einem Fuß auf den andern tretend, „die könnte ich vielleicht zurechtschneiden und so aus dem Alten noch etwas zusammenbasteln."

„Wie denn aus Altem? Du sagst doch selbst, daß bei dir alles alt und morsch ist: heute fällt diese Ecke ein, morgen jene, übermorgen die dritte; wenn man also schon etwas unternimmt, dann macht man auch alles neu, daß die Arbeit nicht unnütz verloren geht. Sag' mir, was du meinst: kann dein Hof noch den Winter über stehen oder nicht?"

„Wer kann das wissen?"

„Nein, wie denkst du es dir? Wird er einstürzen oder nicht?"

Tschuris dachte einen Augenblick nach.

„Er wird wohl ganz einstürzen", sagte er plötzlich.

„Na, siehst du, das hättest du also auch lieber gleich in der Versammlung sagen sollen, daß der ganze Hof umgebaut werden muß und nicht nur die Stützen. Ich bin doch gern bereit, dir zu helfen . . ."

„Ich bin Euer Gnaden unendlich dankbar", sagte Tschurisionok ungläubig und ohne den Herrn anzusehen. „Wenn ich nur vier Balken und Stützen bekäme, dann würde ich schon zurechtkommen; und wenn dann noch einmal etwas unbrauchbares Holz für mich abfiele, so könnte ich es für die Ausbesserung an der Hütte verwenden."

„Ist denn deine Hütte auch schlecht?"

„Darauf warten mein Weib und ich ja täglich, daß einer von uns erschlagen wird", sagte Tschuris gleichmütig. „Kürzlich mittags hat ein Dachbalken meine Frau erschlagen."

„Wieso erschlagen?"

„Na ja, Erlaucht, erschlagen: er ist ihr mit aller Wucht auf den Rücken gestürzt, so daß sie bis zum Abend wie tot dalag."

„Hat sie sich wieder erholt?"

„Ja, es geht wieder, aber sie kränkelt immerzu. Sie ist auch von Kindheit an kränklich."

„Was, bist du krank?" fragte Nechliudow das Weib, das immer noch in der Türe stand und, sobald ihr Mann angefangen hatte, von ihr zu sprechen, zu stöhnen begann.

„Hier läßt mir's keine Ruhe, das ist das Ganze!" sagte sie und zeigte auf ihre schmutzige, ausgemergelte Brust.

„Schon wieder!“ sagte der junge Herr ärgerlich und zog die Schultern hoch. „Warum bist du krank und meldest dich nicht im Krankenhaus? Dazu ist doch das Krankenhaus da. Hat man euch das nicht gesagt?“

„Das hat man wohl, mein Beschützer, aber woher die Zeit nehmen? Für die Fron, und die Hausarbeit und die Kinder, — für alles bin ich allein da! Unsere Lage ist trostlos ...“

3

Nechliudow betrat die Hütte. In der Ofenecke waren die unebenen, verräucherten Wände mit allerlei Lappen und Kleidungsstücken behängt, vorn aber, in der guten oder, wie man sie nennt, der „roten“ Ecke, waren sie ganz mit wirklich rötlichen Schaben bedeckt, die sich um die Heiligenbilder und die Bank gesammelt hatten. In der Mitte dieser stinkigen, schwärzlichen, sechs Arschin breiten Hütte hatte die Decke einen großen Riß, und außerdem hatte sie sich, obgleich sie schon an zwei Stellen durch Stützen gehalten wurde, so zur Seite geneigt, daß man jeden Augenblick ihren Einsturz erwarten konnte.

„Ja, sie ist sehr schlecht“, sagte der Gutsherr, Tschurisionok ins Gesicht sehend, der anscheinend gar nicht davon hatte reden wollen.

„Uns und die Kinderchen wird sie erschlagen“, begann mit weinerlicher Stimme das Weib, das unter dem Schlafboden am Ofen lehnte.

„Sei du still!“ sagte Tschuris streng und wandte sich mit einem feinen, kaum merklichen Lächeln, das sich unter dem spärlichen Schnurrbart abzeichnete, an den Gutsherrn: „Ich weiß mir gar keinen Rat, Erlaucht, was ich mit der Hütte anfangen soll; ich habe es schon mit Stützen und Unterlagen versucht, — nichts ist zu machen.“

„Wie sollen wir hier überwintern? Ach — ach — ach!“ sagte das Weib.

„Man könnte ja noch Stützen aufstellen und die Bretter in der Decke erneuern,“ unterbrach sie der Mann mit ruhiger, sachlicher Miene, „wohl auch einen Dachsparren, und dann kämen wir vielleicht noch irgendwie durch den Winter. Es ließe sich schon leben, nur wäre die ganze Hütte mit Stützen verstellt, — das ist es; rührt man sie aber erst an, dann bleibt kein heiles Stück an ihr; solange sie so steht, hält sie“, schloß er, anscheinend befriedigt darüber, daß er diesen Umstand so klar erfaßt hatte.

Es war Nechliudow ärgerlich, daß Tschuris so weit gekommen war und sich nicht eher um Hilfe an ihn gewandt hatte, wo er doch seit seiner Ankunft noch nie einem Bauern etwas abgeschlagen hatte und nichts anderes zu erreichen suchte, als daß jeder mit seinen Nöten zu ihm kam. Er empfand sogar einen leisen Ärger gegen den Bauern, zuckte verdrießlich die Achseln und runzelte die Stirn; doch der Anblick der Armut, die ihn umgab, und inmitten all dieses Elends das ruhige, selbstbewußte Gesicht des Tschuris verwandelten seinen Ärger in ein Gefühl trauriger Hoffnungslosigkeit.

„Warum hast du mir das nicht schon früher gesagt, Iwan?“ sagte er vorwurfsvoll und ließ sich auf die schiefe, schmutzige Bank nieder.

„Ich wagte es nicht, Erlaucht,“ antwortete Tschuris mit dem gleichen, kaum merklichen Lächeln, auf dem unebenen, gestampften Lehmboden von einem seiner schwärzlichen, bloßen Füße auf den andern tretend; doch er sagte das so ruhig und kühn, daß es schwer wurde zu glauben, er habe nicht gewagt, zum Herrn zu kommen.

„Wie sollten wir es wagen, mit unsern bäurischen Angelegenheiten Sie zu belästigen!“ begann das Weib schluchzend.

„Quatsch' nicht!“ sagte Tschuris wieder.

„In dieser Hütte kannst du nicht weiterleben; das ist Unsinn!“ sagte Nechliudow nach kurzem Schweigen. „Weißt du, was wir machen, Freundchen . . .“

„Zu Befehl“, sagte Tschuris.

„Hast du die Steinhäuser gesehen, die ich auf dem neuen Gehöft habe bauen lassen, die mit den hohlen Wänden?“

„Wie sollte ich nicht?“ antwortete Tschuris, und grinste so, daß beide Reihen seiner noch guten, weißen Zähne sichtbar wurden. „Wir haben uns nicht wenig gewundert, als man sie baute — vortreffliche Häuser! Die Kinder lachten und meinten, es würden Speicher, wo man das Korn zwischen die Wände schüttet, damit die Ratten nicht darankämen. Schöne Häuser,“ schloß er und schüttelte den Kopf mit halb spöttischem, halb verständnislosem Ausdruck, „wie Gefängnisse.“

„Ja, die Häuser sind gut, warm und trocken, und nicht so feuergefährlich“, entgegnete der Gutsherr, und sein jugendliches Gesicht verfinsterte sich, vor Verdruß über die Spöttelei des Bauern.

„Zweifellos, Erlaucht, es sind vortreffliche Häuser.“

„Nun also, das eine von ihnen ist schon ganz fertig. Es ist zehn Arschin groß, hat einen Speicher und einen Flur, und ist ganz fertig. Ich denke, ich gebe es dir auf Vorschuß, und zum Selbstkostenpreis; du kannst es später einmal abzahlen“, sagte der Gutsherr mit selbstzufriedenem Lächeln, das er bei dem Gedanken, ein gutes Werk zu tun, nicht zurückhalten konnte. „Die alte Hütte kannst du abreißen,“ fuhr er fort, „sie kann als Speicher dienen; das gesamte Hofgerät schaffen wir auch hinüber. Das Wasser ist gut dort, Gemüseland lasse ich aus dem Neuland abteilen, und deine drei Äcker lasse ich dir dort auch anweisen. Gut wirst du's dort haben! Wie, das gefällt dir wohl nicht?“ fragte Nechliudow, als er merkte, daß, sobald er von der Übersiedlung zu sprechen begonnen hatte, Tschuris in reglose Starrheit verfallen war und, ohne zu lächeln, zu Boden blickte.

„Wie Sie befehlen, Erlaucht", antwortete er, ohne die Augen zu heben.

Die Frau schob sich vor, anscheinend an einer empfindlichen Stelle getroffen, und wollte etwas sagen, doch ihr Mann kam ihr voraus.

„Wie Sie befehlen, Erlaucht," wiederholte er entschieden und gleichzeitig unterwürfig zu dem Herrn aufblickend und sein Haar schüttelnd, „doch auf dem neuen Hof wäre uns kein Glück beschieden."

„Warum?"

„Nein, Erlaucht, wenn Sie verlangen, daß wir dahin übersiedeln, — wir sind hier schon elend, auf dem neuen Hof aber werden wir unser Lebtag keine rechten Bauern mehr. Da läßt sich's nicht leben — doch wie Sie befehlen!"

„Warum denn?"

„Bis aufs letzte werden wir dort zugrunde gerichtet, Erlaucht."

„Warum kann man denn dort nicht leben?"

„Was ist es denn für ein Leben dort? Urteile selbst: der Platz ist unbewohnt, das Wasser kenne ich nicht, Weide gibt es keine. Hier sind die Hanffelder fett und kräftig, aber dort? Was ist denn dort? Ödland! Da sind weder Zäune, noch Getreidedarren, noch Scheunen, — gar nichts! Zugrunde gehen müssen wir, Erlaucht, wenn Sie uns dorthin treiben, endgültig zugrunde gehen! Der Platz ist neu, unbekannt . . ." wiederholte er, mit nachdenklichem, doch entschiedenem Kopfschütteln.

Nechliudow versuchte dem Bauern zu beweisen, daß die Übersiedlung im Gegenteil sehr vorteilhaft für ihn sei, daß man dort Zäune und Scheuern bauen würde, daß das Wasser gut sei, und so weiter, doch das stumpfe Schweigen des Tschuris brachte ihn in Verlegenheit, und er bekam das peinliche Gefühl, daß er nicht so redete, wie er es hätte tun sollen. Tschurisionok entgegnete ihm nichts; doch als der Gutsherr schwieg, bemerkte er mit leisem Lächeln, es wäre wohl am besten, auf dem neuen Gehöft das gealterte Hofgesinde und den Dummkopf Alioscha anzusiedeln, die könnten dann das Getreide bewachen.

„Das wäre gut," bemerkte er wieder lachend, „das andere aber ist verfehlt, Erlaucht."

„Was tut es denn, daß der Platz unbewohnt ist", bestand Nechliudow geduldig auf dem Seinen. „Auch hier war der Platz einmal unbewohnt, jetzt aber leben Menschen hier; und wenn du nur als erster dahin übersiedelst und hast eine glückliche Hand . . Tu es nur . ."

„Aber Väterchen, Erlaucht, wie können Sie das vergleichen!" begann Tschuris lebhaft, wie erschrocken bei dem Gedanken, der Herr könnte eine endgültige Entscheidung treffen. „Dieser Platz ist uns von der Gemeinde zugewiesen, wir freuen uns an ihm, sind an ihn gewöhnt; an den Weg, den Teich — da kann meine Frau die Wäsche waschen und das Vieh tränken; unsere ganze Wirtschaft haben wir hier, die Tenne, die Weiden, den Gemüsegarten — alles von alters her so eingerichtet, von meinen Eltern und Großeltern; mein Vater und mein Großvater sind hier zu Gott eingegangen, und auch ich will hier mein Leben beschließen, Erlaucht, mehr erbitte ich nichts. Wenn Ihre Gnade mir gewährt, die Hütte zurechtzumachen, werden wir Ihnen immer dankbar sein; und wenn nicht, so werden wir auch in der alten noch irgendwie durchs Leben kommen. Unser Lebtag werden wir für dich beten," fuhr er fort, sich tief verneigend, „nur verjage uns nicht aus unserm Nest, Väterchen . . ."

Während Tschuris sprach, ließ sich unter dem Schlafboden, da, wo die Frau stand, immer heftigeres Schluchzen vernehmen, und als der Mann sagte: „Väterchen", stürzte sie plötzlich vor und fiel unter Tränen dem Gutsherrn zu Füßen:

„Richte uns nicht zugrunde, Ernährer! Du bist unser Vater, unsere Mutter! Wohin sollen wir gehen? Wir sind alte, verlassene Leute. Und dein Wille ist wie Gottes Wille“, winselte sie.

„Was ist dir! Steh auf! Wenn ihr nicht wollt, dann nicht; ich will euch doch nicht zwingen“, sagte er mit einer abwehrenden Handbewegung und schob sich zur Tür.

Als Nechliudow sich wieder gesetzt hatte und in der Hütte tiefes Schweigen herrschte, das nur von dem Schluchzen der Frau unterbrochen wurde, die sich wieder unter dem Schlafboden verkrochen hatte, und ihre Tränen mit dem Hemdärmel trocknete, da begriff der junge Gutsherr, was für Tschuris und seine Frau die alte verfallene Hütte, der halb eingestürzte Brunnen mit der Dreckpfütze, die verfaulten Ställe, Speicher und die vertrockneten Weiden, die durch die schiefen Fensterchen zu sehen waren, bedeuteten; ihm wurde traurig und schwer ums Herz, und er schämte sich.

„Warum hast du mir am vorigen Sonntag in der Gemeindeversammlung nicht gesagt, daß du eine neue Hütte brauchst, Iwan? Jetzt weiß ich nicht, wie ich dir helfen soll. Ich habe es euch bei der ersten Versammlung gesagt, daß ich zu dem Zweck hierher aufs Land gezogen bin, um euch mein Leben zu widmen; daß ich bereit bin, alles herzugeben, wenn ihr nur zufrieden und glücklich seid, — und ich schwöre bei Gott, ich werde mein Wort halten“, sagte der jugendliche Gutsherr, ohne zu wissen, daß solche Ergüsse kaum geeignet sind, irgendeinem Menschen Vertrauen einzuflößen, am wenigsten dem Russen, der nicht Worte, sondern Taten liebt, und seine Gefühle nicht gern äußert, auch wenn sie noch so schön sind.

Doch der harmlose Jüngling war so beglückt durch das Gefühl, das er empfand, daß er es aussprechen mußte.

Tschuris stand mit zur Seite geneigtem Kopf blinzelnd da und hörte mit gezwungener Aufmerksamkeit seinem Herrn zu, wie einem Menschen, dem man zuhören muß, auch wenn er Dinge redet, die nicht sehr gut sind und einen eigentlich auch gar nichts angehen.

„Aber ich kann doch auch nicht jedem alles geben, um was er bittet. Wenn ich es keinem abschlüge, der mich um Holz bittet, dann bliebe mir selbst bald nichts mehr, und ich könnte dem nichts mehr geben, der wirkliche Not leidet. Darum habe ich ja den Wald auch teilen lassen und die eine Hälfte für den Bau von Bauernhütten ganz der Gemeinde abgetreten. Dieser Wald gehört nun schon nicht mehr mir, sondern euch Bauern, und ich kann nicht mehr darüber bestimmen, sondern die Gemeinde tut es nach ihrem Gutdünken. Komm heute in die Versammlung; ich werde der Gemeinde deine Bitte vortragen: wenn sie beschließt, dir eine Hütte zu geben, dann ist es gut. Ich aber habe jetzt kein Bauholz mehr. Ich wünsche von ganzer Seele, dir helfen zu können; wenn du aber nicht übersiedeln willst, dann ist es nicht mehr meine Sache, sondern Sache der Gemeinde. Verstehst du mich?"

„Ich danke Euer Gnaden", antwortete Tschuris verlegen. „Wenn wir etwas Holz für den Hof bekommen, dann ist uns geholfen. Was soll die Gemeinde? Man weiß ja . . ."

„Nein, komm nur."

„Zu Befehl. Ich werde kommen. Warum nicht? Aber ich werde die Gemeinde nicht bitten."

4

Der junge Herr schien die Leute noch etwas fragen zu wollen; er erhob sich nicht von der Bank, und blickte unentschlossen abwechselnd auf Tschuris und den leeren, ungeheizten Ofen.

„Wie, habt ihr schon zu Mittag gegessen?" fragte er endlich.

Unter Tschuris Schnurrbart zeichnete sich ein spöttisches Lächeln ab, als komme es ihm komisch vor, daß der Herr so dumme Fragen stellte; er antwortete nichts.

„Was heißt Mittagessen, Ernährer?" sagte schwer seufzend das Weib. „Trocken Brot haben wir gegessen — das ist unsere

Mittagsmahlzeit. Ich hatte keine Zeit, Kohl zur Suppe zu schneiden, so konnte ich auch nichts kochen, und den Kwas hab' ich den Kindern gegeben."

„Das sind heute hungrige Fasten, Erlaucht", mischte sich nun Tschuris ein, die Worte des Weibes bekräftigend. „Brot und Zwiebeln, das ist unsere Bauernnahrung. Gott sei gelobt, daß wir dank Ihrer Gnade dieses Jahr mit dem Korn gereicht haben, denn sonst hätten wir Bauern um diese Zeit allesamt kein Brot mehr. Mit den Zwiebeln war es dieses Jahr überall eine Mißernte. Neulich haben sie zum Gärtner Michajlo geschickt, der verlangt einen Groschen fürs Bündel; das kann unsereins nicht kaufen. Seit Ostern waren wir nicht mehr in der Kirche, und dem Heiligen Mikola eine Kerze zu stiften, dazu reicht's auch nicht."

Nechliudow kannte schon längst nicht nur vom Hörensagen, sondern aus eigener Erfahrung die tiefe Armut, in der seine Bauern dahinlebten; doch diese Wirklichkeit lag so ganz außerhalb des Gedankenkreises seiner Erziehung, seines Verstandes und der eigenen Lebensweise, daß er ganz unwillkürlich die Wirklichkeit vergaß; und jedesmal, wenn er wie jetzt lebhaft und fühlbar daran erinnert wurde, wurde ihm unerträglich schwer und traurig ums Herz, als quälte ihn die Erinnerung an ein begangenes, ungebüßtes Verbrechen.

„Warum seid ihr so arm?" fragte er, seine Gedanken unwillkürlich laut aussprechend.

„Wie sollen wir nicht arm sein, Väterchen, Erlaucht? Unser Ackerland — Ihr wißt es ja selbst, ist lehmig und steinig; und auch sonst ist, augenscheinlich, Gottes Zorn über uns: schon seit der letzten Cholerazeit wächst das Korn nicht mehr! Wiesen- und Weideland wird immer geringer: ein Teil ging an die Verwaltung über, einen Teil beanspruchte die Herrschaft. Ich bin alt und einsam . . . wenn ich auch arbeiten wollte — die Kräfte reichen nicht mehr zu. Meine Alte ist kränklich, und kaum ist ein Jahr um, da hat sie wieder ein kleines Mädchen: die sollen doch alle gefüttert werden. Da ist nur ein Arbeiter für sieben hungrige Mäuler! Es ist sündhaft vor Gott, aber oft denke ich: wenn doch der Herr einige bald zu sich nähme! Mir wäre es leichter, und für sie auch besser, als hier Trübsal zu leiden . . ."

„O—och!" stöhnte das Weib laut, wie um die Worte des Mannes zu bekräftigen.

„Der dort, das ist meine einzige Hilfe", fuhr Tschuris fort und wies auf einen weißköpfigen, zerzausten Jungen von etwa sieben Jahren, mit dickem Bauch, der mittlerweile schüchtern durch die leise knarrende Tür in die Hütte geschlüpft war und, mit gesenktem Kopf von unten her den Gutsherrn anstaunend, sich mit beiden Händchen an Tschuris' Hemd festhielt. „Das ist meine ganze Hilfe", fuhr Tschuris mit klangvoller Stimme fort und strich mit seiner rauhen Hand über das helle Haar des Jungen. „Wann ist er mal so weit? Und die Arbeit geht schon über meine Kraft. Wenn es nur das Alter wäre, aber ein Bruch hat mich ganz umgeschmissen. Bei schlechtem Wetter könnte ich schreien vor Schmerzen, und es wäre ja für mich auch schon längst Zeit, mich aus dem Herrendienst aufs Altenteil zurückzuziehen. Da ist der Dutlow, der Diomkin und Siabrew, die sind alle jünger als ich und haben ihr Land längst abgegeben. Ich habe niemanden, dem ich es geben könnte, das ist mein Unglück. Leben muß man, und so schinde ich mich eben, Erlaucht."

„Ich wäre glücklich, wenn ich es dir leichter machen könnte, weiß Gott. Was soll man nur tun?" sagte der junge Herr und sah den Bauern teilnahmsvoll an.

„Wieso erleichtern? Es ist doch selbstverständlich: wenn man Land haben will, muß man auch die Fronarbeit tun — das ist die bekannte Ordnung. Ich muß es schon irgendwie aushalten, bis der Junge so weit ist. Nur wenn Sie die Gnade hätten, ihm die Schule zu erlassen! Neulich kam der Gemeindeschreiber und sagte, Euer Erlaucht wünschten, daß der Junge auch zur Schule ginge. Geben Sie ihn doch frei: was hat denn der für einen Verstand, Euer Erlaucht? Der ist noch viel zu klein und versteht doch nichts."

„Nein, Freundchen, wie du willst, aber das geht nicht", sagte der Gutsherr. „Der Junge versteht schon alles ganz gut, und es ist Zeit, daß er etwas lernt. Ich rede doch nur zu deinem Besten. Bedenke doch: wenn er herangewachsen ist und Herr des Hauses wird, dann kann er lesen und schreiben, auch in der Kirche kann er dann mitlesen, und mit Gottes Hilfe wird in deinem Hause dann alles gut gehen", sagte Nechliudow, bemüht, sich recht leicht verständlich auszudrücken; dabei wurde er aber doch rot und verlegen.

„Zweifellos, Erlaucht, Sie wollen unser Bestes; aber wer soll denn das Haus hüten? Wenn mein Weib und ich zur Frohnarbeit gehen, dann kann er uns doch schon helfen, wenn er auch noch ein kleiner Knirps ist: er kann das Vieh heimtreiben, die Pferde tränken. Wie er auch sein mag, es ist eben doch ein Bauer", und Tschurisionok nahm lächelnd den Buben bei der Nase und schneuzte ihn.

„Schick' ihn aber doch in die Schule, wenn du mal selbst zu Hause bist und er Zeit hat! Hörst du? Unbedingt!"

Tschurisionok seufzte schwer und gab keine Antwort.

5

„Ja, das wollte ich dich noch fragen", sagte Nechliudow. „Warum fährst du den Dünger nicht weg?"

„Wo hab' ich denn Dünger, Väterchen, Erlaucht? Den lohnt sich's ja gar nicht wegzufahren. Ich habe ja kaum Vieh! Eine kleine Stute und das Füllen; die Kuh habe ich im vorigen Herbst kurz vor dem Kalben dem Verwalter geben müssen — das ist mein ganzer Viehstand."

„Was, du hast wenig Vieh und dann gibst du noch eine Kuh ab?" fragte der Gutsherr erstaunt.

„Womit sollte ich sie füttern?“

„Hast du nicht genug Stroh, um eine Kuh durchzufüttern? Bei den andern geht es doch?“

„Die andern haben gut gedüngtes Land, bei mir aber ist nur Lehmboden und weiter nichts.“

„Dann dünge ihn, damit es nicht nur Lehm ist! Dann wird die Erde ertragreich und du hast Nahrung für dein Vieh.“

„Wenn nun aber kein Vieh da ist, wo soll der Dünger herkommen?“

„Das ist ja ein seltsamer cercle vicieux“, dachte Nechliudow; aber er wußte beim besten Willen nicht, was er dem Bauern raten sollte.

„Und dann noch eins, Erlaucht, nicht der Dünger tut es, daß das Land fruchtbar ist; alles tut nur Gott“, fuhr Tschuris fort. „Voriges Jahr habe ich auf einem Brachfeld sechs Schober Heu geerntet, und auf dem gedüngten Acker haben wir kaum ein Bündel gehabt. Wer anders als Gott tut es!“ setzte er aufseufzend hinzu. „Und Vieh gedeiht auf unserm Hofe auch nicht. Schon seit sechs Jahren ist das so. Im vorigen Sommer ist ein Kälbchen krepiert, das andre hab' ich verkauft: es war kein Futter da; und im Jahr vorher ist mir eine prächtige Kuh gefallen: man trieb sie mit der Herde heim, es fehlte ihr nichts, — plötzlich schwankte sie, schwankte, und hin war sie. Das alles ist eben Unglück!“

„Nun, Freundchen, damit du nicht sagen kannst, du hast kein Vieh, weil kein Futter wächst, und es wächst kein Futter, weil kein Vieh da ist, — da hast du Geld für eine Kuh“, sagte Nechliudow errötend, zog aus der Hosentasche ein zusammengedrücktes Bündel Banknoten und ordnete es. „Kauf dir eine Kuh und das Futter hole dir von meiner Tenne, — ich werde Bescheid sagen. Sieh aber zu, daß du bis zum nächsten Sonntag eine Kuh hast, ich werde wieder vorsprechen.“

Tschuris trat lächelnd von einem Fuß auf den andern und zögerte so lange, die Hand nach dem Gelde auszustrecken, daß

Nechliudow es endlich, noch tiefer errötend, auf die Tischkante legte.

„Ich bin Ihnen sehr dankbar, Euer Gnaden," sagte Tschuris mit seinem gewohnten, etwas spöttischen Lächeln.

Das Weib unter dem Schlafplatz seufzte mehrmals schwer und murmelte etwas, wie ein Gebet.

Dem jungen Herrn wurde es peinlich zumute; er erhob sich eilig von der Bank, ging auf den Flur und rief Tschuris zu sich heraus. Der Anblick des Menschen, dem er soviel Gutes getan hatte, war ihm zu wohltuend, als daß er sich so bald von ihm hätte trennen können.

„Ich freue mich, dir helfen zu können", sagte er und blieb am Brunnen stehen. „Dir ist zu helfen, denn ich weiß, daß du nicht faulenzt. Du wirst arbeiten, ich werde dir helfen: und so wirst du mit Gottes Hilfe wieder hochkommen."

„Es handelt sich ja gar nicht mehr um das Wiederhochkommen, Erlaucht . . ." sagte Tschuris, und bekam plötzlich einen ernsten, ja strengen Gesichtsausdruck, als sei er höchst unzufrieden mit der Vermutung des Herrn, er könne wieder hochkommen. „Zu Lebzeiten meines Vaters, da ging es meinen Brüdern und mir ganz gut, Not kannten wir nicht; als er aber starb, da gingen wir auseinander, und seither wurde es immer schlimmer und schlimmer. Das macht das Alleinsein."

„Warum trenntet ihr euch denn?"

„Alles wegen der Weibsleute, Erlaucht. Damals lebte Ihr Großvater nicht mehr, denn unter ihm hätten wir es nie gewagt, da herrschte Ordnung; er sah, so wie Sie, überall selbst nach dem Rechten — da hätten wir nicht gewagt, an eine Trennung auch nur zu denken. Der Verstorbene liebte es nicht, den Bauern viele Freiheiten zu lassen. Nach dem Tode Ihres Großvaters aber hatte Andrej Iljitsch die Verwaltung in Händen — Gott sei ihm gnädig! — er war ein unzuverlässiger Mensch und ein Säufer. Einmal ums andre liefen wir zu ihm und bettelten; es ist kein Leben so mit den Weibsleuten, erlaube, daß wir uns trennen; nun, er prügelte uns, prügelte uns oft, aber schließlich kam es doch so, daß die Weiber auf ihrem Willen bestanden; wir siedelten uns also einzeln an. Und wie es dem einzelnen Bauern geht, das ist ja eine alte Geschichte! Ordnung herrschte damals überhaupt keine; Andrej Iljitsch behandelte uns ganz nach seinem Gutdünken. ‚Du hast alles zu haben!' hieß es, woher man es aber nehmen sollte, danach fragte er nicht. Die Kopfsteuern wurden damals erhöht, mehr Naturalien eingezogen, der Grundbesitz aber wurde verkleinert, die Kornernte wurde spärlicher. Als dann noch die Landmessung dazu kam, und er unsere ertragreichsten Äcker dem herrschaftlichen Besitz zuteilte, der Schurke, — da gab er uns den letzten Stoß, nun konnten wir verrecken! Ihr Herr Vater — Gott hab' ihn selig! — war ein gütiger Herr, aber wir sahen ihn ja kaum: er lebte immer in Moskau; na, da mußten denn auch immer häufiger Vorräte zu ihm gebracht werden. Oft waren die Wege ungangbar, aber da half nichts, man mußte fahren! Der gnädige Herr brauchte es eben. Wie hätten wir auch wagen sollen zu murren? Aber Ordnung war keine. Jetzt, Erlaucht, wo Sie jeden Bauern seine Wünsche vorbringen lassen, sind wir ja auch ganz andere Leute geworden, und der Verwalter ist auch ein anderer Kerl. Jetzt wissen wir doch wenigstens, daß wir einen Herrn haben. Es läßt sich ja gar nicht in Worten sagen, wie dankbar wir Bauern Euer Gnaden sind. Doch zur Zeit der Vormundschaft hatten wir gar keinen wirklichen Herrn; da wollte jeder Herr sein; der Vormund, und Iljitsch, und Iljitschs Frau — alle spielten sich auf den gnädigen Herrn heraus, sogar der Amtsschreiber! Ach ja, — da hatten wir viel auszustehen, wir armen Bauern!"

Wieder befiel Nechliudow ein Gefühl wie Beschämung oder Gewissensbisse. Er lüftete den Hut und ging weiter.

6

„Juchwanka Mudrionyj will ein Pferd verkaufen", las Nechliudow in seinem Notizbuch und ging quer über die Straße, auf Juchwankas Hof zu. Die Hütte war mit Stroh aus der herrschaftlichen Tenne sorgfältig gedeckt, die Wände waren aus frischem, hellgrauem Espenholz (das auch aus herrschaftlichem Besitz stammte) mit zwei rot angestrichenen Läden an den Fenstern, einem Treppenaufgang mit überhängendem Dach und einem phantastisch ausgeprägten, glatt gehobelten Geländer. Der Flur und die Sommerstube waren ebenfalls sehr nett eingerichtet; doch der allgemeine Eindruck von Zufriedenheit und Wohlhabenheit, den dieses Gebäude erweckte, wurde etwas gestört durch eine an das Pförtchen angebaute Kornkammer, einen halbfertigen, geflochtenen Zaun, und ein ungedecktes Scheunendach, das dahinter hervorkam. Gleichzeitig mit Nechliudow, der sich von der Vorderseite dem Haus näherte, kamen von der andern Seite zwei Weiber mit einem vollen Wasserbottich. Die eine von ihnen war die Frau, die andere die Mutter des Juchwanka Mudrionyj. Die erstere war ein volles, rotbäckiges Weib mit ungewöhnlich stark entwickelter Brust und großen, fleischigen Backenknochen. Sie trug ein sauberes Hemd mit Stickerei an Ärmeln und Kragen, einen ebensolchen Brustlatz, einen neuen Rock, neue Schuhe, eine Glasperlenkette und einen schmucken, viereckigen Kopfputz, der mit rotem Garn und Metallplatten bestickt war.

Das Ende des Tragbalkens schwankte nicht, sondern lag fest auf der breiten, kräftigen Schulter. Die leichte Anspannung, die in ihrem geröteten Gesicht, der Krümmung des Rückens und der gleichmäßigen Bewegung der Arme und Beine zu erkennen war, zeugte von ungewöhnlicher Gesundheit und männlicher Kraft. Juchwankas Mutter, die das andere Ende des Balkens trug, war im Gegensatz dazu eine von den Greisinnen, die anscheinend die äußerste Altersgrenze und den äußersten Grad von Abgezehrtheit, der am lebenden Menschen möglich ist, erreicht haben. Ihr knochiger Körper, an dem ein schwarzes, zerfetztes Hemd und ein farbloser Rock hingen, war so gekrümmt, daß der Tragbalken mehr auf dem Rücken als auf der Schulter lag. Die Hände mit den verkrümmten Fingern, mit denen sie sich, wie es schien, an dem Balken festklammerte, waren von dunkler Farbe und konnten anscheinend nie wieder grade gebogen werden; der herabhängende Kopf, der mit einem alten Lappen umwunden war, trug die entstellenden Spuren ärgster Armut und tiefsten Alters. Unter der niedrigen, nach allen Richtungen tief durchfurchten Stirn blickten die geröteten, wimperlosen Augen stumpf zu Boden. Ein einziger gelblicher Zahn sprang stark unter der eingefallenen Oberlippe hervor und kam in seiner ständigen Bewegung manchmal mit dem spitzen Kinn in Berührung. Die Runzeln auf der unteren Gesichtshälfte und am Halse ähnelten Säcken, die bei jeder Bewegung hin und her wackelten. Sie atmete schwer und heiser; doch die nackten, verkrümmten Beine, die sich zwar, wie es schien, nur mit größter Anstrengung vom Boden hoben, bewegten sich gleichmäßig vorwärts.

7

In der Tür stieß der Gutsherr fast mit dem jungen Weib zusammen. Rasch stellte sie die Bütte hin, verneigte sich mit tief gesenkten Blicken, und sah dann von unten her den Herrn mit blitzenden Augen an, bemüht, hinter ihrem gestickten Ärmel ein leises Lächeln zu verbergen; dann lief sie mit klappernden Schuhen die Treppe hinauf.

„Trag du den Wasserbottich zu Tante Nastasja, Mütterchen“, sagte sie, in der Türe stehenbleibend, zu der Alten.

Der schüchterne, junge Gutsherr blickte das rosige Weib streng, aber aufmerksam an, runzelte die Stirn und wandte sich an die Alte, die die verkrümmten Finger von dem Tragbalken löste, diesen auf beide Schultern schob und sich gehorsam zu der Nachbarhütte begeben wollte.

„Ist dein Sohn zu Hause?“ fragte der Gutsherr.

Die Greisin beugte ihren krummen Körper noch tiefer, grüßte und wollte etwas sagen, doch da mußte sie, die Hand vor dem Munde, so husten, daß Nechliudow, ohne die Antwort abzuwarten, in die Hütte trat. Juchwanka, der in der Wohnecke saß, stürzte, als er den Gutsherrn erblickte, zum Ofen, als wollte er sich vor ihm verbergen, legte hastig einen Gegenstand oben auf den Schlafboden und drückte sich, Mund und Augen zusammenkneifend, an die Wand, als wollte er dem Herrn den Weg freihalten. Juchwanka war ein blonder Bursche von etwa dreißig Jahren, hager und stattlich, mit einem jugendlichen Spitzbärtchen; er wäre ein ganz hübscher Kerl gewesen, wenn nicht die unruhig umherirrenden grauen Augen gewesen wären, die mit unangenehmem Ausdruck unter den gerunzelten Brauen hervorschauten. Außerdem fehlten ihm zwei Vorderzähne, was bei ihm besonders auffiel, weil die Lippen sehr kurz waren und sich beständig bewegten. Er trug ein festtägliches Hemd mit rotem Brustlatz, eine gestreifte Leinenhose und schwere Stiefel mit faltigen Schäften. Das Innere von Juchwankas Hütte war nicht so eng und dunkel, wie bei Tschuris, obwohl die Luft ebenso stickig war, der Rauch- und Schaffellgeruch ebenso stark und auch hier Kleidungsstücke und Hausrat umherlagen. Zwei Dinge zogen hier die Aufmerksamkeit merkwürdig auf sich: ein kleiner, zerbeulter Samowar, der auf dem Wandbrett stand, und ein schwarzer Rahmen mit den Überresten einer schmutzigen Glasscheibe und dem Bilde eines Archimandriten darunter, mit krummer Nase und sechs Fingern; er hing neben dem Heiligenbild, das eine Einfassung aus Kupfer hatte. Nechliudow blickte etwas ungnädig auf den Samowar, das Bild des Archimandriten und den Sehlafboden, auf dem unter einem Lappen das Ende einer messingbeschlagenen Tabakspfeife hervorguckte und wendete sich an den Bauern:

„Guten Tag, Jepifan," sagte er und sah ihm in die Augen.

Jepifan verneigte sich, murmelte: „Guten Tag, Erlaucht", wobei er das letzte Wort besonders liebevoll aussprach, und seine Augen liefen blitzschnell über die ganze Gestalt des Gutsherrn, durch die Hütte, über den Fußboden, die Decke, ohne irgendwo haltzumachen; dann eilte er zum Schlafboden, zerrte seinen Rock hervor und zog ihn schnell an.

„Wozu ziehst du dich an?" fragte Nechliudow, bemüht, Jepifan so streng wie möglich anzusehen, und setzte sich nieder.

„Wie denn anders, Erlaucht? Ich denke, wir verstehen ..."

„Ich bin gekommen, um zu erfahren, warum du ein Pferd verkaufen willst, und welches, und ob du viele Pferde hast?" sagte der Gutsherr trocken, offenbar schon vorher formulierte Fragen vorbringend.

„Wir sind Erlaucht sehr dankbar, daß Sie sich nicht gescheut haben, zu mir armem Bauern zu kommen", antwortete Juchwanka und sein Blick irrte über das Bild des Archimandriten, über den Ofen, die Stiefel des Gutsherrn, kurz über alles, nur nicht über Nechliudows Gesicht. „Wir beten täglich zu Gott für Eure Erlaucht ..."

„Warum willst du ein Pferd verkaufen?" wiederholte Nechliudow, die Stimme erhebend, und hustete.

Juchwanka seufzte, schüttelte sein Haar (sein Blick irrte wieder durch die Hütte), und als er die Katze sah, die, auf der Bank lag und friedlich schnurrte, schrie er sie an: „Scher dich weg, du Vieh!" Dann wandte er sich hastig an den Gutsherrn.

„Das Pferd, Erlaucht, welches ... das taugt nichts ... wenn es ein gutes Tier wäre, würde ich es nicht verkaufen, Erlaucht"

„Und wieviel Pferde hast du im ganzen?"

„Drei Pferde, Erlaucht."

„Und kein Füllen?"

„Wie denn nicht, Erlaucht! Auch ein Füllen ist da."

8

„Komm, zeig' mir deine Pferde; hast du sie auf dem Hof?"

„Jawohl, Erlaucht; was Sie befehlen, das tue ich, Erlaucht. Wie sollten wir Ihnen auch nicht gehorchen, Erlaucht? Jakow Alpatytsch hat angeordnet, ich soll die Pferde heute nicht auf die Weide schicken: der Fürst wird kommen, sie zu sehen, sagt er, und so haben wir es auch nicht getan. Wie könnten wir wagen, Euer Erlaucht nicht zu gehorchen?"

Während Nechliudow aus der Türe ging, nahm Juchwanka seine Pfeife vom Schlafplatz herab und warf sie hinter den Ofen; seine Lippen bewegten sich immer noch nervös, auch als der Herr ihn nicht mehr ansah.

Die magere graue Stute durchwühlte in ihrem Verschlag das verfaulte Stroh; ein etwa zwei Monate altes, langbeiniges Füllen von unbestimmter Färbung mit bläulichen Hufen und bläulichem Maul hielt sich immer in nächster Nähe ihres struppigen, mit Kletten besäten Schwanzes. In der Mitte des Hofes stand mit geschlossenen Augen und nachdenklich geneigtem Kopf ein dicker brauner Wallach, anscheinend ein ganz gutes Bauernpferd.

„Das sind also alle deine Pferde?"

„Nein, das nicht, Erlaucht; da ist noch eine Stute und ein kleines Füllen", antwortete Juchwanka und wies auf die Pferde, die der Gutsherr doch schon gesehen haben mußte.

„Ich sehe wohl, aber welches willst du denn verkaufen?"

„Dieses hier, Erlaucht", antwortete er, mit dem Rockschoß auf den verschlafenen Wallach deutend, und zwinkerte dabei unaufhörlich mit den Augen und bewegte die Lippen. Das Pferd öffnete die Augen und drehte ihm nachlässig die Hinterseite zu.

„Es sieht nicht alt aus und ist auch sonst ein ganz hübsches Pferdchen", sagte Nechliudow. „Halt es mal fest und laß mich das Gebiß sehen. Dann kann ich feststellen, ob es alt ist."

„Ein einzelner kann es unmöglich fangen, Erlaucht. Das ganze Vieh ist nichts wert, es ist tückisch, es beißt und schlägt, Erlaucht", antwortete Juchwanka, vergnüglich lächelnd, und seine Augen irrten nach allen Richtungen.

„Unsinn! Hör', was man dir sagt."

Juchwanka lächelte noch lange, zögerte und erst als Nechliudow ärgerlich rief: „Nun! Was soll das!" stürzte er unter das Schutzdach, ergriff einen Halfter und rannte hinter dem Pferd her, das er erschreckte, indem er von hinten herantrat, statt es von vorn aufzuhalten.

Der junge Herr war jedenfalls dieses Schauspiels überdrüssig, vielleicht wollte er auch seine Gewandtheit zeigen.

„Gib den Halfter her!" sagte er.

„Um Gotteswillen! Das geht doch nicht, Erlaucht! Sie werden doch nicht . . ."

Doch Nechliudow ging von vorn gerade auf das Pferd zu, packte es ganz plötzlich an den Ohren und drückte ihm den Kopf so gewaltsam zu Boden, daß der Wallach, der, wie sich erwies, ein sehr friedliches Bauernpferdchen war, schwankte, schnaufte und versuchte, sich loszureißen. Als Nechliudow merkte, daß es ganz unnütz gewesen war, soviel Kraft anzuwenden, und Juchwanka ansah, der nicht aufhörte zu lächeln, kam ihm plötzlich der für seine Jahre verletzendste Gedanke: nämlich, daß Juchwanka sich über ihn lustig machte und ihn in der Stille für ein Kind hielt. Er wurde rot, ließ das Pferd los, öffnete ihm, ohne sich des Halfters zu bedienen, das Maul und betrachtete das Gebiß: die Eckzähne waren ganz heil, die Kronen der Vorderzähne gefüllt. Es war also noch jung, soviel hatte der junge Landwirt schon gelernt.

Unterdessen war Juchwanka an das Schutzdach herangegangen, bemerkte, daß dort eine Egge nicht an ihrem Platz lag, hob sie auf, lehnte sie an den Zaun, und stellte sie aufrecht hin.

„Komm her!" schrie der Gutsherr mit kindlich erzürntem

Gesicht, fast mit Tränen des Ärgers und Zorns in der Stimme. „Ist das ein altes Pferd, wie?“

„Erbarmen Sie sich, Erlaucht, es ist sehr alt, zwanzig Jahre wohl . . . so ein Pferd . . .“

„Schweig! Du bist ein Lügner und ein Schuft, denn ein ehrlicher Bauer lügt nicht: der hat das nicht nötig!“ sagte Nechliudow, halb erstickt von den Zornestränen, die ihm die Kehle zusammenpreßten. Dann verstummte er, um sich keine Blöße zu geben, und in Gegenwart des Bauern zu weinen. Juchwanka schwieg auch, sah aus, als wollte er gleich anfangen zu weinen, zog die Nase hoch und zuckte mit dem Kopf. „Nun, und womit willst du pflügen, wenn du dieses Pferd verkauft hast?“ fuhr Nechliudow fort, als er sich soweit beruhigt hatte, daß er mit seiner gewöhnlichen Stimme sprechen konnte. „Man gibt dir absichtlich Arbeiten, bei denen du keine Pferde brauchst, damit sie zum Pflügen kräftig sind, und nun willst du das letzte verkaufen? Und vor allem: warum lügst du?“

Als der Herr sich beruhigt hatte, wurde auch Juchwanka wieder ruhig. Er stand gerade, mit zuckenden Lippen da, und seine Augen irrten von einem Punkt zum andern.

„Wir werden nicht schlechter als die andern zur Arbeit fahren, Euer Erlaucht,“ antwortete er.

„Womit willst du denn fahren?“

„Seien Sie beruhigt, Erlaucht, Ihre Arbeit werden wir schon bewältigen“, sagte er, schrie den Wallach an und jagte ihn fort. „Wenn ich kein Geld brauchte, würde ich den Gaul schon nicht verkaufen.“

„Wozu brauchst du Geld?“

„Wir haben kein Korn, Erlaucht, und unsere Schulden müssen wir den Bauern auch bezahlen.“

„Warum habt ihr denn kein Korn? Wie kommt es denn, daß andere, große Familien noch Korn haben, — du aber hast keine Familie und dein Korn reicht nicht? Wo hast du es gelassen?“

„Aufgegessen, Erlaucht. Jetzt ist kein Bröckchen mehr übrig. Im Herbst kaufe ich wieder ein Pferd, Erlaucht."

„Untersteh dich nicht, das Pferd zu verkaufen!"

„Ja, Erlaucht, wenn dem so ist, dann weiß ich nicht, was aus uns werden soll? Korn haben wir nicht, verkaufen dürfen wir auch nichts", antwortete er, die Lippen verziehend, und richtete plötzlich den Blick dreist auf den Herrn. „Also müssen wir eben Hungers sterben."

„Nimm dich in acht, mein Lieber!" schrie Nechliudow erblassend und eine plötzliche Erbitterung gegen den Bauern ergriff ihn. „Solche Bauern wie dich kann ich nicht gebrauchen. Dir wird's noch einmal schlecht gehen!"

„Das steht bei Ihnen, Erlaucht," antwortete er und kniff mit heuchlerisch-ergebenem Ausdruck die Augen zusammen, „wenn ich bei Ihnen in Ungnade bin. Doch mich dünkt, ich habe mir nichts zuschulden kommen lassen. Aber natürlich, wenn ich bei Euer Gnaden unbeliebt bin, so können Sie mit mir tun, was Sie wollen; nur weiß ich nicht, wofür ich leiden muß."

„So höre wofür: dafür, daß dein Hof kein Dach hat, der Dünger nicht auf den Acker geschafft ist, der Zaun zerbrochen ist, du aber zuhause sitzest, deine Pfeife rauchst und nichts tust; dafür, daß du deiner Mutter, der du den Hof verdankst, kein Stückchen Brot gibst, deiner Frau erlaubst, sie zu schlagen und sie soweit treibst, daß sie zu mir kommt, sich zu beklagen."

„Aber erbarmen Sie sich doch, Erlaucht, ich weiß von keiner Pfeife", antwortete Juchwanka verlegen, sichtlich am meisten gekränkt über die Beschuldigung, geraucht zu haben. „Man kann einem Menschen ja alles nachsagen."

„Schon wieder lügst du! Ich habe selbst gesehen . . ."

„Wie würde ich wagen, Sie zu belügen, Erlaucht!"

Nechliudow schwieg, biß sich auf die Lippen und begann im Hofe auf und ab zu gehen. Juchwanka stand auf einem

Fleck, die Augen gesenkt, und stierte auf die Füße des Gutsherrn.

„Hör' mal, Jepifan," sagte Nechliudow mit kindlich sanfter Stimme, vor dem Bauern stehenbleibend, und bemühte sich seine Erregung zu bemeistern, „so kann man nicht leben, du richtest dich ja zugrunde! Bedenk' es doch ordentlich! Wenn du ein braver Bauer sein willst, dann ändere dein Leben, laß ab von deinen schlechten Eigenschaften, lüge nicht, trinke nicht, ehre deine Mutter. Ich weiß genau, wie es um dich steht. Beschäftige dich mit deiner Wirtschaft, aber stiehl nicht Holz aus dem Staatswalde und sitz nicht im Wirtshaus herum. Bedenke doch, was ist da Gutes dran? Wenn du etwas brauchst, komm zu mir, bitte mich ohne weiteres darum, ich werde dir nichts verweigern, was ich nur irgend erfüllen kann.

„Erbarmen Sie sich, Erlaucht, wir wissen doch, wie Erlaucht es meinen!" antwortete Jepifan mit einem Lächeln, als könne er den Reiz der Scherze, die der Gutsherr machte, voll verstehen.

Dieses Lächeln und die Antwort zerstörten bei Nechliudow jede Hoffnung, den Bauern zu rühren und durch Belehrungen auf den rechten Weg zurückzubringen. Auch schien es ihm, als ob es sich für ihn, der die Macht in den Händen hatte, nicht recht schicke, seine Bauern zu ermahnen, und daß er überhaupt alles, was er sagte, lieber nicht sagen sollte. Er senkte traurig den Kopf und trat auf den Flur. Auf der Schwelle saß die Greisin und stöhnte laut, wie es schien, um den Worten des Herrn, die sie gehört hatte, Nachdruck zu verleihen.

„Da hast du was für Brot", sagte Nechliudow ihr ins Ohr und steckte ihr einen Geldschein in die Hand. „Aber kauf' es selbst und gib's nicht dem Juchwanka, der versäuft es doch nur."

Die Alte griff mit ihrer Knochenhand nach dem Türpfosten, um aufzustehen und dem Herrn zu danken, ihr Kopf wackelte dabei von einer Seite auf die andere, — doch als sie sich aufgerichtet hatte, war Nechliudow schon auf der andern Seite der Straße.

9

„Dawydka Belyj bittet um Korn und Zaunpfähle“, stand in dem Notizbuch nach Juchwanka.

Nechliudow ging einige Gehöfte weiter, und beim Einbiegen in eine Seitengasse traf er Jakow Alpatytsch, seinen Verwalter, der, seinen Herrn schon von weitem erkennend, die Wachstuchmütze abnahm, sein seidenes Taschentuch hervorzog und sein dickes, rotes Gesicht abwischte.

„Behalt nur die Mütze auf, Jakow! Ich sag' dir doch, Jakow, setz' sie wieder auf ...“

„Wo geruhen Erlaucht herzukommen?“ fragte Jakow, sich mit der Mütze vor der Sonne schützend, aber ohne sie aufzusetzen.

„Ich war bei Mudrionyj. Sag' doch mal, wie ist der nur so geworden?“ fragte der Herr im Weitergehen.

„Wie denn, Erlaucht?“ fragte der Verwalter, der in respektvoller Entfernung hinter dem gnädigen Herrn herging, setzte endlich die Mütze wieder auf und strich seinen Schnurrbart.

„Was heißt das: wie? Er ist ein vollkommener Taugenichts, Faulpelz, Dieb und Lügner, er mißhandelt seine Mutter und ist anscheinend so verdorben, daß man ihn nicht mehr bessern kann.“

„Ich weiß gar nicht, Erlaucht, was Ihnen so mißfallen hat ...“

„Und auch seine Frau“, unterbrach der Gutsherr den Verwalter, „scheint ein abscheuliches Weib zu sein. Die Alte sieht armselig aus wie eine Bettlerin und hat nichts zu essen, sie aber ist aufgeputzt und er auch. Was ich mit ihm anfangen soll, weiß ich nicht.“

Als Nechliudow die Rede auf Juchwankas Frau brachte, wurde Jakow merklich verlegen.

„Was ist da zu tun, Erlaucht? Wenn er sich so gehen läßt, muß man strenge Maßnahmen ergreifen“, begann er. „Arm ist er wirklich, wie alle einzelstehenden Bauern, aber trotzdem hält er auf sich, nicht so wie die andern. Er ist ein gescheiter Bauer, kann lesen und schreiben, und ich halte ihn auch für ehrlich. Wenn die Kopfsteuern eingesammelt werden, drückt er sich nie. Seit ich Verwalter bin, ist er nun auch schon drei Jahre lang Starost gewesen und man hat ihm nichts vorwerfen können. Vor zwei Jahren hat der Vormund ihn abgesetzt, aber auch da hat er alle Steuern richtig bezahlt. Als er in der Stadt bei der Post war, da hat er vielleicht manchmal getrunken; nun, dagegen muß man eben etwas unternehmen. Wenn er sich auch mal was hat zuschulden kommen lassen — er ist doch immer wieder zur Vernunft gekommen, wenn man ihn bestrafte: dann ging's ihm wieder gut und es war wieder Frieden im Hause. Wenn Sie aber nicht so gegen ihn vorgehen wollen, dann weiß ich freilich nicht, was man mit ihm anfangen soll. Er hat sich wirklich recht gehen lassen. Zum Soldaten taugt er nicht, Sie haben wohl bemerkt, daß ihm zwei Zähne fehlen, die hat er sich schon vor langer Zeit absichtlich ausgeschlagen. Er ist aber auch nicht der einzige, wenn ich mir die Bemerkung erlauben darf, der sich vor nichts scheut . . .“

„Davon schweig lieber, Jakow,“ antwortete Nechliudow mit leisem Lächeln, „darüber haben wir oft genug gesprochen. Du weißt, wie ich darüber denke, und du kannst mir sagen, was du willst, ich werde auch weiter so denken.“

„Natürlich, Erlaucht, Sie wissen das alles“, sagte Jakow achselzuckend und blickte von rückwärts nach dem gnädigen Herrn, als verhieße das, was er sah, nicht viel Gutes. „Was aber Ihre Sorge um die Alte betrifft, so ist sie ganz überflüssig“, fuhr er fort. „Freilich, sie hat die Waisen großgezogen, genährt, Juchwanka verheiratet und alles; aber das ist doch nun mal so bei den Bauern: wenn Vater oder Mutter dem Sohne den Hof übergeben haben, dann sind der Sohn und die Schwiegertochter eben die Herren; die Alte aber muß zusehen, wie sie sich ihr Brot schafft. Zartere Gefühle kennen sie freilich nicht; aber das ist bei den Bauern mal nicht anders. Darum wollte ich Ihnen schon sagen, daß die Alte Sie ganz unnütz bemüht hat. Sie ist eine gute Hausfrau und ein gescheites Weib; warum aber um jeden Unsinn den gnädigen Herrn belästigen? Nu ja, sie hat sich mit der Schwiegertochter gezankt, die hat sie vielleicht gestoßen, das ist so Weiberart! Dann hätte sie sich aber auch wieder versöhnen sollen, ohne Eure Erlaucht zu belästigen. Sie nehmen sich ohnedies schon alles viel zu sehr zu Herzen", sagte der Verwalter und sah den jungen Herrn mit väterlicher Zärtlichkeit und Herablassung an, während dieser schweigend mit großen Schritten vor ihm her die Straße entlang ging.

„Erlaucht wollen nach Hause gehen?" fragte er.

„Nein, ich will zu Dawydka Belyj, dem Bock ... Das ist doch wohl sein Spitzname?"

„Ja, das ist auch so eine unglückselige Geschichte. Alle Böcke sind so. Was man auch macht, es nützt gar nichts. Gestern fuhr ich an den Bauernfeldern vorbei, da war bei ihm noch nicht mal Buchweizen gesät! Was soll man mit so einer Bande anfangen, sagen Sie selbst! Wenn der Alte den Sohn nur lehren wollte, aber der ist genau so ein Taugenichts; weder für sich noch im Frondienst taugt er was, nichts Gescheites bringt er zustande. Der Vormund und ich, wir haben's schon mit allen Mitteln versucht: hier bei uns haben wir ihn bestraft und auf die Polizei geschickt, — na ja, aber das mögen Sie wieder nicht ..."

„Wen denn, doch nicht etwa den Alten?"

„Eben den Alten. Der Vormund hat ihn schon oft vor der ganzen Bauernversammlung gestraft, aber glauben Sie, Erlaucht, das hätte irgend etwas genützt? Er schüttelt sich, geht ab, und alles bleibt, wie es war. Der Dawydka, sag' ich Ihnen, ist eigentlich ein braver und kluger Bauer; er raucht nicht, er trinkt nicht," erklärte Jakow, „aber er ist schlimmer als mancher Säufer. Höchstens bei den Soldaten oder auf einer Ansiedlung könnte man ihn gebrauchen, sonst ist nichts mit ihm anzufangen. Die ganze Familie ist so: auch Matriuschka, der bei uns Hofknecht ist, ist genau so ein verfluchter Faulpelz. Sie brauchen mich also nicht, Erlaucht?“ fügte der Verwalter hinzu, als er merkte, daß der Gutsherr ihm nicht zuhörte.

„Nein, geh nur“, sagte Nechliudow zerstreut und begab sich zu Dawydka Belyj.

Dawydkas Hütte stand schief und einsam am Rande des Dorfes. Da war kein Hof, keine Scheune, kein Kornspeicher; nur ein paar schmutzige Viehställe klebten an der einen Hauswand; an der andern Seite waren Balken und Reisig aufgehäuft, die für den Bau des Hofes bestimmt gewesen waren. Hohes, grünes Unkraut wuchs dort, wo einstmals der Hof gestanden hatte. Kein lebendes Wesen war ringsumher sichtbar, ausgenommen ein Schwein, das sich quiekend vor der Schwelle im Schmutz wälzte.

Nechliudow klopfte an das zerschlagene Fenster; da aber niemand antwortete, trat er in den Flur und rief: „Hallo, Wirtsleute!“ Auch daraufhin regte sich nichts. Er ging durch den Flur, blickte in die offenen Ställe und trat in die offene Stube. Ein alter, roter Hahn und zwei Hühner liefen, mit den Krallen klopfend und die Hälse drehend, auf dem Fußboden und den Bänken umher. Als sie einen Menschen erblickten, begannen sie laut gackernd und flügelschlagend längs den Wänden umherzuflattern, und eines von ihnen flog auf den Ofen. Die sechs Arschin große Stube war ausgefüllt durch einen Ofen mit zerbrochenem Rohr, einen Webstuhl, der, obwohl es Sommer war, noch nicht fortgeräumt war, und einen schwärzlichen Tisch mit verbogener, gesprungener Platte.

Obgleich es draußen trocken war, befand sich vor der Schwelle eine schmutzige Pfütze von altem Regenwasser, das sich durch ein Loch in der Decke und dem Dach angesammelt hatte. Ein Schlafboden war nicht vorhanden. Es war schwer, sich vorzustellen, daß dies eine menschliche Behausung sein sollte — einen so traurigen Anblick der Öde und Verkommenheit bot die Hütte von innen wie von außen; und doch wohnte hier Dawydka Belyj mit seiner ganzen Familie. Als Nechliudow die Hütte betrat, lag Dawydka, den Kopf trotz der Hitze des Junitages fest in einen Schafspelz gewickelt, im Ofenwinkel und schlief so fest, daß selbst das erschreckte Huhn, das auf den Ofen geflogen war und aufgeregt auf seinem Rücken umherlief, ihn nicht zu wecken vermochte.

Da er niemand erblicken konnte, wollte Nechliudow bereits wieder hinausgehen, als ein langgedehnter Seufzer die Anwesenheit des Hauswirts verriet.

„He, wer ist denn da?" rief der Herr.

Hinter dem Ofen ertönte wieder ein Seufzer.

„Wer ist da? Komm her!"

Noch ein Seufzer, ein Brummen und ein lautes Gähnen beantworteten den Anruf des Herrn.

„Nun, was soll denn das?"

Auf dem Ofen regte sich's langsam; der Schoß eines abgetragenen Pelzes wurde sichtbar; ein großer Fuß in zerfetztem Bastschuh folgte, dann ein zweiter und endlich die ganze Gestalt von Dawydka Belyj, der träge auf dem Ofen saß und sich verdrießlich mit seiner großen Faust die Augen rieb. Den Kopf langsam vorbeugend, schaute er gähnend in die Hütte; erst als er den Gutsherrn erblickte, drehte er sich ein wenig schneller als sonst herum, doch immer noch so langsam, daß Nechliudow dreimal zwischen der Pfütze und dem Webstuhl auf und ab gelaufen war, ehe Dawydka vom Ofen herunterkletterte. Dawydka Belyj war wirklich weiß, wie sein Name besagte: sein Haar, sein Körper, sein Gesicht, — alles war ganz weiß. Er war groß und dick, aber dick, wie es Bauern zu sein pflegen, am ganzen Körper, nicht am Bauch. Trotzdem hatte seine Dicke etwas Weichliches, Ungesundes. Sein recht hübsches Gesicht mit den ruhigen, hellblauen Augen und dem glatten, breiten

Bart hatte etwas Kränkliches. Es war nicht von der Sonne gebräunt, die Backen hatten kein gesundes Rot; es hatte eine blasse, gelbliche Färbung, mit mattlila Schatten unter den Augen, und war wie vom Fett gedunsen und aufgeschwemmt. Die Hände waren dick und gelblich, wie die Hände von Wassersüchtigen, und bedeckt mit dünnen, weißlichen Haaren. Er war so verschlafen, daß er die Augen unmöglich ganz aufmachen konnte, und nicht ruhig dastehen konnte, ohne zu gähnen und zu wackeln.

„Nun, schämst du dich denn gar nicht?“ begann Nechliudow. „Am hellichten Tage zu schlafen, wo du deinen Hof bauen müßtest und kein Korn hast?“

Kaum war Dawydka etwas zu sich gekommen und begriff, daß der gnädige Herr vor ihm stand, da faltete er die Hände über dem Bauch, neigte den Kopf ein wenig zur Seite und rührte kein Glied. Er schwieg; doch sein Gesichtsausdruck und seine ganze Haltung sagten: „Ich weiß, ich weiß; ich höre das nicht zum erstenmal. Nun also, schlagt mich nur, wenn es durchaus sein muß — ich werde es ertragen.“ Es schien, als wünschte er nur, der Herr möchte bald aufhören zu reden und ihn lieber prügeln, ja, recht schmerzhaft auf die dicken Backen schlagen, wenn er nur nachher recht bald wieder seine Ruhe hätte. Als Nechliudow merkte, daß Dawydka ihn gar nicht verstand, bemühte er sich durch verschiedene Fragen den Bauern aus seinem geduldig-unterwürfigen Schweigen zu bringen.

„Wozu hast du mich denn um Bauholz gebeten, wenn schon seit einem Monat Holz bei dir liegt, und noch dazu in der Zeit, wo du sonst nichts zu tun hast? He?“

Dawydka schwieg hartnäckig und rührte sich nicht.

„Nun? So antworte doch!“

Dawydka brummte etwas und zuckte mit seinen hellen Wimpern.

„Man muß doch arbeiten, mein Freund: was sollte ohne

Arbeit werden? Siehst du, jetzt hast du kein Brot, aber woher kommt das? Weil dein Feld schlecht gepflügt und nicht umgeackert und nicht zur Zeit besät ist — alles aus Faulheit! Du bittest mich um Korn: nun, nehmen wir an, ich würde dir welches geben, weil du doch nicht Hungers sterben kannst — aber es geht doch nicht, daß man es so macht! Wessen Brot gebe ich dir denn? Was denkst du wohl, wessen Brot? Antworte: was für Korn soll ich dir geben?“ fragte Nechliudow ein Mal ums andere.

„Herrschaftliches“, stotterte Dawydka und hob schüchtern und fragend die Augen.

„Und woher kommt das herrschaftliche? Denk' selbst nach, wer es gepflügt und geeggt, wer es gesät und geerntet hat? Die Bauern, nicht wahr?! Also siehst du: wenn man schon das herrschaftliche Korn austeilt, muß man's denen geben, die am meisten dafür gearbeitet haben, du aber hast am wenigsten dazu getan und willst das meiste haben. Wofür soll ich es dir denn geben und nicht den andern? Wenn alle sich wie du auf die faule Haut legten, dann wären wir alle hier auf Erden schon Hungers gestorben. Arbeiten muß man, Freundchen — so aber handelst du unrecht, hörst du, Dawyd!“

„Ich höre“, stieß er langsam zwischen den Zähnen hervor.

10

In diesem Augenblick huschte am Fenster der Kopf einer Bäuerin vorbei, die Leintücher auf einer Tragstange trug, und gleich darauf betrat Dawyds Mutter die Hütte, eine stattliche, noch recht frische und lebhafte Frau von etwa fünfzig Jahren. Ihr von Runzeln und Pockennarben zerfurchtes Gesicht war nicht hübsch, aber die feste, grade Nase, die schmalen, zusammengepreßten Lippen und die lebhaften, grauen Augen verliehen ihr einen Ausdruck von Energie und Klugheit. Die eckigen Schultern, die flache Brust, die dürren Arme und die stark entwickelten Muskeln an den schwärzlichen Beinen zeugten davon, daß sie schon lange aufgehört hatte, Weib zu sein, und nur noch Arbeiterin war. Sie trat energisch in die Hütte, schloß die Tür, zupfte ihren Rock zurecht und blickte zornig auf den Sohn. Nechliudow wollte ihr etwas sagen, doch sie wandte sich ab und bekreuzte sich vor dem schwärzlichen, hölzernen Heiligenbild, das hinter dem Webstuhl sichtbar war. Als sie damit fertig war, schob sie ihr schmutziges, kariertes Kopftuch zurecht und verneigte sich vor dem Gutsherrn.

„Frohen Feiertag, Erlaucht," sagte sie, „Gott schütze dich, du unser Vater ..."

Beim Anblick seiner Mutter wurde Dawydka merklich verlegen, beugte den Rücken und streckte den Hals noch mehr vor.

„Danke, Arina," sagte Nechliudow, „ich sprach hier eben mit deinem Sohn von eurer Wirtschaft."

Arina, oder wie die Bauern sie noch von ihrer Mädchenzeit her nannten, Arischka-Burlak stützte das Kinn gegen die zur Faust geballte rechte Hand, deren Arm auf der Fläche der linken ruhte, und, ohne den Gutsherrn zu Ende anzuhören, begann sie so scharf und laut zu reden, daß die ganze Hütte vom Klang ihrer Stimme erfüllt war und es vom Hof her scheinen konnte, als redeten mehrere Weiber auf einmal.

„Was lohnt es mit ihm zu reden, Väterchen! Der kann ja nicht mal reden wie ein vernünftiger Mensch. Da steht er, der Tölpel", fuhr sie fort und wies mit dem Kopf nach der kläglichen, massigen Gestalt Dawydkas. „Wie es mit unserer Wirtschaft steht, Väterchen, Erlaucht? Bettelarm sind wir; in deiner ganzen Gemeinde ist niemand erbärmlicher als wir: weder daheim noch im Frondienst taugen wir etwas — es ist eine Schande! Und so weit hat nur er es gebracht! Geboren, genährt, getränkt haben wir ihn, haben gar nicht erwarten können, daß der Junge zur Welt kommt. Nun haben wir ihn: Brot frißt er, aber Arbeit leistet er nicht mehr als dieser faule Klotz hier.

Nichts kann er als auf dem Ofen liegen oder dastehen und seinen hohlen Schädel kratzen, so wie jetzt", sagte sie und äffte seine Haltung nach. „Wenn du, Väterchen, ihm doch wenigstens einheizen wolltest. Ich bitte ja selbst darum: strafe ihn um Gottes willen oder steck' ihn unter die Soldaten — und damit gut. Meine Kraft ist zu Ende. So ist es."

„Siehst du denn nicht ein, Dawydka, daß es sündhaft ist, seine Mutter so weit zu bringen?" sagte Nechliudow vorwurfsvoll zu dem Bauern.

Dawydka regte sich nicht.

„Wenn er noch krank und schwächlich wäre!" fuhr sie mit der gleichen Lebhaftigkeit und denselben Gesten fort. „Aber seht ihn nur an, aufgeblasen ist er wie eine Müllersau! Man müßte denken, da wäre was da zum Arbeiten, bei dem Fettkloß. Nein, da muß er als Taugenichts auf dem Ofen verrecken! Wenn er auch wirklich mal was vornimmt, wer kann das mit ansehen! Bis er aufsteht, bis er sich umdreht und zupackt . . ." sagte sie, die Worte dehnend, und drehte ihre eckigen Schultern ungeschickt von einer Seite auf die andere. „Heute gerade ist der Alte wieder selbst nach Reisig in den Wald gefahren, er aber sollte den Graben ausschaufeln: daraus ist also wieder nichts geworden, er hat die Schaufel nicht mal angerührt." Sie schwieg einen Augenblick. „Zugrunde gerichtet hat er mich arme Waise!" schrie sie plötzlich auf, die Arme emporwerfend, und trat mit drohender Geste auf den Sohn zu. „Du mit deiner glatten, nichtsnutzigen Fratze, Gott verzeih mir!" Sie wandte sich verächtlich und zugleich verzweifelt von ihm ab, spie aus und wandte sich wieder an den Gutsherrn, noch immer so erregt, Tränen in den Augen und mit den Armen fuchtelnd. „Ich bin doch ganz allein, mein Ernährer! Mein Mann ist alt und krank und taugt auch nichts, so muß ich immer alles allein tun. Ein Stein springt auch mal entzwei. Wenn ich stürbe, mir wäre es leichter: dann wäre es wenigstens zu Ende. Zu Tode hat er mich gemartert, der

Schuft! O du, unser Vater! Meine Kraft ist zu Ende! Seine Frau hat sich auch totgearbeitet, und mir wird es nicht anders ergehen!“

II

„Was heißt: zu Tode gearbeitet?“ fragte Nechliudow ungläubig.

„An Überarbeitung ist sie gestorben, bei Gott! Wir hatten sie vorvoriges Jahr aus Baburino geholt“, fuhr sie fort, und ihr erboster Ausdruck wurde plötzlich weinerlich, traurig. „Sie war ein junges, frisches, sanftes Weib. Daheim beim Vater, als Mädchen, da lebte sie gut, kannte keine Not; erst als sie zu uns kam und unsere Arbeit kennenlernte — den Frondienst, die Hausarbeit, alles ... Sie und ich — weiter war ja niemand da. Mir macht's nicht viel aus, ich bin es gewöhnt, sie aber war schwanger, Väterchen, mußte so viel Sorge tragen und über die Kraft arbeiten — da hat sie sich zuviel getan, das liebe Geschöpf. Im Sommer, um St. Peter herum, gebar sie zu allem Jammer noch einen Knaben, Brot hatten wir nicht, Väterchen, wir aßen, was wir eben kriegten, die Arbeit drängte — da verdorrte ihr die Brust. Es war das erste Kindchen, wir hatten keine Kuh — wir sind ja auch dumme Bauern: wie hätten wir es mit der Flasche großziehen können? Nun, und wie wir dummen Weiber so sind, sie grämte sich darum noch mehr. Und als das Kindchen gestorben war, da hat sie dann geheult und geheult und geschrien; dazu kam die Not und die Arbeit; es wurde schlimmer und schlimmer: noch im selben Sommer ging es zu Ende mit ihr, und zu Mariä Schutz starb sie. Er hat sie umgebracht, die Bestie“, wandte sie sich in erneuter, verzweifelter Wut an den Sohn. „Um was ich dich bitten wollte, Erlaucht“, fuhr sie nach kurzem Schweigen fort und verneigte sich.

„Was denn?“ fragte Nechliudow zerstreut, noch ganz erregt durch die Erzählung.

„Er ist doch noch ein junger Kerl. Und was kann man von mir noch erwarten? Ich kann jeden Tag sterben. Wie soll er ohne Frau auskommen? So wird er nie ein ordentlicher Bauer. Denk' an uns, Väterchen."

„Das soll heißen, daß du ihn verheiraten willst? Ja, das hätte schon was für sich!"

„Tu uns die Gnade, um Gottes willen, du bist uns Vater und Mutter!"

Sie machte dem Sohn ein Zeichen, und sie stürzten beide zugleich dem Gutsherrn zu Füßen.

„Warum kniet ihr?" fragte Nechliudow und hob sie ärgerlich an den Schultern hoch. „Kannst du es nicht auch so sagen? Du weißt, daß ich das nicht liebe. Verheirate deinen Sohn, bitte, ich bin sehr froh, wenn du eine Braut im Auge hast."

Die Alte stand auf und wischte ihre trockenen Augen mit dem Ärmel. Dawydka folgte ihrem Beispiel, und, die Augen mit seiner dicken Faust wischend, verharrte er in derselben Haltung wie vorher und hörte auf das, was Arina sprach.

„Eine Braut ist da, wie sollte sie auch nicht da sein! Wasiutka Michejkins Mädel ist ganz tüchtig, aber wenn Sie es nicht befehlen, kommt sie nicht."

„Ist sie denn nicht einverstanden?"

„Nein, wenn es nach dem eigenen Willen geht, mein Ernährer, dann nicht."

„Nun, dann ist nichts zu machen. Zwingen kann ich sie nicht; sucht euch eine andere; wenn nicht hier, in unserer Gemeinde, dann bei Fremden; ich kaufe sie los. Wenn sie nur aus eigenem Willen kommt, denn gewaltsam verheiraten, das geht nicht an. Es gibt kein solches Gesetz, und es ist auch eine große Sünde."

„Ach, du unser Beschützer! Wer sollte wohl freiwillig zu uns kommen, wenn er unser Leben und Elend sieht? Selbst ein Soldatenweib würde so ein Elend nicht auf sich nehmen! Und welcher Bauer würde sein Mädchen auf unsern Hof geben?

Nicht der Ärmste täte das! Wir sind doch elende Bettler. Die erste, wird man sagen, haben sie schon Hungers sterben lassen, da wird es unserer ebenso ergehen. Wer gäbe wohl seine Tochter dazu her?" fügte sie mit ungläubigem Kopfschütteln hinzu. „Bedenke das doch, Erlaucht."

„Und was kann ich dazu tun?"

„Versorge uns irgendwie, Gnädigster", wiederholte Arina eindringlich. „Was sollen wir denn tun?"

„Wie soll ich euch versorgen? Dabei kann ich auch nichts für euch tun."

„Wer soll es denn tun, wenn du es nicht bist?" sagte Arina, den Kopf senkend und mit einer Handbewegung traurigen Verzichts.

„Ihr habt um Korn gebeten; ich werde euch Korn zuteilen lassen", sagte Nechliudow nach kurzem Schweigen, während Arina seufzte und Dawydka ihrem Beispiel folgte. „Mehr kann ich aber nicht tun."

Nechliudow trat in den Flur. Mutter und Sohn folgten ihm unter Verbeugungen.

12

„Weh über mich und mein Elend", sagte Arina, schwer aufseufzend.

Sie blieb stehen und blickte zornig auf den Sohn. Dawydka machte sofort kehrt, und schwerfällig auf seinen dicken Beinen hin und her wackelnd, verschwand er mit seinen riesigen, schmutzigen Bastschuhen in der gegenüberliegenden Türe.

„Was soll ich mit ihm anfangen, Väterchen?" fuhr Arina, zum Gutsherrn gewendet, fort. „Du siehst ja selbst, wie er ist! Er ist ja kein schlechter Bauer, kein Trinker, ein friedfertiger Kerl, der keinem Kinde was zuleide täte — es wäre Sünde, das zu verleugnen; es ist nichts Schlechtes an ihm, aber Gott weiß, was mit ihm geschehen ist, daß er nun so sich selbst zum

Fluch lebt. Er ist doch selbst nicht froh darüber. Glaube mir, Väterchen, wenn ich sehe, wie er leidet, blutet mir das Herz. Wie er auch sein mag, ich habe ihn doch unter meinem Herzen getragen, er dauert mich, oh, wie er mich dauert! Es ist ja nicht, daß er sich gegen mich, oder den Vater, oder die Obrigkeit auflehnte, er ist ein schüchterner Mensch, wie ein kleines Kind ist er, kann man sagen. Wie soll er als Witwer durchkommen? Denk' an uns, Ernährer", wiederholte sie, scheinbar in der Absicht, den schlechten Eindruck zu verwischen, den ihr Schimpfen auf den Herrn gemacht hatte. „Väterchen, Erlaucht," fuhr sie zutraulich flüsternd fort, „ich hab' es hin und her bedacht: ich kann mir nicht erklären, warum er so ist. Es müssen ihn wohl böse Menschen verdorben haben."

Sie schwieg ein wenig.

„Wenn man einen Menschen fände, der ihn heilt."

„Was für Unsinn du sprichst, Arina! Wie kann man jemanden verderben!"

„So verderben, Väterchen, daß sein Lebtag kein tüchtiger Mensch mehr aus ihm wird! Gott weiß, was für schlechte Menschen es auf der Welt gibt! Aus Bosheit nimmt einer etwas Erde aus den Fußtapfen des andern ... oder dergleichen ... und kann einen damit auf ewig verhexen. Gibt's etwa keine solchen Sünden? Ich denke schon: sollte ich nicht zu dem alten Dunduk gehn, der in Worobjowka wohnt: er kennt allerlei Zauberworte und auch Kräuter, er kann Besessene heilen und das Wasser vom Kreuz nehmen, — da kann er wohl auch uns helfen!" sagte das Weib. „Vielleicht heilt er ihn auch."

„Ja, die Armut und Unwissenheit!" dachte der junge Herr, als er mit traurig gesenktem Kopf, mit großen Schritten die Dorfstraße entlang schritt. „Was soll ich mit ihm anfangen? Ihn in diesem Zustand seinem Schicksal überlassen, das geht doch nicht, schon meinetwegen und auch um seiner selbst willen nicht; auch wegen des schlechten Beispiels vor den andern ist es ganz unmöglich", sagte er sich, die Gründe an den Fingern abzählend. „Ich kann ihn so nicht sehen, aber wie soll ich ihm helfen? Er durchkreuzt alle meine schönsten Pläne für die Wirtschaft. Wenn die Bauern so bleiben, werden sich meine Träume nie erfüllen", dachte er und empfand Zorn und Ärger gegen den Bauern, weil er seine Pläne durchkreuzt hatte. „Soll ich ihn, wie Jakow riet, in eine Ansiedlung schicken oder ihn unter die Soldaten stecken, wenn er es doch selbst nicht anders will? Es ist das einzig Richtige: wenigstens bin ich ihn dann los und tausche noch einen tüchtigen Bauern für ihn ein", überlegte er.

Er dachte erfreut daran; doch gleichzeitig sagte ihm ein dunkles Gefühl, daß er nur einseitig nach dem Verstande urteile und daß das nicht gut sei. Er blieb stehen. „Halt, was denke ich da?" fragte er sich selbst. „Unter die Soldaten oder in eine Ansiedlung? Und warum? Er ist ein guter Mensch, besser als mancher andere und was weiß ich ... Soll ich ihn freilassen?" dachte er weiter, und urteilte nun nicht mehr einseitig nach dem Verstande. „Das ist ungerecht und auch unmöglich." Doch mit einemmal kam ihm ein Gedanke, der ihn sehr erfreute; er lächelte wie ein Mensch, der eine schwierige Aufgabe gelöst hat. „Ich nehme ihn zum Hofgesinde," sagte er sich, „da kann ich selbst nach ihm sehen, ihn mit Ermahnungen und Geduld und durch richtige Wahl der Beschäftigung zur Arbeit erziehen und ihn bessern."

13

„So mach ich's", dachte Nechliudow mit froher Selbstzufriedenheit und dabei fiel ihm ein, daß er noch zu dem reichen Bauern Dutlow gehen mußte; so wandte er sich zu dem hohen, geräumigen Gebäude mit den zwei Schornsteinen, das in der Mitte des Dorfes stand. Als er darauf zuschritt, traf er beim Nachbarhaus eine große, einfach gekleidete Frau von etwa vierzig Jahren, die ihm entgegenkam.

„Guten Tag, Väterchen“, sagte das Weib ganz ohne Schüchternheit, blieb stehen und grüßte mit fröhlichem Lächeln.

„Guten Tag, Amme!“ antwortete er. „Wie geht's? Ich gehe zu deinem Nachbar.“

„So, so, Väterchen, ich wünsche gute Verrichtung. Aber wie steht's, kommen Sie nicht auch zu uns? Wie würde sich mein Alter freuen!“

„Warum nicht, wir können ein wenig plaudern, Amme. Ist das dein Haus?“

„Ja, dieses hier, Väterchen.“

Und die Amme eilte voraus. Nechliudow betrat hinter ihr den Flur, setzte sich auf eine Wassertonne, holte eine Zigarette heraus und zündete sie an.

„Da ist es heiß; wir bleiben lieber hier und plaudern“, meinte er auf die Einladung der Amme, doch in die Hütte zu kommen. Die Amme war ein noch frisches, hübsches Weib. In ihrem Gesicht, besonders in den großen, dunklen Augen lag eine starke Ähnlichkeit mit dem jungen Herrn. Sie faltete die Hände unter dem Brusttuch, sah dem jungen Herrn frei ins Gesicht und, mit dem Kopf beständig wackelnd, begann sie mit ihm zu reden:

„Warum wollen Sie denn zu Dutlow, Väterchen?“

„Ja, ich will, daß er bei mir noch dreißig Desiatinen Land pachtet und sie für seine Wirtschaft bebaut; und dann soll er mit mir zusammen einen Wald kaufen. Er hat doch Geld, warum soll es ungenützt bei ihm liegen? Was meinst du dazu, Amme?“

„Ja, was denn? Es ist bekannt, daß die Dutlows mächtige Leute sind; sie sind die größten Bauern in der Gemeinde“, antwortete die Amme, mit dem Kopf wackelnd. „Vorigen Sommer hat er sich ein zweites Haus gebaut, alles mit eigenem Holz, ohne den Herrn in Anspruch zu nehmen. Pferde haben sie außer den Füllen und den Halbwüchsigen mindestens sechs Dreigespanne, und soviel Kühe und Schafe, daß, wenn die

Herde vom Felde heimkehrt und die Weiber auf die Straße kommen, sie einzutreiben, ein solches Gedränge am Tor entsteht, daß sie ihre Not haben. Gegen zweihundert Bienenstöcke oder noch mehr hat er auch. Es ist ein mächtiger Bauer, und Geld hat er wohl auch sehr viel."

„Meinst du, daß er viel Geld hat?" fragte der Gutsherr.

„Die Leute sagen, natürlich aus Neid, der Alte habe nicht wenig Geld; nun, er wird es niemandem erzählen, auch den Söhnen nicht, aber es wird wohl stimmen. Warum sollte er sich nicht am Kauf eines Waldes beteiligen? Vielleicht fürchtet er, daß das Gerücht von seinem Reichtum sich zu sehr verbreitet. Das ist nun fünf Jahre her, da wollte er sich schon einmal mit dem Herbergswirt Schkalik an einem Ankauf von Wiesen beteiligen; der Schkalik aber hat ihn betrogen, so daß der Alte dreihundert Rubel verloren hat; seitdem hat er solche Geschäfte aufgegeben. Wie sollte es ihm auch nicht gut gehen, Väterchen, Erlaucht!" fuhr die Amme fort. „Sie haben drei Landanteile, die Familie ist groß, alle sind tüchtige Arbeiter, und dem Alten ist nichts Übles nachzusagen, — er ist ein echter Hausvater, das ist nicht zu leugnen. All sein Tun ist gesegnet, das Volk wundert sich sogar schon; mit dem Korn, den Pferden, dem Vieh, den Bienen, ja auch mit den Kindern hat er Glück. Jetzt hat er alle verheiratet. Zuerst hat er Mädchen aus unserem Dorf genommen, den Iliuschka aber hat er jetzt mit einer Freien verheiratet, die hat er selbst losgekauft. Und sie ist auch ein prächtiges Weib."

„Nun, und leben sie in Eintracht?" fragte der Herr.

„Wo ein rechtes Oberhaupt im Hause ist, da herrscht auch Friede. Natürlich, wie es schon bei Weibern ist, die Frauen der Dutlows zanken und schimpfen sich auch hinterm Ofen, das ist die alte Geschichte; aber unter dem Alten leben auch die Söhne in Frieden."

Die Amme schwieg einen Augenblick.

„Jetzt, sagt man, will der Alte den ältesten Sohn Karp als

Hausherrn einsetzen. ‚Ich bin alt geworden,' sagt er, ‚ich will nur noch für die Bienen sorgen.' Na, der Karp ist auch ein guter Bauer, und ordentlich, aber als Hausvater ist er dem Alten nicht gewachsen. Da fehlt ihm doch der Verstand dazu!"

„Da wird also vielleicht Karp sich mit den Wiesen und dem Kauf des Waldes befassen wollen, was meinst du?" sagte der Gutsherr, der sich bemühte, alles aus der Amme herauszuholen, was sie über die Nachbarn wußte.

„Kaum, Väterchen," fuhr diese fort, „der Alte hat dem Sohn das Geld nicht gegeben. Solange er noch lebt und das Geld im Hause ist, solange macht doch der Verstand des Alten noch alles. Und dann befassen sie sich auch meist mit Fuhrgeschäften."

„Und der Alte wird nicht einverstanden sein?"

„Er wird sich wohl fürchten."

„Was soll er denn fürchten?"

„Aber, Väterchen, wie wird denn ein Leibeigener gestehen, daß er Geld hat? Durch irgendeinen unglücklichen Zufall kann er alles Geld verlieren! Er hatte sich ja schon mit dem Herbergswirt in Geschäfte eingelassen und hat Verluste gehabt. Wie sollte er da mit ihm prozessieren? Das Geld war eben verloren; und mit dem Gutsherrn selbst kann es erst recht so gehen."

„Ja, deswegen also ..." sagte Nechliudow errötend. „Leb' wohl, Amme."

„Leben Sie wohl, Väterchen, Erlaucht, und ergebensten Dank."

14

„Sollte ich nicht heimgehen?" dachte Nechliudow, als er an das Hoftor Dutlows trat, und empfand plötzlich eine unbestimmte Wehmut und seelische Ermüdung.

Doch in demselben Augenblick öffnete sich knarrend das neue

Brettertor und ein hübscher, blonder, rotbackiger Bursche von etwa achtzehn Jahren, in Fuhrmannstracht, erschien in der Pforte und führte drei struppige, starkfüßige, noch schweißbedeckte Pferde hinter sich; sein helles Haar übermütig schüttelnd, verneigte er sich vor dem Gutsherrn.

„Ist der Vater zu Hause, Ilja?" fragte Nechliudow.

„Hinter dem Hof, bei den Bienenstöcken", antwortete der Bursche und führte ein Pferd nach dem andern durch das halbgeöffnete Tor.

„Nein, ich will fest bleiben, ich werde es ihm vorschlagen, und werde tun, was in meiner Macht steht", dachte Nechliudow, ließ die Pferde vorüber und trat dann in den weiten Hof der Dutlows. Man sah, daß vor kurzem der Dünger vom Hof gefahren war. Der Erdboden war noch schwarz und feucht, und hier und da, besonders in den Toreingängen, lagen rötliche Lehmklumpen. Auf dem Hof unter den hohen Schirmdächern standen in guter Ordnung viele Wagen, Schlitten, Pflüge, Bienenstöcke, Kufen und alles, was zu einer Bauernwirtschaft gehört; Tauben scharrten und gurrten im Schatten der hohen, festen Dachsparren; es roch nach Dünger und Teer. Karp und Ignat waren in einer Ecke des Hofes damit beschäftigt, ein neues Kissen auf einen großen, eisenbeschlagenen Dreispänner zu legen. Alle drei Söhne Dutlows sahen sich sehr ähnlich. Ilja, der Jüngste, den Nechliudow an der Pforte getroffen hatte, war bartlos, etwas kleiner, rotbackiger und stattlicher als die andern; Ignat, der Zweite, mit einem kurzen Bärtchen, war größer, dunkler, hatte aber, obgleich er auch lange Stiefel, ein Fuhrmannshemd und einen Filzhut trug, nicht das feiertäglich sorglose Aussehen des jüngsten Bruders. Karp, der Älteste, war auch der größte, trug Bastschuhe, einen grauen Kaftan und ein Hemd ohne Achselzwickel; er hatte einen breiten, rötlichen Bart und sah nicht nur ernst, sondern beinahe finster aus.

„Befehlen Sie, nach dem Vater zu schicken, Erlaucht?"

sagte er, auf den Gutsherrn zukommend, und verneigte sich leicht und etwas unsicher.

„Nein, ich gehe selbst zu ihm an den Bienenstand und sehe mir die Einrichtung dort an. Mit dir habe ich auch zu reden“, sagte Nechliudow und ging nach der andern Seite des Hofes, damit Ignat nicht hören konnte, was er Karp sagen würde.

Der leichte Stolz und die Selbstsicherheit, die man aus dem ganzen Verhalten der beiden Bauern herausfühlte, und das, was die Amme ihm gesagt hatte, machten den jungen Herrn so verlegen, daß es ihm schwer fiel vorzubringen, was er auf dem Herzen hatte. Er fühlte sich gewissermaßen schuldig, und es fiel ihm leichter, nur mit einem Bruder zu reden, so daß der andere nicht zuhörte. Karp schien sich zu wundern, warum der Herr ihn fortführte, er folgte ihm aber.

„Also,“ begann Nechliudow stockend, „ich wollte dich fragen: habt ihr viele Pferde?“

„Es sind wohl fünf Dreigespanne da, und Füllen haben wir auch“, antwortete Karp freimütig und kratzte seinen Rücken.

„Fahren deine Brüder für die Post?“

„Mit drei Gespannen fahren wir für die Post, und Iliuschka fährt als Lastkutscher. Eben ist er heimgekommen.“

„Lohnt sich das denn? Was verdient ihr dabei?“

„Was sollen wir groß dabei verdienen, Erlaucht? Wir können wenigstens die Pferde durchfüttern — dafür müssen wir schon Gott danken.“

„Warum befaßt ihr euch denn da nicht lieber mit etwas anderem? Ihr könntet doch Wald kaufen oder Land pachten.“

„Das ginge freilich, Erlaucht, wenn nur irgendwo Land zur Hand wäre.“

„Das ist es eben, was ich euch vorschlagen wollte: wozu befaßt ihr euch mit dem Fuhrgeschäft, nur um so gerade durchzukommen? Pachtet doch lieber dreißig Desiatinen Land bei mir! Ich gebe euch den ganzen Streifen hinter den Sapows. Richtet eine ganze große Landwirtschaft darauf ein.“

Und Nechliudow, hingerissen von seinem Plan von der Gründung einer Bauernfarm, den er oft genug durchdacht und immer wieder erwogen hatte, begann nun schon ganz ohne Stocken dem Bauern die Einzelheiten dieses Planes darzulegen. Karp lauschte den Worten des Gutsherrn sehr aufmerksam.

„Wir sind Euer Gnaden dankbar", sagte er, als Nechliudow verstummte und ihn erwartungsvoll ansah. „Das ist kein schlechter Gedanke, soviel steht fest! Der Bauer sollte lieber bei der Scholle bleiben, als mit Wagen und Peitsche durchs Land ziehen. Wenn man mit immer neuen, fremden Menschen umgeht, so viel verschiedenes Volk sieht, kommt unsereiner leicht auf Abwege. Das beste, was ein Bauer tun kann, ist sein Land zu bewirtschaften."

„Was meinst du also dazu?"

„Solange mein Vater lebt, Erlaucht, — was habe ich da viel zu sagen? Darüber hat er zu bestimmen."

„Führ' mich zum Bienenstand, ich will mit ihm reden."

„Bitte hierher", sagte Karp und ging langsam zur hintersten Scheune. Er öffnete das niedrige Pförtchen, das zum Bienenstand führte, und nachdem er den Herrn durchgelassen hatte, ging er zu Ignat und machte sich schweigend an die unterbrochene Arbeit.

15

Nechliudow ging gebückt durch das niedrige Pförtchen, und unter dem schattenden Schutzdach hervor trat er in den hinter dem Hof liegenden Bienenstand. Der kleine Raum, in dem symmetrisch die mit Brettabfällen gedeckten, von goldig schimmernden Bienen umschwärmten Stöcke standen, war von Stroh und einem licht durchschimmerten geflochtenen Zaun umgeben und ganz überflutet von den heißen, glitzernden Strahlen der Junisonne. Von dem Pförtchen führte ein festgestampfter Pfad nach der Mitte des kleinen Raumes zu einem hölzernen Kreuz mit einem Heiligenbild daran, das grell in der Sonne glänzte. In das Summen der Bienen mischte sich kaum hörbar das Rascheln des frischen, dunkelgrünen Laubes der jungen Linden, die mit ihren dichten Kronen stattlich hinter dem Strohdach des Nachbarhofes hervorragten. Kurz und schwarz fielen die Schatten des Zaunes, der Linden und der brettergedeckten Bienenstöcke auf das spärliche, kurze Gras, das zwischen den Stöcken hervorsproß. Zwischen den Linden stand eine aus rohem Holz gezimmerte, mit Moos ausgelegte und mit frischem Stroh gedeckte Hütte, und in der Tür stand, nicht sehr groß und gebückt, die Gestalt eines alten Mannes, dessen weißer Kopf und Glatze in der Sonne glänzten. Als er das Knarren des Pförtchens hörte, wandte der Greis sich um, und sein sonnengebräuntes, schweißbedecktes Gesicht mit dem Schoß seines Hemdes trocknend, kam er dem Gutsherrn sanft und freudig lächelnd entgegen.

Es war so licht und still, so froh und behaglich hier beim Bienenstand; die Gestalt des grauhaarigen Alten mit den strahlenförmigen dichten Runzeln um die Augen, wie er in seinen großen, auf den bloßen Fuß gezogenen Stiefeln watschelnd und mit gutmütig selbstzufriedenem Lächeln den jungen Herrn in seinem eigenen kleinen Reich begrüßte, hatte etwas so Schlichtes, Herzliches, daß Nechliudow augenblicklich die trüben Eindrücke des Morgens vergaß, und seine Lieblingsträume ihm lebhaft vor Augen traten. Er sah im Geiste schon alle seine Bauern so reich und glücklich wie den alten Dutlow, und alle lächelten ihn so froh und herzlich an, weil sie ihm allen Reichtum und alles Glück verdankten.

„Wollen Sie nicht ein Netz, Erlaucht? Jetzt sind die Bienen böse und stechen," sagte der Alte und nahm einen honigduftenden, schmutzigen Leinensack, der um eine Rute genäht war, vom Zaun und bot ihn dem Herrn an.

„Mich kennen sie, mir tun sie nichts", fügte er mit dem gleichen sanften Lächeln hinzu, das nicht von seinem sonnenverbrannten Gesicht wich.

„Dann brauche ich auch nichts. Was, schwärmen sie schon?“ sagte Nechliudow und lächelte ebenfalls, ohne zu wissen weshalb.

„Ja, sie schwärmen, Väterchen, Mitrij Mikolajewitsch“, antwortete der Alte und suchte eine besondere Herzlichkeit durch die Anrede bei Vor- und Vatersnamen auszudrücken. „Eben erst haben sie begonnen. Das Frühjahr, wissen Sie, war heuer sehr kalt.“

„Aber, weißt du, ich habe gelesen,“ begann Nechliudow und wehrte eine Biene ab, die ihm ins Haar gekrochen war und dicht vor seinem Ohr summte, „wenn die Waben an den Latten gerade stehen, dann schwärmen die Bienen eher. Darum baut man solche Stöcke aus Brettern ... mit Querhölzern ...“

„Sie dürfen sie nicht abwehren, sonst wird es noch schlimmer“, sagte der Alte. „Soll ich Ihnen nicht doch lieber das Netz geben?“

Nechliudow schmerzten die Stiche, aber aus kindlicher Eitelkeit heraus wollte er es nicht zugeben; er lehnte das Netz nochmals ab und fuhr fort, dem Alten die Einrichtung der Bienenstöcke zu schildern, von der er in dem Buche „Maison rustique“ gelesen hatte, und durch die die Bienen angeblich doppelt so stark schwärmten; doch eine Biene stach ihn in den Hals, er kam aus der Fassung und blieb mitten im Wort stecken.

„Es stimmt schon, Väterchen, Mitrij Mikolajewitsch“, sagte der Alte und sah den Herrn mit väterlichem Wohlwollen an. „So schreiben sie in den Büchern. Aber vielleicht ist das nur im Scherz oder in böser Absicht geschrieben: ‚Er soll es nur machen, wie es bei uns geschrieben steht, und nachher lachen wir ihn aus.‘ Das kommt auch vor! Wie soll man denn die Biene lehren, wo sie ihre Waben anzusetzen hat? Sie macht das im Stock selber, einmal grade und einmal quer. Da, sehen Sie,“ fügte er hinzu, pfropfte einen der nächsten Stöcke auf und sah in die Öffnung hinein, vor der zahllose Bienen längs den krummen Waben summten und krochen, „das sind junge Bienen; man sieht es ja: an der Spitze sitzt die Königin. Und die legen nun die Waben grade oder schräg an, wie es ihnen im Stock besser paßt“, sagte der Alte, von seinem Gegenstand hingerissen, ohne sich um die peinliche Lage des Gutsherrn zu kümmern. „Heute gehen sie in Schuhen, es ist ein warmer Tag, man kann alles sehen“, fügte er hinzu, pfropfte den Stock wieder zu und drückte die kriechenden Bienen mit einem Lappen an. Dann wischte er mit der rauhen Handfläche ein paar Bienen von seinem runzligen Nacken weg. Die Bienen stachen ihn nicht; dagegen konnte Nechliudow kaum den Wunsch unterdrücken, davonzulaufen: er war schon dreimal gestochen worden und die Bienen umschwirrten seinen Kopf und Hals von allen Seiten.

„Und hast du viele Stöcke?“ fragte er, sich zur Pforte zurückziehend.

„Wieviel Gott mir geschenkt hat“, antwortete Dutlow lächelnd. „Zählen soll man nicht, Väterchen, das lieben die Bienen nicht. Sehen Sie, Erlaucht,“ fuhr er dann fort und wies auf die kleinen Stöcke, die am Zaun standen, „um was ich Euer Gnaden noch bitten wollte, wegen Osip, des Mannes der Amme. Könnten Sie es ihm nicht verbieten? Es ist doch unrecht, im selben Dorf so schlecht an seinem Nachbarn zu handeln.“

„Wieso schlecht handeln? . . . O weh, sie beißen aber tüchtig!“ antwortete der Gutsherr, die Klinke schon in der Hand.

„Jedes Jahr läßt er seine Bienen gegen meine jungen Schwärme los. Sie sollen sich erholen, aber die Fremden schleppen ihnen das Wachs weg und das verdirbt den ganzen Stock“, sagte der Alte, ohne die Grimassen des Gutsherrn zu beachten.

„Schon gut, nachher, gleich“, stieß Nechliudow hervor, und außerstande, es länger zu ertragen, rannte er, die Bienen mit beiden Händen abwehrend, durch das Pförtchen davon.

„Man muß die Stellen mit Erde einreiben: es ist nicht schlimm“, meinte der Alte, hinter dem Gutsherrn den Hof betretend. Der junge Herr rieb die Stiche mit Erde ein, sah sich errötend nach Karp und Ignat um, die ihn gar nicht beachteten, und runzelte die Stirn.

16

„Um was ich Euer Gnaden noch wegen der Kinder bitten wollte . . .“ sagte der Alte und tat, als bemerke er das finstere Aussehen des Gutsherrn nicht, oder er sah es wirklich nicht.

„Was?“

„Mit Pferden ist es, Gott sei Dank, gut bei uns bestellt, und einen Knecht haben wir ja auch; so kann der Frondienst gut versehen werden.“

„Nun und?“

„Wenn Euer Gnaden die Burschen gegen Zins freigeben würden, dann könnten Ignat und Iliuschka für den ganzen Sommer mit drei Dreigespannen als Fuhrleute ihr Geld verdienen.“

„Wohin wollen sie denn gehen?“

„Wie es gerade kommt“, mischte Iliuschka sich ein, der mittlerweile die Pferde unter dem Schirmdach angebunden hatte und zum Vater getreten war. „Die Kadminschen Burschen sind mit acht Dreigespannen nach Romen gefahren, sie sollen sehr gut durchgekommen sein und haben dreißig Rubel von jedem Dreigespann nach Haus gebrachte. Auch nach Odest könnte man gehen; das Futter soll dort billig sein.“

„Eben davon wollte ich mit dir auch reden“, sagte der Gutsherr, zum Alten gewendet und bemüht, das Gespräch so zwanglos wie möglich auf die geplante Bauernfarm zu bringen.

„Sag' doch bitte, ist es denn lohnender, Fuhrmann zu sein, als daheim die Felder zu bebauen?"

„Wie sollte es denn nicht lohnender sein, Erlaucht?" mischte sich wieder Iliuschka ein und schüttelte sein Haar. „Zu Hause ist doch kein Futter für die Pferde da."

„Was verdienst du denn in einem Sommer?"

„Im Frühling, als das Futter so teuer war, fuhren wir mit Waren nach Kijew, in Kursk haben wir dann Graupen geladen und nach Moskau geschafft, da konnten wir uns selbst ernähren, die Gäule wurden auch satt, und fünfzehn Rubel bares Geld habe ich heimgebracht."

„Kein ehrliches Geschäft macht Schande, was es auch sein mag", sagte der Gutsherr, wieder zum Alten gewendet. „Doch mich dünkt, man könnte auch eine andere Beschäftigung finden; und dann liegt es auch im Wesen dieser Arbeit, daß solch ein junger Bursche, der überall herumkommt und allerlei Volk kennenlernt, leicht auf Abwege kommen kann", fügte er hinzu, Karps Worte wiederholend.

„Was soll unsereiner wohl anders werden, als Fuhrmann?" entgegnete der Alte mit seinem sanften Lächeln. „Während der Fahrt ist's gut, man ist selbst satt und die Gäule auch; und was die schlechten Sitten anbelangt, so ist's ja gottlob nicht das erste Jahr, daß meine Jungen fahren; ich selbst bin früher auch gefahren und habe nichts Schlechtes gesehen, sondern nur Gutes."

„Da gäbe es vielerlei, womit ihr euch zu Hause beschäftigen könntet: mit den Äckern und Wiesen ..."

„Wieso denn, Erlaucht?" begann Iliuschka lebhaft. „Wir sind doch dazu geboren, all das ist uns bekannt, die Sache paßt für uns, und es ist ja auch das Schönste für unsereinen, Erlaucht, so umherzufahren."

„Aber, Erlaucht, wollen Sie uns nicht die Ehre erweisen und eintreten? Sie waren ja nach dem Neubau noch gar nicht bei uns“, sagte der Alte, sich tief verneigend, und zwinkerte dem Sohne zu.

Iliuschka rannte in die Hütte, und Nechliudow und der Alte folgten ihm.

17

In der Hütte verneigte der Alte sich noch einmal, und nachdem er mit dem Ende seines Hemdes den Staub von der Bank in der vordersten Ecke abgewischt hatte, fragte er lächelnd:

„Womit können wir Ihnen dienen, Erlaucht?“

Die Hütte war weiß (sie hatte einen Schornstein), geräumig, mit Pritschen und einem Schlafboden. Die frischen Espenbalken, zwischen denen noch das vor kurzem hineingestopfte Moos sichtbar war, waren noch nicht schwarz geworden; die neuen Bänke und der Hängeboden waren noch nicht glatt gerieben, der Fußboden noch nicht festgestampft. Ein junges, mageres Bauernweib mit länglichem, nachdenklichem Gesicht, Iljas Frau, saß auf der Pritsche und schaukelte mit dem Fuß eine Wiege, die an einer langen Stange von der Decke herabhing. In der Wiege schlummerte, kaum merklich atmend, die Äuglein geschlossen, behaglich ein winziger Säugling; ein anderes rotbackiges, kräftiges Weib, Karps Frau, stand, die kräftigen sonngebräunten Arme bis über die Ellbogen entblößt, neben dem Ofen und schnitt Zwiebel in eine Holzschüssel. Eine pockennarbige, schwangere Frau stand, das Gesicht mit dem Ärmel gegen die Glut schützend, vor dem Ofen. Die Sonnenhitze und der geheizte Ofen verbreiteten in der Stube eine starke Wärme; es roch nach frisch gebackenem Brot. Vom Schlafboden blickten zwei blondköpfige Buben und ein kleines Mädchen, die sich in Erwartung des Mittagessens dort hinauf begeben hatten, neugierig auf den Gutsherrn.

Nechliudow tat es wohl, diese Behaglichkeit zu sehen, aber gleichzeitig schämte er sich vor diesen Frauen und Kindern, die ihn alle ansahen. Er setzte sich errötend auf die Bank.

„Gib mir ein Stück warmes Brot, das esse ich gern", sagte er, noch mehr errötend.

Karps Frau schnitt ein großes Stück Brot ab und reichte es auf einem Teller dem Herrn. Nechliudow schwieg, weil er nicht wußte, was er noch sagen sollte; die Weiber schwiegen gleichfalls, der Greis lächelte sanft.

„Warum schäme ich mich eigentlich? Als ob ich etwas Unrechtes getan hätte", dachte Nechliudow. „Warum soll ich den Vorschlag wegen der Farm nicht machen? So eine Dummheit!" Aber er schwieg noch immer.

„Wie steht es denn Väterchen, Mitrij Mikolajewitsch, was befehlen Sie wegen der Kinder?" fragte der Alte.

„Ich würde dir eigentlich raten, sie gar nicht fahren zu lassen, sondern ihnen hier Arbeit zu suchen", sagte Nechliudow, plötzlich Mut fassend. „Weißt du, was ich gedacht habe: kauf' mit mir zusammen ein Stück von dem staatlichen Wald und auch noch Land . . ."

„Wie meinen Sie das, Erlaucht, mit wessen Gelde sollen wir das kaufen?" unterbrach Dutlow den Herrn.

„Kein sehr großes Stück Wald, vielleicht für zweihundert Rubel", sagte Nechliudow.

Der Greis lachte zornig.

„Ganz schön, wenn nur soviel da wäre, dann könnte man schon was kaufen", sagte er.

„Hast du denn nicht mehr soviel Geld?" fragte der Herr vorwurfsvoll.

„Ach, Väterchen, Erlaucht!" gab der Alte mit tränenvoller Stimme zurück und sah nach der Türe. „Ich muß sehen, wie ich meine Familie durchfüttere, und kann keinen Wald kaufen."

„Aber du hast doch Geld! Warum soll es denn nutzlos daliegen?" beharrte Nechliudow auf seiner Frage.

Der Alte geriet plötzlich in heftige Erregung; seine Augen blitzten, und er zuckte nervös die Schultern.

„Vielleicht haben das böse Menschen von mir behauptet,"

begann er mit bebender Stimme, „glauben Sie mir, bei Gott," fuhr er in immer steigender Erregung fort und richtete die Augen auf das Heiligenbild, „ meine Augen sollen erblinden und ich will auf der Stelle in den Erdboden versinken, wenn ich außer den fünfzehn Rubeln, die Iliuschka mitgebracht hat, noch etwas habe; und die Kopfsteuern müssen auch bezahlt werden — Sie wissen es ja selbst: jetzt haben wir die Hütte gebaut . . ."

„Schon gut, schon gut!" sagte der Gutsherr, sich von der Bank erhebend. „Also lebt wohl, liebe Leute."

18

„Mein Gott! Mein Gott!" dachte Nechliudow, als er mit großen Schritten durch die schattigen Alleen des verwilderten Gartens auf das Gutshaus zuschritt, und riß gedankenlos Zweige und Blätter ab, die ihm im Vorübergehen in die Hände kamen. „Waren wirklich all meine Träume von meinen Pflichten und Lebenszielen nur Torheit? Warum ist mir so schwer und traurig zumute, als wäre ich mit mir unzufrieden? Und dabei habe ich doch geglaubt, wenn ich erst den rechten Weg gefunden hätte, würde ich immer jene volle innere Befriedigung fühlen, die mich erfüllte, als mir zum ersten Male dieser Gedanke kam!" Und er stellte sich mit ungewöhnlicher Klarheit und Lebendigkeit jene glücklichen Augenblicke im vergangenen Jahre vor.

Ganz früh am Morgen, vor allen andern Hausbewohnern, war er aufgestanden und, von unbestimmten, unaussprechlichen jugendlichen Trieben qualvoll erregt, in den Garten hinausgegangen, von da in den Wald, und inmitten der saft- und kraftvollen, blühenden und doch ruhigen Frühlingsnatur war er lange allein und ohne klare Gedanken umhergeirrt, gequält von einem Überfluß des Gefühls, für das er keinen Ausdruck zu finden vermochte. Einmal erschien seiner jugendlichen

Phantasie in der ganzen Herrlichkeit des Unbekannten das wollüstige Bild eines Weibes und schon glaubte er, sie sei das Ziel seiner unausgesprochenen Sehnsucht. Doch ein anderes höheres Gefühl sagte: „das ist es nicht", und hieß ihn weiter suchen. Dann wieder führte sein heftiger, unerfahrener Geist ihn höher und höher, in immer entrücktere Sphären, schien ihm die Gesetze alles Seins zu entdecken, und mit stolzer Freude machte er halt bei diesen Gedanken. Doch wieder sagte das höhere Gefühl: „auch das ist es nicht", und zwang ihn, weiter zu suchen und sich zu erregen. Gänzlich wunsch- und gedankenlos, wie immer nach starken Anspannungen, streckte er sich auf den Rücken unter einen Baum und blickte nach den durchsichtigen Morgenwolken, die über ihm an dem tiefen, endlosen Himmel vorbeizogen. Plötzlich traten ihm ohne jeden Grund Tränen in die Augen und Gott weiß auf welchem Wege kam ihm plötzlich ein klarer Gedanke, der seine ganze Seele erfüllte und ihn hinriß, — der Gedanke, daß das Gute und die Liebe die Wahrheit und das Glück des Lebens seien, die einzige Wahrheit und das einzige Glück auf der Welt. Kein höheres Gefühl sagte mehr: „das ist es nicht"; er richtete sich auf und begann diese Gedanken nachzuprüfen. „Das, ja, das ist es wirklich!" sagte er begeistert zu sich und vertauschte alle früheren Überzeugungen und Lebensanschauungen gegen diese neu entdeckte, wie es ihm schien, vollkommen neue Wahrheit. „Wie dumm war alles, was ich bisher kannte, glaubte und liebte", sagte er zu sich selbst. „Liebe und Selbstverleugnung — das ist das einzig wahre, vom Zufall unabhängige Glück!" wiederholte er lächelnd und mit den Armen fuchtelnd. Er maß diesen Gedanken von allen Seiten an der Wirklichkeit und fand ihn sowohl im Leben als auch durch die innere Stimme bestätigt, die zu ihm sprach: „Das ist es!" Und nun erfüllte ihn ein neues Gefühl froher Erregung und Begeisterung. „Und so muß ich also Gutes tun, um glücklich zu werden", dachte er, und seine ganze Zukunft stand nicht mehr unbestimmt vor ihm, sondern zeigte sich ihm, in der Form und Gestalt seines Lebens als Gutsherr, frisch und lebendig.

Er sah ein für das ganze Leben ausreichendes Gebiet vor sich, auf dem er sich dem Guten hingeben und folglich auch glücklich sein konnte. Er brauchte sich sein Arbeitsfeld nicht erst zu suchen: es war schon da; er hatte eine klar vorgeschriebene Pflicht — er hatte Bauern ... Und welch eine erfreuliche und dankbare Arbeit hatte er vor sich! „Inmitten dieser einfachen, leicht empfänglichen, unverdorbenen Menschenklasse wirken, sie von der Armut befreien, ihr Wohlstand schaffen, Bildung übermitteln, die ich ja zum Glück besitze, sie von ihren Lastern heilen, die durch Unbildung und Aberglauben entstanden sind, ihre Sittlichkeit heben und sie lehren, das Gute zu lieben... Welch strahlende, glückliche Zukunft! Und bei alledem werde ich, der ich dies alles um meines eigenen Glückes willen tue, ihre Dankbarkeit genießen, werde sehen, wie ich mich täglich mehr und mehr dem vorgesteckten Ziele nähere. Herrliche Zukunft! Wie habe ich das nicht früher gesehen!“

„Und außerdem,“ dachte er gleichzeitig, „wer wird mich stören, auch in der Liebe zu einer Frau und im Familienglück glücklich zu sein?“ Und die jugendliche Phantasie malte ihm eine noch viel verlockendere Zukunft aus. „Ich und meine Frau, die ich so lieben werde, wie noch nie ein Mensch einen andern auf der Welt geliebt hat — wir werden immer inmitten dieser stillen, poetischen, ländlichen Natur leben, mit unsern Kindern und vielleicht mit der alten Tante; wir haben unsere gemeinsame Liebe, unsere Liebe zu den Kindern, und wir beide wissen, daß es unsere Bestimmung ist, Gutes zu tun. Wir helfen einander, zu diesem Ziele zu gelangen. Ich treffe die allgemeinen Maßnahmen, gebe den Bauern angemessene Unterstützungen, richte eine Bauernfarm ein, Werkstätten, eine Sparkasse. Sie aber, mit ihrem hübschen Köpfchen, in dem schlichten, weißen Kleidchen, das sie im Schlamm der Straße hochnehmen muß, so daß die hübschen Beine sichtbar werden, sie geht in die Dorfschule, ins Krankenhaus, zu dem armen Bauern, der gerechterweise Hilfe verdient, und überall tröstet und hilft sie ... Greise, Frauen und Kinder verehren sie, sehen einen Engel in ihr, eine himmlische Erscheinung. Dann kommt sie zurück und will es vor mir verbergen, daß sie bei dem unglücklichen Bauern war und ihm Geld gegeben hat; doch ich weiß alles und umarme sie und küsse zärtlich ihre herrlichen Augen, die verschämt errötenden Wangen und den lächelnden, roten Mund ..."

19

„Wo sind alle diese Träume hin?" dachte jetzt der Jüngling, als er sich nach seinen Besuchen dem Hause näherte. „Nun ist es über ein Jahr, daß ich das Glück auf diesem Wege suche, und was habe ich gefunden? Wohl fühle ich manchmal, daß ich mit mir zufrieden sein kann, aber das ist so eine trockene, verstandesmäßige Zufriedenheit. Ja und nein — ich bin doch mit mir unzufrieden! Ich bin unzufrieden, weil ich hier kein Glück kenne und doch nichts so leidenschaftlich wünsche wie Glück. Noch kenne ich keinen Genuß und habe mich schon von allem abgeschnitten, was ihn gewährt. Warum? Wozu? Wem ist damit gedient? Die Tante hatte ganz recht, als sie schrieb, es sei leichter, sein eigenes Glück zu finden, als es andern zu bringen. Sind denn meine Bauern reicher geworden? Haben sie mehr Bildung bekommen? Sich sittlich entwickelt? Kein bißchen! Ihnen geht es nicht besser, mir aber wird das Leben täglich schwerer. Wenn ich nur einen Erfolg meiner Unternehmungen, wenn ich nur etwas Dankbarkeit sehen würde... aber nein, ich sehe nur verlogene Routine, Laster, Mißtrauen, Hilflosigkeit. Umsonst verliere ich die besten Jahre meines Lebens ..." dachte er, und es fiel ihm unwillkürlich ein, daß die Nachbarn, wie er von der Wärterin gehört hatte, ihn den „Grünschnabel" nannten; daß im Kontor fast gar kein Geld mehr vorhanden war; daß die von ihm eingeführte Dreschmaschine zum allgemeinen Hohngelächter der Bauern nur gepfiffen und überhaupt nicht gedroschen hatte, als sie zum erstenmal, von zahlreichen Zuschauern umgeben, vor der Tür der Dreschscheune in Bewegung gesetzt wurde; daß er täglich auf den Besuch des Landrichters gefaßt sein mußte, der sein Gut mit Beschlag belegen würde, weil er, mit allerlei neuen wirtschaftlichen Unternehmungen beschäftigt, die Zinsen nicht zum Termin eingezahlt hatte. Und plötzlich tauchte wieder ebenso lebhaft, wie vorhin jener ländliche Spaziergang im Walde mit den Träumen vom Gutsleben, seine Moskauer Studentenbude vor ihm auf, in der er bis spät in die Nacht bei einer einzigen Kerze mit seinem Kameraden, dem sechzehnjährigen, geliebten Freunde, beisammen gesessen hatte. Fünf Stunden nacheinander lasen und wiederholten sie die langweiligen Notizen aus dem Staatsrecht, und wenn sie damit fertig waren, ließen sie Abendessen holen, legten Geld für eine Flasche Champagner zusammen und sprachen von der Zukunft, die sie erwartete. Wie ganz anders malte sich diese Zukunft dem jungen Studenten! Da war sie voll von Genüssen, verschiedenartigster Tätigkeit, glänzenden Erfolgen, und führte sie beide sicherlich zu dem, was sie damals für das höchste Glück der Welt hielten — zum Ruhm."

„Er geht diesen Weg schon und geht ihn rasch," dachte Nechliudow von seinem Freunde. „Ich aber . . ."

Doch jetzt näherte er sich dem Hause, und bei der Einfahrt standen schon gegen zehn Leute, Hofgesinde und Bauern, die mit allerlei Bitten auf den Herrn warteten; und er mußte aus seinen Träumen in die Wirklichkeit zurückkehren.

Da war eine zerlumpte, struppige und blutig befleckte Bauernfrau, die sich unter Tränen über ihren Schwiegervater beklagte, der sie habe totschlagen wollen; da waren zwei Brüder, die nun schon seit zwei Jahren ihre Wirtschaft teilen wollten und mit verzweifeltem Haß aufeinander blickten; da war ein unrasierter, grauhaariger Hofknecht mit vom vielen Trinken zitternden Händen, den brachte sein Sohn, der Gärtner, zum Gutsherrn, um sich über sein schlechtes Verhalten zu beschweren; da war ein Mann, der seine Frau davongejagt hatte, weil sie das ganze Frühjahr hindurch nicht gearbeitet hatte; da war auch diese Frau selbst, ein krankes Weib, die wortlos schluchzend auf dem Grase bei der Einfahrt saß und ein entzündetes, nachlässig mit einem schmutzigen Lappen verbundenes, geschwollenes Bein zeigte ...

Nechliudow hörte alle Bitten und Klagen an, gab dem einen Ratschläge, beruhigte den andern, versprach dem dritten allerlei, und ging dann mit einem aus Ermüdung, Scham, Bewußtsein der Machtlosigkeit und Reue gemischten Gefühl hinauf in sein Zimmer.

20

In dem kleinen Zimmer, das Nechliudow bewohnte, stand ein altes, mit eisernen Nägeln beschlagenes Ledersofa, mehrere ähnliche Sessel, ein aufgeklappter altmodischer Spieltisch mit Mosaikeinlage, auf dem allerlei Papiere lagen, und ein altes, gelbes, offenes, englisches Klavier mit abgegriffenen, verbogenen, schmalen Tasten. Zwischen den Fenstern hing ein großer Spiegel in einem alten vergoldeten Schnitzrahmen. Auf dem Fußboden neben dem Tisch lagen Haufen von Papieren, Büchern und Rechnungen. Überhaupt wirkte das Zimmer charakterlos und unordentlich; und diese lebensvolle Unordnung stand in scharfem Gegensatz zu der steifen, altmodischvornehmen Einrichtung der andern Zimmer des großen Hauses. Als Nechliudow eingetreten war, warf er ärgerlich den Hut auf den Tisch, setzte sich auf den Stuhl vor dem

Klavier, schlug ein Bein über das andere und ließ den Kopf hängen.

„Werden Sie frühstücken, Erlaucht?“ fragte eine große, magere, runzlige Alte in einer Haube, einem großen Umschlagtuch und einem Kattunkleid, die inzwischen eingetreten war.

Nechliudow sah sich nach ihr um und schwieg eine Weile, wie um sich zu besinnen.

„Nein, Niania, ich mag nicht“, sagte er und verfiel wieder in Nachdenken.

Die Niania schüttelte verdrießlich den Kopf und seufzte:

„Ach, Väterchen, Dmitrij Nikolajewitsch, warum sind Sie so traurig? Es gibt keinen Kummer, der nicht vorüberginge — weiß Gott . . .“

„Ich bin ja nicht bekümmert. Wie kommst du darauf, Mütterchen, Malanja Finogenowna?“ antwortete Nechliudow und versuchte zu lächeln.

„Wie sollen Sie nicht traurig sein, sehe ich's etwa nicht?“ sagte die Niania eifrig; „ein Tag um den andern vergeht und Sie sind immer allein. Und alles nehmen Sie sich so zu Herzen, um alles kümmern Sie sich selbst; essen mögen Sie überhaupt nicht mehr. Ist das vernünftig? Wenn Sie doch mal in die Stadt oder zu den Nachbarn fahren wollten! Ist das denn eine Art so zu leben? Sie sind jung; wer wird sich denn so um alles grämen? Verzeihen Sie, wenn ich mich setze, Väterchen“, fuhr die Alte fort, und ließ sich an der Tür nieder. „Sie haben den Bauern schon so viel Freiheit gelassen, daß niemand Sie mehr fürchtet. Darf ein Herr so handeln? Dabei kommt nichts Gutes heraus! Du richtest nur dich selbst zugrunde und das Volk verwöhnst du bloß. Das Volk ist doch nun mal so: es fühlt das nicht. Wirklich! Du solltest wenigstens einmal zur Tante fahren: sie hat doch die Wahrheit geschrieben“, redete die Alte ihm zu.

Nechliudow wurde trauriger und trauriger. Seine Rechte,

die er aufs Knie gestützt hatte, fiel nachlässig auf die Tasten. Es erklang ein Akkord, ein zweiter und dritter ... Nechliudow rückte näher, zog die andere Hand aus der Tasche und begann zu spielen. Er griff Akkorde, oft aufs Geratewohl, oft waren sie nicht ganz richtig oder gewöhnlich bis zur Banalität, und bewiesen, daß er gar nicht musikalisch begabt war; aber ihm selbst bereitete diese Beschäftigung einen unbestimmten, wehmütigen Genuß. Bei jedem Wechsel der Harmonie wartete er mit bebendem Herzen, was dabei herauskommen würde, und dann ergänzte er mit der Phantasie, was noch fehlte. Es schien ihm, als hörte er tausend Melodien: Chöre, Orchester, die mit seinen Harmonien zusammenklangen. Den Hauptgenuß bereitete ihm dabei die gesteigerte Tätigkeit seiner Phantasie, die ihm unzusammenhängend und abgerissen, aber mit erstaunlicher Klarheit in buntem Durcheinander die verschiedensten, seltsamsten, unsinnigsten Bilder und Gestalten aus Zukunft und Vergangenheit vorzauberte. Einmal sah er Dawydka Belyjs dicke Gestalt, wie er beim Anblick der sehnigen, schwarzen Hand seiner Mutter erschrocken mit den hellen Wimpern zwinkerte, er sah seinen runden Rücken und die riesenhaften, mit weißlichen Haaren bedeckten Hände, die mit Geduld und Ergebenheit in das Schicksal alle Martern und Entbehrungen ertrugen. Dann sah er die dreiste, selbstbewußte Gestalt der im Herrendienst stolz gewordenen Amme, und aus irgendeinem Grunde stellte er sich vor, wie sie durch die Dörfer ging und den Bauern predigte, sie sollten ihr Geld vor den Gutsherren verbergen, und unwillkürlich wiederholte er bei sich: „Ja, vor den Gutsherren muß man das Geld verstecken." Dann mit einemmal sieht er das blonde Köpfchen seiner zukünftigen Frau, die unter Tränen und in schwerem Kummer sich an seine Schulter lehnt. Dann wieder sieht er die guten blauen Augen von Tschuris, die voll Zärtlichkeit auf dem einzigen, dickbäuchigen Söhnchen ruhen. Ja, er sieht nicht nur den Sohn, sondern den Helfer und Retter in ihm. „Das ist

Liebe!" murmelt er. Juchwankas Mutter fällt ihm ein, der Ausdruck der Geduld und des Allverzeihens, den er trotz der entstellten Züge und des vorstehenden Hexenzahns an ihr entdeckt hatte. „In den siebzig Jahren ihres Lebens war wohl ich der erste, der das bemerkt hat", denkt er und murmelt vor sich hin: „Wie seltsam!" während er ganz unbewußt immer neue Akkorde greift und den Tönen lauscht. Dann fällt ihm wieder seine Flucht aus dem Bienenstand ein und Karps und Ignats Gesichtsausdruck, die anscheinend große Lust haben zu lachen, aber so tun, als sähen sie ihn gar nicht. Er errötet und blickt sich unwillkürlich nach der alten Niania um, die immer noch schweigend an der Tür sitzt, ihn scharf ansieht und ab und zu den grauen Kopf schüttelt. Doch dann sieht er mit einemmal ein Dreigespann schöner Pferde und die schöne, kräftige Gestalt Iliuschkas, mit dem hellen Lockenhaar, den schmalen, lustig blitzenden Blauaugen, den roten Backen und dem hellen Flaum, der erst ganz leicht Kinn und Lippen bedeckt. Ihm fällt ein, wie Iliuschka fürchtete, man könnte ihn nicht wieder zu den Fuhrleuten lassen, und wie heftig er für seine Lieblingsbeschäftigung eintrat. Und dann sieht er einen grauen, nebligen Morgen, eine schlammige Landstraße und eine lange Reihe hochbeladener, mit Planen bedeckter, dreispänniger Lastwagen, die mit großen schwarzen Buchstaben bezeichnet sind. Die starkfüßigen, wohlgenährten Gäule ziehen, die Zügel straffend, mit gespannten Rücken und mit klingenden Glöckchen bergauf, die Hufeisen fest in den schlüpfrigen Lehmboden eingrabend. Bergab, den Lastwagen entgegen, kommt geschwind die Postkutsche gerasselt, mit klingenden Glöckchen, deren Ton das Echo von den an beiden Seiten des Horizonts sich hinziehenden Wäldern wiedergibt.

„A— a — ai!" ruft mit lauter Kinderstimme der vorderste Postillion mit der Kokarde am Filzhut und schwingt die Peitsche über dem Kopf.

Neben dem Vorderrad des ersten Wagens schreitet mit

schwerem Schritt der rotbärtige, finster blickende Karp. Aus dem zweiten Wagen taucht Iliuschkas hübscher Kopf auf, der sich unter der Plane im Morgenschein schön erwärmt hat. Drei mit Koffern beladene Dreigespanne fahren mit klingenden Glocken, rasselnden Rädern und unter lauten Zurufen vorüber; Iliuschka versteckt den hübschen Kopf wieder unter der Wagendecke und schläft weiter. Dann kommt ein warmer, klarer Abend. Das knarrende Tor öffnet sich vor den müden Dreigespannen, die sich vor dem Gasthof drängen; und eines nach dem andern über das Brett im Torweg hüpfend, verschwinden die schweren Fuhrwerke unter dem breiten Schutzdach. Fröhlich begrüßt Iliuschka die hochbusige, weißgesichtige Wirtin, die ihn fragt: „Kommt ihr weit her? Werdet ihr tüchtig zu Abend essen?" und den schönen Burschen mit den glänzenden, verlockenden Augen mit Wohlgefallen betrachtet. Als er die Pferde untergestellt hat, geht er in die heiße, mit allerlei Volk angefüllte Stube, setzt sich an die volle Holzschüssel und plaudert fröhlich mit der Wirtin und den Genossen. Und dann sucht er sein Nachtlager unter dem offenen Sternhimmel, den er unter dem Schutzdach sehen kann, im duftenden Heu neben seinen Pferden, die wiehernd und stampfend das Futter in den Holztrögen durchwühlen. Er geht zum Heuhaufen, wendet sich nach Osten, bekreuzt wohl an die dreißig Mal die breite, kräftige Brust, schüttelt das helle Haar, spricht ein Vaterunser und etwa zwanzigmal das „Herr erbarme Dich", um dann, bis über den Kopf in seinen Rock gewickelt, den gesunden, sorglosen Schlaf eines kräftigen, frischen Menschen zu schlafen. Und im Traum sieht er viele Städte: Kijew mit seinen Heiligtümern und die Scharen der Wallfahrer, „Romen" mit Kaufleuten und Waren, „Odest" und das weite blaue Meer mit weißen Segeln, und die Stadt Zargrad mit den goldenen Häusern, den Türkinnen mit dunklen Wimpern und weißen Brüsten; und er fliegt dahin, von unsichtbaren Flügeln getragen. Leicht und frei fliegt er weiter und weiter, sieht unter sich goldene Städte, von hellem Licht übergossen, den blauen Himmel mit hellen Sternen, das blaue Meer mit weißen Segeln, und herrlich und lustig ist es, weiter und weiter zu fliegen ...

„Wie schön!" flüstert Nechliudow und der Gedanke steigt in ihm auf: „Warum bin ich nicht Iliuschka?"

1852

LUZERN

AUS DEN AUFZEICHNUNGEN DES FÜRSTEN D. NECHLIUDOW

8. Juli.

Gestern abend bin ich in Luzern angekommen und im Schweizerhof, dem ersten Hotel des Ortes, abgestiegen.

„Luzern ist eine alte Kantonstadt am Ufer des Vierwaldstätter Sees," schreibt Murray, „und eine der romantischsten Ortschaften der Schweiz; drei wichtige Verkehrswege kreuzen sich hier. Nur eine Stunde Dampferfahrt entfernt ist der Rigi, von dessen Gipfel man einen der schönsten Ausblicke der Welt hat."

Das mag berechtigt sein oder nicht, jedenfalls behaupten die anderen Reiseführer dasselbe, und darum sind in Luzern immer sehr viele Fremde aller Nationalitäten, vor allem sehr viele Engländer.

Das prachtvolle, erst vor kurzem erbaute fünfstöckige Gebäude des „Schweizerhofs" am Ufer des Vierwaldstätter Sees steht ganz dicht am Wasser, genau an der Stelle, wo sich früher eine krumme, überdachte Holzbrücke mit Kapellen auf beiden Seiten und Heiligenbildern an den Pfeilern befand. Jetzt hat man dank dem ungeheuren Zustrom von Engländern, mit Rücksicht auf ihr Geld, ihren Geschmack und ihre Bedürfnisse, die alte Brücke abgerissen und an ihrer Stelle einen steinernen, schnurgeraden Kai gebaut; auf diesem stehen nun die neuerbauten viereckigen Häuser, mit ihren fünf Stockwerken. Vor den Häusern hat man Linden gepflanzt, sie mit Pfählen gestützt, und zwischen den Linden stehen die üblichen grünen Bänke. Das ist die Promenade. Und hier wandeln sie auf und ab, die Engländerinnen mit den Schweizer Strohhüten und die Engländer in ihren bequemen, praktischen Anzügen, und freuen sich an ihrem Werk. Alles dies, diese Kais und Häuser, die Linden und die Engländer mögen anderswo ganz gut sein, — aber nicht hier, inmitten dieser seltsam-großartigen und zugleich so unaussprechlich harmonischen und weichen Natur.

Als ich in mein Zimmer kam und das Fenster nach dem See hinaus öffnete, war ich im ersten Augenblick tatsächlich von der Herrlichkeit dieses Wassers, der Berge und des Himmels wie geblendet und bis in die tiefste Seele erschüttert. Ich empfand eine innere Erregung und den Wunsch, diesen Überschwang des Gefühls, der meine Seele fast erdrückte, irgendwie auszusprechen. Ich wollte in diesem Augenblick jemanden umarmen, ganz fest an mich drücken, kitzeln oder kneifen, kurz, etwas ganz Ungewöhnliches mit ihm tun.

Es war gegen sieben Uhr abends. Den ganzen Tag über hatte es geregnet, jetzt begann es sich aufzuklären. Vor dem Fenster breitete sich blau wie brennender Schwefel der See aus; zwischen den Ufern mit wechselndem Grün, glatt und regungslos, wie emporgehoben, nur hier und da belebt durch die kleinen schwarzen Punkte der Boote und ihre schnell verschwindenden Spuren, von zwei riesigen Felsvorsprüngen eingeengt, zog er sich in die Ferne, schmiegte sich dunkel an die übereinandergetürmten Berge, Wolken und Gletscher, und verlor sich zwischen ihnen. Vorn dehnten sich die feuchten, hellgrünen, mit Schilf bewachsenen, geschwungenen Ufer aus mit ihren Wiesen, Gärten und Villen; dahinter dunkelgrüne bewaldete Höhen mit Ruinen von Schlössern. Den Hintergrund aber bildete die weiß und lila gefärbte zusammengeballte Gebirgskette mit ihren seltsam felsigen, mattweißen Schneegipfeln; und dies alles war übergossen von einer durchsichtig bläulichen, zarten Luft und beleuchtet von den heißen, durch die Wolkenfetzen dringenden Strahlen der untergehenden Sonne. Da war auch nicht eine durchgehende Linie, nicht ein ruhiger Punkt, nicht eine ungemischte Farbe — weder auf dem See, noch in den Bergen, noch am Himmel: überall war Bewegung, Ungleichheit, Romantik, ein unendliches Gemisch, ein buntes Durcheinander von Schatten und Linien, und doch in allem Ruhe, Weichheit und die Einheitlichkeit und Klarheit des Schönen. Und hier, inmitten dieser unbestimmten, wirren und freien Schönheit zog sich unmittelbar vor meinem Fenster die dumme, alberne, gerade weiße Linie des Kais, hin, mit den gestutzten Linden und den grünen Bänken, armselige, banale Menschenwerke, die nicht wie die Schlösser und Villen in der Ferne in der allgemeinen Harmonie der Schönheit aufgingen, sondern ihr auf die gröblichste Weise widersprachen. Immer wieder traf mein Blick ganz unwillkürlich auf diese abscheulich gerade Linie des Uferdammes und suchte sie in Gedanken fortzustoßen, zu vernichten, wie einen dunklen Fleck, der dicht beim Auge an der Nase sitzt und einen stört. Aber dieser Kai mit seinen lustwandelnden Engländern ging nicht von der Stelle, und so begann ich unwillkürlich mir einen Punkt zu suchen, von dem aus ich ihn nicht sah. Es gelang mir auch, meinen Blick so einzustellen, und so genoß ich bis zur Essenszeit das unvollkommene, aber eben darum um so süßere Gefühl, das man empfindet, wenn man sich ganz allein dem Naturgenuß hingibt.

Um halb acht Uhr rief man mich zum Diner. In dem großen, prächtig ausgestatteten Raum im Erdgeschoß waren zwei lange Tische für wenigstens hundert Personen gedeckt. Etwa drei Minuten dauerte es, bis die schweigende Schar der Gäste versammelt war: ein Rascheln von Damenkleidern, leichte Schritte, leise Besprechungen mit den höflichen, eleganten Kellnern; dann war jeder Platz besetzt, von Herren und Damen, die alle schön, ja reich und vor allem peinlich sauber gekleidet waren. Wie überall in der Schweiz bestand die Mehrzahl der Gäste aus Engländern, und so war das charakteristische Merkmal dieser Tafel: strenger, gesellschaftlich anerkannter Anstand, Zurückhaltung, die sich nicht auf Stolz gründet, sondern auf das Fehlen jedes Bedürfnisses nach Annäherung, und stille Zufriedenheit angesichts der bequemen und angenehmen Erfüllung aller Wünsche und Bedürfnisse. Von allen Seiten schimmern weiße Spitzen, weiße Kragen, weiße Arme und Gesichter und blitzen echte und falsche weiße Zähne. Doch die Gesichter, von denen viele sehr schön sind, drücken nur das Bewußtsein des eigenen Wohlbefindens und vollständige Nichtachtung der gesamten Umgebung aus, soweit sie sich nicht auf die eigene werte Person bezieht. Und die weißen Hände mit den Ringen und Armbändern regen sich nur, um die Kragen zurecht zu schieben, den Braten zu zerteilen und Wein in die Gläser zu füllen: kein Hauch einer seelischen Erregung ist in diesen Bewegungen zu spüren.

Die Familien tauschen hin und wieder ein paar halblaute Bemerkungen aus über den Wohlgeschmack einer Speise oder eines Weines oder über den schönen Blick vom Rigi. Die einzelnen Reisenden weiblichen und männlichen Geschlechts sitzen allein und schweigsam nebeneinander, ohne sich auch nur anzusehen. Wenn ab und zu zwei Menschen von den hundert sich miteinander unterhalten, so sprechen sie sicher vom Wetter oder vom Aufstieg auf den Rigi. Messer und Gabeln bewegen sich kaum hörbar, es wird nur wenig von jeder Speise genommen, Erbsen und Gemüse werden nur mit der Gabel gegessen; die Kellner, die sich der allgemeinen Schweigsamkeit unwillkürlich anpassen, fragen flüsternd, welchen Wein man wünsche. Bei solchen Diners wird mir immer unwillkürlich erst schwer und unangenehm und schließlich traurig ums Herz. Mir kommt es immer so vor, als habe ich mir etwas zuschulden kommen lassen, als werde ich bestraft, wie als Kind, wenn man mich wegen einer Unart auf einen Stuhl setzte und ironisch zu mir sagte: „Ruh' dich nur aus, mein Lieber!“ Und dabei pochte das junge Blut ungeduldig in meinen Schläfen, und aus dem Nebenzimmer tönte das fröhliche Geschrei der Brüder. Anfangs suchte ich mich gegen dieses Gefühl der gänzlichen Niedergedrücktheit aufzulehnen, das sich meiner bei so feierlichen Mahlzeiten bemächtigte, doch umsonst: alle diese leblosen Gesichter haben einen unüberwindlichen Einfluß auf mich, und ich selbst werde so leblos wie sie. Ich will und denke nichts mehr, ja, ich höre auf zu beobachten. Anfangs versuchte ich ein Gespräch mit meinen Nachbarn anzuknüpfen; aber außer den Phrasen, die anscheinend schon zum hunderttausendsten Male an demselben Ort und zum hunderttausendsten Male mit dem gleichen Gesichtsausdruck wiederholt wurden, erhielt ich keine Antworten. Und dabei sind alle diese Menschen nicht etwa dumm und gefühllos, und gewiß lebt ein großer Teil dieser erstarrten Leute ein ebensolches Innenleben wie auch ich; ja bei vielen ist es gewiß viel komplizierter und interessanter. Warum also bringen sie sich selbst um einen der größten Genüsse des Lebens -- den Verkehr mit Menschen, die Freude aneinander?

Da war es doch ganz anders in unserer Pariser Pension, wo wir, zwanzig Menschen der verschiedensten Nationen und Berufe und mit den verschiedensten Charakteranlagen, unter dem Einfluß der französischen Mitteilsamkeit uns am gemeinsamen Mittagstisch versammelten wie zu einem Fest. Da wurde sofort das Gespräch, das mit Scherzen und Witzen gespickt war, allgemein; es flog von einem Ende der Tafel bis zum andern, obgleich es oft ein entsetzliches Kauderwelsch gab. Da schwatzte jeder, was ihm in den Kopf kam, ohne nachzudenken, was dabei herauskäme; da hatten wir unsern Philosophen, unsern Debattierer, unsern Schöngeist, unsern Kampfhahn — alles gemeinsam. Da schoben wir gleich nach dem Essen den Tisch beiseite und tanzten mit oder ohne Takt auf dem staubigen Teppich Polka bis in den Abend hinein. Da waren wir vielleicht kokett, und weder sehr klug noch sehr ehrwürdig, aber wir waren doch Menschen! Die spanische Gräfin, die ewig Romane erlebte, der italienische Abbate, der nach Tisch die „Göttliche Komödie" deklamierte, und der amerikanische Doktor mit dem freien Zutritt zu den Tuilerien, ebenso wie der junge Dramendichter mit den flatternden Haaren, die Pianistin, die die beste Polka der Welt komponiert haben wollte, und die unglückliche schöne Witwe mit den drei Ringen an jedem Finger, — wir alle verkehrten menschlich miteinander; unser Verhältnis war, wenn auch oberflächlich, so doch freundschaftlich, und ein jeder behielt von dem andern teils nur flüchtige, teils auch herzliche Erinnerungen zurück. An einer englischen Table d'hôte dagegen muß ich beim Anblick all dieser Spitzen, Bänder und Ringe, der pomadisierten Haare und der seidenen Toiletten immer daran denken, wieviel wirklich lebendige Frauen mit all diesem Putz glücklich sein könnten und andere glücklich machen würden. Seltsam zu denken, wieviel Freunde und Liebende, ja sehr glückliche Freunde und Liebende hier vielleicht nebeneinander sitzen und es nicht wissen. Und, Gott weiß warum, sie werden es auch nie voneinander erfahren und einander nie das Glück schenken, das sie sich doch so leicht geben könnten und nach dem jeder sich sehnt.

Mir wurde es traurig ums Herz, wie immer nach solchen Mahlzeiten, und, ohne meinen Nachtisch zu verzehren, erhob ich mich in verdrießlichster Laune und begab mich in die Stadt, um etwas umherzuschlendern. Die engen, schmutzigen Straßen ohne Beleuchtung, die verschlossenen Läden, die Begegnungen mit Betrunkenen, Arbeitern und Weibern, die nach Wasser gingen oder in kleinen Hütchen sich an den Mauern entlangdrückten und sich an allen Straßenecken umsahen und die Augen verdrehten, trugen nicht dazu bei, meine traurige Stimmung zu vertreiben, sondern verschlimmerten sie nur. Die Straßen waren schon ganz finster, als ich, ohne mich umzusehen, zum Hotel zurückeilte, um mich durch Schlaf von meiner düsteren Stimmung zu befreien. Meine Seele fror förmlich, ich fühlte mich traurig und verlassen, wie das oft ohne jeden sichtbaren Grund vorkommt, wenn man an einen neuen Ort übersiedelt.

Ich ging, vor mich auf den Boden starrend, den Kai entlang nach dem Schweizerhof, als mich plötzlich die Klänge einer seltsamen, doch unendlich lieblichen und angenehmen Musik überraschten. Diese Töne wirkten sofort belebend auf mich. Als fiele plötzlich ein heller, fröhlicher Lichtschein in mein Herz! Mir wurde froh und wohl zumute. Meine eingeschlummerte Aufmerksamkeit richtete sich nun von neuem auf die Umwelt. Die Schönheit der Nacht und des Sees, gegen die ich mich vorher gleichgültig verhalten hatte, ergriff mich wie etwas ganz Neues. Unwillkürlich bemerkte ich in einem kurzen Augenblick alles, den trüben Himmel, mit grauen Wolkenfetzen auf dunkelblauem Hintergrunde, von dem aufgehenden Monde beleuchtet, den dunkelgrünen, glatten See mit den sich in ihm spiegelnden Lichtern, die umnebelten Berge in der Ferne; ich hörte das Froschkonzert aus Fröschenburg und den taufrischen Wachtelschlag vom andern Ufer. Gerade vor mir, von der Stelle, wo die Töne herkamen und auf die meine Aufmerksamkeit vor allem gerichtet war, sah ich in der Dämmerung eine Menschenmenge, die sich im Halbkreis in der Mitte der Straße drängte, und in einiger Entfernung vor ihr eine winzige, schwarz gekleidete menschliche Gestalt. Hinter der Gestalt und der Menschenmenge zeichneten sich gegen den dunklen, graublauen zerfetzten Himmel scharf die dunklen Pappeln des Gartens ab, und an beiden Seiten des altertümlichen Münsters reckten sich stolz die scharfen Spitzen zweier Türme.

Ich trat näher, und die Töne wurden deutlicher. Ich erkannte die klaren, fernen, süß in der Abendluft spielenden, vollen Akkorde einer Gitarre und einige Stimmen, die, einander unterbrechend, nicht ein durchgehendes Motiv sangen, sondern dieses nur hier und da an besonders hervortretenden Stellen fühlen ließen. Das Motiv ähnelte einer lieblichen, graziösen Masurka. Die Stimmen schienen abwechselnd nah und fern, einmal klang es wie Baß, dann wieder wie Tenor, dann war es wieder eine gurgelnde Fistelstimme mit gurrenden Tiroler Jodlern. Das war kein Lied, sondern nur die leichte, meisterhaft gemachte Skizze eines Liedes. Ich konnte mir nicht erklären, was es war, aber es war herrlich. Diese zarten, leidenschaftlich süßen Akkorde auf der Gitarre, diese liebe, leichte Melodie und diese einsame, schwarze Gestalt des kleinen Männleins mitten in der phantastischen Umgebung des dunklen Sees, des aufgehenden Mondes und der sich stumm emporreckenden riesenhaften beiden Turmspitzen und der dunklen Pappeln, — das alles war so seltsam und dabei so unaussprechlich schön oder schien mir wenigstens so . . .

All die verwirrten, unwillkürlichen Eindrücke des ganzen Lebens hatten mit einemmal Sinn und Reiz für mich. Es war, als sei plötzlich in meiner Seele eine frische, duftende Blume erblüht. Statt der Müdigkeit, der Zerstreutheit und Gleichgültigkeit gegen alle Welt, die ich wenige Minuten vorher empfunden hatte, fühlte ich plötzlich das Bedürfnis nach Liebe, eine Fülle von Hoffnung und eine ursachlose Lebensfreude. „Was kannst du noch wünschen und wollen?“ sprach es unwillkürlich in mir. „Umgibt dich nicht Poesie und Schönheit von allen Seiten? Atme sie ein mit weiten, tiefen Zügen, soviel du irgend vermagst, genieße sie! Was brauchst du mehr? Alles ist dein, dir zum Segen!“

Ich kam näher. Es stellte sich heraus, daß der kleine Mann ein herumziehender Tiroler war. Er stand vor den Fenstern des Hotels, einen Fuß vorgesetzt, den Kopf zurückgeworfen, klimperte auf der Gitarre und sang mit wechselnder Stimmlage sein graziöses Liedchen. Ich empfand sofort eine Art Zärtlichkeit für diesen Menschen und Dankbarkeit für den Umschwung in mir, den er verursacht hatte. Soweit ich erkennen konnte, trug der Sänger einen alten schwarzen Rock, sein Haar war kurz und schwarz, und auf dem Kopf hatte er eine ganz ärmliche, einfache, alte Mütze. In seiner Kleidung war nichts Künstlerhaftes, doch seine flotte, kindliche fröhliche Haltung und seine Gesten boten bei seinem winzigen Wuchs ein rührendes und zugleich komisches Bild. An der Einfahrt, an den Fenstern und auf den Balkonen des prunkvoll erleuchteten Hotels standen in prächtigen Toiletten mit weiten Röcken die Damen, die Herren mit den schneeweißen Kragen, der Portier und ein Lakai in goldgestickten Livreen; auf der Straße standen im Halbkreis und auch weiter längs der Promenade zwischen den Linden elegante Kellner, Köche in weißen Jacken und mit weißen Mützen, Mädchen Arm in Arm und allerlei Spaziergänger. Alle, so schien es, empfanden das gleiche wie ich. Alle standen schweigend um den Sänger herum und hörten aufmerksam zu. Alles war still; nur in den Pausen des Liedes klang von irgendwoher über das Wasser ein Hämmern und von Fröschenburg her die trillernden Stimmen der Frösche, übertönt von dem monotonen, feuchten Schlag der Wachteln.

Der kleine Mann mitten auf der Straße sang wie eine Nachtigall ein Lied um das andere. Obgleich ich nun ganz in seiner Nähe war, bereitete mir sein Gesang noch immer großen Genuß. Seine nicht sehr große Stimme war außerordentlich angenehm, die Zartheit, der Geschmack und das Maßgefühl aber, mit dem er sie beherrschte, zeugte von einem großen, angeborenen Talent. Den Refrain eines jeden Verses sang er jedesmal anders, und man merkte deutlich, daß diese graziösen Variationen ganz frei improvisiert waren und ihm im Augenblick einfielen.

In der Menge und auf den Balkonen des Schweizerhofes hörte man oft ein beifälliges Gemurmel, sonst herrschte respektvolles Schweigen. Auf den Balkonen und in den Fenstern erschienen immer neue Gestalten eleganter Männer und Frauen, malerisch beleuchtet durch den Lichtschein aus dem Hause. Die Spaziergänger blieben stehen, und im Schatten am Kai standen überall zwischen den Linden Gruppen von Männern und Frauen. Neben mir standen, mit Zigarren im Munde, die aristokratischen Lakaien und der Koch, die sich von der Menge zurückgezogen hatten. Der Koch hatte ein sehr feines musikalisches Empfinden, und bei jedem hohen Fistelton nickte er dem Lakaien zu und stieß ihn mit dem Ellbogen an, mit einem Ausdruck, als wollte er sagen: „Nun, was meinst du dazu, he?“ Der Lakai, an dessen breitem Lächeln ich wohl sehen konnte, was es ihm für einen Genuß bereitete zuzuhören, erwiderte die Stöße des Koches mit einem Achselzucken, welches zeigen sollte, daß es nicht so leicht sei, ihm zu imponieren und daß er schon viel Besseres gehört habe.

In einer Pause, in der sich der Sänger räusperte, fragte ich den Lakaien, was für ein Mann das sei und ob er häufig herkomme.

„Ja, er kommt meist zweimal im Sommer,“ antwortete der Lakai, „er stammt aus dem Kanton Aargau und zieht so bettelnd umher.“

„Gibt es hier viel solche Leute?“ fragte ich.

„O ja“, sagte der Lakai, ohne meine Frage gleich zu verstehen, doch, als er sie begriffen hatte, setzte er hinzu: „O nein! Ich habe hier nur diesen einen gesehen. Weiter gibt es hier keine.“

Währenddessen hatte der kleine Mann sein erstes Lied beendet, drehte flink die Gitarre herum und sagte etwas in seinem Schweizerdeutsch vor sich hin, was ich nicht verstand, was aber unter den Umstehenden Gelächter hervorrief.

„Was sagt er da?“ fragte ich.

„Er sagt, seine Kehle sei trocken und er würde gern einen Schluck Wein trinken“, übersetzte mir der Lakai, der neben mir stand.

„Er trinkt wohl gern, wie?“

„Diese Leute sind alle so“, sagte der Lakai lächelnd, mit einer verächtlichen Handbewegung.

Der Sänger nahm die Mütze ab und trat, die Gitarre schwenkend, auf das Haus zu. Den Kopf zurückwerfend, wandte er sich an die Verrschaften an den Fenstern und Balkongittern: „Messieurs et mesdames“, sagte er mit halb italienischem, halb deutschem Akzent und in dem Ton, in dem sich herumziehende Taschenspieler an das Publikum zu wenden pflegen. „Si vous croyez que je gagne quelque chose, vous vous trompez; je ne suis qu'un pauvre tiaple.“ Er hielt inne und schwieg ein Weilchen; da aber niemand ihm etwas gab, schwenkte er nochmals die Gitarre und sagte: „A présent, messieurs et mesdames, je vous chanterai l'air du Righi.“ Das Publikum oben schwieg, blieb aber in Erwartung des neuen Liedes stehen; die Menge unten lachte, wahrscheinlich über seine komische Ausdrucksweise und weil man ihm nichts gab. Ich gab ihm einige Centimes, er warf sie geschickt von einer Hand in die andere, steckte sie in die Westentasche, und, die Mütze wieder aufsetzend, begann er von neuem zu singen, und zwar ein sehr liebliches, graziöses Tiroler Liedchen, das er l'air du Righi nannte. Dieses Lied, das er an den Schluß gesetzt hatte, war das beste von allen, und von allen Seiten hörte man aus der Menge, die sich stark vermehrt hatte, lobende Ausrufe. Er war zu Ende. Von neuem schwenkte er die Gitarre, nahm die Mütze ab, hielt sie vor sich hin, trat zwei Schritt auf das Haus zu und wiederholte wieder den unverständlichen Satz: „Messieurs et mesdames, si vous croyez, que je gagne quelque chose . . .“ — den er sichtlich für sehr gewandt und geistreich hielt — doch in seiner Stimme und seinen Bewegungen bemerkte ich eine gewisse Unentschlossenheit und kindliche Schüchternheit, die bei seinem winzigen Wuchs besonders auffallend wirkte. Das elegante Publikum stand immer noch ebenso malerisch im Lichtschein auf den Balkonen und in den Fenstern, in prächtigen Toiletten glänzend; einige sprachen in anständig gemäßigtem Ton untereinander, anscheinend über den Sänger, der mit ausgestreckter Hand vor ihnen stand; andere sahen mit gespannter Neugier hinunter auf die kleine, schwarze Gestalt; von einem Balkon ließ sich das helle, fröhliche Lachen eines jungen Mädchens vernehmen. In der Menge unten ertönte immer lauteres Lachen und Sprechen. Der Sänger wiederholte seinen Satz ein drittes Mal, doch mit noch schwächerer Stimme, streckte nochmals die Hand mit der Mütze aus, ließ sie aber sofort wieder sinken. Und wieder warf von diesen hundert prunkvoll gekleideten Menschen, die sich alle drängten, ihm zuzuhören, nicht einer einen Groschen hinunter. Die Menge lachte mitleidslos. Der kleine Sänger wurde, so schien es mir, noch kleiner, nahm die Gitarre in die andere Hand, schwang die Mütze über dem Kopf und sagte: „Messieurs et mesdames, je vous remercie et je vous souhaite une bonne nuit.“ Dann setzte er die Mütze wieder auf. Die Menge brüllte vor Lachen. Von den Balkonen entfernten sich nach und nach die schönen Herren und Damen, ruhig miteinander plaudernd. Auf der Promenade begann wieder das Aufundabgehen. Die während des Gesanges stillgewordene Straße belebte sich wieder, nur noch einige Leute blickten, ohne näher zu kommen, von ferne auf den Sänger und lachten. Ich hörte, daß der kleine Mensch etwas in seinen Bart brummte, dann machte er kehrt und, anscheinend noch mehr einschrumpfend, ging er mit raschen Schritten nach der Stadt. Die lustigen Spaziergänger, die ihn angesehen hatten, folgten ihm lachend in einiger Entfernung ...

Ich geriet ganz in Verwirrung, wußte nicht mehr, was das

alles bedeuten sollte, und ohne mich von der Stelle zu rühren, starrte ich gedankenlos in die Dunkelheit, dem in der Richtung zur Stadt forteilenden, winzigen Männlein und den ihm folgenden Spaziergängern nach. Mir wurde bitter weh ums Herz, und vor allem schämte ich mich für den kleinen Mann und für die Menge und für mich, als hätte ich selbst um Geld gebeten und man hätte mir nichts gegeben und nur über mich gelacht. Ohne mich umzusehen, ging ich beklommenen Herzens mit eiligen Schritten zum Vestibül des Schweizerhofs. Ich konnte mir keine Rechenschaft geben, was in mir vorging; etwas Schweres, Ungeklärtes erfüllte meine Seele und drückte sie nieder.

An der prunkvollen, hellerleuchteten Einfahrt stieß ich auf den höflich beiseite tretenden Portier und auf eine englische Familie. Ein schöner, stattlicher, großer Herr mit schwarzem, englischem Backenbart, einen schwarzen Hut auf dem Kopf, ging selbstbewußt, ein Plaid auf dem Arm und einen Spazierstock in der Hand, Arm in Arm mit einer Dame in rohseidenem Kleid und einer Haube mit leuchtenden Bändern und prächtigen Spitzen. Neben ihnen ging ein hübsches, frisches junges Mädchen in einem graziösen Schweizer Strohhütchen mit einer Feder à la mousquetaire, unter dem um das weiße Gesichtchen lange hellblonde Locken weich herabfielen. Vor ihnen sprang ein zehnjähriges, rotbackiges Mädelchen mit dicken weißen Beinchen, die unter ganz dünnen Spitzen sichtbar wurden.

„Eine herrliche Nacht“, sagte die Dame mit süßer, glücklicher Stimme, als ich vorüberging.

„Ohe!“ brummte träge der Engländer, dem anscheinend so wohl auf der Welt war, daß er sogar zum Sprechen zu faul war. Und sie alle führten anscheinend ein so ruhiges bequemes, angenehmes, leichtes Leben auf dieser Welt, in allen ihren Bewegungen und ihrem Mienenspiel lag eine solche Gleichgültigkeit gegen die ganze Umwelt und eine solche ruhige Gewißheit, daß der Portier zur Seite treten und sie grüßen werde, daß sie bei ihrer Heimkehr ein sauberes, gutes Bett in einem ebensolchen Zimmer vorfinden würden, und daß das alles auch so sein müsse, daß sie auf das alles ein Recht hätten, — daß ich ganz unwillkürlich einen Vergleich anstellte zwischen ihnen und dem wandernden Sänger, der müde, vielleicht hungrig, und beschämt vor der lachenden Menge davonlief, — und ich verstand, was mich so niederdrückte, und ein unaussprechlicher Zorn auf diese Leute ergriff mich. Ich ging zweimal auf und ab, an dem Engländer vorbei, und mit unaussprechlichem Genuß stieß ich ihn jedesmal, ohne ihm auszuweichen, mit dem Ellbogen, dann ging ich von der Einfahrt fort und lief in die Dunkelheit in der Richtung zur Stadt, wohin der kleine Mann verschwunden war.

Als ich drei nebeneinander hergehende Spaziergänger eingeholt hatte, fragte ich sie, wo der Sänger sei; sie zeigten lachend vor sich hin. Er ging ganz allein, mit eiligen Schritten; niemand suchte sich ihm zu nähern, und er schien immerfort leise etwas vor sich hin zu brummen. Ich ging ihm nach und schlug ihm vor, gemeinsam eine Flasche Wein zu trinken. Er ging immer noch ebenso schnell und sah sich unzufrieden nach mir um; als er aber verstanden hatte, um was es sich handelte, blieb er stehen.

„Nun, ich will es nicht abschlagen, wenn Sie so gütig sind", sagte er. „Hier ist ein kleines Café, da können wir hingehen, — es ist nur ganz einfach", setzte er hinzu und zeigte auf eine kleine Schenke, die noch offen war.

Sein Wort „es ist nur ganz einfach" brachte mich unwillkürlich auf den Gedanken, nicht in dieses „ganz einfache" Café zu gehen, sondern in den Schweizerhof, dorthin, wo jene waren, die ihm zugehört hatten. Obgleich er es mit scheuer Erregung einmal ums andere zurückwies, in den Schweizerhof zu gehen, wo es ihm zu elegant sei, blieb ich bei meinem Vorschlag, und schließlich machte er kehrt, tat so, als sei er nicht mehr im geringsten verlegen, und lustig die Gitarre schwenkend ging er mit mir am Kai zurück. Einige müßige Spaziergänger waren mir gefolgt, als ich den Sänger ansprach, sie hatten gehört, was ich zu ihm sagte, und folgten uns nun, sich lebhaft unterhaltend, bis dicht an die Einfahrt, sichtlich noch eine Vorstellung von dem Tiroler erwartend.

Ich bestellte eine Flasche Wein bei einem Kellner, der mir im Flur begegnete. Der Kellner sah uns an, lächelte und lief, ohne zu antworten, rasch an uns vorbei. Der Oberkellner, an den ich mich mit der gleichen Bitte wandte, hörte mich ernsthaft an, und nachdem er die kleine, bescheidene Gestalt des Sängers vom Kopf bis zu den Füßen gemustert hatte, befahl er dem Portier in strengem Tone, uns in den Saal links zu führen. Der Saal links war die Trinkstube für das einfache Volk. In einer Ecke des Raumes wusch eine bucklige Magd Geschirr, und die ganze Ausstattung bestand aus nackten hölzernen Tischen und Bänken. Der Kellner, der gekommen war, uns zu bedienen, sah uns mit herablassendem Lächeln an und unterhielt sich, die Hände in den Hosentaschen, mit der buckligen Magd. Er wollte uns sichtlich fühlen lassen, daß er sich seiner Würde und seiner gesellschaftlichen Stellung nach dem Sänger weit überlegen fühlte, weshalb es für ihn nicht nur nicht erniedrigend sei, sondern ihm wirklich Spaß mache, uns zu bedienen.

„Wünschen Sie einen einfachen Wein?" sagte er mit Kennermiene, mir nach meinem Nachbarn hin zuzwinkernd, und warf die Serviette von einer Hand in die andere.

„Champagner und zwar den allerbesten!" sagte ich, bemüht, so stolz und erhaben wie möglich zu erscheinen. Doch weder der Champagner, noch mein stolzes, erhabenes Aussehen wirkten auf den Kellner; er lächelte, stand einen Augenblick da und betrachtete uns, sah ohne Hast auf seine goldene Uhr und verließ mit langsamen Schritten, als ginge er spazieren, den Raum. Bald kehrte er mit dem Wein und noch zwei andern Bedienten zurück. Zwei von ihnen setzten sich neben die bucklige Magd und betrachteten uns mit heiterer Neugier und herablassendem Lächeln in den Mienen, wie liebende Eltern ihren lieben Kinderchen zuschauen, wenn diese recht nett spielen. Nur die bucklige Magd betrachtete uns anscheinend nicht spöttisch, sondern mit Anteilnahme. Obwohl es mir sehr schwer und peinlich war, unter dem Feuer dieser Bedientenblicke mit dem Sänger zu plaudern und ihn zu bewirten, gab ich mir doch Mühe, meine Sache so ungezwungen wie möglich zu machen. Bei Licht konnte ich ihn besser betrachten. Er war ein winzig kleiner, gut proportionierter, muskulöser Mensch, fast ein Zwerg, mit borstigem schwarzem Haar, immer tränenden, großen schwarzen Augen ohne Wimpern und einem sehr sympathischen, freundlichen, winzigen Munde. Er trug einen kleinen Backenbart, das Haar war kurz geschnitten, die Kleidung einfach, ja armselig. Er war unsauber, zerlumpt, verbrannt und sah überhaupt aus wie ein Arbeiter. Er ähnelte eher einem armen Handelsmann als einem Künstler. Nur in den immer feuchten, glänzenden Augen und dem zusammengekniffenen Mund war etwas Eigenartiges und Rührendes. Dem Aussehen nach hätte man ihn ebensogut auf fünfundzwanzig wie auf vierzig Jahre schätzen können; in Wahrheit war er achtunddreißig Jahre alt.

Folgendes erzählte er mir mit gutmütiger Bereitwilligkeit und sichtlicher Aufrichtigkeit von seinem Leben. Er stammte aus dem Kanton Aargau. Als Kind hatte er Vater und Mutter verloren, andere Verwandte hatte er nicht. Vermögen hatte er nie gehabt. Er hatte das Tischlerhandwerk erlernt, doch vor nunmehr zwanzig Jahren bekam er den Knochenfraß an der Hand und konnte daher keine Arbeit mehr leisten. Von Kindheit an hatte er eine Vorliebe für den Gesang, und so begann er denn zu singen. Manchmal gaben ihm die Ausländer Geld. Er machte sich einen Beruf daraus, kaufte eine Gitarre, und nun wanderte er schon siebzehn Jahre durch die Schweiz und Italien und sang vor den Wirtshäusern. Sein ganzes Gepäck waren die Gitarre und ein Beutel, in dem er anderthalb Franken hatte, die er heute abend für Essen und Nachtquartier brauchte. Jedes Jahr, schon zum achtzehnten Male, durchzog er die schönsten, meist besuchten Ortschaften der Schweiz: Zürich, Luzern, Interlaken, Chamounix und so weiter. Über den St. Bernhard ging er nach Italien und kam über den St. Gotthard oder durch Savoyen zurück. Jetzt fiel ihm das Umherziehen schon etwas schwer, weil durch Erkältungen die Schmerzen in seinen Füßen, die er „Gliedersucht" nannte, von Jahr zu Jahr schlimmer wurden, und seine Augen und seine Stimme an Kraft immer mehr eingebüßt hatten. Trotzdem wollte er sich jetzt nach Interlaken, Aix-les-Bains und über den kleinen St. Bernhard nach Italien begeben, das er besonders gern hatte. Im allgemeinen schien er mit seinem Leben ganz zufrieden zu sein. Als ich ihn fragte, warum er nach Hause zurückkehre, ob er dort Verwandte, ein Haus oder ein Stück Land habe, verzog sich sein kleiner Mund zu einem fröhlichen Lächeln und er antwortete:

„Oui, le sucre est bon, il est doux pour les enfants!" und zwinkerte zu den Kellnern hinüber.

Ich verstand gar nichts, aber die Kellner lachten.

„Gar nichts habe ich. Würde ich wohl sonst so herumziehen?" erklärte er mir. „Ich gehe aber heim, weil einen doch immer etwas nach der Heimat zieht."

Und nochmals wiederholte er mit selbstzufrieden-schlauem Lächeln: „Oui, le sucre est bon", und lachte dann gutmütig. Die Kellner freuten sich und lachten, nur die bucklige Magd sah aus großen, guten Augen ernsthaft auf den kleinen Menschen und hob seine Mütze auf, die er während des

Gesprächs von der Bank hatte fallen lassen. Ich habe beobachtet, daß herumziehende Sänger, Akrobaten, ja auch Taschenspieler sich gern „Künstler“ nennen lassen, und machte meinem Gegenüber daher mehrmals Anspielungen darauf, daß er doch Künstler sei. Aber er nahm diese Bezeichnung für sich nicht an, sondern sah in seiner Beschäftigung ganz einfach nur ein Mittel zum Leben. Als ich ihn fragte, ob er nicht die Lieder, die er sänge, selbst verfaßte, wunderte er sich über diese seltsame Frage und meinte, wie sollte er wohl, das seien alles alte Tiroler Lieder!

„Aber wie ist das denn, das Lied vom Rigi ist doch wohl nicht alt?“ sagte ich.

„Ja, das ist vor etwa fünfzehn Jahren gedichtet worden. Ein Deutscher aus Basel, ein sehr gescheiter Mann, hat es gemacht. Ein sehr schönes Lied! Für die Reisenden hat er es gemacht, wissen Sie!“

Und er übersetzte mir die Worte des Liedes, das ihm so sehr gefiel, ins Französische. Das Lied aber lautete so:

„Vo Luzern uf Wäggis zue
Brucht me weder Strümpf noch Schuhe.
Fahr' im Schiffli übern See,
Um die schönen Maidli z' seh.
„Hansli, trink mer nit zu viel,
's Galdi mueß verdienet si!“
„Maidli, laß das Gambele goh,
's Gambele wird dir schon vergoh.“

„Oh, das ist ein sehr schönes Lied“, schloß er.

Die Bedienten fanden das Lied jedenfalls auch schön, denn sie näherten sich uns.

„Nun, und wer hat die Musik gemacht?“ fragte ich.

„Die, — niemand; wissen Sie, das ist so: für die Ausländer braucht man immer was Neues.“

Als man uns Eis brachte und ich meinem Gesellschafter ein Glas Champagner einschenkte, wurde ihm sichtlich unbehaglich zumute, und er begann, sich nach den Bedienten umsehend, auf der Bank herum zu rutschen. Wir stießen auf das Wohl der Künstler an; er trank ein halbes Glas und hielt es darauf für richtig, in Gedanken zu versinken und tiefsinnig die Brauen zusammenzuziehen.

„Lange ist es her, daß ich solchen Wein getrunken habe, je ne vous dis que ça. Der Asti in Italien ist schön; aber der hier schmeckt noch besser. Ach, Italien! Schön ist es da!" fügte er hinzu.

„Ja, da weiß man Musik und Künstler zu schätzen", sagte ich, um ihn auf seinen heutigen Mißerfolg vor dem Schweizerhof zu bringen.

„Nein," antwortete er, „was die Musik betrifft, so kann ich da niemandem ein besonderes Vergnügen bereiten. Die Italiener sind selbst musikalisch, wie kein anderes Volk der Welt. Das einzige sind meine Tiroler Lieder. Die sind ihnen doch neu."

„Nun, und sind die Herrschaften da freigebiger?" fuhr ich fort, um ihn zu veranlassen, meine Wut über die Bewohner des Schweizerhofs zu teilen. „Da kommt gewiß so etwas nicht vor, wie hier, daß in einem riesigen Hotel, wo lauter reiche Leute wohnen, hundert Menschen einem Künstler zuhören und nicht einer ihm etwas gibt?"

Meine Frage wirkte aber nicht so, wie ich erwartet hatte. Er dachte gar nicht daran, ihnen zu zürnen; im Gegenteil, er sah in meiner Bemerkung einen Vorwurf für sein Talent, das keine Belohnung gefunden hatte, und suchte sich zu rechtfertigen.

„Man bekommt nicht immer viel", antwortete er. „Manchmal bleibt auch die Stimme weg, man ist müde, — ich bin heute doch neun Stunden gewandert und habe fast den ganzen Tag gesungen. Es ist schon schwer! Und die feinen, aristokratischen Herrschaften wollen auch nicht immer Tiroler Lieder hören."

„Trotzdem! Wie kann man denn gar nichts geben!" wiederholte ich.

Er verstand meine Bemerkung nicht.

„Das ist es nicht", sagte er. „Die Hauptsache ist: on est très serré pour la police, das ist es. Hier, unter den republikanischen Gesetzen, ist es uns nicht erlaubt zu singen; in Italien darf man dagegen herumziehen, soviel man will, da sagt kein Mensch ein Wort. Hier ist es so: haben sie Lust, dann erlauben sie es, haben sie aber keine, dann kommt man ins Loch."

„Wie, tatsächlich?"

„Ja. Wenn jemand Sie bemerkt, und Sie singen noch einmal, dann kann man Sie einsperren. Ich habe schon drei Monate gesessen", sagte er lächelnd, als sei dieses Erlebnis eine seiner angenehmsten Erinnerungen.

„Ach, wie schrecklich!" sagte ich. „Warum denn nur?"

„Das ist hier so, nach den neuen Gesetzen der Republik", fuhr er, lebhafter werdend, fort. „Sie wollen nicht einsehen, daß das sein muß und daß schließlich auch der Arme irgendwie durchkommen will. Wenn ich kein Krüppel wäre, würde ich arbeiten. Und tue ich denn jemandem Schaden damit, daß ich singe? Was ist dabei? Die Reichen können leben wie sie wollen, aber un pauvre tiaple wie ich, der soll nicht mal leben können! Was sind denn das für republikanische Gesetze? Wenn das so ist, dann danken wir für die ganze Republik, — nicht wahr, verehrter Herr? Wir wollen gar keine Republik, aber wir wollen ... wir wollen nur ... wir wollen ..." er wurde etwas unsicher, „wir wollen natürliche Gesetze."

Ich füllte wieder sein Glas.

„Trinken Sie nicht?" fragte ich.

Er nahm das Glas zur Hand und verbeugte sich.

„Ich weiß, was Sie wollen", sagte er, die Augen zusammenkneifend, und drohte mir mit dem Finger. „Sie wollen mich betrunken machen, um zu sehen, wie ich mich dann benehme. Aber nein! Das soll Ihnen nicht gelingen!"

„Weshalb sollte ich Sie betrunken machen wollen?“ sagte ich. „Ich wollte Ihnen nur eine Freude bereiten.“

Es tat ihm offenbar leid, mich durch eine solche Deutung meines Vorgehens gekränkt zu haben; er wurde verlegen, stand auf und drückte meinen Ellbogen.

„Nein, nein,“ sagte er und sah mich mit bittendem Blick aus seinen feuchten Augen an, „ich scherze ja nur.“

Und dann brachte er einen ganz verdrehten, schlauen Satz vor, der besagen sollte, daß ich doch ein guter Kerl sei.

„Je ne vous dis que ça!“ schloß er.

So plauderte ich weiter mit dem Sänger und trank mit ihm; die Bedienten aber sahen uns weiter ganz ungeniert zu und schienen sich über uns lustig zu machen. Obgleich das Gespräch mich interessierte, konnte ich doch nicht umhin, sie zu bemerken und ärgerte mich, offengestanden, immer mehr. Einer von ihnen stand auf, trat hinter den kleinen Mann und sah ihm lächelnd auf den Kopf. Ich hatte schon reichlich Ärger gegen die Bewohner des Schweizerhofs in mir aufgespeichert und ihn noch an niemandem auslassen können. Jetzt, muß ich gestehen, brachten mich diese Bedientenseelen erst recht auf. Der Portier kam herein, ohne die Mütze abzunehmen, und setzte sich mit aufgestützten Ellbogen neben mich. Dieser Umstand verletzte meine Eigenliebe und meine Eitelkeit, meine Geduld riß endgültig, und der Ärger, der sich den ganzen Abend in mir angesammelt hatte, machte sich Luft. Warum verneigt er sich ehrerbietig, wenn ich an der Einfahrt allein an ihm vorübergehe, jetzt aber, wo ich mit einem wandernden Sänger zusammensitze, setzt er sich frech zu mir? Mich ergriff jene kochende Wut, die ich so an mir liebe und in der ich mich absichtlich bestärke, wenn sie mich befällt, weil sie so beruhigend auf mich wirkt und mir wenigstens für kurze Zeit ungewöhnliche Beweglichkeit, Energie und eine kraftvolle Anspannung aller physischen und moralischen Fähigkeiten verleiht.

Ich sprang auf.

„Worüber lachen Sie?" schrie ich den Kellner an und fühlte, wie mein Gesicht blaß wurde und meine Lippen unwillkürlich zuckten.

„Ich lache nicht, das ist nur so..." sagte der Kellner und zog sich zurück.

„Nein, Sie lachen über diesen Herrn! Und wer gibt Ihnen das Recht, hier herumzusitzen, wenn hier Gäste sind! Unterstehn Sie sich nicht zu sitzen!" schrie ich.

Der Portier brummte etwas, stand auf und rückte zur Türe.

„Wer gibt Ihnen das Recht, über diesen Herrn zu lachen und neben ihm zu sitzen, wenn er hier Gast ist und Sie sind Bedienter? Warum haben Sie heute mittag nicht über mich gelacht und sich neben mich gesetzt? Weil er arm ist und auf der Straße singt? Darum? Und weil ich gute Kleider trage? Er ist arm, aber hundertmal besser als Sie, davon bin ich überzeugt, denn er verletzt niemanden, Sie aber haben ihn gekränkt!"

„Ich habe doch gar nichts getan, was wollen Sie eigentlich?" antwortete der Kellner schüchtern. „Hindere ich ich ihn denn, hier zu sitzen?"

Der Kellner verstand mich nicht, und meine in deutscher Sprache gesagten Worte waren in den Wind gesprochen. Der grobe Portier trat erst für den Kellner ein, doch ich schrie ihn so an, daß auch er so tat, als verstünde er mich nicht, und sich mit verächtlicher Geste abwandte. Die bucklige Magd, die entweder meine heftige Erregung bemerkt hatte und einen Skandal befürchtete, oder aber meine Ansicht wirklich teilte, ergriff meine Partei, suchte sich zwischen mich und den Portier zu stellen und redete ihm zu, er solle schweigen, da ich recht hätte, mich aber bat sie, mich zu beruhigen. „Der Herr hat recht; Sie haben recht!" wiederholte sie. Der Sänger machte in seiner Angst eine ganz traurige, höchst jämmerliche Figur; sichtlich ohne zu begreifen, warum ich mich so aufregte, bat er mich, so rasch wie möglich von hier fortzugehen. Doch in mir entbrannte die Streitsucht jetzt nur immer heftiger. Alles fiel mir wieder ein: die Menschenmenge, die über ihn gelacht hatte, die Zuhörer, die ihm nichts gegeben hatten — und um keinen Preis wollte ich mich beruhigen. Ich glaube, wenn die Kellner und der Portier nicht so nachgiebig gewesen wären — ich hätte mich mit Wonne mit ihnen geprügelt oder das wehrlose englische Fräulein mit einem Knüppel auf den Kopf geschlagen. Wenn ich in diesem Augenblick in Sewastopol gewesen wäre, — ich hätte mich mit Wonne in einen englischen Laufgraben gestürzt, um dort um mich zu schlagen und zu stechen.

„Und warum haben Sie mich mit diesem Herrn hierher geführt und nicht in den andern Saal? Wie?" fragte ich den Portier und packte ihn bei der Hand, damit er mir nicht entrinnen könne. „Welches Recht hatten Sie, nach dem Äußeren darüber zu urteilen, ob der Herr in diesen oder jenen Saal gehört? Hat im Gasthaus nicht jeder, der bezahlt, das gleiche Recht? Nicht nur in einer Republik, sondern auf der ganzen Welt? Ihr mit eurer schäbigen Republik! . . . Das ist Gleichheit! Ihr hättet euch nicht unterstanden, die Engländer in diesen Saal zu führen, dieselben Engländer, die diesem Herrn zugehört haben, ohne zu bezahlen, was soviel heißt, daß jeder ihm ein paar Centimes gestohlen hat, die er ihm schuldig war. Wie konnten Sie wagen, uns in diesen Saal zu führen?"

„Der andere Saal ist geschlossen!" sagte der Portier.

„Nein," schrie ich „das ist nicht wahr, der Saal ist nicht geschlossen!"

„Sie wissen es also besser?"

„Ja, ich weiß, ich weiß, daß Sie lügen!"

Der Portier wandte mir den Rücken.

„Ach was, es lohnt nicht, darüber zu reden!" brummte er.

„Nein, nichts davon!" schrie ich. „Sie führen mich augenblicklich in den andern Saal!"

Trotz des Zuredens der Buckligen und der Bitten des Sängers, lieber zu gehen, ließ ich den Oberkellner rufen und begab mich mit meinem Gast nach dem großen Saal. Der Oberkellner, der meine erregte Stimme gehört hatte und mein wütendes Gesicht sah, ließ sich auf keinen Streit ein, sondern sagte mit verächtlicher Höflichkeit, ich könnte gehen, wohin ich wollte. Ich konnte dem Portier nicht seine Lüge beweisen, denn ehe ich den Saal betrat, war er verschwunden.

Der Saal war wirklich noch geöffnet und hell erleuchtet; an einem der Tische saß ein Engländer mit einer Dame beim Abendessen. Obgleich man uns einen andern Tisch anwies, setzte ich mich mit dem schmierigen Sänger an den Tisch des Engländers und ließ mir die halb geleerte Flasche herüberbringen.

Die Engländer blickten anfangs erstaunt, dann zornig auf den kleinen Mann, der nicht tot und nicht lebendig neben mir saß; sie wechselten einige Worte, die Dame stieß ihren Teller weg, raschelte mit den seidenen Gewändern, und beide entfernten sich. Durch die Glastür konnte ich sehen, wie der Engländer wütend mit dem Kellner sprach und fortwährend auf unsern Tisch zeigte. Der Kellner steckte den Kopf zur Türe herein und sah zu uns herüber. Ich freute mich schon darauf, daß man kommen und uns hinausführen und mir so endlich Gelegenheit geben würde, meiner Wut über die Engländer Luft zu machen. Doch glücklicherweise ließ man uns in Ruhe, obwohl mir das damals ärgerlich war.

Der Sänger, der vorher den Wein abgelehnt hatte, trank jetzt hastig den Rest aus der Flasche, um nur so schnell wie möglich fortzukommen. Doch dankte er mir anscheinend aufrichtig für die Bewirtung. Seine feuchten Augen wurden noch feuchter und glänzender, und er sprach mir seinen Dank in ganz verdrehten, seltsamen Sätzen aus. Trotzdem aber taten mir seine Worte sehr wohl: er sagte, wenn alle Menschen die Künstler so achteten wie ich, so würde es ihm besser ergehen, und er wünsche mir alles Gute. Wir gingen gemeinsam auf den Flur hinaus. Da standen die Bedienten und mein Feind, der Portier, der sich anscheinend über mich beklagte. Sie sahen mich alle an, als ob ich verrückt wäre, wenigstens kam es mir so vor. Ich ließ den kleinen Mann an all diesen Zuschauern vorübergehen, und in der Türe nahm ich mit aller erdenklichen Würde den Hut ab und drückte ihm die knochigen Finger. Die Bedienten taten, als sähen sie mich gar nicht. Nur einer von ihnen lachte höhnisch.

Als der Sänger unter Verbeugungen im Dunkeln verschwunden war, ging ich hinauf in mein Zimmer, um all diese ärgerlichen Eindrücke und vor allem die dumme kindische Wut zu verschlafen, die mich so plötzlich überfallen hatte. Doch ich war zu erregt, um schlafen zu können, und ging wieder auf die Straße hinaus, um so lange umherzulaufen, bis ich mich beruhigt hätte; offen gesagt, hegte ich dabei noch die unklare Hoffnung, eine Gelegenheit zu finden, nochmals mit dem Portier, den Kellnern oder den Engländern zusammenzustoßen, um ihnen ihre Roheit und vor allem ihre Ungerechtigkeit zu beweisen. Doch außer dem Portier, der bei meinem Anblick mir den Rücken zuwandte, traf ich niemanden und ging einsam auf dem Kai auf und ab.

„Das ist das seltsame Schicksal der Poesie“, dachte ich, als ich mich etwas beruhigt hatte. „Alle lieben und suchen und wünschen sie im Leben, und doch erkennt niemand ihre Macht an, niemand weiß dieses höchste Gut der Welt zu schätzen, niemand dankt denen, die es der Welt bringen. Man frage, wen man will, von all diesen Bewohnern des Schweizerhofs, was das höchste Gut der Erde sei! Und alle oder doch wenigstens neunundneunzig von hundert werden mit sardonischer Miene sagen, das höchste Gut der Erde sei das Geld! ‚Vielleicht sagt dieser Gedanke Ihnen nicht zu und harmoniert nicht mit Ihren erhabenen Ideen,‘ wird man mir sagen, ‚doch was ist dabei zu machen, wenn das Leben des

Menschen so eingerichtet ist, daß nur das Geld den Menschen glücklich machen kann. Ich konnte meinen Geist nicht hindern, das Leben so zu sehen, wie es ist', wird er hinzufügen, ‚das heißt, daß er die Wahrheit sieht.' Armer Geist, armseliges Glück, das du herbeisehnst, und armes Geschöpf, das selbst nicht weiß, wessen es bedarf ... Warum verließet ihr denn alle euer Vaterland, eure Verwandten, die Arbeit und die Geldgeschäfte und drängt euch alle in der kleinen Schweizer Stadt Luzern zusammen? Warum strömtet ihr heute abend alle auf die Balkone hinaus und hörtet mit respektvollem Schweigen dem Liede des kleinen Bettlers zu? Und wenn er noch mehr gesungen hätte, hättet ihr alle noch länger geschwiegen und zugehört. Hätte man euch alle für Geld, und sei es für Millionen, aus dem Vaterland hinaus, in die kleine Stadt Luzern treiben können? Euch alle um Geld auf die Balkone hinauslocken und euch zwingen können, eine halbe Stunde zu schweigen und regungslos zu lauschen? Nein! Und eines nur wird euch ewig ruhelos machen und euch mehr bewegen als alle andern treibenden Kräfte des Lebens: das Bedürfnis nach Poesie, dessen ihr nicht bewußt seid, das ihr aber fühlt und immer fühlen werdet, solange noch etwas Menschliches in euch ist. Das Wort Poesie scheint euch lächerlich, ihr braucht es wie einen spöttischen Vorwurf, ihr betrachtet die Vorliebe für Poesie als eine Eigenschaft von Kindern und törichten Backfischen, über die ihr euch lustig macht; ihr braucht nur Positives. Aber Kinder schauen mit gesunden Augen in die Welt: sie lieben und kennen das, was der Mensch im Leben lieben muß, das, was glücklich macht, euch aber hat das Leben so verwirrt und verdorben, daß ihr über das spottet, was ihr in Wahrheit liebt, und einzig das sucht, was ihr haßt und was euch Unglück bringt. Ihr seid so verwirrt, daß ihr nicht begreift, wie sehr ihr diesem armen Tiroler verpflichtet seid, der euch einen reinen Genuß verschaffte, und zugleich haltet ihr euch verpflichtet, euch ganz umsonst, ohne Nutzen oder Freude davon zu haben, vor einem Lord zu erniedrigen und ihm eure Ruhe und eure Bequemlichkeit zu opfern. Welch ein Unsinn, welch eine unerklärliche Torheit! Doch nicht das war es, was mich heute abend am meisten traf. Dieses Nicht-Erkennen des Glückes, das Unbewußte des künstlerischen Genießens verstehe ich fast oder bin es doch gewöhnt, weil es mir im Leben schon allzuoft begegnet ist. Auch die rohe, unwissende Grausamkeit der Menge war mir nichts Neues: denn was auch die Sachwalter der gesunden Vernunft des Volkes sagen mögen, die Menge bleibt ein Haufen von vielleicht im einzelnen guten Menschen, die aber nur das Tierische, Häßliche miteinander gemeinsam haben, und darum kommt in der Masse immer nur die Schwäche und die Grausamkeit der menschlichen Natur zum Ausdruck. Wie aber konntet ihr, ihr Kinder eines freien, menschlichen Volkes, ihr Christen, ihr Menschen schlechthin — wie konntet ihr auf einen reinen Genuß, den ein unglücklicher, bittender Mensch euch gewährt hat, mit Spott und Kälte antworten? Aber nein, in eurem Vaterlande gibt es ja Heime für Bettler! Es gibt keine Bettler, es darf keine geben, und auch das Gefühl des Mitleids, auf das sich die Bettelei gründet, darf es nicht geben. Aber er hat sich doch bemüht, — er hat euch erfreut, er flehte euch an, ihm etwas von eurem Überfluß zu geben, für seine Mühe, die ihr genossen habt. Ihr aber beobachtetet ihn mit kaltem Lächeln, wie eine Seltenheit, aus euren Prunkgemächern, und unter euch Hunderten, den Glücklichen, Reichen, fand sich nicht einer, nicht eine, die ihm etwas hingeworfen hätten! Beschämt zog er von dannen, die gedankenlose Masse aber ging hohnlachend hinter ihm her und kränkte nicht euch, sondern ihn dafür, daß ihr kalt, grausam und unehrenhaft gehandelt habt; dafür, daß ihr ihm den Genuß stahlt, den er euch bereitete, dafür wurde er verlacht!

Am 7. Juli 1857 hat in Luzern vor dem Hotel Schweizerhof,

in dem die reichsten Leute abzusteigen pflegen, ein wandernder Bettel-Sänger eine halbe Stunde lang gesungen und Gitarre gespielt. Gegen hundert Menschen hörten ihm zu. Der Sänger bat dreimal nacheinander, ihm etwas zu geben. Doch auch nicht einer gab ihm etwas, und viele lachten ihn aus.

Das ist keine Erfindung, sondern eine Tatsache, über die jeder, der sich dafür interessiert, sich bei den Stammgästen des Schweizerhofs erkundigen kann; er braucht nur durch das Fremdenblatt festzustellen, wer die Ausländer waren, die sich am 7. Juli im Schweizerhof aufhielten.

Das ist ein Vorfall, den die Geschichtsschreiber unserer Zeit mit brennenden, unzerstörbaren Lettern niederschreiben sollten. Diese Tatsache ist wichtiger, ernster und hat einen viel tieferen Sinn, als die Dinge, die jetzt in Büchern und Zeitungen geschrieben werden. Daß die Engländer tausend Chinesen umgebracht haben, weil die Chinesen nichts für bares Geld kaufen, während ihr Land alles Geld verschlingt; daß die Franzosen noch tausend Kabylen erschlagen haben, weil das Korn in Afrika so gut gedeiht und der ständige Krieg für die Ausbildung des Militärs notwendig ist; daß der türkische Gesandte in Neapel unmöglich ein Jude sein kann, und daß Kaiser Napoleon in Plombières zu Fuß geht und dem Volke durch die Presse versichert, daß er nur nach dem Willen des gesamten Volkes regiere — das alles sind Phrasen, die längst Bekanntes zu verbergen oder aufzudecken suchen; aber der Vorfall vom 7. Juli in Luzern erscheint mir ganz neu und seltsam und gehört nicht zu den ewigen Zeugnissen der Schwäche des Menschengeschlechts, sondern kennzeichnet eine Stufe in der Entwicklung der Gesellschaft. Dieses Ereignis gehört nicht in die Geschichte der menschlichen Taten, sondern in die Geschichte des Fortschritts und der Zivilisation.

Warum ist dieser unmenschliche Vorfall, der auch in dem armseligsten deutschen, französischen oder italienischen

Dorfe nicht denkbar wäre, hier möglich, wo Zivilisation, Freiheit und Gleichheit auf hoher Stufe stehen, wo sich die kultiviertesten Reisenden der kultiviertesten Länder aufhalten? Wie kommt es, daß diese moralisch hochentwickelten Menschen, die in ihrer Gesamtheit jeder ehrenhaften, humanen Handlung fähig sind, nicht genug menschliches Empfinden besitzen, um eine persönliche gute Tat zu vollbringen? Warum können diese Menschen, die in ihren Parlamenten, Versammlungen, Vereinen sich sc lebhaft für die Lage der ehelosen Chinesen in Indien, die Verbreitung des Christentums und der Bildung in Afrika, die Gründung von Vereinen zur Besserung der ganzen Menschheit interessieren, in ihren Herzen nicht das einfache, primitive Gefühl aufbringen, das den Menschen zum Menschen zieht? Ist dieses Gefühl wirklich nicht mehr vorhanden, und sind an seine Stelle Eitelkeit, Ehrgeiz und Eigennutz getreten, von denen diese Menschen sich in ihren Parlamenten, Versammlungen und Vereinen leiten lassen? Widerstreitet denn wirklich die Verbreitung einer vernünftigen, egoistischen Assoziation der Menschen, die man Zivilisation nennt, dem instinktiven Bedürfnis auch einer auf Liebe begründeten Assoziation? Muß eine die andere wirklich vernichten? Und ist das wirklich jene Gleichheit, um derentwillen soviel unschuldiges Blut vergossen wurde und so viele Verbrechen begangen worden sind? Können wirklich die Völker wie törichte Kinder an dem bloßen Worte ‚Gleichheit' genug haben?

Gleichheit vor dem Gesetz? Spielt sich denn das ganze Leben des Menschen vor dem Gesetz ab? Nur ein Tausendstel von ihm untersteht dem Gesetz, alles übrige vollzieht sich außerhalb des Gesetzes, im Bereich der gesellschaftlichen Sitten und Anschauungen. In der Gesellschaft aber ist der Kellner besser gekleidet als der Sänger, und darum kann er ihn ungestraft beleidigen. Ich wieder bin besser gekleidet als der Kellner und darf also diesen ungestraft beleidigen.

Der Portier hält mich für höher, den Sänger aber für niedriger als sich selbst; als ich mich mit dem Sänger zusammentat, hielt der Portier sich für unsersgleichen und wurde grob. Ich wurde grob gegen den Portier, und er hielt sich sofort wieder für niedriger als ich. Der Kellner wurde frech gegen den Sänger, und nun hielt sich der Sänger auch für niedriger als er. Und ist das wirklich ein freies, von den Menschen wirklich für frei angesehenes Land, in dem man einen Bürger ins Gefängnis steckt, weil er das einzige tut, was ihm zu tun übrigbleibt, wenn er nicht verhungern will?

Welch ein elendes, armseliges Gebilde ist der Mensch, mit seinem ewigen Verlangen nach allgemeingültigen Lösungen und Formeln in dem ewig wogenden, unendlichen Ozean von Gut und Böse, von Tatsachen, Erwägungen und Widerspruch! Seit Jahrhunderten kämpfen und ringen die Menschen, um Gut und Böse voneinander zu trennen. Es vergehen Jahrhunderte, und wieviel Gutes und Böses auch der rastlose Geist auf beide Wagschalen werfen mag; die Wage rührt sich nicht, und immer bleibt auf beiden Seiten gleich viel Segen und Unsegen. Wenn sich doch der Mensch abgewöhnen wollte, immer so scharf und endgültig zu entscheiden und zu urteilen, und nicht immer suchen wollte, Fragen zu beantworten, die dazu bestimmt sind, ewig Fragen zu bleiben! Wenn er nur einsehen wollte, daß jeder Gedanke gleichzeitig falsch und richtig ist! Falsch durch seine Einseitigkeit, da der Mensch nicht imstande ist, die ganze Wahrheit zu erfassen, und doch richtig, als Ausdruck der einen Seite des menschlichen Strebens. Man hat sich in diesem ewig bewegten, grenzenlosen und unendlich vermischten Chaos von Gut und Böse Einteilungen gemacht, hat im Geiste die Grenzlinien über dieses Meer gezogen und wartet nun, daß das Meer sich wirklich teilen werde. Als wenn es nicht Millionen anderer Einteilungen nach anderen Gesichtspunkten, auf anderer Grundlage gäbe! Freilich werden diese neuen Einteilungen in Jahrhunderten ausgearbeitet, doch es sind ja schon Jahrmillionen vergangen, und es werden noch Jahrmillionen vergehen. Die Zivilisation ist ein Segen, die Barbarei ein Übel; die Freiheit ein Segen, die Sklaverei ein Übel. Und eben dieses eingebildete Wissen zerstört den instinktiven, urwüchsigen, beseligenden Trieb zum Guten im Menschen. Und wer kann mir bestimmen, was Freiheit, was Despotismus, was Zivilisation, was Barbarei ist? Und wo ist die Grenze von einem zum andern? In wessen Seele sind diese Maßstäbe für Gut und Böse so zuverlässig, daß er die vorübereilenden, verworrenen Ereignisse damit messen könnte? Wessen Geist ist so groß, um wenigstens in der erstarrten Vergangenheit alle Tatsachen zu erfassen und abzuwägen? Und wer hat je einen Zustand gesehen, in dem nicht Gut und Böse nebeneinander ständen? Und woher kann ich wissen, ob ich nicht nur deshalb von dem einen mehr sehe als von dem andern, weil ich nicht an der richtigen Stelle stehe? Und wer kann auch nur für einen Augenblick seinen Geist so vom Leben losreißen, daß er es ganz unvoreingenommen von oben herab betrachten könnte? Nur einen einzigen sicheren Führer haben wir, den Weltgeist, der uns alle zusammen und jeden als Einzelpersönlichkeit erfüllt, der in jedem das Streben nach dem eigentlich Notwendigen weckt; derselbe Geist, der dem Baume befiehlt, zur Sonne zu streben, die Blume lehrt, im Herbste ihren Samen auszustreuen, uns aber ganz unbewußt zueinander zwingt.

Und diese unfehlbare, beseligende Stimme wird erstickt durch die laute, hastige Entwicklung der Zivilisation. Wer ist mehr Mensch, wer mehr Barbar: jener Lord, der beim Anblick der abgetragenen Kleider des Sängers erzürnt vom Tische fortlief, ihm für seine Mühe nicht einmal den millionsten Teil seines Vermögens geben wollte, und nun satt in seinem hellen, ruhigen Zimmer sitzt und gemächlich über die Ereignisse in China urteilt und die dort geschehenen

Mordtaten gutheißt, oder der kleine Sänger, der, auf die Gefahr hin, eingesperrt zu werden, mit einem Franken in der Tasche seit nun zwanzig Jahren über Berge und Täler wandert, niemandem ein Leid zufügt, die Menschen durch seinen Gesang erfreut, — er, den man heute abend gekränkt, beinahe hinausgeworfen hat, und der nun müde, hungrig und beschämt irgendwo im Stroh schläft? ..."

In diesem Augenblick vernahm ich in der Totenstille der Nacht weit, weit von der Stadt her die Gitarrenklänge und die Stimme des kleinen Sängers.

„Nein," sagte eine Stimme in mir, „du hast nicht das Recht, ihn zu bedauern und dem Reichtum des Lords zu grollen. Wer hat das innere Glück in der Seele dieser beiden Menschen gewogen? Jetzt sitzt er nun irgendwo auf einer schmutzigen Schwelle, schaut in den mondbeglänzten Himmel und singt froh in die stille, duftende Nacht hinaus; in seiner Seele ist kein Haß, keine Reue, kein Vorwurf. Wer aber ahnt, was jetzt in den Seelen all dieser Leute innerhalb dieser prunkvollen, hohen Mauern vorgeht? Wer weiß, ob in ihren Herzen soviel sorglose, sanfte Lebensfreude, soviel Zufriedenheit mit der Welt wohnt, wie in der Seele des kleinen Sängers? Unendlich ist die Weisheit und Güte Dessen, Der alle diese Widersprüche geschaffen hat. Nur dir, du nichtswürdiger Wurm, der dreist und ungehorsam in Seine Gesetze einzudringen und Seine Absichten zu ergründen sucht, nur dir erscheinen sie als Widersprüche. Er blickt gütig von Seiner lichten, unermeßlichen Höhe hernieder und freut sich der unendlichen Harmonie, in der sich alles in ewigem Widerspruch bewegt. In deinem Stolz glaubtest du dich den Gesetzen des Ganzen entziehen zu können. Nein, auch du mit deinem kleinlichen, verächtlichen Ärger über die Kellner, auch du gehorchtest den harmonischen Gesetzen des Ewigen und Unendlichen ..."

1857

ALBERT

I

Fünf reiche junge Leute kamen einst um drei Uhr nachts in ein Petersburger Ballokal, um sich gründlich zu amüsieren.

Es wurde sehr viel Champagner getrunken, ein großer Teil der Gäste war noch sehr jung, die Mädchen hübsch, das Klavier und die Geigen spielten unermüdlich eine Polka um die andere, Tanz und Lärm fanden kein Ende; und doch war es langweilig, ungemütlich, jedem schien es aus irgendeinem Grunde (wie es eben manchmal vorkommt), als sei all dieses ganz unnütz und nicht das Richtige.

Mehrmals machten sie Versuche, die Stimmung zu beleben, aber die gezwungene Heiterkeit war schlimmer als die Langeweile.

Einer von den fünf jungen Leuten, der mehr als die andern mit sich, dem Abend und der ganzen Gesellschaft unzufrieden war, stand mit einem Gefühl des Widerwillens auf, suchte seinen Hut und begab sich auf den Flur, mit der Absicht, unbemerkt zu verschwinden.

Im Vorsaal war keine Menschenseele, doch im Nebenzimmer vernahm er hinter der Tür den Klang zweier streitender Stimmen. Der junge Mann blieb stehen und lauschte.

„Es geht jetzt nicht, es sind Gäste da“, sagte eine weibliche Stimme.

„Bitte, lassen Sie mich hinein, ich tue doch nichts!“ flehte eine schwache männliche Stimme.

„Ich lasse es aber ohne Erlaubnis von Madame nicht zu!" sagte die Frauenstimme. „Wohin wollen Sie denn! Ach, was ist das für ein Mensch!"

Die Türe ging auf, und auf der Schwelle erschien eine seltsame männliche Gestalt. Beim Anblick des Gastes hielt das Dienstmädchen den Mann nicht länger zurück, und die seltsame Gestalt begab sich mit scheuer Verbeugung und auf den krummen Beinen hin und her schaukelnd in das andere Zimmer. Es war ein mittelgroßer Mann mit schmalem, verkrümmtem Rücken und langem, zerzaustem Haar. Er trug einen kurzen Mantel und enge, ausgefranste Hosen über den abgeriebenen, ungeputzten Stiefeln. Ein zum Strick zusammengedrehter Schlips lag um den langen, weißen Hals. Ein schmutziges Hemd wurde an den Ärmeln über den mageren Händen sichtbar. Doch trotz der auffallenden Magerkeit seines Körpers war sein Gesicht zart und weiß, und es lag sogar eine frische Röte über den Wangen, bis an den spärlichen schwarzen Kinn- und Backenbart. Die ungekämmten, nach rückwärts fallenden Haare ließen eine nicht sehr hohe, sehr reine Stirn frei. Die müden, dunklen Augen blickten weich, suchend und zugleich stolz drein. Ihr Ausdruck verband sich fesselnd mit dem der frischen, an den Mundwinkeln geschwungenen Lippen, die unter dem spärlichen Schnurrbart sichtbar wurden.

Nachdem er einige Schritte gegangen war, blieb er stehn, wandte sich nach dem jungen Mann um und lächelte. Es war, als koste dieses Lächeln ihm Mühe; doch als es sein Gesicht erhellte, mußte auch der junge Mann lächeln, ohne recht zu wissen warum.

„Wer ist das?" fragte er flüsternd das Mädchen, als die seltsame Gestalt in dem Zimmer verschwunden war, aus dem die Tanzmusik ertönte.

„Ein geistesgestörter Musikant vom Theater," antwortete das Dienstmädchen. „er kommt manchmal zu Madame."

„Wo bist du hingegangen, Delesow?“ rief in diesem Augenblick jemand aus dem Saale.

Der junge Mann, der Delesow hieß, kehrte in den Saal zurück.

Der Musiker stand in der Tür, sah den Tanzenden zu, und sein Lächeln, der Blick und das taktmäßige Aufstampfen seiner Füße zeugten von dem Vergnügen, das ihm dieser Anblick gewährte.

„Ei nun, tanzen Sie doch mit“, sagte einer der Gäste zu ihm.

Der Musiker verbeugte sich und sah fragend auf die Wirtin.

„Kommen Sie, kommen Sie nur . . . wenn die Herrschaften Sie bitten“, sagte die Wirtin.

Die schwachen, mageren Glieder des Musikers gerieten plötzlich in heftige Bewegung, und er begann lächelnd, zuckend und mit den Augen blinzelnd schwerfällig und ungeschickt im Saal umherzuhüpfen. Mitten in der Quadrille stieß ein lustiger Offizier, der sehr schön und mit Begeisterung tanzte, versehentlich mit dem Rücken an den Musiker. Die schwachen, müden Beine konnten das Gleichgewicht nicht halten, der Musiker machte ein paar schwankende Schritte nach der Seite und fiel dann längelang zu Boden. Trotz dem harten, scharfen Geräusch des Sturzes lachten im ersten Augenblick fast alle.

Doch der Musiker stand nicht auf. Die Gäste verstummten, sogar die Musik setzte aus, und Delesow und die Wirtin eilten als erste zu dem Gestürzten. Er lag auf den Ellbogen gestützt da und starrte stumpf zu Boden. Als man ihn aufgehoben und auf einen Stuhl gesetzt hatte, strich er sich mit einer raschen Bewegung seiner knochigen Hand das Haar aus der Stirn und lächelte, ohne auf irgendeine Frage zu antworten.

„Herr Albert! Herr Albert!“ sagte die Wirtin, „haben Sie sich verletzt? Wo? Ich habe doch gesagt, Sie sollen nicht tanzen. Er ist so schwach!“ fuhr sie, zu den Gästen gewendet, fort. „Er kann nur mit Mühe gehen, wie soll er da auch noch tanzen können?“

„Wer ist das?“ fragte man die Wirtin.

„Ein armer Mensch, ein Künstler. Ein sehr guter Kerl, nur so schwächlich, Sie sehen ja.“

Sie sagte das ganz ungeniert in Gegenwart des Musikers. Dieser kam zu sich, krümmte sich zusammen und stieß plötzlich, gleichsam erschrocken, die Umstehenden fort.

„Das tut alles nichts“, sagte er mit einemmal und erhob sich mit sichtlicher Anstrengung vom Stuhl.

Und um zu beweisen, daß ihm nichts weh täte, ging er in die Mitte des Zimmers und wollte einen Sprung machen, doch er schwankte und wäre wieder gestürzt, wenn man ihn nicht aufgehalten hätte.

Allen wurde es unbehaglich; man sah ihn an und schwieg. Der Blick des Musikers erlosch wieder, und sichtlich alle ringsumher vergessend, rieb er mit der Hand sein Knie. Plötzlich hob er den Kopf, setzte einen Fuß vor, warf mit derselben banalen Geste wie vorher sein Haar zurück, und auf den Geiger zutretend, nahm er ihm die Geige aus der Hand.

„Macht alles nichts!“ wiederholte er nochmals, die Geige schwenkend. „Meine Herrschaften, nun werden wir musizieren.“

„Welch eine seltsame Gestalt!“ meinten die Gäste untereinander.

„Vielleicht geht ein großes Talent in diesem erbärmlichen Geschöpf zugrunde!“ sagte einer der Gäste.

„Ja, erbärmlich, erbärmlich!“ sagte ein anderer.

„Was für ein schönes Gesicht! ... Es ist etwas Ungewöhnliches an ihm,“ sagte Delesow, „nun, wir wollen mal sehn!“

2

Unterdessen ging Albert, ohne jemanden zu beachten, mit der Geige an der Schulter langsam vor dem Klavier auf und ab und stimmte sie. Seine Lippen hatten einen leidenschaftslosen

Zug, die Augen waren nicht zu sehen; doch der schmale, knochige Rücken, der lange, weiße Hals, die krummen Beine und der struppige, schwarze Kopf boten einen seltsamen, aber erstaunlicherweise gar nicht lächerlichen Anblick. Als die Geige gestimmt war, griff er energisch einen Akkord, warf den Kopf in den Nacken und wandte sich an den Klavierspieler, der sich zum Begleiten vorbereitete.

„Mélancolie G-Dur!" sagte er mit befehlender Geste zum Klavierspieler.

Und gleich darauf lächelte er sanftmütig, als wollte er um Entschuldigung bitten wegen dieser befehlshaberischen Geste, und sah sich mit diesem Lächeln im Publikum um. Das Haar mit der Hand, in der er den Geigenbogen hielt, zurückwerfend, blieb Albert an einer Ecke des Klaviers stehen und führte mit schwebender Bewegung den Bogen über die Saiten. Ein reiner, voller Klang ging durch das Zimmer, und es wurde ganz still.

Die Klänge des Grundthemas flossen nach dem ersten Tone leicht durch den Raum und erhellten ganz unerwartet das Innere aller Hörer mit klarem, beruhigendem Lichte. Nicht ein falscher oder allzu lauter Ton störte die Hingebung der Zuhörer; alle Töne waren klar, anmutig und bedeutsam. Alle folgten schweigend, in zitternder Hoffnung, der Entwicklung des Themas. Aus dem Zustand der Langeweile, der lauten Zerstreuungen und des seelischen Schlafes, in dem sich die Menschen befunden hatten, wurden sie plötzlich unmerklich in eine ganz andere, vergessene Welt hinübergeführt. In ihrer Seele erwachte einmal das Gefühl stillen Gedenkens an Vergangenes, dann wieder leidenschaftliche Erinnerung an irgendein Glück, grenzenloses Verlangen nach Glanz und Macht, und wieder das Gefühl der Ergebung in das Schicksal, unbefriedigter Liebe und wehmütiger Trauer. Traurig-zärtliche, heftig-verzweifelte Klänge flossen ineinander und folgten einander so rein und stark und unbewußt, daß man gar nicht mehr Töne hörte; in die Seele eines jeden floß ein herrlicher

Strom längst bekannter, doch zum erstenmal ausgesprochener Poesie. Albert wuchs mit jeder Note, er war schon längst nicht mehr mißgestalt und erbärmlich. Die Geige an das Kinn gedrückt, die Füße nervös bewegend, lauschte er mit dem Ausdruck leidenschaftlicher Hingebung seinen Tönen. Einmal richtete er sich in ganzer Länge auf, dann wieder krümmte er sich gewaltsam zusammen. Der linke, angespannt gebogene Arm schien in seiner Stellung erstarrt, und nur die knochigen Finger bewegten sich fieberhaft; der rechte Arm bewegte sich fließend, anmutig und unmerklich. Das Gesicht strahlte von ununterbrochener, begeisterter Freude, die Augen brannten in hellem, trockenem Glanze, die Nüstern waren gebläht, die roten Lippen vor Begeisterung halb geöffnet.

Manchmal neigte der Kopf sich tiefer auf die Geige, die Augen schlossen sich, und das von Haaren halb verdeckte Gesicht trug den Ausdruck sanfter Glückseligkeit. Manchmal richtete er sich rasch auf, stellte einen Fuß vor, und die reine Stirn und der leuchtende Blick, den er durch das Zimmer schweifen ließ, strahlten von Stolz, Hoheit und Machtbewußtsein. Einmal vergriff sich der Klavierspieler und nahm einen falschen Akkord. Etwas wie körperlicher Schmerz drückte sich in der ganzen Gestalt und auf dem Gesicht des Musikers aus. Er hielt einen Augenblick inne, und mit einem Ausdruck kindlicher Wut mit dem Fuße stampfend, schrie er: „Moll, C-Moll!" Der Klavierspieler verbesserte sich, Albert schloß die Augen, lächelte, und von neuem sich, die andern und die ganze Welt vergessend, gab er sich mit Begeisterung seiner Sache hin.

Alle Anwesenden verharrten während Alberts Spiel in hingebungsvollem Schweigen, und es schien, als lebten und atmeten sie nur in seinen Klängen.

Der lustige Offizier saß regungslos auf einem Stuhl am Fenster, den leblosen Blick zu Boden gerichtet, und atmete schwer und langsam. Die Mädchen saßen in tiefem Schweigen längs den Wänden und tauschten nur ab und zu beifällige, staunend ungläubige Blicke. Das dicke, lächelnde Gesicht der Wirtin zerfloß vor Freude. Der Klavierspieler heftete die Augen auf Alberts Gesicht, und in furchtbarer Angst, wieder einen Fehler zu machen, die sich in seiner ganzen langgereckten Gestalt ausdrückte, mühte er sich, ihm zu folgen. Einer der Gäste, der mehr als die andern getrunken hatte, lag mit dem Gesicht auf dem Sofa und suchte sich nicht zu rühren, um seine Aufregung zu verbergen.

Delesow machte ganz ungewöhnliche Empfindungen durch. Etwas wie ein eiskalter Reifen, der sich abwechselnd zusammenzog und wieder ausdehnte, drückte ihm den Kopf zusammen. Die Haarwurzeln wurden empfindlich, ein Frösteln lief den Rücken entlang, etwas in ihm stieg immer höher und höher, drückte ihm die Kehle zu, bohrte sich wie mit feinen Nadeln in Nase und Gaumen, und Tränen netzten ganz unmerklich seine Wangen. Er schüttelte sich, bemühte sich, sie unbemerkt wegzuwischen, aber immer neue kamen und rannen über sein Gesicht. Durch eine seltsame Verbindung von Eindrücken hatten die Geigentöne Alberts Delesow in seine früheste Jugend zurückversetzt. Er, der nicht mehr ganz junge, lebensmüde, abgehetzte Mensch, fühlte sich plötzlich wieder als den siebzehnjährigen, selbstzufrieden-schönen, selig-dummen, unbewußt-glücklichen Jüngling von einst. Ihm fiel seine erste Liebe zu der Cousine im rosa Kleidchen ein, das erste Geständnis in der Lindenallee, die Glut und unbegreifliche Herrlichkeit des ersten Kusses, der Zauber und das unlösbar Rätselhafte der ihn damals umgebenden Natur. In seiner nach rückwärts gewandten Phantasie stieg „sie“ empor aus dem Nebel unbestimmter Hoffnungen, unverstandener Wünsche und eines unerschütterlichen Glaubens an die Möglichkeit eines unmöglichen Glücks. All die weit unterschätzten Augenblicke jener Zeit erstanden einer nach dem andern vor ihm, doch nicht als unwesentliche Momente der davoneilenden Gegenwart, sondern als stillstehende, wachsende, anklagende Bilder

der Vergangenheit. Er betrachtete sie mit Wonne und weinte — weinte, nicht weil jene Zeit vergangen war und er sie besser hätte anwenden können (wenn man sie ihm zurückgegeben hätte, er hätte nicht versucht, sie besser anzuwenden), sondern er weinte, weil diese Zeit vorbei war und nie wiederkehren würde. Die Erinnerungen kamen ganz von selbst, und Alberts Geige sagte immer wieder das gleiche. Sie sagte: „Vorbei, auf immer vorbei ist für dich die Zeit der Kraft, der Liebe, des Glückes, vorbei auf Nimmerwiederkehr. Weine darum, weine dich aus — stirb an den Tränen um diese Zeit, das ist das einzige, beste Glück, das dir geblieben ist."

Am Schluß der letzten Variation rötete sich Alberts Gesicht, seine Augen brannten, ohne zu erlöschen, große Schweißtropfen rannen ihm über die Wangen. Die Adern an der Stirn waren angeschwollen, der ganze Körper geriet in immer stärkere Bewegung, die blassen Lippen schlossen sich nicht mehr und die ganze Gestalt drückte die begeisterte Gier des Genusses aus.

Mit einer verzweifelten Bewegung des ganzen Körpers und einem erneuten Schütteln der Haare ließ er endlich die Geige sinken, und mit einem Lächeln stolzer Hoheit und des Glücks sah er sich im Kreis um. Dann krümmte sich sein Rücken, der Kopf sank herab, die Lippen schlossen sich, die Augen erloschen und er schlich, wie einer, der sich seiner selbst schämt, mit stolpernden Schritten, scheu um sich blickend, aus dem Zimmer.

3

Etwas Seltsames ging in allen Anwesenden vor und lag in dem tödlichen Schweigen, das dem Spiele Alberts folgte. Als suchte jeder auszusprechen, was dies alles bedeutete, und vermochte es doch nicht. Was sollte das alles bedeuten: das helle, warme Zimmer, die schönen Frauen, die Morgendämmerung hinter den Fensterscheiben, das erregte Blut und der reine Eindruck der vorbeigeflogenen Töne? Doch niemand versuchte auch nur, darüber zu sprechen, was es zu bedeuten hatte; im Gegenteil, fast alle fühlten sich außerstande, sich ganz über das Neue klar zu werden, was die Töne in ihnen geweckt hatten, und lehnten sich dagegen auf.

„Er spielt aber wirklich gut", sagte der Offizier.

„Fabelhaft!" sagte Delesow und trocknete sich heimlich mit dem Rockärmel die Tränen.

„Doch es wird Zeit zu gehen, meine Herrschaften", sagte der Herr, der auf dem Sofa gelegen hatte, sich aufrichtend. „Man muß ihm etwas geben, meine Herrschaften. Wir wollen zusammenlegen."

Albert saß unterdessen allein im Nebenzimmer auf dem Sofa. Die Ellbogen auf die knochigen Knie gestützt, wischte er sich mit den schweißigen, schmutzigen Händen das Gesicht, strich das Haar zurecht und lächelte glücklich vor sich hin.

Die Sammlung brachte sehr viel ein, und Delesow übernahm es, dem Musikanten den Ertrag einzuhändigen.

Außerdem kam Delesow, auf den die Musik einen so starken, ungewohnten Eindruck gemacht hatte, der Gedanke, diesem Menschen noch eine Wohltat zu erweisen. Es kam ihm in den Sinn, ihn zu sich zu nehmen, zu kleiden, ihm eine feste Stelle zu verschaffen — überhaupt, ihn aus seinem heruntergekommenen Zustande zu retten.

„Nun, sind Sie müde?" fragte Delesow, zu ihm tretend.

Albert lächelte.

„Sie haben wirklich Talent; Sie müßten sich der Musik ernstlich widmen und öffentlich auftreten."

„Ich würde gern einen Schluck trinken", sagte Albert, wie aus dem Traum erwachend.

Delesow brachte Wein, und der Musiker leerte gierig zwei Gläser.

„Was für ein guter Wein!" sagte er.

„Was für ein herrliches Stück ist diese Melancholie!“ sagte Delesow.

„Oh, ja, ja,“ antwortete Albert lächelnd, „doch Sie verzeihen, ich weiß nicht, mit wem ich die Ehre habe zu sprechen; vielleicht sind Sie ein Fürst oder Graf? Können Sie mir nicht etwas Geld borgen?“ Er schwieg einen Augenblick. „Ich habe gar nichts . . . ich bin ein armer Teufel. Ich werde es Ihnen auch nicht wiedergeben können.“

Delesow wurde rot: ihm wurde peinlich zumute, und er gab dem Musiker eilig das gesammelte Geld.

„Ich danke Ihnen vielmals“, sagte Albert, das Geld entgegennehmend. „Jetzt wollen wir musizieren; ich kann Ihnen vorspielen, soviel Sie wollen. Nur trinken muß ich, etwas trinken“, setzte er, sich erhebend, hinzu.

Delesow brachte ihm noch Wein und bat ihn, sich neben ihn zu setzen.

„Verzeihen Sie, wenn ich offen bin,“ sagte Delesow, „Ihr Talent interessiert mich sehr. Mir scheint, Sie befinden sich in einer recht üblen Lage?“

Albert sah abwechselnd auf Delesow und die eben eingetretene Wirtin.

„Darf ich Ihnen meine Unterstützung anbieten?“ fuhr Delesow fort. „Wenn Sie jetzt irgendwie Not leiden, wäre ich sehr froh, wenn Sie für einige Zeit zu mir ziehen würden. Ich wohne ganz allein, und vielleicht kann ich Ihnen irgendwie nützlich sein.“

Albert lächelte und antwortete nicht.

„Warum bedanken Sie sich denn nicht?“ sagte die Wirtin. „Natürlich ist das eine Wohltat für Sie. Ich würde es Ihnen aber nicht raten“, fuhr sie, zu Delesow gewandt, fort und schüttelte abwehrend den Kopf.

„Ich danke Ihnen vielmals,“ sagte Albert und drückte mit seinen feuchten Händen Delesows Rechte, „aber jetzt wollen wir Musik machen, bitte.“

Doch die übrigen Gäste machten sich schon auf den Heimweg, und so sehr Albert ihnen auch zuredete, sie drängten in den Flur hinaus.

Albert verabschiedete sich von der Wirtin, setzte seinen breitrandigen, schäbigen Hut auf, zog den alten Sommeralmaviva an, der seine Winterkleidung darstellte, und ging mit Delesow zusammen hinaus.

Als Delesow mit seinem neuen Bekannten im Wagen saß und den unangenehmen Geruch von Alkohol und Unsauberkeit verspürte, mit dem der Musiker durchtränkt war, begann er seine Tat zu bereuen und sich kindische Weichherzigkeit und Unvernunft vorzuwerfen. Zudem war alles, was Albert sprach, so dumm und albern, und er war so betrunken, daß es Delesow ekelte. „Was soll ich mit ihm anfangen?" dachte er.

Nachdem sie eine Viertelstunde gefahren waren, verstummte Albert, sein Hut fiel ihm vor die Füße, er selbst sank in die Ecke des Wagens und schnarchte ein. Die Räder knirschten eintönig über den gefrorenen Schnee; der schwache Schimmer der Morgenröte drang kaum merklich durch die zugefrorenen Scheiben.

Delesow sah sich nach seinem Nachbarn um. Der lange, mit dem Mantel bedeckte Körper lag leblos neben ihm. Es schien Delesow, als schwanke ein langer Kopf mit einer großen, dunklen Nase auf diesem Körper; doch als er genauer hinsah, erkannte er, daß das, was er für Nase und Gesicht gehalten hatte, das Haar war, und daß das eigentliche Gesicht viel tiefer lag. Er beugte sich vor und betrachtete Alberts Züge. Da setzte ihn die Schönheit der Stirn und des ruhig geschlossenen Mundes wieder in Erstaunen.

Unter dem Einfluß der Nervenermüdung, der aufreizenden, schlaflos verbrachten Morgenstunde und der gehörten Musik irrten Delesows Träume beim Anblick dieses Gesichtes wieder in jene glückliche Welt, in die er in dieser Nacht geblickt hatte; wieder fiel ihm die glückliche, großzügige Zeit seiner Jugend ein, und er bereute seine Tat nicht mehr. In diesem Augenblick liebte er Albert heiß und war fest entschlossen, ihm Gutes zu tun.

4

Am folgenden Tage, als Delesow geweckt wurde, weil er in den Dienst mußte, erblickte er mit unangenehmer Verwunderung seinen alten Wandschirm, die Uhr auf dem Tischchen und seinen alten Bedienten. „Was hatte ich denn anderes zu sehen erwartet, als das, was mich umgibt?“ fragte er sich selbst. Da fielen ihm die schwarzen Augen und das glückliche Lächeln des Musikers ein; das Motiv der „Melancholie“ und die seltsame, gestrige Nacht stiegen in seiner Phantasie auf.

Doch er hatte keine Zeit, darüber nachzugrübeln, ob er gut oder schlecht daran getan hatte, den Musiker zu sich zu nehmen. Beim Ankleiden teilte er in Gedanken seinen Tag ein; er nahm seine Papiere zusammen, traf die unbedingt notwendigen Anordnungen fürs Haus und zog eilig Mantel und Überschuhe an. Als er am Speisezimmer vorüberging, blickte er durch die Tür hinein. Albert hatte das Gesicht in ein Kissen versteckt und schlief in seinem schmutzigen, zerrissenen Hemd, fest wie ein Toter, auf dem Saffiansofa, auf das man ihn am Abend vorher bewußtlos gelegt hatte. Etwas daran war Delesow unangenehm.

„Geh bitte in meinem Auftrage zu Borisowskij und bitte dir für zwei Tage die Geige für den da aus“, sagte er zu seinem Diener. „Und wenn er aufwacht, gib ihm Kaffee und Wäsche und einen alten Anzug von mir. Überhaupt suche ihn nach Möglichkeit zufriedenzustellen. Bitte.“

Als er spät abends nach Hause kam, traf Delesow zu seinem größten Erstaunen Albert nicht an.

„Wo ist er denn?“ fragte er den Diener.

„Gleich nach dem Mittagessen ist er fortgegangen,“ antwortete dieser, „er nahm die Geige und ging, versprach nach einer Stunde wiederzukommen, aber bis jetzt ist er nicht erschienen."

„Ei, ei, wie ärgerlich!" brummte der Hausherr. „Wie konntest du ihn auch gehen lassen, Sachar."

Sachar war ein echter Petersburger Bedienter und schon seit acht Jahren bei Delesow im Hause. Dieser, als einsamer Junggeselle, vertraute ihm unwillkürlich seine Sorgen an und liebte es, Sachars Ansicht über alle seine Unternehmungen zu hören.

„Wie sollte ich wagen, ihn nicht fortzulassen?" sagte Sachar und spielte mit dem Petschaft, das an seiner Uhrkette hing. „Wenn Sie mir gesagt hätten, Dmitrij Iwanowitsch, ich solle ihn zurückhalten, dann hätte ich ihn ja zu Hause beschäftigen können. Aber Sie haben bloß von den Kleidern gesprochen."

„Ja, es ist ärgerlich! Nun, und was hat er hier in meiner Abwesenheit getan?"

Sachar lachte.

„Man kann wohl sagen, daß er ein Künstler ist, Dmitrij Iwanowitsch. Kaum war er wach, da verlangte er Madeira, dann unterhielt er sich mit der Köchin und dem Diener von drüben. Er ist sehr komisch ... Aber ein guter Charakter. Ich gab ihm Tee, brachte ihm das Mittagessen — aber er wollte nichts allein essen und forderte mich immer zum Mitessen auf. Und wie er auf der Geige spielt! Wirklich, solche Künstler gibt's auch bei Isler nur wenig. So einen Menschen kann man schon bei sich behalten. Wie er uns das Lied ‚Die Wolga hinab' vorgespielt hat — das klang, als ob ein Mensch weint. Zu schön! Die Leute aus den andern Stockwerken kamen sogar zu uns auf den Flur, um zuzuhören."

„Na, und hast du ihm was zum Anziehen gegeben?" unterbrach ihn der Hausherr.

„Nun freilich; ich habe ihm ein Nachthemd von Ihnen gegeben und meinen Mantel angezogen. So einem Menschen kann man schon helfen, es ist ein guter Kerl." Sachar lächelte. „Er fragte mich immer, welchen Rang Sie hätten, ob Sie mit bedeutenden Persönlichkeiten verkehrten und wieviel Bauern Sie besäßen."

„Nun gut, aber jetzt müssen wir ihn erst finden und dürfen ihm vor allem nichts zu trinken geben, sonst geht es ihm noch schlechter."

„Das stimmt," unterbrach ihn Sachar, „er hat sicher eine schwache Gesundheit, bei meinem früheren Herrn hatten wir auch einmal so einen Inspektor . . ."

Delesow, der die Geschichte von dem versoffenen Inspektor schon längst kannte, ließ Sachar nicht ausreden, sondern schickte ihn, nachdem er alles für die Nacht hatte vorbereiten lassen, auf die Suche nach Albert.

Er legte sich zu Bett, löschte das Licht, konnte aber lange nicht einschlafen: immer mußte er an Albert denken. „Das wird vielen meiner Bekannten wohl seltsam vorkommen," dachte er, „aber man tut doch schon so selten etwas für andere und nicht für sich, daß man Gott danken sollte, wenn sich einem eine solche Gelegenheit bietet, und ich will sie nicht vorübergehen lassen. Ich will alles, unbedingt alles tun, um ihm zu helfen. Vielleicht ist er auch gar nicht verrückt, sondern nur ein Trinker. Kosten wird es mich nicht viel: wo einer leben kann, da wird auch ein zweiter satt. Mag er vorläufig bei mir wohnen, dann aber verschaffe ich ihm eine Stelle oder er gibt ein Konzert; erst muß man ihn aus der Klemme ziehen, das Weitere wird sich zeigen."

Ein angenehmes Gefühl der Selbstzufriedenheit bemächtigte sich seiner bei diesen Überlegungen.

„Wirklich, ich bin gar kein so schlimmer Mensch, im Gegenteil, ein recht guter Mensch", dachte er. „Sogar ein sehr guter Mensch im Vergleich zu anderen . . ."

Er war schon im Einschlafen, als das Geräusch der sich öffnenden Tür und von Schritten im Vorsaal ihn aufstörte.

„Nun, jetzt werde ich ihn strenger behandeln," dachte er, „das wird besser sein; und ich muß es tun."

Er klingelte.

„Nun, hast du ihn heimgebracht?" fragte er den eintretenden Sachar.

„Der arme Mensch, Dmitrij Iwanowitsch", sagte Sachar, den Kopf bedeutungsvoll schüttelnd und die Augen zukneifend.

„Was, ist er betrunken?"

„Er ist sehr schwach."

„Und die Geige hat er mit?"

„Ja, er hat sie mit, die Wirtin hat sie gegeben."

„Nun, dann laß ihn jetzt nicht zu mir, bring' ihn zu Bett, und morgen soll er nicht aus dem Hause gehn."

Doch Sachar hatte noch nicht hinausgehen können, als Albert schon ins Zimmer trat.

5

„Wollen Sie schon schlafen?" sagte Albert lächelnd. „Ich war bei Anna Iwanowna. Ich habe den Abend sehr angenehm verbracht: wir haben musiziert, gelacht, es war eine sehr nette Gesellschaft. Geben Sie mir bitte etwas zu trinken," fügte er hinzu, und griff nach der Wasserkaraffe, die auf dem Nachttischchen stand, „nur kein Wasser."

Albert war ganz wie am Abend vorher: das gleiche schöne Lächeln der Augen und des Mundes, die lichte, geistvolle Stirn und die schwachen Glieder. Sachars Mantel paßte ihm ausgezeichnet, und der lange, weiße, ungestärkte Kragen des Nachthemdes fiel malerisch um seinen dünnen, weißen Hals und gab ihm etwas besonders Kindliches, Unschuldiges. Er setzte sich zu Delesow aufs Bett und sah ihn schweigend, mit frohem, dankbarem Lächeln an. Delesow sah Albert in die Augen und fühlte sich plötzlich wieder in der Gewalt seines Lächelns. Er war nicht mehr schläfrig, vergaß seinen Vorsatz, streng zu sein, und bekam ganz im Gegenteil Lust, fröhlich zu sein, Musik zu hören und bis zum Morgen mit Albert zu plaudern. Er befahl Sachar eine Flasche Wein, Zigaretten und die Geige zu holen.

„Das ist ausgezeichnet," sagte Albert, „es ist noch früh, wir werden musizieren; ich werde Ihnen vorspielen, soviel Sie wollen."

Sachar brachte mit sichtlicher Befriedigung eine Flasche Lafitte, zwei Gläser, leichte Zigaretten, wie sie Albert rauchte, und die Geige. Doch statt sich schlafen zu legen, wie der Herr ihm befohlen hatte, setzte er sich ins Nebenzimmer und steckte sich auch eine Zigarre an.

„Wir wollen lieber plaudern", sagte Delesow zu dem Musiker, der schon die Geige ergriffen hatte.

Albert ließ sich gehorsam auf den Bettrand nieder und lächelte wieder glückselig.

„Ach ja", sagte er plötzlich, sich mit der Hand an die Stirn schlagend und mit nachdenklich-neugierigem Ausdruck. (Bei ihm kündigte der Gesichtsausdruck schon immer vorher an, was er zu sagen hatte). „Gestatten Sie mir die Frage," er stockte einen Augenblick, „dieser Herr, mit dem Sie gestern abend zusammen waren . . . Sie nannten ihn N., — ist er ein Sohn des berühmten N.?"

„Ja, sein leiblicher Sohn", sagte Delesow, außerstande zu begreifen, was Albert für ein Interesse daran haben konnte.

„So, so!" antwortete dieser mit selbstzufriedenem Lächeln. „Ich habe gleich in seinem Benehmen etwas besonders Aristokratisches bemerkt. Ich liebe die Aristokraten: es ist etwas so Schönes, Feines an ihnen. Und dieser Offizier, der so ausgezeichnet tanzt," fuhr er fort, „der hat mir auch sehr gut gefallen, er war so lustig und fein. Er ist doch der Adjutant von N. N., glaube ich?"

„Welcher?" fragte Delesow.

„Der mich stieß, als wir tanzten. Er muß ein reizender Mensch sein."

„Nein, es ist ein ganz unbedeutender Bursche", antwortete Delesow.

„Ach nein!" widersprach Albert eifrig. „Es ist etwas sehr,

sehr Sympathisches an ihm. Und er ist ein guter Musiker," fügte Albert hinzu, „er hat da etwas aus einer Oper gespielt. Mir hat seit langem niemand so gefallen."

„Ja, er spielt gut, aber ich liebe sein Spiel nicht," sagte Delesow, um Albert zu veranlassen, über Musik zu sprechen, „er versteht nichts von klassischer Musik; und Donizetti und Bellini — ist das etwa Musik? Sie sind doch gewiß auch dieser Meinung."

„O nein, nein, entschuldigen Sie schon," begann Albert mit weichem, verteidigendem Ausdruck, „die alte Musik ist Musik, und die neue Musik ist auch Musik. Auch in der neuen gibt es ungewöhnliche Schönheiten. Denken Sie an die ‚Somnambule'! Oder das Finale der ‚Lucia'? Und Chopin?! Und ‚Robert'? Ich denke oft," er stockte, wie um seine Gedanken zu sammeln, „wenn Beethoven noch lebte, er würde weinen, wenn er die ‚Somnambule' hörte. Das Schöne findet sich überall. Ich hörte die ‚Somnambule' zum erstenmal, als die Viardot und Rubini hier waren. Das war so —" sagte er mit blitzenden Augen und einer Bewegung beider Hände, wie wenn er sich etwas aus der Brust reißen wollte. „Noch etwas mehr, und es wäre nicht zu ertragen gewesen!"

„Nun, und wie finden Sie die Oper jetzt?" fragte Delesow.

„Die Bosio ist gut, sehr gut," antwortete er, „sehr nobel, aber sie greift nicht hierher", damit wies er auf seine eingefallene Brust. „Zu einer Sängerin gehört Leidenschaft, sie aber hat keine. Sie erfreut, aber sie quält nicht."

„Nun, und Lablache?"

„Ich habe ihn noch in Paris im ‚Barbier von Sevilla' gehört; da war er einzig, aber jetzt ist er alt; er kann kein Künstler mehr sein, er ist zu alt."

„Was tut es, daß er alt ist? In den morceaux d'ensemble ist er immer noch gut", antwortete Delesow, der das stets von Lablache zu sagen pflegte.

„Was das tut, daß er alt ist?" entgegnete Albert streng. „Er hat nicht alt zu sein. Ein Künstler darf nicht alt sein. Es bedarf vieler Dinge für einen Künstler, doch vor allem eines. Feuer!" sagte er mit erhobenen Händen und leuchtenden Augen.

Und wirklich schien ein gewaltiges inneres Feuer in seiner ganzen Gestalt zu lodern.

„Ach, mein Gott," sagte er plötzlich, „kennen Sie nicht den Maler Petrow?"

„Nein, den kenne ich nicht", antwortete Delesow lächelnd.

„Wie würde ich wünschen, daß Sie ihn kennenlernten! Es würde Ihnen Freude machen, mit ihm zu sprechen. Wieviel Verständnis für Kunst er hat! Früher trafen wir uns oft bei Anna Iwanowna, aber jetzt hat sie sich aus irgendeinem Grunde über ihn geärgert. Ich würde aber sehr wünschen, daß Sie ihn kennenlernten. Er ist ein großes, großes Talent."

„Was tut er — malt er Bilder?" fragte Delesow.

„Ich weiß nicht; nein, ich glaube nicht, aber er war Künstler an der Akademie. Was er für Gedanken hat! Es ist ganz erstaunlich, was er manchmal redet. Oh, Petrow ist ein großes Talent — er führt nur ein sehr lustiges Leben ... Das ist schade", setzte Albert lächelnd hinzu. Gleich darauf erhob er sich, nahm die Geige und begann sie zu stimmen.

„Waren Sie lange nicht mehr in der Oper?" fragte ihn Delesow.

Albert sah sich um und seufzte.

„Ach, ich kann nicht mehr," sagte er, sich an den Kopf greifend. Er setzte sich wieder zu Delesow. „Ich will Ihnen was sagen," sagte er fast flüsternd, „ich kann nicht hingehen, ich kann da nicht spielen, ich habe nichts, glatt nichts! Keinen Anzug, keine Wohnung, keine Geige. Ein elendes Leben! Ein elendes Leben!" wiederholte er einmal ums andere. „Und wozu soll ich auch dahin gehen? Wozu? Es ist überflüssig", sagte er lächelnd. „Ach, Don Juan!"

Er schlug sich an die Stirne.

„Wir könnten doch einmal zusammen gehen“, sagte Delesow.

Albert sprang auf, ohne zu antworten, ergriff die Geige und begann das Finale des ersten Aktes aus dem „Don Juan“ zu spielen, wobei er zugleich den Inhalt der Oper erzählte.

Die Haare auf Delesows Kopf sträubten sich, als Albert die Stimme des sterbenden Komturs spielte.

„Nein, ich kann heute nicht spielen,“ sagte er, die Geige beiseite legend, „ich habe zuviel getrunken.“

Doch gleich darauf trat er an den Tisch, goß sich ein volles Glas Wein ein, leerte es auf einen Zug und setzte sich wieder zu Delesow aufs Bett.

Delesow sah Albert an, ohne den Blick von ihm zu wenden; Albert lächelte hin und wieder, Delesow lächelte auch. Sie schwiegen beide; doch mit dem Blick und dem Lächeln wuchsen die liebevollen Beziehungen zwischen ihnen. Delesow fühlte, daß er diesen Menschen immer lieber gewann, und empfand eine ihm selbst unbegreifliche Freude. „Waren Sie je verliebt?“ fragte er plötzlich.

Albert dachte einige Sekunden nach, dann wurde sein Gesicht durch ein trauriges Lächeln erhellt. Er beugte sich über Delesow und sah ihm gerade in die Augen.

„Warum fragen Sie mich danach?“ sagte er flüsternd. „Aber ich will Ihnen alles erzählen, Sie gefallen mir“, fuhr er fort und blickte ein wenig um sich. „Ich werde Sie nicht betrügen, ich werde Ihnen alles erzählen, wie es war, von Anfang an.“ Er stockte, seine Augen starrten seltsam und wild. „Sie wissen, daß mein Geist schwach ist“, sagte er plötzlich. „Ja, ja,“ fuhr er fort, „Anna Iwanowna hat es Ihnen gewiß erzählt. Sie erzählt allen, ich sei verrückt! Das ist nicht wahr, sie sagt es zum Spaß, sie ist eine gute Frau, und ich bin wirklich seit einiger Zeit nicht ganz gesund.“ Albert verstummte wieder und blickte mit starren, weit geöffneten Augen auf die dunkle Tür. „Sie fragten, ob ich verliebt war? Ja, ich war verliebt!“ flüsterte er, die Brauen hochziehend. „Das war vor langer Zeit, als ich noch die Stelle am Theater hatte. Ich spielte die zweite Geige im Opernorchester, sie aber saß links in der Fremdenloge."

Albert stand auf und beugte sich über Delesows Ohr.

„Nein, wozu sie nennen", sagte er. „Sie kennen Sie sicher, alle kennen sie. Ich shwieg und sah sie nur an; ich wußte, daß ich ein armer Künstler war und sie eine aristokratische Dame. Ich wußte das sehr wohl. Ich sah sie nur an und dachte nichts."

Albert dachte nach und suchte in seinem Gedächtnis.

„Wie es kam, daran erinnere ich mich nicht; aber einmal wurde ich aufgefordert, sie auf der Geige zu begleiten . . . Nun — ich bin ein armer Künstler . . ." sagte er lächelnd und schüttelte den Kopf. „Aber nein, ich verstehe nicht zu erzählen, ich verstehe es nicht . . ." setzte er hinzu und griff sich an den Kopf. „Wie glücklich ich war!"

„Wie denn, waren Sie öfter bei ihr?" fragte Delesow.

„Einmal, nur ein einziges Mal . . . aber ich war selbst schuld, ich verlor den Verstand. Ich bin ein armer Künstler und sie ist eine aristokratische Dame. Ich durfte ihr nichts sagen. Ich wurde verrückt, ich machte Dummheiten. Von da an war alles für mich zu Ende. Petrow hatte recht: er sagte, es wäre besser gewesen, wenn ich sie nur im Theater gesehen hätte . . ."

„Was haben Sie denn getan?" fragte Delesow.

„Ach, warten Sie, warten Sie, das kann ich nicht erzählen."

Und das Gesicht in den Händen verbergend, schwieg er einige Zeit.

„Ich kam spät ins Orchester. Ich hatte mit Petrow an diesem Abend viel getrunken, und ich war erregt. Sie saß in ihrer Loge und sprach mit einem General. Ich weiß nicht, wer dieser General war. Sie saß ganz am Rande und legte die Hand auf die Brüstung; sie trug ein weißes Kleid und Perlen am Halse.

Sie sprach mit ihm und sah nach mir hinüber. Zweimal sah sie nach mir hin. Sie hatte so eine Frisur ... Ich spielte nicht, sondern stand neben dem Baß und starrte zu ihr hinauf. Dabei wurde es mir zum erstenmal merkwürdig zumute. Sie lächelte dem General zu und sah mich an. Ich merkte, daß sie über mich sprach, und plötzlich sah ich, daß ich mich nicht mehr im Orchester befand, sondern ich stand in der Loge und hielt sie bei der Hand, hier an dieser Stelle. Was ist das?" fragte Albert und schwieg dann.

„Das kommt von der lebhaften Phantasie", sagte Delesow.

„Nein, nein ... Aber ich verstehe nicht zu erzählen", antwortete Albert, die Stirn runzelnd. „Ich war damals auch schon arm, hatte keine eigene Wohnung, und wenn ich ins Theater ging, blieb ich oft über Nacht dort."

„Wie? Im Theater? Im leeren, dunklen Saal?"

„Ach, ich fürchte mich nicht vor solchen Dummheiten. Ach, warten Sie einen Augenblick. Kaum waren alle fort, so ging ich zu der Loge, in der sie gesessen hatte, und schlief dort. Das war meine einzige Freude. Was ich dort für Nächte verbracht habe! Nur einmal fing es wieder an. Ich stellte mir nachts soviel vor, aber ich kann Ihnen nicht alles erzählen." Albert senkte die Augen und blickte Delesow von unten herauf an. „Was ist das?" fragte er.

„Seltsam!" sagte Delesow.

„Nein, warten Sie, warten Sie!" Er flüsterte ihm weiter ins Ohr. „Ich küßte ihr die Hand, weinte vor ihr, sprach viel zu ihr. Ich fühlte ihren Duft, hörte den Klang ihrer Stimme. Sie hat mir viel gesagt in der einen Nacht. Dann nahm ich die Geige und begann leise zu spielen. Und ich spielte ausgezeichnet. Aber mir wurde bange. Ich fürchte mich nicht vor solchem dummen Zeug und glaube nicht daran; aber mir wurde angst um meinen Kopf," sagte er mit liebenswürdigem Lächeln und wies mit der Hand auf seine Stirn, „für meinen armen Verstand fürchtete ich; es war mir, als wäre etwas geschehen in meinem Kopfe. Vielleicht ist es auch gar nichts? Was meinen Sie?"

Beide schwiegen einige Augenblicke.

„Und ob die Wolke sie verhülle,
Die Sonne bleibt am Himmelszelt",

sang Albert, leise lächelnd. „Nicht wahr?" setzte er hinzu.

„Ich habe auch gelebt und genossen! Ach, wie würde der alte Petrow Ihnen das alles erklären."

Delesow sah schweigend und mit Schaudern auf das bleiche, erregte Gesicht seines Gegenüber.

„Kennen Sie den Juristenwalzer?" schrie Albert plötzlich auf, und ohne eine Antwort abzuwarten, sprang er auf, ergriff die Geige und begann einen lustigen Walzer zu spielen. Er spielte ganz selbstvergessen und schien zu glauben, es spiele ein ganzes Orchester mit ihm; er lächelte, schaukelte, stampfte mit den Füßen und spielte ausgezeichnet.

„So, nun genug mit dem Vergnügtsein!" sagte er, als er fertig war, und schwenkte die Geige.

„Ich gehe", sagte er, nachdem er einige Zeit schweigend dagesessen hatte. „Kommen Sie nicht mit?"

„Wohin?" fragte Delesow erstaunt.

„Gehn wir wieder zu Anna Iwanowna; da ist es lustig: da sind Leute, Musik, Trubel."

Delesow war im ersten Augenblick fast einverstanden. Aber er besann sich schnell und redete Albert zu, heute nicht mehr fortzugehen.

„Nur für einen Augenblick."

„Wirklich, gehn Sie lieber nicht."

Albert seufzte und legte die Geige hin.

„Also soll ich dableiben?" Er sah nach dem Tisch hinüber (es war kein Wein mehr da), sagte gute Nacht und ging.

Delesow klingelte. „Paß' auf," sagte er zu Sachar, „laß Herrn Albert nicht hinaus, ohne mich gefragt zu haben."

6

Der folgende Tag war ein Feiertag. Delesow war aufgestanden, saß im Wohnzimmer beim Kaffee und las ein Buch. Albert, der im Nebenzimmer schlief, rührte sich noch nicht.

Sachar öffnete vorsichtig die Tür und sah ins Speisezimmer hinein.

„Werden Sie's mir glauben, Dmitrij Iwanowitsch? Er schläft auf dem nackten Sofa! Nichts wollte er untergedeckt haben, weiß Gott. Wie ein kleines Kind. Das ist wirklich ein Künstler."

Um zwölf Uhr hörte man hinter der Türe Ächzen und Räuspern.

Sachar ging wieder in das Speisezimmer und der Hausherr konnte Sachars freundliches Zureden und die schwache, bittende Stimme Alberts vernehmen.

„Nun, was gibt's?" fragte der Hausherr Sachar, als dieser zurückkam.

„Er ist traurig, Dmitrij Iwanowitsch; waschen will er sich nicht, ganz trübsinnig ist er. Immer will er was zu trinken."

„Nein, wenn ich es mir vorgenommen habe, muß ich auch durchhalten", sagte sich Delesow.

Und, nachdem er den Befehl erteilt hatte, Albert keinen Wein zu geben, nahm er wieder sein Buch zur Hand, lauschte aber unwillkürlich immer auf die Geräusche im Nebenzimmer. Dort rührte sich nichts, nur ab und zu hörte man ein schweres Brusthusten und Spucken. Zwei Stunden vergingen. Als Delesow sich fertig angezogen hatte, beschloß er, vor dem Verlassen des Hauses zu seinem Hausgenossen hineinzuschauen. Albert saß regungslos am Fenster, den Kopf auf die Hände gestützt. Er sah sich um. Sein Gesicht war gelb, runzlig und nicht nur traurig, sondern tief unglücklich. Er versuchte Delesow zum Gruß anzulächeln, doch sein Gesicht bekam nur einen noch viel schmerzlicheren Ausdruck. Es schien, als wäre er drauf und dran zu weinen ...

Er erhob sich mit Mühe und verbeugte sich.

„Wenn ich wenigstens ein Gläschen ganz einfachen Schnaps bekommen könnte," sagte er mit flehendem Ausdruck, „ich fühle mich so schwach, bitte!"

„Kaffee wird Ihnen besser tun. Ich rate Ihnen wirklich."

Alberts Gesicht verlor plötzlich den kindlichen Ausdruck; er blickte trüb und kalt aus dem Fenster und sank matt auf den Stuhl.

„Und frühstücken wollen Sie nicht?"

„Nein, danke, ich habe keinen Appetit."

„Wenn Sie Geige spielen wollen, so stören Sie mich gar nicht", sagte Delesow und legte die Geige auf den Tisch.

Albert sah mit verächtlichem Lächeln auf die Geige.

„Nein, ich bin zu schwach, ich kann nicht spielen", sagte er und schob das Instrument von sich.

Was Delesow ihm danach auch noch vorschlug: spazierenzugehen, abends ins Theater zu fahren — er verbeugte sich nur und schwieg eigensinnig. Delesow ging aus, machte einige Besuche, aß bei Bekannten zu Mittag und kam erst vor dem Theater wieder nach Hause, um sich umzuziehen und zu erfahren, was der Musiker machte. Albert saß im dunklen Vorsaal, den Kopf auf die Hand gestützt, und sah in den brennenden Ofen. Er war sauber gekleidet, gewaschen und gekämmt; doch seine Augen waren trüb und leblos, und seine ganze Gestalt drückte noch mehr Schwäche und Erschöpfung aus als am Morgen.

„Haben Sie zu Mittag gegessen, Herr Albert?" fragte Delesow.

Albert nickte bejahend, sah Delesow ins Gesicht und senkte erschrocken den Blick. Delesow wurde es unbehaglich.

„Ich habe heute mit dem Direktor über Sie gesprochen", sagte er, die Augen gleichfalls senkend. „Er würde sich sehr freuen, Sie anzustellen, wenn Sie ihm vorher etwas vorspielen wollten."

„Danke, ich kann nicht spielen", brummte Albert in seinen Bart und ging in sein Zimmer, die Tür besonders leise schließend.

Nach wenigen Minuten wurde die Klinke an seiner Türe noch einmal ebenso leise bewegt und er trat mit seiner Geige aus dem Zimmer. Er blickte Delesow scheu und böse an, legte die Geige auf den Stuhl und verschwand wieder.

Delesow zuckte die Achseln und lächelte.

„Was soll ich weiter tun? Was habe ich ihm Böses getan?" dachte er.

„Nun, was macht der Musiker?" war seine erste Frage, als er spät abends heimkam.

„Schlecht geht's ihm!" antwortete Sachar kurz und laut. „Er seufzt immer, hustet und spricht nicht, nur fünfmal hat er um Schnaps gebeten. Ein Glas habe ich ihm gegeben. Wir können ihn doch nicht so verderben, Dmitrij Iwanowitsch. Damals der Inspektor ..."

„Und Geige spielt er nicht?"

„Er rührt sie gar nicht an. Ich habe sie ihm auch zweimal gebracht — dann nimmt er sie leise und trägt sie hinaus", antwortete Sachar lächelnd. „Also zu trinken soll man ihm nicht geben?"

„Nein, warten wir noch einen Tag ab, wir wollen sehen, was dann wird. Was tut er denn jetzt?"

„Er hat sich im Wohnzimmer eingeschlossen."

Delesow ging in sein Arbeitszimmer, suchte einige französische Bücher und ein deutsches Neues Testament heraus. „Leg' diese Bücher morgen in sein Zimmer, und sieh zu, laß ihn nicht hinaus", sagte er zu Sachar.

Am nächsten Morgen meldete Sachar dem Hausherrn, daß der Musiker die ganze Nacht nicht geschlafen habe: er sei immerzu im Zimmer auf und abgegangen, sei mehrmals ins

Anrichtezimmer gekommen, habe versucht, die Schrank- und die Zimmertür aufzumachen, doch all seine Versuche seien vergeblich gewesen; alles sei fest verschlossen gewesen. Sachar erzählte, er habe sich schlafend gestellt und gehört, daß Albert im Dunkeln mit sich gesprochen und mit den Armen gefuchtelt habe.

Albert wurde von Tag zu Tag düsterer und schweigsamer. Delesow fürchtete er anscheinend, und in seinen Zügen malte sich krankhaftes Erschrecken, wenn sie sich begegneten. Er nahm weder ein Buch noch die Geige in die Hand und gab keine Antwort auf die Fragen, die man an ihn richtete.

Am dritten Tage kam Delesow spät abends müde und nervös nach Hause. Er war den ganzen Tag herumgefahren, hatte Geschäfte gehabt, die einfach und leicht erschienen, und war doch, wie das oft vorkommt, trotz heftigster Bemühungen keinen Schritt vorwärtsgekommen. Zudem hatte er noch im Klub beim Whist verloren. Er war schlechter Laune.

„Nun, mag er!“ sagte er zu Sachar, als dieser ihm Alberts traurige Lage auseinandersetzte. „Morgen werde ich endgültig von ihm erfahren, ob er bei mir bleiben und meinen Ratschlägen folgen will, oder nicht? Wenn nicht, nun dann ist es auch nicht nötig. Ich glaube, ich habe getan, was ich konnte.“

„Da soll man den Leuten Gutes tun!“ dachte er bei sich. „Ich schränke mich seinetwegen ein, halte dieses schmutzige Geschöpf in meinem Hause, so daß ich vormittags keinen fremden Menschen bei mir empfangen kann, renne, mühe mich ab, er aber sieht mich an wie einen Bösewicht, der ihn zum Vergnügen in einen Käfig gesperrt hat. Und vor allem, — selbst will er keinen Schritt für sich tun. So sind sie alle“ (dieses „alle“ bezog sich auf die Menschen im allgemeinen und besonders auf die, mit denen er am heutigen Tage geschäftlich zu tun gehabt hatte). „Und was ist jetzt mit ihm? Woran denkt er, worüber trauert er? Über das Laster, aus dem ich ihn herausgerissen habe? Über die Erniedrigung, in der er sich befunden hat? Über das Elend, aus dem ich ihn errettete? Er ist wohl schon so tief gefallen, daß es ihm weh tut, das anständige Leben anderer Leute zu sehen?"

„Nein, es war eine kindische Tat . . ." entschied Delesow bei sich. „Wie soll man versuchen andere zu bessern, wenn man mit Gottes Hilfe nur grade mit sich selbst fertig wird." Er wollte ihn erst gleich gehen lassen, beschloß dann aber, es bis zum nächsten Tage hinauszuschieben.

Nachts erwachte Delesow von dem Geräusch eines umfallenden Tisches im Flur und dem Klang von Stimmen und Schritten. Er zündete ein Licht an und lauschte erstaunt.

„Warten Sie nur, ich sage es Dmitrij Iwanowitsch", sagte Sachar; Alberts Stimme brummte etwas Heftiges, Unzusammenhängendes. Delesow sprang auf und lief mit der Kerze in der Hand auf den Flur. Sachar stand im Nachtgewande vor der Tür, Albert, im Hut und in den Almaviva gehüllt, stieß ihn beiseite und schrie mit weinerlicher Stimme:

„Sie dürfen mir das Fortgehen nicht verweigern. Ich habe einen Paß, ich habe Ihnen nichts weggenommen. Sie können mich durchsuchen. Ich gehe zum Polizeimeister."

„Gestatten Sie, Dmitrij Iwanowitsch!" wandte Sachar sich an den Hausherrn, mit dem Rücken noch immer die Tür deckend. „Er ist in der Nacht aufgestanden, hat den Schlüssel in meiner Rocktasche gefunden und eine ganze Flasche Likör ausgetrunken. Ist das etwa gut? Und jetzt will er fort! Sie haben es nicht erlaubt, also kann ich ihn auch nicht fortlassen."

Als Albert Delesow erblickte, drang er noch heftiger auf Sachar ein.

„Niemand kann mich zurückhalten! Wer hat das Recht dazu!" schrie er mit immer lauterer Stimme.

„Geh zur Seite, Sachar!" sagte Delesow. „Ich kann und will

Sie nicht zurückhalten, aber ich würde Ihnen doch raten, bis morgen früh zu warten", wandte er sich an Albert.

„Niemand darf mich zurückhalten. Ich werde zum Polizeimeister gehn", schrie Albert immer heftiger, nur zu Sachar gewandt und ohne Delesow anzusehen. „Zu Hilfe!" brüllte er plötzlich mit unmenschlicher Stimme.

„Warum schreien Sie denn so? Man hält Sie doch nicht!" sagte Sachar, die Türe öffnend.

Albert hörte auf zu schreien. „Es ist Ihnen nicht gelungen! Umbringen wollten Sie mich! Nein!" brummte er vor sich hin, während er seine Gummischuhe anzog. Ohne sich zu verabschieden und immerzu unverständliches Zeug vor sich hin murmelnd, ging er hinaus. Sachar leuchtete ihm bis zur Pforte und kam dann zurück.

„Gott sei Dank, Dmitrij Iwanowitsch! Denn was sollte das auch geben!" sagte er zu seinem Herrn. „Und jetzt müßte man das Silber nachzählen."

Delesow schüttelte nur den Kopf und antwortete nicht. Ihm fielen mit aller Lebhaftigkeit die zwei ersten Abende ein, die er mit dem Musiker verbracht hatte, und die zwei letzten traurigen Tage, die Albert durch seine Schuld hier verlebt hatte; vor allem aber fiel ihm das süße, aus Staunen, Liebe und Mitleid gemischte Gefühl ein, das dieser seltsame Mensch vom ersten Augenblick in ihm erweckt hatte, und er tat ihm leid. „Und was soll jetzt aus ihm werden?" dachte er. „Ohne Geld, ohne warme Kleider, ganz allein, mitten in der Nacht ..." Er wollte ihm schon Sachar nachschicken, aber es war zu spät.

„Ist es kalt draußen?" fragte Delesow.

„Ein tüchtiger Frost, Dmitrij Iwanowitsch", gab Sachar zurück.

„Ich hatte vergessen, Ihnen zu melden: wir werden diesen Winter noch einmal Holz kaufen müssen."

„Du hattest aber doch gesagt, wir kämen aus?"

7

Draußen war es wirklich kalt, Albert jedoch fühlte die Kälte nicht: er war viel zu erhitzt von dem genossenen Alkohol und dem Streit.

Als er auf die Straße trat, sah er um sich und rieb sich erfreut die Hände. Die Straße war menschenleer, aber von der langen Reihe der Laternen fiel noch ein rötlicher Lichtschein. Der Himmel war klar und voller Sterne. „Nun also!“ sagte Albert zu dem erleuchteten Fenster an Delesows Wohnung hinauf, steckte die Hände unter dem Mantel in die Hosentaschen und ging vorgebeugt, mit schweren, unsicheren Schritten die Straße nach rechts hinunter. Er fühlte einen schweren Druck im Magen und in den Beinen, sein Kopf brauste, und eine unsichtbare Macht stieß ihn von einer Seite zur andern, aber trotzdem ging er immer weiter, in der Richtung zum Hause der Anna Iwanowna. In seinem Kopf wechselten seltsame, unzusammenhängende Gedanken: einmal fiel ihm sein letzter Streit mit Sachar ein, dann plötzlich das Meer und seine erste Dampferfahrt nach Rußland, eine lustige Nacht, die er mit einem Freund in einer Schenke verbracht hatte, an der sie vorüberkamen. Dann summte plötzlich in seiner Phantasie eine vertraute Melodie, er dachte an den Gegenstand seiner Leidenschaft und an die schreckliche Nacht im Theater. Doch trotz ihrer Zusammenhanglosigkeit erschienen all diese Bilder so lebendig in seiner Phantasie, daß er, wenn er die Augen schloß, nicht mehr wußte, was Einbildung und was Wirklichkeit war: das, was er tat, oder das, was er dachte. Er wußte und merkte nicht, wie sich seine Beine bewegten, wie er sich wankend an der Mauer entlang schob, um sich sah und von einer Straße in die andere gelangte. Er fühlte und merkte nur noch das, was seltsam wechselnd und verwirrt in seiner Vorstellung lebte.

Als er über die Malaja-Morskaja ging, stolperte Albert und fiel hin. Als er dann für einen Augenblick wieder zu sich kam, sah er ein riesiges, prachtvolles Gebäude vor sich, und er ging weiter. Am Himmel waren keine Sterne, kein Morgenrot, kein Mond zu sehen, auch Laternen waren nicht mehr da, aber alle Gegenstände zeichneten sich mit größter Deutlichkeit ab. In den Fenstern des Gebäudes, das am Ende der Straße lag, schimmerten Lichter, doch diese Lichter schwankten wie Spiegelbilder. Das Gebäude rückte Albert näher und näher, wurde deutlicher und deutlicher. Doch kaum war er durch die breite Tür getreten, da verschwanden die Lichter. Im Innern des Hauses war es dunkel. Die einsamen Schritte hallten in den Bogengängen wider, und seltsame Schatten huschten davon, wenn er näher kam. „Warum bin ich hier hineingegangen?" dachte Albert; doch eine unüberwindliche Macht zog ihn weiter und weiter in die Tiefe eines riesigen Saales . . . Da stand ein hohes Gerüst und rundherum drängten sich schweigend viele kleine Gestalten. „Wer soll da reden?" fragte Albert. Niemand antwortete, nur einer wies auf das Gerüst. Oben stand ein hochgewachsener, magerer Mensch mit struppigem Haar in einem bunten Mantel. Albert erkannte sofort seinen Freund Petrow. „Wie seltsam, daß er hier ist!" dachte Albert. „Nein, Brüder," sagte Petrow und zeigte auf jemanden, „ihr habt den Mann, der in eurer Mitte lebte, nicht verstanden; nicht verstanden habt ihr ihn! Er ist kein käuflicher Künstler, kein mechanischer Spieler, kein verrückter und auch kein verlorener Mensch! Er ist ein Genie, ein großes musikalisches Genie, das unerkannt und unverstanden unter euch zugrunde geht." Albert verstand sofort, von wem sein Freund sprach; doch um ihn nicht zu stören, senkte er bescheiden den Kopf.

„Wie ein Strohhalm verbrannte er ganz in dem heiligen Feuer, dem wir alle dienen," fuhr die Stimme fort, „aber er hat alles erfüllt, was von Gott in ihn gelegt war; darum muß er auch ein großer Mensch genannt werden. Ihr konntet ihn verachten, quälen, erniedrigen," fuhr die Stimme lauter und lauter fort, „er stand und steht immer unermeßlich hoch über euch allen, und so wird es bleiben! Er ist glücklich und gut. Er liebt und verachtet alle gleich, was dasselbe ist, und dient nur dem, was ihm von oben her gegeben wurde. Er liebt eines: die Schönheit, das einzige unanfechtbare Gut der Welt. Ja, so ist er! Fallt alle nieder vor ihm. Auf die Knie!" schrie er plötzlich laut.

Doch eine andere, leise Stimme ertönte am andern Ende des Saales. „Ich will nicht vor ihm niederknien", sagte die Stimme, in der Albert sofort die Delesows erkannte. „Worin besteht denn seine Größe? Warum sollen wir uns vor ihm beugen? Hat er sich denn recht und redlich gehalten? Hat er der menschlichen Gesellschaft Nutzen gebracht? Wissen wir etwa nicht, daß er Geld borgte und nie zurückgab, und daß er die Geige eines Freundes mitnahm und versetzte." („Mein Gott, woher weiß er das alles!" dachte Albert, den Kopf immer tiefer senkend.) „Wissen wir etwa nicht, daß er den erbärmlichsten Menschen schmeichelte, um des Geldes willen?" fuhr Delesow fort. „Daß man ihn vom Theater davonjagte? Daß Anna Iwanowna ihn auf die Polizei schicken wollte?" („Großer Gott, das alles ist wahr, aber tritt du für mich ein," murmelte Albert, „du allein weißt, warum ich es tat.")

„Hören Sie auf, schämen Sie sich", begann Petrows Stimme wieder. „Wer gibt Ihnen das Recht, ihn anzuklagen? Haben Sie sein Leben gelebt? Seine Ekstasen empfunden?" („Wahr, sehr wahr!" murmelte Albert.) „Die Kunst ist der höchste Ausdruck menschlicher Kraft. Sie wird nur wenigen Auserwählten gegeben und hebt den Erwählten zu solcher Höhe, daß der Kopf ihm schwindelt, und es ihm schwer wird, sich bei gesundem Verstand zu erhalten. In der Kunst wie in jedem Kampf gibt es Helden, die sich ganz ihrer Sache hingeben und, ohne ihr Ziel erreicht zu haben, zugrunde gehen."

Petrow schwieg, Albert aber hob den Kopf und schrie laut: „Das ist wahr! Sehr wahr!" Doch seine Stimme hatte keinen Klang.

„Sie geht das nichts an“, wandte der Künstler Petrow sich an ihn. „Ja, erniedrigt, verachtet ihn nur,“ fuhr er fort, „er ist doch der Beste und Glücklichste unter uns!“

Albert, der mit glückerfüllter Seele diese Worte vernahm, hielt es nicht länger aus, trat zu seinem Freunde und wollte ihn küssen.

„Scher dich fort, ich kenne dich nicht,“ antwortete Petrow, „geh deines Weges, sonst kommst du nicht hin.“

„Du hast ja tüchtig eingelegt! So kommst du nicht weiter!“ rief der Nachtwächter an der Straßenecke.

Albert blieb stehen, raffte seine ganze Kraft zusammen und bog, bemüht, nicht zu schwanken, in eine Seitengasse ein.

Bis zu Anna Iwanownas Hause waren nur nur noch wenige Schritte. Aus dem Hausflur fiel ein heller Lichtschein auf den Schnee im Hofe, vor der Pforte standen Schlitten und Kutschen.

Sich mit den erstarrten Händen am Geländer haltend, lief er die Treppe hinauf und klingelte.

Das verschlafene Gesicht des Dienstmädchens erschien in der halbgeöffneten Tür, sie blickte zornig auf Albert. „Es geht nicht!“ schrie sie. „Ich darf Sie nicht einlassen.“ Und die Tür schlug zu. Auf die Treppe hinaus drangen Musik und weibliche Stimmen. Albert setzte sich auf den Fußboden, lehnte den Kopf an die Wand und schloß die Augen. Im selben Augenblick umringten ihn wieder mit neuer Gewalt Scharen unzusammenhängender, doch vertrauter Gesichte, nahmen ihn auf ihre Wellen und trugen ihn fort in das freie, herrliche Meer der Träume. „Ja, er ist der Beste und Glücklichste!“ wiederholte er unwillkürlich in seinen Phantasien. Durch die Tür drangen die Klänge einer Polka. Auch diese Klänge sagten ihm, daß er der Beste und Glücklichste sei. Von der nahen Kirche läuteten die Glocken, und dieses Geläute sagte: „Ja, er ist der Beste und Glücklichste.“ „Ich gehe nicht wieder in den Saal“, dachte Albert. „Petrow muß mir noch vieles sagen.“ In dem großen Saal war nun niemand mehr, und statt des Künstlers Petrow stand jetzt auf dem Podium Albert selbst und spielte all das auf der Geige, was die Stimme vorhin gesprochen hatte. Doch diese Geige war ein seltsames Ding: sie war ganz aus Glas. Und man mußte sie mit beiden Händen umfassen und an die Brust drücken, damit sie klang. Die Töne waren so zart und lieblich, wie Albert sie noch nie vorher vernommen hatte. Je fester er die Geige an die Brust drückte, desto freudiger und süßer wurde ihm zumute. Je lauter die Töne wurden, desto hastiger huschten die Schatten davon und desto heller schimmerten die Wände des Saales in durchsichtigem Licht. Aber er mußte sehr vorsichtig mit der Geige umgehen, um sie nicht zu zerdrücken. Albert spielte achtsam und gut auf dem gläsernen Instrument. Er spielte Stücke, die, das fühlte er, nie wieder jemand hören würde. Er begann schon müde zu werden, als ein anderer, ferner, dumpfer Laut ihn ablenkte. Es war der Klang einer Glocke; doch die Glocke sprach Worte. „Ja," sagte die Glocke, dumpf aus ferner Höhe tönend, „er scheint euch erbärmlich, ihr verachtet ihn, doch er ist der Beste und Glücklichste! Nie wieder wird jemand auf diesem Instrument spielen."

Diese bekannten Worte schienen Albert mit einem Male so weise, neu und richtig, daß er zu spielen aufhörte und, bemüht, sich nicht zu rühren, Hände und Augen zum Himmel erhob. Er fühlte sich erhaben und glücklich. Obgleich kein Mensch im Saal war, warf Albert sich in die Brust und, den Kopf stolz erhoben, stand er auf dem Podium so, daß alle ihn sehen mußten. Plötzlich berührte eine Hand leicht seine Schulter; er wandte sich um und erkannte im Halbdunkel eine Frau. Sie sah ihn traurig an und schüttelte verneinend den Kopf. Er begriff sofort, daß das, was er tat, unrecht war, und er schämte sich. „Wohin?" fragte er sie. Sie sah ihn noch einmal lange und scharf an und neigte traurig den Kopf. Es war sie, ganz sie, die er liebte, auch das gleiche Kleid hatte sie an; um den vollen, weißen Hals lag eine Perlenkette, und die herrlichen Arme waren bis über die Ellbogen entblößt. Sie nahm ihn bei der

Hand und führte ihn aus dem Saal. „Der Ausgang ist auf jener Seite", sagte Albert, doch sie lächelte, ohne zu antworten, und führte ihn aus dem Saal. An der Schwelle erblickte Albert den Mond und eine Wasserfläche. Doch das Wasser war nicht unten, wie sonst, und der Mond nicht oben; er war auch keine weiße Scheibe, die an einer Stelle steht, wie das sonst zu sein pflegt. Mond und Wasser waren eins und überall, oben und unten, an der Seite und ringsherum. Und Albert stürzte sich mit ihr vereint in Wasser und Mond, und er begriff, daß er sie nun umarmen durfte, die er über alles in der Welt geliebt hatte; er umschlang sie und empfand ein unaussprechliches Glück. „Ist das nicht ein Traum?" fragte er sich. Doch nein! Es war Wirklichkeit, es war mehr als Wirklichkeit: es war Wirklichkeit und Erinnerung zugleich. Er fühlte, daß das unaussprechliche Glück, das er in diesem Augenblick empfand, vorüber war und nie wiederkehren würde. „Warum weine ich denn?" fragte er sie. Sie sah ihn schweigend und traurig an. Albert verstand, was sie damit sagen wollte. „Wie ist es denn möglich, wenn ich doch noch am Leben bin?" sagte er. Sie starrte, ohne zu antworten, gerade vor sich hin. „Das ist schrecklich! Wie soll ich ihr erklären, daß ich noch am Leben bin?" dachte er schaudernd. „Mein Gott! Ich lebe ja, verstehen Sie mich doch", flüsterte er.

„Er ist der Beste und Glücklichste", sagte die Stimme. Doch irgend etwas drückte Albert immer stärker. Ob das der Mond und das Wasser oder ihre Umarmungen und Tränen waren, — er wußte es nicht, doch er fühlte, daß er nicht alles werde aussprechen können, was gesagt werden mußte, und daß bald alles zu Ende sein werde.

Zwei Gäste, die das Haus der Anna Iwanowna verließen, stießen auf den ausgestreckt an der Schwelle liegenden Albert. Einer von ihnen kehrte um und rief die Wirtin heraus.

„Das ist ja sündhaft," sagte er, „Sie lassen den Menschen ja erfrieren."

„Ach, dieser Albert hängt mir zum Halse heraus!" sagte die

Hausfrau. „Annuschka, legen Sie ihn irgendwo im Zimmer zu Bett!“ wandte sie sich an das Dienstmädchen.

„Ich bin doch noch am Leben, warum wollt ihr mich denn begraben?“ murmelte Albert, während man ihn bewußtlos ins Zimmer trug.

1857

NACHTRAG ZU „ALBERT"[1])

(2)

... Worüber und weshalb aber weinte der Mann, der auf dem Sofa lag? Das war es, worüber und weshalb er weinte. Er war jetzt fünfunddreißig Jahre alt, er war sehr reich, und er empfand längst schon überall und immer nichts als Langeweile. Und am meisten gelangweilt und traurig war er immer dort, wo er hätte lustig sein sollen. Außerdem wurde sein Kopf schon kahl, das Haar ging ihm immer mehr aus, in den Beinen saß ihm der Rheumatismus und im Kreuz Hämorrhoiden. Mit jedem seiner Tage, vom Morgen bis zum Abend, war er unzufrieden, wie wenn Reue ihn quälte, und trotz seines guten Herzens war er außerstande jemand zu lieben, ja, er war sich selbst aufs äußerste zuwider. Und es hatte doch eine Zeit gegeben, da er jung und hübsch gewesen war, da er die andern geliebt und von sich selbst etwas außerordentlich Schönes erwartet hatte. Die ersten Klänge der „Melancholie" trugen ihn durch eine seltsame Verkettung der Eindrücke in jene schöne alte Zeit zurück. Plötzlich sah er den alten Saal mit dem Bretterboden vor sich, in dem er noch als Kind mit seinen Geschwistern um den Tisch herumgelaufen war; jetzt aber war der Tisch in seine zwei Hälften geteilt und an die Wand gerückt. Im Saale glän-

---

[1]) Aus L. N. T.'s Tagebuch, 14. September 1857: „Woran D. beim Walzer dachte. Wie er beim Tanzen in Schweiß kam und sie küßte. Ein alter Mann, für ihn ist alles nackt, früher aber sah er Bäume und Wolken, und alles um sie herum war Poesie." 15. September: „Ich stürzte mich aufs Schreiben und schrieb vier vorzügliche heiße Blätter."

zen acht Kerzen, vier Juden spielen auf, und der ländliche Hochzeitsball ist in vollem Gange. Da ist seine alte Mutter in ihrer Sonntagshaube; lächelnd und nach der Art alter Leute die Lippen bewegend, freut sie sich an ihrer schönen jungen Tochter und an ihrem prächtigen Sohn; da ist seine Schwester, die junge, glückliche Schöne, da sind sie alle, die treuherzigen Freunde und Nachbarn; da sind die Dienstmädchen, Laufmädchen und Laufjungen, die sich in der Tür drängen und sich an dem Anblick ihres jungen Herrn freuen. Ja, er war ein Prachtkerl, ein lustiger, hübscher Junge, wie Milch und Blut, und die Leute freuten sich über ihn, und er war erregt und glücklich, wenn er das merkte.

Und da ist auch die Holdeste der Holden, sie, Lisanka Tuchmatschowa, im rosa Kleidchen mit Volants. Ein entzückendes Kleidchen! Schön ist auch das Kleid aus Bastleinwand, das sie vormittags trägt, dieses aber ist schöner: erstens, weil sie es anhat, und zweitens, weil es ihren reizenden Hals mit der Rille im Nacken sehen läßt und die mit einem zarten Flaum bedeckten Arme, die nicht gewohnt sind, sich nackt zu zeigen. Sie lächelt fast unaufhörlich, lacht beinahe, aber wieviel Heiterkeit und Klarheit strahlt aus diesem rosigen Lächeln in ihrem errötenden, erhitzten Gesicht! Alles glänzt an ihr: die weißen Zähne, die Augen, die Rosenwangen, das Haar, der weiße Hals, — die ganze Lisanka strahlt in blendendem Glanze. Ja, sie schwitzt, und wie reizend sie schwitzt! [So schwitzen nur Fräulein vom Lande; alles an ihr atmet Kraft und Gesundheit.] Die kurzen, sich ringelnden Härchen an den Schläfen und unter der schweren Flechte glänzen und kleben an der Haut, auf den Purpurwangen treten durchsichtige Tröpfchen hervor, in ihrer Nähe spürt man Wärme, Hitze, Leidenschaft. Er hat wohl schon zwanzigmal mit ihr Walzer getanzt, und immer noch hat er nicht genug; er will mehr, ewig mehr, will etwas Unmögliches von ihr. Da macht er einen Schritt von der Tür aus auf sie zu, und schon lächelt sie, blitzt ihn mit ihren heißen Äuglein an; sie weiß, daß er kommt, den Arm um ihren jungen, kräftigen Leib zu legen, und daß er wieder mit ihr über die Bretter des Saales fliegen wird. Und die Walzerklänge schweben und strömen dahin, sie machen das junge Blut sieden und wecken eine süße, erregte Wehmut und Hitze im jungen Herzen. Und wie sollte sie nicht wissen, daß er auf sie zugeht? Es sind hier wohl noch zehn junge Damen und zehn Kavaliere, es sind noch andere da, aber das alles ist ja Unsinn! Alle wissen, daß es hier nur die eine schöne Lisanka gibt, nur den einen Prachtjüngling — und das ist er! Niemand ist mehr vorhanden außer ihm und Lisanka; die andern tun nur so, als wären sie da!

Nur meine, meine Lisanka ist da! Und sie ist meine, meine Lisanka, weil ich ganz ihr gehöre, weil ich mit Tränen des Glückes bereit bin [hinzunehmen, daß sie mich martert, mich blutig schlägt, mir die Haut vom Leibe reißt], in diesem Augenblick zu sterben, alle Qualen auf mich zu nehmen, um Lisankas willen. Jetzt gehe ich auf sie zu, und der Jude, der die erste Geige spielt, bringt die zarten Walzertöne so gefühlvoll, so eindringlich hervor, und meine Mutter und die andern, alle, alle sehen uns an und denken: „Das ist ein Pärchen! Ein zweites dieser Art gibt es in der ganzen Welt nicht!“ Und sie haben recht. Ich gehe auf sie zu, sie ist schon aufgestanden, hat ihr Kleidchen zurechtgeschoben [ihr Kleidchen liegt über den Beinen, den Knien, den entzückenden Knien und den reizenden Waden]; was sich unter diesem Kleidchen verbirgt, weiß ich nicht und will es nicht wissen; vielleicht sind es ihre Beine, vielleicht ist aber auch nichts darunter. Sie hebt den Arm, unter dem Ellbogen hat sich ein Grübchen gebildet und die rundliche, feste Hand legt sich auf meine starke Schulter. Ich atme die heiße Luft, von der sie umgeben ist; irgendwo unter dem Kleide setzen sich ihre Beinchen in Bewegung, und nun fliegt alles: da sind die Juden, da ist meine Mutter, da ist meine Schwester mit ihrem Bräutigam, sie lächeln. Nun aber blicken ihre Augen mich an, — nein, sie blicken mich nicht an, aber etwas geht mit mir und mit ihr vor! Das ist es! Etwas Wunderbares ist durch diesen Blick geschehen, etwas, was ich nicht zu wünschen wagte und doch mit allen Kräften meiner Seele wünschte [und ich weiß, daß es vorhanden ist. Ich würde gern eifersüchtig auf sie sein, und ich bin es in meiner Einbildung]. Ihre Füßchen, meine Füße fliegen dahin; ihre Hand, ihre Brust . . . wo ist sie, wo bin ich? Niemand weiß es. Wir fliegen, fliegen; etwas glänzt, etwas bewegt sich, etwas klingt, aber ich weiß nichts und will nichts wissen. Nun aber tönt ihre Stimme; nein, es ist keine Stimme, nur ein Flüstern, doch ich höre auch das nicht und will es nicht hören. Sie preßt meine Hand zusammen, damit ich zu mir komme, und wiederholt: „Wir wollen gleich in den Salon hinübertanzen!" So sagt sie und lächelt freudig. Worüber lächelte sie nur immer? Damals verstand ich freilich, worüber sie lächelte: sie konnte nicht anders als lächeln. Die Kräfte verdreifachen, verzehnfachen sich; in den Füßen zittert jede Ader von der überflüssigen Anspannung; wir schweben, schweben, scheint es, gerade auf den Türrahmen los, in die Schar der Dienstmädchen hinein, — doch nichts dergleichen! Türrahmen und Dienstmädchen bleiben, wo sie sind, wir stoßen nicht auf sie, sondern gleiten geradeswegs in den Salon hinein.

Die Geigenklänge sind kaum zu hören; es ist still, eine Kerze ist tief herabgebrannt, Stühle stehen umher, und ich bin im Salon . . . und sie ist im Salon. Wir bleiben stehen, sie lacht, und ihre Brust hebt sich hoch in glückseligem Aufseufzen. Ihre Augen reißen sich für einen Moment von den meinen los, die meinen blicken ebenfalls zur Erde und schauen dann wieder zu ihr empor. Ihre Augen sagen: „Nun?" Meine Augen sagen: „Wirklich? Das ist schon zuviel!" [Oh, ich bin zu glücklich!] Und während die Augen, ohne sich voneinander wegzuwenden, einander immer näher kommen, so daß ein seltsames Gefühl in uns aufsteigt, schmelzen Lippe und Lippe zusammen, und eine Hand drückt unwillkürlich die andere. In diesem Augenblick geht Osip mit ernster Miene durch den Salon, angeblich, um das heruntergebrannte Licht zu putzen. Ach was, Osip! Sie sieht mich mit lachenden Augen an und geht in das Diwanzimmer, ich aber begebe mich [scheinbar ruhig], das „Flotte Dreigespann" vor mich hinsummend, in den Saal.

Ich wische mir mit einem seidenen Tuch den Schweiß aus dem geröteten Gesicht, werfe mein dichtes, schönes Haar zurück — oh, ich weiß wie dicht und schön es ist! — und dränge mich durch die Schar der Dienstmädchen in den Saal. Matrioscha ist auch darunter; sie steht mir sogar mitten im Wege; ihr hübsches Gesichtchen sieht mich herausfordernd an; sie lächelt; aber ich gehe stolz an ihr vorüber und blicke sie grausam, fragend an. „Ich will nichts verstehen!" Und ich berühre sie nicht. Lisanka kommt zurück und sieht mich noch fröhlicher an, und ich mache es ebenso. Sollen wir uns schämen? Weswegen? Wir sind stolz; wir konnten nichts Besseres tun; kein Mensch in der Welt kann etwas Besseres, Schöneres machen. Vielleicht erzählt Osip es Agafja Michajlowna und Agafja Michajlowna erzählt es meiner Mutter; Mutter hält dann mit den Nachbarinnen eine geheime Beratung ab, und dann werden sie seufzen und dafür sorgen, daß die Sache nicht ruchbar wird. Doch was kümmern sie mich? Sie sind ja gar nicht vorhanden! Lisanka, ja, die ist da, Lisanka, das Seelchen, der Pfirsich, da ist sie, da sind die Äuglein, das Mündchen, die Zähnchen, die ich heute abend noch gefühlt und gespürt habe! Ich gehe, um wieder und wieder mit ihr zu tanzen! Außer ihr gibt es nichts und niemand für mich auf der Welt.

Doch ich war vor die Haustür getreten, um mich abzukühlen, und auf dem Rückweg traf ich zufällig wieder Matrioscha. Auch sie war reizend! Ich stand mit ihr auf der Vortreppe, die Türklinke festhaltend, sprach leise flüsternd, und stampfte dann mit den Füßen, damit man im Vorzimmer denke, ich sei eben erst gekommen und gar nicht stehengeblieben. Matrioscha drohte mir mit dem Finger, lachte und lief davon, ich aber ging wieder in den Saal.

O Gott, wie wohl, wie heiter war mir zumute! Wie glücklich war ich, wie komisch war ich, wie stark war ich, wie klug war ich, wie selig dumm war ich! Ich schlug Rad, ich trug meinen künftigen Schwager auf den Händen zum Abendessen, ich sprang über den ganzen Tisch, ich zeigte meine Kraft. Und alle sahen zu und freuten sich, vor allem aber hörte ich selbst nicht auf, mich an mir zu freuen. An diesem Abend hätte ich alles leisten können, was ich gewollt hätte. Wenn ich's nur versucht hätte, so hätte ich an diesem Abend an der Zimmerdecke ebensogut laufen können wie auf dem Fußboden. Ich erinnere mich, wie Schellen erklangen, wie der Wagen für Lisanka und ihre Mutter vorfuhr. Wie entzückend betrübt ich war! Wie ich beschloß: „Sie sollen nicht wegfahren!" Und sie fuhren nicht weg. „Mama, bitten Sie doch!" sagte ich. Die Alte lief mit schlauem Lächeln zu den Damen hin, um sie zu bitten — und sie blieben! Und wo ist sie jetzt, diese entzückende Alte?

Sie blieben, gingen aber, Gott weiß wozu, nach oben schlafen, während ich der Meinung war, daß man überhaupt nie schlafen sollte. Sie gingen schlafen, und ich nahm, erhitzt, in Schweiß gebadet, meine Halsbinde ab, und ging auf dem bereiften Grase im Hofe hin und her, immer nach ihren Fenstern blickend und überlegend, was ich jetzt noch unternehmen könnte: baden gehen oder zwanzig Werst bis zur Stadt und zurück reiten oder mich hier auf der Schwelle schlafen legen und nachher sagen, ich hätte das für sie getan? Ich erinnere mich, daß der Nachtwächter auch im Hofe auf und ab ging. Wie lieb wurde mir mit einem Male dieser Nachtwächter! „Er ist unser braver Kerl, und ich muß ihm etwas geben", sagte ich zu mir selbst, ging auf ihn zu und ließ mich in eine Unterhaltung mit ihm ein. Ich redete lauter dummes Zeug mit ihm, aber es war reizend. Lisanka, die Nacht, ich — die ganze Seligkeit. Dieser Begriff malte sich in seinem gutmütigen Gesichte ...

Das war es, was die Klänge der Musik dem Manne auf dem Sofa in Erinnerung brachten, und diese Erinnerung machte ihn weinen. Er weinte nicht, weil jene Zeit, die er besser hätte anwenden können, dahin war. Hätte man ihm diese Zeit wiedergegeben, so hätte er sie nicht besser angewandt; er weinte, weil diese Zeit vorüber war, für immer vorüber, und weil sie nie, nie wieder zurückkehren würde. Die Erinnerung an diesen ganzen Abend stieg mit den kleinsten Einzelheiten vor seinem Geiste auf, vielleicht, weil der Klang von Alberts Geige an die erste Geige des Juden erinnerte, der bei der Hochzeitsgesellschaft aufgespielt hatte, vielleicht auch, weil jene Zeit eine Zeit der Schönheit und der Kraft gewesen war und Alberts Töne auch alle Kraft und Schönheit waren. Und weiter sagte Alberts Geige immer dasselbe, sie sagte: „Sie ist hin, jene Zeit, sie ist hin und kehrt nie wieder; weine, weine um sie, weine alle deine Tränen aus, stirb an den Tränen um jene Zeit, das ist dennoch das einzige, größte Glück, das dir noch auf dieser Welt geblieben ist." Und er weinte und war selig.

15. September 1857

DREI TODE

I

Es war Herbst. Auf der großen Landstraße fuhren in raschem Trab zwei Wagen. In dem vorderen, einer geschlossenen Kutsche, saßen zwei Frauen. Eine von ihnen, die Herrin, war mager und bleich. Die andere, das Dienstmädchen, war voll und rotbäckig. Ihr kurzes, sprödes Haar kam immer wieder unter dem ausgeblichenen Hut hervor, soviel sie ihn auch mit der roten Hand im zerrissenen Handschuh zurechtschob. Die hohe Brust, die von einem großen Umschlagtuch umhüllt war, atmete Gesundheit; die lebhaften schwarzen Augen folgten einmal den vorübereilenden Feldern vor den Wagenfenstern, dann wieder irrten sie scheu zur Herrin hinüber und unruhig von einer Wagenecke zur andern. Vor der Nase des Mädchens schaukelte der am Netz hängende Hut der gnädigen Frau, auf ihren Knien lag ein Hündchen, die Füße waren hochgestellt durch die am Boden aufgeschichteten Schachteln und trommelten kaum hörbar auf ihnen, im Takt der rasselnden Räder und klirrenden Fensterscheiben.

Die Hände auf den Knien gefaltet und die Augen geschlossen, schaukelte die Herrin schwach in den Kissen hin und her, die ihren Rücken stützten, und hustete, leicht vorgebeugt, in sich hinein. Auf dem Kopf trug sie ein weißes Nachthäubchen und um den zarten, blassen Hals lag ein hellblaues Tüchlein. Der grade Scheitel, der unter dem Häubchen verschwand, teilte die blonden, glatt pomadisierten Haare, und es war etwas Trockenes, Lebloses in der Weiße der Haut dieses breiten

Scheitels. Die schlaffe, etwas gelbliche Haut über den zarten, schönen Gesichtszügen hatte an Wangen und Kinnbacken einen leichten rosa Schimmer. Die Lippen waren trocken und nervös, die undichten Wimpern waren gar nicht geschwungen, und der Reisemantel aus Tuch legte sich auf der eingefallenen Brust in grade Falten. Obgleich die Augen geschlossen waren, hatte das Gesicht der Herrin einen Ausdruck von Nervosität, Abspannung und gewohntem Leiden.

Der Lakai saß auf dem Bock, an die Lehne seines Sitzes gestützt, und döste; der Postkutscher trieb mit lauten Zurufen das schweißige, kräftige Viergespann an, und sah sich ab und zu nach dem andern Kutscher um, der rufend hinter dem ersten Wagen herfuhr. Die gleichmäßigen, breiten Wagenspuren zogen sich durch den kalkigen Schmutz der Landstraße. Der Himmel war grau und kalt, feuchter Nebel fiel auf Feld und Landstraße. Im Wagen war es dumpf und roch nach Eau de Cologne und Staub. Die Kranke zog den Kopf in den Nacken und öffnete langsam die Augen. Die großen Augen waren glänzend und tiefschwarz.

„Schon wieder", sagte sie, und stieß mit ihrer schönen, mageren Hand den Mantel des Dienstmädchens fort, der ganz leicht ihren Fuß berührte, und ihr Mund verzog sich krankhaft. Matrioscha nahm mit beiden Händen den Mantel zusammen, erhob sich auf den kräftigen Beinen und rückte etwas weiter. Ihr frisches Gesicht überzog sich mit grellem Rot. Die schönen, dunklen Augen der Kranken folgten gierig den Bewegungen des Dienstmädchens. Die Herrin stützte sich mit beiden Händen auf den Sitz und wollte sich auch erheben, um höher zu rücken; doch ihre Kräfte versagten. Ihr Mund verzog sich und ihr ganzes Gesicht hatte den Ausdruck einer machtlosen Ironie. „Wenn du mir wenigstens helfen würdest! . . . Ach! Es ist nicht nötig! Ich kann es schon selbst, tu mir nur die Liebe, und pack' nicht deine Säcke und Bündel hinter meinem Rücken auf! Aber rühr' mich lieber gar nicht an, wenn du es nicht verstehst." Die Herrin schloß die Augen, schlug dann schnell die Lider noch einmal auf und blickte auf das Mädchen. Matrioscha sah sie an und biß auf ihre rote Unterlippe. Ein schwerer Seufzer hob die Brust der Kranken, doch der Seufzer wurde zum Husten. Sie wandte sich ab, zog sich zusammen und griff mit beiden Händen an ihre Brust. Als der Anfall vorüber war, schloß sie wieder die Augen und saß wie vorher reglos da. Die Kutsche und der Wagen fuhren ins Dorf ein. Matrioscha zog die dicke Hand unter dem Tuch hervor und bekreuzte sich.

„Was ist da?" fragte die Herrin.

„Die Station, gnädige Frau."

„Warum du dich bekreuzt, frage ich."

„Da ist eine Kirche, gnädige Frau."

Die Kranke wandte sich zum Fenster und begann sich langsam zu bekreuzen, die großen Augen auf die große Dorfkirche gerichtet, um die der Wagen herumfuhr.

Die Kutsche und der Wagen hielten beide an der Station. Aus dem Wagen stieg der Mann der Kranken und der Arzt; beide traten an die Kutsche heran.

„Wie geht es Ihnen?" fragte der Arzt, den Puls fühlend.

„Nun, mein Herz, bist du nicht müde?" fragte der Gatte französisch. „Willst du nicht aussteigen?"

Matrioscha hatte die Bündel zusammengerafft und drückte sich in eine Ecke, um das Gespräch nicht zu stören.

„Nichts, es ist immer das gleiche", antwortete die Kranke. „Ich steige nicht aus." Nachdem der Mann eine Weile am Wagen gestanden hatte, ging er ins Stationsgebäude. Matrioscha sprang aus dem Wagen und lief auf Zehenspitzen durch den Schmutz zum Tor.

„Wenn mir nicht wohl ist, so ist das kein Grund für Sie, nicht zu frühstücken", sagte die Kranke mit schwachem Lächeln zu dem Arzt, der am Wagenfenster stand.

„Keiner kümmert sich um mich", sagte sie zu sich, als

der Arzt, nachdem er sich erst mit langsamen Schritten von ihr entfernt hatte, die Treppen des Stationsgebäudes eilig hinauflief. „Ihnen ist wohl, und damit gut. Oh, mein Gott!"

„Nun wie steht's, Eduard Iwanowitsch?" sagte der Mann, als er dem Arzt begegnete, lächelnd und händereibend. „Ich habe die Proviantkiste holen lassen, wie denken Sie darüber?"

„Man könnte wohl", antwortete der Arzt.

„Nun, wie steht's mit ihr?" sagte der Mann mit einem Seufzer, die Stimme senkend und mit hochgezogenen Brauen.

„Ich habe es gesagt: sie kommt nicht nur nicht mehr bis Italien, sondern mit knapper Not bis Moskau. Besonders bei diesem Wetter."

„Was soll man denn aber tun? Oh, mein Gott! Mein Gott!" Der Mann bedeckte die Augen mit der Hand. „Gib her", sagte er zu dem Diener, der die Proviantkiste hereintrug.

„Man hätte dableiben sollen", antwortete der Arzt achselzuckend.

„So sagen Sie doch, was ich hätte tun sollen!" entgegnete der Mann. „Ich habe alles versucht, um sie zurückzuhalten; ich habe von meinen Geldverhältnissen gesprochen, von den Kindern, die wir zurücklassen mußten, und von meinen Geschäften — aber sie wollte nichts davon wissen. Sie macht Pläne über das Leben im Auslande wie eine Gesunde. Und sie über ihren Zustand aufklären hieße doch sie töten."

„Sie ist des Todes, Sie müssen es wissen, Wasilij Dmitritsch. Ein Mensch kann ohne Lungen nicht leben, die Lungen aber können nicht nachwachsen. Das ist traurig und schwer, aber was ist da zu machen? Ihre und meine Pflicht ist es nur, dafür zu sorgen, das sie ein leichtes Ende hat. Wir brauchen einen Geistlichen."

„Ach, mein Gott! Begreifen Sie doch meine Lage, wenn ich von ihrem letzten Willen zu ihr reden soll! Mag es kommen, wie es will, ich werde es ihr nicht sagen. Sie wissen doch, wie gut sie ist . . ."

„Trotzdem versuchen Sie, sie zu überreden, daß sie wartet, bis wir Schlittenbahn haben," sagte der Arzt und schüttelte bedeutungsvoll den Kopf, „sonst kann es unterwegs schlimm werden."

„Aksiuscha, he Aksiuscha!" rief die Tochter des Posthalters, die Jacke über den Kopf werfend und ungeduldig auf dem schmutzigen hinteren Treppenflur hin und her trampelnd. „Komm, wir wollen die gnädige Frau aus Schirkino ansehen; man sagt, daß sie wegen eines Brustleidens ins Ausland führe. Ich habe noch nie gesehen, wie Schwindsüchtige aussehen."

Aksiuscha sprang auf die Schwelle, und beide liefen Hand in Hand aus dem Tor. Mit verlangsamtem Schritt gingen sie an der Kutsche vorüber und blickten in das heruntergelassene Fenster. Die Kranke wandte ihnen den Kopf zu, als sie aber ihre Neugier bemerkte, runzelte sie die Brauen und drehte sich weg.

„M—meine Gü—te!" rief die Tochter des Posthalters, den Kopf rasch umwendend. „Was war das für eine Schönheit und was ist jetzt aus ihr geworden? Einfach schrecklich. Hast du gesehen, Aksiuscha, hast du gesehen?"

„Ja, wie mager!" bestätigte Aksiuscha. „Komm, sehen wir noch einmal hin, wir können ja so tun, als gingen wir zum Brunnen. Nun hat sie sich weggewandt, und ich habe sie noch nicht gesehen. Wie traurig, Mascha!"

„Ja, und was für ein Schmutz!" antwortete Mascha und beide liefen zurück zum Hause.

„Jedenfalls bin ich häßlich geworden", dachte die Kranke. „Nur so rasch wie möglich ins Ausland, dort werde ich bald gesund."

„Nun, Herz, wie geht's?" fragte der Mann, der kauend zum Wagen trat.

„Immer dieselbe Frage," dachte die Kranke, „und selbst ißt er."

„Ganz gut", stieß sie zwischen den Zähnen hervor.

„Weißt du, mein Herz, ich fürchte, daß die Reise bei diesem Wetter dir nicht gut tun wird, und Eduard Iwanowitsch sagt es auch. Sollten wir nicht umkehren?"

Sie schwieg ärgerlich.

„Vielleicht wird das Wetter besser! Wir haben dann bald Schlittenbahn, du wirst dich wohler fühlen, und wir reisen dann alle zusammen."

„Entschuldige bitte. Wenn ich schon früher nicht auf dich gehört hätte, wäre ich jetzt vielleicht bereits in Berlin und ganz gesund."

„Was ist da zu tun, mein Engel, du weißt doch, daß es unmöglich war. Wenn du aber jetzt noch einen Monat warten würdest, könntest du dich gut erholen, ich würde meine Geschäfte beenden und wir könnten die Kinder mitnehmen . . ."

„Die Kinder sind gesund, ich nicht."

„Versteh doch, mein Herz, wenn dir bei diesem Wetter unterwegs schlechter wird . . . dann ist es zu Hause immerhin noch besser."

„Was ist denn zu Hause? . . . Zu Hause sterben?" antwortete die Kranke heftig. Doch das Wort „sterben" erschreckte sie sichtlich und sie blickte den Mann flehend und fragend an. Er senkte die Augen und schwieg. Der Mund der Kranken verzog sich wie der eines Kindes und Tränen stürzten aus ihren Augen. Der Mann bedeckte sein Gesicht mit dem Tuch und ging fort.

„Nein, ich reise", sagte die Kranke, die Augen zum Himmel erhoben, faltete die Hände und flüsterte unzusammenhängende Worte. „Mein Gott! Wofür denn?" murmelte sie, und ihre Tränen flossen stärker. Sie betete lange und heiß, doch in ihrer Brust fühlte sie den gleichen Druck und Schmerz; Himmel, Felder und Straße waren noch ebenso grau und trübe, die gleiche herbstliche Feuchtigkeit rieselte nicht öfter und nicht seltener, sondern ganz wie vorher auf den Schmutz der Straße, die Dächer, die Kutsche und die Mäntel der Fuhrleute, die laut und lustig plaudernd die Wagen schmierten und anspannten . . .

2

Der Wagen war angespannt, doch der Kutscher zögerte noch. Er war in die Kutscherstube gegangen. Drinnen war es heiß, dumpf, dunkel und drückend, es roch nach bewohntem Raum, frischgebackenem Brot, Kraut und Schafpelzen. Es waren mehrere Kutscher darin versammelt, am Ofen wirtschaftete die Köchin, und auf dem Ofen lag, in Schafpelze gehüllt, ein Kranker.

„Onkel Chweodor! He, Onkel Chweodor!" rief der junge Bursche, ein Kutscher, der im Pelz, die Peitsche am Gürtel, eintrat, zum Kranken gewendet.

„Was willst du von Fedka, du Lump!" sagte einer der Kutscher. „Am Wagen wartet man auf dich."

„Ich will ihn um seine Stiefel bitten; meine sind ganz abgetragen", antwortete der Bursche, das Haar zurückwerfend, und schob seine Ärmel zurecht. „Schläft er etwa? He, Onkel Chweodor!" wiederholte er, an den Ofen tretend.

„Was gibt's?" ertönte eine schwache Stimme, und ein magerer Rotkopf erschien am Rande des Ofens. Eine breite, magere und blasse, mit Haaren bedeckte Hand zog die Jacke über die spitze, von einem schmutzigen Hemd bedeckte Schulter. „Gib mir was zu trinken, Freund. Was willst du denn?"

Der Bursche reichte ihm einen Krug mit Wasser.

„Hör' mal, Fedja," begann er verlegen, „du wirst deine neuen Stiefel jetzt ja nicht brauchen, gib sie mir, du gehst jetzt doch nicht mehr aus."

Der Kranke hatte den müden Kopf auf den blanken Krug gesenkt, so daß der spärliche, herabhängende Schnurrbart in das dunkle Wasser tauchte, und trank mit schwachen, gierigen

Zügen. Sein wirrer Bart war schmutzig, er schlug die trüben, eingefallenen Augen nur mit Mühe zu dem Burschen auf. Als er genug getrunken hatte, wollte er die Hand heben, um sich die feuchten Lippen abzuwischen, doch er vermochte es nicht, und wischte sie am Ärmel seines Rocks. Er atmete schwer und schweigend durch die Nase und blickte, alle Kräfte sammelnd, dem Burschen gerade in die Augen.

„Hast du sie vielleicht schon jemandem versprochen?" fragte der Bursche. „Das wäre schade. Die Sache ist nämlich die, daß es draußen feucht ist, und ich muß fahren; da habe ich mir gedacht: ich will den Fedka um seine Stiefel bitten, er braucht sie ja doch nicht. Aber vielleicht brauchst du sie noch, dann sag's nur . . ."

In der Brust des Kranken begann es zu gurgeln und zu röcheln: er beugte sich vor und würgte an einem tiefen, ungelösten Husten.

„Wozu sollte er sie denn brauchen?" begann ganz unerwartet die Köchin wütend durch die ganze Stube zu keifen. „Jetzt sind es bald zwei Monate, daß er nicht mehr vom Ofen herunterkommt. Hört nur, wie er hustet, da tut einem vom bloßen Hören schon die eigene Lunge weh. Was soll er mit den Stiefeln? Begraben wird man ihn doch nicht in neuen Stiefeln. Und dazu wäre es längst Zeit, Gott verzeih mir die Sünde! Hört nur, wie er würgt! Man sollte ihn wenigstens in eine andere Stube bringen, oder sonst wohin! In der Stadt soll es Krankenhäuser dafür geben; denn ist das etwa in der Ordnung, daß er hier die ganze Ecke einnimmt? Da hat ja niemand anders Platz. Und dann verlangt man noch Sauberkeit von mir!"

„He, Serioga! geh jetzt: die Herrschaften warten!" schrie der Oberkutscher durch die Türe.

Serioga wollte gehen, ohne eine Antwort abzuwarten, doch der Kranke gab ihm während des Hustens ein Zeichen mit den Augen, daß er etwas sagen wolle.

„Nimm die Stiefel, Serioga", sagte er, als er den Husten erstickt und sich etwas erholt hatte. „Aber kauf' mir einen Grabstein, wenn ich tot bin, hörst du", setzte er röchelnd hinzu.

„Danke, Onkel, ich nehme sie, und den Stein kaufe ich, bei Gott!"

„Ihr habt es gehört, Kinder", konnte der Kranke gerade noch herausbringen, dann beugte er sich nieder und begann wieder am Husten zu würgen.

„Es ist gut, wir haben es gehört", sagte einer der Kutscher. „Geh jetzt aber auf deinen Bock, Serioga, sonst kommt wieder der Oberkutscher gelaufen. Die gnädige Frau aus Schirkino ist krank, sagt man."

Serioga warf rasch seine zerrissenen, unverhältnismäßig großen Stiefel ab und schleuderte sie unter die Bank. Onkel Feodors neue Stiefel paßten ihm genau, und auf sie hinabschauend begab er sich zum Wagen.

„Ei, die feinen Stiefel! Komm, ich fette sie dir ein", sagte der andere Kutscher, mit der Fettbüchse in der Hand, während Serioga auf den Bock kletterte und die Zügel zusammensuchte. „Hat er sie dir umsonst gegeben?"

„Bist wohl neidisch?" antwortete Serioga, aufstehend und die Schöße seines Mantels unter die Beine schiebend. „Das macht mir nichts aus! Nun los, meine Lieben!" schrie er den Pferden zu, schwenkte seine Peitsche, und die Kutsche und der Wagen mitsamt ihren Insassen, Koffern und Bündeln rollten die nasse Straße entlang, im grauen Herbstnebel verschwindend.

Der kranke Kutscher blieb in der dumpfen Stube auf dem Ofen, und, ohne sich ausgehustet zu haben, drehte er sich mit verzweifelter Kraftanstrengung auf die andere Seite und wurde still.

In der Stube kamen und gingen, aßen und tranken die Menschen bis zum Abend — von dem Kranken war nichts zu hören. Vor Einbruch der Nacht kroch die Köchin auf den Ofen, um über seine Beine weg den Pelz zu holen.

„Sei mir nicht böse, Nastasja,“ sagte der Kranke, „deine Ecke wird bald frei werden.“

„Schon gut, schon gut, es macht ja nichts“, murmelte Nastasja. „Was tut dir denn weh, Onkel? Sag’s doch!“

„Das ganze Innere ist ausgehöhlt. Weiß Gott, was das ist!“

„Da tut dir die Kehle wohl beim Husten auch weh?“

„Alles tut weh. Der Tod kommt — das ist’s. Ach — ach — ach!“ stöhnte der Kranke.

„Deck’ deine Füße zu, — so“, sagte Nastasja, kroch vom Ofen herunter und zog ihm dabei den Rock auf die Beine.

Das Nachtlämpchen gab die Nacht hindurch einen schwachen Schein in der Stube. Nastasja und etwa zehn Kutscher schliefen laut schnarchensd auf dem Boden und den Bänken. Nur der Kranke ächzte schwach, hustete und wälzte sich unruhig auf dem Ofen. Gegen Morgen verstummte er ganz.

„Seltsam, was ich heute geträumt habe“, sagte die Köchin am andern Morgen in der Dämmerung und dehnte sich. „Ich träumte, daß Onkel Chweodor vom Ofen kletterte und hinausging, um Holz zu hacken. ‚Komm, Nastasja,‘ sagte er, ‚ich helfe dir.‘ Ich sage ihm: ‚Wie willst denn du Holz hacken?‘ Er aber packt das Beil und fängt an zu hacken, so kräftig, daß die Splitter nur so fliegen. ‚Wie kommt denn das,‘ sage ich, ‚du warst doch krank?‘ — ‚Nein,‘ sagt er, ‚ich bin gesund‘, und holt so aus, daß ich einen Schreck kriege. Ich schrie auf und erwachte. Er wird doch nicht gestorben sein? Onkel Chweodor! He — Onkel!“

Feodor antwortete nicht.

„Er ist doch nicht etwa tot? Geh, sieh nach!“ sagte einer der Fuhrleute, der erwacht war.

Die magere, rötlich behaarte Hand, die vom Ofen herabhing, war kalt und bleich.

„Geh, melde es dem Posthalter, er scheint wirklich gestorben zu sein“, sagte der Kutscher.

Verwandte hatte Feodor nicht, — er war ein Fremder. Am folgenden Tage beerdigte man ihn auf dem neuen Friedhof hinter dem Walde, und Nastasja erzählte mehrere Tage allen den Traum, den sie gehabt hatte, und daß sie die erste gewesen sei, die darauf gekommen sei, nach Onkel Chweodor zu sehen.

3

Der Frühling kam. Auf den feuchten Straßen der Stadt rannen zwischen den gefrorenen Klumpen von Schmutz eilige Bäche von Tauwasser. Die Kleider und die lauten Stimmen des umhereilenden Volkes hatten etwas Grelles. In den Gärten hinter den Zäunen schwollen die Knospen der Bäume und ihre Äste schaukelten kaum merklich in dem frischen Winde. Überall rannen und fielen durchsichtige Tropfen ... Die Spatzen schilpten unharmonisch und flatterten mit ihren kleinen Flügeln. Auf der Sonnenseite an den Häusern, Zäunen und Bäumen glänzte und regte sich alles. Froh und jung war es überall, am Himmel, auf der Erde und in den Herzen der Menschen.

Auf einer der Hauptstraßen, vor einem großen, herrschaftlichen Hause war frisches Stroh gelegt; in dem Hause lag dieselbe sterbende Kranke, die ins Ausland hatte eilen wollen.

Vor der geschlossenen Zimmertür standen der Gatte der Kranken und eine ältere Dame.

Auf dem Sofa saß der Geistliche, die Augen gesenkt, und hielt etwas in den Händen, was vom Beichttuch verdeckt war. In einer Ecke lag im Lehnstuhl eine alte Frau — die Mutter der Kranken — und weinte bitterlich. Neben ihr stand das Dienstmädchen und hielt ein frisches Taschentuch bereit, für den Fall, daß die Greisin es verlangen würde; ein zweites Mädchen rieb ihr die Schläfen mit etwas ein, und blies unter das Häubchen auf ihrem grauen Kopf.

„Nun, Gott geleite Sie, liebe Freundin“, sagte der Mann zu

der ältlichen Dame. „Sie hat soviel Vertrauen zu Ihnen, Sie verstehen so gut mit ihr zu reden, sprechen Sie ihr gut zu, Teure, gehen Sie.“ Er wollte schon die Tür öffnen, doch die Cousine hielt ihn zurück, legte ein paarmal das Tuch vor die Augen und schüttelte den Kopf.

„Ich glaube, nun sehe ich nicht mehr verweint aus“, sagte sie, öffnete selbst die Tür und ging hindurch.

Der Mann war in großer Aufregung und schien ganz fassungslos. Er wollte schon zu der Greisin gehen, doch als er nur noch wenige Schritte von ihr entfernt war, machte er kehrt und ging durch das Zimmer zum Geistlichen. Dieser sah ihn an, zog die Brauen hoch, blickte gen Himmel und seufzte. Sein dichter, angegrauter Bart hob und senkte sich auch mit.

„Mein Gott! Mein Gott!“ sagte der Mann.

„Was soll man machen?“ sagte der Geistliche seufzend, und wieder hoben und senkten sich Bart und Brauen.

„Und ihre Mutter ist auch noch hier!“ sagte der Mann in voller Verzweiflung. „Sie wird es nicht ertragen. Denn so lieben, sie so lieben, wie sie ... ich weiß nicht! Wenn Sie, Hochwürden, doch versuchen wollten, sie zu überreden, daß sie fortgeht.“

Der Geistliche erhob sich und trat zu der alten Frau.

„Es ist wahr, niemand kann nachfühlen, was ein Mutterherz leidet,“ sagte er, „aber Gott ist gnädig.“

Das Gesicht der Alten begann plötzlich sich zu verzerren, und sie brach in hysterisches Schluchzen aus.

„Gott ist barmherzig“, fuhr der Geistliche fort, nachdem sie sich ein wenig beruhigt hatte. „Ich muß Ihnen erzählen, — ich hatte in meiner Gemeinde einen Kranken, dem ging es weit schlechter als Maria Dmitrijewna, und doch ist es einem einfachen Kleinbürger gelungen, ihn in kurzer Zeit durch Kräuter zu heilen. Und dieser Mann ist noch in Moskau. Ich habe schon zu Wasilij Dmitrijewitsch gesagt, man könnte es doch versuchen. Es wäre wenigstens ein Trost für die Kranke. Bei Gott ist nichts unmöglich.“

„Nein, sie wird nicht mehr leben," stieß die Greisin hervor, „wenn doch Gott mich zu sich nähme, statt ihrer." Und der Weinkrampf wurde so stark, daß sie das Bewußtsein verlor.

Der Mann der Kranken bedeckte sein Gesicht mit den Händen und lief aus dem Zimmer.

Der erste, der ihm im Korridor begegnete, war ein sechsjähriger Knabe, der, so schnell er konnte, hinter einem kleinen Mädchen herlief.

„Soll man die Kinder nicht zur Mutter führen?" fragte die Kinderfrau.

„Nein, sie will sie nicht sehen. Es regt sie auf."

Der Knabe blieb einen Augenblick stehen, sah den Vater aufmerksam an, sprang dann plötzlich hoch und lief fröhlich schreiend weiter.

„Wir spielen, daß sie das schwarze Pferdchen ist, Papachen!" rief er, auf das Schwesterchen zeigend.

Unterdessen saß die Cousine im andern Zimmer bei der Kranken und suchte sie durch ein geschickt geführtes Gespräch auf den Gedanken des Todes vorzubereiten. Der Arzt stand am andern Fenster und mischte das Getränk.

Die Kranke saß, ganz von Kissen umgeben, in einem weißen Morgenkleid im Bett und sah die Cousine schweigend an.

„Ach, mein Herz," sagte sie, sie plötzlich unterbrechend, „du brauchst mich nicht vorzubereiten. Halte mich nicht für ein Kind. Ich bin eine Christin. Ich weiß das alles. Ich weiß, daß ich nicht mehr lange zu leben habe, ich weiß auch, daß, wenn mein Mann früher auf mich gehört hätte, ich jetzt in Italien und vielleicht, ja gewiß, gesund wäre. Das haben ihm alle gesagt. Aber was nützt das, Gott hat es wohl anders gewollt. Wir alle haben viele Sünden auf dem Gewissen, das weiß ich, aber ich hoffe auf Gottes Gnade; allen, ja gewiß, allen wird vergeben werden. Ich suche mir über mich selbst klar zu werden. Auch ich habe viel gesündigt, mein Herz. Aber wieviel habe ich dafür gelitten! Ich habe versucht, meine Leiden geduldig zu tragen..."

„Soll ich nicht den Geistlichen rufen, Liebe? Es wird dir noch leichter sein, wenn du das Abendmahl genommen hast", sagte die Cousine.

Die Kranke machte mit dem Kopf ein Zeichen der Zustimmung.

„Gott, verzeih mir Sünderin!" flüsterte sie.

Die Cousine ging hinaus und gab dem Beichtiger ein Zeichen.

„Sie ist ein Engel!" sagte sie mit Tränen in den Augen zu dem Mann. Der Mann weinte, der Beichtiger ging hinüber, die Greisin war noch immer bewußtlos, und es wurde ganz still im Vorderzimmer. Nach fünf Minuten trat der Geistliche wieder in die Türe, nahm das Beichttuch ab und strich sein Haar zurecht.

„Gott sei gelobt, nun ist sie ruhiger," sagte er, „sie möchte Sie sehen."

Die Cousine und der Mann gingen hinüber. Die Kranke weinte leise und sah auf das Heiligenbild.

„Gottes Segen über dir!" sagte der Mann.

„Danke! Wie wohl mir jetzt ist, welch unbegreifliche Süßigkeit erfüllt mich", sagte die Kranke, und ein leises Lächeln spielte um ihre schmalen Lippen. „Wie gnädig Gott ist! Nicht wahr? Er ist gnädig und allmächtig."

Und sie blickte wieder mit heißem Flehen in den tränenvollen Augen auf das Heiligenbild.

Dann war es, als fiele ihr plötzlich etwas ein. Sie rief durch ein Zeichen ihren Mann zu sich.

„Du tust ja zwar nie, um was ich dich bitte", sagte sie mit schwacher, unzufriedener Stimme.

Der Mann hörte ihr mit vorgestrecktem Halse demütig zu.

„Was denn, Herz?"

„Wie oft habe ich gesagt, daß diese Ärzte nichts verstehen; es gibt ganz gewöhnliche Heilmittel, die machen die Menschen gesund ... Da sagt der Beichtvater, es gebe einen Kleinbürger ... Schick' nach ihm!"

„Nach wem, Liebe?“

„Mein Gott, nichts will er verstehen!“ Und die Kranke zog sich zusammen und schloß die Augen.

Der Arzt trat zu ihr hin und fühlte ihr den Puls. Dieser wurde merklich schwächer und schwächer. Er machte dem Mann ein Zeichen. Die Kranke bemerkte diese Bewegung und erschrak sichtlich. Die Cousine wandte sich ab und weinte.

„Weine nicht, quäle dich und mich nicht noch mehr,“ sagte die Kranke, „das nimmt mir die letzte Ruhe.“

„Du bist ein Engel!“ sagte die Cousine, ihre Hand küssend.

„Nein, küsse mich hierher, nur Toten küßt man die Hand. Mein Gott! Mein Gott!“

Am selben Abend war die Kranke nur noch ein Körper; und der Sarg, in dem dieser Körper lag, stand im Saale des großen Hauses. In dem großen Zimmer mit der verschlossenen Tür saß ein Mesner und las mit näselnder, eintöniger Stimme die Psalmen. Das grelle Licht der Wachskerzen in den hohen, silbernen Leuchtern fiel auf die bleiche Stirn der Toten, auf die schweren, wächsernen Hände und die erstarrten Falten der Decke, die sich an den Knien und den Zehen unheimlich hob. Der Mesner las eintönig, ohne seine eigenen Worte zu verstehen, und die Worte klangen und erstarrten unheimlich in dem stillen Raum. Ab und zu drangen aus den andern Zimmern die Stimmen und das Trappeln der Kinder.

„Verbirgst Du Dein Angesicht, so erschrecken sie,“ hieß es im Psalm, „Du nimmst weg ihren Odem, so vergehen sie und werden wieder zu Staub. Du lässest aus Deinen Odem, so werden sie geschaffen und Du erneuerst die Gestalt der Erde. Die Ehre des Herrn ist ewig.“

Das Gesicht der Toten war streng und erhaben. Weder an der reinen, kühlen Stirn noch den fest geschlossenen Lippen rührte sich etwas. Sie war ganz Aufmerksamkeit. Ob sie wenigstens jetzt diese erhabenen Worte verstand?

4

Nach einem Monat erhob sich über dem Grabe der Verstorbenen eine aus Stein gebaute Kapelle. Auf dem Grabe des Kutschers war noch immer kein Stein, und nur das junge Gras sproß auf dem Hügel, dem letzten Zeichen der Erinnerung an die Existenz eines Menschen.

„Es ist eine Sünde, Serioga," sagte die Stationsköchin eines Tages, „daß du dem Chweodor keinen Grabstein kaufst. Erst sagtest du immer: ‚Es ist Winter, es ist Winter!' Aber warum hältst du jetzt wieder nicht Wort? Ich war doch dabei. Er ist dir doch schon einmal erschienen, dich darum zu bitten; wenn du es jetzt nicht tust, kommt er wieder und würgt dich."

„Ja, weigere ich mich etwa?" antwortete Serioga. „Ich werde schon einen Stein kaufen, wie ich es versprochen habe, für anderthalb Rubel. Ich habe es nicht vergessen, aber ich muß ihn doch herfahren. Wenn sich eine Gelegenheit bietet, in die Stadt zu kommen, kaufe ich ihn."

„Du solltest vorläufig wenigstens ein Kreuz aufstellen", meinte ein alter Kutscher. „Das ist ja ein Unrecht so . . . Die Stiefel trägst du doch."

„Woher soll ich ein Kreuz nehmen? Aus Brennholz kann ich keines machen."

„Was schwatzest du nur! Aus Brennholz geht es nicht, — so nimm ein Beil, und geh frühzeitig in den Wald, da kannst du schon eins zurechtzimmern! Hau dort eine kleine Esche um. Dann hast du, was du brauchst. Sonst mußt du noch den Waldhüter mit einem Schnaps bestechen. Wegen jeder Kleinigkeit kann man das aber doch nicht. Da habe ich vor kurzem eine Deichsel zerbrochen und habe mir die neue auch frühmorgens aus dem Walde geholt, kein Mensch hat was gesagt."

Früh am andern Morgen, als es eben zu dämmern begann, nahm Serioga ein Beil und ging in den Wald.

Alles war bedeckt von dem immer noch fallenden, matten Tau, auf dem noch kein Sonnenstrahl glänzte. Der Osten wurde kaum merklich heller, und das schwache Licht schimmerte auf den am Himmel schwebenden Wölkchen. Kein Grashalm am Boden, kein Ästchen in den Kronen der Bäume regte sich. Nur ab und zu klang das Rascheln von Vogelflügeln im Dickicht der Bäume oder dem Gestrüpp am Boden durch die Stille des Waldes. Plötzlich ertönte ein seltsamer, der Natur fremder Laut und erstarrte in den Wipfeln des Waldes. Doch er wiederholte sich, und wiederholte sich immer von neuem, unten am Stamm eines der reglosen Bäume. Eine der Kronen schwankte unnatürlich hin und her, die saftigen Blätter flüsterten und ein Rotkehlchen, das auf einem der Äste gesessen hatte, flatterte zweimal zwitschernd auf und setzte sich, mit dem Schwänzchen wackelnd, auf einen andern Baum.

Das Beil in der Tiefe klang dumpfer und dumpfer, die saftigen weißen Splitter flogen auf das taufeuchte Gras, und es knatterte bei den Schlägen. Der ganze Baum zuckte, bog sich und richtete sich rasch wieder auf, erschrocken in der Wurzel schwankend. Für einen Augenblick wurde es ganz still, doch wieder bog sich der Baum, es knackte in seinem Stamm und mit brechenden, sinkenden Ästen stürzte er mit der Krone auf den feuchten Erdboden. Die Klänge des Beiles und der Schritte verstummten. Das Rotkehlchen zwitscherte und flatterte noch höher. Der Zweig, den es mit seinen Flügeln gestreift hatte, schwankte noch eine Weile, dann wurde er still wie die andern, mit all seinen Blättern. Die Bäume breiteten ihre reglosen Zweige noch freudiger aus in dem neuen freien Raume.

Die ersten Strahlen der Sonne, die durch die vorbeiziehenden Wolken drangen, leuchteten am Himmel auf und huschten über Himmel und Erde. Der Nebel wallte in den Tälern, der Tau spielte glänzend auf dem Grün, die durchsichtigen, weißen Wölkchen verteilten sich eilig am bläulichen Horizont. Im Dickicht zwitscherten die Vögel etwas weltfremd Seliges; froh und ruhig flüsterten die saftvollen Blätter in den Kronen, und die Äste der lebenden Bäume rauschten langsam und majestätisch über dem Gestürzten.

1858

FAMILIENGLÜCK

ERSTER TEIL

I

Wir trugen Trauer um die Mutter, die im Herbst gestorben war, und verbrachten den Winter allein auf dem Lande, Katja, Sonja und ich.

Katja war ein alter Hausgenosse, die Gouvernante, die uns alle großgezogen hatte, und ich liebte sie und erinnerte mich ihrer, soweit ich denken konnte. Sonja war meine jüngere Schwester. Wir verbrachten einen traurigen, düsteren Winter in unserem alten Hause in Pokrowskoje. Das Wetter war kalt und windig, und die Schneewehen waren höher als die Fenster, die fast immer zugefroren und trüb waren; und fast den ganzen Winter fuhren und gingen wir nirgends hin. Selten kam jemand zu uns zu Besuch, und wenn auch jemand kam, wurde es nicht froher und lustiger im Hause. Alle hatten traurige Gesichter, sprachen leise, als fürchteten sie, jemanden aufzustören, lachten nicht, seufzten und weinten oft, wenn sie mich und besonders wenn sie die kleine Sonja in ihrem schwarzen Kleidchen sahen. Es war, als weilte der Tod noch im Hause. Sein Schrecken und seine Trauer lagen noch in der Luft. Mamas Zimmer war noch verschlossen, und wenn ich daran vorbeiging, graute mir; und doch zog mich etwas in dieses kalte, leere Zimmer, wenn ich vor dem Schlafengehen daran vorbeikam.

Ich war damals siebzehn Jahre alt; und gerade in dem Jahr, in dem meine Mutter starb, hatte sie in die Stadt ziehen wollen, um mich in die Gesellschaft einzuführen. Der Verlust der Mutter war für mich ein großer Schmerz, doch ich muß gestehen, daß neben diesem Schmerz auch das Bewußtsein sich in mir regte, daß ich jung und, wie alle sagten, hübsch war und nun schon den zweiten Winter die Zeit nutzlos auf dem Lande totschlug. Am Ausgang des Winters wurde dieses Gefühl der Trauer, Einsamkeit und Langeweile so heftig, daß ich das Zimmer kaum noch verließ, das Klavier nicht mehr anrührte und kein Buch in die Hand nahm. Wenn Katja mir zuredete, doch dieses oder jenes vorzunehmen, antwortete ich: „ich will nicht“, oder: „ich kann nicht“, im Herzen aber fragte ich mich: „Wozu denn? Wozu soll ich etwas tun, wenn meine gute Zeit doch nutzlos verloren geht? Wozu?“ Darauf aber gab es keine andere Antwort als Tränen.

Man sagte mir, daß ich in dieser Zeit mager und häßlicher geworden sei, doch sogar das beschäftigte mich nicht. Wozu? Für wen? Mir schien es, als müsse mein ganzes Leben in dieser Einöde und rettungslosen Trauer hingehen, aus der mich zu befreien ich selbst nicht die Kraft, ja nicht einmal den Wunsch hatte. Katja begann am Ende des Winters sich ernstlich um mich zu sorgen und beschloß, auf jeden Fall mit mir ins Ausland zu reisen. Doch dazu brauchten wir Geld; wir wußten aber kaum, was uns nach dem Tode der Mutter geblieben war, und erwarteten täglich das Eintreffen des Vormunds, der unsere Angelegenheiten ordnen sollte.

Im März kam der Vormund.

„Nun, Gott sei Dank!“ sagte Katja einmal zu mir, als ich, wie ein Schatten, tatenlos, gedankenlos und wunschlos aus einem Winkel in den andern schlich. „Sergej Michajlowitsch ist da, er hat sich nach uns erkundigen lassen, und will zum Mittagessen herkommen. Raff' dich aber auf, Maschetschka,“ fügte sie hinzu, „was soll er denn von dir denken? Er hat euch alle immer so lieb gehabt.“

Sergej Michajlowitsch war unser nächster Nachbar und ein Freund meines verstorbenen Vaters, wenn auch bei weitem jünger als dieser. Abgesehen davon, daß seine Ankunft unsere Pläne änderte und uns die Hoffnung gab, vom Gut wegzukommen, war ich von Kindheit an gewöhnt, ihn zu lieben und zu verehren, und als Katja mir riet, mich aufzuraffen, so war es, weil sie wohl wußte, daß es mir vor keinem Menschen so schmerzlich gewesen wäre, mich in unvorteilhaftem Lichte zu zeigen, wie gerade vor Sergej Michajlowitsch. Alle im Hause, von Katja und Sonja, seinem Patenkinde an, bis herab zum letzten Kutscher liebten ihn aus alter Gewohnheit; doch für mich hatte er noch eine ganz besondere Bedeutung infolge einer Bemerkung, die meine Mutter einmal über ihn gemacht hatte. Sie hatte gesagt, so einen Mann wünsche sie mir dereinst. Damals schien mir das seltsam, ja geradezu unangenehm: ich träumte von einem ganz andern Helden. Er sollte schlank, hager, bleich und traurig sein. Sergej Michajlowitsch aber war schon kein Jüngling mehr, war groß, kräftig, und, wie es mir schien, immer lustig; trotzdem hatten Mamas Worte sich in meiner Phantasie festgesetzt, und schon vor sechs Jahren, als ich elf Jahre alt war und er mir noch du sagte, mit mir spielte und mich das Veilchenmädel nannte, fragte ich mich nicht ohne leise Angst ab und zu, was ich tun würde, wenn er mich plötzlich würde heiraten wollen.

Vor dem Mittagessen, das Katja durch einen Kuchen, eine Creme und ein Gericht von Spinat verschönt hatte, kam Sergej Michajlowitsch. Ich sah durch das Fenster, wie er in einem kleinen Schlitten vorfuhr, doch kaum bog er um die Ecke, so eilte ich ins Wohnzimmer und wollte so tun, als hätte ich ihn gar nicht erwartet. Aber als ich im Vorsaal Tritte hörte, und Katjas Schritte und seine laute Stimme vernahm, hielt ich es nicht aus und ging ihm entgegen. Er hielt Katja bei der Hand, sprach laut und lächelte. Als er mich erblickte, blieb er stehen und sah mich längere Zeit an, ohne zu grüßen. Ich wurde verlegen und fühlte, wie ich errötete.

„Ach! Sind Sie es wirklich?“ sagte er in seiner einfachen, entschiedenen Art, und trat mir mit ausgestreckten Armen entgegen. „Kann man sich so verändern! Wie Sie gewachsen sind! Da haben wir das Veilchen! Ein Rosenstock ist daraus geworden!“

Er ergriff mit seiner großen Hand die meine und drückte sie fest und ehrlich, so daß es beinah schmerzte. Ich glaubte, er würde mir die Hand küssen, und neigte mich schon zu ihm, doch er drückte sie mir nur nochmals und sah mir mit seinem festen, fröhlichen Blick gerade in die Augen.

Ich hatte ihn sechs Jahre nicht gesehen. Er hatte sich sehr verändert: er war älter und dunkler geworden und trug einen dichten Backenbart, was ihm gar nicht stand; doch er hatte noch dieselben schlichten Umgangsformen, das offene Gesicht mit den großen, energischen Zügen, die klugen, glänzenden Augen und ein zärtliches, kindliches Lächeln.

Nach fünf Minuten war er nicht mehr Gast, sondern gehörte ins Haus, — so schien es uns allen, sogar dem Gesinde, das besonders erfreut über seine Ankunft war, wie man an der großen Dienstwilligkeit merkte.

Er benahm sich ganz und gar nicht wie die andern Nachbarn, die nach dem Tode der Mutter zu uns kamen und es nötig fanden, zu schweigen und zu weinen, wenn sie bei uns saßen; er war im Gegenteil gesprächig, lustig und erwähnte die Mutter mit keinem Wort, so daß diese Gleichgültigkeit mir anfangs seltsam, ja geradezu unschicklich von seiten eines uns so nahe stehenden Menschen erschien. Doch später begriff ich, daß das keine Gleichgültigkeit, sondern nur Ehrlichkeit war, und war ihm dankbar dafür. Abends setzte Katja sich an ihren alten Platz im Wohnzimmer, um Tee einzuschenken, wie es zu Mamas Zeiten gewesen war; Sonja und ich setzten uns zu ihr; der alte Grigorij brachte ihm eine Pfeife, die er ausfindig gemacht hatte und die noch Papa gehört hatte, — und er begann, wie früher, im Zimmer auf und ab zu gehen.

„Wieviel schreckliche Veränderungen in diesem Hause sind, wenn man es sich überlegt“, sagte er stehenbleibend.

„Ja", sagte Katja mit einem Seufzer und sah ihn an, nachdem sie den Deckel auf den Samowar gestellt hatte; sie war nahe daran zu weinen.

„Ich denke, Sie erinnern sich noch Ihres Vaters?" wandte er sich an mich.

„Wenig", antwortete ich.

„Wie gut hätten Sie es jetzt, wenn er noch da wäre!" sagte er und sah still und nachdenklich auf meinen Kopf oberhalb der Augen. „Ich habe Ihren Vater sehr lieb gehabt!" setzte er noch leiser hinzu, und mir schien es, als glänzte etwas in seinen Augen.

„Und nun hat Gott auch sie uns genommen!" sagte Katja, legte gleich die Serviette auf die Teekanne, holte ihr Taschentuch hervor und weinte.

„Ja, schrecklich sind die Veränderungen in diesem Hause", wiederholte er, und wandte sich ab. „Sonja, zeig' mir mal deine Spielsachen", setzte er nach einiger Zeit hinzu und ging in den Saal hinüber. Ich sah Katja an, als er hinausging, und meine Augen standen voll Tränen.

„So ein braver Freund!" sagte sie.

Und wirklich, mir wurde ganz wohl und warm durch das Mitgefühl dieses fremden und guten Menschen.

Im Saale hörte man Sonja quieken und ihn mit ihr herumwirtschaften. Ich schickte ihm Tee hinüber; und dann hörten wir, wie er sich ans Klavier setzte und mit Sonjas Händchen auf die Tasten zu schlagen begann.

„Maria Alexandrowna," ertönte seine Stimme, „kommen Sie doch herüber und spielen Sie etwas."

Es tat mir wohl, daß er so einfach und freundschaftlich befehlend mit mir umging; ich stand auf und ging zu ihm.

„Spielen Sie dies hier", sagte er und schlug in einem Heft das Adagio von Beethovens Sonate Quasi una fantasia auf.

„Nun wollen wir mal sehen, wie Sie spielen", setzte er hinzu und zog sich mit seinem Glase in einen Winkel des Saales zurück.

Ich weiß nicht, warum, — doch ich fühlte, daß es mir ihm gegenüber unmöglich war, Vorwände zu machen und zu sagen, ich spiele schlecht. Ich setzte mich an das Instrument und begann zu spielen, so gut ich es verstand, obwohl ich die Kritik fürchtete, denn ich wußte, daß er die Musik liebte und verstand. Das Adagio stimmte zu jenen Erinnerungen, die das Gespräch beim Tee wachgerufen hatte, und ich spielte es, glaube ich, ganz gut. Doch das Scherzo ließ er mich nicht spielen. „Nein, das spielen Sie nicht gut," sagte er, zu mir herantretend, „das lassen Sie nur; aber das erste war nicht schlecht. Sie verstehen anscheinend etwas von Musik." Dieses maßvolle Lob freute mich so, daß ich sogar errötete. Es war mir so neu und angenehm, daß er, der Freund und Genosse meines Vaters, mit mir ernsthaft wie mit seinesgleichen sprach und mich nicht wie früher als Kind behandelte. Katja ging hinauf, Sonja zu Bett zu bringen, und wir beide blieben allein im Saal.

Er erzählte mir von meinem Vater, wie sie sich kennengelernt und wie fröhlich sie gelebt hätten, als ich noch bei meinem Spielzeug und meinen Bilderbüchern saß; und in seinen Erzählungen sah ich meinen Vater zum erstenmal als einfachen, lieben Menschen, wie ich ihn bis jetzt nicht gekannt hatte. Er fragte mich auch danach, wofür ich mich interessierte, was ich las, was ich weiterhin zu tun beabsichtigte, und gab mir Ratschläge. Er war jetzt kein Spaßmacher mehr, der mich neckte und mir Spielzeug gab, sondern ein ernster, einfacher und liebevoller Mensch, für den ich unwillkürlich Achtung und Sympathie empfand. Mir war leicht und wohl zumute, und gleichzeitig fühlte ich eine unwillkürliche Befangenheit, wenn ich mit ihm sprach. Ich fürchtete für jedes Wort, das ich sprach; ich wollte so gern seine Liebe selbst verdienen, die ich schon jetzt genoß, nur weil ich die Tochter meines Vaters war.

Nachdem Sonja zu Bett gebracht war, kam Katja zu uns und klagte ihm über meine Apathie, von der ich ihm nichts gesagt hatte.

„Die Hauptsache hat sie mir gar nicht erzählt", sagte er lächelnd und sah mich mit vorwurfsvollem Kopfschütteln an.

„Was ist da zu erzählen?" sagte ich. „Das ist sehr langweilig und wird schon vorübergehen." (Es schien mir wirklich in diesem Augenblick, daß meine Schwermut nicht nur vorübergehen werde, sondern daß sie bereits vergangen, ja nie dagewesen sei.)

„Das ist nicht gut, wenn man die Einsamkeit nicht ertragen kann", sagte er. „Sind Sie wirklich ein ‚Fräulein'?"

„Selbstverständlich bin ich ein Fräulein", antwortete ich lachend.

„Nein, ich meine ein ‚Fräulein' im schlechten Sinne, das nur leben kann, wenn man es bewundert; kaum aber ist sie mit sich allein, dann sinkt sie zusammen, und nichts macht ihr mehr Freude; sie tut alles nur für den äußern Schein und nichts für sich selbst."

„Sie haben eine schöne Meinung von mir", sagte ich, nur um etwas zu antworten.

„Nein," sagte er nach kurzem Schweigen, „nicht umsonst ähneln Sie Ihrem Vater. Sie haben es in sich ..." Und sein guter, aufmerksamer Blick schmeichelte mir wieder und brachte mich in frohe Verlegenheit.

Jetzt erst bemerkte ich in seinem auf den ersten Eindruck heitern Gesicht jenen nur ihm eigenen Blick, der erst ganz klar schien, dann aber immer mehr und mehr forschend und sogar ein wenig traurig wurde.

„Sie sollen und dürfen sich nicht langweilen", sagte er. „Sie haben Ihre Musik, für die Sie Verständnis haben, Ihre Bücher, Ihre Arbeiten, Sie haben ein ganzes Leben vor sich, auf das Sie sich jetzt erst vorbereiten müssen, um es später nicht zu bereuen. In einem Jahr ist es schon zu spät."

Er sprach mit mir wie ein Vater oder Onkel, und ich fühlte, daß er sich ununterbrochen beherrschen mußte, um mir gleichgestellt zu scheinen. Es war mir einerseits kränkend, daß er mich als unter sich stehend betrachtete, und andererseits auch wieder angenehm, daß er sich bemühte, nur meinetwegen anders zu scheinen.

Den Rest des Abends besprach er Geschäftliches mit Katja.

„Nun leben Sie wohl, meine lieben Freundinnen“, sagte er aufstehend, trat auf mich zu und ergriff meine Hand.

„Wann sehen wir uns denn wieder?“ fragte Katja.

„Im Frühling,“ antwortete er, meine Hand immer noch festhaltend, „jetzt fahre ich nach Danilowka“ (unser zweites Gut), „sehe dort nach dem Rechten, richte ein, was ich kann, und gehe dann in meinen eigenen Angelegenheiten nach Moskau; aber im Sommer sehen wir uns wieder.“

„Nun, warum denn so lange? . . .“ sagte ich ganz traurig. Und wirklich: ich hoffte bereits ihn täglich zu sehen, und plötzlich wurde mir so traurig und bange, meine Schwermut könne wiederkommen. Wahrscheinlich drückte sich das in meinem Ton und Blick aus.

„Arbeiten Sie tüchtig und werden Sie mir nicht grillig“, sagte er, wie mir schien, in zu schlichtem, kaltem Ton. „Im Frühling werde ich Sie examinieren“, setzte er hinzu, meine Hand loslassend und ohne mich anzusehen.

Im Vorsaal, wo wir standen, um ihm das Geleit zu geben, beeilte er sich sehr beim Anziehen seines Pelzes und wich wieder meinem Blick aus. „Umsonst bemüht er sich!“ dachte ich. „Glaubt er wirklich, daß es mir schon eine Freude ist, von ihm angesehen zu werden? Er ist ein guter Mensch, ein sehr guter . . . aber auch nicht mehr.“

Doch an diesem Abend schliefen Katja und ich lange nicht ein, und wir sprachen viel, nicht von ihm, aber davon, wie wir diesen Sommer leben und wo wir den Winter zubringen wollten. Die schreckliche Frage: wozu? kam mir gar nicht mehr. Mir erschien es ganz einfach und klar, daß man leben müsse, um glücklich zu sein, und daß mein Glück in der Zukunft liege. Als sei plötzlich unser altes, düsteres Haus in Pokrowskoje erfüllt von Licht und Leben.

2

Mittlerweile kam der Frühling. Meine trübe Stimmung war vergangen und hatte einer andern, einer Frühlingsschwermut voll unverstandener Wünsche und Hoffnungen, Platz gemacht. Obwohl ich nicht mehr so lebte wie zu Anfang des Winters, sondern mich Sonja widmete und mich auch wieder mit Musik und Lesen beschäftigte, ging ich doch oft in den Garten und irrte lange, lange in den Alleen umher oder saß auf einer Bank, Gott weiß, mit was für Gedanken, Wünschen und Hoffnungen! Manchmal saß ich auch ganze Nächte, besonders bei Mondschein, bis Tagesanbruch am Fenster meines Stübchens; manchmal auch ging ich im dünnen Jäckchen, leise, um nicht von Katja ertappt zu werden, in den Garten und lief durch den Tau bis zum Teich, und einmal sogar bis hinaus aufs Feld und rund um den ganzen Garten herum.

Jetzt fällt es mir schwer, mich jener Träume zu erinnern, die damals meine Phantasie erfüllten, und sie zu verstehen. Und selbst wenn ich mich ihrer erinnere, dann scheint es mir unglaublich, daß das meine Träume waren: so seltsam und weltfremd waren sie.

Ende Mai kehrte Sergej Michajlytsch seinem Versprechen gemäß von der Reise zurück.

Das erstemal kam er abends, als wir ihn gar nicht erwarteten. Wir saßen auf der Veranda und wollten gerade Tee trinken. Der Garten war schon ganz grün, und in den verwilderten Hecken nisteten die Nachtigallen schon die ganzen Petrifasten. Die buschigen Äste der Fliedersträucher waren wie mit einem weißen oder violetten Hauch bedeckt. Die Blütendolden wollten sich öffnen. Das junge Grün der Birkenallee schimmerte durchsichtig im Schein der untergehenden Sonne. Die Veranda lag in kühlem Schatten. Ein starker abendlicher Tau legte sich über den Rasen. Hinter dem Hause, vom Hofe her, drangen die letzten Geräusche des Tages herüber, das Stampfen der heimgetriebenen Herde; der schwachsinnige Nikon fuhr mit der Wassertonne den Weg vor der Veranda entlang, und ein kalter Strahl Wasser aus der Tonne färbte die aufgewühlte Erde an den Georginenbüschen und ihren Stützstäben schwarz. Bei uns in der Veranda glänzte und summte auf dem weißen Tischtuch der blankgeputzte Samowar, daneben stand Sahne, Brezeln und anderes Backwerk. Katja spülte mit ihren runden Händen bedächtig die Tassen. Vom Bade hungrig und ungeduldig in Erwartung des Tees, aß ich ein Stück Brot mit dicker, frischer Sahne. Ich trug eine Leinenbluse mit offenen Ärmeln, auf dem Kopf hatte ich ein Tüchlein, weil mein Haar vom Bade noch feucht war. Katja war die erste, die ihn schon durchs Fenster bemerkte.

„Ah! Sergej Michajlytsch!“ sagte sie. „Eben haben wir von Ihnen gesprochen.“

Ich stand auf und wollte fortgehen, um mich umzuziehen, aber er erwischte mich, als ich schon in der Türe war.

„Was sind das bloß für Umstände auf dem Lande!“ sagte er, meinen Kopf mit dem Tuche betrachtend, und lächelte. „Vor Grigorij ist es Ihnen doch auch nicht peinlich, und was bin ich anderes für Sie als Grigorij?“ Doch eben in diesem Augenblick schien es mir, daß er mich ganz anders ansah als Grigorij, und es wurde mir peinlich.

„Ich komme gleich wieder“, sagte ich und ging fort.

„Was ist denn dabei?“ rief er mir noch nach. „Sie sehen aus wie eine junge Bauernfrau.“

„Wie sonderbar er mich angesehen hat“, dachte ich, oben angelangt, und zog mich eilig um. „Nun, Gott sei Dank, daß er da ist: nun wird es lustiger werden!“ Nachdem ich mich im Spiegel betrachtet hatte, lief ich vergnügt die Treppe hinunter und, ohne meine Hast zu verbergen, kam ich atemlos auf die Veranda. Er saß am Tisch und berichtete Katja über unsere geschäftlichen Angelegenheiten. Als er mich erblickte, lächelte er und redete dann weiter. Unsere Angelegenheiten standen nach seiner Schilderung sehr günstig. Jetzt sollten wir nur noch den Sommer über auf dem Lande bleiben, dann aber im Interesse von Sonjas Ausbildung entweder nach Petersburg oder ins Ausland gehen.

„Wenn Sie doch mit uns ins Ausland reisen könnten!“ sagte Katja. „Sonst werden wir uns ja dort fühlen wie in der Wildnis.“

„Ach, wenn ich mit Ihnen rund um die ganze Welt reisen könnte!“ sagte er halb im Scherz, halb im Ernst.

„Warum nicht?“ sagte ich. „Machen wir eine Reise um die ganze Welt!“

Er lächelte und schüttelte den Kopf.

„Und meine Mutter? Und meine Geschäfte?“ sagte er. „Aber darum handelt es sich nicht. Erzählen Sie lieber, wie Sie die letzte Zeit verbracht haben? Waren Sie wieder so griesgrämig?“

Als ich ihm erzählte, daß ich in seiner Abwesenheit gearbeitet und mich nicht gelangweilt hätte, und Katja meine Worte bestätigte, lobte er mich und hätschelte mich mit Worten und Blicken wie ein Kind, — als hätte er ein Recht dazu. Es schien mir unbedingt nötig, ihm genau und möglichst ehrlich alles Gute, was ich getan hatte, zu berichten, und auch wie bei der Beichte alles zu gestehen, womit er hätte unzufrieden sein können. Der Abend war so schön, daß, als der Tee schon längst abgetragen war, wir immer noch auf der Veranda blieben, und das Gespräch war so interessant für mich, daß ich gar nicht merkte, wie allmählich alle menschlichen Laute um mich herum verstummten. Starker Blumenduft stieg auf, dichter Tau fiel auf den Rasen, eine Nachtigall fing unweit in einem Fliederbusch an zu schlagen und verstummte wieder, als sie unsere Stimmen hörte; und es war, als senke sich der Sternhimmel auf uns nieder.

Ich merkte erst, daß es schon dämmerte, als plötzlich eine Fledermaus lautlos unter das Leinendach der Veranda huschte und um mein weißes Kopftuch flatterte. Ich drückte mich an die Wand und wollte schon aufschreien, als die Fledermaus ebenso rasch und lautlos wieder hinaushuschte, wie sie gekommen war, und im Halbdunkel des Gartens verschwand.

„Wie ich Ihr Pokrowskoje liebe", sagte er, das Gespräch unterbrechend. „Ich könnte mein Leben lang hier auf der Veranda sitzen."

„Nun, dann sitzen Sie doch hier!" meinte Katja.

„Jawohl — sitzen!" sagte er. „Das Leben sitzt aber nicht."

„Warum heiraten Sie eigentlich nicht?" fragte Katja. „Sie würden ein ausgezeichneter Ehemann sein."

„Weil ich so gern sitze?" Und er lachte. „Nein, Katerina Karlowna, für Sie und mich ist es mit dem Heiraten nichts mehr. Man hat schon längst aufgehört, mich als heiratsfähig anzusehen. Und ich selbst auch, und seitdem ist mir sehr wohl, wahrhaftig."

Mir schien es, als sage er das mit einem etwas gemachten Eifer.

„Das ist gut! Sechsunddreißig Jahre alt, und schon mit dem Leben fertig", sagte Katja.

„Und noch wie!" fuhr er fort. „Nur noch sitzen will ich. Zum Heiraten aber braucht's mehr. Fragen Sie doch mal", fügte er hinzu und wies nach mir hin. „Solche wie die da müssen verheiratet werden! Wir aber wollen uns an ihnen freuen."

Im Klang seiner Stimme war eine verborgene Wehmut und Gezwungenheit, die mir nicht entging. Er schwieg eine Weile. Weder ich noch Katja sagten etwas.

„Stellen Sie sich doch nur vor!" fuhr er fort, sich auf dem Stuhl umwendend. „Wenn ich nun durch irgendeinen unglücklichen Zufall ein siebzehnjähriges Mädchen heiraten würde, also etwa Masch . . . Maria Alexandrowna . . . Das ist ein ausgezeichnetes Beispiel, ich bin sehr froh, daß das so gut paßt . . . das ist das denkbar beste Beispiel."

Ich fing an zu lachen und konnte durchaus nicht begreifen, worüber er sich so freute und was da so gut paßte.

„Nun, Hand aufs Herz, sagen Sie die Wahrheit," wandte er sich scherzend an mich, „wäre es nicht ein Unglück für Sie, Ihr Leben an einen alten, abgelebten Menschen zu ketten, der den Wunsch hat, stillzusitzen, während in Ihnen noch Gott weiß was herumspukt, und Sie noch voll von Wünschen sind?"

Mir war es peinlich, ich schwieg, weil ich nicht wußte, was ich antworten sollte.

„Ich mache Ihnen ja doch keinen Antrag," sagte er lachend, „aber sagen Sie bitte die Wahrheit: Sie träumen doch gewiß nicht von einem Manne wie ich, wenn Sie abends durch die Alleen wandern? Und es wäre doch ein Unglück?"

„Nicht ein Unglück ..." begann ich.

„Aber auch nicht gut", sprach er an meiner Statt zu Ende.

„Ja, aber ich kann mich doch auch irr ..."

Doch er unterbrach mich wieder.

„Nun also, sie hat ganz recht und ich bin ihr sehr dankbar für ihre Aufrichtigkeit und sehr froh, daß dieses Gespräch stattgefunden hat! Doch nicht genug damit, auch für mich selbst wäre es das größte Unglück", fügte er hinzu.

„Was für ein Sonderling Sie sind, nicht ein bißchen verändert", sagte Katja und ging ins Haus, um Anordnungen für das Abendessen zu treffen.

Wir beide verstummten, als Katja gegangen war, und rings um uns her war alles still. Nur die Nachtigall ließ, schon nicht mehr abgerissen und unentschlossen wie am Abend, sondern ruhig und gleichmäßig wie in der Nacht, ihr Lied durch den ganzen Garten ertönen, und eine zweite antwortete ihr von fern aus der Tiefe der Schlucht, zum erstenmal am heutigen Abend. Die im Fliederstrauch verstummte für einen Augenblick, gleichsam um zu lauschen, und ging dann zu einem noch schärferen, helleren Triller über. Feierlich und ruhig tönten diese Stimmen aus ihrer uns fremden nächtlichen Welt. Der Gärtner ging vorüber, um sich im Treibhause schlafen zu legen, und seine Schritte in den dicken Stiefeln klangen immer ferner und ferner auf dem Gartenpfad. Zwei Pfiffe schrillten aus dem Tale her, dann war alles wieder still. Kaum hörbar regte sich ein Blatt, wogten die Leinenvorhänge der Veranda, und plötzlich wehte ein starker Duft zu uns herüber, der sich über die ganze Veranda verbreitete. Es war mir peinlich, nach dem vorhergegangenen Gespräch so lange zu schweigen, doch ich wußte nicht, was ich sagen sollte. Ich sah ihn an. Seine glänzenden Augen begegneten mir im Halbdunkel.

„Das Leben ist doch schön!" sagte er.

Ich seufzte, Gott weiß warum.

„Was?"

„Das Leben ist doch schön", wiederholte ich.

Und wieder verstummten wir, und wieder wurde mir peinlich zumute. Immer wieder fiel mir ein, daß ich ihn gekränkt hatte, indem ich ihm darin recht gab, daß er alt sei, und ich wollte ihn trösten, doch ich wußte nicht, wie ich das machen sollte.

„Doch nun leben Sie wohl," sagte er aufstehend, „meine Mutter erwartet mich zum Abendessen. Ich habe sie heute fast noch gar nicht gesehen."

„Ich wollte Ihnen doch noch eine neue Sonate vorspielen", sagte ich.

„Ein andermal", sagte er, wie mir schien, sehr kühl.

„Leben Sie wohl!"

Mir schien es nun erst recht, daß ich ihn gekränkt hätte, und es tat mir leid. Katja und ich gingen bis zur Vortreppe mit, und wir standen auf dem Hof, um den Weg zu überblicken, auf dem er sich entfernte. Als das Getrappel seines Pferdes verhallt war, ging ich rund um das Haus herum nach der Veranda und schaute wieder in den Garten und den tauigen Nebel hinab, in dem die Laute der Nacht verhallten, und horchte und schaute noch lange, lange auf das, was es zu hören und zu schauen gab.

Er kam ein zweites und drittes Mal, und die Verlegenheit, die infolge seines Gespräches entstanden war, schwand vollständig und kam nicht wieder. Im Laufe des ganzen Sommers kam er zwei- bis dreimal in der Woche zu uns; und ich gewöhnte mich so an ihn, daß, wenn er lange nicht kam, es mir unangenehm schien, allein zu leben, und ich ihm böse war, weil ich es häßlich von ihm fand, mich allein zu lassen. Er behandelte mich wie einen jungen, lieben Kameraden, fragte mich aus, brachte mich zu äußerster Offenheit in allen seelischen Fragen, gab mir Ratschläge, munterte mich auf und schalt mich sogar manchmal, oder wies mich zurecht. Doch ungeachtet seiner dauernden Bemühungen, mich als seinesgleichen zu behandeln, fühlte ich, daß neben dem, was ich an ihm verstand, noch eine ganze, fremde Welt blieb, die mir zu öffnen er nicht für nötig hielt; und das nährte stärker als alles andere meine Achtung vor ihm und zog mich an.

Ich wußte von Katja und einigen Nachbarn, daß er außer der Sorge für seine alte Mutter, mit der er zusammen lebte, unserer Vormundschaft und seinen eigenen Angelegenheiten auch noch im Dienste des Adels allerlei Obliegenheiten hatte, die ihm sehr viel Verdruß bereiteten; doch wie er das alles ansah, was er für Anschauungen, Pläne, Hoffnungen hatte, das konnte ich nie von ihm erfahren. Kaum brachte ich das Gespräch auf seine Angelegenheiten, so verzog er auf die ihm eigene Art das Gesicht, als wollte er sagen: „Ach, lassen Sie doch, was geht denn das Sie an?“ — und lenkte das Gespräch auf einen anderen Gegenstand. Anfangs kränkte mich das, später aber gewöhnte ich mich daran, daß wir immer nur von Dingen sprachen, die mich betrafen, so daß ich es schließlich als etwas ganz Selbstverständliches empfand.

Was mir im Anfang auch nicht gefiel, später aber im Gegenteil sehr angenehm war, das war seine vollkommene Gleichgültigkeit, ja sogar Nichtachtung gegen meine äußere Erscheinung. Nie spielte er auch nur mit einem einzigen Wort oder Blick darauf an, daß ich hübsch sei; im Gegenteil, er wurde verlegen und lachte, wenn jemand das in seiner Gegenwart von mir sagte. Er liebte es sogar, an meinem Äußeren Mängel zu entdecken, mit denen er mich dann neckte. Die modernen Kleider und Frisuren, durch die Katja mich bei festlichen Gelegenheiten zu verschönern suchte, weckten nur seinen Spott, was die arme Katja sehr kränkte und mich anfangs auch aus der Fassung brachte. Katja hatte es sich in den Kopf gesetzt, daß ich ihm gefalle, und konnte ganz und gar nicht begreifen, weshalb er das weibliche Wesen, das ihm gefiel, nicht immer nur von der vorteilhaftesten Seite zu sehen wünschte. Ich jedoch begriff sehr bald, was er haben wollte. Er wollte glauben, daß in mir keine Koketterie wäre. Und als ich das begriffen hatte, war an mir auch wirklich keine Spur von Koketterie mehr, weder in der Kleidung, noch in der Frisur oder in den Gesten; dafür aber begann ein nur zu deutliches Kokettieren mit meiner Schlichtheit, zu einer Zeit, als ich noch gar nicht schlicht sein konnte. Ich wußte, daß er mich liebte; ob er mich aber als Kind oder als Weib liebte, — diese Frage hatte ich mir noch nie gestellt. Ich hielt diese Liebe wert; ich fühlte, daß ich für ihn das beste Mädchen der Welt war, und ich konnte nicht anders als wünschen, daß ihm diese Illusion erhalten bleibe. Und ich betrog ihn ganz unwillkürlich. Aber indem ich ihn betrog, wurde ich selbst besser. Ich fühlte, wieviel besser und würdiger es war, ihm die Vorzüge meiner Seele zu zeigen als die meines Körpers. Es schien mir, als hätte er mein Gesicht, mein Haar, meine Angewohnheiten, mochten sie nun gut oder schlecht sein, schon so genau erkannt und bewertet, daß ich nichts, außer dem Wunsch ihn zu täuschen, zu meinem Äußern hätte hinzufügen können. Meine Seele dagegen kannte er nicht, weil er sie liebte und weil sie zu der Zeit noch im Wachstum und in der Entwicklung war, und hier konnte ich ihn betrügen und betrog ihn! Und wie leicht wurde mir das, sobald ich es klar erkannt hatte! Die grundlose Verlegenheit, die gezwungenen Bewegungen schwanden bei mir völlig. Ich fühlte es deutlich: ob er mich von vorn oder von der Seite, sitzend oder stehend, flach oder hoch frisiert sah, — er kannte mich ganz und gar und war, so schien es, mit mir zufrieden, so wie ich war. Ich glaube sogar, wenn er, gegen seine Gewohnheit, so wie andere Menschen, plötzlich zu mir gesagt hätte, ich hätte ein schönes Gesicht, so wäre ich nicht einmal erfreut gewesen. Wie froh und licht wurde mir aber ums Herz, wenn er nach irgendeiner Äußerung von mir mich scharf anblickte und mit gerührter Stimme, der er einen scherzhaften Klang zu geben suchte, zu mir sprach:

„Ja, ja, Sie haben es in sich! Sie sind ein prächtiges Mädchen, das muß ich Ihnen sagen."

Und wofür erhielt ich damals solches Lob, das mein Herz mit Stolz und Freude erfüllte? Wenn ich sagte, ich könnte dem alten Grigorij seine Liebe zu seinem Enkelkinde nachfühlen — oder ein Gedicht, ein Roman, den ich gelesen, hätte mich bis zu Tränen gerührt, — oder ich schätzte Mozart mehr als Schulhoff ... Und seltsam, wenn ich denke, mit welch ungemein feinem Ahnungsvermögen ich damals erriet, was gut und liebenswert war, obwohl ich zu jener Zeit noch gar nicht wußte, was gut und liebenswert war. Ein großer Teil meiner früheren Neigungen und Ansichten gefiel ihm nicht, und er brauchte nur durch ein Stirnrunzeln, einen Blick sein Mißfallen an dem, was ich sagen wollte, zu zeigen, oder die ihm eigene, mitleidige, ein klein wenig verächtliche Miene zu machen, — so erschien mir schon das, was ich bisher geliebt hatte, gar nicht mehr liebenswert. Manchmal wollte er mir nur einen Rat geben, und schon schien es mir, als wüßte ich, was er mir sagen wollte. Er stellt eine Frage und sieht mir dabei in die Augen, und sein Blick weckt in mir schon den Gedanken, den er wünscht. Alle meine damaligen Gedanken und Gefühle waren nicht meine, sondern seine Gedanken und seine Gefühle, die plötzlich zu den meinen geworden waren und mein Leben erhellten. Für mich selbst ganz unmerklich begann ich alles mit andern Augen anzusehen: Katja, unsere Leute,

Sonja, mich selbst und meine Beschäftigungen. Die Bücher, die ich früher nur gelesen hatte, um die Zeit totzuschlagen, wurden mir plötzlich zum größten Vergnügen im Leben, und all das nur, weil ich mit ihm von diesen Büchern gesprochen hatte, weil wir zusammen lasen und er mir Bücher brachte. Früher war es für mich eine schwere Arbeit, mich mit Sonja zu beschäftigen, sie zu unterrichten, und ich tat es nur aus Pflichtgefühl; er saß dabei — und seitdem war es mir eine Freude, Sonjas Fortschritte zu verfolgen. Ein ganzes Musikstück einzuüben schien mir früher unmöglich, — jetzt aber, wo ich wußte, daß er mir zuhören, mich vielleicht loben würde, übte ich bis zu vierzig Malen nacheinander ein und dieselbe Stelle, so daß die arme Katja sich Watte in die Ohren stopfte; mir aber wurde es nicht überdrüssig. Dieselben alten Sonaten klangen jetzt ganz anders und viel besser. Selbst Katja, die ich kannte und liebte wie mich selbst, hatte sich in meinen Augen verändert. Jetzt erst verstand ich, daß sie durchaus nicht verpflichtet war, uns Mutter, Freundin und Dienerin zu sein. Ich verstand die ganze Selbstaufopferung und Ergebenheit dieses liebevollen Geschöpfes, begriff, wieviel ich ihr schuldig war, und liebte sie noch mehr. Er lehrte mich auch unser Gesinde, die Bauern, Dienstboten, Mägde, ganz anders anzusehen als früher. Es klingt seltsam, wenn man es sagt, aber bis zu meinem siebzehnten Jahre hatte ich unter diesen Leuten wie eine Fremde gelebt, ihnen fremder als so vielen Menschen, die ich nie gesehen hatte; nicht ein einziges Mal hatte ich daran gedacht, daß diese Menschen lieben, leiden und wünschen konnten, wie ich. Unser Garten, unsere Wälder und Felder, die ich solange schon kannte, schienen mir plötzlich neu und herrlich. Nicht umsonst hatte er gesagt, daß es im Leben nur ein unzweifelhaftes Glück gebe: ganz für einen andern zu leben. Mir war es damals seltsam erschienen und ich hatte es nicht ganz verstanden; doch diese Ansicht hatte sich schon halb unbewußt in meinem Herzen festgesetzt. Er eröffnete mir ein ganz neues

Leben voller Freude am Wirklichen, ohne eigentlich etwas an dem Zuschnitt meines bisherigen Lebens zu ändern, ohne zu meinen Erlebnissen etwas hinzuzufügen, außer seiner eigenen Person. Alles, was mich von Kindheit an stumm umgeben hatte, wurde nun lebendig für mich. Er brauchte nur zu kommen, so wurde mit einem Schlag alles lebendig, drang auf mich ein und erfüllte meine Seele mit Glück.

Oft, wenn ich in diesem Sommer in mein Zimmer hinaufging und mich zu Bett legte, ergriff mich statt der früheren Frühlingsschwermut, den Wünschen und Hoffnungen für die Zukunft, ein Gefühl der Glückseligkeit in der Gegenwart. Ich konnte nicht einschlafen, stand auf, setzte mich zu Katja aufs Bett und sagte ihr, daß ich vollkommen glücklich sei, was ich, soweit ich mich erinnern kann, ihr nicht erst hätte zu sagen brauchen: sie konnte es selbst sehen. Doch sie sagte mir, daß auch sie nichts mehr wünsche und sehr glücklich sei, und dann küßte sie mich. Ich glaubte ihr, denn mir schien es auch unbedingt notwendig und richtig, daß alle glücklich waren. Doch Katja konnte immer noch ans Schlafen denken und jagte mich sogar manchmal, sich zornig stellend, von ihrem Bett fort und schlief ein; ich aber dachte noch lange über alles nach, was mich glücklich machte. Manchmal stand ich auf und betete zum zweitenmal, betete mit meinen eigenen Worten, um Gott für alles Glück zu danken, das er mir gegeben hatte.

Und im Zimmer war alles still; nur Katjas gleichmäßiges Atmen, das Ticken der Uhr neben ihr war zu hören, und ich neigte mich, murmelte Gebetsworte oder bekreuzte mich und küßte das Kreuz, das an meinem Halse hing. Die Türen waren geschlossen, die Läden vor den Fenstern ebenfalls, irgendwo summte eine Fliege oder Mücke und stieß sich an einer der Wände. Und ich wünschte, dieses Zimmer nie verlassen zu müssen, wollte nicht, daß der Morgen käme und der stimmungsvolle Zauber sich auflöste, der mich umgab. Es war mir, als seien meine Träume, Gebete und Gedanken lebende

Wesen, die hier in der Finsternis mit mir hausten, um mein Bett schwebten, mich umringten. Und jeder dieser Gedanken war sein Gedanke — jedes Gefühl auch sein Gefühl. Ich wußte damals noch nicht, daß das Liebe war, ich glaubte, das könne immer so sein, und dieses Gefühl koste nichts.

3

Eines Tages, zur Zeit der Getreideernte, gingen Katja, Sonja und ich nach Tisch in den Garten, zu unserer Lieblingsbank im Schatten der Linden am Rande der Schlucht, hinter denen sich der Ausblick auf Wald und Felder eröffnete. Sergej Michajlytsch war schon drei Tage lang nicht bei uns gewesen und an diesem Tage erwarteten wir ihn ganz bestimmt, um so mehr als unser Inspektor sagte, er habe versprochen, aufs Feld hinauszukommen. Gegen zwei Uhr sahen wir ihn nach dem Roggenfeld reiten. Katja ließ Pfirsiche und Kirschen bringen, die er besonders gern aß, und mit einem lächelnden Blick zu mir herüber streckte sie sich auf der Bank aus, um zu schlummern. Ich riß einen glatten, krummen Lindenast mit saftigen Blättern und harziger Rinde ab, so daß ich klebrige Hände bekam, fächelte Katja damit und las weiter, unterbrach mich jedoch fortwährend und sah auf den Feldweg hinaus, auf dem er kommen sollte. Sonja baute an den Wurzeln der alten Linde eine Laube für ihre Puppen. Der Tag war warm und windstill, Dunst lag in der Luft, die Wolken wuchsen ineinander, färbten sich schwarz, und schon vom Morgen an bereitete sich ein Gewitter vor. Ich war erregt, wie immer beim Anzug eines Gewitters. Doch am Nachmittag begannen die Wolken sich an den Rändern aufzulösen, die Sonne erschien am hellen Himmel, nur noch an einem Wolkenrande sah es bedrohlich aus, und aus der dunklen, schweren Masse, die am Horizont stand und in den Dunst und Staub der Felder überzugehen schien, zuckte ab und zu ein Wetterleuchten dicht über der Erde.

Offenbar hatte sich das Gewitter für den heutigen Tag verteilt, wenigstens in unserer Gegend. Auf der hinter dem Garten hier und da sichtbar werdenden Landstraße zogen ohne Unterlaß langsam die hohen, knarrenden Fuhren mit Garbenbündeln dahin, und ihnen entgegen rasselten eilig leere Leiterwagen, hasteten die Füße der Vorbeieilenden und schimmerten die farbigen Hemden. Der dichte, aufgewirbelte Staub wurde nicht fortgeweht und senkte sich auch nicht zu Boden, sondern stand in Wolken hinter den Bäumen und Blättern des Gartens. Von weiter her, von der Tenne, klangen die Stimmen und dasselbe Räderrollen herüber; dieselben gelben Garben, die langsam am Zaun vorübergezogen waren, flogen dort durch die Luft, und vor meinen Augen wuchsen ovale Häuser empor, erhoben sich ihre spitzen Dächer, und Bauerngestalten wimmelten auf ihnen herum. Geradeaus auf dem staubigen Felde bewegten sich ebenfalls Wagen; man sah gleichfalls gelbe Garben, und Räderknarren, Stimmen, Gesang tönten herüber. Auf der einen Seite traten die Stoppeln immer deutlicher hervor, zwischen ihnen der mit Wermut bewachsene Rain. Rechts, weiter unten, auf dem gemähten, in häßlicher Unordnung daliegenden Felde, sah man die grellbunten Kleider der garbenbindenden Frauen, die sich herabbeugten, eifrig die Hände regten und so das unordentliche Feld in ein ordentliches verwandelten, auf dem die Garben in schönen, dichten Reihen standen. Es war, als verwandele sich vor meinen Augen der Sommer in den Herbst. Überall standen dichte Staub- und Dunstwolken, mit Ausnahme nur unseres Lieblingsplätzchens im Garten. Und überall ringsum, in Staub und Dunst und Sonnenglut sprach, lärmte und regte sich das arbeitende Volk.

Katja aber schnarchte so herzhaft unter ihrem weißen Batisttüchlein auf unserer schattigen Bank, die Kirschen glänzten so schwarz und lecker auf dem Teller, unsere Kleider waren so frisch und sauber, das Wasser im Krüglein glitzerte regenbogenfarbig in der Sonne, und mir war so unaussprechlich wohl. „Was ist da zu machen?“ dachte ich. „Was kann ich dafür, daß ich so glücklich bin? Doch wie könnte man sein Glück teilen, wie und wem sich selbst und all das Glück ganz hingeben?“

Die Sonne stand schon hinter den Baumkronen der Birkenallee, der Staub auf den Feldern legte sich nieder, klarer und heller wurde die Ferne im seitlichen Lichte, die Wolken hatten sich ganz verzogen, auf der Tenne wurden hinter den Bäumen drei neue Schober sichtbar, die Männer waren bereits heruntergestiegen; die Wagen rasselten, von lärmendem Geschrei begleitet, vorüber, sichtlich zum letztenmal; die Weiber mit Harken auf der Schulter und Garbenbändern am Gürtel zogen mit lautem Gesang heimwärts, doch Sergej Michajlytsch war immer noch nicht da, obgleich ich ihn schon längst den Berg hinabreiten gesehen hatte. Plötzlich wurde auf der Allee, auf einer Seite, von wo ich ihn gar nicht erwartet hätte, seine Gestalt sichtbar (er war rund um die Schlucht geritten). Mit fröhlichem, strahlendem Gesicht, den Hut in der Hand, kam er mir mit eiligen Schritten entgegen. Als er bemerkte, daß Katja schlief, biß er sich auf die Lippen, bedeckte die Augen und lief auf Zehenspitzen; ich bemerkte sofort, daß er sich in jener besonderen, grundlos ausgelassenen Stimmung befand, die ich so sehr an ihm liebte und die wir die „wilde Begeisterung“ nannten. Er war wie ein Schuljunge, der aus dem Unterricht fortgelaufen ist; sein ganzes Wesen, vom Kopf bis zu Füßen, atmete Zufriedenheit, Glück und kindliche Ausgelassenheit.

„Schön guten Tag, kleines Veilchen, wie geht es? Gut?“ sagte er flüsternd, trat auf mich zu und drückte mir die Hand. „Mir geht es ausgezeichnet,“ antwortete er auf meine Gegenfrage, „ich bin heute dreizehn Jahre alt, möchte Pferdchen spielen und auf Bäume klettern.“

„In wilder Begeisterung?“ sagte ich, sah ihm in die leuchtenden Augen und fühlte, wie sich diese wilde Begeisterung auf mich übertrug.

„Ja", antwortete er, mit einem Auge zwinkernd und ein Lächeln zurückhaltend. „Aber warum schlagen Sie Katerina Karlowna auf die Nase?"

Ich hatte, während ich ihn ansah, Katja ruhig weiter mit dem Ast gefächelt, merkte aber gar nicht, daß ich das Tuch von ihrem Kopf gestreift hatte und ihr mit den Blättern auf dem Gesicht herumwedelte. Ich lachte.

„Und nachher wird sie behaupten, sie hätte gar nicht geschlafen", sagte ich flüsternd, als wollte ich Katja nicht wecken, aber eigentlich garnicht darum, sondern einfach, weil es mir angenehm war, im Flüsterton mit ihm zu sprechen.

Er bewegte die Lippen, um mich zu necken, als hätte ich so leise gesprochen, daß man schon überhaupt nichts verstehen konnte. Als er den Kirschenteller erblickte, ergriff er ihn mit einer Bewegung, als müsse er ihn stehlen, ging zu Sonja unter die Linde und setzte sich auf ihre Puppen. Erst war Sonja böse, doch bald söhnte er sich mit ihr aus, indem er ein Spiel vorschlug, bei dem sie beide um die Wette Kirschen essen mußten.

„Soll ich noch mehr holen lassen, oder wollen wir selbst gehen?" fragte ich.

Er nahm den Teller, setzte die Puppen darauf und wir gingen zu dritt zum Obstgarten. Sonja lief lachend hinter uns her und zerrte ihn am Rock — er sollte die Puppen herausgeben. Er gab sie ihr und wandte sich ernsthaft an mich.

„Nun, wie sollten Sie kein Veilchen sein," sagte er immer noch flüsternd, obwohl man nicht mehr zu fürchten brauchte, jemanden zu wecken, „kaum kam ich in Ihre Nähe, nach all dem Staub, der Hitze und Arbeit, so wehte mir Veilchenduft entgegen. Und zwar nicht, wie von den duftenden Gartenveilchen, sondern so wie von dem ersten, dunklen Veilchen, das nach schmelzendem Schnee und jungem Gras riecht."

„Nun, und wie geht es mit der Wirtschaft? Gut?" fragte ich, um die freudige Verlegenheit zu verbergen, in die seine Worte mich versetzt hatten.

„Ausgezeichnet! Dieses Volk arbeitet überall ausgezeichnet. Je länger man es kennt, desto mehr muß man es liebgewinnen.“

„Ja,“ sagte ich, „heute, ehe Sie kamen, habe ich vom Garten aus den Arbeitern zugesehen und plötzlich schämte ich mich so, daß sie sich plagen müssen und ich es mir so wohl sein lasse, daß . . .“

„Kokettieren Sie damit nicht, meine Liebe“, unterbrach er mich plötzlich und sah mir ernst, aber zärtlich in die Augen. „Das ist eine heilige Sache. Behüte Gott, daß wir damit großtun.“

„Ich sage das doch auch nur Ihnen.“

„Nun ja, das weiß ich. Nun, wie ist es denn mit den Kirschen?“

Der Garten war verschlossen und keiner der Gärtner war zu sehen (er hatte alle aufs Feld geschickt). Sonja lief nach dem Schlüssel, doch er wartete ihre Rückkunft nicht ab, kletterte an einer Ecke hinauf, hob das Netz hoch und sprang an der anderen Seite hinunter.

„Wollen Sie Kirschen haben?“ hörte ich seine Stimme von drüben. „Geben Sie mir den Teller!“

„Nein, ich will selbst auch pflücken, ich gehe nach dem Schlüssel,“ sagte ich, „Sonja wird ihn nicht finden.“

Doch gleichzeitig bekam ich Lust zu sehen, was er tat, wie er aussah und sich bewegte, wenn er sich unbeobachtet glaubte. Ich wollte ihn einfach keine Minute aus den Augen verlieren. Ich lief auf Zehenspitzen durch das Brennesselgestrüpp rund um die Umzäunung, bis zur Rückseite, die niedriger war, und, auf einer leeren Kiste stehend, so daß der Zaun mir nur noch knapp bis zur Brust reichte, beugte ich mich hinüber. Ich überblickte das Innere der Umzäunung mit den alten, knorrigen Bäumen und den großen Blättern, zwischen denen schwer und gerade die schwarzen, saftigen Früchte herabhingen, und, den Kopf unter dem Drahtnetz durchsteckend, gewahrte ich unter einem knorrigen Ast Sergej Michajlytsch. Er glaubte gewiß, ich sei fortgegangen und keiner könnte ihn sehen. Ohne Hut, eine Hand über den Augen, saß er auf dem Stumpf eines alten Kirschbaumes und drehte eifrig Kugeln aus einem Stück Kirschharz. Plötzlich zuckte er die Achseln, öffnete die Augen, murmelte etwas und lächelte. Diese Worte und das Lächeln paßten so gar nicht zu ihm, daß ich Gewissensbisse empfand, weil ich ihn belauschte. Mir war so, als hätte er gesagt: „Mascha!" Unmöglich, dachte ich. „Liebe Mascha!" wiederholte er leiser und noch zärtlicher. Doch das hörte ich jetzt ganz deutlich. Mein Herz klopfte so, und eine so erregende, gleichsam verbotene Freude erfaßte mich plötzlich, daß ich mich an der Wand festhalten mußte, um nicht zu fallen und mich nicht zu verraten. Er hörte die plötzliche Bewegung, sah sich erschrocken um und, die Augen niederschlagend, errötete er, verlegen wie ein Kind. Er wollte mir etwas sagen, konnte es aber nicht, und immer wieder stieg ihm das Blut ins Gesicht. Doch er lächelte, als er mich sah, und ich lächelte auch. Sein ganzes Gesicht strahlte vor Freude. Das war kein alter Onkel mehr, der mich hätschelte und belehrte, sondern ein mir gleichstehender Mensch, der mich liebte und fürchtete und den ich meinerseits auch liebte und fürchtete. Wir sprachen nicht, sahen einander nur an. Doch plötzlich wurde er finster, das Lächeln und der Glanz seiner Augen verschwanden, und er wandte sich kühl und väterlich, so wie früher, an mich, als hätten wir ein Unrecht getan, das er jetzt eingesehen habe, und als wolle er mir nun den Rat geben, es auch einzusehen.

„Klettern Sie lieber herunter, Sie werden sich weh tun," sagte er, „und bringen Sie Ihr Haar in Ordnung, Sie sehen schrecklich aus."

„Warum verstellt er sich? Warum will er mir weh tun?" dachte ich ärgerlich. Und in demselben Augenblick überkam mich der unbezwingliche Wunsch, ihn noch einmal verlegen zu machen und meine Macht über ihn auszunützen.

„Nein, ich will selbst pflücken", sagte ich, ergriff mit den

Händen einen der nächsten Stämme und stieg mit beiden Füßen auf den Zaun. Er hatte gar nicht erst die Zeit, mich zu halten — da war ich schon herübergesprungen.

„Was machen Sie für Dummheiten!“ sagte er, wieder errötend, und bemüht hinter scheinbarem Ärger seine Verlegenheit zu verbergen. „Sie konnten sich Schaden tun! Und wie wollen Sie wieder hinauskommen?“

Er war noch viel verlegener als vorher, doch seine Verlegenheit freute mich nicht mehr, sondern erschreckte mich nur. Sie übertrug sich auf mich, ich wurde rot, und weil ich nicht wußte, was ich sagen sollte, begann ich, um ihm auszuweichen, Kirschen zu pflücken, wußte aber nicht, wo ich sie hintun sollte. Ich machte mir Vorwürfe, bereute und fürchtete, daß ich mich durch diese Handlung anscheinend auf immer vor ihm bloßgestellt hatte. Wir schwiegen beide und fühlten uns beide bedrückt. Sonja, die mit dem Schlüssel gelaufen kam, befreite uns aus dieser peinlichen Lage. Noch lange nach diesem Vorfall sprachen wir beide nicht miteinander, sondern nur mit Sonja. Als wir zu Katja zurückkehrten, die beteuerte, nicht geschlafen und alles gehört zu haben, beruhigte ich mich, und er bemühte sich, seinen väterlich herablassenden Ton wiederzufinden, doch diesmal gelang es ihm nicht, und er konnte mich nicht mehr betrügen. Mir fiel ein Gespräch ein, das vor wenigen Tagen zwischen uns geführt worden war.

Katja hatte davon gesprochen, daß es für einen Mann leichter sei, seiner Liebe Ausdruck zu geben, als für eine Frau.

„Ein Mann darf offen sagen, daß er liebt, eine Frau nicht!“ sagte sie.

„Mir aber scheint es, daß auch der Mann nicht sagen darf und nicht sagen kann, daß er liebt“, meinte er.

„Warum?“ fragte ich.

„Weil das immer eine Lüge wäre. Was ist das denn für eine große Entdeckung, daß ein Mensch liebt? So, als ob etwas einschnappt, wenn er das gesagt hat — klapp! — und nun liebt er!

So als müsse dann gleich etwas Besonderes geschehen, Zeichen und Wunder, als würde aus allen Kanonen geschossen. Mir scheint es," fuhr er fort, „daß Menschen, die feierlich sagen: ‚ich liebe Sie', entweder sich selbst oder, was noch schlimmer ist, andere betrügen."

„Wie soll aber eine Frau dann erfahren, daß sie geliebt wird, wenn man es ihr nicht sagt?" fragte Katja.

„Das weiß ich nicht", antwortete er. „Jeder Mensch hat eben seine eigenen Worte. Wenn ein Gefühl vorhanden ist, kommt es auch zum Ausdruck. Wenn ich Romane lese, stelle ich mir immer vor, was für ein bestürztes Gesicht Alfred macht oder Leutnant Strelskij, wenn er sagt: ‚Ich liebe dich, Eleonora!' und sich einbildet: gleich geschieht etwas ganz Außergewöhnliches ... Statt dessen aber geschieht gar nichts, weder mit ihm noch mit ihr, alles bleibt dasselbe — dieselbe Nase, dieselben Augen, alles!"

Ich ahnte schon damals hinter diesem Scherz etwas Ernstes, was sich auf mich bezog, aber Katja wollte nicht dulden, daß Romanhelden so einfach abgetan werden.

„Ewig diese Paradoxe!" sagte sie. „Nun, sagen Sie die Wahrheit: haben Sie selbst wirklich nie einer Frau gesagt, daß Sie sie lieben?"

„Niemals, und auf die Knie bin ich auch nie gesunken," gab er lachend zurück, „und das werde ich auch nie tun!"

„Ja, er braucht mir nicht zu sagen, daß er mich liebt", dachte ich jetzt, mich lebhaft dieses Gespräches erinnernd. „Er liebt mich, das weiß ich. Und alle seine Bemühungen, gleichgültig zu scheinen, sollen mich nicht irre machen."

Diesen ganzen Abend über sprach er wenig mit mir, doch in jedem Wort, das er an Katja und Sonja richtete, in jeder Bewegung, in jedem Blick sah ich seine Liebe und zweifelte nicht mehr an ihr. Mir war es nur leid und ärgerlich für ihn, weil er es für nötig hielt, heimlich zu tun und sich kalt zu geben, wo doch alles so klar war, und wir so einfach und leicht hätten glücklich sein können. Doch mich quälte es wie ein Verbrechen, daß ich über den Zaun gesprungen war. Es schien mir immer, als habe er die Achtung vor mir verloren und sei mir nun böse.

Nach dem Tee ging ich ans Klavier, und er folgte mir.

„Spielen Sie etwas, ich habe Sie schon so lange nicht mehr gehört", sagte er, und folgte mir ins Wohnzimmer.

„Ich wollte gerade... Sergej Michajlytsch!" sagte ich und sah ihm plötzlich gerade in die Augen. „Sind Sie mir nicht böse?"

„Warum?" fragte er.

„Weil ich Ihnen am Nachmittag nicht gehorcht habe", sagte ich errötend.

Er verstand mich, schüttelte den Kopf und lachte. Sein Blick sagte, daß er mich eigentlich wohl schelten müßte, daß er aber nicht die Kraft dazu hätte.

„Es ist nichts geschehen und wir sind wieder Freunde", sagte ich, mich ans Klavier setzend.

„Aber natürlich!" sagte er.

In dem großen, hohen Saal brannten nur zwei Kerzen am Klavier, der ganze übrige Raum lag im Halbdunkel. In die offenen Fenster drang die helle Sommernacht. Alles war still, nur die Schritte der auf- und abgehenden Katja und das Stampfen und Schnaufen seines unter dem Fenster angebundenen Pferdes waren zu hören. Er saß hinter mir, so daß ich ihn nicht sehen konnte; doch überall – im Halbdunkel des Raumes, in jedem Laut, in mir selbst – spürte ich seine Gegenwart. Jeder Blick, jede seiner Bewegungen, die ich nicht sah, fühlte ich in meinem Herzen. Ich spielte die Fantasia-Sonate von Mozart, die er mir mitgebracht und die ich in seiner Gegenwart und für ihn eingeübt hatte. Ich dachte gar nicht an das, was ich spielte, doch ich glaube, ich spielte gut, und es schien ihm zu gefallen. Ich fühlte die Freude, die er beim Zuhören empfand, und fühlte, ohne ihn zu sehen, seinen auf mich gerichteten Blick. Ganz unwillkürlich, mechanisch im Spiel fortfahrend, sah ich mich nach ihm um. Sein Kopf hob sich von dem hellen nächtlichen Hintergrunde ab. Er saß, den Kopf auf die Hand gestützt, und sah mich mit leuchtenden Augen aufmerksam an. Ich lächelte bei diesem Blick und hörte auf zu spielen. Er lächelte auch und schüttelte vorwurfsvoll den Kopf, auf die Noten weisend, damit ich wieder spiele. Als ich zu Ende war, stand der Mond schon hell und hoch am Himmel, und ins Zimmer fiel außer dem schwachen Kerzenschein durch die Fenster ein anderes, silbernes Licht auf den Fußboden. Katja sagte, es sei unglaublich von mir gewesen, an der schönsten Stelle innezuhalten, und ich hätte schlecht gespielt; er aber behauptete, ich hätte, ganz im Gegenteil, noch nie so gut gespielt wie an diesem Abend; dann ging er im Zimmer auf und ab — durch den Saal bis in das dunkle Wohnzimmer und wieder zurück, jedesmal sich nach mir umblickend und lächelnd. Und ich lächelte, wollte sogar lachen, ganz ohne jeden Grund: so froh war ich über irgend etwas, was heute geschehen war. Kaum verschwand er in der Tür, so umarmte ich Katja, die neben mir am Klavier stand, und küßte sie auf meine Lieblingsstelle, den rundlichen Hals unterhalb des Kinns; kaum kam er wieder, so machte ich ein ernsthaftes Gesicht und unterdrückte mit Mühe das Lachen.

„Was ist heute mit ihr los?" fragte ihn Katja.

Doch er antwortete nicht, sondern lachte mich nur an; er wußte, was mit mir war.

„Sehen Sie nur, welch eine Nacht!" sagte er vom Wohnzimmer her, und blieb vor der nach dem Garten geöffneten Balkontür stehen.

Wir gingen zu ihm hinüber. Und wirklich, es war eine Nacht, wie ich keine zweite erlebt habe. Der volle Mond stand hinter uns über dem Hausdach, so daß er nicht zu sehen war, und der Schatten des Daches, der Pfosten und des Leinenvorhangs der Veranda lag schräg en raccourci auf dem sandbestreuten Wege und dem Rasenrondell. Alles andere war hell beleuchtet und von dem silbernen Glanz des Taus und des Mondlichts übergossen. Der breite Weg, auf dessen Ränder die schrägen Schatten der Georginen und der Stützstöcke fielen, zog sich mit seinem ungleichmäßigen, schimmernden Kies hell und kalt in die neblige Ferne. Hinter den Bäumen war das helle Dach des Treibhauses sichtbar und aus der Schlucht stieg der Nebel auf. Die schon etwas kahlen Fliederbüsche waren bis auf den Stamm durchleuchtet. Die taubedeckten Blumen hoben sich alle einzeln deutlich voneinander ab. In den Alleen floß Licht und Schatten so ineinander, daß sie nicht mehr wie von Bäumen eingefaßte Wege erschienen, sondern wie durchsichtige, schwankende, schimmernde Häuser. Rechts, im Schatten des Hauses, erschien alles schwarz, leblos und unheimlich. Dafür aber hob sich aus dieser Finsternis noch heller die seltsam ausgebreitete Krone einer Pappel, und es erschien ganz sonderbar, daß sie hier, so nah beim Hause, fest stehengeblieben war, mitten in dem grellen Licht, und nicht weit fortflog in den unendlichen, bläulichen Himmel hinein.

„Kommt, wir gehen spazieren", sagte ich.

Katja erklärte sich bereit, verlangte aber, ich solle Galoschen anziehen.

„Das ist nicht nötig, Katja", sagte ich. „Sergej Michajlytsch wird mir den Arm reichen."

Als ob das hindern konnte, daß ich mir die Füße durchnäßte! Doch damals erschien es uns dreien begreiflich und kein bißchen sonderbar. Er hatte mir sonst nie den Arm gereicht, jetzt nahm ich ihn aber selbst, und er fand nichts Besonderes dabei. Wir gingen zu dritt über die Veranda in den Garten. Die ganze Welt, der Garten, der Himmel, die Luft — sie waren nicht mehr die, die ich bisher gekannt hatte.

Wenn ich vor mir die Allee entlang sah, auf der wir wanderten, schien es mir immer, als könne man da nicht weiter, als ende da die Welt des Möglichen und all das müsse auf ewig in seiner Schönheit verzaubert liegen bleiben. Doch wir gingen weiter, die Zauberwand der Schönheit tat sich auf, ließ uns ein, und dahinter war dann auch unser alter Garten, die Bäume und die Wege, mit dürrem Laub bedeckt. Und wir wanderten leibhaftig auf den Pfaden dahin, traten auf die Schatten und Lichtkreise; und wirkliches, dürres Laub raschelte unter meinen Füßen und ein frisches Ästlein streifte mein Gesicht. Und er war es wirklich, der still und ruhig neben mir einherschritt, meinen Arm sorgsam in dem seinen trug, und es war auch die leibhaftige Katja, die schlurfenden Schrittes neben uns ging. Und es war der Mond, der durch die reglosen Zweige auf uns herniedersah . . .

Doch bei jedem Schritt öffnete und schloß sich vor und hinter uns die Zauberwand, und ich hörte auf, zu glauben, daß es wirklich möglich sei weiterzugehen, hörte auf, irgend etwas für Wirklichkeit zu halten, was ringsum geschah.

„Ach, ein Frosch!" schrie Katja.

„Wer ist das, der das sagt, und weshalb?" dachte ich. Doch dann fiel mir ein, daß es ja Katja war, daß sie Angst vor Fröschen hatte, und ich sah auf meine Füße. Ein kleines Fröschlein sprang da und blieb vor mir sitzen, und sein winziger Schatten fiel auf den glänzenden Lehm des Weges.

„Fürchten Sie sich nicht?" fragte er.

Ich sah mich nach ihm um. Eine Linde in der Allee fehlte gerade an der Stelle, wo wir standen, — so konnte ich sein Gesicht deutlich sehen. Es war schön und glücklich . . .

Er fragte: „Fürchten Sie sich nicht?" aber mir war so, als sagte er: „Ich liebe dich, du süßes Mädchen! Ich liebe dich, ich liebe dich!" So sprach sein Blick, seine Hand; und Licht und Schatten und Luft — sie alle wiederholten dasselbe.

Wir schritten durch den ganzen Garten. Katja ging neben uns her, mit kleinen Schrittchen, und atmete schwer vor Müdigkeit. Sie sagte, es sei Zeit umzukehren, und mit einemmal tat sie mir so leid, die Arme. „Warum fühlt sie nicht, was wir fühlen?" dachte ich. „Warum sind nicht alle jung und glücklich, wie wir und diese Nacht?"

Wir kehrten ins Haus zurück, aber er ritt noch lange nicht fort, obwohl die Hähne schon gekräht hatten, obwohl alles im Hause schon schlief und sein Pferd unter dem Fenster immer häufiger schnaubte und die Kletten stampfte. Katja erinnerte uns nicht daran, daß es spät sei, und so saßen wir bis drei Uhr morgens zusammen, ohne es zu merken, und sprachen die allergewöhnlichsten Dinge. Die Hähne krähten schon zum drittenmal, und der Morgen dämmerte, als er sich verabschiedete. Er verabschiedete sich genau so wie immer, sagte nichts Besonderes dabei; aber ich wußte, daß er vom heutigen Tage an mein war, und daß ich ihn nicht wieder verlieren würde. Sobald ich mir selbst eingestanden hatte, daß ich ihn liebte, erzählte ich alles Katja. Sie war froh und gerührt, weil ich es ihr sagte. Doch die Arme, sie konnte diese Nacht schlafen! Ich aber ging noch lange, lange auf der Veranda umher, ging hinunter in den Garten und wanderte noch einmal durch alle Alleen, die wir zusammen gegangen waren, dachte an jedes Wort, an jede Bewegung zurück. Ich schlief diese Nacht überhaupt nicht, und erlebte zum erstenmal den Sonnenaufgang und den Anbruch des Tages. Nie wieder habe ich eine solche Nacht und einen solchen Morgen erlebt. „Warum aber sagt er mir nicht einfach, daß er mich liebt?" dachte ich. „Warum denkt er sich allerlei Schwierigkeiten aus, nennt sich einen alten Mann, wo doch alles so einfach und schön sein könnte? Warum verliert er die goldene Zeit, die vielleicht nie wiederkommt? Er soll sagen: ‚Ich liebe dich', mit Worten sagen, meine Hand nehmen, sich über sie beugen und sagen: ‚Ich liebe dich'. Er soll erröten und die Augen niederschlagen, ich werde ihm dann alles sagen. Nein, nicht sagen, umschlingen werde ich ihn, mich an ihn schmiegen und weinen. Wie aber, wenn ich mich irre, wenn er mich nicht liebt?" ging es mir plötzlich durch den Kopf . . .

Ich erschrak vor meinem Gefühl — Gott mochte wissen, wohin es mich führte; mir fiel seine und meine Verlegenheit im Obstgarten ein, als ich über den Zaun sprang, und mir wurde so schwer, so schwer ums Herz. Ich weinte und begann zu beten. Und mir kam der seltsame Gedanke, die Hoffnung, die mich beruhigte: ich beschloß vom heutigen Tage an zu fasten, an meinem Geburtstage das Abendmahl zu nehmen und an demselben Tage seine Braut zu werden.

Wofür, warum, wie das kommen sollte — das wußte ich nicht; doch von diesem Augenblick an wußte und glaubte ich, daß es so kommen mußte. Es war schon ganz hell, und die Leute standen auf, als ich in mein Zimmer zurückkehrte.

4

Es war um die Fastenzeit vor Mariä Himmelfahrt, und so fiel mein Entschluß, mich jetzt auf das Abendmahl vorzubereiten, nicht weiter auf.

Während der ganzen Woche kam er nicht ein einziges Mal zu uns, ich aber wunderte mich nicht darüber, sorgte mich nicht und zürnte ihm nicht, sondern war froh, daß er nicht kam, und erwartete ihn erst an meinem Geburtstage. Die ganze Woche über stand ich morgens sehr früh auf, und, während angespannt wurde, ging ich im Garten umher, dachte alle Sünden des vergangenen Tages durch, und überlegte, was ich zu tun hätte, um mit dem neuen Tage recht zufrieden zu sein und keine Sünde zu begehen. Wie leicht schien es mir damals, ganz sündlos zu sein. Ich brauchte mir nur ein klein wenig Mühe zu geben, so schien es mir. Dann fuhr der Wagen vor, ich stieg mit Katja oder einem Dienstmädchen ein, und wir fuhren zu der drei Werst weit entfernten Kirche. Beim Betreten der Kirche fiel mir jedesmal ein, daß hier für alle gebetet würde, die „in der Furcht des Herrn eintreten", und ich bemühte mich, die zwei grasbewachsenen Stufen zur Vorhalle ganz erfüllt von diesem Gefühl zu überschreiten. In der Kirche waren um diese Zeit höchstens zehn Menschen, fastende Bäuerinnen und Mägde; ich bemühte mich mit größter Demut ihren Gruß zu erwidern und ging zu dem Kerzenkasten, um mir selbst bei dem Kirchenvorsteher, einem alten Soldaten, Kerzen zu holen und sie in die Leuchter zu stellen, was mir als eine sehr edle Tat erschien. Durch die Türe zum Allerheiligsten sah ich die Altardecke, die Mama gestickt hatte; über der Heiligenbilderwand schwebten die zwei Engel mit den Sternen, die mir so groß erschienen waren, als ich selbst noch klein war, und die Taube mit der gelben Gloriole, die mich damals so interessiert hatte. Hinter der Chorestrade sah man das zerbeulte Taufbecken, über dem ich als Patin schon so viele Kinder unserer Gutsknechte gehalten hatte, und in dem ich auch selbst getauft worden war. Der alte Priester trug ein Meßgewand, das aus der Sargdecke meines Vaters angefertigt war, und las die Messe mit derselben Stimme, mit der er, seit ich mich kannte, alle Gottesdienste in unserm Hause abgehalten hatte: Sonjas Taufe, die Totenmessen für meinen Vater, das Begräbnis meiner Mutter. Der Subdiakon auf der Chorestrade sang immer noch mit derselben knarrenden Stimme, und dieselbe alte Frau, die ich immer in der Kirche sah, bei jedem Gottesdienst, stand gebeugt an der Wand, sah mit tränenden Augen nach dem Heiligenbilde auf dem Chor, drückte die gefalteten Hände an das verblichene Tuch auf ihrer Brust und flüsterte etwas mit ihrem zahnlosen Munde. Und alles das war mir nicht nur interessant, nicht nur wert durch die damit verbundenen Erinnerungen, — es war jetzt groß und heilig in meinen Augen und schien mir tiefster Bedeutung voll. Ich lauschte auf jedes Wort des verlesenen Gebetes, suchte mit dem Gefühl darauf zu antworten und wenn ich etwas nicht verstand, so bat ich Gott in Gedanken, mich zu erleuchten, oder ich dachte mir als Ersatz für das nicht erfaßte Gebet ein anderes aus. Wenn das Bußgebet gesprochen wurde, dachte ich an meine Vergangenheit, und diese kindliche, unschuldige

Vergangenheit schien mir so finster im Vergleich zu dem lichten Zustand meiner Seele, daß ich weinte und mich vor mir selbst entsetzte; zugleich aber fühlte ich, daß mir das alles vergeben werde und daß, wenn ich noch mehr Sünden auf dem Gewissen hätte, die Buße mir noch viel, viel süßer wäre. Wenn der Geistliche am Schluß des Gottesdienstes sprach: „Der Segen des Herrn ruhe auf euch!" dann war mir, als teilte sich das Gefühl der Seligkeit mir im Augenblick geradezu körperlich mit. Es war, als strömten plötzlich Licht und Wärme in mein Herz. Der Gottesdienst ging zu Ende, der Priester kam zu mir heraus und fragte mich, ob er nicht zu uns kommen solle, eine Abendmesse abzuhalten; ich aber dankte ihm ganz gerührt, weil er, wie ich meinte, etwas Besonderes für mich tun wollte, und sagte, ich würde schon selbst in die Kirche kommen.

„Sie wollen sich selbst bemühen?" sagte er.

Ich wußte nicht, was ich antworten sollte, um nicht in die Sünde des Hochmuts zu verfallen.

Nach der Messe schickte ich, wenn ich ohne Katja zur Kirche kam, den Wagen fort und ging zu Fuß allein nach Hause, grüßte alle, die mir entgegenkamen, mit einer tiefen, demütigen Verbeugung und suchte nach Gelegenheiten, zu helfen, zu raten, mich für jemand zu opfern. Wenn eine Last vom Wagen gefallen war, half ich beim Aufheben, schaukelte ein Kind, machte anderen Leuten Platz und trat dabei selbst in den Schmutz. Eines Abends hörte ich, wie der Inspektor, als er Katja Bericht erstattete, erzählte, der Bauer Semion sei dagewesen und habe um Holz zu einem Sarge für seine Tochter und um einen Rubel für das Totenmahl gebeten, und er habe es ihm gegeben. „Sind sie denn so arm?" fragte ich. „Sehr arm, gnädiges Fräulein, sie haben nicht einmal Salz", erwiderte der Inspektor. Es ging mir wie ein Stich durchs Herz und zugleich freute ich mich, als ich das hörte. Ich log Katja vor, ich wolle spazieren gehen, lief nach oben, nahm all mein Geld (es war nicht viel, aber alles, was ich besaß), bekreuzte mich und ging allein über die Veranda und den Garten ins Dorf zu Semions Haus. Das Haus lag am äußersten Ende des Dorfes; ich trat, von keinem gesehen, ans Fenster, legte das Geld auf das Fenster und klopfte an die Scheibe. Jemand kam aus dem Hause, knarrte mit der Tür und rief mich an. Zitternd und schaudernd vor Angst, wie eine Verbrecherin, lief ich nach Hause. Katja fragte mich, wo ich gewesen sei, was mir fehle, doch ich verstand überhaupt nicht, was sie sagte, und gab ihr keine Antwort. Alles schien mir mit einemmal so gering und unbedeutend. Ich schloß mich in meinem Zimmer ein und ging lange auf und ab, außerstande etwas zu tun, zu denken, mir Rechenschaft über mein Gefühl zu geben. Ich dachte an die Freude der ganzen Familie, an die Worte, mit denen sie den Geber benennen würden, und es tat mir schon leid, daß ich ihnen das Geld nicht selbst gegeben hatte. Ich dachte auch, was Sergej Michajlytsch sagen würde, wenn er von dieser Tat erführe, und freute mich, das niemals jemand davon erfahren würde. Und eine solche Freude erfüllte mich und so schlecht schienen mir alle und ich selbst, daß der Gedanke an den Tod mir wie ein Traum von Glück erschien. Ich lächelte und betete und weinte und liebte alle Menschen auf der Welt und mich selbst so heiß, so leidenschaftlich in diesem Augenblick. Zwischen den Messen las ich das Evangelium und immer verständlicher wurde mir dieses Buch, und immer rührender und schlichter die Geschichte dieses göttlichen Lebens, und immer furchtbarer und undurchdringlicher die Tiefen des Empfindens und Denkens, die ich in dieser Lehre fand. Wie klar und einfach aber erschien mir dafür alles, wenn ich nach dem Lesen in diesem Buche wieder das mich umgebende Leben betrachtete und mich hineindachte. Es schien mir so schwer, ein schlechtes Leben zu führen, und so einfach, alle zu lieben und geliebt zu werden. Alle waren so gut und sanft zu mir, sogar Sonja, die ich immer noch unterrichtete, war ganz anders, suchte zu verstehen, was ich ihr sagte, mir gefällig zu sein und mich nicht zu betrüben. Wie ich war, so waren auch alle gegen mich. Als ich meine Feinde festzustellen suchte, die ich vor der Beichte um Vergebung bitten mußte, fand ich nur ein junges Mädchen, unsere Gutsnachbarin, über die ich mich vor einem Jahr in Gesellschaft lustig gemacht hatte und die uns seitdem nicht mehr besuchte. Ich schrieb ihr einen Brief, in dem ich mich schuldig bekannte und sie um Verzeihung bat. Sie antwortete mir mit einem Brief, in dem sie ihrerseits um Vergebung bat und mir vergab. Ich weinte vor Freude, als ich diese schlichten Zeilen las, in denen ich damals ein tiefes, rührendes Empfinden zu sehen glaubte. Meine alte Kinderfrau brach in Tränen aus, als ich sie um Vergebung bat. „Warum sind sie alle so gut gegen mich? Wodurch habe ich so viel Liebe verdient?“ fragte ich mich. Und unwillkürlich fiel mir Sergej Michajlytsch ein und ich dachte lange an ihn. Ich konnte nicht anders und ich hielt das für keine Sünde. Aber ich dachte jetzt ganz anders an ihn, als in der Nacht, da ich zum erstenmal erkannte, daß ich ihn liebte; ich dachte an ihn, wie ich an mich dachte, und verband ihn unwillkürlich mit jedem Gedanken an meine Zukunft. Das erdrückende Gefühl, daß ich in seiner Gegenwart empfunden hatte, war in meiner Phantasie völlig verschwunden. Ich fühlte mich jetzt ihm völlig gleich und glaubte ihn von der Höhe der Geistesverfassung, in der ich mich befand, vollkommen zu verstehen. Mir war jetzt alles an ihm klar, was mir früher sonderbar vorgekommen war. Jetzt erst verstand ich, warum er sagte, Glück sei nur: für andere zu leben, und jetzt war ich vollkommen mit ihm einverstanden. Es schien mir, als müßten wir zusammen so unendlich und friedlich glücklich sein. Und ich träumte nicht von Reisen ins Ausland, nicht von der Gesellschaft, von Glanz und Pracht, sondern von einem stillen Familienleben auf dem Lande voll ewiger Selbstaufopferung, ewiger Liebe zueinander und mit dem ständigen Bewußtsein, daß eine gütige Vorsehung stets zur Hilfe bereit sei.

Ich empfing, wie ich auch beabsichtigt hatte, an meinem Geburtstag das Heilige Abendmahl. Meine Brust war so voll Glück, als ich an diesem Tage aus der Kirche nach Hause kam, daß ich Furcht hatte vor dem Leben, vor jedem starken Eindruck, vor allem, was mein Glück stören könnte. Kaum aber waren wir aus dem Wagen gestiegen, da hörten wir schon das bekannte Kabriolett über die Brücke rasseln, und ich erblickte Sergej Michajlytsch. Er beglückwünschte mich und wir gingen zusammen ins Wohnzimmer. Noch nie, seit ich ihn kannte, war ich so ruhig und so selbständig ihm gegenüber gewesen, wie an diesem Morgen. Ich fühlte, daß eine ganz neue Welt in mir war, die er nicht verstand und die höher war als er. Ich fühlte in seiner Gegenwart nicht die geringste Verlegenheit. Er verstand wahrscheinlich, woher das kam, und war besonders zärtlich-mild und andächtig-ehrerbietig gegen mich. Ich trat zum Klavier, er schloß es aber ab und steckte den Schlüssel in die Tasche.

„Verderben Sie sich die Stimmung nicht", sagte er. „In Ihrer Seele ist so viel Musik, die schöner ist als jede andere in der Welt."

Ich war ihm dankbar dafür und zugleich war es mir etwas unangenehm, daß er gar zu leicht und deutlich alles verstand, was vor allen verborgen in meiner Seele liegen sollte. Bei Tisch sagte er, er sei gekommen, um mich zu beglückwünschen und zugleich um Abschied zu nehmen, denn er reise morgen nach Moskau. Als er das sagte, sah er Katja an; dann blickte er aber flüchtig zu mir herüber und ich sah, daß er fürchtete, Erregung auf meinem Gesichte zu lesen. Doch ich war weder erstaunt noch erregt, ich fragte nicht einmal, ob er auf lange verreisen wolle. Ich wußte, daß er das sagen werde, und wußte, daß er nicht reisen werde. Woher wußte ich das? Ich kann es mir heute gar nicht erklären; an diesem denkwürdigen Tage jedoch schien es mir, als wüßte ich alles, was gewesen sei und was kommen werde. Ich war wie in einem seligen Traum, wo alles, was auch geschehen mag, schon einmal dagewesen zu sein scheint, wo man alles längst zu wissen glaubt, und wo man auch weiß, was alles noch kommen wird.

Er wollte gleich nach Tisch wieder fort, aber Katja, die von der Messe müde geworden war, hatte sich zur Ruhe gelegt, und er mußte warten, bis sie erwacht war, um sich von ihr zu verabschieden. Im Saal schien die Sonne zu heiß, wir gingen auf die Veranda hinaus. Kaum hatten wir uns gesetzt, so fing ich an, sehr ruhig von dem zu reden, was das Schicksal meiner Liebe entscheiden mußte. Und ich fing davon nicht zu früh und nicht zu spät an, sondern gerade in dem Augenblick, als wir Platz genommen hatten und noch nichts gesagt war, das Gespräch noch kein Gepräge und keine Wendung genommen hatte, wodurch das, was ich sagen wollte, hätte gestört werden können. Ich begreife selbst nicht, woher ich die Ruhe, die Entschiedenheit und die Bestimmtheit meiner Rede nahm. Als spräche nicht ich, sondern etwas spräche aus mir, unabhängig von meinem Willen. Er saß mir gegenüber, auf das Geländer gestützt, hatte einen Zweig vom Fliederstrauch zu sich herübergezogen und zupfte die Blätter ab. Als ich anfing zu reden, ließ er den Zweig fallen und stützte den Kopf auf die Hand. Das konnte die Stellung eines sehr ruhigen, aber auch die eines sehr erregten Menschen sein.

„Warum reisen Sie?“ fragte ich bedeutungsvoll und mit scharfer Betonung und sah ihm gerade in die Augen.

Er antwortete nicht sofort.

„Geschäfte“, sagte er dann und sah zu Boden.

Ich begriff, wie schwer es ihm fiel, mich zu belügen, und noch gar angesichts einer so offenherzigen Frage.

„Hören Sie,“ sagte ich, „Sie wissen, was der heutige Tag für mich bedeutet. Er ist mir aus vielen Gründen sehr wichtig. Wenn ich Sie frage, so tue ich es nicht aus höflicher Anteilnahme — Sie wissen, daß ich an Sie gewöhnt bin und Sie liebhabe — sondern ich frage Sie, weil ich es wissen muß. Warum reisen Sie?“

„Es fällt mir sehr schwer, Ihnen die Wahrheit zu sagen, warum ich reise“, sagte er. „Ich habe in dieser Woche viel nachgedacht, über Sie und über mich, und bin zu dem Beschluß gekommen, daß ich reisen muß. Sie verstehen, warum, und werden nicht mehr fragen, wenn Sie mich lieb haben.“ Er fuhr sich mit der Hand über die Stirn und bedeckte die Augen. „Es ist schwer für mich . . . und Sie werden verstehen.“

Mein Herz begann heftig zu klopfen.

„Ich kann es nicht verstehen,“ sagte ich, „ich kann nicht! Um Gottes, um des heutigen Tages willen, sagen Sie es mir, ich kann alles ruhig mitanhören“, sagte ich.

Er wechselte seine Haltung, sah mich an und griff wieder nach dem Ast.

„Übrigens,“ sagte er nach kurzem Schweigen und mit einer Stimme, die er vergeblich hart erscheinen lassen wollte, „obwohl es töricht und unmöglich ist, das mit Worten zu sagen, obwohl es mir schwer wird, will ich versuchen, es Ihnen zu erklären“, setzte er hinzu und sein Gesicht verzerrte sich wie in körperlichem Schmerz.

„Nun?“ sagte ich.

„Stellen Sie sich vor, da wäre meinetwegen ein Herr A.,“ sagte er, „ein alter, abgelebter Mensch, und ein Fräulein B., ein junges, glückliches Geschöpf, das die Welt und die Menschen noch nicht kennt. Infolge irgendwelcher verwandtschaftlicher Beziehungen gewann er sie lieb wie eine Tochter und fürchtete nicht, sie auch noch anders zu lieben.“

Er schwieg, doch ich unterbrach ihn nicht.

„Doch er vergaß, daß Fräulein B. noch jung, daß das Leben für sie noch ein Spiel war,“ fuhr er plötzlich rasch und entschlossen fort, ohne mir in die Augen zu sehen, „und daß es leicht war, sie anders zu lieben, und es ihr Freude machen mußte. Und er hatte sich geirrt und merkte plötzlich, daß ein anderes Gefühl, schwer wie das der Reue, in seine Seele schlich, und er erschrak. Er erschrak, weil er die früheren freundschaftlichen Beziehungen zu zerstören fürchtete, und beschloß abzureisen, ehe es dahin käme." Während er das sagte, begann er wieder, scheinbar nachlässig, mit der Hand über seine Augen zu streichen und schloß dabei die Augen.

„Warum fürchtete er denn, anders zu lieben?" fragte ich kaum hörbar, meine Erregung niederkämpfend, und meine Stimme klang gleichmäßig; ihm jedoch schien mein Ton spöttisch zu klingen. Er antwortete wie leicht gekränkt.

„Sie sind jung," sagte er, „ich bin es nicht mehr. Sie wollen spielen, ich brauche etwas anderes. Spielen Sie, nur nicht mit mir, sonst fange ich an daran zu glauben; das wird mir nicht gut tun, und Sie werden es bereuen. Das hat A. gesagt," fügte er hinzu, „aber das alles ist Unsinn! Doch Sie werden jetzt verstehen, warum ich reise. Und nun sprechen wir nicht mehr davon. Bitte!"

„Nein! nein! Wir sprechen wohl davon!" sagte ich und Tränen zitterten in meiner Stimme. „Liebte er sie oder nicht?"

Er antwortete nicht.

„Wenn er sie aber nicht liebte, warum spielte er dann mit ihr wie mit einem Kinde?" stieß ich hervor.

„Ja, ja, A. war schuld," unterbrach er mich hastig, „doch es war alles zu Ende und sie gingen als Freunde auseinander."

„Aber das ist ja schrecklich! Gibt es denn keinen andern Ausweg?" brachte ich mühsam hervor und erschrak vor meinen eigenen Worten.

„Doch, es gibt einen", sagte er, sein erregtes Gesicht erhebend und mir gerade in die Augen blickend. „Es kann auf zwei Arten enden. Aber unterbrechen Sie mich um Gotteswillen nicht und nehmen Sie meine Worte ruhig auf. Die einen sagen," begann er, sich erhebend, mit einem schweren, schmerzlichen Lächeln, „die einen sagen, A. habe den Verstand verloren, habe sich wahnsinnig in Fräulein B. verliebt und ihr das gestanden ... Sie aber lachte nur. Für sie war es ein Scherz, für ihn dagegen eine Lebensfrage."

Ich schrak zusammen, wollte ihn unterbrechen, ihm sagen, daß er kein Recht habe, für mich zu antworten, doch er legte seine Hand auf die meine und hielt mich zurück.

„Warten Sie," sagte er mit zitternder Stimme, „die andern sagen, sie habe Mitleid mit ihm gehabt, sie, die Ärmste, die die Menschen noch nicht kannte, habe sich eingebildet, daß sie ihn liebe, und habe sich entschlossen, seine Frau zu werden. Und er, der Wahnsinnige, glaubte, glaubte, daß sein Leben von neuem beginnen würde; doch sie selbst sah ein, daß sie ihn betrogen hatte und er sie ... Wir wollen nicht mehr davon sprechen", schloß er, sichtlich außerstande weiterzusprechen, und begann schweigend vor mir auf und ab zu gehen.

Er sagte: „Wir wollen nicht mehr davon sprechen", doch ich sah, wie er mit Anspannung seiner ganzen Seelenkraft meine Antwort erwartete. Ich wollte reden, doch ich vermochte es nicht: etwas preßte mir die Brust zusammen. Ich sah ihn an: er war bleich, seine Unterlippe zitterte. Er tat mir leid. Ich machte eine Anstrengung, brach die Macht des Schweigens, die meine Zunge gefesselt hatte, und begann mit leiser, nach innen gewandter Stimme, die jeden Augenblick zu brechen drohte, zu reden:

„Und der dritte Ausweg," sagte ich und stockte, aber er schwieg, „der dritte Ausweg ist, daß er sie gar nicht lieb gehabt hat, sondern ihr nur weh, sehr weh getan hat, daß er sich im Recht glaubte, abreiste und sich noch etwas drauf einbildete. Ihnen, nicht mir, Ihnen ist das alles nur ein Scherz, ich habe Sie geliebt vom ersten Tage an, geliebt", wiederholte ich und bei dem Wort „geliebt" wurde aus meinem leisen, innerlichen Zorn ein wilder Verzweiflungsschrei, der mich selbst erschreckte.

Er stand mir gegenüber, bleich, mit bebenden Lippen, und zwei Tränen liefen ihm über die Wangen.

„Das ist schlecht von Ihnen!" schrie ich auf und fühlte, wie die bösen ungeweinten Tränen mich zu ersticken drohten. „Wofür?" stieß ich hervor und stand auf, um fortzugehen.

Doch er ließ mich nicht fort. Sein Kopf lag auf meinen Knien, seine Lippen küßten meine zitternden Hände und seine Tränen benetzten sie. „Mein Gott, wenn ich gewußt hätte", wiederholte er.

„Warum? Warum?" murmelte ich noch immer, doch in meinem Herzen war ein Glück, eine Seligkeit, wie nie, nie wieder im ganzen Leben.

Nach fünf Minuten rannte Sonja hinauf zu Katja und schrie durch das ganze Haus, Mascha wolle Sergej Michajlytsch heiraten.

5

Es lag kein Grund vor, unsere Hochzeit aufzuschieben; weder er noch ich wünschten das. Katja wollte allerdings nach Moskau fahren, um einzukaufen und zu bestellen, was noch zur Ausstattung gehörte, und seine Mutter verlangte, er sollte vor der Hochzeit noch einen neuen Wagen und neue Möbel anschaffen und das alte Haus neu tapezieren lassen; doch wir beide bestanden darauf, daß das alles später geschehe, wenn es durchaus notwendig sei, und daß die Hochzeit vierzehn Tage nach meinem Geburtstag in aller Stille stattfinde, ohne Aussteuer, ohne Gäste, ohne Brautführer, Souper, Champagner und all das konventionelle Drum und Dran einer Hochzeit. Er erzählte mir, daß seine Mutter sehr unzufrieden gewesen sei, daß die Hochzeit ohne Musik, ohne Berge von Kisten und ohne gänzliche Erneuerung des ganzen alten Hauses stattfinden sollte, nicht wie die ihre, die dreißigtausend Rubel gekostet hatte; und er erzählte mir, wie sie heimlich und mit feierlichem Ernst die Kisten im Speicher durchsucht und mit der Hausverwalterin Marjuschka über allerlei Teppiche, Gardinen und Tabletts verhandelt habe, die zu seinem Glück unumgänglich nötig seien. Bei mir machte Katja im Verein mit unserer alten Niania Kusminischna genau dasselbe. Und darüber durfte man mit ihr nicht scherzen. Sie war fest davon überzeugt, daß wir, wenn wir zusammen von unserer Zukunft sprachen, nur zärtlich taten und Unsinn trieben, wie das bei Leuten in unserer Lage der Fall zu sein pflegt; daß aber in Wirklichkeit unser zukünftiges Glück doch nur von richtig genähten und gesäumten Tischtüchern und Servietten abhängen würde. Zwischen Pokrowskoje und Nikolskoje wurden täglich geheimnisvolle Nachrichten ausgetauscht über das, was fertig war und was an jedem Ort vorbereitet werden sollte. Und obgleich äußerlich zwischen Katja und seiner Mutter die zärtlichsten Beziehungen bestanden, fühlte man schon ab und zu das Wirken einer etwas feindseligen, aber äußerst höflichen Diplomatie. Tatjana Semionowna, seine Mutter, die ich jetzt näher kennenlernte, war eine stolze, strenge Hausfrau und Matrone vom alten Schlag. Er liebte sie nicht nur aus Sohnespflicht, sondern auch gefühlsmäßig, als Mensch, und hielt sie für die beste, klügste, gütigste und liebevollste Frau der Welt. Tatjana Semionowna war immer gut zu uns, besonders zu mir, und freute sich, daß ihr Sohn heiratete; doch als ich als Braut bei ihr war, kam es mir so vor, als wolle sie mich fühlen lassen, daß ich als gute Partie für ihren Sohn auch besser hätte sein können und es nichts schaden würde, wenn ich das immer im Gedächtnis behielte. Und ich verstand sie und war ganz ihrer Ansicht.

In diesen letzten zwei Wochen sahen wir uns täglich. Er kam zu Mittag und blieb bis Mitternacht. Doch obgleich er sagte — und ich glaubte ihm, daß er die Wahrheit sprach — es sei gar kein Leben ohne mich, brachte er nie den ganzen Tag bei mir zu und bemühte sich, seine Geschäfte weiterzuführen. Unsere äußeren Beziehungen blieben bis zur Hochzeit dieselben wie früher: wir sagten uns weiterhin Sie, er küßte mir nicht einmal die Hand und suchte nie, nein, mied sogar jede Gelegenheit mit mir allein zu bleiben. Es war, als fürchte er, sich der allzu großen, gefährlichen Zärtlichkeit hinzugeben, die in ihm war. Ich weiß nicht, ob er sich verändert hatte oder ich, doch ich fühlte mich ihm jetzt ganz ebenbürtig, fand in ihm nicht mehr jene absichtliche, gewollte Einfachheit, die mir früher an ihm mißfallen hatte, und oft sah ich zu meiner Freude statt des Respekt und Furcht einflößenden Mannes ein liebevolles, vom Glück überwältigtes Kind vor mir. „Das also ist in ihm!“ dachte ich häufig. „Er ist also im Grunde genau solch ein Mensch wie ich und nicht mehr.“ Ich glaubte nun, sein ganzes Wesen klar zu übersehen und ihn ganz zu kennen. Und alles, was ich sah und erkannte, war so einfach und so ganz wie für mich geschaffen. Sogar die Pläne für unsere Zukunft, die er machte, waren den meinen ganz gleich, nur daß er sie klarer und besser in Worten auszudrücken verstand.

Das Wetter war in diesen Tagen schlecht und wir verbrachten den größten Teil der Zeit im Zimmer. Die tiefsten und innigsten Gespräche wurden in dem Eckchen zwischen Fenster und Klavier geführt. Auf dem dunklen Fenster spiegelten sich die Flammen der brennenden Kerzen, und ab und zu pochten die Regentropfen an die blanke Glasscheibe und liefen an ihr entlang. Auf dem Dach prasselte der Regen, in den Pfützen unter den Rinnen plätscherte das Wasser, vom Fenster her strömte feuchte Luft hinein. Und um so lichter, wärmer und behaglicher erschien uns unser Eckchen.

„Wissen Sie, eins wollte ich Ihnen noch sagen“, sagte er einmal, als wir noch spät in dem Eckchen zusammensaßen. „Während Sie spielten, habe ich darüber nachgedacht.“

„Sie brauchen nichts zu sagen, ich weiß schon alles“, sagte ich.

„Ja, es ist wahr, lassen wir das Reden.“

„Nein, sagen Sie, was ist es?“ fragte ich.

„Also! Erinnern Sie sich noch, wie ich Ihnen die Geschichte von Herrn A. und Fräulein B. erzählte?“

„Wie sollte ich sie nicht behalten haben, diese dumme Geschichte! Gut, daß sie so geendet hat . . .“

„Ja, es fehlte nicht viel und mein ganzes Glück wäre verloren gewesen — durch meine eigene Schuld. Sie haben mich gerettet. Doch es ist mir jetzt peinlich, denn ich habe damals gelogen und das muß ich jetzt berichtigen."

„Ach, bitte, das ist nicht nötig!"

„Fürchten Sie nichts", sagte er lächelnd. „Ich muß mich nur rechtfertigen. Als ich damals anfing zu sprechen, wollte ich weise überlegen . . ."

„Wozu überlegen?" sagte ich. „Man sollte das nie tun."

„Ja, und meine Überlegung war so schlecht. Nach allen Enttäuschungen und Fehlgriffen in meinem Leben war ich hier aufs Land gekommen und sagte mir ganz entschieden, daß es mit der Liebe für mich zu Ende sei, daß ich nur noch meine Pflichten im Leben zu erfüllen hätte; so kam es, daß ich mir lange keine Rechenschaft über mein Gefühl für Sie ablegte und über das, wozu es mich treiben könnte. Ich hoffte, und hoffte auch wieder nicht: einmal schien es mir, als kokettierten Sie, dann wieder glaubte ich Ihnen, und ich wußte selbst nicht, was ich tun würde. Doch nach jenem Abend — Sie entsinnen sich, als wir uns nachts im Garten ergingen — erschrak ich und mein jetziges Glück erschien mir zu hoch und zu unerreichbar. Nun, und was wäre gewesen, wenn ich gehofft hätte und das vergeblich? Aber natürlich, ich dachte eben nur an mich, weil ich ein häßlicher Egoist bin."

Er schwieg einen Augenblick und sah mich an.

„Im übrigen war es aber nicht nur Unsinn, was ich damals sprach. Ich konnte und mußte doch fürchten. Ich nehme Ihnen so viel und kann Ihnen so wenig dafür geben. Sie sind noch ein Kind, eine Knospe, die sich erst öffnen wird, Sie lieben zum ersten Male, aber ich . . ."

„Ja, sagen Sie mir die Wahrheit . . ." begann ich, doch plötzlich befiel mich Furcht vor seiner Antwort. „Nein, lassen Sie nur . . ." setzte ich hinzu.

„Ob ich früher geliebt habe? Nicht wahr?" sagte er, meine

Gedanken sofort erratend. „Das kann ich Ihnen sagen ... Nein, ich habe noch nie geliebt. Nie auch nur ein ähnliches Gefühl erlebt ...“ Doch plötzlich war es, als tauche eine schwere Erinnerung in seinem Geist auf. „Nein, auch hier brauche ich Ihr Herz, um Sie lieben zu dürfen“, sagte er traurig. „Mußte ich also nicht erst überlegen, ehe ich zu sagen wagte, daß ich Sie liebe? Was gebe ich Ihnen denn? Meine Liebe — ja!“

„Ist das etwa wenig?“ fragte ich, ihm in die Augen sehend.

„Für Sie wenig, meine Liebe, zu wenig“, fuhr er fort. „Sie haben Jugend und haben Schönheit! Ich kann schon jetzt manche Nacht nicht schlafen vor Glück und muß immer daran denken, wie es sein wird, wenn wir erst zusammen leben. Ich habe viel durchgemacht und erlebt, und glaube gefunden zu haben, was ich zum Glück brauche. Ein stilles, einsames Leben in unserer ländlichen Zurückgezogenheit mit der Möglichkeit, vielen Menschen Gutes zu tun, die das so wenig gewohnt sind, so daß es gar nicht schwer fallen kann, ihnen Gutes zu tun. Dazu Arbeit, Arbeit, die Nutzen zu bringen scheint; dann Ruhe, Natur, Bücher, Musik, die Liebe zu einem nahen Menschen, — das ist mein Glück, über das hinaus ich nichts mehr wünsche. Und dann, zu alledem noch, eine Freundin wie Sie, vielleicht eine Familie, — das ist alles, was ein Mensch nur begehren kann.“

„Ja“, sagte ich.

„Für mich, der ich die Jugend hinter mir habe, ja, aber nicht für Sie“, fuhr er fort. „Sie haben noch nicht gelebt, werden noch in anderen Dingen das Glück suchen wollen, in andern vielleicht es finden. Ihnen erscheint eben dies alles jetzt als Glück, weil Sie mich lieben.“

„Nein, ich habe mir von jeher nur dieses stille Familienleben gewünscht“, sagte ich. „Und Sie sprechen nur aus, was ich selbst dachte.“

Er lächelte.

„Das scheint Ihnen nur so, meine Liebe. Für Sie ist das zu

wenig. Sie haben Jugend, Sie haben Schönheit", wiederholte er nachdenklich.

Doch ich wurde böse, weil er mir nicht glaubte und mir meine Jugend und Schönheit gleichsam zum Vorwurf machte.

„Weshalb lieben Sie mich denn dann?" fragte ich ärgerlich. „Um meiner Schönheit oder um meiner selbst willen?"

„Ich weiß nicht, aber ich liebe Sie", antwortete er und sah mir mit seinem forschenden, anziehenden Blick in die Augen.

Ich antwortete nicht und sah ihn unwillkürlich an. Plötzlich geschah etwas Seltsames mit mir: zuerst versank die ganze Umgebung vor mir, dann schwand auch sein Gesicht, nur seine Augen glänzten, so schien es, ganz dicht vor den meinen; dann war es, als drängen diese Augen in mein Inneres; alles verwirrte sich, ich sah nichts mehr und mußte die Augen zukneifen, um mich von dem Gefühl des Genusses und der Furcht zu befreien, das dieser Blick in mir erweckte...

Am Vorabend der Hochzeit, kurz vor Sonnenuntergang, klärte sich das Wetter auf. Und nach den Regengüssen, die im Sommer eingesetzt hatten, kam der erste kalte, leuchtende Herbstabend. Alles war naß, kalt, klar und im Garten verbreitete sich zum erstenmal herbstliche Kühle, Buntheit und Kahlheit. Der Himmel war klar, kalt und bleich. Ich ging schlafen, glücklich in dem Gedanken, daß morgen, am Tage unserer Hochzeit, schönes Wetter sein würde. An diesem Tage erwachte ich bei Sonnenaufgang und der Gedanke, daß heute schon ... erschreckte und verwunderte mich. Ich ging in den Garten hinaus. Die Sonne war eben erst aufgegangen, und ihre Strahlen glitzerten auf den welken, gelblichen Blättern der Lindenallee. Die Pfade waren mit raschelndem Laub bedeckt. Die verschrumpften, grellen Dolden der Ebereschen röteten sich an den Ästen, zwischen undichten, zusammengeschrumpften, vom Frost getöteten Blättern; die Georginen waren schwarz geworden und zusammengefallen. Der Rauhreif lag zum erstenmal silbern auf dem blassen Grün des Grases und den geknickten Klettenstauden am Hause. An dem klaren, kalten Himmel war kein Wölkchen zu sehen.

„Ist es wirklich heute?“ fragte ich mich und konnte an mein Glück nicht glauben. „Werde ich wirklich morgen schon nicht mehr hier erwachen, sondern in Nikolskoje, in dem fremden Hause mit den Säulen? Werde ich ihn nun wirklich nicht mehr erwarten, ihm nicht mehr entgegengehen, nachts nicht mehr mit Katja von ihm sprechen? Nicht mehr in Pokrowskoje im Saal mit ihm neben dem Klavier sitzen? Ihm nicht mehr das Geleit geben und in der Dunkelheit der Nacht für ihn fürchten?“ Doch mir fiel ein, daß er gestern gesagt hatte, er käme zum letzten Male, und Katja verlangte, ich solle das Brautkleid anprobieren und sagte: „Für morgen“, und einen Augenblick glaubte ich daran, um gleich wieder zu zweifeln. „Werde ich denn wirklich von heute an dort mit der Schwiegermutter leben, ohne Nadiosha, ohne den alten Grigorij, ohne Katja? Werde ich der Niania keinen Gute-Nachtkuß mehr geben und hören, wie sie zu mir sagt: ‚Gute Nacht, Fräulein!‘ wenn sie mich nach alter Gewohnheit bekreuzt hat? Werde ich Sonja nicht mehr unterrichten, nicht mehr mit ihr spielen, nicht mehr morgens an ihre Wand klopfen und ihr helles Lachen hören? Werde ich wirklich von heute an mir selbst fremd werden, und ein neues Leben der Erfüllung all meiner Wünsche und Hoffnungen tut sich vor mir auf? Und ist es dann wirklich auf immer, dieses neue Leben?“

Ich erwartete ihn mit Ungeduld, es fiel mir schwer, mit diesen Gedanken allein zu sein. Er kam früh, und erst als er da war, glaubte ich wirklich daran, daß ich heute seine Frau werden würde und dieser Gedanke schreckte mich jetzt nicht mehr.

Vor Tisch gingen wir in unsere Kirche, zu einer Totenmesse für meinen Vater.

„Wenn er jetzt noch lebte!“ dachte ich, als wir heimkehrten, und stützte mich schweigend auf den Arm des Mannes, der der beste Freund jenes war, dessen ich gedachte. Als ich während des Gebets den Kopf gegen den kalten Steinboden der Kapelle drückte, stellte ich mir meinen Vater so lebhaft vor, glaubte so fest daran, daß seine Seele mich verstand und meine Wahl segnete, — daß es mir schien, als schwebte seine Seele über uns, als fühlte ich seinen Segen auf mir. Und die Erinnerungen, die Hoffnungen, das Glück und die Trauer flossen in mir in ein feierliches, wohltuendes Gefühl zusammen, und paßten so gut zu der frischen, reglosen Luft, der Stille, den kahlen Feldern und dem bleichen Himmel, von dem die leuchtenden, aber kraftlosen Strahlen herabfielen und mir die Wange zu verbrennen suchten. Es schien mir, als ob er, an dessen Seite ich ging, mein Gefühl teilte und verstand. Er ging still und schweigsam, und auf seinem Gesicht, zu dem ich ab und zu hinaufsah, lag derselbe feierliche Ausdruck, halb Wehmut, halb Freude, wie er auch in der Natur und in meinem Herzen war.

Plötzlich wandte er sich zu mir; ich sah, daß er mir etwas sagen wollte. „Wenn er nun plötzlich etwas ganz anderes sagt, als ich denke?“ ging es mir durch den Kopf. Doch er sprach von meinem Vater, ohne ihn dabei zu nennen.

„Einmal hat er mir zum Scherz gesagt: ‚Heirate meine Mascha!‘“ sagte er.

„Wie glücklich wäre er jetzt“, sagte ich, seinen Arm, der mich stützte, fester fassend.

„Ja, Sie waren noch ein Kind,“ fuhr er fort, mir in die Augen sehend, „damals küßte ich diese Augen und liebte sie nur, weil sie ihm ähnlich waren, und dachte nicht, daß sie mir einmal um ihrer selbst willen teuer sein würden. Damals nannte ich Sie Mascha.“

„Sagen Sie ‚du‘ zu mir“, sagte ich.

„Ich wollte dir eben ‚du‘ sagen,“ begann er, „jetzt erst scheint es mir, daß du mir ganz gehörst“, und sein ruhiger, glücklicher, anziehender Blick ruhte auf mir.

Und wir gingen immer langsam weiter, den ungebahnten

Feldweg entlang über das zerstampfte, zertretene Stoppelfeld, und nur unsere Schritte und Stimmen waren zu hören. Auf der einen Seite zog sich über die Schlucht hinweg bis zum fernen entblätterten Wald das bräunliche Stoppelfeld, auf dem ziemlich weit von uns ein Bauer mit seinem Pflug lautlos einen immer breiter werdenden schwarzen Streifen zog. Die am Abhang weidende Roßherde schien uns ganz nah zu sein. Auf der andern Seite und geradeaus bis zu dem Garten vor unserm Hause, das hinter ihm sichtbar wurde, lag schwarz mit einzelnen grünen Streifen das vom Reif abgetaute Winterfeld. Über allem glänzte der kühle Herbstsonnenschein, überall zogen sich lange, faserige Spinngewebe. Sie flogen in der Luft um uns herum, legten sich auf die durch den Frost verdorrenden Stoppeln, kamen uns in die Augen, das Haar, die Kleider. Wenn wir sprachen, so war es, als bleibe der Klang unserer Stimmen über uns in der regungslosen Luft hängen, als wären wir beide ganz allein in der Welt, allein unter diesem blauen Gewölbe, von dem flackernd und zitternd die kühle Sonne ihre Strahlen ausgehen ließ.

Ich wollte ihm auch gern ‚du' sagen, aber es war mir doch peinlich.

„Warum gehst du so schnell?" fragte ich rasch und fast flüsternd und wurde unwillkürlich rot.

Er ging langsamer und sah mich noch zärtlicher, froher und glücklicher an.

Als wir zu Hause angelangt waren, fanden wir schon seine Mutter und die Gäste vor, ohne die es nicht abgehen durfte, und ich war bis zu dem Augenblick, als wir aus der Kirche kamen und in den Wagen stiegen, um nach Nikolskoje zu fahren, nicht mit ihm allein.

Die Kirche war fast leer; ich bemerkte mit einem Auge nur seine Mutter, die kerzengerade auf dem Teppich vor dem Chor stand, Katja in einer Haube mit lila Schleifen und mit Tränen auf den Wangen, und zwei oder drei Dienstboten, die mich neugierig anstarrten. Ihn sah ich nicht an, ich fühlte nur seine Anwesenheit neben mir. Ich hörte auf die Worte des Gebets, wiederholte sie, aber in meinem Herzen fanden sie keinen Widerhall. Ich konnte nicht beten, starrte stumpfsinnig auf die Heiligenbilder, die Kerzen, das gestickte Kreuz auf dem Ornat des Priesters, die Bilderwand, die Kirchenfenster und verstand nichts. Ich fühlte nur, daß etwas Ungewohntes mit mir geschah. Als der Priester sich mit dem Kreuz zu uns wandte, uns beglückwünschte und sagte, er habe mich getauft und nun habe Gott es gefügt, daß er mich auch traue, als Katja und seine Mutter uns küßten und Grigorijs Stimme ertönte und nach dem Wagen rief, da erschrak ich und wunderte mich, daß alles schon zu Ende war, daß nichts Ungewöhnliches in meiner Seele vorgegangen war, das dem Sakrament, dessen ich teilhaftig geworden, entsprochen hätte. Wir küßten uns, und dieser Kuß berührte uns so seltsam, war unserm Empfinden so fremd. „Weiter nichts?“ dachte ich. Wir traten in die Vorhalle, dumpfes Rädergerassel hallte von den Gewölben der Kirche wider, frische Luft umwehte mein Gesicht, er setzte den Hut auf, nahm mich bei der Hand und hob mich in den Wagen. Durch das Wagenfenster sah ich am Himmel den frostig bleichen Mond, der einen Hof hatte. Er setzte sich neben mich und zog die Wagentür hinter sich zu. Es gab mir einen Stich ins Herz. Es schien mir, als wäre etwas Verletzendes in der Selbstsicherheit, mit der er das tat. Katjas Stimme rief mir zu, ich solle meinen Kopf bedecken, die Räder rasselten über die Steine, dann über die weiche Landstraße, — wir waren unterwegs. Ich saß, in die Ecke des Wagens gedrückt, sah durchs Fenster auf die weiten, hellen Flächen der Felder, und auf den Weg, der sich im kalten Mondlicht hinschlängelte und sich immer mehr verlor. Und, ohne ihn anzusehen, fühlte ich ihn neben mir. „Also das ist alles, was dieser Augenblick, auf den ich so lange gewartet habe, mir geben kann?“ dachte ich, und es kam mir immer wieder erniedrigend und kränkend vor, so allein neben ihm zu sitzen. Ich wandte mich nach ihm um, mit der Absicht, ihm etwas zu sagen. Aber ich fand keine Worte, als wäre das alte Gefühl der Zärtlichkeit verschwunden und statt dessen nur noch das Gefühl der Furcht und des Gekränktseins in mir.

„Ich habe bis zu diesem Augenblick nicht glauben können, daß es möglich ist", antwortete er leise auf meinen Blick.

„Ja, aber ich fürchte mich, ich weiß nicht warum", sagte ich.

„Du fürchtest dich vor mir, mein Herz", sagte er, meine Hand ergreifend und beugte seinen Kopf über sie.

Meine Hand lag leblos in der seinen und das Herz tat mir weh vor Kälte.

„Ja", flüsterte ich.

Doch plötzlich schlug mein Herz stärker, die Hand zitterte und drückte seine Hand, die Augen suchten im Halbdunkel seinen Blick, und ich fühlte mit einemmal, daß ich ihn nicht fürchtete, daß diese Furcht auch Liebe war, — eine neue, zärtlichere und stärkere Liebe als die bisherige. Ich fühlte, daß ich ganz ihm gehörte und glücklich war, im Gefühl seiner Macht über mich.

ZWEITER TEIL

I

Tage, Wochen, zwei Monate des einsamen ländlichen Lebens vergingen unmerklich, wie es damals schien — und doch hätten die Gefühle und Erregungen und das Glück dieser zwei Monate für ein ganzes Menschenleben gereicht. Meine und seine Träume über die Gestaltung unseres ländlichen Lebens verwirklichten sich ganz anders, als wir erwartet hatten. Doch unser Leben war nicht schlechter als unsere Träume. Da war nichts von der harten Arbeit, Pflichterfüllung, Selbstentäußerung und Aufopferung für andere, wie ich es mir als Braut vorgestellt hatte; da war im Gegenteil nichts als das eine egoistische Gefühl der gegenseitigen Liebe, der Wunsch geliebt zu werden, eine grundlose, unaufhörliche Heiterkeit und vollkommenes Vergessen der ganzen Welt. Wohl ging er manchmal in sein Zimmer, um zu arbeiten, fuhr in Geschäften zur Stadt und ging durch die Wirtschaft; doch ich sah, was es ihn für Mühe kostete, sich von mir zu trennen. Und er selbst gestand nachher ein, daß alles auf der Welt, wo ich nicht war, ihm als solch ein Unsinn erschien, daß er nicht begreifen konnte, weshalb man sich überhaupt damit beschäftigte. Mir ging es genau so. Ich las, musizierte, widmete mich der Schwiegermutter, der Schule; doch all das nur darum, weil jede dieser Beschäftigungen mit ihm verbunden war und sein Lob fand; kaum aber mischte der Gedanke an ihn sich nicht in irgendeine Sache, so sanken meine Hände, und es kam mir komisch vor, zu denken, daß es etwas außer ihm auf der Welt gab. Vielleicht war es ein häßliches, selbstsüchtiges Gefühl; doch es machte mich glücklich und erhob mich weit über die Welt und den Alltag. Nur er allein existierte für mich auf der ganzen, weiten Welt, und ihn hielt ich für den herrlichsten, fehlerlosesten Menschen von der Welt; darum konnte ich auch für nichts anderes leben als nur für ihn, nur dafür, in seinen Augen als das zu erscheinen, wofür er mich hielt. Er aber hielt mich für das beste und herrlichste Weib der Welt, mit allen irgend denkbaren Tugenden ausgestattet; und ich suchte in den Augen des ersten und herrlichsten Mannes der Welt dieses Weib zu sein.

Einmal betrat er mein Zimmer, als ich gerade betete. Ich sah mich nach ihm um und fuhr fort zu beten. Er setzte sich an den Tisch, um mich nicht zu stören, und schlug ein Buch auf. Doch es war mir so, als sähe er mich an, und ich sah mich nach ihm um. Er lächelte, ich mußte lachen und konnte nicht weiter beten.

„Hast du schon gebetet?“ fragte ich.

„Ja. Fahr nur fort, ich gehe.“

„Ich hoffe doch, daß du betest?"

Er wollte gehen, ohne zu antworten, doch ich hielt ihn zurück.

„Liebes Herz, sprich mir zuliebe die Gebete mit mir zusammen." Er stellte sich neben mich und begann verlegen, mit herabhängenden Armen, ernstem Gesicht und immer wieder steckenbleibend, das Gebet herzusagen. Ab und zu wandte er sich zu mir und suchte Hilfe und Zustimmung auf meinem Gesicht.

Als er fertig war, lachte ich und umarmte ihn.

„Alles nur du, nur du! Es ist, als wäre ich wieder zehn Jahre alt!" sagte er errötend und meine Hände küssend.

Unser Haus war eines von den alten Landhäusern, in dem mehrere Generationen in Liebe und Achtung voreinander gelebt hatten. Es wehte einem aus allen Räumen eine gute, ehrenwerte Familientradition entgegen, die von dem Augenblick an, wo ich das Haus betrat, auch zu meiner Tradition wurde. Die Leitung und Führung des Hauses besorgte Tatjana Semionowna nach der guten, alten Sitte. Man konnte nicht behaupten, daß alles schön und elegant gewesen wäre; doch von der Bedienung bis zur Ausstattung und Verpflegung war alles reichlich vorhanden, alles sauber, solide, ordentlich und Respekt einflößend. Im Wohnzimmer standen die Möbel streng symmetrisch, hingen Porträts an den Wänden, und auf dem Fußboden lagen im Hause gewebte Teppiche und Läufer. Im Salon stand ein altes Klavier, zwei Chiffonnièren von verschiedener Form, Sofas und Tischchen mit Messingrändern und eingelegter Arbeit. In meinem Boudoir, das Tatjana Semionowna mit vieler Mühe eingerichtet hatte, standen die besten Möbel aus den verschiedensten Zeiten und von verschiedenen Formen, unter anderm ein großer, alter Spiegel, in den ich anfangs nie ohne Schüchternheit zu blicken vermochte, der mir aber später wie ein alter Freund teuer wurde. Tatjana Semionowna hörte man nie, doch alles im Hause ging so gleichmäßig wie eine Uhr. Obwohl viel unnützes Personal im Hause war, schienen alle diese Leute — sie trugen weiche Schuhe ohne Absätze, denn das Knarren von Sohlen und Stapfen von Absätzen hielt Tatjana Semionowna für das unangenehmste Geräusch der Welt — schienen alle diese Leute stolz auf ihren Beruf zu sein, zitterten vor der alten gnädigen Frau, sahen auf meinen Mann und mich mit herablassender Zärtlichkeit und taten, so schien es, mit besonderem Behagen ihre Pflicht. Regelmäßig jeden Sonnabend wurden alle Fußböden im Hause gescheuert, alle Teppiche geklopft, an jedem Ersten im Monat fand ein Dankgottesdienst mit Wasserweihe statt, an jedem Namenstag von Tatjana Semionowna und ihrem Sohn (in diesem Herbst auch zum erstenmal an meinem Namenstag) gab es ein großes Fest für die ganze Umgebung. Und all das hatte sich so, mit unfehlbarer Pünktlichkeit, vollzogen, solange Tatjana Semionowna denken konnte. Mein Mann kümmerte sich nicht um den Haushalt und beschäftigte sich nur mit der Bewirtschaftung der Felder und mit den Bauern, und das sehr viel. Er stand auch im Winter sehr früh auf, so daß ich, wenn ich erwachte, ihn nicht mehr antraf. Er kam gewöhnlich zum Tee wieder, den wir zu zweien tranken, und befand sich um diese Zeit meistens nach den Mühen und Unannehmlichkeiten der Wirtschaft in jener besonders heiteren Stimmung, die wir die „wilde Begeisterung" nannten. Oft verlangte ich, er solle mir erzählen, was er den Morgen über getan habe, und dann erzählte er mir solchen Unsinn, daß wir uns vor Lachen bogen; manchmal verlangte ich, er solle ernsthaft erzählen, dann bemühte er sich, ein Lächeln zurückzuhalten, und erzählte. Ich sah seine Augen und die sich bewegenden Lippen, verstand gar nichts und freute mich nur, daß ich ihn sah und seine Stimme hörte.

„Nun, also was habe ich gesagt? Wiederhole bitte", fragte er. Doch ich konnte nichts wiederholen. Es war so seltsam, daß er mir nicht von sich oder von mir erzählte, sondern von etwas ganz anderem. Als wenn es nicht ganz gleich war, was dort geschah! Erst viel später lernte ich ein wenig seine Sorgen verstehen und mich für sie interessieren. Tatjana Semionowna zeigte sich bis Mittag nicht, trank ihren Tee allein und schickte nur einen Boten, durch den sie uns begrüßen ließ. In unserer eigenen, wahnsinnig glücklichen Welt klang sie so seltsam, die Stimme aus diesem andern, fernen, ordentlichen Winkelchen, sodaß ich oft nur lachen konnte, wenn das Mädchen erschien und, die Hände gefaltet, gemessen meldete: „Tatjana Semionowna haben befohlen zu fragen, wie Sie nach dem gestrigen Spaziergang geschlafen haben, und lassen mitteilen, sie selbst hätten die ganze Nacht Seitenschmerzen gehabt, und der dumme Dorfhund habe gebellt und sie am Schlafen gehindert. Und weiter haben sie befohlen zu fragen, wie das gestrige Gebäck geschmeckt habe, und zu bemerken, daß diesmal nicht Taras gebacken hat, sondern zum erstenmal Nikolascha, zur Probe, und zwar gar nicht schlecht, besonders die Brezeln, nur die Zwiebacke hat er zu braun werden lassen." Bis zum Mittagessen waren wir nur wenig zusammen. Ich spielte Klavier, las für mich allein, er schrieb oder ging aus; doch zum Mittagessen, um vier Uhr, trafen wir uns im Wohnzimmer, die Mutter kam aus ihren Gemächern hervor, mit ihr erschienen ein paar arme Edelfräulein und Pilgerinnen, deren immer etliche im Hause waren. Regelmäßig jeden Tag reichte mein Mann nach alter Sitte seiner Mutter den Arm, um sie zu Tisch zu führen, sie aber verlangte, er solle mir den andern geben, und regelmäßig jeden Tag drängten und stießen wir uns in der Tür. Beim Mittagessen hatte die Mutter den Vorsitz und das Gespräch wurde vernünftig und gesittet und ein wenig feierlich geführt. Die einfachen Worte zwischen mir und meinem Mann unterbrachen wohltuend die Feierlichkeit dieser Sitzungen. Zwischen Mutter und Sohn entspannen sich manchmal kleine Streitigkeiten und Spöttereien; ich liebte diese Streitigkeiten und Spöttereien ganz besonders, weil in ihnen sich am allerdeutlichsten die starke und zärtliche Liebe zeigte, die sie verband. Nach Tisch setzte sich Mama im Wohnzimmer in einen Sessel, rieb Tabak oder schnitt die neueingetroffenen Bücher auf, wir aber lasen einander vor oder gingen in den Salon zum Klavier. Wir lasen um diese Zeit viel zusammen, doch die Musik war unser liebster und schönster Genuß, sie schlug immer neue Saiten in unserem Innern an und brachte uns einander näher. Wenn ich seine Lieblingsstücke spielte, setzte er sich auf eines der weiter entfernten Sofas, wo ich ihn fast nicht mehr sehen konnte, und suchte so aus Schamhaftigkeit den Eindruck zu verbergen, den die Musik auf ihn machte; doch oft, wenn er es nicht erwartete, stand ich vom Klavier auf, kam zu ihm und suchte auf seinem Gesicht die Spuren der Erregung zu erhaschen, den unnatürlichen Glanz und die Feuchtigkeit seiner Augen, die er vergeblich vor mir zu verbergen suchte. Mama wollte uns oft sehen, wenn wir im Salon waren, doch sie fürchtete wahrscheinlich uns zu stören und ging daher nur ab und zu, wie zufällig und mit scheinbar ernstem, gleichmütigem Gesicht, durch das Zimmer; ich wußte aber, daß sie gar keinen Anlaß hatte, durch das Zimmer zu gehen und so bald wiederzukommen. Den Abendtee schenkte ich im großen Wohnzimmer ein, und wieder versammelten sich alle Hausbewohner um den Tisch. Diese feierliche Sitzung beim summenden Samowar und das Verteilen der Gläser und Tassen setzte mich lange Zeit sehr in Verlegenheit. Es schien mir immer, als sei ich dieser Ehre noch unwürdig, als sei ich viel zu jung und leichtsinnig, um den Hahn eines so großen Samowars zu drehen, und Nikita ein Glas aufs Tablett zu stellen mit den Worten: „Für Piotr Iwanowitsch, für Maria Minitschna“, zu fragen: „Ist er süß genug?“ und ein paar Stück Zucker für die alte Niania und die ausgedienten Leute aufzuheben. „Sehr nett, sehr nett,“ sagte mein Mann oft, „ganz wie eine Erwachsene“, und dann wurde ich noch verlegener.

Nach dem Tee legte Mama Patience oder ließ sich von Maria Minitschna wahrsagen, dann küßte und bekreuzte sie uns und wir gingen in unser Zimmer. Meistens aber saßen wir noch bis nach Mitternacht zusammen und das waren die schönsten und angenehmsten Stunden des Tages. Er erzählte mir aus seiner Vergangenheit, wir machten Pläne, philosophierten manchmal, und bemühten uns immer, recht leise zu sprechen, damit man uns oben nicht hören und es Tatjana Semionowna nicht melden konnte, denn sie wünschte, wir sollten zeitig zu Bett gehen. Manchmal, wenn wir Hunger bekamen, schlichen wir uns in die Anrichte, holten uns durch Nikitas Vermittlung die kalten Reste vom Abendessen und verzehrten sie beim Schein einer Kerze in meinem Zimmer. Wir lebten wie zwei Fremde in diesem großen, alten Hause, in dem über allem der strenge Geist der alten Zeit und Tatjana Semionownas herrschte. Nicht nur sie selbst, auch das Gesinde, die Möbel, die Bilder, die alten Mägde flößten mir Respekt, ein wenig Furcht und das Bewußtsein ein, daß wir beide, er und ich, hier nicht ganz am rechten Platz waren und daß wir vorsichtig und aufmerksam sein mußten. Wenn ich jetzt daran zurückdenke, so sehe ich, daß vieles — diese verpflichtende, strenge Hausordnung, und diese Menge unbeschäftigter, neugieriger Leute im Hause — eigentlich unbequem und lästig war; doch damals bestärkte diese Gebundenheit uns nur in unserer Liebe. Nicht nur ich, auch er zeigte nie, daß irgend etwas ihm nicht gefiel. Im Gegenteil, es war, als versteckte er sich selbst vor allem Unschönen. Mamas Lakai, Dmitrij Sidorow, ein großer Liebhaber der Pfeife, ging regelmäßig jeden Tag nach dem Mittagessen, wenn wir im Salon waren, in das Zimmer meines Mannes, um Tabak zu stehlen; und es lohnte sich zu sehen, mit welch komischer Furcht Sergej Michajlytsch auf Zehenspitzen zu mir kam und mit dem Finger drohend und zwinkernd auf Dmitrij Sidorow zeigte, der gar nicht ahnte, daß man ihn beobachtete. Und wenn Dmitrij Sidorow wieder fort war, ohne uns bemerkt zu haben, dann umarmte und küßte mich mein Mann und sagte, ich sei ein herrliches Geschöpf, vor lauter Freude, daß alles gut abgelaufen war. Manchmal mißfiel mir diese Ruhe, diese alles verzeihende Gleichgültigkeit gegen alle Welt; ich merkte nicht, daß es mir genau so ging, und hielt es für Schwäche. „Wie ein kleines Kind, das sich nicht getraut seinen Willen zu zeigen", dachte ich dann.

„Ach, mein Herz," sagte er mir, als ich ihm einmal gestand, daß seine Schwäche mich wunderte, „kann man sich denn über etwas ärgern, wenn man so glücklich ist, wie ich? Es ist leichter, selbst nachzugeben als andere zu ducken; davon habe ich mich längst überzeugt, und es gibt keine Lage, in der man nicht glücklich sein könnte. Und uns geht es so gut! Ich kann niemandem böse sein; für mich gibt es jetzt nichts Schlechtes, nur noch Lächerliches und Mitleiderregendes. Und vor allem: le mieux est l'ennemi du bien. Glaub' mir, wenn ich höre, daß es klingelt, wenn ich einen Brief bekomme, überhaupt gleich morgens, wenn ich erwache, habe ich Furcht. Furcht, weil das Leben weitergeht, weil etwas sich ändern könnte. Denn schöner als jetzt kann es ja nicht werden."

Ich glaubte ihm, aber ohne ihn zu verstehen; mir war wohl, doch ich meinte, daß es so und nicht anders immer allen Menschen gehe und gehen müsse; daß es aber irgendwo weit von uns noch ein anderes, vielleicht nicht größeres, aber anderes Glück gäbe.

So vergingen zwei Monate, der Winter kam mit seinen Stürmen und Frösten, und ich fühlte mich, obwohl er immer um mich war, allmählich einsam, empfand unser Leben als eine Wiederholung, und weder in mir noch in etwas anderem war etwas Neues; nein, es war im Gegenteil, als kehrten wir immer wieder zum Alten zurück. Er begann sich mehr als früher ohne mich seinen Geschäften zu widmen, und wieder schien es mir, als sei in seiner Seele noch ein Stückchen Welt, in das er mich nicht hineinsehen lassen wollte. Seine immer gleichmäßige Ruhe regte mich auf. Ich liebte ihn nicht weniger als früher und war auch nicht weniger glücklich als früher in seiner

Liebe; doch meine Liebe war stehengeblieben, sie wuchs nicht mehr, und neben ihr begann ein neues, unruhiges Gefühl sich in mein Herz zu schleichen. Das gleichmäßige Gefühl der Liebe genügte mir nicht nach dem Rausch des ersten Glückes. Ich brauchte Bewegung und nicht das ruhige Dahinfließen des Lebens. Mein Gefühl verlangte nach Erregungen, Gefahren und Opfern. Ich hatte einen Überschuß an Kraft, mit dem ich in unserem stillen Alltag nichts anfangen konnte. Ich hatte Anwandlungen von Schwermut, die ich wie ein Unrecht vor ihm zu verbergen suchte, und dann wieder Ausbrüche von Heiterkeit und Ausgelassenheit, die ihn erschreckten. Er erkannte meinen Zustand sogar früher als ich selbst und schlug mir vor, in die Stadt zu ziehen; doch ich bat ihn, diesen Plan aufzugeben, unser Leben nicht zu ändern und unser Glück nicht zu zerstören. Und wirklich war ich glücklich; doch es quälte mich, daß dieses Glück mich keine Mühe, keine Opfer kostete, da doch die Kraft für Opfer und Mühen mich fast erstickte. Ich liebte ihn und sah, daß ich ihm alles bedeutete; doch ich wollte gerne, daß alle Menschen meine Liebe sähen und mich zu hindern und zu stören versuchten; ich aber wollte ihn trotzdem lieben. Mein Gefühl und mein Verstand waren beschäftigt, doch es war da noch ein zweites Gefühl der Jugend und Kraft, ein Bedürfnis nach Bewegung, und dieses fand keine Befriedigung in unserem stillen Leben. Warum hatte er mir gesagt, wir könnten in die Stadt ziehen, sobald ich nur wollte? Hätte er es nicht getan, vielleicht hätte ich dann begriffen, daß dieses Gefühl, das mich quälte, Unrecht und Sünde war, und daß das Opfer, das ich suchte, eben in der Unterdrückung dieses Gefühls bestand. Der Gedanke, von all meiner Schwermut dadurch befreit zu werden, daß wir in die Stadt übersiedelten, kam mir unwillkürlich immer wieder in den Sinn; gleichzeitig aber war es mir um ihn und um mich selbst leid und peinlich, ihn von allem zu trennen, was ihm lieb und teuer war. Allein die Zeit verging, der Schnee verschüttete mehr und mehr die Mauern unseres Hauses; wir aber waren allein, immer allein, waren immer dieselben, einer vor dem andern; und dort — fern, irgendwo anders, in Glanz und Trubel — drängten, erregten sich, litten, freuten sich Scharen von Menschen, dachten nicht an uns und unser dahinfließendes Leben. Am schlimmsten war es für mich, daß ich täglich fühlte, wie die Gewohnheit und der Alltag unser Leben in eine feste Form hineinpreßten, wie unser Gefühl unfrei wurde und sich dem gleichmäßigen, leidenschaftslosen Fluß der Zeit einordnete. Morgens waren wir fröhlich, zu Mittag feierlich, abends zärtlich. „Das Gute!..." sagte ich mir. „Ja, es ist schön, Gutes zu tun und ein rechtschaffenes Leben zu führen, wie er sagt; doch dazu haben wir immer noch Zeit, und es gibt noch etwas anderes, wozu ich nur jetzt noch Kräfte habe." Es war nicht das, was ich brauchte, ich brauchte Kampf; ich wollte, daß unser Gefühl unser Leben beherrschte, nicht aber, daß das Gefühl sich dem Leben unterordnete. Ich wollte mit ihm zusammen am Rande eines Abgrundes stehen und sagen: „Nur ein Schritt und ich stürze mich hinab, nur eine Bewegung, und ich bin verloren!" Er aber würde erbleichen und mich am Rande des Abgrundes in seine starken Arme nehmen, mich über ihn halten, so daß mir der Atem stocken müßte, und mich irgendwo weit fort tragen, wohin er wollte.

Dieser Zustand wirkte geradezu auf meine Gesundheit, und meine Nerven begannen zu versagen. Eines Morgens war mir schlechter als gewöhnlich; er kam verstimmt aus dem Kontor, was nur sehr selten geschah. Ich merkte das sofort und fragte, was ihm sei. Doch er wollte es nicht sagen und meinte, es lohne sich nicht. Wie ich später erfuhr, hatte der Isprawnik die Bauern rufen lassen und aus Abneigung gegen meinen Mann Ungesetzliches von ihnen verlangt und sie bedroht. Mein Mann hatte den Ärger darüber noch nicht völlig überwunden, so daß er nicht imstande war, die ganze Geschichte als lächerlich oder jämmerlich hinzustellen; er war erregt und wollte darum nicht mit mir sprechen. Mir aber schien es, als wolle er es darum nicht, weil er mich für ein Kind hielt, das nicht imstande sei, zu verstehen, was ihn beschäftigte. Ich wandte mich ab, verstummte und ließ gleich darauf Maria Minitschna, die damals bei uns zu Gast war, zum Tee bitten. Nach dem Tee, den ich sobald wie möglich abbrach, ging ich mit Maria Minitschna in den Salon und begann mich mit ihr sehr laut über irgendeinen Unsinn zu unterhalten, der mich im Grunde gar nicht interessierte. Er ging im Zimmer auf und ab und sah hin und wieder zu uns herüber. Diese Blicke hatten nun die merkwürdige Wirkung auf mich, daß ich Lust bekam, immer mehr und mehr zu reden und sogar zu lachen; alles, was ich selbst oder was Maria Minitschna sagte, erschien mir komisch. Ohne mir ein Wort zu sagen, ging er in sein Zimmer und schloß die Tür hinter sich. Kaum war er fort, so verschwand meine ganze Heiterkeit, so daß Maria Minitschna sich wunderte und mich fragte, was mit mir sei. Ich antwortete ihr nicht, setzte mich in die Sofaecke und war dem Weinen nahe. „Was denkt er sich eigentlich?" dachte ich. „Ein Unsinn scheint ihm da sehr wichtig, aber wenn er nur versuchen wollte, mir davon zu erzählen, so könnte ich ihm beweisen, daß alles nur dummes Zeug ist! Aber nein, er bildet sich natürlich ein, ich könnte das nicht verstehen, er will mich mit seiner überlegenen Ruhe demütigen, und immer recht haben in meinen Augen. Darum habe ich aber auch recht, wenn es mir hier langweilig und öde vorkommt, wenn ich leben und mich bewegen will", dachte ich, „und nicht immer auf demselben Fleck sitzen und fühlen möchte, wie das Leben über mich hinweggeht. Ich will vorwärtskommen und mit jedem Tage, mit jeder Stunde Neues sehen und fühlen; er aber will stehen bleiben und auch mich festhalten. Und wie leicht wäre es für ihn! Dazu brauchte er nicht mit mir in die Stadt zu ziehen, er brauchte nur so zu sein, wie ich, sich nicht zu verstellen, nicht zu verbergen, sondern sich ganz natürlich zu geben. Mir rät er dazu; aber er selbst ist nicht einfach und natürlich! Das ist es!"

Ich fühlte, wie die Tränen mir die Kehle zusammenpreßten und daß ich böse auf ihn war. Ich erschrak darüber und ging zu ihm. Er saß in seinem Zimmer und schrieb. Als er meine Schritte vernahm, wandte er sich einen Augenblick ruhig und gleichgültig um und schrieb dann weiter. Dieser Blick gefiel mir nicht; statt zu ihm heranzutreten, blieb ich vor dem Tisch stehen, an dem er schrieb, schlug ein Buch auf und starrte hinein. Er unterbrach sich noch einmal und sah mich an.

„Du bist verstimmt, Mascha?“ fragte er.

Ich antwortete mit einem kalten Blick, der besagte: „Du brauchst nicht zu fragen! Was sollen solche Liebenswürdigkeiten?“ Er schüttelte den Kopf und lächelte scheu und zärtlich, zum erstenmal jedoch antwortete ihm kein Lächeln von mir.

„Was hattest du heute?“ fragte ich. „Warum wolltest du es mir nicht sagen?“

„Eine Lappalie! Eine kleine Unnanehmlichkeit“, antwortete er. „Doch jetzt kann ich es dir ja erzählen. Zwei Bauern waren nach der Stadt gefahren . . .“

Doch ich ließ ihn nicht zu Ende reden.

„Warum hast du es mir nicht erzählt, als ich dich beim Tee danach fragte?“

„Weil ich noch im Ärger war und eine Dummheit gesagt hätte.“

„Da aber wollte ich es gerade wissen!“

„Warum?“

„Warum denkst du, daß ich dir nie und in nichts etwas helfen kann?“

„Wieso denke ich das?“ sagte er, die Feder hinlegend. „Ich denke, daß ich ohne dich nicht leben könnte. In allem, allem hilfst du mir nicht nur, nein, du tust alles. Auf was du nur verfällst!“ lachte er. „In dir allein lebe ich ja. Nur darum erscheint mir alles gut, weil du da bist, weil ich dich habe . . .“

„Ja, ich weiß schon; ich bin ein gutes Kindchen, das man

beruhigen muß", sagte ich in einem Ton, daß er mich mit Staunen anblickte, als sähe er mich zum ersten Male. „Ich will keine Ruhe, du hast davon schon genug, mehr als genug", fügte ich hinzu.

„Nun, siehst du, die Sache ist die", unterbrach er mich hastig, anscheinend, weil er fürchtete, mich weitersprechen zu lassen. „Wie würdest du das beurteilen?"

„Jetzt will ich nicht", antwortete ich. Obgleich ich ihm gern zugehört hätte, reizte es mich doch zu sehr, seine Ruhe zu stören. „Ich will nicht mit dem Leben spielen, ich will wirklich leben," sagte ich, „so, wie du lebst."

Auf seinem Gesicht, auf dem alles sich so rasch und klar spiegelte, drückte sich Schmerz und verstärkte Aufmerksamkeit aus.

„Ich will mit dir auf gleichem Fuße leben, mit dir . . ."

Doch ich konnte nicht ausreden: ein solcher Schmerz, eine so tiefe Trauer malten sich auf seinem Gesicht. Er schwieg ein Weilchen.

„Ja, inwiefern lebst du denn nicht auf gleichem Fuß mit mir?" fragte er. „Weil ich mich mit dem Inspektor und den besoffenen Bauern herumärgern muß und nicht du . . ."

„Nicht nur deswegen", sagte ich.

„Um Gotteswillen, mein Herz, versteh mich doch recht", fuhr er fort. „Ich weiß, daß Sorgen nur weh tun; ich habe gelebt und habe es erfahren. Ich liebe dich und folglich kann ich nicht anders, als suchen, dich vor Sorgen zu bewahren. Darin besteht mein Leben, in der Liebe zu dir, also sollst du auch mein Leben nicht stören!"

„Du hast natürlich immer recht!" sagte ich, ohne ihn anzusehen.

Es war mir ärgerlich, daß in seiner Seele wieder alles klar und ruhig war, während sich in mir Ärger und ein Gefühl wie Reue miteinander stritten.

„Mascha, was ist dir?" fragte er. „Es handelt sich nicht darum, wer von uns beiden recht hat, sondern darum, was du gegen mich hast! Du brauchst nicht gleich zu sprechen: denke lieber darüber nach und dann sage mir, was es ist. Du bist unzufrieden mit mir und du hast gewiß recht, doch gib mir die Möglichkeit zu begreifen, wieso ich dir Unrecht tue!"

Doch wie sollte ich ihm sagen, was in meiner Seele vorging? Daß er mich sofort verstanden hatte, daß ich wieder ein Kind in seinen Augen war, daß ich nichts tun konnte, was er nicht voraussah und verstand, das regte mich noch mehr auf.

„Ich habe nichts gegen dich", sagte ich. „Ich langweile mich nur und ich möchte gern, daß ich mich nicht mehr langweile. Du aber sagst, es muß so sein — und du hast wieder recht."

Ich sagte das und sah ihn an. Ich hatte mein Ziel erreicht: seine Ruhe war verschwunden, Schrecken und Schmerz sprachen aus seinem Gesicht.

„Mascha," begann er mit leiser, erregter Stimme, „was jetzt geschieht, sind keine Kindereien. Jetzt entscheidet sich unser Schicksal. Ich bitte dich, mich nicht zu unterbrechen und mir bis zu Ende zuzuhören. Warum willst du mich quälen?"

Doch ich unterbrach ihn.

„Ich weiß, du wirst recht behalten. Rede lieber nicht, du hast sowieso recht", sagte ich kalt, und es war, als spräche ich gar nicht, sondern als redete ein böser Geist aus mir.

„Wenn du wüßtest, was du tust!" sagte er mit bebender Stimme.

Ich brach in Tränen aus und mir wurde leichter. Er saß neben mir und schwieg. Er tat mir leid, ich empfand Gewissensbisse und war zugleich ärgerlich über das, was ich getan hatte. Ich sah ihn nicht an. Ich glaubte, er müsse mich in diesem Augenblick streng oder verständnisvoll anblicken. Ich sah mich um: ein sanfter, zärtlicher, gleichsam Verzeihung heischender Blick war auf mich gerichtet. Ich nahm seine Hand und sagte:

„Vergib mir! Ich weiß selbst nicht, was ich gesagt habe."

„Ja, ich aber weiß es, und du hast die Wahrheit gesprochen."

„Was?“ fragte ich.

„Wir müssen nach Petersburg gehen“, sagte er. „Wir haben hier nichts mehr zu tun.“

„Wie du willst“, sagte ich.

Er umarmte und küßte mich.

„Verzeih mir,“ sagte er, „ich habe mich an dir versündigt.“

An diesem Abend spielte ich lange Klavier; er aber ging im Zimmer auf und ab und murmelte vor sich hin. Er hatte die Gewohnheit, vor sich hin zu murmeln, und oft fragte ich ihn, was er da flüstere, und dann erzählte er es mir: manchmal waren es Gedichte, häufig auch ein haarsträubender Unsinn, doch ich konnte daraus seine Stimmung erkennen.

„Was murmelst du heute?“ fragte ich.

Er blieb stehen, dachte nach, und antwortete lächelnd mit den Lermontowschen Versen:

„... Er aber sucht nach Sturmesbrausen,
Als wenn in Stürmen Ruhe wär'!“

„Nein, er ist mehr als ein gewöhnlicher Mensch, er weiß alles“, dachte ich. „Wie sollte ich ihn nicht lieben?“

Ich stand auf, ergriff seine Hand und ging mit ihm gemeinsam auf und ab, bemüht, gleichen Schritt zu halten.

„Ja?“ fragte er, und sah mich lächelnd an.

„Ja“, antwortete ich flüsternd. Eine ausgelassene Stimmung erfaßte uns plötzlich, unsere Augen lachten, wir machten immer größere und größere Schritte, und liefen immer mehr und mehr auf Zehenspitzen. Und eben in diesem Schritt liefen wir zum Erstaunen der Mama, die im Wohnzimmer Patience legte, und zum großen Ärger Grigorijs durch alle Zimmer, bis in den Speisesaal; da blieben wir stehen, sahen uns an und lachten.

Vierzehn Tage später, noch vor Weihnachten, waren wir in Petersburg.

2

Unsere Reise nach Petersburg, die Woche in Moskau, seine und meine Verwandten, die Einrichtung der neuen Wohnung, die Fahrt, die fremden Städte und Gesichter — das alles zog vorüber wie ein Traum. Das alles war so abwechslungsreich, neu, lustig, von seiner Gegenwart, seiner Liebe so warm und klar durchleuchtet, daß das stille Landleben mir wie etwas weit Zurückliegendes, Unbedeutendes erschien. Zu meinem großen Erstaunen begegneten mir alle Menschen (die Verwandten und auch die Fremden) nicht gesellschaftlich kühl und stolz, sondern freudig und liebevoll, als ob, so schien es, alle nur an mich gedacht, nur mich erwartet hätten, um sich selbst wohl zu fühlen. Ebenso unerwartet war es mir, daß in der Gesellschaft eine große Zahl von Bekannten meines Mannes auftauchte, von denen ich nie vorher etwas gehört hatte; und oft mutete es mich seltsam und unangenehm an, zu hören, wie hart er über viele dieser Menschen urteilte, die mir so gut und freundlich schienen. Ich konnte nicht begreifen, warum er sie so kühl behandelte und so vielen Bekanntschaften aus dem Wege zu gehen suchte, die mir schmeichelhaft erschienen. Ich glaubte, je mehr gute Menschen man kenne, desto besser sei es, und sie waren ja alle so gut!

„Nun mußt du wissen, wie wir uns einrichten werden", hatte er mir vor der Abreise noch auf dem Lande gesagt. „Hier bin ich ein kleiner Krösus, dort aber werden wir gar nicht reich sein, und darum können wir nur bis Ostern in der Stadt bleiben und dürfen keine großen Gesellschaften mitmachen, sonst kommen wir in Schwierigkeiten; und auch deinetwegen würde ich nicht wünschen . . ."

„Wozu auch die große Welt?" antwortete ich. „Wir wollen nur die Theater kennenlernen, in die Oper gehen, gute Musik hören, die Verwandten besuchen und noch vor Ostern aufs Land zurückkehren."

Kaum jedoch waren wir in Petersburg, so waren diese Vorsätze vergessen. Ich befand mich plötzlich in einer so neuen, glücklichen Welt, soviel Freuden umgaben mich, soviel neue Interessen tauchten vor mir auf, daß ich mich plötzlich, wenn auch unbewußt, von meiner ganzen Vergangenheit und ihren Plänen lossagte. „Das alles waren doch nur Kindereien; es hatte noch nicht angefangen; hier aber ist es, das wahre Leben! Und was wird noch kommen?" dachte ich. Die Unruhe und beginnende Schwermut, die mich auf dem Lande befallen hatte, waren wie durch Zaubermacht gänzlich verschwunden. Die Liebe zu meinem Manne wurde ruhiger und es kam mir hier nie der Gedanke, ob er mich etwa weniger liebte als früher? Ja, ich konnte an seiner Liebe gar nicht zweifeln: jeder meiner Gedanken wurde sofort von ihm verstanden, jedes Gefühl geteilt, jeder Wunsch erfüllt. Seine Ruhe war hier verschwunden oder quälte mich nicht mehr. Außerdem fühlte ich, daß — neben seiner früheren Liebe zu mir — er sich hier noch daran freute, mich zu beobachten. Oft, nach einem Besuch, nach einer neuen Bekanntschaft oder einer Abendgesellschaft bei uns, bei der ich, innerlich zitternd vor Angst, einen Fehler zu machen, meine Hausfrauenpflichten erfüllt hatte, sagte er: „Fein, mein Mädel! Sehr schön! Nur keine Angst! Du machst es wirklich gut!" Und dann war ich sehr froh. Bald nach unserer Ankunft schrieb er einen Brief an seine Mutter, und als er mich aufforderte, etwas dazuzuschreiben, wollte er nicht, daß ich las, was er geschrieben hatte, woraufhin ich natürlich darauf bestand und es doch las. „Sie würden Mascha nicht wiedererkennen," schrieb er, „ich selbst erkenne sie kaum. Woher hat sie diese liebe, graziöse Selbstsicherheit, diese Affabilität, ja Weltklugheit und Liebenswürdigkeit? Und all das ist so einfach, lieb und gut. Alle schwärmen für sie, und ich selbst kann mich nicht sattsehen an ihr, und wenn das überhaupt möglich wäre, würde ich sie noch viel lieber haben als früher."

„Ach! So bin ich also!" dachte ich. Und mir wurde so froh

und wohl zumute und es schien mir fast, als hätte auch ich ihn noch lieber als früher. Meine Erfolge bei unsern sämtlichen Bekannten kamen mir ganz unerwartet. Von allen Seiten hieß es, daß ich dort dem Onkel so sehr gefallen, hier die Tante in Begeisterung versetzt hätte; einer sagte mir, es gebe keine Frauen wie ich in ganz Petersburg, eine andere versicherte mir, ich brauchte nur zu wollen, und ich würde die gesuchteste Frau der Gesellschaft werden. Besonders eine Cousine meines Mannes, die Fürstin D., eine nicht mehr junge Weltdame, die sich plötzlich geradezu in mich verliebt hatte, sagte mir, mehr als alle andern, Schmeicheleien, die mir den Kopf verdrehten. Als die Cousine mich zum erstenmal aufforderte, mit ihr einen Ball zu besuchen, und meinen Mann um die Erlaubnis bat, wandte er sich an mich und fragte mit einem kaum merklichen schlauen Lächeln, ob ich Lust hätte. Ich nickte bejahend und fühlte, wie ich rot wurde.

„Wie eine Verbrecherin, die gesteht, was sie will", sagte er, gutmütig lachend.

„Aber du hast doch gesagt, wir könnten nicht in der großen Welt verkehren, und du liebst es auch nicht", antwortete ich lächelnd und sah ihn mit bittendem Blick an.

„Wenn du es sehr wünschest, dann gehen wir hin", sagte er.

„Wirklich, wir verzichten lieber!"

„Möchtest du? Sehr?" fragte er.

Ich antwortete nicht.

„Die große Welt ist noch nicht das Schlimmste," fuhr er fort, „aber die unerfüllbaren Wünsche, die sie weckt, — die sind schlecht und häßlich. Wir müssen unbedingt hin und werden es auch tun", schloß er in entschiedenem Tone.

„Um dir die Wahrheit zu gestehen," sagte ich, „ich möchte nichts in der Welt so gern mitmachen wie diesen Ball."

Wir fuhren hin, und das Vergnügen, das ich dabei hatte, überstieg alle meine Erwartungen. Auf dem Ball schien es mir mehr als irgendwo anders, daß ich der Mittelpunkt war, um den alles sich drehte, daß nur für mich dieser große Saal erleuchtet war, die Musik spielte und diese vielen Menschen versammelt waren, die mich bewunderten. Alle — vom Friseur und der Zofe bis zu den Tänzern und alten Herrn, die durch den Saal wandelten — sagten mir, oder ließen mich, so schien es, fühlen, daß sie mich lieb hatten. Das allgemeine Urteil, das sich auf diesem Ball über mich bildete und mir von der Cousine hinterbracht wurde, lautete, daß ich ganz anders sei als alle andern Frauen, und daß ich etwas Besonderes, Ländliches, Einfaches und Entzückendes an mir habe. Dieser Erfolg schmeichelte mir so, daß ich meinem Mann ganz offen sagte, ich würde in diesem Jahr gern noch zwei oder drei Bälle mitmachen, um „gründlich genug davon zu haben", wie ich heuchlerisch hinzufügte.

Mein Mann war gern dazu bereit, und in der ersten Zeit ging er sichtlich gern mit mir aus, freute sich an meinen Erfolgen und schien vollkommen vergessen zu haben, was er zu Anfang gesagt hatte.

Späterhin begann er sich sichtlich zu langweilen und unter dem Leben, das wir führten, zu leiden. Aber ich kümmerte mich nicht darum; wenn ich auch manchmal den aufmerksam ernsten Blick fühlte, den er auf mich richtete, so verstand ich doch seine Bedeutung nicht. Ich war so benebelt durch diese, wie es mir schien, plötzlich erwachte Liebe aller andern, durch die Atmosphäre von Luxus, Vergnügen und neuen Eindrücken, in der ich zum erstenmal atmete, so gänzlich verschwand hier sein moralischer Einfluß, der mich bis dahin gedrückt hatte, und es war mir so angenehm, ihm hier nicht nur gleich zu sein, sondern mich ihm auch überlegen zu fühlen und ihn dafür nur um so mehr und selbständiger zu lieben als früher, daß ich nicht verstehen konnte, was er in dem gesellschaftlichen Leben für eine Gefahr für mich sehen konnte. Ich empfand ein mir neues Gefühl von Stolz und Selbstzufriedenheit, wenn beim Betreten des Saales sich aller Augen auf mich richteten und er, als schämte er sich, vor der Menge seinen Besitz zu zeigen, sich eilig von mir entfernte und in der schwarzen Schar der Befrackten untertauchte. „Warte," dachte ich oft, und suchte mit den Augen irgendwo am Ende des Saales seine unbeachtete, oft gelangweilte Figur, „warte," dachte ich, „wenn wir heimkommen, wirst du sehen und begreifen, für wen ich den ganzen Abend schön und strahlend war und wen ich liebe von allen denen, die mich heute abend umgeben." Ich glaubte ganz ehrlich, daß meine Erfolge mich nur darum freuten, weil ich sie ihm opfern konnte. Das einzige, glaubte ich, worin mir das gesellschaftliche Leben schaden konnte, war die Möglichkeit, daß einer von den Männern, die ich in der großen Welt traf, mir gefallen und die Eifersucht meines Mannes wecken konnte; doch er vertraute mir so vollständig, schien so ruhig und gleichmütig, und all diese jungen Leute kamen mir im Vergleich zu ihm so grenzenlos unbedeutend vor, daß diese Gefahr, die nach meinen Begriffen für mich die einzige im gesellschaftlichen Leben war, ganz wegfiel. Doch trotzdem freute mich die Beachtung, die viele Leute in der Gesellschaft mir schenkten, sie schmeichelte meiner Eigenliebe und ließ mich die Liebe zu meinem Mann wie eine Art Verdienst meinerseits empfinden, wodurch ich im Verkehr mit ihm selbstbewußter und freier wurde.

„Ja, ja, ich habe wohl gesehen, daß du da recht interessiert mit der N. N. gesprochen hast", sagte ich einmal auf dem Heimweg von einem Ball zu ihm, drohte ihm mit dem Finger und nannte eine der bekannten Damen der Petersburger Gesellschaft, mit der er an diesem Abend wirklich gesprochen hatte. Ich sagte das, um ihn ein wenig aufzurütteln; er war ganz besonders schweigsam und gelangweilt.

„Ach, warum so reden? Und das sagst du, Mascha!" stieß er zwischen den Zähnen hervor, und sein Gesicht verzerrte sich, wie in körperlichem Schmerz. „Wie schlecht das uns beiden ansteht, dir und mir! Überlaß das anderen; diese verlogenen

Beziehungen könnten unsere echten auf immer zerstören, ich aber hoffe immer noch, daß diese einmal wiederkehren."

Ich schämte mich und schwieg.

„Ob sie wiederkommen? Was meinst du, Mascha?" fragte er.

„Sie waren nie zerstört und werden nie zerstört werden", sagte ich, und damals glaubte ich es.

„Gott gebe es!" sagte er. „Sonst wäre es höchste Zeit, aufs Land zurückzukehren."

Doch es war nur dieses eine Mal, daß er so mit mir sprach, all die übrige Zeit schien es mir, ihm sei ebenso wohl wie mir, und ich war so froh und vergnügt. „Wenn er sich auch manchmal langweilt," tröstete ich mich, „so habe ich mich auf dem Lande ihm zuliebe auch gelangweilt; und wenn unsere Beziehungen jetzt auch ein wenig anders sind, so kommt das alles gewiß wieder, wenn wir erst im Sommer mit Tatjana Semionowna allein in unserm Hause in Nikolskoje sind."

So verging mir unmerklich der Winter und wir blieben, ganz entgegen unseren Plänen, auch noch zu Ostern in Petersburg. In der zweiten Woche nach Ostern, als wir schon alles zur Reise vorbereitet hatten, und mein Mann, der allerlei Geschenke, praktische Gegenstände und Blumen für unser Landleben eingekauft hatte, in besonders zärtlicher, fröhlicher Stimmung war, erschien ganz unerwartet die Cousine bei uns und bat, wir möchten noch bis zum Sonnabend bleiben und den Rout der Gräfin R. besuchen. Sie sagte, Gräfin R. bäte mich sehr um mein Erscheinen, ein damals in Petersburg weilender Prinz M. wünsche seit dem letzten Ball mich kennenzulernen und komme nur darum zu dem Rout; er habe gesagt, ich sei die entzückendste Frau von ganz Rußland. Die ganze Stadt würde dort versammelt sein; mit einem Wort, es ginge einfach nicht, daß ich nicht käme.

Mein Mann war am andern Ende des Zimmers und sprach mit irgend jemand.

„Also Sie kommen doch, Marie?" fragte sie.

„Wir wollten übermorgen aufs Land abreisen“, antwortete ich unentschlossen und sah zu meinem Mann hinüber. Unsere Blicke trafen sich, er wandte sich rasch ab.

„Ich will ihn schon überreden noch zu bleiben,“ sagte die Cousine, „und wir wollen am Sonnabend den Leuten tüchtig die Köpfe verdrehen. Nicht wahr?“

„Das würde unsere Pläne zerstören, wir haben auch schon gepackt“, sagte ich, war aber schon zum Nachgeben bereit.

„Sie könnte ja noch heute abend zu diesem Prinzen fahren und ihm die Ehre erweisen“, sagte mein Mann vom andern Ende des Zimmers her, in einem so erregten, mühsam beherrschten Ton, wie ich ihn noch nie von ihm gehört hatte.

„Aha! Er ist eifersüchtig! Das sehe ich zum erstenmal!“ lachte die Cousine. „Aber ich rede ihr ja gar nicht des Prinzen wegen zu, Sergej Michajlowitsch, sondern um unser selbst willen! Die Gräfin R. hat so gebeten, sie möchte doch kommen!“

„Es hängt von ihr ab!“ sagte mein Mann kalt und ging hinaus.

Ich sah, daß er erregter war als gewöhnlich: das quälte mich, und ich versprach der Cousine nichts. Kaum war sie fort, so begab ich mich zu meinem Mann. Er ging nachdenklich auf und ab und sah und hörte nichts, als ich auf Zehenspitzen ins Zimmer trat.

„Er sieht in Gedanken schon unser liebes Haus in Nikolskoje,“ dachte ich, als ich ihn ansah, „den Morgenkaffee im hellen Wohnzimmer, seine Felder, die Bauern, die Abende im Salon und das nächtliche, heimliche Abendbrot. Nein,“ beschloß ich bei mir, „alle Bälle der Welt und die Huldigungen aller Prinzen gebe ich hin für seine frohe Verlegenheit und sanfte Zärtlichkeit.“ Ich wollte ihm sagen, daß ich die Gesellschaft nicht besuchen wolle und es nicht tun würde; da sah er sich um, erblickte mich und verzog das Gesicht, so daß der ihm eigene nachdenklich sanfte Zug ganz verschwand. Durchdringende Schärfe, Weisheit und überlegene Ruhe sprachen aus seinem Blick. Er wollte nicht, daß ich ihn wie einen gewöhnlichen Menschen ansah: wie ein Halbgott auf seinem Piedestal, so wollte er vor mir stehen.

„Was möchtest du, mein Herz?“ wandte er sich ungezwungen und ruhig an mich.

Ich antwortete nicht. Es war mir ärgerlich, daß er sich vor mir verstellte, sich nicht so zeigen wollte, wie ich ihn liebhatte.

„Du möchtest Sonnabend auf die Gesellschaft gehen?“ fragte er.

„Ich wollte eigentlich,“ gab ich zurück, „aber dir gefiel das ja nicht; es ist auch schon alles gepackt“, fügte ich hinzu.

Nie vorher hatte er so kalt mit mir gesprochen, mich so kalt angesehen.

„Ich reise nicht vor Dienstag und werde die Sachen auspacken lassen,“ sagte er, „du magst also gehen, wenn du Lust hast. Sei so gut und gehe hin! Ich reise noch nicht ab.“

Wie immer, wenn er erregt war, ging er nervös im Zimmer auf und ab, ohne mich anzusehen.

„Ich verstehe dich ganz und gar nicht“, sagte ich, auf demselben Fleck stehenbleibend, und folgte ihm mit den Augen. „Du sagst, du seist immer so ruhig“ (er hatte das allerdings nie gesagt), „warum sprichst du so sonderbar mit mir? Ich bin bereit, dir zuliebe auf dieses Vergnügen zu verzichten, du aber verlangst mit einer Ironie, die ich an dir noch gar nicht kenne, ich solle hingehen!“

„Warum nicht! Du verzichtest“ (er betonte dieses Wort ganz besonders), „und ich verzichte, — was noch mehr?! Ein edler Wettstreit! Welch ein Familienglück!“

Zum erstenmal hörte ich so scharfe, spöttische Worte aus seinem Munde. Und sein Spott beschämte mich nicht, sondern kränkte mich nur, und seine Erbitterung schreckte mich nicht, sondern übertrug sich nur auf mich. War er das, der so sprach, er, der immer die Phrase in unsern Beziehungen gefürchtet hatte, der immer ehrlich und einfach gewesen war? Und warum? Weil ich ihm zuliebe wirklich auf ein Vergnügen verzichten wollte, in dem ich nichts Unrechtes sehen konnte, und weil ich ihn noch einen Augenblick vorher so ganz verstanden und so lieb gehabt hatte! Wir hatten die Rollen getauscht: er vermied die graden und einfachen Worte, ich suchte sie.

„Du hast dich sehr verändert“, sagte ich aufseufzend. „Was habe ich verschuldet? Es ist nicht diese Gesellschaft, es ist etwas anderes, etwas Altes, was du gegen mich auf dem Herzen hast. Wozu die Unaufrichtigkeit? Hast nicht du selbst sie früher so gefürchtet? Sag' offen, was du gegen mich hast?“ Was wird er sagen? dachte ich, und ich überlegte voller Selbstzufriedenheit, daß er mir im Laufe dieses ganzen Winters nicht einen Vorwurf hatte machen können.

Ich ging in die Mitte des Zimmers, so daß er gezwungen war, dicht an mir vorüber zu gehen, und sah ihn an. „Er wird zu mir kommen, mich umarmen, und alles wird gut sein“, ging es mir durch den Kopf, und es tat mir fast leid, daß ich keine Gelegenheit haben sollte, ihm zu beweisen, daß er im Unrecht sei. Doch er blieb am Ende des Zimmers stehen und sah mich an.

„Verstehst du noch immer nicht?“ sagte er.

„Nein.“

„Nun, dann will ich es dir sagen. Zum erstenmal erfüllt mich mit Ekel, was ich fühle und was ich doch fühlen muß.“ Er stockte, sichtlich erschreckt durch den harten Ton seiner Stimme.

„Ja, was denn?“ fragte ich, mit Tränen des Zornes in den Augen.

„Es ist ekelhaft, daß der Prinz dich entzückend gefunden hat und du deshalb zu ihm rennst, deinen Mann, dich, deine Frauenwürde vergessend, und nicht begreifen willst, was dein Mann für dich empfinden muß, wenn du selbst schon so würdelos bist; im Gegenteil, du kommst noch zu deinem Mann und sagst, du ‚verzichtest‘, das heißt soviel wie: ‚Es ist zwar ein großes Glück für mich, Seiner Hoheit vorgeführt zu werden, doch ich bringe dir dieses Glück zum Opfer.'"

Je länger er sprach, desto heftiger wurde er, und seine Stimme klang giftig, grausam und roh. Ich hatte ihn nie so gesehen und hätte es nie für möglich gehalten, daß ich ihn je so sehen würde; das Blut stieg mir zum Herzen, ich fürchtete mich, gleichzeitig aber erregte mich das Gefühl der verletzten Eigenliebe und unverdienten Demütigung, und ich wollte es ihm heimzahlen.

„Das habe ich längst erwartet!" sagte ich. „Rede nur, rede!"

„Ich weiß nicht, was du erwartet hast," fuhr er fort, „ich konnte das Schlimmste erwarten, wenn ich dich täglich in diesem Sumpf sah, in der Untätigkeit und dem Luxus dieser dummen Gesellschaft, und nun sind wir so weit ... Nun habe ich es erreicht, daß ich eine Beschämung und einen Schmerz empfinden muß, wie nie vorher; es traf mich aufs schmerzlichste, als deine Freundin mit ihren schmutzigen Händen an mein Herz griff und von Eifersucht sprach, meiner Eifersucht ... Auf wen denn? Auf einen Menschen, den keiner von uns beiden überhaupt kennt! Du aber willst, wie absichtlich, nichts verstehen, und willst mir Opfer bringen. Was denn? Ich schäme mich für dich und deine Erniedrigung! Opfer!" wiederholte er.

„Ah! Das also ist die Gewalt des Mannes", dachte ich. „Die Frau, die ganz unschuldig ist, zu kränken und zu demütigen! Das ist das Recht des Mannes! Doch ich werde mich ihm nicht unterordnen."

„Nein, gar nichts werde ich dir opfern", sagte ich und fühlte, wie meine Nüstern sich blähten und das Blut mir aus dem Gesicht wich. „Ich besuche am Sonnabend den Rout, ganz bestimmt tue ich das."

„Also recht viel Vergnügen ... Zwischen uns aber ist alles zu Ende!" schrie er in einem Ausbruch von Raserei. „Doch du sollst mich nun auch nicht länger quälen. Ein Dummkopf war ich, als ..." begann er noch einmal, doch seine Lippen zitterten, und er machte eine sichtliche Kraftanstrengung, um nicht auszusprechen, was er hatte sagen wollen.

Ich haßte und fürchtete ihn in diesem Augenblick. Ich wollte ihm so viel sagen, ihm seine Beleidigungen heimzahlen; doch wenn ich versucht hätte, zu reden, wäre ich in Tränen ausgebrochen und hätte die Haltung ihm gegenüber verloren. Ich verließ schweigend das Zimmer. Kaum jedoch hörte ich seine Schritte nicht mehr, da erschrak ich vor dem, was wir getan hatten. Mir kam die Furcht, es könnte für immer zerstört sein, was mein ganzes Glück gewesen war, und ich wollte zu ihm zurückgehen. „Hat er sich aber auch schon genügend beruhigt, um mich zu verstehen, wenn ich ihm schweigend die Hand ausstrecke und ihn ansehe?“ dachte ich. „Wird er meinen Großmut begreifen? Wenn er nun meinen Kummer für Verstellung hält? Oder im Gefühl seines Rechtes mit stolzer Ruhe meine Reue entgegennimmt und mir verzeiht? Und warum, warum hat er, den ich so liebe, mich so tief verletzt?“

Ich ging nicht zu ihm, sondern in mein Zimmer, saß lange allein und weinte, mit Entsetzen mich an jedes Wort unseres Gespräches erinnernd, ersetzte diese Worte durch andere, fügte andere, gute Worte hinzu, um dann immer wieder mit dem Gefühl des Grauens und des Gekränktseins an die Wirklichkeit zu denken. Als ich abends zum Tee kam und in Gegenwart von S., der bei uns zu Gast war, meinem Mann begegnete, fühlte ich, daß sich vom heutigen Tage an eine Kluft zwischen uns aufgetan hatte. S. fragte mich, wann wir abreisten. Ich kam nicht dazu, Bescheid zu geben.

„Am Dienstag“, antwortete mein Mann. „Wir wollen noch die Gesellschaft bei Gräfin R. besuchen. Du gehst doch auch?“ wandte er sich an mich.

Ich erschrak über den schlichten Ton seiner Stimme und sah meinen Mann schüchtern an. Seine Augen waren gerade auf mich gerichtet, der Blick war böse und spöttisch, die Stimme kalt und fest.

„Ja“, antwortete ich.

Abends, als wir allein geblieben waren, kam er zu mir und streckte mir die Hand hin.

„Vergiß, bitte, was ich zusammengeredet habe“, sagte er.

Ich ergriff seine Hand, ein bebendes Lächeln war auf meinem Gesicht, und die Tränen wollten mir aus den Augen stürzen; doch er entzog mir seine Hand, wie aus Furcht vor einer gefühlvollen Szene, und setzte sich weit von mir in einen Lehnstuhl.

„Glaubt er sich wirklich noch immer im Recht?“ dachte ich, und die beabsichtigte Aussprache sowie die Bitte, die Gesellschaft nicht zu besuchen, blieben mir im Halse stecken.

„Wir müssen der Mutter schreiben, daß wir die Abreise verschoben haben,“ sagte er, „sonst beunruhigt sie sich.“

„Und wann denkst du zu reisen?“ fragte ich.

„Am Dienstag, nach der Gesellschaft“, versetzte er.

„Ich hoffe, das geschieht nicht etwa meinetwegen“, sagte ich, ihm in die Augen sehend, doch die Augen blickten vor sich hin, schienen nichts zu sagen, als seien sie mir durch eine Wolke verborgen. Sein Gesicht erschien mir plötzlich alt und unangenehm.

Wir fuhren zu der Gesellschaft, und es war, als beständen zwischen uns wieder die alten, freundschaftlichen Beziehungen; doch diese Beziehungen waren ganz andere als die früheren.

Bei der Gesellschaft saß ich unter lauter Damen, als der Prinz zu mir herantrat, so daß ich aufstehen mußte, um mit ihm zu sprechen. Dabei suchte ich unwillkürlich mit den Augen meinen Mann, sah, daß er vom andern Ende des Saales her zu mir herüberblickte und sich dann abwandte. Mir wurde auf einmal so weh ums Herz und so peinlich, daß ich ganz verlegen wurde und unter dem Blick des Prinzen bis an die Haarwurzeln errötete. Doch ich mußte dastehen und anhören, was er redete, während er mich von oben her betrachtete. Unser Gespräch dauerte nicht lange; nirgends war ein Platz frei, sodaß er sich nicht zu mir setzen konnte, und er fühlte, daß es mir peinlich war, mit ihm zu sprechen. Wir sprachen vom letzten Ball, von meinem Sommeraufenthalt und ähnlichen Dingen. Als er sich von mir verabschiedete, äußerte er den Wunsch, meinen Mann kennenzulernen, und ich sah, wie sie sich am andern Ende des Saales begegneten und unterhielten. Der Prinz sagte wahrscheinlich etwas über mich, denn mitten im Gespräch wandte er sich nach mir um und lächelte.

Mein Mann wurde plötzlich glühend rot, verneigte sich tief und trat als erster vom Prinzen zurück. Ich errötete auch: ich schämte mich der Vorstellung, die der Prinz von mir und besonders von meinem Mann haben mußte. Es schien mir, als hätten alle meine ungeschickte Schüchternheit während meiner Unterhaltung mit dem Prinzen und das merkwürdige Benehmen meines Mannes bemerkt; Gott mochte wissen, wie sie das alles deuteten, und ob sie nicht von der Aussprache zwischen mir und meinem Manne wußten? Die Cousine brachte mich nach Hause und unterwegs kamen wir auf meinen Mann zu sprechen. Ich hielt es nicht aus und erzählte ihr alles, was zwischen uns infolge dieser unglückseligen Gesellschaft vorgefallen war. Sie beruhigte mich und meinte, das sei eine ganz gewöhnliche, unbedeutende Verstimmung, die keinerlei Folgen hinterlassen würde; sie deutete mir den Charakter meines Mannes von ihrem Gesichtspunkt aus und fand, er wäre sehr verschlossen und stolz geworden; und ich stimmte ihr bei und es schien mir, als könnte ich jetzt auch ruhiger und besser über ihn urteilen.

Doch dann, als mein Mann mit mir allein war, lag dieses Urteil, das ich über ihn gefällt hatte, wie ein Verbrechen auf meiner Seele, und ich fühlte, daß der Abgrund noch größer geworden war, der uns voneinander trennte.

3

Von diesem Tage an waren unser Leben und unsere Beziehungen gänzlich verändert. Wir waren nicht mehr so glücklich im Alleinsein wie früher. Es gab Fragen, denen wir aus dem Wege gingen, und in Gegenwart eines dritten sprach es sich leichter als unter vier Augen. Kaum kam das Gespräch auf unser Landleben oder auf den Ball, dann flimmerte es vor unsern Augen, und es war uns peinlich, einander anzusehn. Als fühlten wir beide, daß an dieser Stelle der Abgrund zwischen uns war und fürchteten, an seinen Rand zu treten. Ich war überzeugt, er sei stolz und jähzornig, und ich müßte vorsichtig sein, um seine Schwächen nicht zu berühren. Er aber war überzeugt, ich könnte nicht mehr ohne die große Welt leben, das Landleben sei nichts für mich und er müsse sich diesen unglücklichen Neigungen unterordnen. Und wir gingen beide direkten Gesprächen über diese Dinge aus dem Wege und beurteilten einander ungerecht. Wir waren füreinander längst nicht mehr die vollkommensten Menschen der Welt, zogen schon Vergleiche mit andern und richteten im stillen über einander. Ich wurde vor der Abreise krank, und wir zogen statt aufs Gut in eine Sommerfrische in der Nähe von Moskau, von wo aus mein Mann allein zu seiner Mutter reiste. Als er abfuhr, war ich eigentlich schon soweit wieder genesen, daß ich hätte mitreisen können, doch er überredete mich zu bleiben, angeblich aus Sorge um meine Gesundheit. Ich fühlte, daß er nicht für meine Gesundheit fürchtete, sondern glaubte, daß wir auf dem Lande nicht mehr glücklich sein würden. So bestand ich nicht darauf und blieb. Ohne ihn fühlte ich mich leer und verlassen, doch als er wiederkam, sah ich, daß er in meinem Leben nicht mehr dasselbe bedeutete wie bisher. Unsere früheren Beziehungen — als jeder Gedanke, jeder Eindruck, den ich ihm nicht mitteilte, wie eine Last auf mir lag, jede seiner Handlungen und Worte mir als der Inbegriff der Vollkommenheit erschien und wir vor Glück lachen mußten, wenn wir uns ansahen — diese Beziehungen hatten sich so unmerklich gewandelt, daß wir uns dessen kaum bewußt wurden. Jeder von uns hatte nun seine eigenen Interessen und Sorgen, und man bemühte sich nicht mehr, sie mit dem andern zu teilen. Es war uns schon nicht mehr peinlich, daß nun jeder seine eigene, dem andern fremde Welt hatte. Wir gewöhnten uns daran und nach etwa einem Jahr flimmerte es uns nicht mehr vor den Augen, wenn wir uns ansahen. Ganz verschwunden waren seine Anwandlungen von Ausgelassenheit, Knabenhaftigkeit, seine Versöhnlichkeit und Gleichgültigkeit gegenüber allen Dingen, die mich früher so verwirrt hatten; er hatte nicht mehr jenen tief-forschenden Blick, der mich früher so froh und verlegen machte, und wir verlebten keine Stunden des Gebets und der Begeisterung zusammen, ja, oft sahen wir uns kaum; er war immerfort unterwegs und fürchtete oder bedauerte nicht, mich allein zu lassen; ich war immer in Gesellschaft, wo ich seiner nicht bedurfte.

Szenen und Verstimmungen gab es nicht mehr, ich suchte es ihm in allem recht zu machen, er erfüllte meine Wünsche, und es schien, als liebten wir uns.

Wenn wir miteinander allein waren, was sehr selten geschah, empfand ich weder Freude, noch Erregung, noch Verwirrung, ganz, als wäre ich allein. Ich wußte sehr wohl, daß das mein Mann war, nicht irgendein neuer, unbekannter Mensch, sondern ein guter Mensch: mein Gatte, den ich kannte wie mich selbst. Ich war überzeugt, alles zu wissen, was er tun und sagen und meinen würde, und wenn es anders war, als ich erwartet hatte, glaubte ich, er habe sich geirrt. Ich erwartete nichts von ihm. Kurz, er war mein Mann und weiter nichts. Es schien mir, als müsse es so sein, ja, als habe es nie vorher andere Beziehungen zwischen uns gegeben und als wären sie auch ganz unmöglich. Wenn er verreist war, besonders in der ersten Zeit, fühlte ich mich einsam und fürchtete mich;

in seiner Abwesenheit war ich mir deutlicher bewußt, welch starken Halt ich an ihm hatte; wenn er wiederkam, flog ich ihm vor Freude an den Hals, obgleich ich schon nach zwei Stunden diese Freude wieder vergessen hatte und nichts mehr mit ihm zu reden hatte. Nur in Augenblicken stiller, beherrschter Zärtlichkeit, die es für uns noch gab, schien es mir, als sei etwas nicht so, wie es eigentlich sein sollte; etwas tat mir im Herzen weh, und in seinen Augen glaubte ich dasselbe zu lesen. Ich fühlte die Grenze, die unserer Zärtlichkeit gesteckt war, die er anscheinend nicht überschreiten wollte und ich nicht überschreiten konnte. Manchmal machte es mich traurig, doch ich hatte keine Zeit, über irgend etwas nachzudenken, und bemühte mich, die Trauer über diese mir nur halbbewußt fühlbare Veränderung durch Zerstreuungen zu betäuben, die mir immer zur Verfügung standen. Das gesellschaftliche Leben, das mich anfangs durch seinen Glanz und seine Schmeichelei benebelt hatte, beherrschte sehr bald mein ganzes Wesen, wurde zur Gewohnheit, legte mir seine Fesseln an und nahm in meiner Seele den Platz ein, der für Gefühle frei war. Ich blieb nie mehr mit mir allein und fürchtete mich, über meine Lage nachzudenken. Meine ganze Zeit vom frühen Morgen bis in die späte Nacht gehörte nicht mehr mir, auch wenn ich nicht ausging. Ich war weder lustig noch traurig dabei, ich glaubte einfach, es müsse so sein und könne nicht anders sein.

So vergingen drei Jahre, während deren unsere Beziehungen die gleichen blieben, gleichsam erstarrt zu sein schienen, als könnten sie nicht besser und nicht schlechter werden. In diese drei Jahre fielen zwei wichtige Familienereignisse, die aber beide keine Veränderung in mein Leben brachten. Das waren die Geburt meines ersten Kindes und der Tod von Tatjana Semionowna. In der ersten Zeit ergriff mich das Gefühl der Mutterschaft mit solcher Gewalt und brachte mich in solche Begeisterung, daß ich glaubte, ein neues Leben habe für mich begonnen; doch schon nach zwei Monaten, als ich wieder ausging, wurde dieses Gefühl immer schwächer und wandelte sich zur bloßen Gewohnheit und kühlen Pflichterfüllung. Mein Mann dagegen war vom Tage der Geburt seines ältesten Sohnes an wieder der frühere, gütige, ruhige Hausvater und übertrug all seine Zärtlichkeit auf das Kind. Oft, wenn ich im Ballkleid das Kinderzimmer betrat, um das Kind zur Nacht zu bekreuzen, traf ich meinen Gatten dort an, bemerkte seinen vorwurfsvollen und streng prüfend auf mich gerichteten Blick und empfand Gewissensbisse. Ich erschrak dann über meine Gleichgültigkeit gegen das Kind und fragte mich, ob ich wirklich schlechter sei als andere Frauen. „Aber was ist da zu tun?" dachte ich, „ich liebe meinen Sohn; doch den ganzen Tag bei ihm zu sitzen ist langweilig; und verstellen will ich mich nicht". Der Tod seiner Mutter war ein großer Schmerz für ihn; er sagte, es falle ihm jetzt, nach ihrem Tode, schwer, noch in Nikolskoje zu leben, doch obgleich auch ich sie betrauerte und den Schmerz meines Gatten mit empfand, fühlte ich mich jetzt wohler und ungestörter auf dem Lande. Die ganzen drei Jahre waren wir größtenteils in der Stadt, auf das Gut kam ich nur ein einziges Mal für zwei Monate, und im dritten Jahr reisten wir ins Ausland.

Den Sommer verbrachten wir im Bade.

Ich war damals einundzwanzig Jahre alt; ich glaubte, unsere Vermögensverhältnisse seien glänzend; vom Familienleben verlangte ich nicht mehr, als es mir bot; alle Menschen, die ich kannte, schienen mich zu lieben; meine Gesundheit war ausgezeichnet, meine Toiletten waren die schönsten in dem Badeort, ich wußte, daß ich hübsch war; das Wetter war herrlich, eine Atmosphäre von Schönheit und Luxus umgab mich und ich war sehr vergnügt. Nicht so, wie damals in Nikolskoje, als ich fühlte, daß ich in mir selbst glücklich war, weil ich dieses Glück verdient hatte, daß mein Glück groß war, doch immer noch größer und größer werden mußte und daß ich immer mehr Glück ersehnte. Damals war das anders gewesen, doch auch in diesem Sommer war mir wohl. Ich wünschte nichts, hoffte nichts, fürchtete nichts; mein Leben, so glaubte ich, war ausgefüllt, mein Gewissen ruhig. Unter den jungen Leuten war in dieser Saison nicht einer, den ich irgendwie vor den andern ausgezeichnet hätte, nicht einmal vor dem alten Fürsten R., unserm Gesandten, der sich um mich bemühte. Der eine war jung, der andere alt, einer ein blonder Engländer, der andere ein Franzose mit kurzem Bärtchen; alle galten sie mir gleich, doch alle waren sie mir unentbehrlich. Es waren alles gleich indifferente Gesichter, und sie bildeten die fröhliche Lebensatmosphäre, die mich umgab. Nur einer von ihnen, ein italienischer Marchese D., lenkte mehr als die andern meine Aufmerksamkeit auf sich durch die Dreistigkeit, mit der er sein Wohlgefallen an mir zeigte. Er ließ keine Gelegenheit vorübergehn, mit mir zusammen zu sein, mit mir zu tanzen, auszureiten, im Kasino zu sitzen und so weiter, und mir zu sagen, daß ich hübsch sei. Mehrmals sah ich ihn vom Fenster aus in der Nähe unseres Hauses, und oft ließ der unangenehm prüfende Blick seiner glänzenden Augen mich erröten und zur Seite blicken. Er war jung, hübsch, elegant und vor allem im Lächeln und der Stirnlinie meinem Mann ähnlich, nur viel hübscher. Diese Ähnlichkeit verblüffte mich, obwohl im großen Ganzen, durch die Lippen, den Blick, das lange Kinn sein Gesicht statt des reizenden Ausdrucks von Güte und edler Ruhe etwas Grobes, Tierisches hatte. Ich nahm damals an, er liebe mich glühend, und dachte mit stolzer Teilnahme an ihn. Ich suchte manchmal, ihn zu beruhigen, den Ton unseres Verkehrs auf den eines halb freundschaftlichen, stillen Vertrauens abzustimmen, doch er lehnte all diese Versuche scharf ab und fuhr fort, mich in Verlegenheit zu bringen durch seine Leidenschaft, die er zwar nicht offen zeigte, die aber jeden Augenblick zum Ausbruch zu kommen drohte. Obwohl ich es mir nicht eingestand, fürchtete ich diesen Menschen und dachte wider Willen oft an ihn. Mein Mann kannte ihn auch und verhielt sich ihm gegenüber noch kälter und hochmütiger als gegen alle andern Bekannten, für die er nur der Mann seiner Frau war. Gegen Ende der Saison wurde ich krank und konnte zwei Wochen das Zimmer nicht verlassen. Als ich zum erstenmal das Haus wieder verließ, um abends in ein Konzert zu gehen, erfuhr ich, daß inzwischen die längst erwartete und durch ihre Schönheit berühmte Lady S. angekommen sei. Um mich bildete sich sofort ein Kreis, man begrüßte mich freudig, doch ein noch glänzenderer Kreis sammelte sich um die neu angekommene Löwin. Um mich herum sprach alles nur von ihr und ihrer Schönheit. Man zeigte sie mir; sie war wirklich wunderschön, doch der selbstzufriedene Ausdruck ihres Gesichts berührte mich unangenehm, und ich sprach das auch aus. An diesem Tage schien mir alles langweilig, was vorher so lustig gewesen war. Am folgenden Tage veranstaltete Lady S. einen Ausflug nach einem benachbarten Schloß; ich lehnte meine Teilnahme aber ab. Fast niemand blieb bei mir, alles hatte sich in meinen Augen gänzlich gewandelt. Alles und alle schienen mir langweilig und dumm; ich wollte weinen, meine Kur so bald wie möglich beenden und nach Rußland zurückkehren. In meiner Seele regte sich ein häßliches Gefühl, das ich mir aber noch nicht eingestehen wollte. Ich stellte mich krank, zeigte mich nicht mehr in großer Gesellschaft und ging nur ab und zu morgens aus, um meinen Brunnen zu trinken oder mit L. M., einer russischen Dame meiner Bekanntschaft, in der Umgegend spazierenzufahren. Mein Mann war um diese Zeit nicht da: er war auf einige Tage nach Heidelberg gefahren, um dort das Ende meiner Kur abzuwarten und dann nach Rußland zurückzukehren; er besuchte mich nur ab und zu.

Einmal hatte Lady S. die ganze Gesellschaft zu einer Jagd eingeladen, ich aber fuhr mit L. M. nachmittags nach dem Schloß. Während der Wagen im Schritt die sich dahinschlängelnde Landstraße entlang fuhr, zwischen den uralten Kastanien, hinter denen die hübschen, eleganten Häuschen der Umgegend von Baden-Baden sichtbar wurden, beleuchtet von den

Strahlen der untergehenden Sonne, unterhielten wir uns so ernsthaft wie nie vorher. Frau L. M., die ich schon lange kannte, erschien mir jetzt zum erstenmal als eine kluge, gute Frau, mit der man über alles reden konnte und die man gern zur Freundin hatte. Wir sprachen von der Familie, von den Kindern, von der Leere des hiesigen Lebens, wollten nach Rußland, aufs Land, und es wurde uns so wohl und weh ums Herz. Unter dem Eindruck dieses ernsten Gefühls langten wir bei dem Schloß an. Innerhalb der Mauern war es kühl und schattig, oben über den Ruinen glänzten die Sonnenstrahlen, wurden die Schritte und Stimmen anderer Menschen hörbar. Durch den Torbogen erschien wie in einem Rahmen die herrliche, doch uns Russen kalt lassende Landschaft von Baden. Wir setzten uns, um auszuruhen, und blickten schweigend in die sinkende Sonne. Die Stimmen wurden deutlicher, mir war es, als hörte ich meinen Namen nennen. Ich horchte hin und konnte, ohne daß ich es wollte, jedes Wort verstehen. Die Stimmen waren mir bekannt: es waren der Marchese D. und sein Freund, ein Franzose, den ich auch kannte. Sie sprachen von mir und von Lady S., der Franzose verglich mich mit ihr, die eine Schönheit mit der andern. Er sagte nichts Beleidigendes, aber das Blut stieg mir zum Herzen, als ich seine Worte hörte. Er erklärte, was an mir und was an Lady S. schön sei. Ich hätte schon ein Kind, Lady S. aber sei erst neunzehn Jahre; ich hätte einen schöneren Zopf, dafür aber habe die Lady eine graziösere Gestalt; die Lady sei eine Dame von Welt, „Ihre aber“, sagte er, „geht an; sie ist eben eine von diesen kleinen russischen Prinzessinnen, die jetzt so häufig hier auftauchen“. Er sagte zum Schluß, ich würde sehr gut tun, mich in keine Konkurrenz mit der Lady einzulassen; für Baden-Baden sei ich endgültig erledigt.

„Sie tut mir leid . . .“

„Wenn sie sich nur nicht mit Ihnen tröstet“, sagte er mit lustigem, grobem Lachen.

„Wenn sie abfährt, reise ich ihr nach“, sagte die grobe Stimme mit dem italienischen Akzent.

„Glücklichster der Sterblichen! Er vermag noch zu lieben!“ lachte der Franzose.

„Lieben!“ sagte die Stimme und schwieg. „Ich muß einfach lieben, ohne Liebe ist das Leben nichts. Einen Roman aus dem Leben machen, — das ist das einzig Schöne. Meine Romane brechen nie in der Mitte ab, so werde ich auch diesen zu Ende führen.“

„Bonne chance, mon ami“, sagte der Franzose.

Weiter konnten wir nichts mehr hören, denn sie bogen um die Ecke, und wir hörten ihre Schritte dann von der andern Seite herüber. Sie gingen die Treppe hinunter und traten nach wenigen Augenblicken durch eines der Seitentore, sehr erstaunt, uns zu erblicken. Ich errötete, als Marchese D. zu mir trat, und mir wurde Angst, als er mir beim Verlassen des Schlosses den Arm bot. Ich konnte das nicht abschlagen, und wir schritten hinter Frau L. M., die mit seinem Freunde ging, zum Wagen. Ich war durch die Äußerungen des Franzosen gekränkt, obgleich ich im geheimen eingestand, daß er nur ausgesprochen hatte, was ich schon lange fühlte; doch die Worte des Marchese wunderten und erschreckten mich durch ihre Roheit. Mich quälte der Gedanke, daß ich seine Worte gehört hatte und er mich trotzdem nicht fürchtete. Es war mir zuwider, ihn so in meiner Nähe zu fühlen, und ohne ihn anzusehen oder zu antworten, bemüht, den Arm so zu halten, daß ich ihn nicht berührte, ging ich eilig hinter Frau L. M. und dem Franzosen her. Der Marchese redete irgendwas über die herrliche Aussicht, das unerwartete Glück, mich zu treffen, und noch allerlei, doch ich hörte nicht zu. Ich dachte indessen an meinen Mann, an meinen Sohn, an Rußland; über etwas empfand ich Gewissensbisse, etwas tat mir leid, etwas wünschte ich, und ich hastete nach Hause, in mein stilles Zimmer im Hôtel de Bade, um in der Einsamkeit alles zu überdenken, was eben erst in meinem Herzen erwacht war. Doch Frau L. M. ging langsam, bis zum Wagen war es noch weit, und mein Kavalier verlangsamte, wie mir schien, eigensinnig den Schritt, bemüht, mich zum Stehen zu bringen. „Unmöglich!" dachte ich und versuchte schneller zu gehen. Doch er hielt mich tatsächlich auf und preßte sogar meinen Arm. Frau L. M. verschwand um eine Wegbiegung, und wir waren ganz allein. Mir wurde bange.

„Entschuldigen Sie", sagte ich kalt und wollte meinen Arm aus dem seinen nehmen, aber die Spitze meines Ärmels blieb an einem seiner Knöpfe hängen. Er beugte sich zu mir vor, um sie loszunesteln, seine Finger ohne Handschuhe berührten meine Hand. Ein mir neues Gefühl, halb Grauen, halb Wonne, überlief mich. Ich sah ihn an, mit der Absicht, ihm durch einen kalten Blick meine ganze Verachtung zu zeigen; doch meine Augen sagten etwas anderes: mein Blick war voll Schrecken und Erregung. Seine flammenden, feuchten Augen schauten dicht vor meinem Gesicht seltsam auf mich herab, auf meinen Hals, meine Brust; seine beiden Hände hielten die meinen oberhalb des Gelenks; seine geöffneten Lippen sprachen etwas, sagten, daß er mich liebe, daß ich alles für ihn sei; diese Lippen kamen mir immer näher, seine Hände umspannten die meinen fester und brannten mich. Feuer lief mir durch die Adern, vor meinen Augen wurde es dunkel, ich bebte, und die Worte, mit denen ich ihn zurückweisen wollte, erstarben in meiner Kehle. Plötzlich fühlte ich seinen Kuß auf meiner Wange; zitternd, wie zu Eis erstarrt, blieb ich stehen und sah ihn an. Außerstande, zu sprechen oder mich zu rühren, erwartete, wünschte ich etwas Grauenvolles. Das alles dauerte einen Augenblick. Doch dieser eine Augenblick war furchtbar! Ich sah ihn so ganz in diesem Augenblick! So verständlich war mir sein Gesicht; diese unter dem Strohhut hervortretende niedrige Stirn, die so an meinen Mann erinnerte, die schöne, grade Nase mit den geblähten Nüstern, der lange, festgedrehte Schnurrbart, der Kinnbart, die glattrasierten Wangen und der sonnverbrannte Hals. Ich verabscheute und fürchtete ihn: so fremd war er mir; doch in diesem Augenblick ging die ganze Leidenschaft und Erregung dieses mir widerlichen, fremden Menschen auf mich über, es zog mich unwiderstehlich zu ihm, es zog mich, mich den Küssen dieses schönen, brutalen Mundes hinzugeben, der Umarmung dieser weißen, fein geäderten Hände mit den Ringen an den Fingern, es zog mich, mich kopfüber in den sich vor mir öffnenden Abgrund verbotener Genüsse hinabzustürzen! .

„Ich bin so unglücklich", dachte ich. „Mag nur noch mehr, noch viel mehr Unglück auf mich hereinbrechen."

Er umschlang mich mit einem Arm und beugte sich über mein Gesicht. „Mag immer noch mehr Sünde und Schmach über mich kommen!" dachte ich.

„Je vous aime", flüsterte er mit der Stimme, die so sehr an die meines Mannes erinnerte. Mein Mann und mein Kind fielen mir ein, wie zwei längst entschwundene, teure Wesen, die für mich gestorben waren. Doch plötzlich tönte um die Wegbiegung die Stimme von Frau L. M., die mich rief. Ich kam zu mir, riß mich los und, ohne ihn anzusehen, eilte ich fast laufend zu Frau L. M. Wie stiegen in den Wagen, und nun erst sah ich ihn an. Er nahm den Hut ab und fragte lächelnd irgend etwas. Er verstand den unsagbaren Abscheu nicht, den ich in diesem Augenblick gegen ihn empfand.

Mein Leben schien mir so unglücklich, die Zukunft so ohne Hoffnung, die Vergangenheit so schwarz! Frau L. M. sprach mit mir, doch ich verstand kein Wort. Es schien mir, als spräche sie nur aus Mitleid mit mir, um die Verachtung zu verbergen, die sie für mich empfand. In jedem Wort, jedem Blick glaubte ich diese Verachtung und das verletzende Mitleid zu fühlen. Der Kuß brannte auf meiner Wange und der Gedanke an Mann und Kind war mir unerträglich. Als ich allein in meinem Zimmer war, wollte ich meine Lage überdenken, doch ich fürchtete mich, allein zu sein. Ich trank meinen Tee nicht aus, den man mir aufs Zimmer brachte, und ohne selbst recht zu wissen warum, begann ich mit glühender Hast alles vorzubereiten, um mit dem Abendzug zu meinem Mann nach Heidelberg abreisen zu können.

Als ich mit meinem Mädchen im leeren Eisenbahnabteil saß, der Zug sich in Bewegung setzte und ein frischer Luftzug mich durchs Fenster traf, kam ich allmählich wieder zu mir und konnte klarer über Zukunft und Vergangenheit nachdenken. Mein ganzes Eheleben, seit unserer Übersiedlung nach Petersburg, erschien mir plötzlich in neuem Licht und legte sich wie ein Vorwurf auf meine Seele. Zum erstenmal fiel mir so recht lebhaft die erste Zeit unserer Ehe auf dem Lande ein, alle unsere Pläne, und zum erstenmal kam mir die Frage: „Welche Freuden hatte er all die Zeit hindurch gehabt?“ Ich fühlte mich schuldig vor ihm. „Warum aber hat er mich nicht zurückgehalten, warum heuchelte er, warum vermied er jede Aussprache und kränkte mich so?“ fragte ich mich. „Warum gebrauchte er nicht die Macht seiner Liebe über mich? Oder liebte er mich nicht?“ Doch wie schuldig er auch sein mochte, der Kuß des Fremden brannte auf meiner Wange, ich fühlte ihn immerzu. Je mehr wir uns Heidelberg näherten, desto deutlicher sah ich meinen Mann vor mir und immer mehr graute mir vor dem bevorstehenden Wiedersehen. „Ich werde ihm alles, alles sagen, werde alles ausweinen in Tränen der Reue,“ dachte ich, „und er wird mir verzeihen.“ Doch ich wußte selbst nicht, was das „alles“ war, was ich ihm sagen wollte und glaubte selbst nicht, daß er mir verzeihen würde.

Kaum jedoch betrat ich das Zimmer meines Mannes und sah sein ruhiges, wenn auch erstauntes Gesicht, da fühlte ich, daß ich ihm nichts zu sagen oder zu bekennen und keinerlei Verzeihung zu erbitten hatte. Meine Reue und den unausgesprochenen Kummer mußte ich für mich behalten.

„Wie bist du darauf gekommen?“ fragte er. „Ich wollte morgen zu dir kommen.“ Doch als er mir schärfer ins Gesicht sah, schien er zu erschrecken. „Was hast du? Was ist mit dir?“ fragte er.

„Nichts“, sagte ich, die Tränen mit Mühe zurückhaltend. „Ich bin ganz hierhergekommen. Ich möchte gleich morgen wieder nach Rußland heimkehren.“

Er sah mich ziemlich lange schweigend und aufmerksam an. „Erzähle doch, was dir geschehen ist?“ sagte er.

Ich wurde unwillkürlich rot und schlug die Augen nieder. In seinen Augen blitzte es wie Zorn und Kränkung. Ich erschrak vor den Gedanken, die ihm kommen konnten, und mit einer Verstellungskunst, die ich mir selbst nicht zugetraut hätte, sagte ich:

„Es ist gar nichts geschehen, es war nur traurig und langweilig so allein, und ich habe viel über dich und unser Leben nachgedacht. Ich bin so tief in deiner Schuld! Warum fährst du um meinetwillen hin, wohin du gar nicht willst? Lange schon bin ich in deiner Schuld,“ wiederholte ich, und die Tränen traten mir wieder in die Augen. „Laß uns auf unser Gut zurückkehren, für immer.“

„Ach, erspare mir doch diese gefühlvollen Szenen, mein Kind!“ sagte er kalt. „Daß du aufs Land willst, ist sehr gut, denn wir haben auch nicht mehr viel Geld; aber für immer ... das ist doch nur so eine Phantasie. Ich weiß, daß du das nicht aushältst! Und nun trink Tee, das ist besser“, schloß er, und stand auf, um dem Kellner zu klingeln.

Mir fiel alles ein, was er von mir denken konnte, und mich kränkten diese schlechten Gedanken, die ich ihm zuschrieb, als ich dem unsicheren und wie beschämten Blick begegnete, den er auf mich richtete. „Nein, er kann und will mich nicht verstehen!“ Ich sagte, ich müsse nach dem Kinde sehen und verließ ihn. Ich wollte allein sein und weinen, weinen, immer weinen...

4

Das so lange ungeheizte, leere Haus in Nikolskoje wurde wieder lebendig, aber das, was einst in ihm gewesen war, lebte nicht wieder auf. Die Mutter war nicht mehr, und wir waren allein miteinander. Doch jetzt bedurften wir nicht nur ganz und gar nicht des Alleinseins, nein, es fiel uns geradezu schwer. Der Winter war für mich sehr schlimm, besonders weil ich krank war und mich erst nach der Geburt meines zweiten Sohnes wieder erholte. Die Beziehungen zwischen mir und meinem Mann blieben ebenso freundschaftlich kühl wie in der Stadt, nur daß hier auf dem Lande jedes Dielenbrett, jede Wand, jedes Sofa mich an das erinnerte, was er mir gewesen war und was ich verloren hatte. Als stünde eine unvergebene Kränkung zwischen uns, als wollte er mich für etwas strafen und so tun, als merke er es nicht. Es war kein Grund da, um Vergebung oder Gnade zu bitten: er strafte mich nur dadurch, daß er sich mir nicht ganz gab, nicht seine ganze Seele, so wie einst; doch er gab sie auch niemandem, es war, als hätte er sie nicht mehr. Manchmal glaubte ich, daß er sich nur verstellte, um mich zu quälen, und daß in Wirklichkeit das alte Gefühl noch in ihm lebendig sei, und ich suchte es wieder zu wecken. Doch er ging jeder offenen Aussprache aus dem Wege, als fürchte er, ich verstellte mich, und mied jede Gefühlsäußerung wie etwas Lächerliches. Sein Blick und seine Stimme schienen zu sagen: „Ich weiß, ich weiß ja alles, da ist nichts mehr zu sagen; alles, was du sagen willst, weiß ich auch so schon. Ich weiß auch, daß du das eine sagen wirst und das andere tun.“ Anfangs kränkte mich diese Angst vor einer offenen Aussprache, später aber gewöhnte ich mich an den Gedanken, daß das nicht Mangel an Offenheit war, sondern daß er überhaupt nicht das Bedürfnis nach solcher Offenheit hatte. Meine Zunge hätte sich jetzt nicht gerührt, um ihm zu sagen, daß ich ihn liebte, oder um ihn zu bitten, mit mir zu beten, oder um ihn zu rufen, wenn ich musizierte. Zwischen uns ging jetzt alles in den vorgeschriebenen Formen der Höflichkeit vor sich. Wir lebten jeder für sich: er seiner Arbeit, bei der ich ihm nicht zu helfen brauchte und auch nicht helfen wollte, ich meiner Untätigkeit, die ihn nicht mehr kränkte oder betrübte wie einst. Die Kinder waren noch zu klein, um eine Verbindung zwischen uns herzustellen.

So kam der Frühling. Katja kam mit Sonja für den Sommer aufs Land, unser Haus in Nikolskoje wurde umgebaut und wir siedelten nach Pokrowskoje über. Das war noch dasselbe alte Haus von Pokrowskoje mit seiner Veranda, dem Ausziehtisch und dem Flügel in dem hellen Saal, mit meinem ehemaligen Zimmer mit den weißen Vorhängen und meinen gleichsam dort vergessenen Mädchenträumen. In diesem Zimmer standen zwei Bettchen: eines war mein früheres Bett, in dem ich jetzt abends den rundlichen, behaglich ausgestreckten Kokoscha bekreuzte; aus dem anderen, kleinen, schaute zwischen dem Wickelzeug das Gesichtchen des kleinen Wanja heraus. Oft nachdem ich sie bekreuzt hatte, blieb ich mitten in dem stillen Zimmer stehen, und plötzlich lösten sich von allen Wänden und aus den Vorhängen die vergessenen Jugendträume. Alte Stimmen sangen Lieder meiner Mädchenzeit. Wo waren diese Gestalten geblieben? Wo diese lieben, süßen Weisen? Alles war Wirklichkeit geworden, was ich damals kaum zu hoffen gewagt hatte. Die unklaren, ungeformten Träume waren Wirklichkeit geworden, und diese Wirklichkeit war ein schweres, hartes und freudloses Leben. Und doch war alles ringsumher noch das Alte: noch derselbe Blick durch das Fenster auf den Garten, der Rasenplatz, der Pfad, die Bank am Rande der Schlucht, der Nachtigallenschlag, fern vom Teich her, der Flieder in voller Blüte und über dem Hause der Mond, ganz wie einst; und doch war alles so grauenhaft verändert! So kalt all das, was so teuer und nah hätte sein können! Ganz wie in früheren Zeiten sitze ich mit Katja im Wohnzimmer, und wir sprechen von ihm. Aber Katja ist eingeschrumpft, gelb geworden, in ihren Augen leuchten nicht mehr Hoffnung und Freude, sondern nur Mitgefühl und Trauer. Wir schwärmen nicht mehr von ihm wie einst, wir urteilen über ihn, wir wundern uns nicht, warum und weshalb wir so glücklich sind, und wollen nicht wie früher aller Welt erzählen, was wir denken; wir flüstern wie zwei Verschwörerinnen miteinander und fragen einander zum hundertsten Male, warum alles sich so traurig verändert hat. Und er ist noch immer der Frühere, nur die Falte zwischen den Augenbrauen ist tiefer geworden, mehr graue Haare sind an seinen Schläfen, doch der tiefe, prüfende Blick ist wie durch eine Wolke vor mir verborgen. Auch ich bin noch dieselbe, nur keine Liebe ist mehr in mir, nicht einmal der Wunsch nach Liebe. Ich fühle kein Verlangen nach Arbeit, aber auch keine Befriedigung. Und so fern und unwahrscheinlich erscheint mir nun meine frühere religiöse Begeisterung, meine einstige Liebe zu ihm, die ganze einstige Lebensfülle. Jetzt hätte ich nicht mehr verstanden, was mir früher so klar und gerecht erschien: das Glück, für einen andern zu leben. Wozu für einen anderen, wenn man nicht einmal mehr um seiner selbst willen leben mag.

Ich hatte seit der Zeit, als wir nach Petersburg übersiedelten, die Musik ganz aufgegeben; jetzt aber erwachte vor dem alten Instrument und den alten Noten die Lust dazu von neuem.

Eines Tages war mir nicht wohl, ich war allein zu Hause geblieben: Katja und Sonja waren mit ihm nach Nikolskoje gefahren, den Neubau zu besichtigen. Der Teetisch war gedeckt, ich kam herunter und spielte Klavier, während ich auf sie wartete. Ich schlug die Sonate Quasi una fantasia auf und spielte sie. Niemand war in der Nähe, alles war still, die Fenster nach dem Garten waren geöffnet, und die vertrauten, feierlich-traurigen Klänge zogen durch das Zimmer. Ich spielte den ersten Teil, und ganz unwillkürlich, nach alter Gewohnheit, sah ich mich nach der Ecke um, in der er zu sitzen pflegte, wenn er mir zuhörte. Doch er war nicht da; der längst nicht mehr benutzte Stuhl stand in seiner Ecke, vor dem Fenster hoben sich die Fliederbüsche gegen den hellen Abendhimmel ab und die Frische des Abends drang in das Zimmer. Ich stützte mich auf das Klavier, bedeckte mein Gesicht mit beiden Händen und grübelte. Lange saß ich so, mit Schmerzen an das unwiederbringlich Vergangene denkend und schüchtern von etwas Neuem träumend. Doch es schien so, als sei nichts mehr in der Zukunft, als könte ich nichts mehr hoffen, nichts mehr wünschen. „Habe ich wirklich schon ausgelebt?" dachte ich, hob mit leisem Grauen den Kopf und begann wieder dasselbe Andante zu spielen, um nicht mehr zu denken und alles zu vergessen. „Mein Gott," dachte ich, „vergib mir, wenn ich schuldig bin, gib mir zurück, was so schön und herrlich in meiner Seele war, oder lehre mich, was ich tun soll, um weiterzuleben!" Draußen vor der Einfahrt rasselten Räder, auf der Veranda ertönten wohlbekannte, vorsichtige Schritte, dann war es wieder still. Doch nicht mehr das alte Gefühl regte sich beim Klang dieser Schritte. Als ich zu Ende gespielt hatte, ertönten die Schritte hinter mir, eine Hand legte sich auf meine Schulter.

„Das hast du recht gemacht, daß du diese Sonate gespielt hast", sagte er.

Ich schwieg.

„Hast du noch nicht Tee getrunken?"

Ich schüttelte verneinend den Kopf und sah mich nicht um, um ihn die Spuren der Erregung auf meinem Gesicht nicht sehen zu lassen.

„Sie werden gleich kommen: das Pferd wollte durchgehen, und da sind sie zu Fuß die große Landstraße gegangen", sagte er.

„Wir wollen auf sie warten", sagte ich und trat auf die Veranda hinaus, in der Hoffnung, daß er mir folgen würde; doch er fragte nach den Kindern und ging zu ihnen. Seine Gegenwart, seine einfachen, guten Worte ließen mich wieder irre werden, ob ich wirklich etwas verloren hätte. Was sollte ich denn noch wünschen? Er war freundlich, mild, ein guter Mann, guter Vater, ich wußte selbst nicht, was mir fehlte. Ich trat auf den Balkon und setzte mich unter das Leinendach auf dieselbe Bank, auf der ich am Tage unserer Aussprache gesessen hatte. Die Sonne war schon untergegangen, es begann zu dämmern, ein dunkles Frühlingswölkchen hing über Haus und Garten; nur hinter den Bäumen war ein von der letzten Abendröte erhellter Himmelsstreifen sichtbar und ein eben erst aufleuchtendes Sternlein. Über allem lag der Schatten der kleinen Wolke, alles erwartete einen stillen Frühlingsregen. Der Wind legte sich ganz, kein Blättchen, kein Gräschen regte sich, der Duft von Faulbaum und Flieder erfüllte den ganzen Garten, als blühe die Luft; er nahm zu und wurde wieder schwächer, wie in Wellen, so daß man die Augen schließen und nichts mehr sehen, nichts mehr fühlen wollte außer diesem süßen Duft. Georginen und Rosenstöcke reckten noch ohne Blüten ihre reglosen Stengel von der schwarzen Erde des Beetes aufwärts, als wüchsen sie langsam an ihren weißen, abgeschälten Stützstäben empor; die Frösche unten in der Schlucht quakten aus aller Kraft in großem, harmonischem Chor, als müßten sie noch schnell fertig werden, ehe der Regen sie unter das Wasser trieb. Es war wie ein einziger dünner, ununterbrochener Ton, der aus dem Wasser aufstieg. Die Nachtigallen antworteten einander, und man konnte hören, wie sie unruhig von Busch zu Busch flatterten. Auch in diesem Jahre wieder hatte eine Nachtigall versucht, sich in dem Busch vor dem Fenster niederzulassen, und als ich hinaustrat, hörte ich, daß sie ihren Platz mit einem in der Allee vertauscht hatte und von dort aus kurz trillerte, um dann zu verstummen, wie in Erwartung einer Antwort.

Umsonst suchte ich mich zu beruhigen: ich erwartete, betrauerte etwas.

Er kam von oben zurück und setzte sich zu mir.

„Es scheint, unsere Damen werden noch Regen abbekommen", sagte er.

„Ja", sagte ich, und dann schwiegen wir beide lange.

Und die Wolke senkte sich immer tiefer und tiefer in der windstillen Luft; alles wurde ringsumher stiller, dufterfüllter, regloser, ein Tropfen fiel plötzlich, sprang von dem Segeltuchbehang der Veranda ab, ein zweiter fiel auf den Kies des Weges, es klatschte auf die Klettenblätter, und dann begann es mit großen, frischen, immer dichter fallenden Tropfen zu regnen. Die Nachtigallen und Frösche verstummten ganz, es war nur noch, als stünde der feine, aus dem Wasser aufsteigende Laut noch in der Luft, obwohl er durch den Regen ferner erschien, und ein Vogel, der sich in das dichte Laub in der Nähe der Veranda verkrochen hatte, sang seine einförmigen zwei Töne. Mein Mann stand auf und wollte gehen.

„Wo willst du hin?" fragte ich, ihn zurückhaltend. „Es ist doch so schön hier."

„Ich muß ihnen einen Schirm und Überschuhe entgegenschicken", sagte er.

„Das ist doch unnütz, es hört ja gleich wieder auf."

Er gab mir recht, und so blieben wir beide am Geländer der Veranda sitzen. Ich stützte mich mit der Hand auf den glatten feuchten Rand und streckte den Kopf hinaus. Der frische Regen tropfte mir ungleichmäßig auf Haar und Nacken. Das Wölkchen ergoß sich, heller werdend und sich verfärbend, über uns; das eintönige Rieseln des Regens wurde durch ungleichmäßig von oben und von den Blättern fallende Tropfen abgelöst. Wieder begannen die Frösche ihr Konzert; die Nachtigallen in dem feuchten Gesträuch schlugen wieder und antworteten einander. Alles rundum wurde hell.

„Wie schön!" sagte er, sich auf das Geländer setzend, und strich mit der Hand über mein feuchtes Haar.

Diese schlichte Liebkosung traf mich wie ein Vorwurf, ich wollte weinen.

„Was braucht der Mensch noch mehr?“ sagte er. „Ich bin so zufrieden jetzt, ich wünsche mir nichts anderes, ich bin ganz glücklich.“

„Früher einmal hast du anders von deinem Glück gesprochen“, dachte ich. „Wie groß es auch war, immer sagtest du, du wolltest noch mehr haben. Jetzt aber bist du ruhig und zufrieden, während meine Seele voll ist von unausgesprochener Reue und ungeweinten Tränen.“

„Auch mir ist wohl,“ sagte ich, „aber auch traurig, eben weil alles um mich so traurig ist. In mir ist alles so unklar, so unausgefüllt, ich sehne mich nach etwas, hier aber ist es so ruhig und schön. Unmöglich, daß nicht auch in dir sich Trauer in die Freude an der Natur mischt, als wünschtest du etwas Vergangenes zurück.“

Er nahm die Hand von meinem Kopf und schwieg eine Weile.

„Ja, früher ging es auch mir so, besonders im Frühling“, sagte er, wie an etwas zurückdenkend. „Auch ich habe ganze Nächte so verbracht, mit Wünschen und Hoffnungen, — schöne Nächte! . . . Aber damals lag noch alles vor mir, jetzt liegt alles hinter mir; jetzt ist es gut für mich, wie es ist, und ich bin zufrieden“, schloß er so überzeugt und ruhig, daß ich, so weh es mir tat, glauben mußte, daß er die Wahrheit sprach.

„Und du wünschst dir nichts?“ fragte ich.

„Nichts Unmögliches“, antwortete er, mein Gefühl erratend. „Dein Kopf wird ganz naß,“ fügte er hinzu, mich hätschelnd wie ein Kind, und nochmals mit der Hand über mein Haar streichend, „du beneidest die Blättchen und das Gras, weil der Regen sie durchnäßt; du möchtest selbst Gras sein und Regen und Blättchen. Ich aber freue mich nur daran, wie an allem auf der Welt, was jung und schön und glücklich ist.“

„Und ist es dir um nichts leid, was vergangen ist?“ fragte ich weiter und fühlte, wie es mir immer schwerer ums Herz wurde.

Er wurde nachdenklich und schwieg wieder. Ich sah ihm an, daß er vollkommen ehrlich sein wollte.

„Nein!“ antwortete er kurz.

„Das ist nicht wahr! Nein, das ist nicht wahr!“ sagte ich, mich nach ihm umwendend, und sah ihm in die Augen. „Trauerst du nicht um das Vergangene?“

„Nein,“ wiederholte er noch einmal, „ich bin dankbar dafür, aber ich trauere nicht darum.“

„Würdest du es denn nicht zurückwünschen?“ sagte sie.

Er wandte sich ab und sah in den Garten hinaus.

„Ich wünsche es nicht zurück, so wie ich auch nicht wünsche, daß mir Flügel wachsen“, sagte er. „Das ist unmöglich.“

„Und krittelst du nicht an der Vergangenheit? Machst du dir oder mir keinen Vorwurf?“

„Niemals! Alles war zum Guten!“

„Höre“, sagte ich, seine Hand berührend, damit er sich nach mir umsehe. „Höre, warum hast du mir nie gesagt, daß du wünschest, ich solle nach deinem Willen leben, warum hast du mir eine Freiheit gegeben, die ich nicht zu nutzen verstand, hast aufgehört, mich zu erziehen? Wenn du nur gewollt, wenn du mich anders geleitet hättest, — nichts, nichts wäre geschehen“, sagte ich mit einer Stimme, in der immer mehr von kaltem Verdruß und Vorwurf klang und nicht mehr die frühere Liebe.

„Was wäre nicht geschehen?“ fragte er, sich erstaunt nach mir umwendend. „Es ist doch auch so nichts geschehen. Alles ist gut. Sehr gut“, fügte er lächelnd hinzu.

„Versteht er mich wirklich nicht, oder, was noch schlimmer wäre, will er mich nicht verstehen?“ dachte ich, und die Tränen traten mir in die Augen.

„Dann wäre es nicht geschehen, daß ich jetzt so ganz schuldlos durch deine Gleichgültigkeit, ja Verachtung gestraft werde“, stieß ich plötzlich hervor. „Es wäre nicht geschehen, daß du mir plötzlich ganz ohne meine Schuld alles nimmst, was mir teuer war.“

„Was redest du, mein Herz?“ fragte er, als verstände er nicht, was ich sprach.

„Nein, laß mich ausreden ... Du hast mir dein Zutrauen, deine Liebe, ja deine Achtung entzogen; denn nach dem, was gewesen ist und wie es früher war, glaube ich nicht, daß du mich jetzt noch liebst. Nein, ich muß alles aussprechen, was mich schon solange quält“, unterbrach ich ihn wieder. „Bin ich denn schuld, daß ich das Leben nicht kannte, daß du es mir überließest, mich allein in ihm zurechtzufinden? ... Bin ich schuld, daß ich noch jetzt, wo ich begriffen habe, was richtig ist, mich schon bald ein Jahr quäle, um mich zu dir zurückzufinden? Du aber stößt mich fort, als begriffest du nicht, was ich will, und tust das immer so, daß man dir keinen Vorwurf daraus machen kann und nur ich immer schuldig und unglücklich bin! Ja, du willst mich wieder in das Leben zurückstoßen, das an meinem und deinem Unglück schuld ist.“

„Wodurch habe ich dich das denn fühlen lassen?“ fragte er mit ehrlichem Schrecken und Erstaunen.

„Hast du nicht erst gestern abend, ja überhaupt immer gesagt, daß ich es hier nicht aushalten würde, daß wir im Winter nach Petersburg ziehen müßten, das ich doch verabscheue?“ fuhr ich fort. „Statt mich zu halten, gehst du jeder Aufrichtigkeit aus dem Wege, jedem ehrlichen, herzlichen Wort. Und wenn ich dann ganz gefallen bin, dann wirst du mir Vorwürfe machen und dich an meinem Fall freuen.“

„Halt ein, halt ein!“ sagte er streng und kalt. „Was du jetzt sprichst, ist nicht gut. Es zeigt nur, daß du gegen mich feindlich eingestellt bist, daß du nicht ...“

„Daß ich dich nicht liebe? Sag' es! Sag' es nur!“ sagte ich, und Tränen stürzten mir aus den Augen. Ich setzte mich auf die Bank und bedeckte mein Gesicht mit dem Tuch.

„So also versteht er mich!“ dachte ich und suchte die Tränen zurückzuhalten, die mich fast erstickten. „Vorbei, vorbei ist es, mit unserer einstigen Liebe“, sprach eine Stimme in meinem

Inneren. Er trat nicht zu mir, tröstete mich nicht. Er war beleidigt durch das, was ich gesagt hatte. Seine Stimme klang ruhig und kühl.

„Ich weiß nicht, was du mir vorwirfst", begann er. „wenn es das ist, daß ich dich nicht mehr so geliebt habe wie früher..."

„Geliebt habe!" wiederholte ich in mein Tuch hinein, und die bittern Tränen flossen noch stärker.

„... so ist daran die Zeit schuld und wir selbst. Jede Zeit hat ihre Liebe..." Er schwieg einen Augenblick. „Und um dir schon die ganze Wahrheit zu sagen, da du ja Aufrichtigkeit verlangst: in jenem Jahr, als ich dich zuerst kennengelernt hatte, da habe ich viel schlaflose Nächte verbracht, in denen ich über dich nachdachte, und ich war selbst der Schöpfer dieser Liebe, sie wuchs und wuchs in meinem Herzen; in Petersburg aber und später im Auslande fand ich auch keine Ruhe und schlief nicht und habe in furchtbaren Nächten diese Liebe zerbrochen und zerstört, die mich so marterte. Ich zerstörte nicht sie selbst, sondern nur das an ihr, was mich so quälte. Und so beruhigte ich mich endlich und liebe dich immer noch, aber mit einer andern Liebe."

„Ja, du nennst das Liebe, aber es ist eine Qual", sagte ich. „Warum hast du erlaubt, daß ich in der großen Welt lebe, wenn dir das so schädlich erschien und du deshalb aufgehört hast, mich zu lieben."

„Nicht wegen der großen Welt, mein Herz", sagte er.

„Warum hast du nicht deine Macht benutzt," fuhr ich fort, „mich nicht gefesselt, getötet? Es wäre mir jetzt besser, als alles zu verlieren, was mein Glück bedeutete; mir wäre jetzt wohl, ich brauchte mich nicht zu schämen."

Ich schluchzte wieder und bedeckte mein Gesicht mit der Hand.

In diesem Augenblick kamen Katja und Sonja, lustig und durchnäßt, unter lautem Gelächter und Geschwätz auf die

Veranda, doch als sie uns erblickten, verstummten sie und entfernten sich sofort.

Wir schwiegen lange, als sie gegangen waren; ich weinte mich aus, und mir wurde leichter. Ich sah ihn an. Er saß, den Kopf in die Hand gestützt, und wollte etwas sagen, als Antwort auf meinen Blick; doch er seufzte nur schwer und bedeckte sein Gesicht.

Ich trat zu ihm hin und zog seine Hand weg. Sein Blick ruhte nachdenklich auf mir.

„Ja", sagte er, als setze er seine Gedanken fort. „Wir alle, besonders aber ihr Frauen müßt selbst erst all den Unsinn des Lebens durchleben, um zum wirklichen Leben zurückzukehren; einem andern glauben, das geht nicht. Du hattest damals noch längst nicht all die lieben, glänzenden Torheiten durchgemacht, die mich damals so an dir entzückten; und ich ließ dich alles durchleben und fühlte, daß ich kein Recht hatte, dich zu hindern, obgleich für mich diese Zeit längst vorüber war."

„Warum hast du mich denn diese Torheiten machen lassen und mit mir zusammen gelebt, wenn du mich liebst?" fragte ich.

„Weil du mir nicht hättest glauben können, auch wenn du es gewollt hättest; du mußtest alles selbst kennenlernen, und nun hast du es kennengelernt."

„Du hast viel gegrübelt, sehr viel gegrübelt," sagte ich, „und wenig geliebt."

Wir schwiegen wieder.

„Es ist hart, was du eben sagtest, aber wahr", sagte er, plötzlich aufstehend, und begann auf der Veranda auf und ab zu gehen. „Ja, es ist wahr. Ich war schuld," fügte er hinzu, vor mir stehenbleibend, „entweder hätte ich dich überhaupt nicht lieben dürfen oder dich einfacher lieben sollen."

„Laß uns alles vergessen", sagte ich schüchtern.

„Nein, was vorüber ist, kommt nicht wieder, niemals", — und seine Stimme wurde weich, als er das sagte.

„Alles ist schon wieder wie einst“, sagte ich, die Hände auf seine Schultern legend.

Er zog meine Hand weg und drückte sie.

„Nein, ich habe die Unwahrheit gesagt, daß ich nicht um das Vergangene trauere; nein, ich trauere, ich weine um diese gestorbene Liebe, die nicht mehr ist und nicht mehr sein kann. Wer daran schuld ist, weiß ich nicht. Es ist eine Liebe geblieben, doch nicht mehr dieselbe; der Platz it noch da; sie aber ist vor Schmerz gestorben, hat nicht mehr Saft und Kraft, es bleibt nur die Erinnerung und die Dankbarkeit, aber . . .“

„Sprich nicht so“, unterbrach ich ihn. „Es soll alles wieder werden, wie es war. Es ist doch möglich? Ja?“ fragte ich und sah ihm in die Augen. Doch seine Augen waren klar und ruhig und blickten nicht tief in mein Inneres.

Während ich sprach, fühlte ich schon, daß das, was ich wünschte, um was ich ihn bat, unmöglich war. Er lächelte ruhig, milde und, wie mir schien, etwas greisenhaft.

„Wie jung du noch bist, und ich — wie alt!“ sagte er. „In mir ist das nicht mehr vorhanden, was du suchst; wozu sich selbst betrügen?“ setzte er hinzu, immer noch lächelnd.

Ich stand ihm schweigend gegenüber, und mir wurde ruhiger ums Herz.

„Wir wollen nicht versuchen, das Leben zu wiederholen,“ fuhr er fort, „wir wollen uns nicht belügen. Und dafür, daß die früheren Sorgen und Aufregungen nicht mehr sind, können wir nur Gott danken! Wir haben nichts mehr zu suchen, haben keinen Anlaß mehr, uns aufzuregen. Wir haben schon gefunden, und für uns ist genug Glück abgefallen. Jetzt müssen wir aber abtreten und dem da den Weg offen lassen“, sagte er und zeigte auf die Amme, die mit Wanja in der Tür der Veranda stand. „So ist es, mein Herz“, sagte er, meinen Kopf an sich ziehend und mich küssend. Nicht der Geliebte war es, der mich küßte, sondern ein alter Freund.

Aus dem Garten aber stieg immer stärker und süßer die

duftende Frische der Nacht auf, immer feierlicher wurden die Klänge und die Stille, und immer mehr Sterne flammten auf. Ich sah ihn an, und plötzlich wurde mir leicht ums Herz, als sei der kranke Nerv verschwunden, der mir solche Schmerzen bereitet hatte. Ich begriff plötzlich ganz klar und ruhig, daß das Gefühl jener Zeit unwiederbringlich vorüber war, wie die Zeit selbst, und daß es nicht nur unmöglich war, sondern auch schwer und peinvoll gewesen wäre, sie zurückzubringen. Ja, und war sie denn wirklich so gut, diese Zeit, die mir so glücklich schien? Und wie lange war das schon alles her!

„Aber es ist Zeit zum Tee!“ sagte er, und wir gingen zusammen ins Wohnzimmer. In der Tür stießen wir wieder auf die Amme mit Wanja. Ich nahm den Kleinen auf den Arm, deckte seine bloßen, roten Beinchen zu, drückte ihn an mich und küßte ihn, ihn scheu mit den Lippen streifend. Er bewegte wie im Traum das Händchen mit den gespreizten, runzligen Fingerchen und öffnete die trüben Äuglein, als suche er etwas oder erinnere sich an etwas; plötzlich blieben die Augen an mir haften: es war, als zucke der Funken eines Gedankens in ihnen, die rundlichen Lippen verzogen sich zu einem Lächeln. „Mein, mein, mein!“ dachte ich glückselig und drückte ihn an meine Brust, mit Mühe an mich haltend, um ihm nicht weh zu tun. Dabei fühlte ich, wie durch alle meine Glieder ein seliges Gefühl zuckte. Ich küßte seine kalten Beinchen, das Bäuchlein, die Händchen und den kleinen, kaum mit Haaren bedeckten Kopf. Mein Mann trat zu mir, ich bedeckte rasch das Gesicht des Kindes und machte es dann wieder frei.

„Iwan Sergeïtsch“, sagte mein Mann und griff ihm mit den Fingern ans Kinn. Ich deckte aber Iwan Sergeïtsch rasch wieder zu. Niemand außer mir sollte ihn länger ansehen. Ich sah meinen Mann an, seine Augen lachten, als sie in die meinen schauten, und zum erstenmal nach langer Zeit blickte ich leicht und froh in die seinen.

Mit diesem Tage endet mein Roman mit meinem Mann; das alte Gefühl wurde zu einer teuren, unwiederbringlichen Erinnerung, das neue aber, das Gefühl der Liebe zu den Kindern und zu dem Vater meiner Kinder legte den Grund zu einem neuen, ganz anderen Glück, einem Leben, das im gegenwärtigen Augenblick noch nicht zu Ende gelebt ist . . .

1859

POLIKUSCHKA

I

„Ganz wie Sie befehlen, gnädige Frau! Es ist nur schade um die Dutlows. Lauter prächtige Kerle, einer wie der andere; wenn wir aber nicht einen Mann vom Hofgesinde weggeben, dann hilft es nichts, dann muß einer von ihnen dran," sagte der Verwalter, „es deuten auch so schon alle auf sie hin. Übrigens, ganz wie Sie wollen!"

Und er legte die rechte Hand auf die Linke, hielt sie beide vor dem Bauch, beugte den Kopf nach einer Seite, zog die dünnen Lippen ein, wobei er fast geschmatzt hätte, und verstummte in der offenkundigen Absicht, lange zu schweigen und ohne Widerrede all den Unsinn anzuhören, den die gnädige Frau nun vorbringen würde.

Der Verwalter gehörte zum Hofgesinde; er war glattrasiert, hatte einen langen Rock an von jenem besonderen Schnitt, wie ihn Gutsverwalter tragen, und stand an einem Herbstabend vor seiner Herrin, um ihr Bericht zu erstatten. Nach der Auffassung der gnädigen Frau bestand der Bericht darin, daß sie Meldung über erledigte Geschäfte entgegennahm und Verfügungen über künftig zu Unternehmendes traf. Nach der Ansicht des Verwalters Jegor Michajlowitsch hieß Bericht erstatten soviel wie mit nach auswärts gedrehten Füßen in der Ecke stehen, das Gesicht zum Sofa gekehrt, allerlei nicht zur Sache gehöriges Geschwätz anhören und die gnädige Frau mit den verschiedensten Mitteln soweit bringen, daß sie zu allen Vorschlägen des Verwalters schnell und ungeduldig „gut, gut" sagte.

Diesmal handelte es sich um die Rekrutierung. Das Dorf Pokrowskoje hatte drei Mann zu stellen. Zwei hatte das Schicksal selbst unzweifelhaft dazu bestimmt; moralische, wirtschaftliche und Familienverhältnisse sprachen dafür. Über diese zwei konnte weder bei der Gemeinde, noch bei der gnädigen Frau, noch bei der öffentlichen Meinung Zweifel oder Streit entstehen. Doch über den dritten war man uneins. Der Verwalter wollte die drei Dutlows schonen und einen vom Hofgesinde stellen, den Polikuschka, einen verheirateten Mann, der in sehr schlechtem Rufe stand und mehrmals beim Diebstahl von Säcken, Pferdeleinen und Heu ertappt worden war. Allein die gnädige Frau, die Polikuschkas zerlumpte Kinder oft liebkoste und die Sittlichkeit des Vaters durch fromme Ermahnungen zu heben suchte, wollte ihn nicht hergeben. Dabei wollte sie aber auch den Dutlows nichts Böses tun, die sie gar nicht kannte und nie gesehen hatte. Doch konnte sie es durchaus nicht begreifen, und der Verwalter hatte nicht den Mut, es ihr zu sagen, daß einer von den Dutlows ausgehoben werden mußte, wenn Polikuschka es nicht sein sollte. „Ich will ja nicht das Unglück der Dutlows", sagte sie gefühlvoll. „Wenn Sie das nicht wollen, so bezahlen Sie doch dreihundert Rubel für einen Stellvertreter", hätte man ihr antworten müssen. Doch Jegor Michajlowitsch hielt das für unpolitisch.

Jegor Michajlowitsch stand also ruhig da, unbemerkt lehnte er sich sogar an den Türpfosten an, und ohne seinen demütigen Gesichtsausdruck zu ändern, beobachtete er, wie sich die Lippen der Gnädigen bewegten, und wie die Rüsche an ihrem Häubchen zugleich mit ihrem Schatten an der Wand unter dem Bildchen hin und her hüpfte. Er hielt es aber gar nicht für nötig, in den Sinn ihrer Rede einzudringen. Die gnädige Frau sprach lang und viel. Diese Töne waren ihm sogar angenehm; er bekam einen Gähnkrampf hinter den Ohren, verwandelte aber dieses Zucken geschickt in einen Husten, indem er die Hand vor den Mund hielt und tat, als ob er sich räusperte.

Vor einiger Zeit sah ich, wie Lord Palmerston mit dem Hut auf dem Kopf dasaß, während ein Vertreter der Opposition gegen das Ministerium donnerte, und wie er sich dann plötzlich erhob und in einer dreistündigen Rede auf alle Punkte des Gegners Antwort gab; ich sah dies, und war gar nicht erstaunt, weil ich etwas Ähnliches tausendmal bei Jegor Michajlowitsch und seiner gnädigen Frau gesehen hatte. Ob er nun fürchtete einzuschlafen, oder meinte, daß sie sich schon allzusehr hinreißen lasse — er verlegte den Schwerpunkt seines Körpers vom linken Bein auf das rechte und begann mit der sakramentalen Einleitung, mit der er stets anzufangen pflegte:

„Wie Sie belieben, gnädige Frau, nur ... die Gemeindeversammlung steht jetzt vor meinem Kontor, und die Sache muß zu Ende kommen. Der Befehl lautet, daß die Rekruten bis Mariä Schutz nach der Stadt gebracht werden sollen. Von den Bauern sind es die Dutlows allein, auf die alle hinweisen; sonst kommt niemand in Betracht. Die Gemeinde nimmt ihr Interesse nicht wahr. Der ist es ganz gleich, wenn wir die Dutlows ruinieren. Ich weiß ja doch, wie die sich geplagt haben. Seit ich hier Verwalter bin, haben sie in Armut gelebt. Endlich ist der jüngste Neffe herangewachsen; der Alte hat es kaum erwarten können, und nun soll man sie wieder ruinieren. Und ich, das müssen Sie doch wissen, sorge für Ihr Eigentum, wie für das meinige. Es ist schade, gnädige Frau — aber wie Sie belieben. Er ist weder mein Bruder noch mein Gevatter, und bekommen hab' ich von ihnen nichts ...“

„Das denk' ich auch gar nicht, Jegor!“ unterbrach ihn die gnädige Frau und dachte sogleich, daß er von den Dutlows bestochen sei.

„Ihr Hof ist nun mal in ganz Pokrowskoje der beste. Gottesfürchtige, arbeitsame Bauern sind sie. Der Alte ist schon dreißig Jahre Kirchenältester, er trinkt keinen Schnaps, nimmt kein böses Wort in den Mund, geht in die Kirche.“ Der Verwalter wußte, womit er seine Herrin bestechen konnte. „Vor allem aber, das sage ich Ihnen: er hat nur zwei Söhne, die andern sind bloß Neffen. Die Gemeinde hat ihn genannt, von Rechts wegen aber müßte er ein ‚Zweisöhnelos' ziehen. Andere, die sogar drei Söhne hatten, haben das Land unter sie verteilt, weil sie nicht zu wirtschaften verstehen, und nun kann ihnen keiner was anhaben, während diese für ihre Tugend leiden müssen . . ."

Hier verstand die gnädige Frau schon gar nichts mehr — sie verstand nicht, was „Zweisöhnelos" hier bedeuten sollte, sie vernahm nur Laute und betrachtete die Nankingknöpfe an dem Rocke des Verwalters: den oberen knöpfte er wohl selten zu; darum saß er noch fest, der mittlere war aber schon ganz locker und hing nur noch an einem Faden, so daß er schon längst hätte angenäht werden müssen. Bekanntlich braucht man aber bei einer Unterredung, besonders einer geschäftlichen, durchaus nicht zu verstehen, was einem gesagt wird; man muß nur an das denken, was man selber sagen will. So machte es auch die gnädige Frau.

„Warum willst du mich bloß nicht verstehen, Jegor Michajlow?" sagte sie. „Ich wünsche ja durchaus nicht, daß der Dutlow Soldat wird. Ich dächte doch, du kennst mich genug, um zu wissen, daß ich alles tue, was ich kann, um meinen Bauern zu helfen, und daß ich nicht ihr Unglück will. Du weißt, daß ich alles zu opfern bereit bin, um dieser traurigen Notwendigkeit zu entgehen und weder den Dutlow noch den Choriuschkin hinzugeben." (Ich weiß nicht, ob dem Verwalter hierbei einfiel, daß man, um dieser traurigen Notwendigkeit zu entgehen, nicht alles zu opfern brauchte, sondern daß dreihundert Rubel genügten; aber dieser Gedanke hätte ihm leicht kommen können.) „Eins nur sag' ich dir, den Polikej gebe ich um keinen Preis hin. Als er nach jener Geschichte mit der Uhr mir selbst alles gestand und weinte und schwur, daß er sich bessern wolle, da habe ich lange mit ihm gesprochen und gesehen, wie er gerührt war und wie aufrichtig er bereute." („Na, die ist im Zuge!“ dachte Jegor Michajlowitsch und betrachtete das Eingemachte, das die gnädige Frau in ihr Glas Wasser getan hatte. Ob das Apfelsinen- oder Zitronengelee war? Wohl etwas Bitteres, dachte er.) „Seitdem sind sieben Monate vergangen, und er ist kein einziges Mal betrunken gewesen und hält sich vortrefflich. Seine Frau sagte mir, er sei ein ganz anderer Mensch geworden. Wie willst du nun, daß ich ihn jetzt strafen soll, wo er sich gebessert hat? Und ist es denn nicht unmenschlich, einen Mann unter die Soldaten zu stecken, der fünf Kinder hat und der allein für alle sorgen muß? Nein, rede mir gar nicht mehr davon, Jegor . . .“

Und die gnädige Frau nahm einen Schluck aus ihrem Glas mit dem Eingemachten.

Jegor Michajlowitsch verfolgte mit den Blicken, wie das Wasser durch ihre Kehle lief und sagte dann kurz und trocken:

„Also soll der Dutlow hin?“

Die gnädige Frau schlug die Hände zusammen.

„Kannst du mich denn gar nicht verstehen? Will ich denn den Dutlow unglücklich machen, habe ich etwas gegen ihn? Gott ist mein Zeuge, daß ich alles für die Leute tun möchte!“ Sie blickte auf das Bild in der Ecke, dabei fiel ihr aber gleich ein, daß es ja nicht den lieben Gott darstellte. „Ach was, darauf kommt es ja nicht an“, dachte sie. (Wiederum war es seltsam, daß sie nicht auf die dreihundert Rubel kam.) „Was soll ich denn machen? Weiß ich denn, was und wie? Ich kann das nicht wissen! Nun, ich verlasse mich auf dich; du weißt, was ich will. Mach’ es so, daß alle zufrieden sind und das Gesetz eingehalten wird. Was soll man denn machen? Nicht ihnen allein, uns allen sind schwere Augenblicke beschieden. Nur den Polikej darf ich nicht hingeben. Du verstehst, daß es furchtbar wäre, wenn ich das täte.“

Sie hätte noch lange gesprochen — so erregt war sie — doch da trat das Dienstmädchen ins Zimmer.

„Was willst du, Duniascha?“

„Ein Bauer ist gekommen, er läßt Jegor Michajlysch fragen, ob die Gemeinde noch warten soll!“ sagte Duniascha und blickte Jegor Michajlowitsch zornig an. („Ach, dieser Verwalter!“ dachte sie. „Er hat die gnädige Frau aufgeregt; jetzt wird sie mich wieder bis nach ein Uhr nicht schlafen lassen.“)

„Gehe also, Jegor,“ sagte die gnädige Frau, „und mach' es recht.“

„Zu Befehl.“ (Er sagte kein Wort mehr über die Dutlows.) „Wen befehlen Sie aber nach dem Geld zum Gärtner zu schicken?“

„Ist denn Petruscha noch nicht aus der Stadt zurück?“

„Nein.“

„Kann Nikolaj nicht hinfahren?“

„Mein Vater liegt mit Kreuzschmerzen im Bette“, sagte Duniascha.

„Sollte ich nicht selber morgen fahren?“ fragte der Verwalter.

„Nein, du bist hier nötig, Jegor.“ (Die gnädige Frau dachte nach.) „Wieviel Geld ist es?“

„Vierhundertzweiundsechzig Rubel.“

„Schick' den Polikej“, sagte die gnädige Frau und sah Jegor Michajlow entschlossen ins Gesicht.

Jegor Michajlow zog, ohne die Zähne sehen zu lassen, die Lippen auseinander, als ob er lächelte, aber der Ausdruck seines Gesichtes blieb unverändert.

„Zu Befehl.“

„Schicke ihn zu mir.“

„Zu Befehl.“ Und Jegor Michajlowitsch ging nach dem Kontor.

2

Polikej hatte als unbedeutender und schlecht beleumdeter Mensch, der zudem noch aus einem anderen Dorfe stammte, keinerlei Protektion: weder durch die Haushälterin, noch durch den Küchenchef, noch durch den Verwalter oder das Stubenmädchen, und so war sein „Winkel“ der allerschlechteste, obgleich er mit Weib und Kindern zu sieben darin hauste. Die „Winkel“ waren schon von dem verstorbenen Gutsherrn folgendermaßen gebaut worden: in einem Steinhäuschen von zehn Arschin im Quadrat stand in der Mitte ein großer russischer Ofen, rund um den Ofen herum ging ein „Kolidor“, wie die Leute sagten, und in jeder Ecke befand sich ein durch Bretter abgeteilter „Winkel“. Platz war also nicht viel, besonders in Polikejs Winkel, der sich dicht neben der Eingangstür befand. Das Ehebett mit einer Steppdecke und kattunbezogenen Kissen, eine Wiege mit dem Jüngsten, ein dreibeiniger Tisch, auf dem Essen bereitet und gewaschen wurde, auf dem alles lag, was man im Hause brauchte und an dem Polikej auch arbeitete (er war Roßarzt), Bütten, Kleider, ein Kalb, Hühner und die siebenköpfige Familie füllten den Raum so vollkommen aus, daß sie sich überhaupt nicht hätten bewegen können, wenn sie nicht den vierten Teil des gemeinsamen Ofens zur Verfügung gehabt hätten, wo sowohl Menschen als Sachen untergebracht werden konnten. Und außerdem konnte man ja noch auf die Vortreppe hinausgehen. Oder vielleicht auch nicht, denn im Oktober ist es kalt und an warmer Kleidung hatten alle zusammen nur einen einzigen Schafpelz. Doch die Kinder konnten sich durch Laufen, die Großen durch Arbeit erwärmen, und allesamt konnten sie auf den Ofen klettern, wo bis zu vierzig Grad Wärme herrschte. In solchen Verhältnissen zu leben scheint schrecklich; ihnen aber machte es wenig aus, — es ließ sich schließlich doch leben. Akulina wusch und nähte für die Kinder und den Mann, spann, wob und bleichte ihre Leinwand, kochte und buk in dem gemeinsamen Ofen, zankte und klatschte mit den Nachbarn. Das Lebensmitteldeputat reichte nicht nur für die Kinder, sondern es blieb auch noch etwas für die Kuh übrig. Holz hatten sie frei, Viehfutter ebenfalls, auch Heu fiel aus dem herrschaftlichen Stalle für sie ab. Ein Streifen Gemüseland war auch vorhanden. Die Kuh hatte gekalbt; sie hielten auch ein paar Hühner. Polikej versah Stalldienste, putzte die zwei Hengste, ließ den Pferden und Rindern zur Ader, reinigte die Hufe, stach den Rachen und rieb Salben eigener Erfindung ein; dafür bekam er Geld und Lebensmittel. Von dem herrschaftlichen Hafer blieb auch immer etwas übrig. Im Dorfe lebte ein Bauer, der für zwei Maß Hafer jeden Monat zwanzig Pfund Hammelfleisch hergab. So hätte sich's wohl leben lassen, wenn sie keinen Kummer gehabt hätten. Allein die ganze Familie hatte schwer zu tragen. Polikej war als junger Mensch in einem anderen Dorfe bei einem Gestüt gewesen. Der Pferdeknecht, dem er unterstand, war der größte Dieb in der ganzen Gegend; er wurde schließlich auch zur Ansiedlung nach Sibirien verschickt. Bei diesem Pferdeknecht ging Polikej in die Lehre, und jung wie er war, gewöhnte er sich so an diese „Kleinigkeiten", daß er auch später nicht mehr von ihnen lassen konnte, so gern er es auch getan hätte. Er war eben ein junges, schwaches Menschenkind, hatte nicht Vater noch Mutter, und es war niemand da, ihn zu unterweisen. Polikej trank gern und liebte es nicht, wenn etwas herumlag. Ob es ein Kumtenriemen oder ein Sattel war, ein Schloß, ein Deichselnagel oder etwas Wertvolleres, — für alles fand Polikej Iljitsch Verwendung. Überall gab es Leute, welche diese Sachen gern entgegennahmen und sie mit Schnaps oder Geld bezahlten, je nach Übereinkunft. Diese Art von Verdienst ist die allerleichteste, sagt das Volk; man braucht keine Lehrzeit, keine Arbeit, noch irgend sonst etwas; wenn man es einmal versucht hat, mag man keine andere Arbeit mehr. Eines nur ist schlimm bei diesem Gelderwerb: wenn man auch alles billig und mühelos erlangt und ein angenehmes Leben hat, so wird man von bösen Menschen doch oft gestört, und dann muß man für alles auf einmal bezahlen und wird seines Lebens nicht froh.

So ging es auch Polikej. Er heiratete, und Gott gab ihm Glück: seine Frau, die Tochter eines Viehknechtes, war ihm ein gesundes, gescheites, arbeitsames Weib, das ihm Kinder gebar, die eines besser als das andere waren. Einmal aber ging's ihm schief: er wurde bei einer Kleinigkeit ertappt: er hatte einem Bauern einen ledernen Zügel gemaust. Man fand das Gestohlene, prügelte den Dieb durch, führte ihn vor die Gnädige und beobachtete ihn seitdem scharf. Er wurde zum zweiten, zum dritten Mal ertappt. Die Leute schimpften auf ihn, der Verwalter drohte, ihn zum Militär zu geben, von der Gutsherrin erhielt er einen Verweis; seine Frau weinte und grämte sich; alles ging drunter und drüber. Er war kein schlechter Mensch, nur schwach: er trank gern eins über den Durst und hatte sich so daran gewöhnt, daß er nicht mehr davon lassen konnte. Manchmal schalt ihn seine Frau und schlug ihn sogar, wenn er betrunken nach Hause kam; dann weinte er und sagte: „Ich bin ein unglücklicher Mensch. Was soll ich bloß machen? Blind und taub soll ich werden, wenn ich's nicht lasse! Ich tu's nicht wieder!" Aber nach einem Monat ging er wieder aus dem Hause, betrank sich, und war zwei Tage verschwunden. „Irgendwo muß er doch das Geld zum Saufen hernehmen", meinten die Leute. Sein letzter Streich war der mit der Uhr im Kontor gewesen. Im Kontor hing eine alte Wanduhr, die längst nicht mehr ging. Einmal kam er allein in das unverschlossene Kontor, die Uhr stach ihm in die Augen, er trug sie weg und verkaufte sie in der Stadt. Nun mußte es sich gerade treffen, daß der Krämer, dem er die Uhr verkaufte, der Schwager eines der Mädchen vom Gutsgesinde war und an einem Feiertage zum Besuch ins Dorf kam; da erzählte er auch von der Uhr. Man ging der Sache nach, als ob jemandem etwas daran gelegen gewesen wäre. Besonders der Verwalter mochte Polikej nicht. Die ganze Geschichte kam an den Tag und wurde der gnädigen Frau gemeldet. Die gnädige Frau ließ Polikej zu sich kommen. Er fiel ihr sofort zu Füßen und gestand ihr alles in gefühlvollen, rührenden Worten, wie seine Frau es ihn gelehrt hatte. Er machte alles sehr gut. Die gnädige Frau redete ihm ins Gewissen, redete und jammerte lange Zeit, sprach vom lieben Gott, von der Tugend, vom ewigen Leben, von seiner Frau und seinen Kindern und rührte ihn schließlich zu Tränen. Die gnädige Frau sagte:

„Ich verzeihe dir, versprich mir nur, dies nie wieder zu tun!"

„Nie! Mag mich die Erde verschlingen, mag mein Leib bersten!" sagte Polikej, und weinte jämmerlich.

Polikej kam nach Hause, brüllte den ganzen Tag wie ein Kalb und lag auf dem Ofen. Von da an ward niemals mehr irgend etwas an Polikej bemerkt. Nur sein Leben war traurig geworden: die Leute hielten ihn eben für einen Dieb und als die Zeit der Rekrutenaushebung kam, nannten alle seinen Namen.

Polikej war, wie gesagt, Roßarzt. Wie er es plötzlich geworden war, wußte niemand, und er selber am allerwenigsten. Auf dem Gestüt, bei dem Pferdeknecht, der später nach Sibirien verschickt wurde, hatte er nichts anderes zu tun gehabt, als Boxes auszumisten, ab und zu die Pferde selber zu putzen und Wasser zu fahren. Dort hatte er also nichts lernen können. Dann war er Weber, dann arbeitete er im Garten, reinigte die Fußwege; dann mußte er zur Strafe Ziegel schlagen, dann wurde er gegen Zins entlassen und diente bei einem Kaufmann als Hausknecht. Also auch da hatte er keine ärztliche Praxis. Doch während seines letzten Aufenthaltes in der Heimat verbreitete sich allmählich der Ruf seiner ungewöhnlichen, sogar ein wenig übernatürlichen Pferdeheilkunst. Er ließ einmal und wieder einmal zu Ader, dann warf er ein Pferd um und bohrte ihm in der Lende herum, dann verlangte er, man solle ein Pferd in das Zwangsgestell führen und schnitt ihm den Strahl bis aufs Blut an, obgleich das Pferd um sich schlug und sogar winselte. Er sagte, so werde „das unter dem Huf befindliche Blut abgezapft". Darauf erklärte er den Bauern, es sei unerläßlich das Blut aus beiden Adern zu lassen, „der größeren

Leichtigkeit halber" und schlug mit dem Hammer auf die stumpfe Lanzette los; dann zog er unter dem Bauche des Pferdes vom Verwalter das Kopftuch seiner Frau durch, oder behandelte alle Wunden mit Vitriol, goß irgend etwas aus einem Fläschchen drauf und gab innerlich ein, was ihm in den Kopf kam. Und je mehr er die Pferde quälte und zu Tode kurierte, desto mehr Vertrauen brachte man ihm entgegen, und desto mehr Pferde wurden ihm zugeführt.

Ich denke, daß es uns, den Angehörigen der höheren Stände, nicht zukommt, über Polikej zu lachen. Die Kunstgriffe, deren er sich bediente, um Vertrauen einzuflößen, waren dieselben, die auf unsere Väter gewirkt haben, auf uns wirken und auf unsere Kinder wirken werden. Der Bauer, der sich mit dem Bauch auf den Kopf seiner einzigen Stute wirft, die nicht nur seinen Reichtum, sondern geradezu einen Teil seiner Familie ausmacht, und gläubig und entsetzt auf das bedeutsam gefurchte Gesicht Polikejs, auf seine dünnen Arme in den aufgestreiften Hemdärmeln starrt, wie er mit Absicht gerade die schmerzhafte Stelle preßt und dreist einschneidet in das lebendige Fleisch mit dem heimlichen Gedanken: „Immer drauf los, es wird schon schief gehen!" während er so tut, als wisse er, wo das Blut, der Eiter, die Sehnen, die Adern sind, und zwischen den Zähnen das heilende Läppchen oder das Fläschchen mit Vitriol hält — dieser Bauer kann sich nicht vorstellen, daß Polikej, ohne seiner Sache sicher zu sein, die Hand zum Schneiden erheben könnte. Er selbst wäre nicht imstande, das zu tun. Wenn aber der Schnitt einmal ausgeführt ist, dann klagt er sich nicht an, daß er nutzlos habe schneiden lassen. Ich weiß nicht, wie es anderen geht — ich aber habe genau dasselbe mit dem Arzt erfahren, der auf meine Bitte Menschen marterte, die meinem Herzen nahestanden. Die Lanzette, das geheimnisvolle weißliche Fläschchen mit Sublimat und die Worte: Beulenkrankheit, Blutfluß, Aderlaß, Eiter — sind sie nicht ganz dasselbe, wie all die Nerven, Rheumatismen,

Organismen, und so weiter? „Wage du zu irren und zu träumen!“ das gilt nicht so sehr von den Dichtern, als von Doktoren und Roßärzten.

3

An demselben kalten, feuchten Oktoberabend, an dem die Gemeindeversammlung, die den Rekruten zu wählen hatte, vor dem Kontor lärmte, saß Polikej auf dem Bettrand am Tisch und zerrieb mit einer Flasche eine Arznei, die er nicht kannte, gegen eine Pferdekrankheit, die er auch nicht kannte. Da war Sublimat, Schwefel, Glaubersalz und ein Kraut, das Polikej einsammelte, weil ihm einmal der Gedanke gekommen war, daß dieses Kraut gegen die Dämpfigkeit sehr gut sein müsse; und nun meinte er, es wäre auch gegen andere Krankheiten zu gebrauchen. Die Kinder waren schon schlafen gegangen: zwei lagen auf dem Ofen, zwei auf dem Bett, eines in der Wiege, neben der Akulina saß und spann. Ein Lichtstümpfchen, das von einem Bündel herrschaftlicher „schlecht bewachter“ Kerzen übriggeblieben war, stand in einem hölzernen Leuchter auf dem Fenster, und damit der Mann seine wichtige Arbeit nicht zu unterbrechen brauchte, stand Akulina ab und zu auf, um den Docht mit den Fingern in Ordnung zu bringen. Es gab Freidenker, die Polikej für einen schlechten Roßarzt und einen nichtsnutzigen Menschen hielten. Die anderen — und diese bildeten die Mehrheit — hielten ihn zwar für einen schlechten Menschen, aber einen großen Meister seines Fachs. Akulina aber, die ihren Mann zwar sehr oft schimpfte und hin und wieder auch prügelte, hielt ihn für den unstreitig besten Roßarzt und den ersten Mann der Welt. Polikej schüttete irgendein Pulver in seine hohle Hand. (Er gebrauchte nie eine Wage und spottete über die Deutschen, die sich dieses Instrumentes bedienten. „Das ist hier doch keine Apotheke!“ sagte er). Polikej wog sein Pülverchen in der Hand und schüttelte es, es schien ihm aber noch zu wenig zu sein und er schüttete noch zehnmal soviel dazu. „Ich schütte alles hinein, das bringt ihn besser auf die Beine", sagte er vor sich hin. Akulina sah sich schnell nach ihrem Herrn und Gebieter um, als sie seine Stimme vernahm, und erwartete einen Befehl; doch als sie sah, daß er nichts von ihr haben wollte, zuckte sie die Achseln und dachte: „Was er nicht alles kann! Wo er es bloß her hat?" Und dann spann sie weiter. Das Papier, aus dem das Pulver in die Mischung geschüttet worden war, fiel auf den Fußboden. Akulina übersah das nicht.

„Aniutka!" rief sie. „Der Vater hat etwas unter den Tisch fallen lassen, heb' es auf!"

Aniutka zog ihre dünnen, nackten Beinchen unter dem Mantel hervor, mit dem sie sich bedeckt hatte, kroch wie ein Kätzchen unter den Tisch und hob das Papier auf.

„Da, Vater", sagte sie und schlüpfte mit kaltgewordenen Beinchen wieder ins Bett.

„Nicht s-toßen!" zischte ihre kleine Schwester, die mit der Zunge anstieß, mit verschlafener Stimme.

„Ich werde euch . . ." sagte Akulina, und beide Köpfe verschwanden unter der Decke.

„Gibt er mir drei Rubel," murmelte Polikej, indem er die Flasche zukorkte, „so will ich das Pferd gesund machen. Es ist noch billig", fügte er hinzu. „Da muß man sich den Kopf zerbrechen! Akulina, geh und bitte Nikita um etwas Tabak. Morgen geb' ich's ihm wieder."

Und Polikej nahm aus der Hosentasche ein Pfeifenrohr aus Lindenholz, das einstmals angestrichen gewesen war und ein Mundstück aus Siegellack hatte, und setzte den Kopf an.

Akulina ließ die Spindel stehen und ging hinaus, ohne irgendwo hängenzubleiben, was sehr schwer war. Polikej öffnete ein kleines Schränkchen, stellte die Flasche hinein und setzte eine leere Schnapsflasche an den Mund, aber es war nicht ein Tropfen mehr darin. Er runzelte die Stirn; doch als seine Frau den Tabak gebracht und er die Pfeife gestopft, angeraucht und sich auf das Bett gesetzt hatte, da strahlte sein Gesicht in der Zufriedenheit und dem Stolz eines Mannes, der sein Tagewerk vollbracht hat. Ob er nun daran dachte, wie er morgen die Zunge des Pferdes festhalten und ihm diese wunderbare Mixtur ins Maul gießen werde, oder daran, daß einem Menschen, den man braucht, niemand etwas abschlagen könne, und daß Nikita ihm jetzt doch Tabak geschickt habe: ihm war wohl. Plötzlich öffnete sich die Tür, die nur in einem Angel hing, und in den Winkel trat ein Mädchen „von oben", nicht das zweite, sondern das dritte, das kleine, das man als Laufmädchen hielt. „Oben" bedeutet bekanntlich das Herrenhaus, auch wenn es unten liegt. Aksiutka — so hieß das Mädchen — flog immer wie eine Flintenkugel dahin, wobei ihre Arme, ohne sich zu biegen, pendelartig im Takt ihrer Bewegungen hin und her schaukelten, und zwar nicht an den Seiten, sondern vorn; Aksiutkas Backen waren stets röter als ihr rosa Kleid; ihre Zunge bewegte sich ebenso rasch wie ihre Füße. Sie kam ins Zimmer geflogen, hielt sich aus irgendeinem Grunde am Ofen fest, wiegte den Oberkörper hin und her und stieß dann plötzlich, mit stockendem Atem, als wollte sie durchaus nicht mehr als zwei, drei Worte auf einmal aussprechen, zu Akulina gewandt, folgendes heraus:

„Die gnädige Frau haben befohlen, daß Polikej Iljitsch sofort zu ihr heraufkommt . . ." (Sie hielt inne und holte schwer Atem.) „Jegor Michalytsch war bei der gnädigen Frau; sie sprachen von den Rekruten . . . sie nannten Polikej Iljitsch . . . Awdotja Mikolawna wünscht, daß er sofort heraufkommt. Awdotja Mikolawna hat befohlen . . ." (sie seufzte abermals) „daß er sofort kommt."

Wohl eine halbe Minute lang sah Aksiutka dann auf Polikej, auf Akulina, auf die Kinder, die unter der Decke hervorguckten; sie ergriff eine auf dem Ofen liegende Nußschale, warf sie nach Aksiutka, sagte noch einmal: „sofort heraufkommen", und rannte wie ein Wirbelwind aus dem Zimmer, wobei die Pendel mit gewohnter Geschwindigkeit quer zu der Richtung, in der sie lief, schwangen.

Akulina erhob sich wieder und holte die Stiefel ihres Mannes. Es waren häßliche, zerrissene Soldatenstiefel. Sie nahm den Kaftan vom Ofen und reichte ihn Polikej, ohne ihn anzublicken.

„Iljitsch, willst du nicht das Hemd wechseln?"

„Nein", sagte er.

Akulina sah ihm kein einziges Mal ins Gesicht, während er Stiefel und Kaftan anzog, und sie tat gut daran, denn Polikejs Gesicht war bleich, sein Unterkiefer zitterte, und seine Augen zeigten jenen weinerlichen, unterwürfigen und tief unglücklichen Ausdruck, den man nur bei guten, schwachen und schuldbewußten Menschen findet. Er kämmte sich und wollte hinausgehen; seine Frau hielt ihn aber zurück, schob das Hemdband zurecht, das auf den Rock herunterhing und setzte ihm die Mütze auf.

„Wie, Polikej Iljitsch, die gnädige Frau verlangt nach Ihnen?" ertönte die Stimme der Tischlersfrau hinter dem Verschlag.

Die Tischlersfrau hatte erst heute morgen mit Akulina einen heftigen Streit wegen eines Topfes voll Waschlauge gehabt, den ihr Polikejs Kinder ausgegossen hatten, und es war ihr im ersten Augenblick angenehm zu hören, daß Polikej zur gnädigen Frau kommen sollte: was Gutes gab es da sicher nicht zu holen. Zudem war sie eine feine, politische und boshafte Dame. Niemand verstand es besser, die Leute mit einem Wort abzutun; wenigstens glaubte sie das selber von sich.

„Man will ihn wohl in die Stadt auf Einkäufe schicken?" fuhr sie fort. „Ich denke mir, die gnädige Frau will einen zuverlässigen Menschen dazu haben; darum werden Sie geschickt. Kaufen Sie mir dann doch ein Viertelpfund Tee, Polikej Iljitsch!"

Akulina hielt die Tränen zurück und ihre Lippen verzogen sich zu einem bösen Ausdruck. Am liebsten wäre sie diesem Luder von Tischlersfrau in die dreckigen Haare gefahren. Als sie aber ihre Kinder ansah und dachte, daß sie als Waisen zurückbleiben würden, und sie selber als Soldatenwitwe, da vergaß sie die boshafte Tischlersfrau, bedeckte ihr Gesicht mit beiden Händen, setzte sich auf das Bett, und ihr Kopf sank auf die Kissen.

„Mamachen, du drückst mich so!" brummte das lispelnde Mädchen und zog sein Kleid unter den Ellenbogen der Mutter hervor.

„Wenn ihr doch alle sterben würdet! Zu Kummer und Leid habe ich euch geboren!" schrie Akulina und schluchzte, daß es durch den ganzen Raum schallte, – zur großen Genugtuung der Tischlersfrau, die die Lauge von heute früh noch nicht vergessen hatte.

4

Eine halbe Stunde verging. Das Kind schrie, Akulina stand auf und stillte es. Sie weinte schon nicht mehr, sondern starrte, ihr immer noch hübsches, mageres Gesicht auf die Hand gestützt, auf die erlöschende Kerze und sann darüber nach, warum sie geheiratet hatte, wozu man soviel Soldaten nötig habe, und auch, wie sie es der Tischlersfrau heimzahlen könnte.

Nun hörte sie die Schritte ihres Mannes; sie wischte sich die Tränenspuren aus dem Gesicht und stand auf, um ihm Platz zu machen. Polikej trat mit Siegermiene ein, warf seine Mütze auf das Bett, schnaufte und band seinen Gürtel auf.

„Nun, was gibt's? Weshalb hat sie dich rufen lassen?"

„Hm... das weiß man ja! Polikuschka ist der Geringste im Haus, aber wenn es ein wichtiges Geschäft gibt, wer muß dran? Polikuschka!"

„Was ist denn das für ein Geschäft?"

Polikej beeilte sich mit der Antwort nicht; er rauchte seine Pfeife an und spuckte aus.

„Zum Kaufmann soll ich fahren, Geld holen."

„Geld sollst du holen?"

Polikej lachte und nickte mit dem Kopf.

„Reden kann die! ‚Du stehst im Rufe, daß du ein unzuverlässiger Mensch bist,' sagt sie, ‚aber ich glaube dir mehr als jedem andern!'" (Polikej sprach sehr laut, damit die Nachbarn es hören sollten). „‚Du hast mir versprochen, dich zu bessern,' sagt sie, ‚da hast du nun den ersten Beweis, daß ich dir vertraue: fahr zum Kaufmann,' sagt sie, ‚empfang das Geld von ihm und bring' es mir!' Ich sage ihr darauf: ‚Gnädige Frau, wir sind alle Ihre Knechte und müssen Ihnen dienen wie dem lieben Gott, denn ich fühle wohl, daß ich für Ihre Gnaden alles tun kann und keinen Auftrag zurückweisen darf; was Sie mir befehlen, das will ich tun, denn ich bin Ihr Knecht.'" (Wieder lächelte er in der eigentümlichen Weise eines schwachen, gutmütigen und schuldbewußten Menschen.) „‚Du willst es also richtig machen?' sagt sie. ‚Verstehst du auch,' sagt sie, ‚daß dein Schicksal davon abhängt?' — ‚Wie soll ich denn nicht verstehen, daß ich alles machen kann? Wenn man mich angeschwärzt hat, so kann das einem jeden passieren, ich aber habe, soviel ich weiß, noch nie gegen Ihre Gnaden etwas Böses im Schilde geführt.' Und so habe ich ihr zugeredet, daß die gnädige Frau schließlich ganz weich wurde. ‚Du', sagt sie, ‚sollst noch der Erste hier werden.'" (Er schwieg wieder und wieder zeigte sich das gleiche Lächeln auf seinem Gesicht.) „Ich weiß sehr gut, wie man mit den Herrschaften reden muß. Früher, als ich noch gegen Zins entlassen war, da hat mich so mancher angeschnauzt! Aber wenn ich dann mit ihm geredet habe, ist er butterweich geworden!"

„Und ist es viel Geld?" fragte Akulina.

„Dreimal fünfhundert Rubel", antwortete Polikej nachlässig.

Sie schüttelte den Kopf.

„Wann sollst du fahren?“

„‚Morgen‘, sagte sie. ‚Nimm, welches Pferd du willst,‘ sagt sie, ‚geh aufs Kontor, und dann fahre mit Gott!‘“

„Gott sei Lob und Dank!“ sagte Akulina aufstehend und sich bekreuzend. „Gott helfe dir, Iljitsch“, fügte sie flüsternd hinzu, damit es hinter der Scheidewand nicht gehört werde, und hielt ihn an seinem Hemdärmel fest. „Iljitsch, hör' auf mich, ich bitte dich um Jesu Christi willen: wenn du fährst, küss' erst das Kreuz drauf, daß du keinen Tropfen in den Mund nimmst!“

„Werd' ich etwa saufen, wenn ich soviel Geld zu holen habe?“ fauchte er sie an. „Da hat jemand Klavier gespielt, ganz famos!“ sagte er nach kurzem Schweigen auflachend. „Wohl das gnädige Fräulein. Ich stand so vor der gnädigen Frau neben dem Glasschrank, und das Fräulein war nebenan und paukte drauf los! Das ging so ganz flink, ganz flink, und eins stimmte immer so zum andern, fein! Ich würde auch gern spielen. Ich könnt's schon lernen. Ich bin in solchen Dingen geschickt. Gib mir morgen ein reines Hemd.“

Und sie legten sich ganz glücklich zu Bette.

5

Inzwischen lärmte die Gemeindeversammlung vor dem Kontor. Die Sache, um die es ging, war kein Spaß. Die Bauern waren fast vollzählig versammelt; als Jegor Michajlowitsch zur Gutsherrin gegangen war, hatten die meisten ihre Mützen aufgesetzt, es wurden mehr Stimmen zugleich laut und sie tönten kräftiger. Das Gebrause der tiefen Stimmen, das ab und zu von einer atemlosen, heiser kreischenden Rede unterbrochen wurde, erfüllte die Luft und dieses Summen drang wie das Rauschen des Meeres bis zum Fenster der Gutsherrin, die diese Töne nicht ausstehen konnte und davon in eine nervöse Unruhe geriet, ähnlich dem Gefühl, das einen bei einem heftigen Gewitter erfaßt: es war halb Furcht, halb Ärger. Immer wieder schien es ihr, als würden die Stimmen lauter und erregter und dann müsse irgend etwas geschehen. „Als ob man nicht alles leise, friedlich, ohne Zanken und Geschrei abmachen könnte," dachte sie, „nach dem Gesetz der christlichen Bruderliebe und Demut!"

Es sprachen viele Stimmen durcheinander, am lautesten aber schrie der Zimmermann Feodor Resun. Er war ein Zweisöhniger und griff die Dutlows heftig an. Der alte Dutlow verteidigte sich, er war aus der Menge herausgetreten, hinter der er zuerst gestanden hatte; er sprach stark durch die Nase, überstürzte sich, machte lebhafte Handbewegungen, strich seinen Bart und redete so viel durcheinander, daß er selbst kaum noch verstand, was er sagte. Seine Söhne und Neffen, lauter prächtige Kerle, standen dicht gedrängt hinter ihm, und der Alte erinnerte geradezu an die „Henne" im „Geierspiel". Der Geier war Resun und nicht Resun allein, sondern alle Zweisöhner und Einsöhner, fast die ganze Versammlung, die den Dutlow hart bedrängte. Es handelte sich nämlich darum, daß der Bruder Dutlows vor etwa dreißig Jahren ausgehoben worden war, und deshalb wollte er nun nicht zu den Dreisöhnigen gesetzt werden, sondern verlangte, daß der Militärdienst seines Bruders ihm angerechnet und er den Zweisöhnigen gleichgestellt werde; aus diesen sollte dann der dritte Rekrut durch das Los bestimmt werden. Außer Dutlow waren noch vier Dreisöhnige da; doch der eine war der Starost und den hatte die Gutsherrin befreit; eine zweite Familie hatte im vorigen Jahr einen Rekruten gestellt und von den beiden andern waren zwei schon in Aussicht genommen. Einer von den beiden war überhaupt nicht erst zur Versammlung gekommen, nur seine Frau stand betrübt ganz hinten in der dumpfen Erwartung, daß das Rad des Schicksals sich vielleicht doch noch günstig für sie drehen könnte; der andere, der rothaarige Roman, stand in einem zerfetzten Rock — dabei war er durchaus nicht arm — an die Vortreppe gelehnt, mit gesenktem Kopf, und schwieg die ganze Zeit. Nur ab und zu, wenn jemand besonders laut sprach, sah er den Redner aufmerksam an und ließ den Kopf wieder sinken. Er bot einen überaus kläglichen Anblick. Der alte Semion Dutlow war ein Mann, dem jeder, der ihn nur etwas kannte, ohne weiteres hundert und tausend Rubel in Verwahrung gegeben hätte. Er war ein ehrwürdiger, gottesfürchtiger, wohlhabender Mann, war zudem auch noch Kirchenältester. Um so auffallender wirkte die Erregung, in die er sich hineingeredet hatte.

Resun, der Zimmermann, war dagegen ein hochgewachsener schwarzhaariger Kerl, ein Trinker und Kampfhahn, kühn und besonders gewandt im Streiten und Verhandeln auf Versammlungen und Märkten mit Arbeitern, Kaufleuten, Bauern oder Herrschaften. Jetzt war er ruhig und bissig, und von der Höhe seines Wuchses herab, mit der ganzen Wucht seiner klangvollen Stimme und seiner Rednerbegabung bedrängte er den schnaufenden und völlig aus seinem gewohnten Gleichgewicht geratenen Kirchenältesten. Am Streite beteiligten sich ferner der jugendlich aussehende stämmige Garaska Kopylow mit seinem runden Gesicht, viereckigen Kopf und Krausbart, einer von den Rednern der auf Resun folgenden, jüngeren Generation, der sich stets durch seine scharfe Redeweise auszeichnete und sich schon ein gewisses Ansehn in der Gemeinde errungen hatte. Ferner Feodor Melnitschnyj, ein gelber, hagerer, langer, ebenfalls noch jüngerer Bauer, mit spärlichem Haarwuchs am Kinn und kleinen Äuglein, der sich immer krummhielt, gallig und finster dreinschaute, an allen Dingen die schlechte Seite herauskehrte und schon häufig die Gemeindeversammlung durch seine unerwarteten, knappen Fragen und Bemerkungen überrascht hatte. Diese beiden Redner waren auf Resuns Seite. Außerdem mischten sich noch ab und zu zwei Schwätzer ein: Chrapkow, ein Kerl mit gutmütigem Gesicht und breitem, rotem Bart, der immer sagte: „Du, mein lieber Freund“, und Shidkow, ein kleines Männlein mit einem Vogelgesicht, der auch zu allem hinzufügte: „Es kommt so heraus, liebe Brüder“ — er wandte sich immer an alle zugleich und sprach sehr fließend, aber ganz ohne Sinn und Verstand. Beide hielten es bald mit dem einen, bald mit dem andern, doch hörte niemand auf sie. Es waren noch manche der Art da; doch diese beiden wimmelten überall herum und schrien am meisten, zum Entsetzen der Gutsherrin, wurden zwar kaum gehört, gaben sich aber, betäubt von dem allgemeinen Geräusch, voll und ganz der Lust am Schwatzen hin. Es waren noch viele Leute von verschiedenstem Charakter unter den Gemeindemitgliedern: düstere, zurückhaltende, gleichgültige und ängstliche; auch Weiber standen hinter den Bauern; aber von all denen erzähle ich ein andermal, so Gott will. Die Mehrheit der Versammelten verhielt sich aber still wie in der Kirche, und flüsterte nur leise hinter den Sprechern über häusliche Angelegenheiten, wie etwa darüber, wann man das im Wald gefällte Holz aufladen solle, oder wartete schweigend, wann das Geschrei ein Ende haben würde. Es waren auch reiche Bauern da, denen die Versammlung nichts von ihrem Wohlstand nehmen noch etwas hinzufügen konnte. Solch einer war Jermil, ein Mann mit breitem, glänzendem Gesicht, den die Bauern wegen seines Reichtums „Dickwanst“ nannten. Ein solcher war auch Starostin, dessen Gesicht den selbstzufriedenen Ausdruck des sich seiner Macht Bewußten trug: „Redet, was ihr wollt, mich rührt doch keiner an. Ich habe vier Söhne, und keiner von ihnen wird hingegeben.“ Mitunter griffen Freidenker wie Kopylow und Resun auch sie an; dann erwiderten sie ruhig und fest, im Bewußtsein ihrer Unantastbarkeit. Wenn Dutlow der Henne im Geierspiel glich, so erinnerten seine Jungen doch nicht an Küchlein; sie rannten nicht hin und her, piepten nicht, sondern standen ruhig hinter ihm. Der älteste, Ignat, war schon dreißig Jahre alt; der zweite, Wasilij, war auch schon verheiratet, aber zum

Rekruten untauglich; der dritte, Iliuschka, sein Neffe, der eben erst geheiratet hatte, ein weißer, rotbäckiger Bursche im schmucken Schafpelz, war Fuhrmann, stand da, schaute auf das Volk und kratzte sich bisweilen den Nacken unter dem Hut, als ob ihn die Sache gar nichts anginge. Aber gerade ihn wollten die Geier packen.

„Mein Großvater war Soldat," sagte einer, „also brauche ich auch das Los nicht zu ziehen! Ein solches Gesetz gibt es gar nicht, Bruder. Bei der letzten Aushebung nahm man den Micheïtschew; sein Onkel ist aber noch garnicht nach Hause zurückgekehrt."

„Weder dein Vater noch dein Onkel hat dem Zaren gedient," sagte Dutlow zu gleicher Zeit, „und du selbst hast weder der Herrschaft noch der Gemeinde gedient, hast nur geschlemmt, und deine Kinder haben sich von dir ihren Landanteil herausgeben lassen. Weil man mit dir nicht leben kann, zeigst du andere an. Ich aber bin zehn Jahre Aufseher gewesen, ich war Starost, bin zweimal abgebrannt, niemand hat mir geholfen! Und weil wir in Frieden und Ehren leben, will man mich zugrunde richten? Gebt mir doch meinen Bruder zurück! Er ist wohl dort auch gestorben! Urteilt nach dem Recht, nach Gottes Willen, rechtgläubige Gemeinde, und hört nicht auf das, was ein Saufbruder schwatzt!"

Gleichzeitig sagte Gerasim zu Dutlow:

„Du weist auf deinen Bruder hin; er ist aber nicht auf Gemeindebeschluß unter die Soldaten gekommen, sondern mehr wegen seiner Liederlichkeit haben die Herrschaften ihn hingegeben. Du kannst dich mit ihm nicht herausreden."

Noch hatte Gerasim nicht zu Ende gesprochen, da trat der lange Feodor Melnitschnyj vor und begann mit finsterer Miene:

„Das ist's ja; die Herrschaften geben hin, wen sie wollen, und hinterher soll es die Gemeinde ausmachen. Die Gemeinde hat deinen Sohn bestimmt; paßt es dir nicht, so bitte die gnädige

Frau, vielleicht befiehlt sie, daß ich, der ich ganz allein bin, unter die Soldaten gesteckt werde. Das nennt man Gesetz", sagte er gallig, machte eine abwehrende Bewegung mit der Hand und trat auf seinen Platz zurück.

Der rothaarige Roman, dessen Sohn in Aussicht genommen war, hob den Kopf in die Höhe, sagte: „Ja, ja, so ist es!" und setzte sich vor Verdruß auf eine Treppenstufe.

Aber es sprachen noch mehr Stimmen durcheinander. Außer denen, die sich im Hintergrunde von ihren Geschäften unterhielten, vergaßen auch die Schwätzer ihres Amtes nicht.

„Wahrhaftig, rechtgläubige Gemeinde," sagte der kleine Shidkow, die Worte Dutlows wiederholend, „wir müssen nach Christenpflicht urteilen. Nach Christenpflicht müssen wir urteilen, liebe Brüder!"

„Nach seinem Gewissen muß jeder urteilen, du mein lieber Freund", sagte der gutmütige Chrapkow und wiederholte, indem er den alten Dutlow am Pelz zerrte, Kopylows Worte: „Das war der Wille der Herrschaft, nicht die Entscheidung der Gemeinde."

„Wahr gesprochen! So ist es auch!" riefen andere.

„Wer ist der Saufaus, der da schwatzt?" erwiderte Resun. „Hast du mir etwa zu trinken gegeben oder will dein Sohn, den man auf der Straße aufliest, mich einen Säufer nennen? Wir müssen einen Entschluß fassen, Brüder. Wollt ihr den Dutlow frei ausgehn lassen, begnadigen, dann könnt ihr nicht bloß die ‚Zweisöhnigen', sondern auch die Alleinstehenden ausheben, und er kann über uns lachen!"

„Dutlow soll gehen! Was ist da viel zu reden!"

„Selbstverständlich! Die ‚Dreisöhnigen' müssen zuerst das Los ziehen", riefen andere Stimmen.

„Erst muß man hören, was die gnädige Frau befiehlt. Jegor Michalytsch sagte, daß einer vom Hofgesinde gestellt werden sollte", ertönte da eine Stimme.

Diese Bemerkung hemmte den Streit ein wenig; bald entbrannte er aber von neuem und ging wieder in persönliche Angriffe über.

Ignat, von dem Resun behauptet hatte, man habe ihn auf der Straße aufgelesen, warf dem Resun vor, er habe bei durchziehenden Zimmerleuten eine Säge gestohlen und in betrunkenem Zustande seine Frau fast totgeschlagen.

Resun antwortete, er schlage seine Frau sowohl in nüchternem als in betrunkenem Zustande und niemals genug, und brachte damit alle zum Lachen. Wegen der Säge aber wurde er plötzlich böse, trat dicht an Ignat heran und fragte: „Wer hat gestohlen?“

„Du!“ antwortete der kräftige Ignat kühn, indem er seinerseits noch näher an ihn heranrückte.

„Wer hat gestohlen? Bist du das nicht gewesen?“ schrie Resun.

„Nein, du!“ schrie Ignat.

Nach der Säge kam die Rede auf ein gestohlenes Pferd, auf einen Sack mit Hafer, auf einen Streifen Gemüseland, auf eine aufgefundene Leiche. Und die beiden Bauern redeten so entsetzliche Dinge voneinander, daß, wenn auch nur der hundertste Teil davon wahr gewesen wäre, sie nach dem Gesetze sofort nach Sibirien hätten verschickt werden müssen, zum mindesten als Ansiedler.

Der alte Dutlow hatte inzwischen eine andere Verteidigungsart gewählt. Das Geschrei seines Sohnes mißfiel ihm. Er hielt ihn zurück mit den Worten: „Es ist eine Sünde, laß ihn laufen, sag' ich dir!“ Dann wies er nach, daß als „Dreisöhnige“ nicht allein diejenigen zu gelten hätten, die drei Söhne beisammen hätten, sondern auch solche, deren Söhne gesonderte Wirtschaften führten. Er deutete dabei auf Starostin.

Starostin lächelte leichthin, räusperte sich, strich mit der Miene eines reichen Bauern seinen Bart und sagte, das stände im Willen der Herrschaft. Sein Sohn müßte es doch wohl verdient haben, wenn befohlen sei, ihn zu übergehen.

In bezug auf die getrennten Familien aber entkräftete Kopylow Dutlows Folgerungen, indem er bemerkte, die Teilung hätte verboten werden müssen, wie es unter dem seligen Herrn auch Brauch gewesen sei; nun aber sei es zu spät, und man könne doch keine Einzelstehenden ausheben.

„Haben sie sich denn aus Mutwillen getrennt? Warum sollen sie jetzt ruiniert werden?“ ließen sich einige Einzelstehende vernehmen und die Schwätzer stimmten ihnen bei.

„Paßt es dir nicht, so kauf' doch einen Rekruten! Du bringst es schon auf!“ sagte Resun zu Dutlow.

Dutlow knöpfte verzweifelt seinen Kaftan zu und trat hinter die anderen Bauern.

„Du hast wohl mein Geld gezählt?“ sagte er bissig.

„Wollen erst mal sehen, was Jegor Michajlytsch uns von der gnädigen Frau zu sagen hat.“

6

Jegor Michajlowitsch trat wirklich in diesem Augenblick aus dem Hause. Die Mützen wurden eine nach der andern über den Köpfen emporgehoben, und wie der Verwalter näher trat, zeigten sich nacheinander kahle, vorne und in der Mitte graue, graumelierte, rote, schwarze und blonde Schädel; die Stimmen klangen immer leiser und verstummten schließlich ganz. Jegor Michajlowitsch trat auf die Vortreppe und machte Anstalten zu reden. In seinem langen Rock mit den ungeschickt in die vorderen Taschen gesteckten Händen, mit der in die Stirn geschobenen Mütze, die gespreizten Beine fest auf das Podium gestellt, das über all diesen in die Höhe gehobenen, nach ihm gerichteten, meist alten und meist schönen bärtigen Köpfen emporragte, hatte er ein ganz anderes Aussehen, als vorhin bei der Gutsherrin. Er wirkte einfach erhaben.

„Also, Leute, die gnädige Frau hat folgendermaßen entschieden: vom Hofgesinde will sie keinen weggeben; wen ihr aus eurer Mitte bestimmt, der soll gehen. Diesmal brauchen wir drei Mann. Eigentlich nur zwei und einen halben, doch den halben wollen wir vorausgeben. Es ist ja ganz gleich; trifft's ihn nicht heute, so trifft's ihn das nächste Mal."

„Gewiß! So ist's recht!" ließen sich Stimmen vernehmen.

„Nach meiner Meinung", fuhr Jegor Michajlowitsch fort, „wären Choroschkin und Waska Mitiuchin dran; das hat Gott selbst so gefügt, mein' ich."

„Jawohl! Ganz richtig!" ertönten wieder Stimmen.

„Der dritte wäre dann Dutlow, oder einer von den Zweisöhnigen. Was meint ihr?"

„Dutlow!" riefen die Stimmen wieder. „Die Dutlows sind Dreisöhnige!"

Und wieder begann allmählich das Geschrei und wieder kam man zu guter Letzt auf den Streifen Ackerland und irgendwelche Säcke, die vom Herrenhof gestohlen sein sollten. Jegor Michajlowitsch war schon zwanzig Jahre Verwalter und war ein kluger und erfahrener Mann. Er hörte eine Viertelstunde zu und befahl dann plötzlich allen zu schweigen, den Dutlows aber das Los zu ziehen, wer von den dreien dransollte. Die Lose wurden zugeschnitten, Chrapkow zog eines aus dem Hut, den ein anderer schüttelte, — Iliuschka mußte Soldat werden. Alle verstummten.

„Bin ich's? Zeig' mal her!" sagte Ilja mit stockender Stimme.

Alle schwiegen. Jegor Michajlowitsch befahl, morgen das Rekrutengeld zu bringen, sieben Kopeken von jedem Grundstück, erklärte damit die Sache für erledigt und schloß die Versammlung. Die Menge setzte sich in Bewegung; als sie um die Ecke herum waren, stülpten sie ihre Mützen auf, und ihre Stimmen und Schritte waren noch eine Zeitlang zu hören. Der Verwalter stand auf der Vortreppe und schaute den Weggehenden nach. Als die jungen Dutlows um die Ecke herum waren, rief er den Alten, der stehengeblieben war, zu sich und ging mit ihm ins Kontor.

„Du dauerst mich, Alter", sagte Jegor Michajlowitsch und nahm auf dem Sessel vor dem Tisch Platz. „Du mußt aber dran. Wirst du für deinen Neffen einen Ersatzmann kaufen oder nicht?"

Der Alte antwortete nicht und sah Jegor Michajlowitsch bedeutsam an.

„Du kommst nicht drum herum", antwortete Jegor Michajlowitsch auf seinen Blick.

„Wir hätten ja gern einen gekauft, aber es ist kein Geld da, Jegor Michalytsch. Die zwei Pferde haben mich diesen Sommer zu viel gekostet. Dann hat mein Neffe Hochzeit gemacht. Das haben wir nun dafür, daß wir ehrlich leben. Er hat gut reden." (Er meinte Resun.)

Jegor Michajlowitsch rieb sich mit der Hand das Gesicht und gähnte. Er schien die Sache satt zu haben und es war Zeit Tee zu trinken.

„Versündige dich nicht, Alter," sagte er, „und such' mal unter den Dielenbrettern nach; findest vielleicht noch vierhundert alte Silberrubelchen. Ich kaufe dir einen prächtigen Stellvertreter; neulich meldete sich einer."

„Im Gouvernement?" fragte Dutlow. Unter Gouvernement verstand er die Stadt.

„Nun, willst du ihn kaufen?"

„Ich möchte gern, aber bei Gott ..."

Jegor Michajlowitsch unterbrach ihn streng: „Jetzt höre mich, Alter! Daß der Iliuschka sich kein Leid antut! Sobald ich nach ihm schicke, heute oder morgen, bringst du ihn sofort. Du schaffst ihn selbst hin und haftest für ihn, und wenn ihm, was Gott verhüte, etwas zustößt, gebe ich deinen ältesten Sohn dafür. Hörst du?"

„Aber, könnte man denn nicht einen von den Zweisöhnigen nehmen, Jegor Michalytsch? Das ist kränkend", sagte der Alte nach einigem Schweigen. „Mein Bruder ist als Soldat gestorben und nun nimmt man mir noch den Sohn. Warum kommt nur dieses Elend über mich?" sprach er nun fast weinend und bereit, dem Verwalter zu Füßen zu fallen.

„Nun geh nur, geh," sagte Jegor Michajlowitsch, „da ist nichts zu machen, die Ordnung ist mal so. Auf Iliuschka gib acht, du bist mir für ihn verantwortlich."

Dutlow ging nach Hause, mit dem Stock nachdenklich auf die Hümpel der Landstraße klopfend.

7

Am nächsten Tage stand früh morgens vor der Freitreppe des Gesindehauses ein Reisewagen (den auch der Verwalter zu benutzen pflegte), mit einem starkknochigen, braunen Wallach davor, der Gott weiß warum „Baraban" – „Trommel" – genannt wurde. Aniutka, Polikejs älteste Tochter, stand, unbekümmert um den mit Graupeln gemischten Regen und den kalten Wind, barfuß vor dem Kopf des Gauls und hielt in angemessener Entfernung, sichtlich ängstlich, den Zügel, während sie über ihrem Kopf die grüngelbe Jacke festhielt, die der Familie als Bettdecke, Pelz, Haube, Teppich, Mantel für Polikej und noch zu vielen anderen Zwecken diente. Im „Winkel" ging es hoch her. Es war noch dunkel. Das Frühlicht des Regentages drang kaum durch das hie und da mit Papier verklebte Fenster. Akulina hatte für einige Zeit ihre Kocherei im Ofen und die Kinder im Stich gelassen, um ihren Mann zur Reise auszurüsten. Die kleineren Kinder waren noch nicht aufgestanden und froren sehr, denn ihre Decke war ihnen weggenommen, um dem Vater als Kleidung zu dienen, und als Ersatz hatten sie das Kopftuch der Mutter bekommen. Das Hemd war rein gewaschen. Die Stiefel, die, wie man zu sagen pflegt, die Mäuler aufsperrten, machten ihr besondere Sorge. Zuerst zog sie ihre dicken Wollstrümpfe aus — das einzige Paar, das sie besaß — und gab sie ihrem Mann; dann verfertigte sie aus einer Pferdedecke, die im Stall „herumgelegen“ und die Iljitsch vorgestern nach Hause gebracht hatte, Einlegesohlen, mit denen sie die Löcher in den Stiefeln verstopfte und Iljitschs Füße vor Nässe zu schützen hoffte. Iljitsch selbst saß mit den Füßen auf dem Bett und war damit beschäftigt, seinen Gürtel so herumzudrehen, daß er nicht mehr wie ein schmutziger Strick aussah. Das zornige kleine Mädel, das mit der Zunge anstieß, hatte den Pelz anziehen müssen, über den sie doch immer noch stolperte, obgleich sie ihn um den Kopf gelegt hatte, und war zu Nikita geschickt worden, ihn um eine Mütze zu bitten. Die Unruhe wurde noch gesteigert durch die Leute vom Gesinde, die vorsprachen, um Polikej Iljitsch allerlei Aufträge zu erteilen: der einen sollte er Nähnadeln mitbringen, der anderen Tee, der dritten Baumöl, dem vierten Tabak, der Tischlersfrau Zucker. Diese hatte schon den Samowar aufgestellt, und brachte Iljitsch, um ihn mild zu stimmen, einen kleinen Krug mit einem heißen Getränk, das sie Tee nannte. Nikita hatte sich geweigert, die Mütze zu leihen, und Polikej mußte nun seine eigene in Ordnung bringen, das heißt, die heraushängende Watte hineinstopfen und die Löcher mit der roßärztlichen Nadel zunähen; die Stiefel mit den Einlegesohlen aus der Pferdedecke wollten sich anfangs überhaupt nicht anziehen lassen; Aniutka war ganz erfroren und hätte den Baraban fast losgelassen, so daß Maschka im Pelz sie ablösen mußte, und dann mußte auch Maschka den Pelz abnehmen und Akulina ging selbst hinaus, den Gaul zu halten; das Ende aber war, daß Iljitsch zu guter Letzt sämtliche Kleidungsstücke der Familie auf dem Leibe hatte; nur die Pantoffeln und die gelbgrüne Jacke ließ er zurück. Endlich war er so weit, daß er in den Wagen steigen konnte; er schlug die Mantelschöße übereinander, schob das Heu zurecht, schlug die Schöße noch einmal übereinander, brachte die Zügel in Ordnung, wickelte sich noch fester ein, wie das sehr gesetzte Leute tun, und trieb die Pferde an.

Sein kleiner Junge Mischka war vor das Haus hinausgelaufen und bat, mit spazierenfahren zu dürfen. Maschka mit dem Zungenfehler bat ebenfalls darum: sie friere auch ohne Pelz nicht; Polikej hielt Baraban an, lächelte in seiner hilflosen Weise, Akulina setzte die Kinder in den Wagen hinein, beugte sich zu ihm hin und flüsterte ihm zu, er solle an seinen Schwur denken und unterwegs nichts trinken. Polikej fuhr die Kinder bis zur Schmiede, ließ sie da aussteigen, wickelte sich wieder warm ein, rückte seine Mütze zurecht und fuhr nun allein, in einem leichten, gemessenen Trab, wobei ihm bei jedem Stoß des Wagens die Backen zitterten und seine Füße gegen den Wagenkasten schlugen. Maschka und Mischka aber flogen so geschwind und so laut kreischend barfuß nach Hause den glatten Abhang hinab, daß ein Hund, der vom Dorf nach dem Gutshof gelaufen war, sie entsetzt ansah, dann plötzlich den Schwanz einzog und mit Gebell nach Hause rannte, wodurch sich das Gekreisch von Polikejs Erben noch verzehnfachte.

Das Wetter war schlecht, der Wind schnitt ins Gesicht, Schnee, Regen und Graupeln peitschten Iljitsch ab und zu das Gesicht und die nackten Hände, die er mit den Zügeln in den Ärmeln seines Rockes verbarg, und schlugen gegen das Leder des Kumts und gegen Barabans alten Kopf, der die Ohren andrückte und mit den Augen blinzelte.

Dann hörten die Niederschläge plötzlich auf, der Himmel wurde im Nu ganz hell; deutlich sah man die bläulichen Schneewolken, die Sonne schien durchdringen zu wollen, aber unentschlossen und unlustig, wie Polikejs Lächeln. Dennoch gab sich Iljitsch angenehmen Gedanken hin. Er, den man fast als Ansiedler nach Sibirien hatte verschicken wollen, dem man gedroht hatte, man werde ihn unter die Soldaten stecken, den nur der nicht schalt und nicht schlug, der zu faul dazu war, den man immer dahin stieß, wo es am schlechtesten war — er fuhr jetzt, eine Summe Geldes abzuholen, und zwar eine große Summe, und die gnädige Frau vertraute ihm; er fuhr im

Wagen des Verwalters mit dem Baraban, mit dem die gnädige Frau selber fuhr, er fuhr wie ein Großbauer mit ledernen Kumtriemen und Zügeln. Und Polikej gab sich eine aufrechte Haltung, zupfte die Watte an seiner Mütze zurecht und nahm seinen Rock immer fester zusammen. Wenn sich Polikej übrigens einbildete, daß er ganz wie ein reicher Großbauer aussah, so täuschte er sich. Freilich weiß jedermann, daß auch Händler, die zehntausend Rubel Vermögen haben, in kleinen Wagen mit riemengeschirrtem Pferd fahren; aber das sieht zwar ebenso aus und ist doch etwas ganz anderes. Da fährt so ein bärtiger Kaufmann in blauem oder schwarzem Kaftan, mit einem wohlgenährten Pferd, allein in seinem Wagen; auf den ersten Blick erkennt man an seinem behäbigen Aussehen, an dem des Pferdes, an der Art, wie er sitzt, wie das Pferd angespannt ist, wie die Räder beschlagen sind, wie er seinen Gurt trägt, ob der Mann bei seinen Geschäften mit Tausenden oder Hunderten rechnet.

Jeder halbwegs erfahrene Mensch brauchte nur Polikej, seine Hände, sein Gesicht, seinen Bart, den er erst kürzlich hatte wachsen lassen, seinen Gürtel, die Art, wie das Heu in den Wagen gestreut war, den mageren Baraban, die abgeriebenen Radreifen in der Nähe zu betrachten, um sofort zu erkennen, daß da ein elender Knecht fuhr, kein Kaufmann, kein Viehhändler, kein Großbauer, keiner, der tausend oder hundert oder auch nur zehn Rubel im Besitz hatte. Aber Iljitsch dachte nicht so; er gab sich einer angenehmen Täuschung hin. Dreimal fünfhundert Rubel würde er in seiner Brusttasche tragen. Wenn er wollte, konnte er den Baraban statt nach Hause auf den Weg nach „Odest“ lenken und Gott weiß wohin fahren. Doch das wollte er nicht tun; er wollte das Geld getreulich der gnädigen Frau überbringen und sagen, daß er schon mehr Geld bei sich geführt habe. Als er an die Schenke kam, zog Baraban den linken Leitriemen an, wollte anhalten und einkehren; aber obgleich Polikej das Geld für die ihm aufgetragenen Einkäufe bei sich trug, knallte er mit der Peitsche und fuhr weiter. Dasselbe tat er bei der zweiten Schenke; und gegen Mittag stieg er vom Wagen, öffnete das Tor das Kaufmannshauses, in dem alle Leute der Gutsherrin einzukehren pflegten, führte den Wagen hinein, spannte das Pferd aus, brachte es an die Krippe mit Heu, aß mit den Knechten des Kaufmanns zu Mittag, vergaß dabei nicht zu erzählen, in welch wichtiger Angelegenheit er gekommen sei und ging mit dem Brief in der Mütze zum Gärtner. Der Gärtner, der Polikej kannte, las den Brief und fragte mit unverhohlenem Zweifel noch einmal, ob man wirklich ihm aufgetragen habe, das Geld in Empfang zu nehmen. Iljitsch wollte den Gekränkten spielen, brachte es aber nicht fertig und lächelte nur nach seiner Art. Der Gärtner las den Brief noch einmal und gab ihm das Geld. Polikej nahm es in Empfang, schob es in seinen Busen und kehrte ins Absteigequartier zurück. Keine Bierbude, keine Schnapsschenke konnte ihn verführen. Er empfand eine angenehme Erregung in seinem ganzen Wesen, und mehr als einmal blieb er vor Läden mit allerlei verlockenden Waren — Stiefeln, Röcken, Mützen, Stoffen und Eßwaren — stehen. Wenn er eine Zeitlang so gestanden hatte, ging er wieder fort mit dem angenehmen Gefühl: alles kann ich kaufen, ja, aber ich tue es nicht. Er ging auf den Markt, um einzukaufen, was man ihm aufgetragen hatte, besorgte alles und handelte um einen gegerbten Pelz, für den man fünfundzwanzig Rubel verlangte. Der Verkäufer, der sich Polikej genau ansah, glaubte nicht recht, daß er den Pelz kaufen könnte, doch Polikej wies auf seine Brust und sagte, er könne den ganzen Laden kaufen, wenn er wolle, er wünsche den Pelz anzupassen; er drückte ihn, strich mit der Hand drüber hin, blies auf das Fell, nahm sogar schon seinen Geruch an und zog den Pelz endlich wieder mit einem Seufzer aus. „Der Preis paßt mir nicht. Wenn ich ihn für fünfzehn Rubel haben könnte“, sagte er. Der Kaufmann warf den Pelz wütend über den Tisch; Polikej aber ging hinaus und begab sich in heiterster Laune in sein Quartier. Nachdem er zu Abend gegessen, den Baraban getränkt und ihm Hafer gegeben hatte, kletterte er auf den Ofen, nahm das Kuvert heraus, betrachtete es lange und bat einen Hausknecht, der lesen konnte, die Adresse und die darunter stehenden Worte ihm vorzulesen: „Einliegend eintausendsechshundertsiebzehn Rubel in Assignaten". Das Kuvert war aus einfachem Papier, die Siegel von braunem Lack mit der Darstellung eines Ankers: ein großes in der Mitte und vier in den Ecken; an der Seite war ein Siegellacktropfen. Iljitsch besah das alles ganz genau, prägte es sich ein und befühlte sogar die scharfen Ränder der Geldscheine. Er empfand ein kindisches Vergnügen bei dem Gedanken, daß so viel Geld sich in seinen Händen befand. Er steckte das Kuvert in das Loch seiner Mütze, schob die Mütze unter seinen Kopf und und legte sich schlafen; aber er wachte in der Nacht mehrmals auf und tastete nach dem Kuvert. Und jedesmal, wenn er es an Ort und Stelle fand, hatte er das angenehme Gefühl, daß er, Polikej, der Geschmähte und Gekränkte, so viel Geld bei sich habe und daß er es richtig abliefern werde, so richtig, wie es auch der Verwalter selbst nicht zustande gebracht hätte.

8

Gegen Mitternacht wurden sowohl die Knechte des Kaufmanns, als auch Polikej durch ein Klopfen am Tor und schreiende Männerstimmen aus dem Schlaf geweckt. Es waren die Rekruten aus Pokrowskoje, insgesamt zehn Mann: Choriuschkin, Mitiuschkin und Ilja, Dutlows Neffe, mit ihren Begleitern, zwei Ersatzmänner, der Starost, der alte Dutlow und die Fuhrleute. In der Stube brannte das Nachtlämpchen, die Köchin schlief auf der Bank unter den Heiligenbildern. Sie sprang auf und zündete eine Kerze an. Polikej erwachte auch, beugte sich vom Ofen herunter und sah die eintretenden Bauern an. Alle bekreuzten sich und setzten sich auf die Bänke. Alle verhielten sie sich ganz ruhig, so daß man die Rekruten von ihren Begleitern gar nicht unterscheiden konnte. Sie grüßten, schwatzten untereinander und wollten etwas zu essen haben. Einige waren allerdings ernst und traurig, dafür waren andere wieder sehr lustig, anscheinend schon etwas berauscht. Zu diesen gehörte auch Ilja, der sonst nie getrunken hatte.

„Nun, Jungens, essen wir noch was zur Nacht oder gehen wir schlafen?“ fragte der Starost.

„Wir wollen noch was essen!“ antwortete Ilja, schlug seinen Pelz auf und setzte sich auf die Bank. „Laß Schnaps holen!“

„Du hast genug Schnaps getrunken“, sagte der Starost flüchtig und wandte sich wieder an die anderen. „Ihr begnügt euch also mit eurem Brot, Jungens. Wozu alle Leute aus dem Schlaf stören?“

„Schnaps will ich haben!“ wiederholte Ilja, ohne jemand anzusehen und mit einer Stimme, der man anhörte, daß er nicht so bald Ruhe geben würde.

Die Leute befolgten den Rat des Starosten, holten ihr Brot aus den Wagen, aßen, ließen sich noch Kwas geben und legten sich dann schlafen, einige auf den Fußboden, andere auf den Ofen.

Ilja wiederholte ab und zu noch immer: „Schnaps will ich haben, sag' ich!“ Plötzlich erblickte er Polikej. „Iljitsch, Iljitsch, du bist hier, lieber Freund? Ich muß unter die Soldaten, habe auf immer Abschied genommen von meinem Mütterchen, von meiner Hausfrau ... wie die geheult hat! Unter die Soldaten steckt man mich. Spendier' mir einen Schnaps!“

„Ich habe kein Geld“, antwortete Polikej. „Vielleicht erklären sie dich für untauglich, so Gott will“, setzte er tröstend hinzu.

„Nein Bruder, ich bin tadellos wie eine junge Birke, habe nie eine Krankheit an mir gehabt. Wie sollte ich untauglich sein? Der Zar kann gar keinen besseren Soldaten finden!“

Polikej erzählte eine Geschichte, wie ein Bauer dem Doktor einen Fünfrubelschein zugesteckt hatte und dadurch freigekommen war.

Ilja rückte näher an den Ofen und wurde gesprächig.

„Nein, Iljitsch, jetzt ist alles aus und ich will auch selber nicht mehr daheim bleiben. Der Onkel hat mich unter die Soldaten gesteckt. Konnte er mich nicht loskaufen? Nein, es war ihm leid um seinen Sohn und leid um das Geld! Da mußte ich dran. Nun will ich selber nicht zurück.“ Er sprach leise und zutraulich, wie unter der Einwirkung eines stillen Schmerzes. „Nur um meine Mutter ist mir's leid. Was die jammerte! Und auch meine Hausfrau! Um nichts und wieder nichts haben sie das Weib zugrunde gerichtet. Jetzt ist sie verloren! Eine Soldatenfrau, damit ist alles gesagt. Hätten sie mich lieber gar nicht verheiratet. Wozu haben sie mich verheiratet? Morgen kommen sie.“

„Warum hat man euch denn so früh hergebracht?“ fragte Polikej. „Erst war nichts zu hören und nun auf einmal ...“

„Siehst du, sie fürchten, ich könnte mir etwas antun“, antwortete Ilja lächelnd. „Nur keine Furcht, ich werde nichts tun. Ich komm' auch als Soldat nicht um, nur um die Mutter ist es mir leid ... Und warum hat man mich verheiratet?“ sagte er leise und traurig.

Die Türe wurde aufgerissen und wieder fest zugeschlagen; der alte Dutlow trat ein, die Mütze abschüttelnd, in seinen Bastschuhen, die immer so riesengroß waren, als hätte er Kähne an den Füßen.

„Afanasij“, sagte er, nachdem er sich bekreuzt hatte, zum Hausknecht. „Habt ihr keine Laterne da, daß ich Hafer einschütten kann?“

Dutlow sah Ilja überhaupt nicht an und zündete ruhig ein Lichtstümpfchen an. Die Fausthandschuhe und die Peitsche hatte er in den Gürtel gesteckt, und sein Rock war sorgfältig gegürtet. Er sah aus, als wäre er eben mit einer Fuhre angekommen; so sehr trug sein von langer Arbeit gefurchtes Gesicht den gewohnten schlichten, friedlichen, nur von der Sorge um die Wirtschaft bewegten Ausdruck.

Als Ilja den Onkel erblickte, verstummte er, blickte finster mit gesenkten Augen nach einer Stelle der Bank und sagte zu dem Starosten: „Schnaps her, Jermila! Ich will Schnaps trinken.“

Seine Stimme klang böse und düster.

„Was — Schnaps?“ antwortete der Starost, aus einer Schüssel löffelnd. „Du siehst doch, alle haben gegessen und sich schlafen gelegt. Was tobst du?“

Das Wort „toben“ brachte Ilja offenbar auf den Gedanken, dies nun wirklich zu tun.

„Starost, ich richte Unheil an, wenn du mir keinen Schnaps gibst!“

„Bring' du ihn doch zur Vernunft“, sagte der Starost zu Dutlow, der die Laterne schon angezündet hatte, aber stehen geblieben war, wohl um zu hören, was weiter kommen würde. Mit einem mitleidigen Seitenblick sah er auf seinen Neffen und schien sich über sein kindisches Benehmen zu wundern.

Ilja hatte die Augen niedergeschlagen und sagte wieder: „Schnaps her oder es gibt ein Unglück!“

„Laß es doch sein, Ilja!“ sagte der Starost wieder sanft. „Wahrhaftig, laß es sein, es ist besser ...“

Noch hatte er diese Worte nicht zu Ende gesprochen, als Ilja aufsprang, mit der Faust an die Fensterscheibe schlug und aus Leibeskräften schrie:

„Wenn ihr nicht hören wollt, da habt ihr's“, und er stürzte ans andere Fenster, um es auch zu zerschlagen.

Iljitsch hatte sich im Nu zweimal umgedreht und war in die Ecke hinterm Ofen gerollt, wo er sämtliche Schaben aufschreckte. Der Starost ließ den Löffel fallen und eilte zu Ilja. Dutlow stellte langsam die Laterne hin, nahm den Gürtel ab, schnalzte mit der Zunge, schüttelte den Kopf und ging auf

Ilja zu, der sich schon mit dem Starosten und dem Hausknecht balgte, weil sie ihn nicht ans Fenster heranlassen wollten. Sie packten ihn bei den Händen und hielten ihn fest; als aber Ilja seinen Onkel mit dem Gürtel in der Hand sah, verzehnfachten sich seine Kräfte, er riß sich los und ging mit rollenden Augen und geballter Faust auf Dutlow los.

„Ich schlage dich tot, komm mir nicht zu nahe, Barbar! Du hast mich zugrunde gerichtet, du, mit deinen Räubern von Söhnen, du hast mich zugrunde gerichtet! Warum habt ihr mich verheiratet? Komm mir nicht zu nahe, ich schlage dich tot!"

Ilja war furchtbar. Sein Gesicht war feuerrot, seine Augen rollten wild hin und her; sein ganzer kräftiger, junger Körper zitterte wie im Fieber. Er wollte anscheinend alle drei Bauern erschlagen, die auf ihn eindrangen, — und er hätte es auch gekonnt.

„Deines Bruders Blut säufst du, Blutsauger!"

In dem stets ruhigen Gesichte Dutlows zuckte etwas auf. Er trat einen Schritt vor. „Du wolltest es nicht im Guten abmachen", murmelte er, und plötzlich (woher kam ihm die Energie?) packte er den Neffen mit einer raschen Bewegung um den Leib, warf ihn zu Boden und schnürte ihm mit Hilfe des Starosten die Arme zusammen. Etwa fünf Minuten rangen sie; endlich erhob sich Dutlow mit Hilfe der Bauern und riß Iljas Hände von seinem Pelz los, in den dieser sich eingekrallt hatte; dann hob er Ilja, dessen Hände auf dem Rücken zusammengebunden waren, auf und setzte ihn auf die Bank in die Ecke.

„Ich habe dir gesagt, es würde noch schlechter kommen", sagte er, noch ganz atemlos vom Kampfe, und schob den Hemdgürtel zurecht. „Wozu noch sündigen? Alle müssen wir sterben. Gib ihm einen Rock unter den Kopf," fügte er, zum Hausknecht gewandt, hinzu, „sonst steigt ihm das Blut zu Kopf." Dann nahm er die Laterne, band sich als Gürtel einen Strick um und ging wieder hinaus zu den Pferden.

Mit zerrauftem Haar, bleichem Gesicht, aufgerissenem Hemd sah sich Ilja im Zimmer um, als suche er sich zu besinnen, wo er wäre. Der Hausknecht las die Glasscherben auf und stopfte das Fenster mit einem Pelzrock zu, damit es nicht zöge. Der Starost setzte sich wieder an seine Schüssel.

„Ach Iliucha, Iliucha! Du dauerst mich wahrhaftig. Was ist aber zu machen? Hier, der Choriuschkin ist auch verheiratet. Es ist nun mal Schicksal!"

„Durch meinen Onkel, den Bösewicht, gehe ich zugrunde", wiederholte Ilja mit verbissener Wut. „Ihm ist's leid um sein Hab und Gut. Meine Mutter sagt, der Verwalter habe ihm geraten, einen Rekruten zu kaufen. ‚Er will nicht,' sagt sie, ‚er kann sich's nicht leisten!' Haben denn mein Bruder und ich seinem Hause so wenig zugebracht? Ein Bösewicht ist er!"

Dutlow trat in die Stube, betete vor dem Heiligenbilde, legte die Oberkleider ab und setzte sich zum Starosten. Die Magd brachte ihm noch Kwas und einen Löffel. Ilja verstummte, schloß die Augen und legte sich auf seinen Rock. Der Starost zeigte schweigend auf ihn und schüttelte den Kopf. Dutlow machte eine abwehrende Handbewegung.

„Tut mir's denn nicht selber leid? Er ist doch der Sohn meines leiblichen Bruders! Und nicht genug, daß es mir weh tut, nun bin ich noch zum Bösewicht für ihn geworden! Seine Frau, ein listiges Weib, so jung sie ist, hat ihm in den Kopf gesetzt, wir hätten so viel Geld, daß wir wohl einen Rekruten kaufen könnten. Das wirft er mir nun vor. Und es ist mir doch so leid um den Jungen!"

„Ach, er ist ein braver Bursch", sagte der Starost.

„Ja, aber ich werde mit ihm nicht fertig. Morgen schick' ich den Ignat her, auch seine Hausfrau wollte kommen."

„Tu das nur, das ist recht", sagte der Starost, stand auf und kletterte auf den Ofen. „Was ist denn Geld? Geld ist Staub!"

„Wäre das Geld nur da, wem wäre leid darum?" sagte der Knecht des Kaufmanns, den Kopf hebend.

„Ach, das Geld, das Geld! Viel Sünde kommt von ihm“, bemerkte Dutlow. „Durch nichts in der Welt kommt so viel Sünde wie durch das Geld; auch in der Heiligen Schrift steht das geschrieben.“

„Alles steht da geschrieben“, wiederholte der Hausknecht. „Einer hat mit erzählt: Es war ein Kaufmann, der hatte viel Geld zusammengespart und wollte nichts zurücklassen; er liebte sein Geld so sehr, daß er es mit ins Grab nahm. Als es mit ihm zu Ende ging, befahl er, ihm nur ein kleines Kissen in den Sarg zu legen. Man ahnte nicht, was es damit für eine Bewandtnis hatte, und erfüllte seinen Wunsch. Dann suchten seine Söhne das Geld: nichts war zu finden. Da fiel einem der Söhne ein, das Geld könnte wohl in dem Kissen sein. Die Sache kam vor den Zaren, er erlaubte, das Grab zu öffnen. Und was glaubst du wohl? Das Grab wurde geöffnet, im Kissen war gar nichts, aber der Sarg war voll Schlangen. So hat man ihn denn wieder eingegraben. Das kommt vom vielen Geld.“

„Ja, das weiß man ja, es ist immer viel Sünde dabei“, sagte Dutlow, stand auf und betete.

Als er sein Gebet beendet hatte, sah er nach seinem Neffen. Der schlief. Dutlow trat heran, löste den Gürtel, mit dem seine Hände gefesselt waren und legte sich nieder. Ein anderer Bauer ging in den Stall schlafen.

9

Kaum war alles still geworden, so schlich Polikej ganz leise, als wenn er sich etwas hätte zuschulden kommen lassen, vom Ofen herunter und machte sich reisefertig. Es war ihm unheimlich, hier mit den Rekruten zu übernachten. Die Hähne krähten schon immer häufiger. Baraban hatte all seinen Hafer aufgefressen und reckte sich nach dem Tränkeimer. Iljitsch spannte ihn an und führte ihn aus dem Stall, an den Bauernwagen vorbei. Die Mütze mit ihrem Inhalt war unversehrt und die Räder des Wagens klapperten wieder auf der festgefrorenen Straße nach Pokrowskoje. Polikej wurde es erst leichter ums Herz, als er die Stadt hinter sich hatte. Denn bis dahin hatte es ihm immer geschienen, daß er im nächsten Augenblick Verfolger hinter sich hören würde; sie würden ihn anhalten, ihm an Iljas Stelle die Hände auf dem Rücken zusammenbinden und ihn morgen auf das Rekrutenbureau schleppen. Ein Schauer lief ihm über den Leib, teils vor Kälte, teils vor Furcht, und er trieb den Baraban immer schärfer an. Der erste Mensch, der ihm begegnete, war ein Pope in einer hohen Wintermütze, von einem einäugigen Knechte begleitet. Polikej wurde noch unheimlicher zumute. Außerhalb der Stadt aber verlor sich die Angst nach und nach. Baraban ging im Schritt, die vor ihnen liegende Landstraße wurde deutlicher sichtbar; Iljitsch nahm die Mütze ab und fühlte nach dem Gelde. „Soll ich's lieber vorn in die Brust stecken?“ dachte er. „Da muß ich mich aber erst aufgürten. Ich will noch den Abhang herunterfahren, dort steige ich ab und mache mich zurecht. Die Mütze ist oben fest zugenäht und nach unten kann durch das Futter nichts herausfallen. Ich nehme die Mütze nicht ab, ehe ich zu Hause angelangt bin.“ Als er den Abhang herunter gekommen war, jagte Baraban, der in Schwung gekommen war, von selbst die gegenüberliegende Anhöhe hinauf, und Polikej, der ebenso wie Baraban schnell zu Hause sein wollte, hinderte ihn nicht daran. Alles war in bester Ordnung, wenigstens schien es ihm so, und er erging sich in Träumen von der Dankbarkeit der gnädigen Frau, von den fünf Rubeln, die sie ihm geben würde, von der Freude seiner Hausgenossen. Er nahm die Mütze ab, tastete noch einmal nach dem Brief, stülpte die Mütze tiefer auf den Kopf und lächelte. Der Plüsch an der Mütze war ganz mürbe, und eben weil Akulina tags zuvor den Stoff an einer zerrissenen Stelle sorgsam zusammengenäht hatte, war er an der anderen Seite geplatzt, und gerade die Bewegung, mit der Polikej, als er die Mütze abgenommen hatte, den Brief tiefer unter die

Wattierung zu schieben glaubte, — gerade diese Bewegung machte einen Riß in die Mütze und ein Ende des Kuverts guckte nun unter dem Plüsch hervor.

Es wurde hell, und Polikej, der die ganze Nacht nicht geschlafen hatte, döste ein. Er hatte die Mütze noch tiefer ins Gesicht geschoben und dadurch den Brief noch mehr herausgedrückt, und stieß im Schlaf immer wieder mit dem Kopf gegen die Seitenstange des Wagens. Erst dicht vor seinem Hause erwachte er. Seine erste Bewegung war ein Griff nach der Mütze, sie saß fest auf seinem Kopf; er nahm sie auch nicht erst ab, denn er war fest überzeugt, daß der Brief noch darin war. Er trieb Baraban an, schob das Heu zurecht, steckte wieder die Großbauernmiene auf und fuhr, stolz um sich schauend, auf den Gutshof zu. Da war die Küche, da das Gesindehaus, da trug die Tischlersfrau Leinwand, da war das Kontor, da das Haus der Gutsherrin, in dem Polikej gleich zeigen würde, daß er ein zuverlässiger und redlicher Mensch war. Verleumdet werden kann ein jeder! Nun aber würde die gnädige Frau zu ihm sagen: „Ich danke dir, Polikej. Da hast du drei . . . vielleicht auch fünf, vielleicht auch zehn Rubel." Und sie würde ihm Tee geben lassen, vielleicht auch Schnaps, bei der Kälte wäre das nicht übel. „Für die zehn Rubel wollen wir uns am Feiertag ein Vergnügen machen — und Stiefel kaufen und dem Nikita meinetwegen vier und einen halben zurückzahlen, sonst läßt er doch keine Ruhe . . ." Kaum hundert Schritte vor dem Hause klatschte Polikej noch einmal mit der Peitsche, rückte Gürtel und Halstuch zurecht, nahm die Mütze ab, strich das Haar glatt und fuhr ohne Hast unter das Mützenfutter. Aber bald bewegte sich die Hand immer schneller, auch die andere Hand griff hinein; sein Gesicht wurde bleicher und bleicher, die eine Hand stieß durch die Mütze hindurch. Polikej fiel auf die Knie, hielt das Pferd an und durchsuchte den Wagen, das Heu, die Einkäufe, griff in seine Brust, in beide Hosentaschen — das Geld war nirgends zu finden.

„Alle Heiligen! Ja, was ist denn das? Ja, was wird denn nun geschehen?“ brüllte er und griff sich in die Haare.

Aber da fiel ihm auch schon ein, daß man ihn sehen könne, er wendete Baraban um, drückte die Mütze in die Stirn und jagte den erstaunten und unzufriedenen Baraban auf der Landstraße zurück.

„Ich kann es nicht leiden mit dem Polikej zu fahren“, dachte Baraban. „Einmal im Leben hat er mich zur Zeit gefüttert und getränkt, und nur um mich so unangenehm zu betrügen. Wie habe ich mich bemüht nach Hause zu laufen. Ich bin schon ganz müde geworden, aber gerade, wie es nach unserem Heu zu riechen anfängt, jagt er mich wieder zurück.“

„Du Teufelsmähre“, schrie Polikej unter Tränen, stand im Wagen auf, riß Baraban mit dem Zügel das Maul auf und schlug ihn mit der Peitsche.

10

Den ganzen Tag über sah niemand in Pokrowskoje den Polikej. Die Gutsherrin fragte nach dem Essen mehrere Male nach ihm und Aksiutka kam zu Akulina gelaufen. Akulina erwiderte, er sei noch nicht gekommen, der Kaufmann habe ihn wohl aufgehalten, oder es sei dem Pferde etwas zugestoßen. „Es wird doch nicht lahm geworden sein?“ sagte sie. „Neulich ist Maxim auf die Weise einen ganzen Tag und eine Nacht unterwegs gewesen und mußte den ganzen Weg zu Fuß laufen.“ Und Aksiutka setzte ihre Pendel wieder in Bewegung nach dem Hause zu, und Akulina dachte allerlei Gründe für das Ausbleiben ihres Mannes aus und suchte sich zu beruhigen, aber sie brachte es nicht fertig. Ihr Herz war schwer und keine Arbeit für den morgigen Festtag wollte ihr recht von der Hand gehen. Sie quälte sich um so mehr, als die Tischlersfrau ihr versicherte, sie habe selbst gesehen, ein Mann, ganz wie Iljitsch, sei bis zum „Preschpekt“ gefahren und dann wieder umgekehrt. Die Kinder erwarteten den Vater ebenfalls mit Unruhe und Ungeduld, aber sie hatten andere Gründe: Aksiutka und Maschka waren jetzt ohne Pelz und Rock, die ihnen die Möglichkeit gegeben hätten, wenigstens abwechselnd auf die Straße hinauszugehen; nun mußten sie in bloßen Kleidern mit gesteigerter Geschwindigkeit immer nur ums Haus herum laufen, wodurch sie alle ein- und ausgehenden Bewohner des Gesindehauses sehr belästigten. Einmal flog Maschka der Tischlersfrau, die Wasser trug, gerade vor die Füße; sie heulte zwar schon im voraus, als sie an die Knie der Nachbarin stieß, wurde aber noch tüchtig an den Haaren gerauft und weinte nun erst recht. Wenn sie mit niemandem zusammenstieß, flog sie geradeswegs durch die Tür hinein und kletterte über die Wasserbütte auf den Ofen hinauf. Nur die Gutsherrin und Akulina machten sich ernstlich Sorge um Polikej selbst; den Kindern war es nur um seine Kleidungsstücke zu tun. Als Jegor Michajlowitsch der gnädigen Frau seinen Bericht erstattete, antwortete er auf ihre Frage, ob Polikej noch nicht zurückgekehrt sei und wo er denn stecken könne, nur: „Das weiß ich nicht!" und lächelte dazu, augenscheinlich sehr zufrieden, daß seine Vermutung sich bewahrheitet hatte. „Er hätte um die Mittagszeit da sein müssen", sagte er bedeutungsvoll. Den ganzen Tag über wußte in Pokrowskoje niemand etwas von Polikej; erst später erfuhr man, daß die Bauern aus dem Nachbardorfe ihn gesehen hatten, wie er ohne Mütze die Landstraße entlang rannte und alle fragte, ob sie nicht einen Brief gefunden hätten. Ein anderer Bauer hatte ihn am Straßenrand schlafend gesehen, neben ihm das angebundene Pferd und der Wagen. „Ich dachte noch," sagte dieser Mann, „es wäre ein Betrunkener, und das Pferd hätte zwei Tage lang nichts gefressen und nichts getrunken, so eingefallen waren seine Flanken." Akulina schlief die ganze Nacht nicht und horchte immer, aber Polikej kam auch in der Nacht nicht. Wäre sie allein gewesen und hätte sie einen Koch und ein Dienstmädchen gehabt, so wäre sie noch unglücklicher gewesen; aber kaum hatte der Hahn zum drittenmal gekräht, kaum war die Tischlersfrau aufgestanden, so mußte auch Akulina heraus und sich an den Ofen machen. Es war Feiertag: in aller Frühe mußten die Brote herausgenommen werden, mußte Kwas gebraut werden, Fladen gebacken, die Kuh gemolken, Kleider und Hemden geplättet, die Kinder gewaschen, Wasser geholt und dafür gesorgt werden, daß die Nachbarin nicht den ganzen Ofen in Beschlag nahm. Immer wieder aufhorchend, machte sich Akulina an diese Geschäfte. Es dämmerte schon, es läutete zur Frühmesse, die Kinder waren schon aufgestanden, Polikej aber war immer noch nicht da. Am Abend vorher war es Winter geworden, Felder, Straße und Dächer waren ungleichmäßig mit Schnee bedeckt, und heute, gleichsam dem Fest zu Ehren, war ein schöner, sonniger Frosttag, so daß man weit hinaus sehen und hören konnte. Doch Akulina, die vor dem Ofen stand und den Kopf tief in die Öffnung gesteckt hatte, war so sehr mit dem Backen der Fladen beschäftigt, daß sie gar nicht gehört hatte, wie Polikej vorfuhr, und erst aus dem Schreien der Kinder erfuhr, daß ihr Mann gekommen sei. Aniutka, als die Älteste, hatte sich den Kopf mit Talg gesalbt und sich selbst angezogen. Sie hatte ein neues, aber schon zerknittertes rosa Kattunkleid an, ein Geschenk der Gutsherrin, das auf ihr steif wie Baumrinde saß und den Nachbarn in die Augen stach. Ihr Haar glänzte, sie hatte ein halbes Lichtstümpfchen darauf geschmiert. Ihre Schuhe waren zwar nicht neu, aber dünn; Maschka war noch in ihrer Jacke und schmutzig, und Aniutka ließ sie nicht nahe an sich heran, um sich nicht zu beschmutzen. Maschka war auf dem Hofe, als der Vater, mit einem Sack auf dem Wagen, angefahren kam. „Vater ist da", schrie sie, stürzte Hals über Kopf zur Tür herein, an Aniutka vorbei und beschmutzte sie. Aniutka vergaß ihre Furcht, sich noch mehr zu beschmutzen, und prügelte Maschka sofort durch, aber Akulina konnte sich von ihrer Arbeit nicht losmachen. Sie schrie die Kinder nur an: „Na wartet nur! Ihr kriegt es noch tüchtig!“ und sah sich nach der Tür um. Iljitsch trat mit dem Sack in der Hand in den Flur und ging sofort in seinen Winkel. Er schien Akulina sehr bleich, und sein Gesicht sah so aus, als ob er weinte oder vielleicht auch lächelte. Doch Akulina hatte keine Zeit, das festzustellen.

„Nun, Iljitsch, alles glücklich abgemacht?“ rief sie ihm vom Ofen her zu.

Iljitsch murmelte etwas, was sie nicht verstand.

„Wie?“ fragte sie. „Warst du bei der gnädigen Frau?“

Iljitsch blieb in seinem Winkel auf dem Bett sitzen, sah scheu um sich her und zeigte sein schuldbewußtes und tiefschmerzliches Lächeln. Lange Zeit antwortete er nichts.

„Nun, Iljitsch, warum bist du so lange weggeblieben?“ erscholl Akulinas Stimme.

„Ich habe der gnädigen Frau das Geld übergeben, Akulina. Wie sie gedankt hat!“ sagte er plötzlich und sah noch unruhiger um sich und lächelte. An zwei Gegenständen hafteten seine unruhigen, fieberhaft weitgeöffneten Augen: auf dem an die Wiege gebundenen Strick und auf dem Kinde. Er trat an die Wiege und knüpfte mit seinen dünnen Fingern hastig den Knoten des Strickes auf. Dann heftete er seine Augen auf das Kind. Aber jetzt trat Akulina mit den Fladen auf dem Backbrett in den Winkel. Polikej versteckte den Strick schnell in seinem Busen und setzte sich aufs Bett.

„Was hast du, Iljitsch, du bist ja ganz verstört!“ sagte Akulina.

„Ich habe nicht geschlafen“, antwortete er.

Plötzlich schimmerte was am Fenster, und im nächsten Augenblick flog Aksiutka, das Mädchen von oben, wie ein Pfeil herein.

„Die gnädige Frau befehlen, daß Polikej Iljitsch im Augenblick heraufkommt,“ sagte sie, „gleich den Augenblick, hat Awdotja Mikolowna befohlen, gleich den Augenblick!“

Polikej sah Akulina und das Mädchen an.

„Gleich! Was will sie denn noch?“ sagte er so einfach, daß Akulina sich beruhigte. „Vielleicht will sie mich belohnen. Sag’, daß ich gleich komme.“

Er erhob sich und ging hinaus. Akulina aber nahm den Trog, stellte ihn auf die Bank, goß aus den an der Tür stehenden Eimern und aus dem heißen Kessel im Ofen Wasser hinein, schürzte die Ärmel auf und prüfte dann das Wasser.

„Komm her, Maschka, ich will dich waschen!“

Das kleine Mädchen mit dem Zungenfehler fing zornig zu brüllen an.

„Komm her, du Dreckmädel, ich will dir ein reines Hemd anziehen. Nun, mach schnell, ich muß noch deine Schwester waschen!“

Polikej war unterdessen nicht dem Mädchen von oben gefolgt, sondern hatte sich an einen ganz andern Ort begeben. Im Flur führte eine steile Treppe dicht an der Wand nach dem Boden. Polikej trat in den Flur hinaus, sah sich um, und da niemand zu erblicken war, stieg er in gebückter Haltung und fast laufend, schnell und gewandt diese Treppe hinauf.

„Was soll denn das heißen, daß der Polikej gar nicht kommt“, sagte die Gutsherrin ungeduldig zu Duniascha, die ihr das Haar machte. „Wo ist Polikej? Warum kommt er nicht?“

Aksiutka lief wieder ins Gesindehaus, kam wieder in den Flur gestürzt und entbot Polikej zur gnädigen Frau.

„Er ist ja schon längst hingegangen“, erwiderte Akulina, die inzwischen Maschka gesäubert hatte und nun ihren Säugling in den Trog gesetzt hatte und ihm, ohne auf sein Schreien zu achten, die spärlichen Haare netzte. Der Junge schrie, verzog das Gesicht und machte hilflose Handbewegungen, als ob er etwas fangen wollte. Akulina hielt mit der einen großen Hand seinen runden, weichen, ganz mit Grübchen übersäten Rücken fest und wusch ihn mit der anderen Hand.

„Sieh mal zu, ob er nicht irgendwo eingeschlafen ist!“ sagte sie, sich unruhig umschauend.

Um diese Zeit ging die Tischlersfrau, ungekämmt, mit offen stehender Brust, die Röcke schürzend, auf den Boden hinauf, um ihr Kleid zu holen, das sie dort zum Trocknen aufgehängt hatte. Plötzlich erscholl ein Schrei des Entsetzens auf dem Boden, und die Tischlersfrau kam wie eine Wahnsinnige, mit geschlossenen Augen, rückwärts, auf allen vieren, von der Treppe eher gerollt, als gestürzt.

„Iljitsch!" schrie sie.

Akulina ließ das Kind los.

„Er hat sich aufgehängt!" brüllte die Tischlersfrau.

Ohne darauf zu achten, daß das Kind wie ein Knäuel hintenüber rollte und, die Beine in die Höhe streckend, mit dem Kopf unter das Wasser geriet, rannte Akulina in den Flur hinaus.

„Am Querbalken ... hängt er", sagte die Tischlersfrau, stockte aber, als sie Akulina erblickte.

Akulina stürzte zur Treppe, lief, ehe man sie zurückhalten konnte, hinauf und fiel mit einem entsetzlichen Aufschrei wie eine Leiche auf der Treppe hin. Sie wäre hinabgestürzt, wenn nicht die von allen Seiten herbeiströmenden Leute sie noch im letzten Augenblick festgehalten hätten.

II

Einige Minuten lang konnte man sich in dem allgemeinen Wirrwarr überhaupt nicht zurechtfinden. Eine Unmenge von Menschen war zusammengelaufen, alle schrien, alle schwatzten, die Kinder und die alten Weiber weinten, Akulina lag bewußtlos da. Endlich gingen die Männer, der Tischler und der herbeigeholte Verwalter, nach oben, und die Tischlersfrau erzählte zum zwanzigstenmal, wie sie, ohne was Schlimmes zu denken, hinaufgestiegen war, ihre Pelerine zu holen, und wie sie um sich schaute. „Und da sehe ich einen Menschen stehen. Ich sah näher hin: neben ihm lag eine Mütze mit nach außen gekehrtem Futter. Und da bemerkte ich erst, daß seine Beine in der Luft baumelten. Das ist so leicht gesagt: ein Mensch hat sich aufgehängt! Aber wenn man das sehen muß! Wie ich hinunter gestürzt bin, weiß ich selbst nicht mehr. Und wie durch ein Wunder hat mich der liebe Gott gerettet. Ja, wahrhaftig, der Herr ist gnädig und barmherzig. Das ist doch kein Spaß, diese steile Treppe, und so hoch! Ich hätte mich ja totfallen können!"

Die Männer, die hinaufgegangen waren, erzählten dasselbe. Iljitsch hing im bloßen Hemd und der Hose an demselben Strick, den er von der Wiege abgenommen hatte. Seine umgestülpte Mütze lag daneben. Den Rock und den Pelz hatte er abgenommen und ordentlich daneben zusammengelegt. Seine Füße berührten den Boden, aber es war kein Leben mehr in dem Körper. Akulina kam zu sich und wollte wieder die Treppe hinauf, doch man hielt sie fest.

„Mütterchen, Siomka hat sich vers-luckt", sagte plötzlich die Kleine mit dem Zungenfehler aus dem Winkel. Akulina riß sich los und lief in den Winkel. Das Kind lag unbeweglich auf dem Rücken im Trog, und seine Beinchen rührten sich nicht. Akulina hob es heraus, aber es atmete nicht mehr und bewegte sich auch nicht. Akulina warf es aufs Bett, stützte sich auf die Arme und brach in ein so lautes, schallendes und furchtbares Lachen aus, daß Maschka, die anfangs mitgelacht hatte, sich die Ohren zuhielt und heulend in den Flur lief.

Die Leute drängten schreiend und weinend in den Winkel. Man trug den Kleinen hinaus, man versuchte, ihn abzureiben, aber alles war vergeblich. Akulina wälzte sich auf dem Bette und lachte, lachte so, daß alle, die dieses Lachen hörten, von Entsetzen gepackt wurden. Jetzt erst, als man diese ganze bunte Schar von Männern und Frauen, Greisen und Kindern sah, die sich im Flur drängten, bekam man eine Vorstellung davon, wie furchtbar viel und welcher Art Leute im Gesindehaus wohnten. Alle liefen hin und her, alle sprachen, viele weinten, und niemand tat etwas. Die Tischlersfrau fand immer noch Leute, die ihre Geschichte nicht gehört hatten, und erzählte immer wieder, wie ihr zartes Gemüt durch den unerwarteten Anblick erschüttert worden war und wie Gott sie vor dem Sturz von der Leiter behütet hatte. Der alte Büfettier, der eine Frauenjacke anhatte, erzählte, wie bei Lebzeiten des verstorbenen Herrn eine Frau sich im Teiche ertränkt habe. Der Verwalter schickte Boten zur Polizei und zum Geistlichen und stellte eine Wache auf. Aksiutka, das Mädchen von oben, starrte mit weit aufgerissenen Augen immer durch das Loch auf den Dachboden, und obgleich sie dort gar nichts sah, konnte sie sich doch nicht losreißen und zur Herrin hinaufgehen. Agafja Michajlowna, die bei der alten Gutsherrin Zofe gewesen war, bat um Tee zur Beruhigung ihrer Nerven und weinte. Die Hebamme Anna legte mit ihren geschickten, fetten, nach Baumöl riechenden Händen die kleine Leiche auf das Tischchen. Die Frauen standen vor Akulina und blickten sie schweigend an. Die Kinder drückten sich in den Ecken herum, sahen auf die Mutter, fingen an zu heulen, hörten auf, sahen wieder hin und drückten sich noch mehr aneinander. Knaben und Männer drängten sich vor dem Hause, sahen mit erschrockenen Mienen durch die Türen und die Fenster, konnten nichts sehen, begriffen nichts und fragten einander, was denn geschehen sei. Einer sagte, der Tischler habe seiner Frau mit dem Beil den Fuß abgehauen, ein anderer, die Waschfrau habe Drillinge geboren; ein dritter erzählte, die Katze des Kochs sei toll geworden und habe Leute gebissen. Doch wurde nach und nach die Wahrheit bekannt und gelangte endlich zu den Ohren der Herrin. Man hatte anscheinend nicht einmal verstanden, sie darauf vorzubereiten; der grobe Jegor meldete es ihr ohne weiteres und erschütterte die Nerven der gnädigen Frau dermaßen, daß sie sich lange nicht erholen honnte. Die Menge beruhigte sich mittlerweile. Die Tischlersfrau stellte den Samowar auf und machte Tee, worauf es die Fremden, die von ihr nicht zum

Mittrinken aufgefordert wurden, für unpassend hielten, noch länger dazubleiben. Die Jungen balgten sich auf der Treppe. Alle wußten jetzt schon, was vorgefallen war, bekreuzten sich und gingen auseinander, als plötzlich der Ruf erscholl: „Die gnädige Frau! Die gnädige Frau!" Und wieder drängten sich alle zusammen, um ihr Platz zu machen, aber alle wollten auch sehen, was sie tun würde. Die Gutsherrin trat bleich und verweint durch den Flur in Akulinas Winkel. Ein paar Dutzend Köpfe drängten sich an der Tür zusammen und schauten zu. Eine schwangere Frau wurde dabei so gedrückt, daß sie laut aufschrie, dann aber gleich sich diesen Umstand zunutze machte, und sich ganz nach vorn drängte. Wer hätte aber die Gnädige nicht im Winkel der Akulina sehen wollen! Das war für das Gesinde nichts anderes, als das bengalische Licht am Schluß einer Vorstellung. Es ist doch schön, wenn bengalisches Licht angezündet wird, und es war auch schön, als die gnädige Frau in Seide und Spitzen zu Akulina in den Winkel kam. Die Gnädige ging auf Akulina zu und faßte ihre Hand, Akulina riß sie aber zurück. Die alten Hofknechte schüttelten mißbilligend die Köpfe.

„Akulina," sagte die Gutsherrin, „du hast Kinder, habe doch Mitleid mit dir selbst!"

Akulina lachte gellend und richtete sich auf.

„Meine Kinder sind ganz aus Silber, ganz aus Silber . . . Ich bewahre kein Papiergeld auf", murmelte sie hastig. „Ich habe dem Iljitsch gesagt: nimm die Papiere nicht! Da haben sie dich nun angeschmiert, mit Teer beschmiert. Mit Teer und Seife, gnädige Frau! Es mag einer noch so räudig sein, alles geht ab!" Und sie lachte noch lauter.

Die Gutsherrin wandte sich ab und ließ den Heilgehilfen mit einem Senfpflaster kommen. „Gebt kaltes Wasser her!" Sie suchte selbst nach Wasser; als sie aber das tote Kind sah, vor dem die alte Anna stand, wandte sie sich ab, und alle sahen, wie sie sich das Taschentuch vors Gesicht hielt und weinte.

Anna aber (schade, daß die Herrin das nicht sah: sie hätte es gewürdigt; es wurde ja auch alles für sie gemacht) bedeckte das Kind mit einem Stückchen Leinwand, schob die Ärmchen mit ihrer fetten, geschickten Hand zurecht und schüttelte so mit dem Kopfe, streckte so die Lippen vor, kniff so gefühlvoll die Augen zusammen und seufzte so, daß jeder ihr gutes Herz sehen mußte. Die gnädige Frau sah das aber nicht, sie konnte überhaupt nichts sehen. Sie schluchzte auf und bekam einen Weinkrampf; man faßte sie unter die Arme, führte sie in den Flur und brachte sie dann nach Hause.

„Das war nicht viel", dachten die meisten und gingen allmählich auseinander.

Akulina lachte noch immer und redete sinnloses Zeug. Man brachte sie in ein anderes Zimmer, ließ ihr zur Ader, legte ihr Senfpflaster auf, machte ihr Eisumschläge auf den Kopf; sie schien aber nach wie vor nichts zu begreifen, weinte nicht, sondern lachte und redete und trieb so tolle Dinge, daß die braven Leute, die sich um sie bemühten, sich nicht beherrschen konnten und auch lachen mußten.

12

Es war kein frohes Fest für das Gesinde von Pokrowskoje. Obgleich das Wetter herrlich war, gingen die Leute nicht spazieren, die Mädchen kamen nicht zusammen, um ihre Lieder zu singen, die jungen Burschen aus der Fabrik, die zum Feiertag aus der Stadt gekommen waren, spielten weder Harmonika noch Balalaika, und gaben sich nicht mit den Mädchen ab. Jeder saß in seinem Winkel, und wenn gesprochen wurde, so sprach man ganz leise, als wenn ein böser Geist in der Nähe wäre und das Gespräch hören könnte. Tags war es noch erträglich, aber abends, als die Dämmerung herabsank, da fingen die Hunde an zu heulen, und zum Unglück erhob sich noch ein starker Wind und heulte in den Schornsteinen, so daß die

Leute in den Gesindewohnungen von einer großen Angst befallen wurden; wer noch eine Kerze hatte, der zündete sie vor dem Heiligenbilde an; wer in seinem Winkel allein war, ging zu den Nachbarn und bat um eine Lagerstätte unter mehr Menschen; wer in den Stall hinaus mußte, tat es nicht und ließ mitleidlos das Vieh in dieser Nacht ohne Futter. Auch das Weihwasser, das alle in kleinen Fläschchen aufbewahrten, wurde in dieser Nacht völlig verbraucht. Viele hatten sogar gehört, wie in dieser Nacht jemand mit schweren Schritten auf dem Dachboden hin und her ging, und der Schmied hatte einen Drachen geradeswegs nach dem Boden fliegen sehen. In Polikejs Winkel befand sich niemand; die Kinder und die Wahnsinnige waren zu anderen Leuten gebracht worden. Da lag nur noch die Leiche des Kindes, und bei ihr saßen zwei alte Weiber und eine Pilgerin, die in frommem Eifer laut den Psalter las, nicht wegen des Kindes, sondern um des ganzen Unglücks willen. So hatte die gnädige Frau es gewünscht. Diese Alten und die Pilgerin hatten es selbst gehört: jedesmal, wenn ein neuer Abschnitt begonnen wurde, knarrte oben ein Balken, und jemand stöhnte. Wenn sie aber sprachen: „Gelobt sei der Herr", dann wurde es wieder still. Die Tischlersfrau hatte ihre Gevatterin zu sich gebeten und trank in dieser Nacht, in der sie überhaupt nicht zu Bett ging, mit dem Gast den ganzen Tee aus, der eigentlich für eine Woche hätte reichen sollen. Sie hörten auch, wie oben die Balken knarrten und wie Säcke oder etwas Ähnliches von oben heruntergeworfen wurden. Die Männer, die die Wache hatten, suchten dem Gesinde Mut einzuflößen, sonst wären in dieser Nacht wohl alle vor Angst gestorben. Die Männer lagen im Flur auf Heu und behaupteten später, sie hätten auch Wunderdinge auf dem Boden gehört, obgleich sie sich in der Nacht ganz friedlich von der Rekrutenaushebung unterhalten, ihr Brot gekaut, sich gekratzt und vor allem den ganzen Flur derartig mit ihrem eigentümlichen Bauerngeruch erfüllt hatten, daß die Tischlersfrau, als sie an ihnen vorüberging, ausspuckte und sie „Bauernpack" schimpfte. Wie dem nun auch sei, der Selbstmörder hing immer noch auf dem Boden, und es war, als hätte in dieser Nacht der Böse selber das Gesindehaus mit seinem gewaltigen Flügel bedeckt, um seine Macht zu zeigen und den Leuten näherzutreten als gewöhnlich. Wenigstens empfanden alle das so. Ich weiß nicht, ob sie recht hatten. Ich glaube sogar, sie hatten unrecht. Ich glaube, wenn ein tapferer Bursche in dieser Nacht eine Kerze oder eine Laterne in die Hand genommen, sich mit dem Kreuzeszeichen gesegnet hätte (oder auch nicht), auf den Boden gegangen wäre und mit dem Licht der Kerze das Grauen der Nacht langsam beiseite geschoben hätte, wenn er dieses Licht auf die Balken, den Sand, den mit Spinnweben bedeckten Querschornstein und die von der Tischlersfrau vergessene Pelerine hätte fallen lassen und so endlich bis zu Iljitsch gelangt wäre; wenn er dann die Laterne bis zur Höhe von Iljitschs Gesicht gehoben hätte, ohne sich von dem Gefühl der Furcht übermannen zu lassen, so hätte er nichts erblickt, als den bekannten hageren Leib mit den auf der Erde stehenden Füßen (denn der Strick hatte sich gelockert), wie er sich leblos auf die Seite neigte, mit geöffnetem Hemdkragen, unter dem kein Kreuz zu sehen war, den auf die Brust gesunkenen Kopf und das gute Gesicht mit den offenen Augen, die jetzt nichts mehr sahen, und das sanfte, schuldbewußte Lächeln und die strenge Ruhe und Stille über dem Ganzen. Wahrhaftig, die Tischlersfrau, die sich mit zerwühltem Haar an die Ecke ihres Bettes drückte und mit erschreckten Augen erzählte, sie höre Säcke fallen, war bei weitem grauenhafter als Iljitsch, wenn er auch sein Kreuz abgenommen und es auf den Balken gelegt hatte.

Oben, das heißt bei der Gutsherrin, herrschte das gleiche Entsetzen wie beim Gesinde. Im Zimmer der gnädigen Frau roch es nach Eau de Cologne und Arznei. Duniascha wärmte gelbes Wachs und machte Zugpflaster. Wozu eigentlich, weiß ich nicht; ich weiß nur, daß Zugpflaster immer gemacht wurden, wenn die gnädige Frau krank war. Jetzt aber war sie vor Aufregung krank geworden. Zu Duniascha war — um ihr Mut zu machen — eine Tante gekommen. Sie saßen mit dem zweiten Stubenmädchen und Aksiutka zu vieren im Mädchenzimmer und unterhielten sich leise.

„Wer wird Öl holen?“ fragte Duniascha.

„Ich gehe um keinen Preis. Awdotja Mikolawna! Sie können mich totschlagen, aber ich geh' nicht“, sagte das zweite Mädchen entschieden.

„Ei was! Geh' mit, Aksiutka.“

„Ich laufe allein hin, ich fürchte mich nicht“, sagte Aksiutka, bekam aber auch gleich Angst.

„So geh', mein kluges Mädel, bitt' es dir von Großmutter Anna in einem Glase aus und bring's her; du darfst aber nichts verschütten“, sagte Duniascha.

Aksiutka nahm mit der einen Hand ihren Rock hoch, und da sie infolgedessen nicht mehr mit beiden Armen schlenkern konnte, machte sie dafür mit dem einen desto lebhaftere Querbewegungen und eilte davon. Es war ihr bange zumute, und sie fühlte, daß sie vor Angst umkommen würde, wenn sie unterwegs etwas sehen oder hören sollte, und wäre es selbst ihre eigene, lebendige Mutter gewesen. Sie kniff die Augen zusammen und flog den bekannten Weg dahin.

13

„Schläft die gnädige Frau oder nicht?“ fragte plötzlich dicht neben Aksiutka eine tiefe Bauernstimme.

Aksiutka riß die zusammengekniffenen Augen auf und erblickte eine Gestalt, die ihr höher schien, als das Gesindehaus. Sie kreischte auf und jagte zurück, so daß ihr Rock kaum hinter ihr herflattern konnte. Mit einem Sprunge war sie auf der Treppe, mit einem andern im Mädchenzimmer und warf sich mit wildem Geheul aufs Bett. Duniascha, ihre Tante und das andere Mädchen erstarrten vor Schrecken; sie waren noch nicht ganz zu sich gekommen, als schwere, langsame und unentschlossene Schritte sich im Flur und vor der Tür vernehmen ließen. Duniascha stürzte zur gnädigen Frau, wobei sie das geschmolzene Wachs fallen ließ, das zweite Dienstmädchen versteckte sich hinter den Röcken, die an der Wand hingen, die Tante, die mehr Entschlossenheit besaß, wollte die Türe zuhalten, aber da öffnete diese sich schon, und ein Bauer trat ins Zimmer. Es war Dutlow mit seinen Kähnen an den Füßen. Ohne die Furcht der Mädchen zu beachten, suchte er mit den Augen das Heiligenbild, und da er das kleine Heiligenbild, das in der linken Ecke hing, nicht bemerkte, bekreuzte er sich vor dem Schränkchen mit den Tassen, legte seine Mütze aufs Fenster, fuhr mit der Hand tief in seinen Pelz, als wollte er sich unter der Achselhöhle kratzen, und holte einen Brief heraus mit fünf braunen Siegeln, auf denen ein Anker dargestellt war. Duniaschas Tante griff sich an die Brust ... Mühsam, mit stockender Stimme, brachte sie heraus:

„Hast du mich aber erschreckt, Naumytsch. Ich kann kein Wort sa–gen. Ich dachte wirklich, mein Ende sei gekommen."

„Wie kann man denn so!" sagte das zweite Mädchen, unter den Röcken hervorguckend.

„Auch die gnädige Frau hast du erschreckt", sagte Duniascha, gerade ins Zimmer zurückkommend.

„Was kommst du ins Mädchenzimmer, ohne gefragt zu haben? Der richtige Bauer!"

Ohne sich zu entschuldigen, wiederholte Dutlow, er müsse die gnädige Frau sehen.

„Sie ist krank", sagte Duniascha.

In diesem Augenblick brach Aksiutka in ein so unanständig lautes Lachen aus, daß sie ihren Kopf gleich wieder in die Kissen des Bettes verstecken mußte; und noch eine Stunde lang konnte sie trotz aller Drohungen Duniaschas und ihrer Tante den Kopf nicht hervorstrecken, ohne loszuplatzen, gerade als ob in ihrer rosigen Brust und auf den roten Backen etwas geborsten wäre. Es kam ihr so komisch vor, daß alle sich so erschreckt hatten, und sie versteckte ihren Kopf wieder, zuckte wie in Krämpfen mit dem Schuh und zappelte mit dem ganzen Körper.

Dutlow hielt inne, sah sie aufmerksam an, als wollte er sich Rechenschaft darüber geben, was mit dem Mädchen vorging; da er es aber nicht begreifen konnte, wandte er sich wieder ab und fuhr in seiner Rede fort.

„Es ist also eine höchst wichtige Angelegenheit", sagte er, „melden Sie der gnädigen Frau bloß, daß ein Bauer Geld gefunden hat."

„Was für Geld?"

Duniascha las, ehe sie sich zur gnädigen Frau begab, die Adresse und fragte Dutlow, wo und wie er das Geld gefunden habe, das Iljitsch aus der Stadt hatte bringen sollen. Nachdem sie alles genau erfahren und das Laufmädel, das nicht aufhörte zu prusten, aus dem Zimmer gejagt hatte, ging Duniascha zur gnädigen Frau. Doch zu Dutlows größter Verwunderung wollte die Dame ihn nicht empfangen und hatte auch ihrer Duniascha nichts Rechtes zu sagen gewußt.

„Ich weiß nichts und will nichts wissen," hatte die gnädige Frau gesagt, „was das für ein Bauer und was das für Geld ist. Ich kann und will jetzt niemanden sehen. Er soll mich in Ruhe lassen."

„Was soll ich nun machen?" sagte Dutlow, das Kuvert in der Hand drehend. „Es ist doch viel Geld. Was steht denn da drauf?" fragte er Duniascha, die ihm die Aufschrift noch einmal vorlas.

Dutlow wollte immer noch nicht recht glauben. Er hoffte, daß das Geld vielleicht gar nicht der Herrin gehörte und daß man ihm die Adresse falsch vorgelesen habe. Er seufzte, steckte das Kuvert in die Brust und wollte hinausgehen.

„Ich werde es wohl dem Stanowoj abliefern müssen“, sagte er.

„Warte, ich will es noch einmal versuchen“, hielt Duniascha ihn an, die das Verschwinden des Briefes an der Brust des Bauern aufmerksam verfolgt hatte. „Gib den Brief her!“

Dutlow holte den Brief wieder heraus, legte ihn aber nicht sofort in Duniaschas ausgestreckte Hand.

„Sagen Sie ihr, daß Semion Dutlow es auf der Landstraße gefunden hat.“

„So gib es doch her!“

„Ich dachte erst, es wäre ein einfacher Brief, aber ein Soldat las mir vor, daß Geld drin sei.“

„So gib doch her!“

„Ich wagte nicht, erst noch nach Hause zu gehen . . .“ fing Dutlow wieder an, ohne sich von dem kostbaren Brief trennen zu können, „melden Sie das auch!“

Duniascha nahm den Brief und begab sich noch einmal zur gnädigen Frau.

„Ach, mein Gott, Duniascha!“ sagte die Herrin in vorwurfsvollem Tone. „Sprich mir doch nicht von diesem Gelde! Wenn ich nur an dieses Kind denke . . .“

„Der Bauer weiß nicht, wem er das Geld geben soll, gnädige Frau“, sagte Duniascha.

Die Herrin öffnete den Brief, erbebte, als sie das Geld sah, und wurde nachdenklich.

„Schreckliches Geld, wieviel Unheil schafft es!“ sprach sie.

„Es ist Dutlow, gnädige Frau; befehlen Sie, daß er gehen soll, oder wollen Sie zu ihm hinausgehen? Fehlt nichts an dem Gelde?“ fragte Duniascha.

„Ich will dieses Geld nicht haben! Es ist schreckliches Geld. Was hat es angerichtet! Sag' ihm, er solle es für sich nehmen, wenn er will“, rief die Herrin plötzlich, nach Duniaschas Hand greifend. „Ja, ja,“ sagte die gnädige Frau noch einmal zu der erstaunten Duniascha, „mag er's ganz behalten und damit machen, was er will."

„Es sind fünfzehnhundert Rubel", bemerkte Duniascha mit einem leisen Lächeln, als wenn sie zu einem Kinde spräche.

„Er soll es behalten!" wiederholte ungeduldig die gnädige Frau. „Verstehst du mich nicht? Das ist Unglücksgeld, rede nur niemals davon. Mag's der Bauer behalten, der es gefunden hat. Geh! So geh doch."

Duniascha ging wieder ins Mädchenzimmer.

„Nun, fehlt nichts?" fragte Dutlow.

„Zähle selber nach", sagte Duniascha, ihm den Brief reichend. „Ich soll es dir zurückgeben."

Dutlow nahm die Mütze unter den Arm, beugte den Oberkörper vor und begann zu zählen.

„Ist kein Rechenbrett da?"

Dutlow hatte es so verstanden, daß die gnädige Frau zu dumm sei, ihr Geld selbst zu zählen, und ihm daher befohlen habe, das zu tun.

„Du kannst es zu Hause zählen", sagte Duniascha zornig. „Es ist dein Geld, es gehört dir! ‚Ich will es nicht sehen,' sagt sie, ‚gib es dem, der es gebracht hat.'"

Ohne sich aufzurichten, heftete Dutlow seine Augen auf Duniascha.

Die Tante schlug die Hände über dem Kopf zusammen.

„Ach, meine lieben Heiligen! Da hat dir aber Gott Glück gegeben! Ach, meine lieben Heiligen!"

Das zweite Mädchen wollte es nicht glauben.

„Was denn, Awdotja Nikolajewna, Sie scherzen wohl?"

„Jawohl, scherzen! Sie hat befohlen, es dem Bauern zu geben. ... Nun, nimm das Geld und geh!" sagte Duniascha, ohne ihren Verdruß zu verbergen. „Des einen Tod, des andern Brot."

„Das ist keine Kleinigkeit, fünfzehnhundert Rubel", sagte die Tante.

„Mehr", bestätigte Duniascha. „Nun kannst du Sankt Nikolaus eine Kerze für zehn Kopeken stiften", sagte sie spottend. „Wie, du kannst es wohl gar nicht fassen? Wenn es noch ein Armer gekriegt hätte! Aber der hat ja selber genug!"

Dutlow begriff endlich, daß es kein Scherz war, und steckte das Geld, das er zum Zählen auseinandergelegt hatte, wieder in den Briefumschlag; aber seine Hände zitterten, und er schaute immer auf die Mädchen, um sich zu überzeugen, daß es wirklich kein Scherz sei.

„Sieh einmal an, er kann es nicht fassen, so freut er sich", sagte Duniascha und wollte damit zeigen, daß sie den Bauern und sein Geld verachte. „Gib her, ich will es dir einpacken."

Und sie wollte das Geld nehmen. Dutlow gab es ihr aber nicht; er knüllte die Scheine zusammen, schob sie noch tiefer hinein und griff nach seiner Mütze.

„Freust du dich?"

„Ich weiß gar nicht, was ich sagen soll! Das ist geradeso . . ."

Er sprach nicht zu Ende, machte nur eine abwehrende Handbewegung, grinste, brach beinahe in Tränen aus und ging fort.

Im Zimmer der gnädigen Frau wurde geschellt.

„Nun, hast du es ihm gegeben?"

„Ja!"

„Nun, und? Hat er sich sehr gefreut?"

„Er benahm sich ganz wie ein Verrückter."

„Ach, ruf ihn doch, ich will ihn fragen, wie er es gefunden hat. Ruf ihn hierher, ich kann nicht hinausgehen."

Duniascha lief dem Bauer nach und traf ihn noch im Flur. Er hatte eben, ohne die Mütze aufzusetzen, seinen Beutel hervorgezogen und band ihn in gebückter Haltung auf, das Geld zwischen den Zähnen haltend. Er mochte vielleicht glauben, daß das Geld so lange nicht sein wäre, bis er es im Beutel hätte. Als ihn Duniascha anrief, erschrak er. „Was gibt's, Awdotja . . . Awdotja Mikolawna. Will sie's etwa zurückhaben? Hätten Sie doch ein Wörtchen für mich eingelegt, bei Gott, ich bringe Ihnen auch nächstens Honig."

„Jawohl! Das kennen wir!“

Wieder ging die Tür auf, und der Bauer wurde zur gnädigen Frau geführt. Ihm war nicht wohl zumute. „Sie nimmt es mir wieder weg!“ dachte er, hob die Füße so hoch, als ob er durch hohes Gras ginge, und bemühte sich mit seinen Bastschuhen beim Durchschreiten der Zimmer nicht zuviel Lärm zu machen. Er verstand und sah nichts von dem, was rund um ihn vorging. Er ging an einem Spiegel vorbei, sah irgendwelche Blumen, einen Bauern in Bastschuhen, der die Beine furchtbar hoch hob, einen gemalten Herrn mit einem Augenglase, einen grünen Kübel und etwas Weißes . . . Und da fing dieses Weiße mit einemmal zu sprechen an. Das war also die gnädige Frau. Er verstand kein Wort, sondern riß nur die Augen auf. Er wußte nicht, wo er sich befand, und alles zerfloß vor ihm in Nebel.

„Bist du es, Dutlow?“

„Ich bin’s, gnädige Frau. Wie es war, so habe ich’s unberührt gelassen“, sagte er. „Ich bin selbst gar nicht froh darüber, bei Gott! Was ich mein Pferd abgehetzt habe!“

„Du hast Glück gehabt“, sagte sie mit verächtlich-gutmütigem Lächeln. „Nimm es nur, behalte es.“

Er riß nur die Augen auf.

„Es freut mich, daß du es bekommst. Gott gebe, daß es dir zum Nutzen gereicht. Nun, freust du dich?“

„Wie sollte ich nicht! So freue ich mich, Mütterchen! Ewig will ich zum lieben Gott für Sie beten! Ich bin ja so froh, daß unsere gnädige Frau durch Gottes Güte am Leben ist! Mein Verdienst ist ja gering . . .“

„Wie hast du es denn gefunden?“

„Wir sind immer bereit, alles für unsere gnädige Frau dranzusetzen, und nicht . . .“

„Er weiß schon gar nicht mehr, was er redet, gnädige Frau“, sagte Duniascha.

„Ich hatte meinen Neffen, den Rekruten, in die Stadt gebracht, und da habe ich's unterwegs auf der Landstraße gefunden, als ich zurückfuhr. Polikej muß es wohl verloren haben, ohne es zu merken."

„Nun geh nur, geh, mein Lieber. Es freut mich sehr."

„Ich bin ja so froh, Mütterchen! . . ." sagte der Bauer.

Nachher fiel ihm ein, daß er gar nicht richtig gedankt und überhaupt nicht verstanden hatte, sich zu benehmen. Die Herrin und Duniascha lächelten, er aber stapfte wieder davon wie durch hohes Gras, und konnte es kaum über sich bringen, nicht im Trab zu laufen. Denn es schien ihm immer, als würde man ihn gleich anhalten und ihm seinen Schatz wieder wegnehmen.

14

Als Dutlow draußen im Freien war, ging er vom Wege ab zu den Linden, band sich da noch den Gürtel auf, um den Beutel bequemer zu fassen und tat das Geld hinein. Seine Lippen bewegten sich, schoben sich vor und zurück, obgleich er keinen Laut von sich gab. Als er das Geld in den Beutel gesteckt und sich wieder umgürtet hatte, bekreuzte er sich und ging taumelnd wie ein Betrunkener auf dem Wege weiter: so sehr war er mit den Gedanken beschäftigt, die ihm plötzlich in den Kopf strömten. Da sah er mit einemmal die Gestalt eines Bauern ihm entgegenkommen; er rief ihn an: es war Jefim, der mit einem Knüttel in der Hand vor dem Gesindehaus Wache hielt.

„Ah, Onkel Semion", sagte Jefimka erfreut und kam näher. (Jefimka war es unheimlich so allein.) „Nun, sind die Rekruten hingebracht, Onkelchen?"

„Jawohl. Was machst du denn hier?"

„Man hat mich hier aufgestellt, den erhängten Iljitsch zu bewachen."

„Wo ist er denn?"

„Auf dem Boden soll er hängen“, antwortete Jefimka und zeigte mit dem Knüttel in der Dunkelheit nach dem Dache des Gesindehauses.

Dutlow schaute nach der angedeuteten Richtung, und obgleich er nichts sehen konnte, runzelte er doch die Stirn, blinzelte mit den Augen und schüttelte den Kopf.

„Der Stanowoj ist auch schon da“, sagte Jefimka. „Der Kutscher hat's gesagt. Gleich nehmen sie ihn ab. Ist das schauerlich, so in der Nacht, Onkel! Ich ginge um keinen Preis nachts hinauf, auch wenn's befohlen würde. Und wenn Jegor Michalytsch mich totschlägt, ich gehe nicht hinauf.“

„So eine Sünde! So eine große Sünde!“ wiederholte Dutlow, offenbar anstandshalber, ohne an den Sinn seiner Worte zu denken, und wollte seines Weges gehen; aber Jegor Michajlowitschs Stimme hielt ihn zurück.

„He, Wächter, komm mal her!“ rief der Verwalter von der Treppe.

Jefimka gab Antwort.

„Wer war der Bauer, der eben bei dir stand?“

„Dutlow.“

„Du, Semion, komm auch her!“

Als Dutlow sich näherte, erkannte er beim Licht der Laterne, die der Kutscher trug, Jegor Michajlowitsch und einen kleinen, in seinen Mantel gehüllten Beamten, in einer Mütze mit einer Kokarde. Das war der Stanowoj.

„Der Alte da geht auch mit uns“, sagte Jegor Michajlowitsch, als er Dutlow erblickte.

Der Alte verzog das Gesicht, aber da war nichts zu machen.

„Und du, Jefimka, du bist ein junger Kerl, also lauf mal nach dem Boden hinauf, wo er sich erhängt hat und mach' die Treppe zurecht, daß Seine Wohlgeboren hinaufkönnen.“

Jefimka, der sich um nichts in der Welt dem Gesindehaus nähern wollte, lief jetzt hurtig dahin, mit seinen Bastschuhen wie mit Holzklötzen aufklopfend.

Der Stanowoj schlug Feuer und rauchte eine Pfeife an. Er wohnte zwei Werst vom Dorfe entfernt und hatte eben erst von seinem Vorgesetzten einen schweren Verweis wegen Trunkenheit erhalten. Darum befand er sich jetzt in einem Anfall von Diensteifer. Er war um zehn Uhr abends eingetroffen und wollte sofort den Erhängten sehen. Jegor Michajlowitsch fragte Dutlow, weshalb er hier sei. Unterwegs erzählte Dutlow dem Verwalter von dem gefundenen Gelde, und von der Verfügung der Gutsherrin. Dutlow sagte dabei, er sei gekommen, Jegor Michalytsch um seine Erlaubnis zu bitten. Der Verwalter verlangte zum Entsetzen Dutlows das Kuvert und betrachtete es. Der Stanowoj nahm gleichfalls das Kuvert in die Hand und fragte kurz und trocken nach den Einzelheiten.

„Nun, jetzt ist das Geld dahin!“ dachte Dutlow und begann sich schon zu entschuldigen. Der Stanowoj aber gab ihm das Geld zurück.

„Da hat der Tölpel Glück gehabt.“

„Es kommt ihm gerade gelegen,“ sagte Jegor Michajlowitsch, „er hat eben erst seinen Neffen zur Aushebung gebracht: jetzt wird er ihn loskaufen.“

„Ah“, sagte der Stanowoj und ging weiter.

„Wirst du den Iliuschka loskaufen?“ fragte Jegor Michajlowitsch.

„Wie soll ich ihn denn loskaufen? Reicht das Geld denn dazu? Vielleicht ist es auch schon zu spät.“

„Wie du willst“, meinte der Verwalter, und beide folgten dem Stanowoj.

Sie kamen zu dem Gesindehaus, wo im Flur die stinkenden Wächter mit der Laterne warteten. Dutlow ging hinter ihnen her. Die Wächter machten schuldbewußte Gesichter, was sich höchstens auf den von ihnen ausgehenden Geruch beziehen konnte, da sie nichts Schlechtes getan hatten. Alle schwiegen.

„Wo?“ fragte der Stanowoj.

„Hier!“ sagte Jegor Michajlowitsch flüsternd. „Jefimka,“ fügte er hinzu, „du bist ein junger Kerl, geh mit der Laterne voraus!“

Jefimka hatte oben bereits ein verschobenes Dielenbrett zurechtgerückt und schien alle Furcht verloren zu haben. Zwei bis drei Stufen überschlagend, kletterte er mit lustigem Gesicht voran, sah sich nur hin und wieder um und leuchtete mit der Laterne vor dem Stanowoj her. Hinter diesem kam Jegor Michajlowitsch. Als sie verschwunden waren, setzte Dutlow erst den einen Fuß auf die Stufe, seufzte und hielt inne. Ein paar Minuten vergingen, man hörte keine Schritte mehr auf dem Boden; sie mußten an den Leichnam herangekommen sein.

„Onkel! Du wirst gerufen!“ schrie Jefimka durch die Öffnung.

Dutlow stieg hinauf. Der Stanowoj und Jegor Michajlowitsch waren beim Schein der Laterne nur mit dem Oberkörper hinter dem Balken sichtbar. Hinter ihnen stand noch jemand mit dem Rücken nach vorn. Das war Polikej. Dutlow stieg über den Balken, bekreuzte sich und blieb stehen.

„Wendet ihn doch mal um, Leute!“ gebot der Stanowoj.

Niemand rührte sich.

„Jefimka, du bist doch ein junger Kerl!“ sagte Jegor Michajlowitsch.

Der „junge Kerl“ trat über den Balken, drehte Polikej um und stellte sich daneben, indem er mit dem heitersten Gesicht von der Welt bald Polikej, bald den Polizeibeamten ansah, wie ein Schaubudenbesitzer, der einen Albino oder eine Julia Pastrana zeigt, bald auf das Publikum, bald auf sein Schaustück hinblickt, bereit, alle Wünsche der Zuschauer zu erfüllen.

„Wende ihn noch einmal um.“

Iljitsch wurde noch einmal umgewendet. Seine Arme bewegten sich leise und seine Füße schleppten über den Sand.

„Los, nehmt ihn ab.“

„Sollen wir ihn abschneiden, Wasilij Borisowitsch?“ fragte Jegor Michajlowitsch. „Gebt ein Beil her, Jungens!“

Den Wächtern und Dutlow mußte man den Befehl zweimal wiederholen, ehe sie ans Werk gingen. Der junge Kerl aber ging mit Iljitsch nicht anders um als wie mit einem geschlachteten Hammel. Endlich hatten sie den Strick durchschnitten, den toten Körper abgenommen und zugedeckt. Der Stanowoj sagte, morgen werde der Arzt kommen, und entließ die Leute.

15

Dutlow ging, die Lippen leise bewegend, nach Hause. Anfangs hatte er ein unheimliches Gefühl, aber je näher er dem Dorfe kam, desto mehr verging dieses Gefühl, während das Gefühl der Freude immer mehr von seinem Herzen Besitz ergriff. Aus dem Dorfe tönte ihm Gesang und trunkenes Stimmengewirr entgegen. Dutlow trank nie und ging jetzt geradeswegs nach Hause. Es war schon recht spät, als er in die Stube trat. Seine Alte schlief bereits. Der älteste Sohn und die Enkel schliefen auf dem Ofen, der zweite in der Kammer. Nur Iliuschkas Frau schlief nicht; sie saß in einem schmutzigen Werktagshemd mit unbedecktem Haar auf der Bank und heulte. Sie war nicht aufgestanden, dem Onkel die Tür zu öffnen, sondern heulte und jammerte noch mehr, als er in die Stube trat. Nach der Ansicht der Alten jammerte sie sehr schön und ausdrucksvoll, obgleich sie bei ihrer Jugend noch gar nicht viel Übung haben konnte.

Die Alte stand auf und richtete das Abendbrot für ihren Mann her. Dutlow jagte Iliuschkas Frau vom Tisch weg. „Genug, genug", sagte er. Aksinja stand auf, legte sich auf die Bank und jammerte weiter. Die Alte stellte das Essen schweigend hin und räumte später die Reste ebenso schweigend fort. Auch der Alte sagte kein Wort. Nachdem er gebetet hatte, rülpste er, wusch seine Hände, nahm das Rechenbrett vom Nagel und ging in die Kammer. Dort sprach er erst ganz leise mit der Alten, dann ging die Frau fort, und er fing an, mit dem

Rechenbrett zu klappern; dann hörte man ihn den Deckel eines Kastens zuschlagen und in den Keller hinabsteigen. Er machte sich in der Kammer und im Keller sehr lange zu schaffen. Als er in die Stube zurückkam, war es da schon dunkel, der Kienspan brannte nicht mehr. Die Alte, die tagsüber meist sehr still und gar nicht zu hören war, lag schon auf dem Schlafboden und schnarchte, daß man es in der ganzen Stube hörte. Iliuschkas unbändige Frau schlief ebenfalls und atmete unhörbar. Sie schlief in Kleidern auf der Bank und hatte sich nichts unter den Kopf gelegt. Dutlow sprach seine Abendgebete, sah dann auf Iliuschkas Frau, schüttelte den Kopf, löschte den Kienspan, kletterte auf den Ofen und legte sich neben seinen kleinen Enkel. Im Dunkeln warf er seine Bastschuhe von oben herunter, drehte sich auf den Rücken und starrte auf die Querstange über dem Ofen, die in der Finsternis über seinem Kopf kaum zu erkennen war. Er konnte lange nicht einschlafen, horchte auf das Rascheln der Schaben an der Wand, auf die Seufzer und Schnarchtöne der Schläfer, hörte, wenn jemand im Schlaf mit einem Bein an das andere stieß und wenn das Vieh im Hof sich regte. Der Mond ging auf, es wurde heller in der Stube, er sah in der Ecke Aksinja liegen und noch etwas, was er nicht erkennen konnte: war es ein Rock, den sein Sohn liegengelassen hatte, oder hatten die Weiber da eine Bütte stehen, oder stand da jemand? Ob er nun darüber eingeschlafen war, oder nicht — jedenfalls sah er wieder hin ... Offenbar hatte der finstere Geist, der dem Iljitsch seine furchtbare Tat eingegeben hatte und dessen Nähe das Hofgesinde in dieser Nacht verspürt hatte, seinen Flügel auch über das Dorf ausgebreitet, auch über Dutlows Haus, wo jetzt das Geld lag, dessen „er" sich zu Polikejs Verderben bedient hatte. Wenigstens Dutlow fühlte hier seine Nähe, und ihm wurde sehr unbehaglich zumute; er konnte weder schlafen noch aufstehen. Beim Anblick dieses unbestimmbaren Gegenstandes fiel ihm Iliuschka mit den gebundenen Händen ein;

er dachte an Aksinjas beredte Klagen und Tränen, an Iljitsch mit den baumelnden Armen. Plötzlich war es dem Alten, als ginge jemand am Fenster vorüber. „Wer ist das? Geht der Starost schon herum, um etwas zu verkündigen?“ dachte er. „Wie hat er denn die Tür aufgemacht?“ dachte der Alte, als er Schritte im Flur vernahm. „Oder hat etwa meine Alte den Flur nicht geschlossen, als sie hinausging?“

Auf dem Hinterhofe heulte der Hund, und „er“ schritt durch den Flur (wie der Alte hernach erzählte), als suchte er die Tür, kam vorbei, tastete an der Wand, stolperte über die Bütte, daß sie krachend umfiel. Und wieder tastete „er“ herum, als wenn er den Riegel suchte. Und „er“ hatte den Riegel ergriffen. Der Alte erschauerte am ganzen Leibe. Jetzt schob „er“ den Riegel zurück und trat in menschlicher Gestalt ein. Dutlow wußte schon, daß „er“ es war. Er wollte das Zeichen des Kreuzes machen, konnte es aber nicht. „Er“ trat an den Tisch, auf dem ein Tuch lag, riß es herunter, warf es auf den Boden und stieg auf den Ofen. Der Alte sah, daß „er“ Polikejs Gestalt angenommen hatte. „Er“ fletschte die Zähne, seine Arme baumelten. „Er“ stieg auf den Ofen, warf sich ohne weiteres auf den Alten und würgte ihn.

„Mein Geld!“ schrie Iljitsch.

„Laß mich los, ich will's nicht haben“, wollte Dutlow sagen, konnte es aber nicht.

Iljitsch drückte ihm mit der ganzen Schwere eines steinernen Berges die Brust. Dutlow wußte, daß, wenn er ein Gebet hersagte, „er“ ihn loslassen würde, er wußte auch, welches Gebet er sprechen müßte, aber es kam ihm nicht über die Lippen. Neben ihm schlief sein Enkel. Der Knabe stieß einen durchdringenden Schrei aus und weinte: Großvater hätte ihn an die Wand gepreßt. Der Schrei des Knaben löste die Zunge des Alten. „Gelobt sei Gott, der Herr!“ sagte Dutlow. Da ließ „er“ ihn ein wenig los — „und seine Feinde mögen zerstreut werden“, stammelte Dutlow. Da stieg „er“ vom Ofen herab.

Dutlow hörte, wie er mit beiden Füßen auf den Boden aufstieß. Dutlow sagte alle Gebete her, die er kannte — alle hintereinander. „Er“ ging zur Tür, am Tisch vorbei, und schlug sie so laut zu, daß das Haus erzitterte. Alle schliefen fest, außer dem Großvater und dem Enkel. Der Großvater sprach Gebete und zitterte am ganzen Leibe; der Enkel aber weinte im Einschlafen und schmiegte sich an den Großvater; der lag aber, ohne sich zu rühren. Der Hahn krähte hinter der Wand, dicht an Dutlows Ohr. Er hörte, wie die Hühner sich rührten, wie ein junges Hähnchen versuchte, dem alten Hahn nachzukrähen, und es nicht fertigbrachte. Irgend etwas bewegte sich zu den Füßen des Alten: es war die Katze; sie war mit ihren weichen Pfoten vom Ofen gesprungen und miaute vor der Tür. Der Großvater stand auf und schob das Fenster hoch; auf der Straße war es dunkel und schmutzig, gerade unter dem Fenster stand der Vorderteil eines Wagens. Er ging barfuß, sich bekreuzend, auf den Hof zu den Pferden: auch hier konnte er sehen, daß „er“ dagewesen war. Eine Stute, die unter dem Schirmdach bei der Krippe stand, hatte sich mit dem Fuß im Zügel verwickelt und Spreu verschüttet; mit emporgehobenem Fuß und zurückgewandtem Kopf erwartete sie den Herrn. Ein Füllen war in den Mist gefallen. Der Großvater stellte es auf die Beine, machte die Stute frei, streute Futter hin und ging wieder in das Haus. Seine Alte war aufgestanden und zündete den Kienspan an. „Wecke die Burschen,“ sagte er, „ich will in die Stadt fahren.“ Und nachdem er ein Wachslicht von den Heiligenbildern angezündet hatte, stieg er damit in den Keller. Als er wieder herauskam, brannte nicht mehr bei ihm allein, sondern auch bei allen Nachbarn Licht. Die Söhne waren aufgestanden und machten sich schon zur Fahrt bereit. Die Weiber kamen und gingen mit Eimern und Milchtöpfen. Ignat spannte einen Wagen an, der zweite Sohn schmierte einen andern. Die junge Frau heulte nicht mehr; sie hatte sich sauber angezogen, ein Tuch umgebunden, saß auf der Bank und wartete darauf, nach der Stadt zu fahren, um von ihrem Mann Abschied zu nehmen.

Der Alte schien ganz besonders streng. Zu niemand sprach er ein Wort; er zog seinen neuen Kaftan an, band den Gürtel um, steckte Iljitschs ganzes Geld in den Busen und ging zu Jegor Michajlowitsch.

„Mach' rasch“, rief er Ignat zu, der die frisch geschmierte Achse aufgehoben hatte und die Räder an ihr drehte. „Ich komme gleich wieder. Daß alles fertig ist!“

Der Verwalter war eben aufgestanden, trank Tee und machte sich auch bereit, zur Stellung der Rekruten nach der Stadt zu fahren.

„Was willst du?“ fragte er.

„Jegor Michalytsch! Ich will meinen Jungen loskaufen. Tun Sie mir den Gefallen! Sie sagten mir neulich, Sie hätten in der Stadt einen Freiwilligen. Belehren Sie mich, — unsereins versteht das nicht.“

„Hast du dich endlich besonnen?“

„Ich habe mich besonnen, Jegor Michalytsch. Er tut mir leid; er ist doch meines Bruders Sohn. Wie er auch sein mag, er dauert mich. Dieses verwünschte Geld verführt einen nur zur Sünde. Habe Erbarmen mit mir und sage mir, wie ich's machen soll“, sagte er, sich tief vor ihm verneigend.

Jegor Michajlowitsch machte es, wie er es in solchen Fällen immer machte: er schmatzte lange tiefsinnig mit den Lippen, überlegte sich dann die Sache, schrieb zwei Briefe und erzählte, wie und was in der Stadt zu unternehmen sei.

Als Dutlow nach Hause zurückkehrte, wer die junge Frau schon mit Ignat weggefahren, und die graugescheckte, dickbauchige Stute stand fertig angespannt vor dem Tore. Er brach eine Gerte vom Zaune, schlug seinen Rock zusammen, setzte sich in den Wagenkasten und trieb das Pferd an. Dutlow trieb die Stute so rasch an, daß ihr Bauch im Nu einfiel; und Dutlow sah gar nicht nach ihr hin, um nicht vor Mitleid schwach zu werden. Ihn quälte der Gedanke, er könne zu spät zur Aushebung kommen, Iliuschka werde zu den Soldaten genommen werden und das Teufelsgeld ihm in den Händen bleiben.

Ich will hier nicht alle Erlebnisse Dutlows an diesem Morgen schildern; ich sage nur, daß er besonderes Glück hatte. Der Wirt, an den Jegor Michajlowitsch ihm einen Brief mitgegeben hatte, hatte einen Freiwilligen an der Hand, der schon dreiundzwanzig Rubel verpraßt hatte — und von der Behörde schon für tauglich befunden worden war. Der Wirt wollte vierhundert Rubel für ihn haben, ein Käufer aber, ein Kleinbürger, der schon seit vierzehn Tagen zu ihm kam, bat immer noch, ihm den Mann für dreihundert abzulassen.

Dutlow erledigte das Geschäft mir zwei Worten. „Willst du dreihundertfünfundzwanzig haben?" sagte er und hielt ihm die Hand hin, aber mit einer Miene, der man sofort ansah, daß er bereit sei, noch zuzulegen. Der Wirt stieß die Hand zurück und verlangte nach wie vor vierhundert.

„Du willst also nicht dreihundertfünfundzwanzig?" wiederholte Dutlow, indem er mit der linken Hand die rechte Hand des Wirtes faßte und Miene machte, mit seiner Rechten einzuschlagen. „Du willst also nicht? Na, dann in Gottes Namen!" sagte er plötzlich, indem er mit seiner Hand in die des Wirtes schlug und sich mit einer raschen Bewegung des ganzen Körpers von ihm wegwandte. „Dann muß es wohl sein! Nimm dreihundertundfünfzig! Schreib die Quittung. Bring' den Burschen her! Und da hast du eine Anzahlung. Zwei Rote sind wohl genug — wie?"

Dutlow band seinen Gurt auf und holte das Geld hervor.

Der Wirt zog zwar die Hand nicht zurück, schien aber immer noch nicht ganz einverstanden; er nahm die Anzahlung nicht und sprach noch von einem Geschenk und einer Bewirtung für den Freiwilligen.

„Versündige dich nicht", wiederholte Dutlow, ihm das Geld zuschiebend. „Wir müssen alle sterben", wiederholte er in so sanftem, belehrendem und sicherem Tone, daß der Wirt ausrief:

„Nun, dann ist nichts zu machen!“ Er schlug noch einmal ein und sprach ein Gebet. „Gott wende es zum Besten“, sagte er.

Der Freiwillige, der nach der gestrigen Sauferei noch schlief, wurde geweckt, genau betrachtet, und dann begaben sich alle aufs Amt. Der Freiwillige war sehr lustig, verlangte Rum, sich zu ernüchtern, wozu ihm Dutlow auch Geld gab, und wurde erst in dem Augenblicke ängstlich, als sie den Flur der Amtsstube betraten. Lange standen der alte Wirt im blauen Überrock und der Freiwillige in der kurzen Pelzjacke mit hochgezogenen Brauen und weit aufgerissenen Augen im Flur beisammen. Lange flüsterten sie da miteinander, wollten irgendwohin, suchten jemand, nahmen vor jedem Schreiber die Mütze ab, verbeugten sich und hörten tiefsinnig die von dem Schreiber, einem Bekannten des Wirtes, vorgetragene Entscheidung an. Schon war jede Hoffnung, die Sache heute noch zu beenden, aufgegeben, und der Freiwillige wurde immer fröhlicher und gesprächiger, als Dutlow Jegor Michajlowitsch erblickte, sich sogleich an ihn klammerte und ihn um Hilfe anflehte. Jegor Michajlowitsch half ihm auch so gut, daß der Freiwillige, zu seinem größten Erstaunen und Unbehagen, gegen drei Uhr nachmittags in die Amtsstube geführt, den Beamten präsentiert und unter allgemeiner Heiterkeit, die alle — vom Türsteher bis zum Vorsitzenden — ergriffen hatte, entkleidet, geschoren, angezogen und wieder zur Tür hinausgeschickt wurde. Fünf Minuten danach hatte Dutlow das Geld abgezählt, die Quittung erhalten, sich von dem Wirt und dem Freiwilligen verabschiedet, und begab sich in die Wohnung des Kaufmanns, wo die Rekruten aus Pokrowskoje untergebracht waren. Ilja saß mit seiner Frau in einer Ecke in der Nähe des Kaufmanns; als der Alte eintrat, brachen sie das Gespräch ab und starrten ihn mit unterwürfigen, unfreundlichen Blicken an. Wie immer betete der Alte erst, löste seinen Gürtel, zog ein Papier heraus und rief seinen ältesten Sohn. Ignat und Iliuschkas Mutter, die auf dem Hofe gewesen waren, traten in die Stube.

„Versündige dich nicht, Iliucha!“ sagte er, auf seinen Neffen zugehend. „Gestern hast du mir böse Worte gesagt. Ist es mir denn nicht leid um dich? Ich weiß noch, wie mein Bruder dich mir anvertraute. Hätte es in meinen Kräften gestanden, hätte ich dich denn da hingegeben? Nun hat mir Gott Glück beschert, da ist mir das Geld nicht leid. Da hast du das Papier!“ sagte er, die Quittung auf den Tisch legend und sie mit seinen krummen Fingern vorsichtig auseinanderfaltend.

Vom Hofe kamen alle Bauern aus Pokrowskoje, die Knechte des Kaufmanns und sogar fremde Personen. Alle errieten, um was es sich handelte, aber niemand unterbrach die feierliche Rede des Alten.

„Da ist das Papier! Vierhundert Rubel hab' ich bezahlt! Sag' nichts gegen deinen Onkel!“

Iliuscha stand auf, schwieg aber, da er nicht wußte, was er sagen sollte. Seine Lippen bebten vor Aufregung. Seine alte Mutter kam schluchzend auf ihn zu und wollte ihm um den Hals fallen; aber der Alte schob sie langsam und gebieterisch mit der Hand beiseite und fuhr in seiner Rede fort.

„Du hast mir gestern ein böses Wort gesagt“, wiederholte er noch einmal. „Du hast mich mit diesem Wort wie mit einem Messer ins Herz gestochen. Dein Vater hatte dich sterbend mir anvertraut, du warst mir wie mein leiblicher Sohn; und wenn ich dich irgendwie grkränkt habe, so sind wir eben alle sündige Menschen! Ist es nicht so, ihr Rechtgläubigen?“ wandte er sich an die umstehenden Bauern. „Da ist auch deine Mutter und deine junge Frau, und da habt ihr die Quittung! Was mach' ich mir aus dem Gelde? Vergebt mir um Christi willen!“

Er bog die Schöße seines Rockes auseinander, ließ sich langsam auf die Knie nieder und beugte sich vor Iliuscha und seiner Frau bis zur Erde.

Vergebens suchten die jungen Leute ihm zu wehren, erst als er mit der Stirn den Boden berührt hatte, stand er auf, klopfte sich den Staub ab und setzte sich auf die Bank. Iliuschas Mutter und seine Frau heulten vor Freude, in der Menge wurden Äußerungen des Beifalls laut. „Nach Recht und Gerechtigkeit, nach Gottes Gebot ist das gehandelt“, sagte einer. „Was ist Geld? Für Geld kaufst du den Burschen nicht“, meinte ein anderer. „Die große Freude!“ sagte ein dritter. „Ein gerechter Mensch, da ist nichts zu sagen.“ Nur die Bauern, die Soldaten werden mußten, sagten nichts und gingen leise hinaus.

Zwei Stunden später fuhren die beiden Telegen der Dutlows aus der Vorstadt hinaus. In dem ersten Wagen, vor den die graugescheckte Stute mit dem eingefallenen Bauch und dem schweißbedeckten Halse gespannt war, saßen der Alte und Ignat. Im Hinterteil des Wagens wurden einige Bündel mit Kringeln hin und her gerüttelt. Im zweiten Wagen, den niemand lenkte, saßen ehrsam und glücklich die junge Frau mit ihrer Schwiegermutter, beide mit Kopftüchern. Die junge Frau hielt unter der Schürze ein Schnapsfläschchen. Iliuscha, der zusammengekrümmt und mit rotem Gesicht mit dem Rücken zum Pferde im vorderen Teil des Wagens saß und heftig geschüttelt wurde, aß nach dem Schnaps einen Kalatsch und schwatzte ohne Unterlaß. Die Stimmen, das Rasseln der Wagen auf dem Pflaster, das Schnauben der Pferde, alles floß in einen einzigen heiteren Klang zusammen. Die Gäule merkten, daß es nach Hause ging, und liefen, lustig mit den Schweifen schlagend, in immer schnellerem Trab. Vorbeigehende und Vorbeifahrende sahen sich unwillkürlich nach der lustigen Familie um.

Am Ende der Stadt kamen Dutlows an einem Zuge Rekruten vorbei. Die Leute standen im Kreise vor einer Schenke. Einer der Rekruten, mit jenem unnatürlichen Ausdruck, den ein glattgeschorener Kopf dem Menschen verleiht, hatte die graue Mütze in den Nacken geschoben und klimperte flott auf seiner Balalaika, während ein anderer ohne Mütze, mit einer Schnapsflasche in der Hand, in der Mitte des Kreises tanzte. Ignat hielt das Pferd an und stieg herab, um den Strang anzuziehen. Alle Dutlows betrachteten den Tanzenden mit Interesse, Beifall und Heiterkeit. Der Rekrut schien niemanden zu sehen, merkte jedoch, daß das ihn bewundernde Publikum immer zahlreicher wurde, und das verlieh ihm Kraft und Gewandtheit. Der Rekrut tanzte sehr flott; er hatte die Brauen zusammengezogen, sein gerötetes Gesicht war unbeweglich, auf dem Mund war ein Lächeln erstarrt, das längst jeden Ausdruck verloren hatte. Alle seine Seelenkräfte schienen einzig und allein darauf gerichtet, so schnell wie möglich einen Fuß um den andern bald auf die Ferse, bald auf die Spitze zu setzen. Manchmal hielt er plötzlich inne, zwinkerte dem Balalaikaspieler zu; der ließ dann alle Saiten noch schriller klingen und klopfte sogar mit den Knöcheln auf die Decke seines Instruments. Der Rekrut hielt inne, aber auch wenn er regungslos dastand, sah es aus, als ob er immer noch tanzte. Dann fing er wieder an sich langsam zu bewegen, mit den Schultern zu zucken, und mit einemmal sprang er in die Höhe, kauerte beim Herunterfallen nieder und schleuderte in dieser Haltung unter wildem Geheul die Beine nach rechts und nach links. Die Jungen lachten, die Weiber schüttelten die Köpfe, die Männer lächelten beifällig. Ein alter Unteroffizier stand ruhig neben dem Tanzenden mit einer Miene, die zu sagen schien: „Ihr wundert euch darüber, wir aber kennen das schon lange." Der Balalaikaspieler war sichtlich müde, er sah sich träge um, nahm einen falschen Akkord, schlug plötzlich mit den Fingern auf die Decke des Instruments, und der Tanz war zu Ende.

„He, Aliocha!" sagte der Balalaikaspieler zu dem Tänzer, und zeigte auf Dutlow. „Da ist dein Pate!"

„Wo, du mein lieber Freund?" schrie Aliocha, der Rekrut, den Dutlow gekauft hatte, und ging, auf seinen müden Beinen stolpernd und die Schnapsflasche über dem Kopf schwingend, auf den Wagen zu. „Mischka, ein Glas!" schrie er. „Mein Herr! Lieber Freund! Das ist mal eine Freude!" schrie er und fiel mit seinem berauschten Kopf in den Wagen. Dann begann er die Bauern und ihre Weiber mit Schnaps zu bewirten. Die Männer tranken, die Weiber verzichteten. „Ihr lieben Frauen, womit soll ich euch beschenken?" rief Aliocha, die alten Weiber umarmend.

Eine Händlerin mit Eßwaren stand in der Menge. Aliocha bemerkte sie, nahm ihr das Tragbrett ab und schüttete alles, was darauf lag, in den Wagen.

„Nur keine Furcht, ich bezahle es, zum Teufel!" rief er mit weinerlicher Stimme, zog auch gleich aus der Hosentasche einen Beutel mit Geld und warf ihn Mischka zu.

Er stand auf den Wagen gestützt da und sah mit feuchten Augen auf die Insassen.

„Welche ist denn die Mutter?" fragte er. „Wohl die da? Der schenk' ich auch was!"

Er dachte einen Augenblick nach, griff in die Tasche, zog ein neues, zusammengefaltetes Taschentuch heraus, band sich das Handtuch ab, mit dem er unter dem Mantel gegürtet war, riß noch schnell das rote Tuch von seinem Halse, ballte alles zusammen und legte es der Alten auf den Schoß.

„Da, nimm, ich schenk' es dir!" sagte er mit immer leiser werdender Stimme.

„Wozu denn das? Danke, mein Lieber! So ein gutherziger Bursche", sagte die Alte zu Dutlow, der an den Wagen herangetreten war.

Aliocha war ganz still, sein Kopf sank tiefer und immer tiefer, als ob er einschlafen wollte.

„Für euch gehe ich hin, für euch komme ich um," sagte er, „darum beschenke ich euch auch."

„Hat wohl auch noch eine Mutter“, sagte jemand in der Menge. „So ein gutherziger Kerl, es ist ein Jammer!“

Aliocha hob den Kopf wieder.

„Wohl habe ich eine Mutter,“ sagte er, „und auch noch einen Vater. Alle haben sich von mir losgesagt. Höre, Mutter!“ setzte er hinzu, indem er die Alte bei der Hand faßte. „Ich habe dich beschenkt, so höre mich um Christi willen! Geh du in das Dorf Wodnoje und frage da nach der alten Nikonowa, das ist meine Mutter, verstehst du wohl, und sage dieser alten Nikonowa — es ist ganz am Ende des Dorfes, das dritte Häuschen, mit einem neuen Brunnen . . . sage ihr . . . dein Sohn Aliocha . . . das heißt . . . Spiel auf, Musikant!“ schrie er plötzlich.

Und er begann wieder zu tanzen, schrie dazu und schleuderte die Flasche mit dem Rest Schnaps auf die Erde.

Ignat stieg auf den Wagen und wollte das Pferd antreiben.

„Leb' wohl, Gott helfe dir!“ rief die Alte, ihren Pelz zusammennehmend.

Aliocha brach seinen Tanz plötzlich ab.

„Fahrt zum Teufel!“ schrie er, mit geballten Fäusten drohend. „Daß deiner Mutter . . .“

„Ach, mein Gott!“ sagte Iliuschkas Mutter und schlug ein Kreuz.

Ignat trieb die Stute an und die Wagen rasselten weiter. Der Rekrut Alexej stand in der Mitte der Straße, die Fäuste geballt, und schimpfte mit wütender Miene auf die Bauern, was das Zeug hielt.

„Was steht ihr da? Schert euch zum Teufel, Menschenfresser!“ schrie er. „Du wirst meiner Hand nicht entgehen! Ihr Teufel! Ihr Bauernlümmel!“

Bei diesen Worten versagte ihm die Stimme, und wie er da stand, schlug er mit aller Kraft auf den Boden hin.

Bald waren Dutlows aufs freie Feld gekommen, und als sie sich umschauten, sahen sie den Rekrutenhaufen nicht mehr.

Nachdem sie etwa fünf Werst im Schritt gefahren waren, stieg Ignat aus dem Wagen des Vaters, in dem der Alte eingeschlafen war, und ging neben Iliuschas Wagen her.

Zu zweien tranken sie die aus der Stadt mitgenommene Flasche leer. Bald darauf stimmte Ilja ein Lied an, die Frauen fielen ein; Ignat schrie lustig auf das Pferd ein, im Takt des Liedes. Eine flotte Postkutsche, die es sehr eilig hatte, kam ihnen entgegen. Der Kutscher schrie munter auf seine Pferde ein, als er an den beiden lustigen Bauernwagen vorüberkam; der Postillion drehte sich um und sah zwinkernd nach den roten Gesichtern der Männer und Weiber hinüber, die sich unter lustigem Gesang in ihrem Wagen rütteln ließen.

1860

EINE IDYLLE
AUS DEM LANDLEBEN

Spiele nicht mit dem Feuer,
du verbrennst dich.

I

Piotr Jewstratjewitsch ist heute ein großer Mann, er ist Gutsverwalter, hat zwei Güter unter sich und kommandiert auf ihnen wie ein richtiger Herr. Ein Sohn ist Kaufmann, ein zweiter Beamter; seiner Tochter soll er fünftausend Rubel mitgegeben haben, und er selbst lebt einen guten Tag wie ein Herr und schickt jedes Jahr Geld nach Moskau.

Und dabei ist er doch von schlicht bäuerlicher Herkunft, ein Sohn des Jewstrat Tregubow. Das heißt, eigentlich ist er gar nicht der Sohn dieses Jewstrat, er wird nur so in den amtlichen Listen als Jewstrats Sohn mitgezählt, in Wirklichkeit aber liegt die Sache ganz anders, und das eben ist es, was wir hier erzählen wollen. Man kennt den Spruch: Woher der Stier auch gekommen sein mag, das Kalb gehört doch uns.

Auf höchst merkwürdige Weise trug diese Sünde sich zu, und die Leute wunderten sich damals nicht wenig darüber. Es war dazumal alles viel einfacher als heute, und darum erregten solche besonderen Geschichten immer große Verwunderung.

Großmutter Malanja, die Mutter von Piotr Jewstratjewitsch, ist noch heute am Leben, sie wohnt bei ihrem Bruder Romascha. Der Sohn hat sie schon hundertmal gebeten, doch zu ihm zu ziehen, aber sie tut es nicht. „Ich bin als Bäuerin geboren," sagt sie, „und will auch als Bäuerin sterben, die Sünde ist dann geringer. Solange meine Kraft noch zureicht, will ich dem Bruder behilflich sein, will seine Enkelchen wiegen und ein bißchen im Haushalt zugreifen. Mein Petruscha ist ein großer Mann geworden, und wenn man sich unter die Großen mischt, wird auch die Sünde größer."

So lebt sie denn still für sich, bekommt vom Sohne Unterstützungen und schickt ihm dafür brieflich ihren Segen. Ihre ganze Freude und Abwechslung besteht darin, daß sie sich am Feiertag ein weißes Kopftuch umbindet, sich hübsch sauber anputzt, ihren Krückstock nimmt und zur Frühmesse geht, und nach dem Mittagessen ruft sie dann irgend jemanden zu sich, der ihr etwas vorliest. Gewöhnlich läßt sie sich von einem kleinen Blättchen vorlesen, das ihr einmal eine durchziehende Pilgerin geschenkt hat, und auf dem „Der Traum der allerseligsten Jungfrau" beschrieben ist; noch lieber freilich hat sie es, wenn man etwas aus dem Psalter liest. Mit Almosen kargt sie nicht; wenn ein müder Wanderer um ein Nachtlager bittet, verweigert sie es nicht, und wo einer gestorben ist, da geht sie von selbst ins Trauerhaus, läßt sich nicht erst holen. Daher wird sie im Dorfe nicht nur um ihres reichen Sohnes willen, sondern auch ihrer Tugend wegen von alt und jung geachtet.

Was doch so ein bißchen Jugend bedeutet! Wenn Großmutter Malanja sich jetzt selber so sähe, wie sie vor vierzig Jahren gewesen, sie würde sich nicht wiedererkennen. Damals hieß sie natürlich auch nicht Großmutter Malanja, sondern Malanka Dunaïcha, weil sie nämlich die beste Reigensängerin und Tänzerin im Dorfe war. Schlimmes konnte ihr auch damals, bis zu dieser Geschichte, niemand nachsagen, sie war eben nur so ein munteres, keckes Weibchen. Sie stammte nicht aus unserem Dorfe, sondern aus Majowka; weshalb Jewstrats Vater gerade sie für seinen Sohn auswählte, ob er sie nun von früher her kannte, oder ob es nicht Bräute genug gab im eigenen Dorfe, weiß man nicht, jedenfalls war sie eine Fremde. Der Alte war selbst noch rüstig und nahm für seinen Sohn ein zweites Stück Land zu; es war eine hübsche Wirtschaft, acht Pferde, die Füllen mitgerechnet, und zwei Kühe im Stalle, und Bienenstöcke, die heute noch auf dem Hofe gehalten werden. Der Frondienst war erträglich, niemand arbeitete sich zu Tode, und die Schwiegermutter war eine richtige Wirtin, die allein für drei schaffte; außerdem war noch eine Soldatenfrau, eine Schwester der Wirtin, zur Aushilfe da, so daß das junge Frauchen nichts auszustehen hatte.

Nach altem Brauch hatte man sie schon mit fünfzehn Jahren verheiratet. Sie war noch ein vollkommenes Kind. Wenn sie in der ersten Zeit mit der Soldatenfrau nach Wasser ging, schwankte sie mit den Eimern hin und her wie eine Gerte. Ihren Mann hatte sie nicht ein bißchen lieb, nur Angst hatte sie vor ihm. Wenn er sich ihr näherte, begann sie zu weinen und kniff und biß ihn sogar. Überall an den Schultern und Armen hatte er in der ersten Zeit blaue Flecke. Das dauerte so wohl an die zwei Jahre. Weil sie aber ein hübsches, ruhiges Weibchen und aus gutem Hause war, zwang man sie zu keiner schweren Arbeit, und so gewöhnte sie sich nach und nach ein, wurde größer und stärker, bekam rote Backen, hatte auch keine Angst mehr vor ihrem Manne, sondern wurde immer zutraulicher und vergoß sogar Tränen um ihn, als der Vater ihn auf Arbeit nach der Stadt schickte.

Eines Tages kam der Spaßmacher Piotra zu ihnen in die Stube und meinte:

„Nun seht bloß, jetzt weint sie gar um den sommersprossigen Teufel!“

Und er versuchte, mit ihr ein bißchen schön zu tun.

„Und wenn er zehnmal sommersprossig ist — hübscher als du ist er immer noch, und du wirst ihn jedenfalls nicht ausstechen“, sagte sie und machte ihm eine lange Nase.

Sie durfte sich gar nicht mehr zeigen: jeder meinte ein Recht zu haben, mit ihr zu scherzen und zu schäkern, selbst die Alten ließen sie nicht in Ruhe. Sie lachte mit allen, hielt aber ihrem

Manne die Treue, wiewohl er nur selten einmal nach Hause kam. Bei der Arbeit war sie allen voran: ob es ans Mähen ging, oder ans Einfahren, überall sah man sie wacker zugreifen, und wenn die anderen müde und abgehetzt waren, ging sie singend nach Hause und führte dann noch den Reigen an.

„Es wär' eigentlich Zeit, daß du ein Kindchen bekämst, lange genug hast du herumgeflitzt", sagte die alte Schwiegermutter zuweilen zu ihr. „Könntest mir wirklich die Freude machen, daß ich noch ein Enkelchen wiegen darf."

„Ich möcht's ja auch selbst ganz gern," segte sie, „ich schäm' mich schon vor den Leuten. Dieser Tage sah ich die jungen Mütter aus der Kirche kommen, vom Aussegnen — im zweiten Jahr sind sie erst verheiratet und haben schon Kinder. Aber freilich, bei denen lebt der Mann im Hause."

Sooft sie an ihren Mann dachte, weinte und klagte sie. Ein Jahr, oder auch zwei, hat es schließlich nichts auf sich; wenn aber eine stattliche, kräftige Frau keine Kinder bekommt, dann lachen die Leute.

Darum eben war Malanka so betrübt darüber, daß der Schwiegervater ihren Mann aus dem Hause gab. Der Alte war ein tüchtiger Stellmacher und hatte eine gute Kundschaft. Auch Jewstrat hatte dieses Handwerk gelernt, und wie er es erst richtig erlernt hatte, schickte der Vater ihn fort, auf Verdienst. In jenem Sommer nun, in dem die Sünde geschah, hatte er ihn ganz, ganz weit weggeschickt, über hundert Werst, und sich einen Knecht genommen. Bis Mariä Schutz sollte Jewstrat fortbleiben, und hundertundzwanzig Rubel Lohn bekam er dafür, während der Knecht nur zweiunddreißig und ein Paar Handschuhe dazu kostete. Für den Alten war es jedenfalls ein gutes Geschäft.

Recht lang wurde der Malanka die Zeit so ohne ihren Gatten. Jung war sie, recht in Saft und Kraft, lebte gut und aß Fleisch; der macht sich an sie heran, und jener versucht es, doch vergeblich; der Mann aber bleibt ganze sechs Monate weg.

Kommt sie des Abends nach Hause, dann ißt sie ihr Abendbrot, nimmt ihr Bettzeug und geht zur Soldatenfrau in die Kammer. „Schrecklich ist's mir, Nastasjuschka, so allein zu sein," sagte sie und bittet die Soldatenfrau, sie an der Wand schlafen zu lassen, „es ist mir nämlich immer, als komme einer heran und fasse mich an die Beine."

2

Der Peterpaulstag war vorüber. Die Weiber hatten ihre Kopftücher, Sarafane und gestickten Hemden in die Truhen zurückgelegt und schwangen wieder fleißig am Teiche die Waschbleuel. Die Gäste, die zu Besuch gekommen, waren fort, der Branntweinverkäufer saß allein in seiner Schenke, und die Bauern, die wieder nüchtern waren, hatten bereits am Abend oder auch erst am Morgen ihre Sensen gedengelt. Jetzt zogen sie, die Schleifsteine am Gürtel, zum Mähen aufs Feld hinaus, wie die Bienen aus dem Stocke. Überall auf den Wegen und Rainen spiegelte sich die Sonne in dem blanken Stahl der Sensen. Es war ein prächtiges Wetter. Drei Tage vor dem Fest war der Mond als schmale Sichel wieder am Himmel erschienen — er hatte „sich gewaschen", und nun waren schöne Tage an der Reihe. Die Zeit der Ernte ist auch heute noch eine lustige Zeit und war es in früheren Tagen noch weit mehr. Die Weiber schmücken sich, gehen singend an die Arbeit und kehren singend wieder heim. Zuweilen wird Branntwein mitgenommen, und unter Jubel und Tanz werden die kurzen Nachtstunden im Freien verbracht.

Gleich nach dem Tichonstage besucht der Starost die Bauern, um zu bestimmen, wer zur Arbeit auf die Gutsfelder soll. Starost war damals Micheïtsch, ein noch junger Bauer, verheiratet zwar, doch ein großer Weiberfreund. Er war ein stattlicher, kräftiger Mann, von frischer Gesichtsfarbe, wohlbeleibt und ein Stutzer, was Stiefel und Hut betraf. Malanka war ganz allein im Hause, als er die Stube betrat. Sie war barfuß, im schlichten Hausrock, und machte sich gerade am Ofen zu schaffen. Der Alte war mit den Knechten auf dem Hof, wollte auf den Acker hinaus, die Alte hatte das Vieh ausgetrieben, und die Soldatenfrau war mit der Wäsche am Teiche. Micheïtsch machte sich an Malanka heran.

„Ich werde dich nicht zur Arbeit schicken."

„Warum denn nicht?" sagte sie. „Ich gehe gern zur Arbeit aufs Gut. Da ist man mit den andern zusammen und kann lustig sein. Und hier zu Hause läßt mich der Alte doch auch nicht feiern."

„Ich werde dir ein schönes Tuch kaufen", sagte Micheïtsch.

„Mein Mann wird mir eins mitbringen."

„Ich werde mit dem Verwalter sprechen, daß er deinen Mann auf Zins setzen soll — dann steht er sich doch besser."

„Wir wollen gar nicht auf Zins kommen, vom Zins kommen wir alle mit leeren Taschen heim."

„Nun sag' mal, Malanka — was ist denn das? Wie lange willst du mich noch quälen?"

Er schaute um sich, ob ihn nicht etwa jemand sah, und ging ganz dicht zu ihr hin.

„Gib acht, Micheïtsch, daß du nicht anrennst!" sagte sie, nahm die Topfgabel und zog ihm eins über. Und selbst lachte sie dazu.

„Das geht doch jetzt nicht — denk' nur, wenn der Wirt hereinkommt!"

„Wann geht's denn sonst? Vielleicht, wenn du von der Arbeit heimgehst?"

„Gewiß, dann geht's am besten; sowie die Leute nach Hause gehen, verstecken wir uns beide im Gebüsch, damit deine Frau nichts sieht."

So spricht sie und lacht dabei, daß es in der Stube widerhallt.

„Sonst könnte sie am Ende noch böse werden, deine Marfa, die Frau Starostin!"

Er wußte nicht, ob sie im Ernst sprach oder sich über ihn lustig machte.

Aber da kam der Schwiegervater herein, um sich die Stiefel anzuziehen; sie redete ihr Zeug weiter, schämte sich nicht vor dem Alten. Da blieb ihm denn nichts weiter übrig, als so zu tun, als sei er nur gekommen, um die Hofarbeit anzusagen: die Weiber sollten das Heu zusammenrechen und die Männer es einfahren, sagte er, nahm seinen Stock und ging weiter, nach den andern Bauernhäusern. Er schickt zur Arbeit, wen er will — selbst solche, die nicht zu gehen brauchen; auch wer ihn mit Branntwein traktiert, bleibt nicht verschont. Nur Malanka wollte er ganz auslassen oder ihr doch möglichst leichte Arbeit geben. Sie aber denkt nicht daran, deshalb freundlicher gegen ihn zu sein, sondern lacht ihn nur aus. „Gewiß, ich komme", sagt sie, wenn er sie dahin oder dorthin bestellt, und geht doch nicht hin. Und ebenso macht sie es mit den andern. So oft hatte sie Gelegenheit in diesem Sommer, daß sie selbst schon sagte: „Solch einen Sommer hab' ich noch nicht erlebt!" Voll Kraft ist sie, voll blühender Gesundheit, kennt keine Müdigkeit und ist immer munter. Zur Heuernte geht sie, wann es ihr paßt — um die Frühstückszeit, wenn die Sonne schon über dem Walde herauf ist. Mit der Soldatenfrau zusammen geht sie nach der Wiese und singt ihr fröhliches Lied.

So geht sie eines schönen Morgens durch den Hain nach der Wiese von Kalinowo, die gerade gemäht wird. Es ist ein prächtiger Morgen, die Sonne ist eben aufgegangen, der Tau hängt an den Gräsern, und ein kühler, leichter Hauch weht durch den Wald. Die Vögel schmettern ihre Lieder in die Luft, sie aber übertönt sie alle. Im roten Tuch und im gestickten Hemd geht sie daher, barfuß, die Schuhe an der Seite; die weißen Beine schimmern, und über die Schultern zuckt es nur so. Aus dem Haine kam sie aufs herrschaftliche Feld, das die Bauern eben pflügten.

Wohl an die zwanzig Pflüge waren auf dem zehn Desiatinen

großen Felde im Gange. Als letzter am Wege ging Grischka Bolchin hinter seinem Pflug, ein pfiffiger Bauer, der gern seinen Spaß machte. Wie er Malanja erblickte, band er den Zügel am Pfluge fest und kam auf sie zu, um seinen Scherz mit ihr zu treiben. Auch die andern liefen herbei, und sie lachte und scherzte ganz vergnügt mit allen. Bis zum Frühstück hätten sie so ihre Kurzweil getrieben, wenn nicht der Verwalter ihnen auf seinem Gaul auf den Hals gekommen wäre.

„Was fällt euch ein, ihr Teufelskerle? Reigenspiele werden sie hier am frühen Morgen aufführen! Hol' euch dieser und jener!"

Er sprengte auf sie los, daß die schwarze Erde nur so unter den Hufen seines Gaules bebte. Er war nämlich ein großer, schwerer Mann, der Verwalter.

„Nun seh' einer das Luder — um die Frühstückszeit geht sie erst ins Heu! Ich werde dich lehren!"

Sobald er jedoch Malanka erkannt hatte, verging sein Zorn, und er lachte sie an.

„Wart' mal," sagte er, „wenn du mir die Bauern von der Arbeit abhältst, mußt du selber an den Pflug."

„Warum nicht?" sagte sie. „Gib mir nur einen Pflug, ich mach' die Sache besser als deine Bauern."

„Nun, schon gut, schon gut. Mach', daß du jetzt ins Heu kommst — es ist Zeit, es umzuwenden. Ach, diese Weiber, diese Weiber!"

Ganz anders war er geworden.

Sowie sie auf die Wiese kam und sich in die Reihe stellte, war sie bald allen voran, daß die andern kaum mitkommen konnten. Der Verwalter hatte seine Freude dran, die andern Weiber aber ächzten und schimpften, daß sie sie ganz in Schweiß bringe. Als aber die Mittagszeit herankam und sie nach Hause wollten, schickten sie doch keine andere als die Malanka zum Verwalter; die andern brummten bloß, sie ging aber geradeswegs zum Gewaltigen, sagte, er möchte endlich aufhören lassen, die Weiber seien müde. Und sie wußte es schon so einzurichten, daß er sie laufen ließ.

Einmal spielte sie dem Verwalter einen lustigen Streich. Man war gerade dabei, die Heuschober aufzurichten, und weil das Wetter unsicher war, hieß es eilen, damit die Arbeit bis zum Abend fertig würde. Ohne Mittagspause wurde durchgearbeitet, auch das Hofgesinde mußte mit heran. Der Verwalter war dageblieben und hatte sich sein Mittagsessen hinauskommen lassen. Er saß mit den Weibern zusammen unter den Birken und aß, und als er fertig war, meinte er zu Malanka:

„Sag' mal, Gevatterin Malanja" — sie hatten beide zusammen Gevatter gestanden — „willst du nicht ein kleines Schläfchen machen?"

„Nein — warum denn?"

„Du könntest mir eigentlich ein bißchen den Kopf krauen, Malanjuschka."

Er streckte sich neben ihr hin, und sie lachte. Die andern Weiber schlummerten ein bißchen, und auch Malanja wurde schläfrig.

Sie guckte und guckte auf ihn, wie er so rot und schwitzend dalag, und schlummerte ein. Da sieht sie, wie er aufsteht und sie mit den geröteten Augen groß anstarrt — so breit und plump steht er vor ihr da.

„Du hast mich ganz bezaubert, du Teufelsweib", sagt er. Und so groß und stark, wie er ist, packt er sie mit beiden Armen und will sie ins nahe Gebüsch ziehen.

„Was fällt dir ein, Andrej Iljitsch," sagt sie, „das geht doch jetzt nicht — die Schande, wenn die Leute erwachen! Komm lieber später. Laß die Leute früher nach Hause gehen, und ich bleibe da."

Er ließ sich denn auch bereden. Als er aber die Leute früher als sonst entließ, war sie die erste, die nach Hause lief. Ein Junge, der zurückblieb, erzählte hinterher, Andrej Iljitsch habe sich noch eine ganze Weile hinter dem Heuschober herumgedrückt.

Das machte ihr überhaupt den größten Spaß — jemandem Hoffnungen zu machen und ihn dann auszulachen.

Gerade in den Petrifasten war's, als der gnädige Herr aufs Land kam und mit ihm sein Kammerdiener — ein ganz verschmitzter Bursche, mit allen Hunden gehetzt!

Er prahlte förmlich damit, wie er seinen Herrn bestahl und betrog. Doch das wäre nicht weiter schlimm gewesen — hundsgemein aber war er gegen die Weiber, einfach nicht zu sagen. Die Bauern waren so aufgebracht gegen ihn, daß sie ihn ganz gehörig verprügelt hätten, wenn er noch länger im Dorf geblieben wäre. Und er war doch selber aus einem Bauernhaus. Ganz besonders hatte er es auf Malanja abgesehen: auf Schritt und Tritt folgte er ihr, bot ihr einen Silberrubel, dann einen blauen Schein und endlich gar einen roten.

„Nein," sagte sie, „ ich will nichts haben."

Da versuchte er es mit einer List. Er steckte sich hinter den Starosten und traktierte ihn. Es war noch im Frühling, die Leute waren beim Dreschen, fingen noch vor Tagesanbruch an.

„Hör' mal," sagte er zum Starosten, „ich will auf den Getreideschober klettern, und du schick' sie allein hin, daß sie die Garben zurechtlege. Dann hab' ich sie."

„Meinetwegen."

Als sie nun auf den Schober geklettert war, machte er sich sogleich an sie heran.

„Wart' mal, so ist's nicht bequem", sagte sie.

Und sie begann die Garben dahin und dorthin zu legen, machte eine Grube und stieß ihn hinein, während sie selbst rasch hinunterkletterte. Unten angekommen, zog sie die Leiter fort und lehnte sie an den Nachbarschober. Als es hell geworden war, erzählte sie den andern Weibern, wer da oben sei, und die liefen nach dem Schober und schlugen ein lautes Gelächter an. Sie zogen ihm die Hosen ab, stopften sie voll Stroh und zwangen ihn, sie so wieder anzuziehen. Das kühlte sein heißes Blut aber doch nicht ab, und er bat den Starosten, Malanka zum Wegereinigen in den Park zu schicken. Hier nun traf sie der gnädige Herr noch vor dem Kammerdiener. Man hatte nie vorher etwas davon gehört, daß der Gutsherr in diesen Dingen sündig wäre, Malanka aber tat es ihm sogleich an. Muß schon ein schmuckes Weibchen gewesen sein!

„Ich sehe, wie er ankommt," erzählte sie dann selbst, „so häßlich und so mager, und alles an ihm so sonderbar. Er geht vorüber, und ich bin fleißig bei der Arbeit und kratze und fege. Wie ich dann einen Augenblick mich verpusten will, seh' ich, wie er wieder auf demselben Wege daherkommt. Dichtes Buschwerk war zu beiden Seiten. Ich denke, er muß wohl hier zu tun haben, wenn er so auf und ab geht — wie ich aber von der Seite nach ihm hinschiele, seh' ich, daß er mich nur so mit den Augen verschlingt. Bis zum Mittagessen ließ er mir keine Ruhe, ging immer auf und ab und guckte mich an. Zu lästig war mir die Sache, beim Heumachen gefiel mir's zehnmal besser. Aber heran kommt er nicht."

Der Herr guckte nur so nach ihr. War eben ein Herr, hatte sonst nichts zu tun; sie aber meinte, er sieht nach ihrer Arbeit — und da beeilte sie sich so, daß sie ganz allein den ganzen Parkweg fertig machte.

Und nun erzählte sie weiter, wie auf einmal der Kammerdiener auf sie zukam.

„Du hast dem gnädigen Herrn sehr gut gefallen," sagte er zu ihr, „und er läßt dir sagen, du sollst am Abend in die Orangerie kommen."

„Wart'," denkt sie, „dir will ich's anstreichen: das ist doch wieder nur eine List von dir! Da kannst du lange warten!"

„Erlaub' dir aber keine Späße mit ihm!"

„Ich komme, wenn ich's sage."

Am Abend nahm sie ihr Kratzeisen und ging nach Hause. Sie dachte aber, der Herr hätte sie vielleicht wirklich rufen lassen.

Sie nahm die Soldatenfrau mit, ging mit ihr hintenherum zur Orangerie und da sahen sie ihn im Dunkeln auf und ab gehen. Da verstellte die Soldatenfrau ihre Stimme, daß sie wie eine Männerstimme klang — sie verstand das ausgezeichnet — und rief ganz laut:

„Wer ist da?“

Der gnädige Herr nahm Reißaus. Die Weiber lachten, daß sie sich den Bauch hielten — zu Hause noch schüttelten sie sich vor Lachen und erzählten es allen.

Am nächsten Tag ging Malanka wieder in den Park auf Arbeit. Diesmal kam der Koch auf sie zu und meinte: „So und so, du hast wohl dem Kammerdiener nicht geglaubt? Jetzt schickt er mich und läßt dir sagen, daß der Herr es wünscht und du auf jeden Fall kommen mußt.“

„Ist's auch wahr?“ sagte sie. „Ich dachte, der Kammerdiener will mich zum Narren halten, und da hab' ich mir einen Spaß erlaubt. Diesmal aber komm' ich wirklich.“

Als sie die Arbeit beendet hatte, ging sie ohne weiteres zur Herrschaft ins Haus, die Mägdetreppe hinauf.

„Was willst du denn?“ fragte man sie.

„Der gnädige Herr hat befohlen, daß ich herkommen soll.“

Die gnädige Frau kam heraus.

„Was willst du?“ fragte sie. „Wie hübsch du bist! Warum hat der gnädige Herr dich kommen lassen?“

„Ich weiß es nicht.“

Sie ließ ihren Mann holen, und der kam an, ganz feuerrot im Gesichte.

„Komm dann später — mit deinem Vater,“ sagte er, „ich habe jetzt keine Zeit.“

Ein anderes Mal kam er am Tage an sie heran und begann solches Zeug zu reden, daß sie kein Wort verstand. Und als er sie dann bei der Hand nehmen wollte, lief sie rasch davon und ließ ihn stehen.

So suchte sie sich zu helfen, so gut sie konnte, bald mit List und Betrug, bald mit Gewalt.

Einmal waren Soldaten bei ihnen im Quartier. Man brachte sie unter, so gut es ging — auch in der Stube schliefen etliche mit. Ein Fähnrich war dabei, ein feiner junger Herr, der machte den Schwiegervater betrunken, und wie das Licht ausgelöscht war, wollte er sich an Malanka heranmachen. Sie trieb's ihm aber ganz gründlich aus: wie er aufstand, hatte er ein blaugeschlagenes Auge und wollte sich sogar beschweren.

Ein andermal lag ein Offizier im Quartier bei ihnen. Der redete so lange auf sie ein, bis sie ihm ein Stelldichein versprach. Wie dann aber die Nacht hereinbrach, schob sie ihm die Soldatenfrau unter.

3

So blieb keiner von ihr ungefoppt. Und schließlich fand sie Vergnügen an der Sache, bändelte selbst mit solchen an, die sie in Ruhe ließen, und wenn sie ihnen so recht warm gemacht hatte, lachte sie sie aus.

„Du wirst noch mal ganz gehörig anlaufen, du lockere Fliege", sagte ihr der und jener.

„Was kann ich denn dafür, daß sie mich alle so gern haben?" antwortete sie. „Soll ich darum weinen? Warum soll ich mich nicht über sie lustig machen?"

In jenem Sommer hatten sie einen Knecht, Andrej mit Namen, aus Teliatinki gebürtig, ein Sohn der Matriuschka Karawaïcha war's. Jetzt ist er ein wohlhabender Mann, damals aber war der Hof seiner Mutter wohl der ärmste in der ganzen Umgegend. Weil sie den Jungen nicht ernähren konnte, hatte sie ihn als Knecht aus dem Hause gegeben und schlug sich recht und schlecht durch.

Andriuschka war ein Junge von sechzehn, siebzehn Jahren, lang aufgeschossen und mager, wie eine Bohnenstange. Man konnte ihn stoßen, wohin man wollte, nicht ein bißchen Kraft hatte er. Wie er seine Arbeit fertig brachte, wußte nur Gott allein. Dabei war er willig und still und fürchtete sich vor dem Hauswirt schlimmer als vor dem Stanowoj. Jedem älteren Bauern gegenüber war er voll Respekt, und wenn ihn jemand, sei's auch ein Fremder, am Feiertag nach Branntwein schickte, lief er sogleich hin.

Daß er sich mit den Weibern oder Mädchen — ach, was für Mädchen gab es bei uns! — eingelassen hätte, das kam bei ihm nicht vor. Scherzte einmal ein Weibchen mit ihm, dann wurde er rot wie eine Jungfer und wußte kein Wort zu antworten. Von Angesicht war er nett und sauber, hatte helle, blaue Augen und dunkelblondes Haar; war aber so wenig ein flotter Bursch, wie ein tüchtiger Arbeiter, war eben nur ein grüner Junge, und auch seine Tracht war nicht eben weit her: ein geflickter Rock, ein zerrissenes Hemd, dazu ein alter Hut, den ihm irgendein Kutscher angedreht hatte, und selbstgefertigte Bastschuhe, wenn er nicht barfuß ging.

Doch auch dem armen Jungen ließ die böse Malanka keine Ruhe, sondern verdrehte ihm ganz und gar den Kopf. Er selbst erzählte es später.

„Ich kam ins Haus," sagte er, „und hatte solche Angst, solche Angst! Der Wirt war ja gut zu mir, er zeigte mir alles, sagte, was ich zu tun hätte, schickte mich manchmal aufs Gut zur Arbeit, nahm mich mit, wenn er mähte oder sonst was vorhatte, trieb mich nicht an, übte Nachsicht und gab mir zu essen, was er selber aß; auch die Alte behandelte mich gut und gab mir öfter Milch zu trinken; so gewöhnte ich mich nach und nach — nur vor der jungen Frau hatte ich eine Heidenangst. Gott weiß, was sie von mir wollte. Wenn ich den Wagen anspanne oder in der Scheune Stroh für das Vieh hole, kommt sie gleich gelaufen und reißt mir alles aus der Hand. ‚Nun seht doch,' sagt sie, ‚diesen Trottel aus Teliatinki! Nichts faßt er richtig an!' Und gleich macht sie sich an die Arbeit, und so rasch und hurtig geht das bei ihr — und ist sie fertig, dann läuft sie lachend davon. Sitzen wir beim Mittagessen oder beim Abendbrot, dann hab' ich solche Angst und wage nicht, die Augen aufzuheben; sehe ich sie an, blinzelt sie einmal, zweimal und lacht. Geht sie vorüber, dann kneift sie mich und macht dazu ein Gesicht, als ob gar nichts wäre. Geht sie mit der Soldatenfrau auf den Speicher, um sich schlafen zu legen,so rufen sie:

‚Andriuschka — heda, Andriuschka!'

Ich gehe hin und frage: ‚Was gibt's?'

‚Wer hat dich denn gerufen?' sagen sie und schütteln sich vor Lachen.

Einmal hatte ich mich im Schlitten auf dem Hofe hingelegt und war eingeschlafen. Auf einmal erwache ich: die beiden Weiber stehen vor mir, gucken mich an und lachen.

‚Seht doch,' rufen sie, ‚am hellichten Tage schläft er! Lauf rasch, der Wirt hat dich gerufen!'

Ich komme hin.

‚Was willst du denn?' sagt er. ‚Wie siehst du denn aus? Ganz schwarz wie ein Teufel, das Vieh wird vor dir erschrecken. Da, besieh dich im Spiegel!'

Da hatten sie mir mit Kienruß das Gesicht ganz schwarz gemacht."

Ein andermal schickte ihn der Wirt mit den Weibern nach Kotschak, wo er Heu holen sollte. Sie rechten das Heu zusammen und begannen die Schober aufzurichten. Malanka ist allen voran, springt dahin und dorthin mit der Heugabel, nimmt bis zu drei Pud auf einmal hoch, und Andriucha bemüht sich, es ihr nachzutun. Ganz in Hitze und Schweiß gerieten sie, und bald ist das letzte Heu aufgeschichtet, und Andriucha klettert hinauf, um den Schober festzustampfen.

„Sag' mal — gibst du dich gar nicht mit den Weibern ab?" fragt ihn Malanka.

„Nein, ich hab' keine Zeit dazu. Laß mich den Schober zurechtmachen."

„Du weißt wohl mit ihnen nicht umzugehen?"

„Nein."

„Willst du, daß ich es dich lehre?"

Er schweigt. Da faßte sie ihn, warf ihn nieder ins Heu und begann ihn gehörig zu walken; die Soldatenfrau aber deckte sie beide ganz mit Heu zu und warf sich dann selbst über sie.

„Alle auf den Haufen!" rief sie laut.

Andriucha entwand sich ihnen, packte Malanka beim Kopfe und begann sie zu küssen — so wild und keck war er geworden. Da wurde sie böse.

„Nun seht doch den Bengel, den dummen Knecht — nimmt sich heraus, mich zu küssen mit seinen dreckigen Lippen!"

Sie sprang auf und begann so zu schimpfen, daß der Junge nicht wußte, was er sagen sollte. Ganz kopflos kam er nach Hause, und als der Wirt ihm etwas befahl, verstand er ihn gar nicht. Der Wirt war sonst gut zu ihm, weil er so fleißig und still war, und wunderte sich sehr über ihn.

„Was ist denn mit dem Andriucha?" fragte er. „Der sieht ja aus, als wollte er gleich sterben!"

„Der denkt nicht ans Sterben — mit jungen Weibern treibt er seinen Mutwillen", meinte Malanka. „So ein dicker Kerl wird doch nicht mitten in der Arbeitszeit sterben! Da könnte ich ja auch sterben!"

So machte sie ihn erst recht verlegen. Am liebsten wäre er fortgelaufen vom Hofe, er hielt es nicht mehr aus. Wie behext war er seit jenem Tage. Er fürchtete sich, sie anzusehen, und brannte doch nur darauf, es zu tun. In der Nacht fand er keinen Schlaf, und am Tage war er wie benommen und lief nur immer hinter ihr her.

Einmal, wie sie wieder auf den herrschaftlichen Wiesen zum Mähen waren, gingen sie alle an den Fluß, um zu baden — die Männer an dem einen und die Weiber am andern Ufer. Tischka, der Schelm, begann, obwohl er verheiratet war, seinen

Schabernack zu treiben — schwamm zu den Weibern hinüber und tauchte eine nach der andern unter.

„Mein Kopftuch wird naß," schreit sie, „laß los, du Satan! Willst mich wohl ertränken?"

Mit einemmal taucht Andriuschka neben Tischka auf.

„Was tauchst du sie?" Und ehe man sich's versah, hatten sich beide an den Köpfen.

Seitdem ging er Malanja immer nach, wenn sie zum Flusse ging, um zu baden: verbarg sich im Schilfe und sah ihr zu. Einmal erwischten ihn die Weiber dabei und warfen ihn so, wie er war, in den Kleidern ins Wasser. Ganz verdreht war der Junge, aber zu essen gab's nicht viel, Tee kriegte er keinen, und Arbeit gab's tagaus und tagein; und wenn der Abend kam, ging er mit dem Alten zur Nachtweide, da hatte er keine Zeit, an Dummheiten zu denken. Besonders seit sie ihn bei der Heuernte lächerlich gemacht hatte, redete er nicht mehr mit ihr. „Mag sie sagen, was sie will, ich rede kein Wort!" Gut.

Das Wetter blieb während der ganzen Erntezeit ausgezeichnet, und das Heu, das eingebracht wurde, war von der besten Sorte: richtig wie Tee war es. Was heute gemäht war, konnte morgen schon in Schober gebracht werden. Als das Herrschaftliche eingebracht war, gingen die Bauern an ihr eigenes Heu. Sie hatten damals ein ganz hübsches Stück Wiesenland, sechs Fuhren wohl kamen auf jeden, und außerdem schnitten sie das Gras im Walde für sich, was wieder zwei Fuhren auf jeden ergab. Dann mähten sie für den Herbergswirt noch die Kronswiesen, die er gepachtet hatte, um den halben Ertrag.

Für die Gutsarbeit brauchte man gerade viele Hände, und so wurde es so eingerichtet, daß der Schwiegervater mit der Alten aufs Gut ging, während Andriucha und Malanja sich beim Herbergswirt vermieteten.

Die Kronswiesen lagen wohl an die neun Werst vom Dorfe ab. Die Männer waren zum Teil schon am Abend vorausgegangen und hatten das Gras abgemäht, und am Morgen folgten die Weiber nach. Wohl an die zwanzig Sensen waren im Gange. Die Wagen wurden angespannt, Brot, Kwas, Gurken, Grütze wurden mitgenommen und die Kessel dazu, und nun fuhren sie los, für eine ganze Woche. Bis zu zehn Personen saßen auf einem Wagen, Weiber und Männer durcheinander, und sangen und lachten während der ganzen Fahrt. Andriucha hatte den Schecken vorgespannt, das beste Pferd im ganzen Dorfe war es (sie haben die Zucht heute noch). Die Sensen, auch die der andern, die Harken, Kessel und sonstigen Gerätschaften hatte er hinten im Wagen untergebracht und saß nun zwischen den Weibern, wie ein König neben seiner Königin. Die andern lachten, wie sie ihn so sahen. Als die Wagen auf die Landstraße einlenkten, begannen sie um die Wette drauflos zu jagen, und Malanja sagte zu ihm:

„Vorwärts, fahr zu!"

„Nein," sagte er, „der Wirt hat's verboten."

„Seht doch den frommen Popen! Nun, fahr schon zu!"

„Ich bin verantwortlich, und nicht du", meinte er.

„So fahr schon", drängte sie und riß ihm die Zügel aus der Hand.

„Fahr doch selbst — mach', was du willst", sagte er, kletterte vom Wagen herunter und ging allein zu Fuß weiter. Und was für ein böses Gesicht er dabei machte! Als die Bauern an Ort und Stelle waren, wählten sie einen Obmann aus ihrer Mitte. Der suchte eine Stelle aus, wo sie die Pferde ausspannen konnten, und dann fesselten sie die Pferde, nahmen die Kisten von den Wagen, umfriedeten den Lagerplatz, hieben Äste von den Bäumen ab und bauten sich Zelte. Dann wurde Heu darüber gestreut, und der Lagerplatz war fertig.

Als Andrej kam, war seine erste Frage:

„Wo ist der Wallach?"

„Woher soll ich das wissen? Du bist doch der Knecht, du hast dich ums Pferd zu kümmern."

„Was soll man mit Weibern erst lange reden", sagte er,

wandte sich ab und ging, um die Bauern zu fragen. Malanja ward böse auf ihn, sagte jedoch nichts. „Wart', ich werde dir's schon heimzahlen", dachte sie. Die Arbeit ging rasch vonstatten; die Weiber harkten das Heu in Reihen und sangen dabei, während die Männer es zu Haufen aufschichteten. Der Pächter kam an und scherzte mit den Arbeitern.

„Immer geht recht ins Zeug, meine Lieben," sprach der Alte, „es soll euch nicht leid tun. Wenn das Wetter umschlägt, habt ihr den Schaden."

„Könntest einen halben Eimer Branntwein zum besten geben", meinten die Bauern.

„Das soll mir recht sein", sagte er.

Es war eine Freude, der Arbeit zuzusehen. Zur Mittagszeit wurde eine halbe Stunde ausgeruht, dann ging es wieder ans Werk. Wären sie auf Fronarbeit gewesen, dann hätten sie das in drei Tagen nicht geschafft. Und so vergnügt waren alle, so lustig miteinander; nur Andriucha war noch trübseliger als sonst.

„Ich verlasse den Dienst," dachte er, „ich gehe zu meiner Mutter zurück oder vermiet' mich anderswo."

Dabei sucht sein Blick immer wieder die Malanja. Dort, wo die Wiese ansteigt, sieht er sie bergauf gehen, sieht, wie sie mit Fuß und Harke das Heu aufrafft, wohl zwei Ellen lang jeden Schwaden, und er hört sie singen und lachen, daß es im Hain widerhallt. Nicht ein einziges Mal blickt sie zu ihm hin. Immer trüber wird ihm zumute. „Nein, ich muß hier fort," sagte er sich, „ich bin gar kein Mensch mehr."

Es dunkelte schon, als sie zu den Wagen kamen und sich lagerten, um ihr Abendbrot zu verzehren und ein Glas Branntwein zu trinken. Nicht ein Wort sagte Malanja zu Andriuschka. Die älteren Leute legten sich schlafen. Die Weiber aber hatte der Branntwein rebellisch gemacht, und sie dachten nicht an Schlaf, sondern tanzten einen Reigen. Der alte Pächter war mitten unter ihnen, noch einmal schickte er nach Branntwein.

Andriucha war es so weh, so weh ums Herz. Alle, die er sah, waren reiche Leute, im Dorfe geboren und kannten sich untereinander — und nur er allein war ein Fremder. Branntwein trank er nicht und wollte sich auch nicht daran gewöhnen. Er nahm seinen alten Rock vom Wagen, holte ein Stück Brot hervor und ging abseits, auf einen Heuhaufen, der unter einer Birke stand. Das Heu war noch nicht fertig, es war nur zusammengeharkt, damit es vom Tau nicht naß würde. Morgen sollte es, je nach dem Wetter, wieder ausgebreitet werden. Es war noch grün und feucht und duftete nach Gras.

Er warf die Kuppe des Haufens herunter und breitete seinen Rock über das duftende Lager. Dann streckte er sich hin und war so traurig, so traurig. Weiter am Walde tönt das Lachen der Weiber, die Burschen jagen hinter ihnen her. Auch Malankas Stimme vernimmt er. Der Wind trägt den Rauch von den Lagerfeuern bis zu ihm heran. Der Himmel ist rein und wolkenlos, die Sterne schimmern so hell. Er liegt auf dem Rücken, schaut zu den Sternen auf und findet, so müde er auch ist, keinen Schlaf. Stiller und stiller wird's dort im Walde, und noch immer flieht ihn der Schlummer. Aus Langerweile stimmt er ein Liedchen an. Doch — was ist das? Der Haufen, auf dem er liegt, scheint sich zu bewegen.

„Wer ist da?" ruft er.

Guck' einer: die Weiber sind es.

„Was gibt's?" fragt er unwirsch.

Er hat sie erkannt: die Soldatenfrau ist's, die eben mit einem Burschen rasch weiterläuft, nach den Büschen zu. Und noch eine ist da — die Malanja. Ohne ein Wort zu sagen, kommt sie an ihn heran und setzt sich auf das Heu.

„Ich bin es. Warum hast du aufgehört? Sing weiter, Andriuscha!"

So bange wird ihm zumute — er möchte wohl singen, aber die Stimme stockt ihm in der Kehle.

„Was ist dir denn? So sing doch!" Sie zupft ihn am Ärmel.

„Ich höre dieses Lied so gern. Dort bei den Bauern war's langweilig, ich bin von ihnen weggelaufen. Nun, sing doch!"

„Ach ... laß mich in Ruhe!"

„Was fehlt dir denn? Hast du einen Kummer?"

Er schweigt.

„Was sollte dir auch Kummer machen? Bei mir ist's was anderes, ich sehne mich nach meinem Manne — aber du? Hast satt zu essen, hast dein Obdach — was fehlt dir noch?"

„Was soll dir dein Mann, du hast auch ohne ihn keine Langeweile."

„Keiner sonst ist mir lieb, Andriuscha. Der Gram verzehrt mich, die Sehnsucht. Ich ertrag's nicht mehr. Keinen liebe ich außer meinem Manne. Und du — warum gibst du dich gar nicht mit den Weibern ab?"

„Ich bin ein Fremder, ihr habt genug an euren eignen Jungen."

„Bist du mir böse?"

„Nein — weshalb?"

„Bist so verlassen, armer Junge, so von keinem geliebt ... Bist du mir gram wegen des Wallachs?"

„Nein, Malanjuschka, ich bin dir nicht gram ... Aber laß mich in Ruhe, was bin ich dir denn? ... Ich bin ein Knecht .... Ich sah dich früher nicht an ... Und jetzt weiß ich nicht, wie mir ist ... Ich bin nicht mehr Herr über mich selbst, ganz wirr ist mir im Kopfe ... Wirklich, Malanja, laß mich ... Wenn ich Kummer habe, so ist's, weil ich schon lange nicht zu Hause war ..."

„Wie denn — du sollst wohl bald heiraten?"

„Gott mag's wissen."

„Ich hätte dich geheiratet."

Andriuschka schwieg. Im Gebüsch ließ sich ein Geräusch vernehmen, und ein Pfiff ertönte. Andriucha lachte hell auf.

„Sieh doch, Nastasja hat ihren Herrn gefunden!" sagte er.

„Wirklich, ich würde dich heiraten", wiederholte Malanja.

Sie stand auf, setzte sich auf seine Knie, nahm sein Gesicht zwischen beide Hände und küßte ihn.

„Keinen hab' ich lieb, keinen hab' ich lieb!"

Vom Gebüsch her ließ sich wieder das Geräusch vernehmen. Malanja sprang auf, um zu der Soldatenfrau hinzueilen.

„Was machst du nur mit mir, — was machst du nur mit mir!" sagte Andriucha und faßte sie bei der Hand. Doch sie entriß sich ihm.

„Laß mich — es kann jemand kommen und uns sehen."

Andriucha verbrachte die ganze Nacht ohne Schlaf, sie aber war mit der Soldatenfrau zu den Wagen gegangen, hatte sich dort mitten zwischen den andern Weibern schlafen gelegt und war in einen festen, tiefen Schlaf gesunken.

Andrej saß lange auf seinem Heuhaufen und lauschte in die Nacht hinein. Dann schlich er eine ganze Weile um die Wagen herum, doch Malanja zeigte sich nicht. Sie schlief fest und hörte nur im Traume, wie der Hund auf der Poststation bellte, wie die Hähne krähten und die erwachenden Vögel zu zwitschern begannen. Die Bauern, die bei den Pferden Nachtwache hielten, kamen und wurden durch andere abgelöst. Kühler Tau sank herab und bedeckte die Erde und das Heu.

Ganz, ganz spät schlief Andriuscha endlich ein, er wußte selbst nicht, wie. Als die Sonne aufging, weckte man ihn. Malanka war ganz so, wie sie immer gewesen — als ob nichts geschehen wäre.

4

Als der Tau getrocknet und das Frühstück verzehrt war, ging alles wieder an die Arbeit. Jetzt kam der lustigste Teil der Heuernte: das Anfahren des Heues und das Aufrichten des Schobers. Die einen waren ins Wäldchen gefahren, um Stangen zur Unterlage für den Schober abzuhauen, die andern spannten die Wagen an oder warfen die Heuhaufen zum Trocknen auseinander.

Es war ein schwüler Tag, und die alten Leute meinten, es sehe ganz danach aus, als wenn das Wetter sich ändern wollte. Der Tau war spärlich gefallen, der Schnupftabak in der Dose des Pächters haftete am Deckel, die Schwalben flogen niedrig, es lag wie ein Nebel in der Luft, und es war so heiß, daß allen der Schweiß auf die Stirn trat.

Bis zur Mittagsstunde war der erste Schober schon beträchtlich vorgeschritten, man mußte das Heu schon von den Wagen hinaufreichen, und andere, längere Heugabeln wurden geholt, weil die mitgebrachten zu kurz waren. Dreie arbeiteten auf jedem Schober, zwei reichten das Heu von jeder Seite herauf, einer glättete es. Zuerst wurden die Schober des Pächters fertiggemacht, dann wollten die Bauern an die ihrigen gehen. Der Pächter selbst half fleißig mit, er hatte den Gürtel über dem feisten Schmerbauch gelockert, und der Schweiß troff ihm nur so vom Gesichte.

Auch die Weiber mußten beim Anfahren des Heues helfen. Malanak und die Soldatenfrau kommen mit einer Fuhre an, hoch oben im Heu sitzend, und die Bauern beginnen unter lautem Hallo zu ziehen und zu zerren, um sie mitsamt dem Heu vom Wagen herunterzuholen. Malanka weiß ihnen zu entschlüpfen und springt eben noch hinunter, das eine Mal jedoch gelingt es ihr nicht, und sie purzelt samt dem Heu unter dem Lachen der Bauern herab. Andriucha reichte mit der Gabel das Heu hinauf, ich half ihm dabei, und obwohl unsere Seite im Schatten lag, kam er doch so in Hitze, daß er ganz außer Atem war. Er wollte vor den Leuten seinen Mann stehen, namentlich wenn die Weiber hinsahen, aber mehr als einmal geschah es doch, daß er zuviel auf die Gabel nahm und sie nur mit Mühe emporhob, weil die Gewöhnung und die Kraft ihm noch abging. Er schwankt auf den Beinen, und das Heu gleitet herunter von der Gabel und fällt ihm auf das schweißbedeckte Gesicht, auf dem die trockenen Grashalme festkleben. Um die Wette geht's, wo mehr hinaufgereicht wird — ob hüben oder drüben. „Wir haben mehr!" Und ein Lärmen und Lachen und Getümmel gibt es, und das Heu duftet so kräftig, ganz benommen wird der Kopf. Der Pächter aber treibt und treibt: schon zeigen sich Wölkchen am Himmel. Wozu noch antreiben, die Leute arbeiten doch für sich selbst, schöpfen ihre letzte Kraft aus. Gegen Mittag ist der erste Schober fertig, die Kappe ist aufgesetzt, der Strick wird hinuntergelassen, und die Männer, die oben sind, gleiten hinab. Andriucha spürt seine Arme kaum vor Anstrengung. Nur ein kurzes Schläfchen wird gemacht, dann geht's an den zweiten Schober. Rasch wächst er auf der aus grünen Ästen gefügten Unterlage empor, höher und höher wird das Heu hinaufgereicht. Aber, o weh — dort ziehen wirklich schon richtige Wolken herauf!

„Immer zugegriffen, Kinder! Einen Eimer noch geb' ich zum besten!"

Da gab's denn ein Hasten und Eilen. Näher und näher kommt die Wolke, der Wind erhebt sich. Der Pächter klettert selbst auf den Schober hinauf, mit wehendem Barte steht er da, und von unten her fliegen die Heubüschel ihm zu, so rasch, daß er sich nicht zu erwehren vermag und darunter verschwindet; kaum hat er sich herausgekrabbelt, ist er gleich wieder zugeschüttet.

„Immer her damit! Immer noch mehr!"

„Nimm's ab!"

„Los da, ihr Weiber! Immer höher, höher! Tritt's fest! Zupf' es oben glatt! Ist noch viel übrig?"

„Noch zwei Haufen hinter dem Gebüsch."

Die Weiber sollen sie holen, wissen aber nicht, wo sie sind. Andriucha steht daneben, ganz außer Atem vor Anstrengung, und bebt wie Espenlaub.

„Hol' du die zwei Haufen — du weißt, wo sie sind."

Der Wind weht stärker und stärker, die Wolke kommt immer näher. Hemd und Bart des Pächters flattern nur so. Andriucha wischt sich den Schweiß von der Stirn und klettert auf den Wagen.

„Gebt mir noch ein Weib mit herauf!“ ruft er.

„Gib uns eins!“

Die Soldatenfrau ist am Schober beschäftigt, also muß Malanka mit. Das Heu wird von den Rädern abgezupft. Sie besteigt den Wagen, greift in die Zügel und fährt los, daß Beine und Brüste nur so erzittern. Andrej sitzt im Wagen wie ein Sack. Über die Hügel geht's hin, und bald sind sie hinter den Büschen. Andriucha klettert vom Wagen, um das Heu heraufzureichen, während sie oben bleibt und es abnimmt. Kein Wort spricht sie, sondern sieht ihn immer nur lachend an und reiht Büschel an Büschel. Da plötzlich, wie er eben mit der Heugabel wieder einen mächtigen Schwaden hinaufreichen will, schwankt er und sinkt ins Heu zurück. Eine Schwäche befällt ihn, und er kann nicht weiter.

„Was ist dir? Willst dich wohl schlafen legen?“ fragt ihn Malanja.

„Ein Ende mach' ich mit mir, du Seelenverderberin — das ist mir! Dich und mich bring' ich um, du böses Weib!“

Das Weib lacht — er aber ist so bleich wie ein Linnen. Sie sprang vom Wagen und lief auf ihn zu.

„Was ist denn mit dir, Andrej — bist du von Sinnen? Haben sie dich behext?“

Er packte sie bei den Armen.

„Quäle mich nicht, Malanjuschka, ich ertrag's nicht länger. Jag' mich fort aus deiner Nähe, sag' mir, ich solle meinem Leben ein Ende machen — oder erbarm' dich meiner, nur ein klein wenig erbarm' dich! Ich weiß ja, daß ich deiner nicht wert bin, daß du einen braven Bauern zum Manne hast — aber ich bin meiner selbst nicht mehr mächtig, ich vergehe vor Liebe zu dir, du mein ein und alles!“

Und er hält sie und läßt sie nicht los, und die Tränen stürzen ihm nur so aus den Augen.

„Nun seht doch," sagt sie, „zum Heuaufladen hat er nicht mehr Kraft genug — und hier hängt er sich an mich so fest wie eine Klette! Was fällt dir denn ein? Laß mich los, oder ich sag's zu Hause dem Wirt!"

„Aber du hast mich doch selbst ... geküßt hast du mich gestern, warum?"

„Weil es mir gestern Spaß machte, und heute heißt es: an die Arbeit! Nun, so laß mich schon los und steh auf — diese Nacht soll unser sein."

„Ist's auch wahr, Malanjuschka?"

„Warum soll sie's nicht sein? Sieh, da fängt's schon an zu regnen!"

Es bleibt ihm nichts weiter übrig, als aufzustehen, den Wagen vollzuladen, den Strick darüber festzubinden und loszufahren. Er geht nebenher.

„Wirst du mich auch nicht anführen?"

„Ganz gewiß nicht", sagt sie und lacht.

Kaum hatten sie das Heu abgeladen, als es auch schon zu regnen begann. Alles suchte unter den Wagen Schutz. Das Heu des Pächters war glücklich eingebracht, das der Bauern aber lag noch auf der Wiese. Es war heute nichts mehr zu machen, und alles ging nach Hause. Malanja lief neben der Soldatenfrau voraus, und Andrej blieb mit dem Wagen zurück. Wie sie ein Stück Weges gegangen waren, kam Nikifor, der Liebste der Soldatenfrau, hinter ihnen her und rief dieser zu, sie solle nicht so eilen. Die beiden gingen nun langsam, und Malanka, die rasch nach Hause kommen wollte, lief ganz allein weiter.

Der Regen hatte aufgehört, und die Sonne guckte wieder hervor. Der Weg führte durch den Wald. Malanka hatte die Schuhe ausgezogen und den Rock über den Kopf genommen — das rosige Gesicht guckte heraus, und die schlanken weißen

Beine blinkten nur so. Wie sie sich auch anzog: immer war und blieb sie die hübsche Malanja.

Und da sandte nun der Herrgott die Strafe auf sie herab, für Andriucha und all die anderen, die sie schon gefoppt hatte.

Der Pächter hatte das Heu an einen Viehhändler in der Stadt verkauft und ihn an eben diesem Tage eingeladen, sich den Schnitt auf der Wiese anzusehen. Malanka kommt des Weges daher, gerade über eine Lichtung, und denkt an alles mögliche — an die Soldatenfrau und Nikifor, an Andriucha, dem sie nun wieder entwischt ist, und der ihr eigentlich leid tut. Und plötzlich, sieh: kommt ihr ein Reiter entgegen, in Rock und Kaftan, wie sie die Kaufleute tragen, und aus dem Kaftan guckt ein Hemd aus rotgemustertem Baumwollstoff hervor. Die hohen Stiefel sind von feinem Ziegenleder, das Pferd ist ein schmuckes Tier aus der Wolgasteppe, und schmuck ist auch der Reiter. Ein Adler, mit einem Wort: untersetzt von Gestalt, die Wangen frisch und rot, die Brauen schwarz wie das lockige Haar und das Bärtchen, das kaum hervorgesproßt ist. Die kupferbeschlagene Pfeife rauchend, kommt er dahergeritten und schwingt seine Peitsche. Ein hübscher Bursche, weiß der Teufel, dieser Großkaufmann Matwej Romanowitsch, und, so jung er war, im ganzen Gouvernement als großer Schelm bekannt. Malanja hatte ihn noch nie gesehen, sonst aber wußten wohl alle, wie er mit den Weibern umsprang, wie vortrefflich er sich darauf verstand, krankes Vieh an den Mann zu bringen, jemandem ein Pferd aufzuschwatzen, die Preise für die Waldbestände zu drücken und Abstandsgelder einzuheimsen. Ein durchtriebener Junge, wie gesagt, trotz seiner zwanzig und etlichen Jahre: ein Schelm und Schalk wie sein Vater.

„Guten Tag, liebes Tantchen — woher und wohin des Weges?“ ruft er Malanja zu und pflanzt sich auf seinem Gaul vor ihr hin.

„Nach Hause geh' ich — so laß mich doch vorüber!" sagte sie und will zur Seite ausweichen.

Er wendet das Pferd und reitet hinter ihr her. Sie wirft ihm einen Blick zu. „Das ist ein Adler," denkt sie, „das ist kein Andriucha!"

„Wie heißt du denn, junge Frau?"

„Was geht dich das an?"

„Ich möcht' gern wissen, wer hier in der Gegend ein so hübsches Weibchen hat."

„Wem ich auch gehören mag — für dich bin ich jedenfalls nicht zu haben. Da ist nichts zu lachen."

„Für solch ein Weibchen wär' mir nichts zu teuer. Wie heißt du denn?"

„Malanja heiß' ich. Willst du sonst noch was wissen?"

Er reitet ihr wieder in den Weg und schickt sich an, vom Pferde zu steigen.

„Nimm dich in acht", sagt sie und hebt ihren Rechen hoch empor.

„Und wie heißt du mit Vatersnamen?" fährt er unbekümmert fort.

„Rodiwonowna."

Er war abgestiegen und ging nun neben ihr her.

„Ach, Malanja Rodiwonowna, du glaubst nicht, wie lieb ich dich habe! So eil' doch nicht so!"

Malanka ahnt wohl, daß ein Unheil im Anzug ist, und so schmeichelhaft und lieb ihr seine Worte auch sind, so wird ihr doch bang ums Herz, und sie läuft schneller und schneller.

„Geh deinen Weg und laß mich den meinigen gehen. Die Bauern kommen hinter uns hergefahren. Mach', daß du fortkommst, laß mich nach Hause gehen."

„Aber, Malanja Rodiwonowna," sagt er, „es ist mir doch so angenehm, mit dir zusammen zu sein!"

Und er zieht ein rotes Tüchlein aus der Tasche und reicht es ihr.

„Laß mich — ich will nichts von dir haben.“

„Liebe, schöne Maschenka,“ sagt er, „verlange, was du willst: du sollst es haben, aber sei mir ein bißchen gut! Ich weiß nicht, wie mir wurde, als ich dich sah. Hab’ mich doch lieb, mein hübsches kleines Frauchen!“

Und weiß Gott, wie es zuging: sie, die allen andern so gern einen Streich spielte — sie war plötzlich wie umgewandelt. Sie läßt den Kopf sinken, schweigt und weiß nicht, was sie sagen soll. Und er nimmt sie bei der Hand.

„Meine herrliche, süße, schöne Marja Rodiwonowna,“ sagt er, „ich habe dich so von Herzen lieb, daß ich ganz bezaubert bin. Zehn Monate bin ich jetzt von Hause fort.“

Und er bittet und fleht, und wird dabei bleich wie Linnen, während seine Augen nur so glühen.

„Marja Rodiwonowna,“ bettelt er und faltet dabei die Hände, „ich bitte dich um alles in der Welt“ — und seine Stimme zittert — „erhör’ mich, nur ein Stündchen laß mich bei dir weilen — komm etwas abseits vom Wege! Gönn’ meinem Leibe die Freude, ich bin ein Fremder und nehme die Schande mit fort!“

Sie wußte nicht, wie ihr ward, und sagte nur:

„Eben, weil du ein Fremder bist ... ich kenne dich doch nicht ...“

Doch da nahm er sie schon in seine starken Arme und trug sie fort ...

Sie sagte ihm alles, wo der Hof lag, und wo sie dort schlief, und er zog seinen Beutel hervor, nahm einen Rubel heraus und gab ihr den. Da schluchzte sie auf und sagte in flehendem Tone:

„Nur hab’ Erbarmen und bring’ mich nicht in die Schande!“

„Fürcht’ dich nicht, Herzchen,“ sprach er, „nimm das hier zum Andenken, und morgen, sobald es dunkel geworden, komm’ ich zu euch auf den Hof und pfeife.“

Er geleitete sie bis an den Waldrand, bestieg sein Pferd und ritt auf und davon.

5

Sie kam nach Hause. Der Schwiegervater ahnt nichts, und auch die Alte weiß von nichts — nur so viel sehen sie, daß sie eine ganz andere geworden ist. Zu nichts hat sie Lust, und ewig läuft sie irgendwohin und guckt und späht. Andriucha aber war noch betrübter als sonst. Einmal kam er zu ihr auf die Tenne, da schrie sie ihn an wie einen Dieb, ganz rasend wurde sie und weinte sogar vor Wut.

„Daß du nicht wagst, auch nur den Mund aufzutun! Was willst du hier, du Unverschämter? Nicht mal einen Scherz wird man machen dürfen!" sagte sie und schluchzte laut auf. „Von dir ist mir aller Kummer gekommen!"

Andrej wußte nicht, was ihre Worte zu bedeuten hatten — er fühlte nur den Schmerz, den sie ihm bereiteten. Doch hatte er nicht die Kraft in sich, von dannen zu gehen. Als sein Vater ihm sagen ließ, er habe eine bessere Stelle für ihn, wo es mehr Lohn gebe, meinte er, er wolle lieber umsonst bleiben, wo er sei, als unter Fremde gehen.

Das Wetter war seit jenem Erntetage ganz umgeschlagen. Es regnete ununterbrochen, und die Bauern konnten die auf sie entfallende Hälfte des Heues nicht trocken bekommen. Es verfaulte auf den Wiesen, nur ein Teil konnte in den Scheuern getrocknet werden. Vom frühen Morgen bis in die Nacht hinein goß es in Strömen, die Felder verwandelten sich in Sümpfe, und wenn die Bauern pflügen wollten, blieb der Pflug im Morast stecken.

Eines Tages ging Andriucha auf Hofarbeit, nach der Getreidedarre. Wie er mühsam und immer wieder ausgleitend zwischen den Pfützen hinschreitet, sieht er, wie eine Frau in einem Kopftuche, eine Gerte in der Hand, mit nackten Beinen durch den Kot watet: Malanka ist es, die die Kühe heimholt. Den ganzen Tag hatte es wie aus Eimern gegossen, daß die Hirten das Vieh nicht auf dem Felde halten konnten. Plötzlich sieht er den Viehhändler daherkommen und sich ihr nähern. „Heute also", sagt er leise zu ihr, und Malanka neigt den Kopf. „Der also ist es!" denkt Andrej.

Als er nach Hause kam, ging er nicht gleich schlafen, sondern horchte in die Nacht hinaus. Und plötzlich hört er, wie jemand hinter der Tenne pfeift. Gleich darauf läuft Malanka über den Hof. Andrej kommt in die Scheune und sieht einen fremden Mann.

„Wer bist du?" fragt ihn dieser.

„Ich bin der Knecht."

„Hier hast du einen Zwanziger — aber sag' nichts."

Was sollte er machen? Nun war er aber nicht der einzige, der dahinterkam — auch sonst war es im Dorfe aufgefallen, daß der Viehhändler Matwej so oft kam und mit der Soldatenfrau umherlief. Es gab mancherlei Gerede, aber was reden die Leute nicht alles! Etwas Zuverlässiges war nicht in Erfahrung zu bringen.

Einstmals zur Nachtzeit erschien plötzlich Jewstrat auf dem Hofe. Hatte er nun etwas gehört, oder war er zufällig gekommen, — er fragte nach seiner Frau, und man sagte ihm, sie sei auf der Tenne. Wie er nach der Scheune kommt, ist's ihm, als höre er Stimmen: am ganzen Leibe erbebt er. Er guckt in den Schuppen: ein Paar Stiefel stehen da.

„He, wer ist da?" fragt er und schlägt auch schon mit dem Knüttel drauflos. Der Viehhändler schlüpft zum Tor hinaus und nimmt Reißaus.

Malanka springt heraus, im bloßen Hemd, und will fliehen.

„Wem gehören die Stiefel?"

„Verzeih mir!"

„Gut, komm mit in die Stube."

Er selbst trug die Stiefel nach der Stube. Er legte sich allein zu Bett. Am Morgen nahm er den Einspannriemen und rief Malanja in die Rumpelkammer. Andrej hört, wie er ihr den Text liest, und wie er mit dem Riemen auf sie losschlägt — immer hitziger wird er, je mehr er schlägt. „Sei nicht liederlich! Sei nicht liederlich!“ Dann schleift er sie an den Haaren über den Boden. Ein Auge schlägt er ihr blau, sie aber denkt: „Was einmal im Bauche sitzt, schlägst du nicht mehr heraus.“

Die Schwiegermutter beginnt für sie zu bitten, er aber schreit: „Wer will mich belehren, wie ich mit meiner Frau umgehen soll?“ Da schämte sich die Mutter und bat ihn um Verzeihung.

Dann spannt er an und fährt mit Andrej aufs Feld, um zu pflügen. Er fragt Andriucha aus, doch der sagt kurz: „Ich weiß von nichts.“ Wie er am Abend heimkommt und ausgespannt hat, findet er das Abendbrot schon bereit auf dem Tische. Malanja fliegt nur so, um ihn zu bedienen. Sie hat sich hübsch sauber gewaschen und angezogen; das Auge ist noch ganz blau, und sie wagt nicht, ihn anzusehen. Sie essen zu Abend, und die Alten gehen in die Kammer. Jewstrat legt sich auf den Schlafboden. Ganz am Rande legt er sich hin und sagt kein Wort.

„Lösch' den Kienspan aus.“ Sie tut, wie er geheißen, und denkt: „Was wird nun weiter sein?“ Sie hört, wie er die Stiefel auszieht. Schon gut. Sie sieht ihn, wie sie am Fenster vorübergeht.

Sechs Monate lang war er nicht zu Hause gewesen, und hatte sie doch noch geprügelt: so lieb war sie ihm! Schweigend kroch sie zu ihm hin und legte sich neben ihm nieder. Sie hob den Kaftan auf, mit dem er sich zugedeckt hatte, schmiegte sich im bloßen Hemd, wie eine Katze, an ihn und umarmte und küßte ihn, daß ihm der Atem verging.

„Wirst du es noch einmal tun?“ fragte er.

„Sprich nicht mehr davon.“

Seit dieser Zeit vergaß sie den Viehhändler ganz und gar. Die Stiefel verkaufte Jewstrat für fünf Rubel. Lachend sagte er oft: „Hätt' ich ihn nur erwischt, ich hätte ihm auch den Kaftan ausgezogen."

Andriucha blieb noch bis Mariä Schutz da und ging dann zur Mutter heim. Lange noch dachte er an das zurück, was er auf dem Hofe erlebt hatte, dann aber wurde ihm Land zugeteilt und er mußte heiraten. Nach neun Monaten gebar Malanja einen Sohn, der dem Viehhändler wie aus dem Gesicht geschnitten war. Dieser ihr ältester Sohn war eben der Petruschka, von dem wir am Anfang unserer Geschichte gesprochen.

Vor 1862

TICHON UND MALANJA

ERZÄHLUNG AUS DEM LANDLEBEN

Feiertägliche Stille lag über dem Dorfe. Alles Volk war in der Kirche. Nur die kleinen Kinder, die alten Weiber und ein paar Bauern, die zu faul waren, um zur Messe zu gehen, waren zu Hause geblieben. Die Weiber standen am Herd und kochten das Mittagessen, die Kinder krochen an den Hausschwellen herum, und die Bauern sahen da und dort im Hofe zum Rechten. Die Straße war menschenleer. Es war das Fest der Apostel Petrus und Paulus. Am Ende der Dorfstraße ließ sich Schellengeläut vernehmen, und ein mit drei Pferden bespannter Postwagen wurde sichtbar.

Einer der Bauern, der nicht zur Kirche gegangen war, Anisim Shidkow, hörte das Schellengeläut. Er ließ sogleich die Hand von dem Wagenkasten, an dem er sich zu schaffen gemacht hatte, und trat durch das knarrende Tor auf die Straße, um zu sehen, wer da käme. Den schmucken Beipferden waren bunte Fälbeln in die Mähnen geflochten, und das gesprenkelte Mittelpferd, das Anisim bekannt vorkam, hob den vom Zügel angezogenen Kopf hoch im Krummholz empor. Kaum den Kopf bewegend, jagte es in raschem Trabe die steile Straße herauf, während der Fuhrmann, der halb kniend im Wagen stand, es mit lautem Anruf anfeuerte.

Die Pferde waren glatt und wohlgenährt und schwitzten nicht, obschon die Sonne von dem völlig wolkenlosen Himmel heiß niederbrannte. Der Fuhrmann war ein schmucker

Bursche, er trug einen neuen Rock und einen ebensolchen Hut.

„Der Tichon Jermilin ist's also!" murmelte Anisim vor sich hin, als er den Fuhrmann erkannt hatte, und trat in seinen neuen Bastschuhen mitten auf die Straße.

Als Tichon an Anisim vorüberfuhr, lüftete er schweigend den Hut. Man sah es an dem Ausdruck seines Gesichtes, wie glücklich er war, und wie sehr er davon überzeugt war, daß alle Welt ihn um sein Dreigespann beneiden mußte, das er so geschickt zusammengestellt und so hübsch ausgeputzt hatte. Er gab sich alle Mühe, nicht gar zu selbstzufrieden zu erscheinen, damit sich nicht etwa jemand durch seinen Stolz beleidigt fühlte.

Er schrie, nachdem er seinen neuen Hut wieder aufgesetzt hatte, nicht auf die Pferde los und setzte den Hut auch nicht keck aufs Ohr, sondern schlug nur leicht mit der Leine auf den Rücken des Handpferds, wendete, nachdem er noch ein Stückchen weitergefahren, den Wagen um und rief den Tieren, die sich ohnedies schon in recht gemächlichem Schritt dem bekannten Toreingang näherten, ein langsames, gemessenes „Prr!" zu. Anisim, dem es in diesem Sommer nicht besonders gut gegangen war, kam nicht ohne Neid, doch immerhin mit gebührender Achtung auf Tichon zu, um mit ihm ein klein wenig zu plaudern.

Tichons alte Mutter, die allein zu Hause geblieben war, trat vor das Haus.

„Ich hörte die Schellen," begann sie freudig erregt, „und ich dachte bei mir: was für ein Fuhrmann kommt denn da angefahren? Aber ich machte mich gleich wieder an meine Töpfe und hörte nicht weiter hin. Doch mit einemmal hör' ich die Schellen wieder ganz in nächster Nähe ..."

„Guten Tag, liebes Mütterchen!" rief der Sohn ihr zu, während er mit den schweren Stiefeln dicht neben dem Vorderrad auf den Boden sprang.

„Guten Tag, Tischenka, wie geht's dir denn, mein Junge?"

Und sie fuhr fort zu reden und redete von allem Möglichen, in einförmig melancholischem Tonfall, als wenn sie von längst vergangenen Dingen spräche.

„Ich sag' zu mir: wenn so unser Tichon jetzt käme — kein Mensch ist zu Hause, der Vater ist weg, und die Weiber sind weg, zur Messe sind alle gegangen . . ."

Tichon hörte nicht zu Ende an, was sie sprach, sondern nahm aus dem Wagenkasten ein Bündel und trug es in die Stube, wo er sich vor den Heiligenbildern verneigte. Dann trat er wieder aus dem Flur in den Hof und öffnete das Tor.

Er steckte die Fausthandschuhe und die Peitsche in den Gurt, machte das Tor ganz weit auf, damit er nicht dagegen käme, führte die Beipferde am Zaume herein, nahm die Schleifen der Zugstränge ab, warf diese den Pferden über den Rücken, machte die Lenkseile los, nahm den Pferden die Kumte ab und führte sie, ohne irgendwo anzustoßen oder hängen zu bleiben, nacheinander vom Wagen fort. Nichts fiel oder glitt ihm aus der Hand, alles ging so glatt und flink wie am Schnürchen.

Wenn er nichts in der Hand hatte, spreizten sich seine Finger ganz weit auseinander, als wollten sie noch irgendwo zufassen, noch irgendeine Arbeit verrichten.

Während er die Pferde ausspannte, plauderte er in einem fort mit Anisim, der ihm gefolgt war und nun breit und träg in seinen Bastschuhen dastand und sich mit dem Gurt über dem reinen, weißen Hemde den Bauch kratzte. Beide hatten, bevor sie ins Gespräch kamen, wieder ihre Hüte gelüftet.

„Hast wohl Sehnsucht gehabt nach deinem jungen Frauchen?" begann Anisim mit spöttischem Lächeln, obschon er eigentlich etwas ganz anderes fragen wollte.

„Daß ich nicht wüßte", versetzte Tichon.

„Wie geht's denn den Unsrigen in der Stadt? Den Mitroschins zum Beispiel?" fragte Anisim weiter und kratzte sich den Kopf. Diesmal hatte seine Frage schon einen ernsteren Klang.

„Wie soll's ihnen gehen? Bald gut, bald schlecht. Bei uns auf der Station kommt's darauf an, wie sich einer aufführt, Onkel Anisim“, sagte Tichon in überlegenem Tone und dachte dabei nicht ohne Stolz an sich selbst.

„Den Braunen hast du umgetauscht, wie?“ fragte Anisim weiter. Jetzt war er bei dem Thema angelangt, das ihn recht eigentlich interessierte. „Und den Falben da hast du neu gekauft?“

„Der Braune taugte längst nichts mehr, das war nur so ein Einfall vom Vater, ihn immer noch zu behalten.“

Mit Behagen erzählte nun Tichon, wie es beim Umtausch der Pferde zugegangen, was er dabei verdient, und was die andern zugesetzt hätten. Anisim machte ihm, halb im Scherz und halb im Ernst, den Vorschlag, er solle ein Viertelchen Branntwein zum besten geben, doch Tichon wies sein Ansinnen mit Bestimmtheit ab.

Während sie so sprachen, ruhte Tichon auch nicht einen Augenblick. Die Pferde waren ausgespannt, das Geschirr hing an seinem Platz, und die Pferde standen im Schuppen.

Anisim hatte glücklich alles herausgekriegt, was er wissen wollte, stand noch ein Weilchen, sich mit beiden Händen kratzend, da und ging schweigend von dannen.

Tichon nahm ein Bündel Heu aus dem Wagenkasten und legte es den Pferden vor, worauf er den Hut tiefer in die Stirn drückte und, die Finger beider Hände noch weiter auseinanderspreizend, sich in die Stube begab. Es gab weiter keine Arbeit für ihn, aber die Hände verblieben nun einmal in der gespreizten, arbeitswilligen Haltung. Er schwenkte seinen Hut und hing ihn an den Nagel, zog seinen Rock aus, legte ihn sorgsam an einen Platz, den er vorher abgestäubt hatte, und nahm in dem neuen, rotgemusterten Baumwollhemd, das die Mutter noch nicht an ihm gesehen hatte, auf der Bank Platz.

Die gleichfalls neuen Hosen, die er trug, waren aus Hausmachertuch gefertigt, das die Mutter gewebt hatte; an den Füßen trug er hohe, mit Nägeln beschlagene Fuhrmannsstiefel. Er hatte sie draußen im Dorfe mit Heu gesäubert und mit Teer eingeschmiert. Er fand nun buchstäblich nichts mehr zu tun, um jedoch seine Hände irgendwie zu beschäftigen, strich und zog er die Ärmel seines Baumwollhemds zurecht, die sich unter dem Rocke zerknüllt hatten, und entnahm dem Bündel, das er vorher in die Stube getragen, die mitgebrachten Geschenke. Für seine Frau hatte er ein Stück großgeblümten Kattuns bestimmt, für die Mutter ein weißes Tuch mit schönem, bunten Rande und für alle Hausgenossen zusammen ein Bund Kringel aus feinstem Weizenmehl.

„Ich dank' dir auch schön, mein lieber Sohn Tichon. Was hast du dir nur für Kosten gemacht?“ sagte die Alte, während sie das ihr geschenkte Tuch auf dem Tische ausbreitete und mit dem Nagel darüber hinfuhr. „Wie schade, daß du niemanden weiter angetroffen hast. Der Vater war mit mir zusammen in der Frühmesse, er ist dann noch auf ein Schnäpschen im Dorfe geblieben, und ich machte, daß ich nach Hause kam. Die jungen Weiber beeilten sich, um noch zum Hochamt zurecht zu kommen, sie hatten die Töpfe aufgesetzt und gingen dann, ich aber bin geblieben.“

Die Alte faltete ihr Tuch zusammen, legte es in den Kasten und machte sich wieder an die Arbeit, wobei sie in einem fort weitersprach.

„Bei uns sind alle Gott sei Dank gesund,“ erzählte sie, „nur mein Alterchen kommt mit den Beinen nicht mehr recht fort; sowie schlechtes Wetter ist, schreit er förmlich vor Schmerz. Zur Gutsarbeit kann er auch nicht mehr gehen, da muß ihn für gewöhnlich der Grischutka vertreten.“ Grischutka war der jüngere, unverheiratete Bruder Tichons. „Ein Glück noch, daß die Dorfobrigkeit ein Einsehen hat. Micheïtsch ist immer noch Starost bei uns. Wir können über ihn nicht klagen, er weiß hübsch Ordnung zu halten. Schickt mir den Grischka nur nicht zum Mähen, sagt er, das hält er nicht aus, ist noch viel zu jung. Dieser Tage mähten sie das Gras im herrschaftlichen Garten, da schickte der Vater auch wieder den Grischutka hin. Die Sense hat er ihm selbst zurecht gemacht, weil er aber darüber müde wurde, bat er den Schwager Gerasim, sie fertig zu dengeln. Es ist dem armen Grischka aber doch zu viel geworden. ‚Ich halte das Mähen nicht aus, Mutter,' sagte er, ‚die Arme und Beine knicken mir dabei ein.' Wie soll er das auch aushalten? Seine Glieder sind doch noch so jung und so zart. Nun weiß der Vater sich gar keinen Rat, wie er's machen soll — ob er einen Knecht nehmen soll, oder ob du vielleicht dableibst und mähen gehst?"

„Na, und was hört man denn von der Herrschaft?" fragte Tichon, der es offenbar unter seiner Würde hielt, mit einem Weibe, und wenn es gleich seine Mutter war, von einer so wichtigen Angelegenheit zu reden.

„Es hieß neulich, daß in diesem Sommer alle hier auf dem Gute leben würden, aber jetzt ist es davon wieder still geworden. Der junge Herr lebt wohl hier, aber man merkt nichts davon, daß er da ist. Um alles bekümmert sich Andrej Iljitsch, der Verwalter. Die Bauern kommen ganz gut mit ihm aus, nur wegen des Mähens gab es da etwas zwischen ihnen. Doch das wird dir der Vater erzählen, er war bei der Bauernversammlung. Den Dünger haben wir glücklich aufs Feld gebracht, und alles ist fertig gepflügt, nur ein Schlag oder zwei sind übrig geblieben. Der Vater wird's dir sagen. Mit der Fronarbeit ging es ganz gut, die Bauern haben für sich Zeit genug behalten. Nur die Weiber hatten es recht sauer und mußten alle dran. Mit dem Jäten hatten sie ihre liebe Not. Sie haben dort Zuckerrüben gepflanzt, oder wie das Zeug heißt, und da gab's mächtig viel Gras auszujäten. Die Wirtschaft hier zu Hause hab' ich ganz allein auf dem Halse. Deine Frau muß mit der Soldatenfrau alle Tage zur Fronarbeit. Alle Hände voll hab' ich zu tun — da heißt es Brot backen, und die Kühe melken, und die Leinwand bleichen. Solange man auf den Beinen ist, geht es ja, aber Gott weiß, wie es weiter wird. Dein junges Frauchen arbeitet sich alle Tage todmüde, aber das macht ihr nichts aus — wenn sie abends nach Hause geht, singt sie ihr lustiges Lied. Gar zu schön singt sie, führt immer den Reigen an. Wie soll man's ihr auch verdenken, wo sie doch jung und lebenslustig ist. Man lobt sie allgemein, sie ist flink bei der Arbeit, und man kann ihr nichts Schlimmes nachsagen. Mit der Soldatenfrau zusammen hecken sie wohl mal einen dummen Streich aus, aber das hat nichts zu besagen. Der Vater schreit sie dafür an, und es ist wieder gut. Wie wird sie sich freuen, daß du da bist! Wir haben dich gar nicht erwartet. Gestern habe ich Pirog gebacken, und da dachte ich bei mir: wer wird wohl meinen Pirog essen? Hätte ich's geahnt, daß du kommst, dann hätte ich für meinen lieben Sohn ein Hähnchen geschlachtet. Die Glucke hat, Gott sei Dank, die Hühnchen glücklich ausgebrütet, drei Hühner haben wir verkauft ..."

Das alles und noch vieles andere erzählte die Alte dem Sohne — von der Leinwand, die sie gewebt hätte, von der Tenne, vom Viehstall, von den Nachbarsleuten und den Soldaten, die durch's Dorf gekommen. Und bei alledem verrichtete sie immer ihre Arbeit, bald am Herd, bald am Tische oder in der Vorratskammer.

Tichon aber saß auf der Bank, stellte ab und zu eine Frage oder erzählte selbst etwas, holte sich den Kamm von dem ihm bekannten Platze, kämmte sein dichtes, krauses Haar und sein kleines, rötliches Bärtchen und ließ seinen Blick mit zufriedener Miene durch die Stube schweifen. Sein Auge ruhte bald auf dem bunt karierten Leinenrock der Wirtin, der auf dem Schlafboden lag, bald auf der Katze, die auf dem Ofen saß und sich, wohl des Feiertags wegen, das Fell putzte, bald auf einer in der Ecke liegenden zerbrochenen Spindel, oder auf der Gluckhenne, die mit den Küchlein in die Stube gekommen war, oder endlich auf der Peitsche, die er selbst immer mitgenommen hatte, wenn er bei den Pferden die Nachtwache hielt, und die jetzt sein Bruder Grischka unbenutzt im Winkel stehen ließ. Nicht nur seine auseinandergespreizten Finger, sondern auch seine überall aufmerksam umherspähenden Augen schienen nach Arbeit zu verlangen; es war ihm nicht wohl zumute, wenn er unbeschäftigt war. Er hätte am liebsten die Sense genommen und drauflos gedengelt, oder das locker gewordene Brett an dem Schlafboden festgenagelt, oder sonst etwas vorgenommen — aber während des Gottesdienstes durfte keine Arbeit verrichtet werden. Nachdem er sich mit der Mutter sattgeplaudert hatte, nahm er die abgenutzte Peitsche aus dem Winkel, griff nach einem Bündel Hanf, ging damit vor die Tür, befestigte den Hanf an einem Nagel im Türpfosten und schickte sich an, mit den kräftigen Armen, die förmlich zum Spielen mit Zentnergewichten gemacht schienen, auf den Hanf loszuklopfen. Dabei warf er immer wieder einen Blick die Straße hinunter, nach der Richtung, aus der die Kirchgänger kommen mußten. Doch zeigte sich noch niemand, nur die kleinen Kinder in den feiertäglich sauberen Hemdchen tummelten sich vor den Hauseingängen. Ein fünfjähriges kleines Bürschchen, das noch sein schmutziges Hemd anhatte, kam auf Tichon zu und sah ihn groß an. Es war Tichons Neffe, der Sohn der Soldatenfrau.

„Na, Siomka, wessen Sohn bist du denn?“ fragte Tichon den Kleinen und lächelte dabei gutmütig über sich selbst, weil er sich beikommen ließ, mit einem so kleinen Bürschchen ein Gespräch zu beginnen.

„Dem Soldaten seiner“, antwortete der Kleine.

„Und wo ist denn deine Mutter?“

„In der Tirche, und auch Droßväterchen ist in der Tirche“, versetzte das kleine Bürschchen, offenbar stolz auf seine Sprachfertigkeit.

„Mich kennst du wohl nicht?“ fragte Tichon weiter, während er einen Kringel aus der Tasche zog und dem Kleinen reichte.

„Da ist die Tirche“, sagte Siomka, die Straße hinunterzeigend und hastig nach dem Kringel greifend, ohne Tichons Frage zu beachten.

„Sag’ mal, — wer bin ich?“ fragte Tichon nochmals.

„Wer du bist? . . Ein Onkel.“

„Was für ein Onkel?“

„Von der Tante Malanka.“

„Kennst du die Tante Malanka?“

„Siomka, wo steckst du denn?“ rief die Alte aus der Stube, als sie die Stimme des Bübchens hörte. „Komm her, du kleiner Teufel, ich will dich waschen und dir ein reines Hemd anziehen.“

Der Kleine kroch über die Schwelle, um zur Großmutter zu gelangen, während Tichon die Peitsche ausprobierte, indem er ein paar Lufthiebe mit ihr führte. Die Peitsche knallte prächtig.

Der Kleine war von der Alten ganz nackt ausgezogen worden und bekam von ihr einen Wasserguß über den ganzen Körper, daß er aus Leibeskräften zu schreien begann. Tichon stand vor der Haustür und sah die Straße hinunter.

Es war ein herrlicher Tag, die Lerchen schwebten trillernd über den Roggenfeldern, und die Roggenfelder schimmerten nur so in der Sonne. Im nahen Hain war der Tau auf der Sonnenseite schon getrocknet, und die Vögel zwitscherten munter. Das Volk kam aus der Kirche. Die Alten schritten, einzeln oder paarweise, in der schweren, breiten Gangart arbeitgewohnter Leute daher, die Füße in saubergewaschenen, weißen Fußlappen und neuen Bastschuhen, die einen mit Stöcken in der Hand, die andern ohne Stöcke. Die jungen Männer trugen hohe Stiefel. Der Starost Micheïtsch hatte einen schwarzen Rock aus Fabriktuch an. Dort schritt der lange, magere Resun mit dem lahmen Fokanytsch und dem bärtigen Osip Naumytsch daher. Die Handwerksleute vom Hofe kamen in ihren Kitteln, die herrschaftlichen Diener in deutschen Kleidern, die Frauen und Mägde vom Hofgesinde in Kleidern „mit Sonnenschirmen", wie die Bauern die Reifröcke nannten. Nur auf diese bellten die Hunde von den Bauernhöfen. Die kleinen Mädchen trippelten in ihren gelben und roten Sarafanen gruppenweise daher, und in ebensolchen Gruppen kamen die Bauernjungen in den umgürteten, langen Röcken. Die gebückten alten Mütterchen hatten saubere weiße Tücher um den Kopf und gingen mit oder ohne Krückstock. Die unverheirateten Weiber trugen rote Kopftücher und blaue, mit goldener Borte besetzte Röcke. Alle waren fröhlich gestimmt, plauderten miteinander, holten sich gegenseitig ein, begrüßten einander, beguckten ihre neuen Tücher, Perlen und gestickten Schuhe. Tichon kannte sie alle miteinander: sowie sie näherkamen, wußte er gleich, wer sie waren.

„Das sind die Weiber von Iliuschas Hof — wie sie sich aufgeputzt haben!" dachte Tichon. „Und mit keiner andern sprechen sie! Da kommt auch Iliuscha selbst — die Kinder gehen hinter ihm her und lachen über ihn.

Dort dieses magere, bunt ausgeputzte Weibsbild kenn' ich doch — fast könnte man meinen, sie sei reich." Aber Tichon weiß, daß es mit ihrer Herrlichkeit recht zweifelhaft bestellt ist, daß sie liederlich ist und ihr Mann sie schon längst nicht mehr prügelt, weil er sie für unverbesserlich hält. „Dort kommt die Verwaltersfrau mit einem Sonnenschirm, höchst vornehm gekleidet, und ihre Dienstmagd Wasilisa mit einer roten Latzschürze.

Hier schreitet der Hofknecht Matrioschkin daher — er hat sich gestern in der Stadt ein neues rotes Baumwollhemd gekauft und ist förmlich verlegen darüber, daß sein Hemd so viel Aufsehen macht. Dort kommt die Magd von Fokanytsch, sie geht mit den Hofmägden zusammen und unterhält sich mit der Wirtschafterin Mawra Andrejewna; sie kann lesen und will in ein Kloster eintreten. Hinter ihnen her kommen die Minajews; die Frau weint in einem fort, sie muß wohl jemanden von den Ihrigen begraben haben. Da kommt Resuns junge Frau — die war heute nach ihrer Niederkunft zum erstenmal wieder in der Kirche.

Hier humpelt die alte Bolchina an der Krücke daher, jetzt ist sie müde geworden und setzt sich. Die lebt also noch immer — und ist doch bald hundert Jahre alt! Und da kommen auch meine Leute: voran mit großen Schritten der Vater, gebückt, wie er immer gewesen — und da ist auch sie . . .“

Tichon hatte seine Frau gleich erkannt, als sie noch ganz unten am Ende der Dorfstraße war. Malanja kam mit der Soldatenfrau und zwei anderen Weibern daher. Der Soldat, der einen neuen Mantel trug, hatte sich ihnen angeschlossen — er erzählte allerhand, fuchtelte mit den Händen und schien bereits betrunken zu sein. Malanja erschien Tichon weit schöner geputzt als die andern.

Und dabei war sie durchaus nicht auffallender angezogen als jene. Sie trug einen gewürfelten Leinenrock, der mit einer goldenen Borte verziert war, ein weißes Hemd mit roter Stikkerei, eine ebensolche Latzschürze, ein rotseidenes Kopftuch und einfache neue Schuhe über den Wollstrümpfen. Andere Frauen trugen weit reichere Kleidung, trugen Gürtel und Wämser und bunt ausgenähte Schuhe. Gleich den andern schritt Malanja in gleichmäßig kräftiger Gangart daher, schwenkte die Arme und warf kecke, rasche Blicke nach rechts und links. Sie lachte und scherzte mit dem Soldaten und dachte nicht im geringsten an ihren Mann.

„Ich will mich, bei Gott, zum Gehilfen des Starosten wählen lassen,“ sagte der Soldat, „in diesem Amt kann ich nämlich die Weiber besser kommandieren. Dann soll's dir aber schlecht gehen, Malanja!“

„Ich hab' große Furcht vor dir!“ versetzte Malanja. „Daß

es dir nur nicht geht wie damals, im vorigen Jahr, dem Gemeindeschreiber! Der kam zu uns nach der Getreidedarre, wo wir gerade Flachs draschen, und wollte auch so streng mit uns herumkommandieren. Wir haben es ihm gründlich besorgt — mitten zwischen die Flachsbündel warfen wir ihn und zogen ihm die Hosen herunter, daß er schließlich froh war, als er fortkam. Was haben wir damals gelacht!“

Die Weiber mußten stehen bleiben, so stark kam sie wieder das Lachen an, und die Soldatenfrau setzte sich sogar, schlug mit der flachen Hand auf ihr Knie und kreischte vor Vergnügen.

„Nanu, was fällt dir ein?“ sagte Malanja, stieß sie mit dem Ellbogen an und hörte allmählich selbst auf zu lachen.

„Nein, wirklich — komm!“ sagte der Soldat zu Malanja. „Ich kauf’ euch süßen Branntwein und bewirte dich.“

„Ihr Mann ist ihr lieber als dein Branntwein,“ sagte die Soldatenfrau, „er wollte heut’ zu Besuch kommen.“

„Mag sein, aber wenn er nicht kommt, muß sie zusehen, wie sie sich sonst am Feiertag belustigt“, meinte der Soldat.

„Du gönnst mir wohl mein Glück nicht?“ sagte Malanja schelmisch zur Soldatenfrau. „Immer kauf’ du recht viel Branntwein, Bartschew, wir kommen ganz bestimmt zu dir.“

Und plötzlich fiel ihr ein, daß ihr Mann ihr nun schon zum zweitenmal versprochen hatte, sie „am nächsten Feiertag“ zu besuchen, ohne daß er kam, und ein Wölkchen huschte über ihr Gesicht. Doch im nächsten Augenblick lachte sie schon wieder mit dem Soldaten. Der Soldat flüsterte ihr ins Ohr, sie möchte doch allein zu ihm kommen.

„Ja doch, Bartschew, ich komme“, rief Malanja laut und platzte wieder mit einer lauten Lachsalve heraus.

Der Soldat wurde böse und schwieg.

Anisim Shidkow, der Tichon bei seiner Ankunft im Dorfe gesehen hatte, stand vor seinem Hause, und die Weiber gingen ganz dicht an ihm vorüber. Als Malanja an ihm vorbeikam, stieß er sie mit dem Finger in die Seite, und ein Laut, ähnlich dem Quaken der Frösche, kam zwischen seinen Lippen hervor. Malanja lachte und versetzte ihm einen Klaps.

„Ei, seht doch die Reigenführerin — da spaßt sie nun mit dem Soldaten, und ihr Mann guckt sich die Augen nach ihr aus!" sagte Anisim lachend. Und als er sah, daß Malanja bei Erwähnung ihres Mannes ganz rot wurde, fügte er höchst ernsthaft, damit sie seine Worte nur ja für keinen Scherz ansähe, hinzu: „Bei Gott, es ist wahr: während des Hochamts ist er mit seinem Dreigespann angekommen. Den Botenlohn hol' ich mir später."

Malanja trennte sich sogleich von den andern Weibern und lief rasch quer über die Straße. Während sie die Straße überschritt, wandte sie sich um und sagte lachend zu dem Soldaten:

„Kauf' nur recht viel süßen Branntwein, ich werde auch Tichon mitbringen, er trinkt ihn gern."

Die Soldatenfrau und die anderen Weiber lachten, während der Soldat seine Stirn in Falten zog.

„Wart' nur, du Teufelsweib!" sagte er.

Malanja lief rasch nach Hause; ihr neues Kleid rauschte dabei, und die Absätze der Schuhe klapperten. Die Nachbarin rief ihr lachend zu, der Mann habe ihr als Geschenk eine Peitsche mitgebracht, doch Malanja antwortete ihr nicht und ging rasch ins Haus hinein.

Tichon hatte sie vor der Tür erwartet, lächelnd hatte er sie angeschaut und die Peitsche durch die Luft geschwungen. Malanja war eine ganz andere geworden, seit sie erfahren hatte, daß ihr Mann angekommen sei, und namentlich, seit sie ihn gesehen. Ihre Wangen erschienen röter, der Ausdruck der Augen wie die Bewegungen lebhafter, und ihre Stimme klang heller.

„Die Peitsche da hast du mir wohl als Geschenk mitgebracht?" sagte sie lachend.

„Ist die Peitsche denn nicht schön?" meinte Tichon.

„Es geht an“, versetzte sie, und beide gingen in die Stube.

Bald nach Malanja kam auch der Vater nach Hause und ging mit Tichon zu den Pferden, um sie zu besichtigen. Malanja legte die Feiertagsschürze mit dem Brustlatz ab und half der Schwiegermutter beim Anrichten des Mittagessens, ihre Augen aber waren stets nach der Tür gerichtet. Der Alte kam in die Stube zurück, und die Mutter half ihm die Stiefel ausziehen. Malanja eilte zu Tichon auf den Hof, schlang ihre beiden Arme um ihn und drückte ihn so fest an sich, daß er fast aufächzen mußte. Lachend küßte er sie auf Mund und Wangen.

„Ich wollte immer schon zu dir kommen, bei Gott“, sagte Malanja. „Ich sehnte mich so sehr, so sehr, kann gar nicht mehr ohne dich leben“, und schmiegte sich wieder an ihn.

„Wart’ noch ein Weilchen, dann nehme ich dich zu mir auf die Station“, sprach Tichon zu ihr. „Auch ich habe Sehnsucht nach dir gehabt.“

Grischutka kam aus der Stube und rief die beiden lachend zum Mittagessen. Es wurde gebetet, und dann setzten sich die Alten, Tichon, Grischka und der kleine Soldatenjunge an den Tisch, während die jungen Frauen die Essenden bedienten und selbst stehend aßen.

Tichon hatte die Geschenke noch nicht verteilt und auch dem Vater das verdiente Geld noch nicht übergeben. Alles das wollte er nach dem Mittagessen erledigen. Der Vater hatte gegen das, was Tichon berichtete, nichts einzuwenden und war mit dem Sohne zufrieden, zeigte jedoch ein mürrisches Gesicht — wie immer an den Feiertagen, wenn er noch nicht getrunken hatte. Tichon nahm Geld aus dem Beutel und schickte die Soldatenfrau nach Branntwein. Der Alte sagte kein Wort, aß schweigend seine Kohlsuppe weiter und gab der Soldatenfrau nur durch ein Augenblinzeln zu verstehen, wo die leere Branntweinflasche stand. Die drei Pferde hatten den Beifall des Alten gefunden, und auch das von Tichon mitgebrachte Geld hatte ihm genügt. Nur darüber, daß der Sohn den braunen Wallach umgetauscht hatte, ärgerte er sich. Den braunen Wallach, der mit dem „Bauchschlage“ behaftet war, hatte der Alte selbst im letzten Sommer von einem Pferdehändler gekauft, und er wollte um keinen Preis zugeben, daß er dabei übers Ohr gehauen worden war. Es wurmte ihn, daß der Sohn ein nach seiner Meinung so vortreffliches Pferd fortgegeben hatte. Er schwieg während des Essens, und auch die andern schwiegen; nur Malanja lachte, wenn sie die Schüsseln auf den Tisch stellte, ihren Mann und den Schwager an. Der Alte hatte früher selbst auf der Poststation Fuhrmannsdienste geleistet, doch war er der Sache nicht gewachsen gewesen, hatte zwei Dreigespanne zuschanden gefahren und war mit der blanken Peitsche nach Hause gekommen. Er war kein dummer Bauer und arbeitete auch ganz gern, doch war er dem Branntwein zugetan und hatte schlecht gewirtschaftet, solange er selbst das Kommando führte. Jetzt, da die Dinge besser gingen, war ihm ganz wohl zumute, doch ärgerte er sich andererseits, nicht nur wegen des Braunen, sondern überhaupt, weil sein Sohn sich mit dem Dienst auf der Poststation besser abfand, als es ihm seinerzeit gelungen war.

„Daß du den Braunen umgetauscht hast, find' ich wirklich nicht recht, es war ein gutes Pferd“, sagte er in brummigem Tone.

Der Sohn gab ihm keine Antwort. Vielleicht war es nur Zufall, vielleicht aber auch Absicht, daß Tichon nichts sagte und statt dessen von den andern Bauern erzählte, die auf der Station beschäftigt waren, namentlich von Paschka Schintiak, der drei Pferde verkauft und sogar das Geschirr an den Mann gebracht hatte.

Paschka Schintiak war der Sohn eines Bauern, mit dem der Vater einmal selbst zusammen auf der Station als Fuhrmann beschäftigt gewesen war, und der ihn damals gehörig betrogen hatte. Es bestand eine alte Feindschaft zwischen den beiden, und als nun der Vater hörte, daß der junge Schintiak es ebenso trieb wie der alte, lachte er so laut auf, daß die Frauen ihn ganz verwundert ansahen.

„Seht mal, was für ein Tollkopf! Ganz wie sein Vater! Aber ich sag's schon: wer Unrecht tut, der bringt es nie zu etwas."

Der Alte hatte seine Grütze verzehrt, wischte sich den Bart ab und begann nun munter den Sohn auszufragen, was er in den letzten beiden Monaten getrieben, wie die Pferde gegangen, wieviel der Verdienst betrage, und sonst dergleichen. Stolz und Zufriedenheit prägten sich dabei auf seinem Gesicht aus.

Der Sohn gab ihm gern Bescheid, und das Gespräch wurde noch lebhafter, als die Soldatenfrau ganz erhitzt mit der grünen Branntweinflasche zurückkam. Die Alte wischte mit einem Tuche das Glas mit dem wohl zwei Finger dicken Boden aus, und Vater und Sohn tranken jeder ihre Portion. Ganz besonders gefiel dem Alten, was Tichon von der Durchfahrt des Zaren erzählte.

„Mit einemmal kam der Feldjäger angeritten, sprang vom Pferde und rief: ‚Sie kommen! In zehn Minuten werden sie da sein!' Er war ihnen nämlich vorausgejagt. Da sah Michaïl Nikanorytsch, der Kommissar, auf die Uhr und meinte: ‚Sieh nur zu, Tichon, daß alles fix und fertig ist!' Und ich sagte zu ihm: ‚Mein Viergespann ist bereit, alles sauber geputzt und gestriegelt. Wir wollen doch fahren, und nicht du!' "

Wie er so sprach, hatte er die großen, gespreizten Hände hinter den Gürtel gesteckt, schüttelte den buschigen Kopf und schaute die Weiber an; sie hörten alle zu und verwandten kein Auge von ihm. Malanja saß am Ende der Bank, schüttelte ebenso wie ihr Mann den Kopf, als ob sie es wäre, die da erzählte, und lächelte, als wollte sie sagen: „Seht, was für tüchtige Leute wir sind, ich und der Tichon!" Der Alte hatte seine Arme auf den Tisch gelegt und hielt den Kopf nachdenklich zur Seite geneigt. Er begriff offenbar die ganze Wichtigkeit der Sache. Die Soldatenfrau war, die Arme in den Schultergelenken schwenkend, wie einen Perpendikel, nach der Tür zu gegangen; als sie jedoch hörte, wovon Tichon erzählte, kehrte sie wieder um, nahm auf der Ofenbank Platz und begann ihre Schürze zusammenzufalten, — erst doppelt, dann vierfach, dann wieder doppelt und wieder vierfach. Die Alte hörte Tichons Erzählung so an, wie sie jede Erzählung, ob lustig oder traurig, anzuhören pflegte: sie nickte leicht mit dem Kopfe, seufzte ab und zu dazwischen und flüsterte irgend etwas vor sich hin, was wie ein Gebet klang. Grischka wiederum hörte jede Erzählung mit einer Miene an, als wenn er jeden Augenblick in ein lautes Lachen ausbrechen müßte. Auch jetzt lachte er laut auf, als Tichon erzählte, welche Antwort er dem Kommissar gegeben: „Wir wollen doch fahren, und nicht du!“ Tichon sah nicht nach ihm hin, es erschien ihm durchaus nicht verwunderlich, daß Grischka so laut lachte — hielt er doch selbst seine Erzählung für sehr lustig und unterhaltend.

„Ich hatte gerade noch Zeit, meine Pferde bei der Laterne zu begucken,“ erzählte Tichon weiter, „als sie mit einemmal durch die dunkle Nacht herangesaust kamen: zwei Sechsspänner, fünf Vierspänner und sechs Dreispänner, alle mit Laternen. Alle der Reihe nach. Ganz zuerst kam unser Waska Skomorochninskij, der den Isprawnik fuhr, angerasselt; er stieß mit dem Vorderwagen auf und fuhr sein Dreigespann in Grund und Boden, das Mittelpferd schleppte sich kaum noch, und die Schellen waren abgerissen. Der Isprawnik stieg gar nicht aus dem Wagen, sondern kam auf dem Bauch herausgerollt. ‚Sind die Samoware bereit?‘ fragte er. Ja, sie waren bereit. ‚Schickt gleich ein paar Leute nach der Brücke‘, rief er; die Geländer waren dort nämlich ganz verfault. Schintiak wurde gleich abgeschickt, mit irgendeinem Wegeaufseher. Nun kam er selbst an, der Zar — gerade vor der Tür hielt der Wagen mit den Laternen. Wolodka fuhr ihn. Es war ihm gesagt worden, er sollte nicht bis zur Brücke fahren, aber er hatte die Pferde nicht halten können. Nun wurden flink unsere herangeführt. Alles schien in bester Ordnung. Da seh' ich mit einemmal, daß Mitka den Zugstrang nicht richtig festgemacht hat . . ."

„Und er hat nichts gesagt, der Zar?" fragte der Alte.

„‚Welche Station?' fragte er nur, und der Isprawnik antwortete ihm gleich: ‚Seliukowka, Eure Hohe Kaiserliche Majestät!' — ‚Wie? Wie?' " ahmte Tichon den Zaren nach. Er drückte dabei so würdevoll und vornehm die Brust heraus, daß die Alte den Tränen nahe war, als hätte sie eine sehr traurige Nachricht bekommen.

Grischka lachte laut auf, und der kleine Soldatenjunge, der auf dem Schlafboden saß, starrte die Großmutter an, voll Erwartung, was nun weiter geschehen würde.

„Die sechs Pferde wurden vorgespannt, unser Senka saß als Vorreiter auf . . ."

„Das wär' so was für unsern Grischutka gewesen — der wäre vor Schreck gestorben", meinte der Alte scherzend.

„Das wäre ich wohl nicht — ich hätt' mich schon zu benehmen gewußt", antwortete Grischka mit kecker Miene, die beweisen sollte, daß er sich keineswegs fürchte, mit dem Zaren zu reisen, wie er sich auch nicht fürchte, dem Vater oder dem älteren Bruder Rede und Antwort zu stehen.

„Senka stieg also auf", fuhr Tichon fort, während seine gespreizten Hände hin und her gingen. „So hell wie am Tage war's, wenigstens zwanzig Laternen waren da, und ehe man sich's versah, waren sie über alle Berge."

„Hat er sonst noch was gesagt?" fragte der Alte.

„Ich hab' nichts weiter gehört, als nur: ‚Es ist gut!' und: ‚Leb' wohl!' Der Isprawnik sagte zu mir: ‚Gib nur hübsch acht, Tichon!' Ich dachte mir: ‚Was geht dich das an, du bist doch nicht mein Vorgesetzter!' Und dann betete ich. Mein Senka flog dahin, was das Zeug hielt. Anfangs war mir ja etwas bang ums Herz. Nach und nach aber wagte ich mich umzusehen — und sah, daß es nichts weiter auf sich hatte, als wenn ich eben eine Arbeitsfuhre machte. Immer vorwärts, denk' ich, und auf einmal sind wir dicht am Fuße des Berges. Die Teufelskerle auf der Station hatten, wie gesagt, den Zugstrang nicht angelegt, so daß das linke Beipferd die ganze Zeit nur an der Leine ging. Unten am Berge hätte ich den Isprawnik fast überfahren; er hatte nämlich halt machen lassen und war aus dem Wagen gestiegen. Dann hieß es wieder: ‚Vorwärts!' und nun sausten wir davon, — vier Minuten vor der Zeit waren wir am Ziel."

Der Alte ließ sich, so oft er ein Gläschen getrunken hatte, die Geschichte immer wieder von neuem erzählen.

Sie beteten nach Tisch und standen auf, und Tichon ging nun daran, dem Vater die fünfundzwanzig Rubel zu übergeben, die er gespart hatte, und die mitgebrachten Geschenke zu verteilen.

„Laß mich nur wieder nach der Station gehen, Väterchen," sagte er, „es ist jetzt dort sehr viel zu tun, ich soll unbedingt hinkommen?"

„Und was wird hier mit dem Mähen?" sagte der Alte.

„Für fünfzehn Rubel bekommst du doch einen Knecht bis zu Mariä Schutz", meinte Tichon. „Mit meinem Dreigespann kann ich weit mehr verdienen — so Gott will, mach' ich damit so viel Geld, daß ich noch ein zweites Dreigespann kaufen und den Grischutka hinnehmen kann."

Der Alte sagte nichts und kroch auf den Schlafboden. Nachdem er dort eine Weile herumrumort hatte, rief er Tichon heran.

„Das hättest du mir eher sagen sollen", meinte er. „Da hätte ich einen guten Knecht bekommen, den Andriuschka aus Teliatinki, den Sohn der Aksinja. Ein ruhiger, ordentlicher Junge ist's. Die Aksinja bat mich, ihn doch zu nehmen. ‚Einem Fremden,' meinte sie, ‚würde ich ihn nicht geben, aber du,

Gevatter, sollst ihn haben, um Christi willen‘. Wenn er schon eine andere Stelle hat, dann weiß ich nicht, was ich anfangen soll, ich werde doch nicht zwanzig Rubel zahlen“, sagte der Alte, als wäre das ganz unmöglich, so viel der Postdienst auch einbringen mochte.

Die Soldatenfrau hatte zugehört und mischte sich nun ins Gespräch.

„Andriucha hat sich noch nicht vermietet,“ erzählte sie, „und die Aksinja ist gerade heute im Dorfe.“

„Das trifft sich gut — geh' und hol' sie“, befahl ihr der Alte.

Die Soldatenfrau ging sogleich, mit den Armen schlenkernd, ins Dorf, um Aksinja zu suchen. Malanka ging auf den Hof, nahm die Leiter und kletterte unter das Schuppendach, und bald darauf nahm auch Tichon denselben Weg.

Die Mutter wusch das Geschirr ab, während der Vater das Geld nachzählte, das Tichon mitgebracht hatte. Grischka war zu den Pferden aufs Feld gegangen, die dort in der Taghürde weideten, und hatte den kleinen Siomka mitgenommen.

Die Soldatenfrau kam aus dem Dorfe zurück.

„Die Aksinja war mit ihrem Sohne bei den Iliuchins, um den Jungen zu vermieten“, erzählte sie. „Sie ist jetzt beim Gevatter Stepan, ich habe ihr gesagt, sie soll herkommen. Die Gemeindeältesten sind eben dabei, die Wiesen aufzuteilen.“

„Und wo ist Tichon?“

„Ich habe ihn nicht gesehen, auch Malanka ist nicht da.“

Der Alte murmelte etwas vor sich hin, doch blieb ihm nichts weiter übrig, als aufzustehen, die Stiefel anzuziehen und auf den Hof zu gehen. Vom Schuppen her vernahm er die Stimmen von Malanja und Tichon, als er jedoch näher heranging, verstummten beide.

„Gott mit ihnen,“ dachte er, „es sind eben junge Leute. Ich will schon selber gehen.“

Nachdem er mit den Bauern wegen der Wiesen gesprochen, ging er zum Gevatter Stepan, redete mit Aksinja, mietete ihren Sohn für siebzehn Rubel und brachte den neuen Knecht gleich mit ins Haus. Am Abend war der Alte ganz betrunken. Tichon ließ sich den ganzen Tag nicht sehen. Auf der Straße ging es bis spät in die Nacht recht lebhaft zu. In der Stube war nur die Alte mit dem neuen Knecht zurückgeblieben. Andriuschka war ein hagerer, stiller Junge und gefiel der Alten recht gut.

„Hab' nur Geduld mit ihm, Afremowna", hatte die Mutter des Knechtes beim Weggehen zu der Wirtin gesagt. „Er ist mein Einziger. Ein ruhiger Junge ist's und arbeitet gern. Nur weil wir so arm sind, muß er einen Dienst annehmen . . ."

Afremowna versprach, mit Andriuschka glimpflich umzugehen, und legte ihm beim Abendbrot zweimal Grütze auf. Andriuschka aß tüchtig und sprach kein Wort. Als sie zu Abend gegessen hatten und seine Mutter fort war, saß er lange schweigend auf der Bank und sah in einem fort nach den Weibern, besonders nach Malanja.

Malanja hatte ihn zweimal von seinem Platz weggetrieben, unter dem Vorwande, daß sie etwas herunterlangen müsse. Sie lachte mit der Soldatenfrau über irgend etwas und sah ihn dabei an. Andrej wurde rot und sprach kein Wort. Als der Alte betrunken nach Hause kam, sah sich Andrej verlegen nach einem Platze um, wo er sich zum Schlaf niederlegen könnte. Die Alte riet ihm, auf die Tenne zu gehen. Er nahm seinen Rock und begab sich dahin.

An demselben Abend wurden den Jermilins zwei das Dorf passierende Soldaten ins Quartier gelegt . . .

Vor 1862